3-Decade
Investment Banking Life

投行三十年

李 辉 著

人民东方出版传媒
People's Oriental Publishing & Media
东方出版社
The Oriental Press

内容简介

主人公出生于长江边上武汉的一个普通工薪家庭。他自小顽劣，翻墙、爬树、赌博、打架，可以说是"无恶不作"。但出乎所有人意料的是，因为一系列的人生际遇，他最终走出了一条独特的人生道路。在前后9年时间里，他在北京大学先后获得了经济学学士学位和经济学硕士学位，多年后又作为优秀毕业生，获得了宾夕法尼亚大学的毕业证和沃顿商学院的MBA毕业证。在30多年的职业生涯里，他先后在两家中资贸易公司、一家中资商业银行、两家华尔街投行和一家中资投行工作过。

由于投行业务的复杂性和客户的延续性，中、外资投行员工往往只深耕一个领域，而本书主人公的职业生涯却横跨固定收益业务和投资银行业务，其中先后在固定收益领域累计工作和学习了约20年，在投资银行部工作了10多年。主人公自大学本科毕业，到最后退出金融职场，一共跳槽了7.5次（有一次跳槽因为半途受阻而未遂，故记为0.5次），其间生活和工作过的中外城市达半年以上的有6个。

以上数字折射出主人公跌宕起伏的人生。人的一生犹如沧海里的一叶扁舟，主人公一次次遭遇海水没顶，但每次他都凭借着自己的勇敢、坚强和执着，一次次地走出困境，开创出新的天地。

本书里的人物、机构和情节全部经过艺术加工处理，敬请读者勿对号入座，如有雷同，纯属巧合，作者概不负责。

自　　序 / 1

引　　子 / 1

第 一 章　　北京—费城—纽约—香港 / 9

第 二 章　　亲历9·11 / 63

第 三 章　　创业之初 / 81

第 四 章　　留学时光 / 177

第 五 章　　金融海啸 / 225

第 六 章　　转战华尔街 / 265

第 七 章　　从北大到沃顿 / 297

第 八 章　　再出发 / 383

第 九 章　　回家乡 / 433

尾　　声 / 467

后　　记 / 473

自　序

　　大约30年前，我大学毕业，加入到金融机构工作。出于习惯性的严谨，每次跟领导、同事或者客户会谈时，我都要把会谈的要点记录在工作笔记本上，到了年底就把该工作笔记本收藏起来，再拿出个新笔记本记录新一年发生的事情。随着工作出差机会的增多，我又开始保留登机牌、纸质高铁票，并把它们都订在工作笔记本里。几十年过去了，这些陪我迎战过无数看不见的刀光剑影，体味过无数欢喜哀愁的笔记本，连同我在过去大约30年时间里所收到的来自例如华宝银行、礼来医药、所罗门史密斯巴尼、摩根士丹利、瑞士联合银行、野村证券、摩根大通、雷曼兄弟等外资银行，以及两家中资金融机构的录用函，如果摞在一起的话，竟已有半人多高了。

　　闲暇时，我会偶尔翻看它们，寥寥数语，一张登机牌，一张火车票，一份录用函，过去的岁月在我脑海里瞬时鲜活起来，那一张张脸庞、一幕幕情境……所有的点点滴滴汇聚在一起，让我始终清晰地看见自己来时的路。

　　2016年夏天，因为一场大病我被救护车送进医院急救，躺在急诊室的床上，迷迷糊糊中看着身边忙着急救的白色身影，我体验到了从未有过的恐惧，我该如何面对未来？如果我的身体无法恢复，我害怕所有的一切在这一刻戛然而止。辗转病榻之上，心绪难免烦闷，偶然间读到了一本《罗马人的故事》，当看到"记录抹煞刑"时，我被深深地触动了。"记录抹煞刑"是古罗马时代元老院对受刑者死后所施行的一种刑罚，行刑时将抹掉受刑者生前所有的记录，仿佛受刑者在人世间不曾存在过一样，对当时的一些人而言，这是一种比酷刑、死刑更严苛的刑罚。我无法考证两千多年前，古罗马元老院实施这项刑罚的法理，但似乎在古罗马元老院看来，人的生命有两重，肉体生命和精神生命，而后者是一个人在人世间的荣誉和在世间留下的痕迹。离开医院的第二天，我就开启了疯狂的锻炼模式：爬山、骑车、游泳、打球、徒步，多管齐下，我的体重逐步从发病时的190多斤减到140多斤，"三高"全部消失了，医生也惊诧于我的康复速度，把每三个月抽血复诊的医嘱改为了一年一次。

经历了这场生死劫之后，我对生命和人生的意义有了全新的体验和更为深刻的认识。生命的意义有两重：一是生命的传承，作为一个有血有肉的生命体，我的生命来自于父母，我再把家族的基因传给下一代，这是一个生命体最本源的意义；二是精神的传承，一个人区别于世间万物的大概就是他的精神了，一个人所具备的优秀品质，例如勇敢、执着、乐观、坚毅等，是一个人历经坎坷，但能够始终向上、向前的必要条件，它们先天受之于父母，后天来自于社会生活的研磨和锻造。当我看到自己的孩子们身上逐渐具备这些品质的时候，我会感到非常开心，因为我感觉自己的生命得到了完整的传承，我的心灵也因此更加充实。每每这时我都会想，除了培养孩子，也许我应该再多做点什么。

2006年起，在北京、上海、深圳、香港等地我在包括北京大学在内的多所著名高校，举行过近百次演讲，听众绝大多数是30岁到60岁的企业家。令我意外的是，学员们除了对我展现的金融才华表示赞赏外，还对我的人生经历表现出了极大的兴趣，不少学员直接鼓励我写一本书，记录自己的人生，并跟大家分享我的人生感悟。最近的一次是2023年，我带着团队到深圳，拜访一位知名大型企业的创始人兼董事长。午餐的时候，本来只是对初次见面的企业家和他的高管团队做个自我介绍，没想到，这位儒雅的先生对我的人生经历产生了浓厚的兴趣，整个午餐期间，有十几次不停地问我同一个问题："然后呢?"结果一顿午餐下来，我根本没时间谈论一点金融问题，因为我不停地在回答企业家的"然后呢"。在去演讲大厅的路上，他建议我写一本书，把自己的经历分享给更多的人。

我接受了这位企业家以及来自各行各业朋友们的建议，依据自己以及人生路上众多朋友们，甚至是竞争对手们的人生经历，通过虚构的人物和机构，以及经过艺术加工的情节，创作了这本自传体小说，把众多碎片化的历史事件和人物故事有机地串联在一起，以飨读者。敬请读者勿对号入座。

2024 年 9 月

引　子

一

2023年12月底，一连几天的北风吹走了香港一年的炎热，晚上的最低气温降到8℃，街上很多人都穿上了羽绒服。在外忙碌了一天的良军早已疲惫不堪，晚饭后便躺在被调节成几乎水平状态的沙发上。秀明给良军盖上一条毛毯，并在良军的头下塞了一个枕头，之后在沙发旁边打开了电暖器，随着电暖器不断发出的"嗡嗡"声，一股股热风吹在身上，让良军倍感温暖。

良军舒适地躺在沙发里，手中翻看着上次从武汉带回来的老相册，他又看到了自己半岁时妈妈抱着自己的照片，上幼儿园时的照片、上小学时的照片……自己原生家庭的最后一张合影是1986年夏天良军被北京大学录取后照的。再看看自己在过去几十年里周游中国和世界各地的照片，不时回忆起当年的一幕幕，良军的嘴角露出一丝不易察觉的微笑。秀明忙完自己的事情后，带上舞鞋和舞蹈服装，下楼去会所，在那里跟她的姐妹们会合，之后一起练习舞蹈。

嘉明今晚在学校住宿，除了电暖器发出轻微的声音外，房间里静悄悄的。良军放下相册，开始翻看微信，当看到母亲生前发给自己的最后一条微信时，良军心念一动："去年12月的时候，妈妈永远离开了我。新的一年马上快到了，我应该给妈妈发一条微信，把最近家里的情况告诉她。"

"妈妈，您好！昨天晚上，我当年在武汉明诚中学的班主任潘老师给我发来了一张照片：明诚中学校史馆扩建之后，校方在馆内设置了展览专区，展示学校历史上优秀校友的照片，我的照片也在其中！另一条消息是：武汉明诚中学号召校友们向学校捐赠过去在校期间获得的证书以及使用过的老物品。我打算把珍藏了几十年的、在明诚中学就读期间所获得的所有奖状、证书、校徽和成绩单等全部捐给学校，我知道您一定会赞同的。您的小孙子嘉明参加了大学入学考试并取得了优异的成绩。根据自己的兴趣爱好，他最终选择了香港科技大学，您可以放心了！您的大孙子嘉华已经明白了现在很难挣钱，所以听从了您生前给他的建议，决定继续深造，报考研究生。在录取通知书到来之前，他想学习开车，我和秀明坚决支持，准备送他到一所驾驶学校去学习。秀明去年受伤的膝盖恢复得非常好，前不久还以 C 位随队参加了香港民族舞蹈大赛，并获得了银奖！明年她将去医院拆除手术后留在膝盖里的缝合碎骨用的钢丝。我上周刚刚出差回到香港，在出差的路上，根据您的遗嘱，我把您留在银行卡里的钱全部取出来了，请您放心。上次秀明回到沙市和长阳，看望了小姨、堂兄和堂姐们，祭奠了您和爸爸。自从我被海州大学聘为客座教授以来，我为学校做了一些有意义的工作，也因此得到了校方的高度赞扬。家里的事情全部料理妥当后，我计划和秀明一起回武汉、沙市和长阳，给您和爸爸上坟。关于武汉和长阳的房子，我已经跟秀明商量好了，决定不卖。一是给您和爸爸留着，万一哪天你们回家的话，随时可以回到熟悉的地方；二是我和秀明计划将来退休之后候鸟式养老，季节性回到家乡，陪伴您和爸爸。你们在天国一切都好吗？爸爸妈妈，我非常想念你们！"

写完了这条长长的微信，李良军早已泪流满面，他知道自己永远不可能再收到父母的回复了，但是他必须把这条微信发给远在天国的父母，让他们在云端知道自己非常想念他们。良军仔细检查了所有的文字和标点符号，确保没有任何语法错误之后，轻轻地按下了发送键。屋子里仍然静悄悄的。良军轻轻地合上了双眼，泪水顺着眼角流淌到枕巾上，迷离之中，良军又看到了父亲和母亲那熟悉的微笑，不知不觉中，良军的魂魄仿佛也飘离了身体，飘向了遥远的天国……

二

港岛春雨细如丝。2021年的春雨季节到了，每天蒙蒙细雨下个不停，到处都潮湿得要命，李良军在家里的每个房间里都安放了抽湿机，每天下班回家后都要例行检查机器，无一例外地，从每台抽湿机里都能倒出大半桶水。冬天终于过去了，空气中弥漫着树和草新绿的清香。在港已经工作生活了19年的良军早已习惯了这种天气，心情丝毫不受持续阴雨天气的影响，不仅如此，他的心里满是兴奋，因为他刚刚离开了任职10多年的斯曼银行，加入到中国晨兴证券股份有限公司！想起昨天，良军的嘴角不禁漾起了微笑。在过去的30多年里，这是良军第6.5次经历类似的场景了。

昨天早上良军按照事先计划的时间，在中环交易广场的出租车站下了车，像20年前那样驾轻就熟地走进了交易广场一座，乘电梯来到中国晨兴证券股份有限公司所在的楼层。人事部的田小姐热情地接待了良军，进入会议室后，良军熟练地把自己的护照、永久居民身份证和回乡证交给田小姐供她复印，田小姐随后拿来了一大堆表格和材料请良军阅后签署。良军快速地浏览着文件和表格，之后一一填写、签署。很快一切都办妥了！良军挎着已经用了10多年、装着各种文件的电脑包坐电梯下到交易广场的平台。他不急着回家：1999年自己从裕京银行辞职，闯荡江湖至今，一晃22年过去了！自己即将完成人生职业赛道的闭环，这不是一次简单的闭环，它将是自己事业和情怀的再一次放飞！

周围的年轻人步履匆匆,良军在平台上悠闲地走着,违和感颇强。当年的洞庭楼餐厅早已不见了踪影,取而代之的是一座外形奇特的办公楼,附近的喷水池仍然保留着20多年前的样貌。环顾着周围既熟悉又陌生的一切,良军的脑海里突然浮现出21年前一段有趣的经历:2000年从沃顿商学院回北京休寒假期间,因为机缘巧合,良军受邀参加了一个知名网站的活动,并作为嘉宾在网上同大约600多个网民进行关于留学话题的互动,其中一个网名叫"一只肥猪在空中高高飞"的网友问良军关于未来人生的计划和安排,良军告诉他自己留学之后将先在华尔街工作,待积累了丰富的工作经验之后一定会回到中资机构并回报自己的家乡,当时那位网友发来了一个狐疑的表情。"一只肥猪在空中高高飞"的朋友你此刻在哪里?一切都好吗?还记得20多年前你问过我的那个问题吗?我如约回来了!

良军知道母亲习惯早起,周六早饭后,良军照例拨通了母亲的微信电话,不到3秒钟母亲便接通了电话,没等良军开口,母亲已经说道:"儿子早上好啊!我刚刚泡好了绿茶,在阳台上坐下来,准备欣赏清江的风景呢,正好你的电话响了。"

"原来如此,我说您怎么这么快就接通电话了呢!老妈早上好!您身体还好吗?"

"一切都好,你就放心吧!秀明和我的两个孙子都好吗?"

"他们都好,您就放心吧。对了,再过几天就是您八十大寿,届时我和秀明准备给您发寿包,因为每个微信红包的上限只有200元,所以到时候我们会给您多发一些红包,还得麻烦您收一下哦。"

"唉呀,自家人搞那么麻烦干吗?你们就别折腾了。你们一直记挂着老妈,我就很开心了!"停顿了一下,母亲继续说道:"你最近的工作情况怎么样?"良军未假思索,顺口答道:"我昨天离开斯曼银行,并正式加入了一家大型的中资券商。"闻听此言,电话那端的母亲没有一丝的惊讶,只是平静地说道:"儿啊,既然你已经想好了,那就按照自己的想法去做吧。""您放心,我一定会再折腾出新的成绩的!"像以往一样,母亲开心地絮叨起来:"傻儿子,妈妈对你永远都是放心的!我还记得那年你上了初三后,一举从学渣变成了学霸。在那个冬天的早上,隔壁二师附中的校园广播开始的时候,我正在厨房给你烙饼,你在厨房门口对我说,将来你一定要考上北京大学。从那天起,我知道我要做的就是相信你,随时等待你给妈妈传回来的各种好消息。也是从那天起,妈妈就再也没有为你操过心。你一直都是妈妈的骄傲!"母亲喝了一口茶,继续说道:"1999年从裕京银行辞职至今,你走过了一条妈妈一辈子都无法想象的人生路,对你的事业我无话可说,只想叮嘱你千万要注意身体,不管怎么说,你自己现在也已经是半百的人了,只有身体好,才有可能在追求事业的路上走得长远,也才能担负起对家庭的责任。""妈妈放心,我会注意的。""对了,既然你换了工作,也会像以前那样有个什么休假吗?""有的,因为我在斯曼银行投资银行部担任董事总经理,在加入下一家银行之前,我必须休假3个月,以满足脱密的要求。我今天给您打电话就是想商量这个事情。""太好了!你正好可以借这个机会好好休息一下,你打算怎么安排你的休假呢?""我跟秀明已经商量好了,她在家照顾孩子上学,我准备立刻动身前往武汉。您好久没回武汉了,我想先收拾打扫一下武汉的屋子,之后赶往长阳,好好在长阳陪您一段时间。""好啊!不过有件事你得帮妈妈办一下。咱们在长阳的房子很好,我很喜欢,但是我一直想把武汉屋里的老家具搬到这里来。我年纪大了,而且心脏还是不太好,恐怕再也不方便回武汉了。你搬完老家具后,可以考虑把武汉的房子出租或者卖了,反正你们在外地生活工作,也很少回武汉。""哎呀,何必这么麻烦。我这次到长阳后,重新给您买些新家具。""儿啊,你不知道,我喜欢那些老家具。你还记得吗?那些老家具是你爸1973年在省军区时把废弃子弹箱上的木条拆下来之后请木匠打出来的，快50年了，那些家具依然结实好用，关键在于那些家具对我而言是一种念想，你明白吗？""无论如何，既然妈妈喜欢，我一定照办！"接着母子俩又商量了一些长途搬运家具的具体事宜。

挂了母亲的电话之后，良军立刻在一个三人微信群里电话两个群友：董汉军和刘汉军。两个人跟良军从初中起就是同学，董汉军年龄最大，为人仗义，颇有大侠的风范，自小酷爱武术，面色黝黑，身材不高但孔武有力。刘汉军比良军大几个月，性格温和，个头中等，身材微胖，为人特别热心，而且从中学起就是良军的乒乓球友。良军经常开他俩的玩笑，说他们俩是真正的异姓兄弟：二人同名不同姓！三人尽管性格以及人生的道路迥异，但几十年来一直是铁三角。每每想起初中时三个人在武汉明诚中学食堂旁边的角落里模仿刘、关、张桃园三结义的场景，良军都会心地一笑。很快两人便上了线，"两位老兄上午好！我在香港家里，有个事情告诉你们一下：我刚刚从上一家外资机构辞职并加入了一家中资券商，因此有了3个月的脱密休假。我计划先回武汉，把一些大家具从武汉搬到长阳。到时候需要两位老兄的帮忙哦！""没问题，你妈妈还在长阳吗？这次是把家具搬到你妈妈那儿吗？""是的，上次你们跟我一起去长阳时，我给老人买的房子还没完全装修好，现在老人已经入住了。我妈恋旧，希望把武汉的老家具搬到长阳去。"良军话音刚落，董汉军立刻说道："完全理解，没有任何问题，后勤运输问题我负责搞定。我的装修公司有卡车、有工人，找个时间，我带人帮你搞定。"话音未落，刘汉军接道："我也可以派一些公司员工来帮忙，而且我自己就有卡车的驾驶执照，到时候我来开车。对了，你把回到武汉的日期告诉我们，我们去高铁站接你。"良军看了一眼自己的手表，离事先约定的下一个视频电话还有10分钟的时间，于是说道："多谢两位老兄！我就恭敬不如从命。回头订好高铁票之后，我把高铁票拍照后发到群里。""对了，还有一件事，咱们中学将迎来一百周年校庆，你是咱们中学的优秀校友，学校需要你提供你的照片，校方将把你的照片展示在新的校史纪念馆和学校大门口的宣传栏里，麻烦你抽空发几张照片给我哦，学校将从中选用一张。""没问题，我回头发给你。"

三

退出跟两位兄弟的微信电话后，看看还有几分钟的时间，良军赶紧从沙发上站起来，到厨房给自己的茶杯里续上开水，之后又回到沙发，点开了小马丁的微信头像，拨通小马丁的视频。身高1.9米的小马丁在纽约自己的公寓里，永远是精神利落的样子。小马丁头发微卷，高鼻梁，胡子刮得干干净净，脸上的轮廓更显干净明快。两人打过招呼后，便直奔主题。"马丁，讲讲你面试的经过吧。"小马丁这年夏天将从耶鲁大学历史系毕业。昨天上午他在康州的纽黑文参加了国际知名投行罗森银行的第一轮面试，主考官是良军的老东家罗森银行纽约总部派来的一位人力资源主管加一名分析师。面试进行了一个小时。从跟两位面试官的第一次眼神接触，到每个面试官向他发问时的表情，还有自己的应答策略……小马丁一一道来。良军安静地听着，心里在感叹：老东家别来无恙啊！没想到过了20年，我们竟然以这种方式隔空相遇。虽然小马丁是面试新手，他良军却早已修炼成精，之前跟小马丁已经通过微信视频模拟过两轮面试，见招拆招的要诀全都传授给小马丁了。听着小马丁的讲述，良军仿佛回到了20年前自己一心想杀入华尔街的岁月。从小马丁那张轮廓分明而又英俊的脸上，良军仍然可以清晰地看到当年师傅马丁的影子。大半年前在香港环球贸易广场斯曼银行的会议室里与小马丁见面之后，良军就下决心要帮助这个年轻人完成他的心愿——把他送进华尔街投行。这也算是他对自己初入华尔街时师傅马丁给予帮助的一种报答吧。

一转眼，师傅马丁已经"被消失"20年，一直杳无音信。

第一章　北京—费城—纽约—香港

第一节　20年前的明信片

良军相信，芸芸众生里他竟能在香港遇到小马丁，一定是冥冥之中上天的安排。

6个多月前一个周五的下午，阳光把海港涂抹成了金黄色。斯曼银行人事部邀请投行部董事总经理李良军代表斯曼银行亚太分行，参加全美知名高校毕业生赴港考察团的见面会。对于人事部的事情，良军一直都很勉强。可是，一想到当年自己求职时也到处追着各家银行的代表，赔着笑脸、一次又一次卖白菜似的推销自己，他不免对那些专程来香港寻找就业机会的学子们动了恻隐之心，决定还是去看看，更何况良军此刻内心正在盘算着离开斯曼银行，寻找下家再图发展，所以有的是时间。

下午五点，良军西装革履乘坐电梯来到人事部指定的楼层，准时出现在会议室。人事部经理递上学生名单，他迅速扫了一遍，发现前来交流的学生来自在美国排名前二十位之内的大学，从东岸的宾大沃顿、哈佛、耶鲁到西岸的伯克利、斯坦福，华人学生占大多数。从本科到研究生都有，他们的专业除了金融，也有学人文历史以及理工科的。良军踱到窗前，还没看完手中的名单，走廊里已经传来了脚步声。会议室的门被推开，第一批8个学生鱼贯进入了会议室。

良军站在窗前默不作声地观察着这些天之骄子，他们从头武装到脚，穿着做工考究的黑色西装，规规矩矩地打着领带，皮鞋擦得锃亮，眼神却不时掠过一丝紧张。

每组学生跟速配相亲似的，面谈的时间只有8—10分钟。他们必须在规定的时间内尽可能地主动提问，以多了解一些投行求职的信息，尽可能给投行代表留下好的印象。学生们一进门就扑向了坐在会议桌一侧的人事部经理和职员，完全忽略了几步之外、站在窗边不动声色进行观察的良军。

果然是羊群效应起了作用，年轻的人事部经理和她的几个助手被一拨一拨的学生包围着。她们只顾着回答学生们关于面试的程序性问题，收下一份份递上来的简历，完全没有办法回答关于投行的任何业务问题。良军自嘲："看来我的白头发让这些年轻人看不上啊。"在这个跟娱乐圈一样要吃青春饭的地方，他这样的"老人"已经稀少得跟恐龙一样了。

目送了几拨学生离去之后，良军有些百无聊赖。他正站在窗边眺望海港，忽然听到一声"你好"，转身一看，一个高大的白人青年站到了他身边，并且向他伸出了手。

"下午好！我叫马丁·弗格森，很荣幸见到您！"

这个高大、帅气的年轻人中文说得极标准。握手的那一瞬间，良军感到了小伙子手心里的温度与手腕的力度。对，他没有紧张到手心沁汗，握手的力度不轻不重，恰到好处，一双好看的蓝眼睛始终看着良军，但又不是直勾勾的那种目光。看得出是训练有素的。

良军也介绍了一下自己："我是斯曼银行投行部的李良军，幸会。"他注意到小伙子的眼睛一亮。

"您的名字是L-i-L-i-a-n-g-J-u-n？"小伙子一个字母一个字母拼出来，向良军求证。

良军点点头。一抹惊喜从年轻人眼中闪过。

出于职业习惯，良军从来都是掌握对话主动权的。在这个初出茅庐的年轻人面前，他自然也习惯性地先发问以掌握谈话的主动权："马丁，你的普通话说得很好，在哪里学的？"

小伙子不疾不徐，给自己作了一个简介："我的家乡在美国康涅狄格州，我父亲对中国文化和历史非常感兴趣。我4岁多的时候被父亲送去学中文，在耶鲁大学期间，主修了历史，同时又选修了中文课。"

耶鲁大学是当年录取了自己但自己却没去的学校。良军不由得感慨："真是三十年河东，三十年河西啊！"

"啊，您说什么？！"马丁显然没听懂良军在说什么，有点丈二和尚摸不着头脑。

"没事，我在感慨自己呢！当年耶鲁大学录取了我，但是我没去。要不然，我们俩就会成为校友了。"良军收回思绪，打量着眼前这个年轻人。

小马丁下意识地看了看腕上的表，单刀直入地问道："我在耶鲁学习世界历史，投行会对我感兴趣吗？"

这不是良军第一次碰到金融专业以外的学生对投行感兴趣。他微微一笑，说道："任何人，不管专业如何，只要是投行需要的，投行就会对你感兴趣，关键在于你怎么打动投行，让投行觉得非你不可。"

小马丁像是得到什么暗示，迅速打开手中的文件夹，抽出一份自己的简历，递给良军："如果您能抽两分钟看一看，我会非常感谢。"

良军飞速地浏览了一下简历。简历做得很漂亮，简洁而且条理分明。良军问道："你为什么想来投行工作呢？"

小马丁接住了良军询问的目光，声音不大，但很沉稳地说："我想试一试我父亲做过的工作。"

良军一听这个年轻人竟然在这么短的时间内第二次提到父亲，面露疑惑："你求职难道不是为自己吗？"

小马丁也微微一笑："没错。我很想在投行闯出自己的事业，这也是我怀念父亲的一种方式。父亲要是知道，一定很开心。"

"怀念"一词激起了良军的好奇心。面试过很多名校毕业生，他还是第一回听到求职的年轻人说是为了家人才来面试的。出于礼貌,他换了一种提问的方式:"为什么你的求职会让你父亲感到开心呢?"

健谈的小马丁没料到良军会问这样一个问题。在他迟疑的两三秒里,良军看出他似乎有难言之隐。小马丁沉吟一下,说道:"在回答您的问题之前,我可以先问您一个问题吗?"

良军有点意外。还很少有求职的年轻人这样反客为主向他提问。他回应道:"当然可以。你有什么想问的?"

小马丁看着良军的眼睛,似乎要看到他心里去,问道:"9·11事件发生的那年夏天,您是不是在罗森银行纽约总部工作?"

良军的脑海仿佛滚过一个炸雷。他定了定神,对眼前这个年轻人倍感疑惑。这个问题完全跟求职没有半点关系!这个年轻人是什么意思?疑惑之间,良军点点头:"对,那天我正好在纽约办公室。"

这个9·11事件发生的时候还是小孩的年轻人为什么提起这桩陈年旧事?他难道不是来向自己讨教投行求职秘诀的吗?良军心里的诧异已经明明白白地写在了脸上。9·11于他而言,是一个上了锁的铁匣,里面装了太多的往事。多年来他一直不愿意回想那一段经历,今天……

年轻人却满眼都是期待,希望他继续讲下去。良军猛然收住自己的思路,转而问道:"年轻人,你跟罗森银行纽约总部有什么特殊的关系吗?"

小马丁刚要回答,却听人事部经理在招呼他该离场了。良军见状,还没等小马丁开口,便迅速掏出一张名片塞给他。小马丁接过名片后满脸惊喜,转身离去的时候说了一句:"非常感谢您。我一回酒店就给您发邮件。"说完,迅速走向会议室大门。

送走最后一批学生后,良军回到自己的办公室。他一路上都在想这个年轻人及其刚提到的9·11那天,直觉告诉他这个年轻人应该跟自己曾经工作过的第一家华尔街投行罗森银行有某种关系,他希望尽快揭开谜底。

没错，9·11事件发生那天，他正在罗森银行纽约总部，那是他正式到交易室上班的第二天……他仿佛又看到办公室同事们涌向紧急逃生通道的楼梯间撤离，听到街上传来的救护车和警车来来往往的呼啸声，以及从头顶飞过的那两架F16……

那一幕虽说已经过去了20年，可是他一天都没忘，也绝少跟人提起这段经历。沉睡多年的记忆竟然今天被这个初次见面的年轻人一句问话轻轻掀起……

良军有点不平静。他打开电脑，急切地期待收到小马丁的邮件。可是邮箱里啥也没有。他起身给自己泡了一杯茶，走到巨大的落地窗前。

夕阳给美丽的海港镀上一层金色，令它像一个盛满珍珠的硕大玉盘。在波光潋滟中，有两艘汽轮穿梭在白浪之间。一湾海水倒映着晚霞与大厦的剪影，远处灯火正次第璀璨。

尽管从自己在环球贸易广场的办公室可以一览180°的无敌海景，但是良军真正坐在这里观景的时候极少。他平均一年有300多天出差在外。今天，他难得有点闲。

他在等一个年轻人的邮件，就像在等待一道紧闭的大门开启。

按照一般规则，如果来考察的这些年轻人真想进华尔街的话，他们应该懂得在第一次见面之后，迅速给主办方发来一封致谢邮件，并巧妙地表达一下对目标投行的"向往"，这样不仅可以加深面试主考官对他们的印象，还能让人事部职员们从近乎麻木的快速面谈中想起一两张年轻的脸，更幸运一点的，或许能让人事经理从收到的成堆简历中抽出那么一两份多看几眼……

一杯清茶才喝了两口，就听到"叮咚"一声，提醒邮箱里收到新的邮件。良军立即走到桌前。果然，一封来自小马丁的感谢电邮已经飞进邮箱了。良军不禁一笑："不错。动作够快。"

可是，邮件的第一行就让他怔住了。小马丁写道："李总，我想您很可能认识罗森银行一位叫马丁·菲特里的金融产品架构师吧。他是我父亲……"

原来把他和这个年轻人拉到一起的，是自己20年前初入投行的领路人——师傅马丁！

良军瞅了一眼自己的工作台历。第二天下午要去北京出差，不过中午还有一点时间。他迅速回了一封邮件，约小马丁第二天上午11：30在环球贸易广场二楼的咖啡厅一叙。小马丁很快回复说："好。"

第二天，两个人在咖啡厅碰面。小马丁刚一落座，便从随身的公文包里拿出一张陈旧的明信片，递给良军，说道："我想，这是您写的吧？"

良军接过那张有些发黄的对折明信片，翻开一看，正是自己20年前的笔迹：

亲爱的马丁：

我即将回到亚洲工作。将来无论你到新加坡还是香港，请一定提前告诉我，我将带你吃遍各种美食。

良军

2001年10月5日

良军惊讶得一句话也说不出来。遮天蔽日的粉尘，呼啸声凄厉而又急促的救护车，在恐慌中奔跑的人群……20年前那个混乱的纽约一下子涌到良军眼前。

看着满眼惊讶的良军，不到他年龄一半的小马丁倒显得更为淡定："自从9·11那天起，父亲就失踪了，再也没有回过家。我和母亲还在等他……"

世界竟然这么小！看着眼前这个阳光、高大的年轻人，良军一时错愕。可是，在这个年轻人棱角分明、英气逼人的脸上，他看不出一丝师傅马丁的阴冷，师傅马丁看上去有多阴冷，小马丁就有多阳光。

良军冷静了几秒钟，终于开口问道："这张明信片怎么到了你手里呢？"

此时的小马丁完全不像初出茅庐的小伙子，倒像一个饱经沧桑的中年人，徐徐道来："9·11事件发生后每天傍晚，母亲总是牵着我的手，一起在家门口等父亲回来。一个月过去了，两个月过去了，但他一直杳无音信。第三个月的时候，我们去罗森银行领回了父亲的个人用品。母亲保存了所有人写给父亲的卡片，她经常读给我听，并且告诉我，人们都惦记着我父亲。我在那些卡片里发现了这张明信片。"

顿了顿，他接着说："我后来打听到您在亚洲，所以我想，如果到亚洲的投行找工作的话，见到您的几率可能会很高。"

良军觉得喉头发热。他不愿意让这个年轻人看到自己情绪激动，于是定了定神，平静地说道："没错，20年前的10月5日那天我离开纽约之前，写了这张卡片，并放在你父亲的办公桌上。"

说起父亲，小马丁的声音低沉了下去："9·11事件发生的时候我才4岁多，对父亲的印象不深。在那之前，我只记得他每个周末带我去中央公园。您对他还有印象吗？"

良军点点头："我终生难忘你的父亲，他是我进入华尔街后的第一个老师……"

良军的视线一直没离开过小马丁。他有棱有角的脸型与一双北欧人特有的深蓝眼睛倒是跟良军记忆中的师傅马丁颇为神似。良军不动声色地观察着他，心里不由得感叹：果然是青出于蓝而胜于蓝。这个俊强高大的年轻人不仅继承了父亲的身高，还继承了父亲的聪明，而且有着超出一般年轻人的思考深度。

小马丁说道："多年来,没有一天我停止想象过,父亲的最后时刻跟谁在一起,或者见过谁,做过什么?我已经找到20多位父亲的朋友,他们都帮我回忆了父亲生前在纽约的生活和工作。您是我要找的父亲的第29位同事,能不能回忆一下最后一次见到我父亲是什么时候?"

良军觉得,20年前的那种喘不过气的沉重感再次将自己包围,那是他多年来一直想逃避而最终无处可逃的感觉。

"跟你父亲在一起工作的场景,我一天都没忘过。我的办公桌就在你父亲的桌子旁边。"良军发现小马丁听得非常专注,一双深蓝似海的眼睛一眨不眨地望着自己,仿佛每个字都记在心里,于是良军继续讲述着9·11那天的经历:"2001年9月11日这天,是我正式开始在投行交易室工作的第二天。那时候我刚结束在罗森银行一个月的上岗前培训。行里给我安排的指导师傅就是你父亲。"

良军仿佛又回到了20年前的曼哈顿……

第二节 失踪20年的师傅

2001年夏天,良军从美国宾夕法尼亚大学沃顿商学院工商管理硕士金融专业毕业后,过五关斩六将,终于如愿以偿地拿到了纽曼银行的录用函。

正当他憧憬着即将在纽曼银行开始的新工作时,罗森银行暗度陈仓,把良军挖到了罗森银行,在纽曼银行一天班还没上的良军在即将入职之前向纽曼银行递交了辞职信,转而到罗森银行报了到。按照安排,良军在罗森银行纽约总部参加为期一个月的新员工培训后,于9月10

日正式到交易室上岗。

他记得很清楚，2001年8月7日，星期二，是他加入罗森银行纽约总部的第一天。

这天早上九点，良军到了位于纽约九大道53街附近罗森银行的总部大楼。他先到人事部，站在门口，怯生生地轻轻敲门，听到从门里传来了"请进"的招呼声后，良军推开门，走进办公室。一个金发碧眼、身着深蓝色西服套裙的年轻女士从办公桌后面站起身，老练地扫视了良军一眼之后，热情地说道："早上好！你是来办理入职手续的？我叫阿曼达，是人事部的经理。欢迎你加入罗森银行！请坐。"阿曼达边说话，边递给良军一个文件夹，里面有一整套新员工要填的各种表格与注意事项。良军接过文件夹，迅速浏览之后，像做选择题一样，飞速填妥，然后连同自己的护照一起交给阿曼达做后续的处理。全部入职手续办完还不到30分钟。良军笑了笑，心想：办事高效！阿曼达告诉他到旁边主楼的八楼交易室去找主管菲利普报到。

菲利普正是几个星期前面试他的众多考官之一，他身材瘦高，戴着金边眼镜，灰白的头发让他显得威严且精明。看着自己亲自挑选的沃顿高才生终于成为罗森银行的一员，菲利普很开心。他把良军逐一介绍给不同的团队：外汇即期交易组、远期交易组、期权交易组和外汇市场研究组。最后，他把良军带到一个人面前。

看到老板来了，员工们纷纷微笑着打招呼，可那人却纹丝不动，一双脚还跷到旁边的空椅子上，旁若无人地喝着咖啡。

"良军，他是你第一年的业务指导马丁·菲特里。"马丁的视线从花花绿绿的屏幕上移到良军脸上停留了两秒，又移回到屏幕上，算是打过了招呼。良军对此人的第一印象是——冷，阴冷。

"嗨，马丁，这是我们部门刚来的新人李良军，沃顿毕业的，他是我们部门今年招收的唯一的工商管理硕士毕业生。"听到老板菲利普介绍良军，马丁的脸上挤出一点礼节性的笑容。他向良军伸出手来，语音里带着很重的喉音："你好。"然后再没有更多的话。

马丁年龄大约五十开外，个头高大。令良军印象深刻的不是他铮亮的秃头，而是一双眼睛里透着阴冷的目光和他嘴唇上方的八字胡，他不苟言笑的样子让初来乍到的良军感到压抑。

菲利普把良军交给马丁，回自己的办公室去了。马丁指着身边的一个空座位对良军说道："良军，以后这里就是你的座位。如果有任何问题，你可以随时问我。"马丁说完之后，自顾自地忙开了。良军把公文包放在紧挨着马丁的那张桌子上，在落座的一瞬间，良军忽然感到周围所有的人似乎都向自己投来了莫名其妙的眼光，令他百思不得其解："我脸上有花纹吗？我眼睛长歪了吗？还是因为我是今年被招收的唯一的工商管理硕士毕业生？我一切正常啊，为什么大家都这样看着我，我今天刚进交易室，还没干任何事情啊！管它呢，先坐下再说！"

良军在周围同事怪异眼神的注视下，从公文包里拿出自己的笔记本和钢笔，收拾好办公桌面，之后打开面前的电脑。

罗森银行的交易室比良军工作过的中国裕京银行交易室要大。放眼望去，将近上千台交易终端机和电脑成排成行，仿佛矩阵一样。由于全球各地金融市场的开市时间不同，负责不同地区的交易员往往很早就开始工作了。看着忙忙碌碌的同事，良军内心深处隐隐地感到一丝不安。准确地说，是紧张。他不知道自己是否能在这里站稳脚跟。"紧张也没用。自己在沃顿的时候不是削尖了脑袋都想进来嘛，既来之，则安之吧。"他一边安慰自己，一边开始学习了解罗森银行的外汇交易系统和流程。

"良军，休息时间到了，跟我下楼抽根烟吧。"不知过了多久，良军耳边传来了马丁的招呼声。良军利索地关好电脑屏幕，把笔记本放进抽屁里，然后站起身，跟随着马丁下楼。两人走出大楼的门口，往右一拐，走到一处紧挨大堂落地玻璃的无人角落。良军环顾着四周熙熙攘攘的人流，马丁则熟练地掏出一支雪茄烟来，突然犹豫了一下，问道："你抽烟吗？"良军笑道："我会抽，但是平时几乎不抽。"马丁看了看良军，说道："你还挺有个性啊！来吧，今天你正式进入了华尔街，其中一项工作就是必须熟悉华尔街的语言，包括抽烟，今天我请你抽雪茄。"说着，马丁递给了良军一根精致的雪茄。平时确实不抽烟的良军心想："今天第一次见师傅，如果因为拒绝师傅的好意而搞得不愉快的话，那实在有些得不偿失。况且抽一根烟也不会要我的命。"于是他顺手接过了马丁递过来的雪茄。见良军还在观赏手里的雪茄，马丁介绍道："这是来自古巴的 Cohiba 雪茄，它是用非常好的烟叶制成的，加之做工精致，这种雪茄在燃烧的时候，火焰会非常均匀，如果你不用手指弹烟灰的话，它会一直燃烧到你的手指头，但烟灰可以保持不断！""师傅，谢谢你的介绍，我还没跟着你学习金融知识，就先学会了关于 Cohiba 雪茄的知识，哈哈哈！"马丁闻言也大笑不止。"对了，师傅，我有一件事情想向你请教一下。""哦，说吧，什么事？""今天早上我在座位上落座的时候，我注意到周围所有的人都用一种奇怪的眼神注视我，我有什么地方做得不合规矩吗？还是因为我是今年唯一被录用的工商管理硕士毕业生？"马丁一愣，夹着雪茄的手停在空中，眼睛直直地盯着良军的脸，看得良军丈二和尚摸不着头脑。马丁忽然夸张地哈哈哈大笑起来，这下良军更是莫名其妙，赶紧偷看了一眼不远处的大堂落地玻璃，以确认自己脸上没有什么搞笑的地方。"你看过《花花公主》吗？""我从来不看。""你座位的前任在你加入我们银行前刚刚被辞退。""他被辞退跟我有什么关系吗？大家盯着我干吗？我脸上又没有长玫瑰花。""大家确实在看你的脸！他们在比较你跟那把椅子的前主人谁更英俊。"看着良军大感不解的表情，马丁继续说道："你的前任是一个非常英俊的白人小伙子，不知道哪根神经动了，跑到《花花公主》杂志让人拍照，成了《花花公主》杂志的封面男郎！""哦，原来如此！那些同事在比较我跟前任谁更英俊啊！"良军不禁大笑起来，"那后来呢？""当场被公司解雇了！但是你无法想象故事的结局。"看着良军好奇的眼神，马丁故弄玄虚地继续说道："他被解雇后，到法院状告罗森银行对他进行歧视。""结果呢？""结果？我们没有人知道，我们只知道在上法院的前一天，他突然撤诉了，然后很快就收购了一家纽约的杂志社！""啊！"良军睁大了眼睛瞪着马丁，说道："大千世界，无奇不有啊！反正我长得一般，还是老老实实地工作挣钱吧。""我坚决支持你！"马丁笑道。两人抽完了烟，一起回到交易室。穿过交易室的时候，已经知道故事原委的良军微笑着跟周围的同事点头，之后一屁股大方地坐在自己的椅子上。

虽说良军出国前在裕京银行做过好几年的外汇交易，可他面对着电脑上的各种图表还是有点不知所措。马丁似乎注意到良军的犹豫，于是把转椅滑到良军身边，给他仔细讲解了一下公司的各种外汇系统，让良军熟悉操作流程与注意事项。

"良军，希望你能明白，在华尔街上，决定你命运的是太多你所不知道、更无法控制的因素。在华尔街上重要的不是某一年你能挣多少钱，而是要看你能在华尔街上挣多久的钱，只有先生存下去，你才有可能等到更多的机会，挣到更多的钱。明白吗？"马丁说这番话时，表情严肃。

良军点点头，立刻打开笔记本。从裕京银行工作时开始，他就有记工作笔记的习惯。他把马丁的这句话记在了2001年度的工作笔记本里。多年以后，良军意识到，这是他进入华尔街后接受的最有价值的一句忠告。如果没有这句金言相伴，他恐怕不会在华尔街干上20多年。

看看入职培训的时间要到了，良军跟马丁打了一个招呼，离开总部大楼，去附楼参加入职培训。

他来到附楼五层的大会议室后，发现里面已经坐满了人，他们就是自己未来在罗森银行的同事。良军环顾四周，发现自己是不多的亚洲面孔之一。他迅速找了一个空座位。刚一坐下，人事部经理就宣布培训正式开始，接着向所有人介绍银行的基本情况。

比起沃顿商学院魔鬼似的训练，罗森银行的入职培训对良军而言很是轻松。在中国裕京银行工作的四年经历和在沃顿期间进一步夯实的金融知识基础，让良军在培训班上出够了风头。每当其他新人还在冥思苦想的时候，他已经轻松解决了老师出的难题。每到周六，良军都会把一周的培训情况通过电邮向香港的固定收益部负责人甘成林汇报一下。全天的培训课完成后，他会在傍晚回到交易室，跟同事们交流交流。很快良军就熟悉了银行内部的信息系统和各种软件的使用，马丁很高兴。据他的经验，一个新手没有一个月是很难掌握这些复杂系统的。

马丁对良军的进步很是满意。一天休息时，他颇为得意地告诉良军，罗森银行的各种外汇软件是当年自己开发的！闻听此言，马丁在良军眼中的形象顿时比第一天刚见到他时高大了许多！

接下来的一个月里，马丁和良军相处得非常默契。工作之余，两人也不时拉拉家常。良军发现，马丁的个性远比他的长相热情。马丁来自瑞典斯德哥尔摩，年轻时来到美国读书，从耶鲁大学毕业后，一直在华尔街工作，后来娶了个美国太太。他和太太生了一个儿子，刚刚4岁多。马丁把太太和儿子的照片摆在自己的电脑旁边。

马丁智慧、幽默，良军勤奋、刻苦，两人渐渐惺惺相惜。马丁经常开良军的玩笑，以幽默的方式教给良军华尔街的规则和生存发展之道。良军则常常给马丁讲述各种自己在北大和裕京银行工作时的故事，并回答他关于中国的各种问题。当马丁听说良军还会做几个中国菜时，惊讶得下巴都快掉下来了！因为他在家从不做家务，更不会做饭，家里全部由太太负责。

良军成了纽约庞大上班族中的一员,每天穿行在阴暗破旧的纽约地铁与富丽堂皇的摩天大楼之间。每天早上,他从公寓走到莱克辛顿地铁站,在办公楼附近的地铁站下车,走到办公室。一天的培训结束后,他回到交易室,抓紧时间熟悉各种交易软件和操作流程。有时良军也会忙到很晚才能完成马丁留的作业,然后打个出租车回到位于曼哈顿上东区一大道跟 90 街交汇处的公寓。

上岗前培训的这个月是他出国两年来最为轻松的时光。一到周末,良军首先抓紧时间补觉,仿佛要把在沃顿挑灯夜战时失去的睡眠统统补回来一样。周末的下午,良军雷打不动地和秀明到中央公园骑车。长方形的中央公园周长大约 6.1 英里(约 9.8 公里)。他们把变速自行车的车速打到最高档,然后在公园环路上狂奔。掐表计算了一下,用 45 分钟的时间可以绕行一圈。两圈下来,他们就全身汗湿了。良军记得很清楚,2001 年 9 月 7 日是星期五。这天下午,他在罗森银行一个月的培训结业了。人事部经理宣布,从下周一,也就是 9 月 10 日起,所有学员到各自的部门开始正式上班。

良军估计上班后很难有时间买东西了,于是抓紧上班前最后一个悠闲的周末带秀明逛街,给秀明买礼物。又和秀明去法拉盛中国城采购了一个星期的食物,当晚他们犒劳了自己一顿秀明精心准备的晚饭。送别秀明之后,他回到屋里,复习了一下师傅马丁一个月来讲解的交易规则与操作要点。一切都胸有成竹后,良军收拾好所有的办公用品,拿出第二天要用的西服和领带,然后早早熄灯睡觉。他准备第二天早上 7 点就到办公室。第一天正式上班,他希望给领导和同事们留下一个好的印象。

9 月 10 日是星期一,不到 7 点,良军便来到了总部大楼,神清气爽,像一匹即将驰骋疆场的战马。老板菲利普很惊讶:"你为什么这么早到办公室?"良军笑笑:"您和其他人不也很早就到了吗?"菲利普呵呵地笑了，和良军一起走进了交易室。

交易室 24 小时都不缺人。由于纽约比伦敦晚 5 个小时，早上 7 点的时候，伦敦已经到中午 12 点了。负责欧洲市场的交易员们在纽约的凌晨就已经开始紧张地工作了。

良军打开电脑和各种信息屏幕，开始研读全球当天的金融市场行情。没多久，马丁也来了。

"良军，你知道吗，我昨天给儿子报名参加了一个中文学习班。"

良军从红红绿绿的 K 线图和市场信息终端里抬起头来，跟马丁打了个招呼："你儿子还不到 5 岁，这么早学中文，你是不是操之太急了？"

马丁连连说"NO"："你要知道，小孩子学外语是有天赋的，越早学习越容易掌握，就像他们说话、玩耍一样自然。"

马丁走到良军身边，加了一句："等你有一天当了父亲，你就明白了。"

马丁对良军讲起儿子来总是充满了感情。良军每天上班都要被灌好几耳朵马丁的育儿经。

这天午间小憩的时候，两人不知怎么聊起了各自的大学和遇到的人。马丁突然想到把良军从纽曼银行挖过来的甘成林也来自北大，于是给良军讲了成林在华尔街上的一桩传奇经历。

成林聪明过人，15 岁考入北京大学数学系，他出国留学的时候，良军刚刚进入裕京银行。成林 1992 年从宾夕法尼亚大学数学系毕业后加入罗森银行。入行没几天，可以说板凳还没坐热，他就对罗森银行多年来沿用的某个期权计价模型提出质疑，认为它存在不合理的地方。一个刚入职的中国小子敢挑战华尔街投行使用多年的计价模型，其中暗含巨大的风险：如果他被证明是错了的话，他得当场走人，职业生涯会因此提前结束；如果他是正确的，他的对头、那位资深的白人顶头上司也并不会领他的情。但是，一向认事不认人的成林倔脾气上来了，在跟主管争吵的过程中，激动得把手中的电话砸在了交易台上。幸好最后证明成林是正确的，否则他会当场被赶出去！事后，成林不但没有受到责罚，反而得到了大老板的欣赏，加之他的业绩也非常突出，一路青云直上，5年以后就被提拔到华尔街的最高职级——董事总经理。

"那，如果我哪天摔你一回电话，会不会也被晋升？"良军跟马丁开着玩笑。

马丁大笑起来："我会一脚把你踢出交易室的！"

外人眼中光鲜的投行其实有着严格的等级序列。马丁入职已经快20年了，仍然是董事，离董事总经理的职位还有一步之遥，马丁自己倒看得很开。只是成林5年跨越式的升职奇迹让良军暗下决心：他也要争取尽快拿下董事总经理的位置。

良军没想到，仅仅一个月后，成林就成了他的大老板！

一天的时间过得真快，一晃就到下班的时间了，马丁要开车回家。走之前，他告诉良军："良军，我明天早上要到世贸中心顶层参加一个国际商务会议，你有兴趣吗？"

"当然有啦。什么时间？"

"早上9点。"

良军转念一想，不行，马丁留给自己的模拟交易练习还不够熟悉，自己还得加把劲。于是婉谢了马丁的邀请。

马丁说没关系，这种国际性会议很多，今后有的是机会参加。

此后多年，良军想到这一幕就后怕。假如当天他一念之间对马丁说"好"，那么第二天他的命运肯定会跟马丁一样。生与死的差别，有时竟在一念之间。

良军告诉马丁，自己现在回去没什么事，而且此刻地铁也挤得要命，倒不如在交易室多待一会儿，把今天所学到的繁复外汇期权计价软件再熟悉一下。马丁拍了拍他的肩膀，准备离开。

快走到门口时，马丁忽然转过身来，对良军说："良军，你已经见习一段时间了，进步很快，下周开始，我看你可以尝试模拟操盘了。按照你们中国人的习惯，你应该请师傅吃饭哦。"说完脸上浮现出难得的笑容。

良军看着他："对啊！按我们中国人的习惯，我真该好好感谢一下你这位师傅。要不，这个周末吧？中餐怎么样？"

马丁很兴奋，竖起大拇指，接着又补充了一句："你不是很会做中国菜吗？给我做几道你最拿手的中国菜怎么样？"

良军立刻还给马丁一个 OK 的手势，说："没问题。我会做最拿手的菜来招待你。"他脑海里立刻开始想象做什么菜来款待马丁。他最拿手的炖猪蹄可能马丁不敢碰。要不做一锅水煮牛肉？但不知道重重叠叠荡漾在红油中的干辣椒会不会把马丁吓住？转念一想，没事，到时候可以让秀明帮忙再多做几个不辣的菜。想到这里，良军说道："要不这个星期五下班后你去我的公寓，我来做几道中国菜？"

"一言为定。"马丁一边说着，一边拎着公文包向外走去。

"一言为定。"

交易室的门在马丁身后慢慢地、无声地合上了。

良军做梦都没有想到，那是他最后一次看到师傅马丁……

第三节　叩门纽曼

从进入沃顿商学院第一天起，希望趁着年轻快挣钱、多挣钱的良军就把进入排名前十之内的国际投行作为自己求职的目标，其中他最中意的就是纽曼银行。它雄踞曼哈顿，紧邻世贸双子塔。但是，良军没想到，尽管自己精心准备，纽曼却连一个实习机会都没给他。

每每想起第一场面试，良军就颇为自责。那次的面试官是一个中等个头的印度裔美国人。一开始，双方谈得非常投机，面试官显然对良军的专业素质表现非常满意。临近面试结束时，面试官突然问良军："你对目前的互联网热潮怎么看？"

不知是不是眼看面试已经过了一大半，良军觉得胜利在望，还是自己觉得这个问题不是问题，于是不假思索地回答："我认为是一个大泡沫！"

良军只顾侃侃而谈，完全没有注意到面试官的眼里闪过一丝不快。他打断了良军的高见，语调急剧降温："能告诉我为什么吗？"

良军正讲到兴头上，完全没有察觉到印度裔面试官语气中隐含的不耐烦。他脑子飞快地转着，边答边想，组织了七条理由。第七条还没讲完，就被面试官粗暴地打断："好了，今天时间到了，就这样吧。"

良军有点摸不着头脑，不明白为什么面试官突然变得不高兴。他一回到宿舍，就赶紧登录学院内部网站查看面试官的背景介绍，瞬间恍然大悟：面试官曾经的专业正是IT！良军后悔不已，为什么自己没有提前注意到这个关键的细节呢？！看来纽曼银行的实习是没戏了。

果然，傍晚他的电话里传来了印度裔面试官的留言："感谢今天你参加我行的面试，但由于职位非常有限，我们很遗憾不能向你提供实习名额。祝你好运！"

好在别的金融机构向良军提供了实习机会。2000年的冬天，全职工作求职季正式开始，良军再次向纽曼银行发起冲击。

面试在一个下午进行。一场大雪把费城装扮得银装素裹。良军提前10分钟走进了院办公楼Vance Hall北边大楼一层的一间会议室。一男一女准时出现在会议室门口。看到走进来的这对男女面试官，良军不禁想笑——世界排名前十之内的纽曼银行派来沃顿的是怎样一个面试官组合啊！男的奇胖，女的奇美。

"嗨，我是乔伊，这位是索菲亚。你好吗？"进来的主考官一边呼呼喘着粗气，一边向良军问候。良军第一眼注意到的是他胸前那条宽大的红色领带。

乔伊大约40岁，个子不高，头上基本寸草不生。他的腰围顶良军三个还绰绰有余！紧跟他的，是一个20多岁的亚裔女性，大约是他的助理，高挑、秀丽，穿着一身得体的黑色裙装，显得非常干练。

"我是良军，很高兴见到你们，谢谢你们来到沃顿！"良军赶紧起身跟乔伊和索菲亚握手。三人落座后，乔伊开门见山，先向良军介绍了一下自己和索菲亚，然后用他的大嗓门对良军说："良军，该你了。你先自我介绍一下吧。"

按照事先准备的那样，良军收腹挺胸，镇定自若地从自己在国内读北大开始，一直谈到了自己从裕京银行辞职，然后来到沃顿。其间，乔伊和索菲亚只是静静地听着良军的讲述。

良军的话音刚落，乔伊马上追问道："你对联储下一步的货币政策走向有何看法？"

良军心中一喜：好的，这个问题正好落入我的囊中！他明白，这是乔伊在考察自己经济和金融专业的理论功底。凭借自己过去几年在国内银行工作时积累的市场经验和到沃顿后每天对全球金融市场的跟踪观察所积累起来的感觉，良军从全球经济状况谈到美国的网络经济，不时引入劳工市场的数据予以佐证，最后给出了自己的结论。他捕捉到了乔伊的眼睛里闪过一丝不易察觉的微笑，也注意到索菲亚坐在乔伊的旁边，虽然一言不发，但是一直面带微笑，心想：看来自己的陈述已经引起了两位考官的兴趣。

乔伊果然够刁钻。他拐弯抹角，从各个维度继续提出关于金融市场的问题，好在良军在面试之前，已经做了360°的准备，一一化解了乔伊的明枪暗箭。

原定半小时的面试实际用了45分钟才结束。根据以往的经验和现场的观察，良军对进入纽曼的复试比较有把握。

果然，两周以后，良军接到了纽曼银行的复试邀请，贝尔斯登等机构的面试邀请也接踵而来。在繁忙的功课之外，良军开始频繁地奔波在费城与纽约之间。

纽曼银行的复试安排在一天中午12：30开始。这天一大早，良军就到费城火车站，登上去纽约的火车。从34街的火车站出来后，他跳上一辆出租车，直奔位于曼哈顿的纽曼银行总部大楼。

纽曼银行是世界排名前十之内的投行，它的总部在纽约世贸中心7号楼，紧邻世贸双子大厦。尽管它的高度大约只有世贸双子大楼的一半，但这栋红色外墙的摩天大楼也有47层，约190米高。在它的三楼，有步行天桥与世贸双子大楼相通。

"这就是我叩响华尔街大门的地方吧。"良军下了出租车后，仰望着大楼，做了一个深呼吸。

良军看看表，才11点多钟。忽然间，他心念一动："为什么公司要把面试的开始时间安排在12：30呢？莫非他们真的会像之前听说过的一些日本公司那样故意安排午餐，并在饭桌上开始考察我？"

出于稳妥，良军决定先自行解决午餐，以便在中午面试开始的时候掌握主动权。他看到办公楼对面有一家汉堡王餐厅，于是径直走了进去。他点了一份汉堡王套餐，找了个靠窗的座位坐下，边吃边在脑子里把一些关键问题快速地又过了一遍。

汉堡的分量十足，一个汉堡下肚便填满了他的胃。他一看快到时间了，于是起身走向纽曼银行。

良军按照复试通知上的指示，找到了纽曼银行人事部的经理凯瑟琳。一个身材颀长、精明干练的白人美女闻声从办公室走了出来，她让良军签到后把他带往一间会议室,在会议室门口,他意外地碰到了乔伊。

"良军,祝你好运!"乔伊面试过不少名校学生,但显然对这个中国学生记忆犹新,居然还记得他的名字。

良军推门而入,只见会议室里已经安安静静地坐着20个各种肤色的应聘者,其中绝大部分是白人男性。连良军自己在内,一共只有两个黄皮肤黑头发的应试者。今天的面试后,将只有两个幸运者能拿到全职录用函。

"看来今天的戏不好唱啊!"良军心中暗自念叨着,找了一个位子坐下。

12:30刚到,凯瑟琳便推门进来,宣布了面试的安排:应试者先和公司的高层领导共进午餐,之后每个学生到事先安排好的办公室参加面试,每人每场的面试时间为20分钟。每个学生结束一场面试后,立刻到下一个会议室参加下一场面试。

良军心想,这顿午餐就是一场鸿门宴,幸好自己事先有了垫底。

午餐开始了,包括乔伊在内的公司高层,连同应试的20个学生围坐在一张细长的餐桌旁。良军对盘子里的牛排一点兴趣也没有。出于礼节,他熟练地操着刀叉,把煎得七分熟的牛排切成小块,却不往嘴里送,而是把注意力全部集中在银行高管的提问上,在其他同学忙着吃饭的时候抓住时机,简短地予以回答。

良军的策略显然很起作用。高管们不时地对良军点头表示赞许。

午餐结束后。凯瑟琳和助手们把面试的学生分别引到不同的会议室。良军的第一场面试是见股票部的全球主管史蒂夫。

一进办公室,良军就看到史蒂夫坐在靠窗的办公桌前打电话。刚刚在沙发上坐下,良军便注意到一张A4大小的纸静静地躺在自己和史蒂夫之间的地毯上。他心念一动:"我该不该过去帮忙捡起那张纸呢?"

他不动声色地观察着史蒂夫，只见他全神贯注地在讲话，完全没有朝自己看一眼，心想："如果我坐着不动，而万一捡纸就是面试内容的话，我岂不先失一局？可是，如果捡纸并不是面试内容而且纸上有机密内容的话，我不也正好中枪？"

良军左思右想，觉得："无论如何，没有老板会喜欢眼里没活的员工，这张纸我必须去捡。但是为了以防万一，我捡纸的时候，要尽量避免自己的眼光落在纸上！"想到这里，良军对着仍在大讲电话的史蒂夫做了一个手势，指了指地上的纸，然后缓缓地站起来，轻轻地走到纸旁边，蹲下身，仅仅用眼角的余光引导自己的手，去捡起那张纸。捡起来之后，良军平静地把纸放在史蒂夫的办公桌桌沿上，之后缓缓地退回到沙发坐下。整个过程中他的眼光始终没有看一眼那张纸！

良军以为自己精心设计的这套动作会让史蒂夫看在眼中，哪知他根本没有在意，仍然在跟别人通电话。时间一分钟一分钟地过去了，足足等了快20分钟，史蒂夫还没有停止电话的意思，良军有点坐不住了，他起身向史蒂夫用目光示意了一下，然后推门出去，找到了凯瑟琳，把情况向她说明。凯瑟琳让良军先回史蒂夫的办公室继续等候，她马上做调整。

良军回到会议室。又过了一会儿，史蒂夫终于放下电话。这时，凯瑟琳走进来，对史蒂夫耳语了几句，然后轻轻地离开了办公室。

史蒂夫向良军道了个歉，简短地作了两句自我介绍，然后向良军提问："你这学期在沃顿的国际金融课上当助教？看来你的英文和专业课成绩都不错啊，进入沃顿之前，你在美国生活和学习过吗？"

良军吸了一口气，将声音调高两度，以便在这个宽敞的办公室里，史蒂夫能听清楚自己说的每一个字："是的，您从我一年级的成绩单上可以看到，我的国际金融课的成绩是 A⁺，路易斯教授非常欣赏我的专业水平和敬业精神，所以聘请我做她的助教。四年之前我第一次到美国来，在纽约和伦敦接受过一次约三周的培训，除此以外我再也没有过其他在美国生活和学习的经历。"

史蒂夫点点头，继续问道："从你的简历上看，你以前做过利率和汇率的衍生产品，能否给我简单说明一下当年你是如何在中国开展这项业务的？"

良军心中窃喜："这可是我闭着眼睛都滚瓜烂熟的内容啊！"

他微微挺了挺胸，信心满满地开始讲述自己过去的银行工作经历，从当年在裕京银行通过各分行对企业进行业务需求调研，到向管理层提出战略建议、具体实施的计划和步骤，以及最终取得的成果，史蒂夫对良军的回答显然很满意，不住地点头。紧接着，史蒂夫又追问了良军好几个技术性的问题，良军都一一作答。

忽然凯瑟琳推门走了进来。她注视着史蒂夫，史蒂夫微笑着点了点头。凯瑟琳走到良军身边，轻声说道："请你跟我来一下。"良军心想："我的面试刚进行还不到10分钟，怎么你就把我带走了？"他随着凯瑟琳走出办公室，办公室的门关上的时候，他对凯瑟琳说道："对不起，可是我跟史蒂夫的面试刚刚才开始啊！"凯瑟琳微笑道："良军，恭喜你！你刚刚结束史蒂夫这一关的面试了！我现在要带你去见下一个面试官。"闻听此言，良军恍然大悟："看来刚才的捡纸还真是一段无声的面试！史蒂夫从头到尾一直在用心盯着我呢！不管怎样，我应该可以通过他这一关了！"带着初战成功的喜悦，良军跟着凯瑟琳进入下一间会议室。

良军从最后一间会议室出来时，凯瑟琳早已站在门口等候。不等良军出声，凯瑟琳便说道："良军，希望今天你的所有面试一切顺利。乔伊还希望你能见一下我们股票部的交易主管基米，你能行吗？"

良军毫不犹豫地答道："没问题。"

"好的，那你跟我来吧。"

良军随着凯瑟琳又坐电梯直下到7楼，进了交易室，良军眼前一亮：眼前的景象跟裕京银行总行的交易室多么相似啊！一瞬间，良军脑海里甚至浮现出《说谎者的扑克牌》书中所描写的股票交易室的场景。交易员们大声喧哗着、忙碌着，桌子上拥挤地排列着各种交易和信息终端机：彭博社、路透社终端等等。

凯瑟琳把良军介绍给一个面无表情的亚洲人基米之后便离开了。基米跟良军身高几乎相同，留着二八分头，可能由于长期待在交易室的缘故，他的面色略显苍白，没有一点表情，但他那双晶亮的眼睛和尖尖的下巴提醒着良军："此人绝对是个精怪之人，我必须多加小心。"基米冷冷地扫了一眼良军的简历，然后随手就扔在交易台上，继续盯着眼前的屏幕，不停地对着电话叽里呱啦。良军见基米正忙，便安静地走到交易室的过道边，靠墙站着，等待基米。不经意之间他看到基米瞥过来的一个眼神，显然他对良军这个举动是满意的。在国内银行交易室工作过的良军当然知道交易室的明规则：无关人员必须远离交易人员和设备，以防敏感信息泄露。

良军靠墙站了约半小时，基米终于放下手中的电话，拿起良军的简历，向他走过来。

"你跟我来吧。"基米带着良军走进交易室旁边的一个会议室。会议室约60平方米，一张长长的会议桌摆放在会议室的正中间，桌子上散放着几个用过的一次性纸杯，还没有来得及被收走，十几把椅子有些杂乱地环绕着会议桌，显然不久前在这里刚刚结束过一场会议。基米一屁股先坐下，把双脚顺势跷在了会议桌沿上，之后用眼神示意良军也坐下。看着基米一副高冷的样子，良军心里一百个不痛快，他暗想："以前看媒体上说，纽曼银行多怪人，现在看来果真如此。反正已经领教过几个了，再多一个也无所谓！"

基米从良军的简历上抬起眼，冷冷地甩出了第一句话："你也是从沃顿毕业的？但是别指望今天我会偏帮你哦。"

良军不禁有些不痛快，心想："我什么时候指望你偏帮我了？我还没开口说一句话呢！不过还是感谢你首先向我泄露了你也毕业于沃顿这个重要的信息。"但良军嘴上还是礼节性地微笑着虚应了一下，表示理解。

基米照例让良军先简单地自我介绍了一下。完全出乎良军意料的是，两人没聊几句，基米便对良军说："好了，我没有什么问题要问你了。你可以向我提问了。"

这可大大出乎良军的意料！因为在一般的面试里，面试官至少会问面试者半小时的问题，只留大约五分钟的时间让面试者提问，所以良军按照面试的惯例，事先只准备了4—5个问题，但眼下基米却给良军留了至少半小时，哪来那么多问题提问！情急之下，良军决定采取如下策略：首先问一些让基米感到开心的问题，伸手不打笑脸人嘛！在基米回答问题时，从他的答案中再寻找下一个问题，争取填满30分钟。

良军抛出的第一个问题不是问题，而是一顶高帽子。他知道，这是一个试探性的话题，如果基米感兴趣，自己就继续深入，如果基米不感兴趣，自己就赶快调转船头。

良军问道："基米，你这么年轻就能在纽曼银行股票部做到交易主管的职位，一定有不少成功经验，可以跟我分享一下吗？"

不出所料，这个问题一抛出去，基米冰冷的脸上开始露出一丝笑容。他把自己当初怎么面试、怎么舌战众考官的经过，以及在纽曼银行里的奋斗史滔滔不绝地讲述起来。"看来人性是共通的，投行骄子也免不了俗嘛！"听着基米的神侃，良军一边保持着脸上的笑容，把自己的眼神聚焦在基米的鼻尖上，一边频频点头，其实脑子和心里紧张地、不停地在思考着下一个问题该问什么。

良军心想："我必须把你拉到我熟悉的领域来，既然你也是沃顿毕业的，一定有喜欢的和不喜欢的教授。对，就从这个不痛不痒而且你天然就熟悉的问题入手。"

待基米回答了第一个问题,良军便马上问道:"你在沃顿求学期间,沃顿哪位教授的课程对你如今职业生涯的发展帮助最大?"

基米脱口而出:"西格尔教授。"

闻听此言,良军心里大喜:自己也听过西格尔教授的课,这下找到共同点了!于是接着问道:"西格尔教授的证券分析课想必也是你最喜欢和最能应付自如的课程吧?能说说为什么吗?"良军这个问题一出口,自己心里都忍不住夸赞自己一句:"痒痒一定挠到这家伙的心窝子里了。拍马屁的最高境界也不过如此耳!"

基米一听这个问题,脸上的笑容不仅更舒展,连神态也更放松,开始滔滔不绝地讲述西格尔教授在沃顿商学院的往事以及自己师从于西格尔教授的辉煌历史。

看看火候到了,良军不失时机地把谈话焦点拉回到自己身上:"你一定也知道西格尔教授很严格,从来没有人考试能从他那里得到一百分,但我还是有幸在他的课上得到过 100 分。"

"哦?"基米眼里闪过一道带着赞许的光。

良军知道,必须进一步搞活面试的气氛,于是又提了一个问题:"那么你觉得沃顿商学院哪个教授最该走人呢?"

基米几乎要从椅子上跳起来了,声音提高了八度:"泰德!他是个又丑又凶的怪物!"

这回轮到良军大笑了:"绝对正确,他是第一个该走人的!"不等基米有任何反应,良军直接开始抖搂在校园里收集到的关于泰德的八卦。听着这些课本以外的趣闻轶事,基米开心得把跷在会议桌沿上的脚挪回到地毯上,用手把会议桌拍得山响,又痛快地吹起了口哨。

良军当然知道基米为何如此兴奋。泰德是个身材高大的白人,头发永远像充过电似的,根根直立,而且呈爆炸状。脸上的肌肉横向发达,乍一看，根本不可能把他与全美最好的商学院联系在一起。其实，他对各种营销理论非常熟悉，课也讲得很好，上课时从来不看讲义，一切都信手拈来。良军到沃顿后第一次期中考试，所有别的功课都是 A 或 A$^+$，只有市场营销得了 C，想必基米也有类似的遭遇？两人你一言、我一语地开始评论起其他的沃顿教授来！良军借机不动声色地向基米展示自己的专业涉猎广泛。时间一分钟一分钟地过去了，两人之间的对话完全变成了两个校友之间的聊天，根本没有一点面试的味道。45 分钟很快过去了，基米看了一下手表，对良军说："唉呀，面试时间早已超过了，我该回交易室了。今天和你谈得非常高兴，希望下次咱们可以有机会再聊。"

良军与基米一道走出会议室，道过再见后，他又分别找到乔伊和凯瑟琳，所有礼节性的道别程序完毕后，良军才离开纽曼银行。

出了世贸中心 7 号楼，太阳已经开始偏西了，呼呼的北风裹挟着满是大西洋海水味道的湿气猛扑在良军身上，让他不由自主地打了个冷战。他竖起了大衣的衣领，招手叫了一辆出租车，急急地赶往 34 街的中央车站。他必须今晚赶回费城，因为第二天他还有一门功课要考试。

从出租车上下来，顶着刺骨的北风，良军钻入 34 街中央车站的入口，跳上了最近一班开往费城的火车。经过漫长的车轮战后，他实在太累了，很快便在座位上沉沉地睡去。回到费城 30 街的火车站时已是暮色沉沉。良军在宿舍楼下的便利店里买了两个热狗，回到房间时已变成了冷狗，他也顾不得许多，狼吞虎咽地几口吃完，然后赶紧坐在电脑桌旁给今天的面试官们分别发出了致谢电邮。做完这一切后，他马上拿起书本为第二天的考试做准备。

又一个清早，良军和其他几个同学一起再度从费城坐火车去纽约，准备参加第二天贝尔斯登的面试。到达纽约中央车站后，一行人打车来到贝尔斯登已经预订好房间的华道夫酒店。进入房间放好行李后，良军再次拨通了自己公寓的电话，按照电话里的提示音操作到最后一个步骤，当听到"你有一个新的留言"的提示时，良军的心一下子提到了嗓子眼儿，他不知道这则留言是凶是吉。良军小心地往下听，电话里传来了纽曼银行面试官乔伊熟悉的声音："良军，早上好！我有一个可能不太好的消息告诉你，希望你不要太介意啊。"

良军的心瞬间沉了下去，但转念又安慰自己，反正之前已经收到过好几个拒绝自己的留言了，即使纽曼拒绝了自己，也不算多大事。他拿着电话听筒继续听下去，谁知在电话里乔伊立刻转换了口气："恭喜你！我的同事们都很喜欢你，你已经被我们录取了！麻烦你有空时给我回一个电话。"原来乔伊刚才故意在电话中跟自己开了一个大玩笑。良军马上回拨乔伊留下的电话号码。乔伊一听是良军，立刻表示恭喜，并期待良军一毕业就尽快到纽曼银行报到。良军不住地对乔伊表示感谢，并请他代向史蒂夫、索菲亚、基米、凯瑟琳等人表示感谢。

挂断电话后，良军一个后滚翻倒在酒店的床上。他的眼睛湿润了：默默地奋斗了多年，自己的努力终于取得了阶段性的成功！良军赶紧下楼把这个喜讯告诉同行的同学，大家纷纷向他表示祝贺，其中一个同学对良军说道："良军，如果你明天也被贝尔斯登录取的话，你会选择哪家银行呢？"

"当然是纽曼银行了。"良军很肯定。世界前十大银行里，纽曼的排名更靠前。再说，征服纽曼洋溢着一种复仇式的快感。

从马来西亚来的同学林俊宏干脆提议说："良军，在明天的面试中，你一定会比我们所有人更有竞争力的。如果你最终不会考虑贝尔斯登的话，是不是明天你就别参加他们的面试了？把这个机会留给我们吧。"

一瞬间大家都沉默了，因为这个要求多少听起来有点过分。良军思考了几秒钟，说道："好吧！我决定不参加明天的面试了，但是麻烦你们明天早上帮我向贝尔斯登人事部的人解释一下我不参加面试的原因，我明天一早就直接回费城去了，祝你们好运。"

那天晚上，良军把这个好消息电话告诉了秀明，之后睡了一个踏踏实实的觉。第二天一早，良军拿着行李箱直奔34街的中央车站。他要立刻赶回费城，不仅要把积压的作业尽快做完，还要复习、准备即将到来的考试。考试结束后，他还要迎接秀明的到来呢！

十天后，纽曼银行的录用函来了！那天晚上，良军先给妈妈电话报告了喜讯，之后下楼独自在校园里徘徊良久。他在心里说："老爸，我做到了。您在天上应该看到了吧？我从武汉走到北京，又从北京来到费城，不久就要去纽约了。儿子所做的一切您在天上都看到了吗？秀明，我终于成功闯入华尔街了，我们下一次见面时会非常开心的！"

良军讲到这里，突然停顿了一下，喝了口茶。他看小马丁听得兴趣盎然，微笑着问他："马丁，你大概以为我拿到了朝思暮想的录用函，就心满意足，等着到华尔街去上班，是吧？事实上，我在去纽曼银行报到之前又放弃了。"

小马丁的眼睛瞪得大大的，满眼都是疑惑："您不是一心想进纽曼银行吗？难道您在最后一分钟改变主意了？"

良军笑笑："你说对了。有一天，我突然接到一个之前从来不认识的人给我打的电话。这个电话彻底扭转了我的人生方向。"

第四节　午夜来电

良军跟纽曼银行签约后，纽曼银行很快给他寄来一张3万美元的支票，这是纽曼银行对新招聘员工的奖励。这笔钱足够他在纽约租下一处不错的公寓。这也是出国读书两年来，良军拿到的最大一笔收入。为了读沃顿，他从银行借款了 8 万美元，两年下来，加上利息，债务总额已经接近 10 万美元了。合计之后，良军决定租一个方便上班但是又不能太贵的公寓，尽可能省下钱以早点还清贷款。

为了找公寓，良军又开始频繁地从费城往纽约跑。可是，一连三天，早出晚归，良军跟着中介看了十几处公寓，几乎跑遍了曼哈顿，也没有找到合适的房子。正当良军为房子沮丧的时候，同学林俊宏一句话提醒了他："你为什么不去新泽西找一下呢？"

良军恍然大悟：对呀，纽约地铁交通密如蛛网，从新泽西过河就到纽约，而且秀明也在新泽西工作，干吗不假地势之便，非要挤在纽约城中呢?！他立刻着手联系新泽西的房产中介公司。在费城和新泽西之间只跑了两趟，便看中了一套可心的大房子：出门不远便是从新泽西通向曼哈顿的轻轨，直抵曼哈顿世贸中心楼下，从那里可以很快步行到达纽曼银行。良军特意沿着上班的路线踩点两次，确认一切都很方便之后马上签了租约，给中介公司写了支票，交了一笔数目不小的风险抵押金并预付了一个月房租。

2001 年 5 月，参加了盛大的沃顿毕业典礼和庆祝晚会后，良军离开住了一年的公寓，搬到了位于新泽西州的公寓，那里与纽约仅隔着一条哈德逊河。

第一天入住新泽西的公寓，良军兴奋不已。傍晚时分，夕阳把纽约的天际线涂上一缕金色。他绕着公寓所在的小区走了一大圈。走在新泽西的街上，看着河对岸世贸中心闪亮的双子大楼和纽约的城市轮廓，良军快乐地大喊一声："纽约，我来了！"

说起来，纽约是良军到过的第一个中国以外的国际大都市。他从来没有奢望过自己有一天会成为一个纽约人。如果没有 5 年前第一次纽约之行，今天的良军可能仍是中国裕京银行的李处长。

从沃顿毕业后到正式上班前这段时间，良军的小日子过得十分惬意。长久紧绷的弦突然松弛下来，真让人有点不习惯。他每天早上起来先跑步锻炼几圈，早饭后上网看看当天的金融市场行情，然后再看点金融专业类的书籍。从费城搬来的书也摆上了简易书架。一有空就继续啃在沃顿上学期间没来得及看完的《期权、期货及其他衍生品》(*Options, Futures, and Other Derivatives*)，这本小砖头厚的书被称为"金融市场的圣经"，作者约翰·赫尔是多伦多大学金融学教授，金融衍生产品与风险管理研究专家。

下午的时间比较轻松。良军会到纽约的书店和商场去逛逛。有时候他会带着自行车坐轻轨到世贸中心站下车，然后骑着车在曼哈顿到处转悠，也因此熟悉了纽约的许多大街小巷。平时的每天晚上他都要跟秀明煲电话粥，周末则是两人相聚的美好时光。

想到上班后天天要穿西装打领带，良军特意跑到五大道的布鲁克斯兄弟店里买了两双新皮鞋和半打衬衣。

六月的新泽西天气闷热，但对来自于江城的良军而言，这种闷热只是小菜一碟。一天傍晚，他骑车锻炼了一圈，回到公寓已是晚上八点多钟了。冲完澡后，良军跟秀明电话聊天直到深夜才上床准备休息。突然，电话响了，一个陌生的男中音从听筒里传了出来："良军，你好！我是甘成林，从香港给你打这个电话。你认识雪莉吧？"

良军一听，对方在香港，跟自己隔着12个小时的时差呢，现在正是香港的中午。

"对，雪莉是我北大时的师姐。"良军对这位打着师姐旗号套近乎的人还有一点儿戒备。

这位甘先生普通话纯正，他介绍说自己毕业于北大数学系，和良军的师姐雪莉认识很多年了。

听甘成林说得有鼻子有眼，良军的警报当下解除了一大半。甘成林接着说道："我在罗森银行香港负责固定收益部，现在准备拓展中国内地机构客户的外汇业务，需要招募有一定经验的能人。刚才在中环碰到你师姐，她把你的情况向我介绍了一下，我觉得你正是我要找的人。所以立即给你打个电话，希望你可以考虑加入我们银行。"

原来这是从香港伸手来纽约挖墙脚啊！良军迅速思考着对策：既不让对方失望，又给自己留下周旋的余地。

"谢谢您的信任和来电。可是我不熟悉您部门的情况啊，您方便简单介绍一下吗？"

"当然没问题。"甘成林向良军简要地介绍了一下罗森银行的情况以及他主管的部门业务发展需要。

罗森银行也是世界排名前十位之内的投行，与纽曼银行不相上下。它在全球设有众多分行，近年来在亚洲的业务发展尤其迅猛，市场份额迅速扩大。在它的机构业务板块中，甘成林负责的部门正是罗森银行亚洲分行最具成长性的部门——固定收益部。

良军一边听一边习惯性地记着笔记，睡意全无。

甘成林继续给良军介绍道："小李啊，我看过你的简历，你以前在裕京银行工作时接触到的都是固定收益业务。固定收益部历来是华尔街投行最主要的利润来源，你会发现90年代起各家投行的大老板们基本上都出自固定收益部。当然，投行固定收益部的经营收益绝对不是固定的，否则，我们早就被裁光了。这个部门的收入主要是从金融市场里搏击而来。以罗森银行的固定收益部为例，全球员工3000多人，我们今年创造的收入约为60亿美元左右，平均每人每年创造的价值是200万美元。"

良军不由得睁大了眼睛。

甘成林顿了顿，接着说道："早期的固定收益部以债券业务为主，由于很多债券的票息是固定的，因此这个部门被叫作固定收益部。但是现在，华尔街的固定收益部可以说是包罗万象，例如，外汇、利率、黄金和石油等大宗商品交易，你所熟悉的现货、期货和各种衍生产品这里都有。我们看到中国市场上的外汇业务出现了大幅增长的势头，任何金融人士都知道，只有在一个高速成长的市场里，一个人、一家公司才可能获得长足的发展。所以我希望能请你加盟我们银行，开拓中国的市场，同时也成就你自己的事业。"

甘成林果然好口才，口若悬河，滔滔不绝，给良军做了一番介绍连带鼓动，听得良军心有所动，可是他第一次遇到这种被挖墙脚的情况，一时不知道该如何处理才妥当，只好实话实说："甘总，您知道吗，我很快就要到纽曼银行去报到了。一天班没上就跳槽，这样做合适吗？"

"放心，在华尔街这是很常见的，只要按照合同行事，就没有什么不合适的。关键是哪种选择更适合于你自己长远的发展目标。"

良军仔细地听着。甘成林继续说道："我听你师姐说，你最终的目标是想回到亚洲发展，我们就在亚洲，而且中国的发展机会可以让你一步到位。"

"明白，但这事还是太出乎我的意料，可以稍微给我一点时间考虑一下吗？"

甘成林听出良军心有所动，于是乘胜追击："你看这样好不好，我先安排你跟我们纽约总部的同事面谈一下，这样你也可以多了解一下我们银行。如果双方初步满意，我就安排你到香港来一趟，我们再当面进一步深入地相互了解。"

良军觉得这个办法比较妥当。

"好的。那我等你们纽约总部的通知。"

挂了电话后，良军陷入了沉思："如果留在纽约做股票业务，前景似乎更远大些，金融市场都知道外汇业务的前景不如股票业务。但我一个外国人在这里能有多大的前途呢？"他左思右想没有结论，眼皮渐渐沉重，索性决定眼下什么都不想，先好好睡一觉再说。

两天后，良军收到了来自罗森银行纽约总部的信函，邀请他下周一前往罗森银行总部面试。良军电邮回复并告知对方自己将准时出席。他很清楚，这场面试与以往所有的面试不同，对自己而言，不过是锦上添花的尝试而已，因此心情十分放松。

孰料，罗森银行把良军考察了一整天。

罗森银行总部大厦位于时代广场的西北边不远处。早上八点半，良军就准时到了。秘书小姐把他带进八楼交易室旁边的一间会议室。面试从九点钟开始，一直进行到下午五点。差不多每隔半小时进来一位面试官，轮番向良军提各种问题。此时的良军堪称响当当的"面霸"，兵来将挡，水来土掩，大脑像一台高速运行的电脑，搜索着各种应对的策略和可能的答案。

面试结束后，他从罗森银行大厦出来，走到时代广场，准备闲逛一下以放松紧绷了一天的神经。可是几年前让初到纽约的他目不暇接的各样风景此时已经丝毫提不起他的兴趣。在时代广场盘桓十几分钟后，他便改了主意，决定尽快回到新泽西的公寓，把今天面试的情况告诉秀明，之后在自己的小窝里饱睡一觉。

第二天清早，良军刚起床，就接到甘成林从香港打来的电话。他恭喜良军得到了罗森银行纽约总部方面的一致认可，并期待良军尽快到香港见面一叙，为此甘成林已经用国际快递发出了邀请信。

两天后，良军收到了甘成林签发的罗森银行亚太分行精美的邀请信，上面有甘成林的签名，随信而来的，还有一张纽约—香港的往返国际机票，而且订的是商务舱。

看到素未谋面的甘成林把自己的行程安排得如此周到，良军没有多想，立刻给秀明打电话告别，收拾好简单的行李后便直奔肯尼迪机场。

从纽约到香港往返的他打了一趟"国际飞的"，整个行程前后加起来约50个小时。出乎良军意料的是：在香港中环罗森银行亚太区总部，等待他的竟然是比先前纽曼银行更残酷的一场恶战，面试他的前前后后有17位行里的中高层人员！

第五节　香港车轮战

经过十几个小时的飞行后，飞机顺利到达了香港启德机场。待良军折腾到罗森银行给他预订好的位于中环的文华东方酒店的房间时，已是凌晨时分了。按照罗森银行的安排，上午10点将开始面试。

洗完澡后，尽管很累，良军却没有一点睡意。他打开电视，调到财经新闻台。由于时差的关系，良军一直看电视到凌晨3点左右，又困又累的他才终于倒在床上睡着了。

不知道过了多久，房间的电话响了。良军迷迷糊糊拿起听筒，是一个甜美的女声："李先生，早上好！欢迎您到香港。我是甘成林先生的秘书张小姐，甘总让我提醒您，今天的面试将在上午10点钟开始，您知道如何从酒店走到交易广场一座我们的办公室吗？"

良军猛然惊觉自己已经身在香港！立即拍拍自己的太阳穴，说道："谢谢你！我以前在香港曾经实习工作过一段时间，知道怎么到达贵司。麻烦你告诉甘总，咱们10点见！"他抬头看看墙上的挂钟，时间已是9点了！他赶紧从床上跳下来，草草洗漱之后，拿起电脑包径直冲到酒店二楼的自助餐厅。侍应生彬彬有礼地把良军带到一个临窗的座位，良军要了一壶碧螺春，然后直奔餐台。他看了一眼手表，自己顶多只有30分钟吃早餐。于是不顾形象，拿起一个大餐盘，把炒河粉、春卷、叉烧包等自己喜欢的中式早餐各拿了一些，装了满满一盘，还放了一勺辣酱。回到座位后，良军边吃边想："估计今天的面试肯定来者不善，我还是以不变应万变，早饭多吃些，午饭时当着罗森银行老板的面，我斯斯文文地吃，省得因为午饭过程中的失态被扣分。"

主意一定，良军吃完第一盘之后，起身去拿了一盘叉烧包和春卷，接着又去装了一盘蔬菜，最后拿了半盘水果，像枪筒填弹药一样，把自己的胃撑得满满的，然后直奔交易广场一座而去。

他穿过交易广场一座大堂里的水墙，坐电梯来到罗森银行交易室的门口，拿起内线电话，拨打了张秘书的分机电话。不一会儿，张秘书出现在门口，把良军带进了交易室。令良军诧异的是：南北走向的交易室里，整个南半部的交易台全部是空的！良军不便多问，脑子里立刻浮现出当年在广国投跟包括罗森银行在内的各家外资银行打交道的场面，他清晰地记得，广国投关闭之后，罗森银行把当时负责中国市场业务的有关人员全部裁掉了。铁打的营盘，流水的兵啊！

良军不动声色地跟随着张秘书往前走，不一会儿来到走道的北端，进了一间会议室。

"李先生，今天的面试将在这里进行。您想喝点什么吗？"张秘书问。

"麻烦给我一杯绿茶，好吗？"

"好的，稍等一下。隔壁就是甘总的办公室，他和其他同事正在开会，会议一结束就开始面试，您先稍坐一下。"

"好的，谢谢！"趁着张秘书出去倒茶的工夫，良军迅速地环顾了一下会议室：面积不大，估计30个平方米左右，朝外望去，不远处第一排的交易台上密集地摆放着各种信息终端：彭博、路透等，根据经验，良军判断这些信息终端的主人应该是一位交易员。稍远处的交易台上，信息终端的密度明显降低了许多，良军判断那些终端的主人应该是金融产品销售人员。良军一边观察交易室，一边在内心盘算着一会儿应付不同面试官的策略。

张秘书把茶端了进来,并告诉他,甘成林刚刚结束会议,马上就过来。

不一会儿,一个人出现在会议室门口。隔着落地玻璃,良军看到来人身材中等,高约一米七,健壮微胖,一双眼睛炯炯有神。来人一进会议室便热情地向良军伸出双手招呼:"小李,欢迎你!我是甘成林。"

终于见到这个打电话到费城寻找自己并可能改变自己一生的人了!良军从座位上站起身,伸出手去:"甘总,幸会!"良军一边跟甘成林寒暄,一边在心里暗自盘算:"投行的人往往话里藏刀,刚才他貌似问候我的旅途感受,实际上可能在考察我的身体状况是否能经得起这种长途旅行,我得多加小心自己言行的每一个细节!"在和甘成林握手时,良军故意用力握了握他的手。良军也感到甘成林的手厚实有力。

甘成林双手握住良军的右手,热情得像久别的亲人,让在海外独自闯荡了两年的良军心里一阵感动。在冰冷的华尔街上闯来闯去,还没有人对自己这么热情、体贴过呢。

"请坐,请坐。辛苦你从纽约大老远地过来,今天还要折腾你一天,你得做好准备啊!"甘成林满脸都是笑,又一再表示歉意,弄得良军心想,自己如果不来这一趟,必定辜负了甘成林这番求贤若渴的苦心,于是客气地说道:"甘总,感谢您!请放心,虽然从纽约过来飞行时间不短,但是您体贴地给我订了商务舱,让我一路睡过来。不好意思,让贵行破费了。"

"哪里哪里。如果我们能够得到你这样的人才的话,这些钱花得值!"甘成林说话既热情又爽快得体,良军甚至闪过一念:如果与这个人共事,未尝不是一个好的选择呢。无形之中觉得又近了一层。可是,他提醒自己,毕竟自己是来参加面试的,甘成林是老板,礼数一定要周到。

甘成林说道："小李，我知道你明天就返回纽约，时间比较紧，所以今天我和我的同事将密集地跟你沟通，你没有问题吧？"

"您放心，我非常高兴和大家有今天这样的交流机会，我会好好珍惜，利用这个机会增进我们双方之间的相互了解。"

"非常好！我先简单介绍一下今天面试的安排。今天来面试你的主要包括两部分人员，一部分是我们的交易员，例如期权交易员、远期外汇交易员和即期外汇交易员。此外，我们负责亚太区各国的外汇和利率产品销售人员也会分别跟你交流。中午我请你吃午餐。有没有问题？"

良军暗自庆幸自己来之前已经把中餐提前落肚为安了，剩下的就是全力以赴来应对各路考官了。他说道："非常感谢您周到细致的安排，我没有任何问题，随时准备和各位面试官进行沟通。"

"好的，那咱们就开始吧。你稍候一下。"趁着甘成林走出会议室的工夫，良军赶紧喝了口茶。他可不想当着面试官的面喝茶，以免让对方挑出什么破绽。

良军刚放下茶杯，就听到了敲门声，随后走进来一个身高约2米的老外，手里拿着良军的简历。和良军握手之后，来人用英文自我介绍道："我是麦克斯，来自美国，现在在外汇期权交易台负责西方七国（G7）货币的期权交易。对了，我也是宾大毕业的，不过我是建筑学院的。"

"哦，那你是梁思成和林徽因的小小师弟了！"良军脱口而出。对方露出一丝诧异的笑容，说道："你也知道梁思成和林徽因？"

良军心想："你这话听起来有点瞧不起我啊，谈建筑我不如你，但是谈历史我绝对高你几个等级！"想到这里，良军故意轻描淡写地聊了几句关于梁思成和林徽因年轻时的故事，麦克斯安静地听着，看着麦克斯惊讶的表情，良军心里不禁有些得意。

良军很快收住话头。他意识到自己言多必失。

麦克斯突然问道："我知道沃顿商学院的学费很贵，你是如何解决学费问题的呢？"良军没有多想，直接回答道："这里面还真有故事。"

麦克斯兴趣盎然地说："说来听听？"

两年前，申请沃顿是一个曲折而漫长的过程。良军知道麦克斯想了解的可不是那些细节，而是他的策略，于是简明扼要地说："我之前在裕京银行工作的时间不长，没挣到什么钱。这是我迟迟没有动手申请的最重要的原因。不过也是机缘巧合吧，1996年的夏天，我到一家华尔街投行参加了一个跨国金融人才培训，领队的是那家国际知名投行的一位高管马先生。他鼓励我申请商学院，并表示只要我被排名前二十位之内的名校录取，他个人愿意向我提供无息贷款，供我读书。"良军停顿了一下，观察着麦克斯的反应。

麦克斯不动声色，兴致盎然地听着，而且还提了一个问题："世上没有免费的午餐。对方愿意资助你读书，难道没有提什么条件？"

"当然提了，条件是我毕业后必须到他们银行先工作5年。"良军接过话头。

"那你今天到我们银行来面试岂不是违背了你对那位资助者的承诺？"麦克斯步步紧逼。

良军坦然答道："当然没有。因为我被沃顿商学院录取后，幸运地赶上了美国的费城国民银行愿意向我这样的外国学生提供无担保贷款。我简单地计算了一下，发现从费城国民银行借钱读书对我更合算，所以我没有向马先生借钱，而是从费城国民银行借了大约8万美元、首期利率为7.75%的贷款供我在沃顿两年的学习。"

"哦，你放弃了马先生给你的无息贷款，却转而找银行借了高息的8万美元？你是如何计算成本并做出最后决策的呢？"麦克斯饶有兴趣地追问道。

良军明白，这才是麦克斯抛出的核心问题。他答道："在进行成本—收益分析的时候，我融入了对自己的事业与人生的整体估价。假如我当年从马先生那里借入 8 万美元并在毕业后加入他们银行工作 5 年的话，实际上相当于我把自己未来 5 年职业生涯的买权期权卖给了他，且期权费仅仅相当于免除的贷款利息共约 2 万美元。我非常感谢他对我的鼓励和支持，但是从经济的角度来看，对我不合算。试想：如果我接受了他的资助，那我现在就只能进入他所在的投行，尽管那家投行也很好，但是我却要放弃选择更好的投行作为我华尔街职业生涯起点的机会。当时的直觉告诉我，我职业生涯选择权的价值远远大于 8 万美元的贷款利息，不要说马先生只是给我无息的贷款，即使他白送给我 8 万美元，我恐怕还是不会接受他要我毕业后必须加入他们银行并且至少工作 5 年的条件。即使不考虑其他因素，凭直觉就可以知道，一个刚出商学院的年轻人 5 年人生的波动性（金融术语）将是巨大的！相应的，我未来 5 年职业生涯的期权价值应该远远大于 10 万美元！"

麦克斯闻言大笑。

良军继续说道："生活的经验告诉我，凡事计划没有变化快。马先生去年已经跳槽到另外一家投行，假如我当年借了他的钱并如约加入他之前那家投行的话，我此刻立刻会陷入非常尴尬的境地：招我进去的人自己走了，我却留在他之前的竞争对手们所形成的包围圈中，他的对手们肯定不会给我好脸色。您也非常清楚华尔街的明规则，如果上面没有人罩着的话，我未来的职业生涯肯定要被大打折扣。所以我的结论是：我当年没有接受马先生的无息贷款资助是完全正确的。"

"哈哈哈哈！看来你对期权的理解和运用非常到位啊！"麦克斯大笑道。从麦克斯的笑声中，良军听到了他的赞许，于是不失时机地表了一下态："如果有机会，我希望能和您一起共同把期权业务做得更大更强！"

"我非常期待！"麦克斯说完，放下手中的笔，双手一摊，说："好了，我的问题问完了。你有什么问题要问我吗？"

该良军提问了，他好奇地问道："您在学校里学的专业是建筑，怎么成为期权交易员了呢？"

麦克斯笑了笑，说道："华尔街投行的明规则是：你的专业背景是什么不重要，重要的是你得向公司证明你能干、能出活。我当年毕业时想着多挣钱、快挣钱，于是阴差阳错地考入了罗森银行，之后被安排到期权交易组，一直干到今天。"

"我听甘总介绍过您。您在罗森银行干得相当成功！"良军赞许道。

麦克斯谦虚了一下："不敢当，我倒是希望有更多像你这样的年轻人能加入我们，帮助我们开拓中国巨大的市场，把这个业务做得更大更强。"他抬手看了看手表，说道："时间到了，我得回去做交易了。你先稍坐一下，一会儿我们的二把手丁总会来面试你。"

良军礼貌地站起身，跟麦克斯握手道别，并目送他离开会议室。

良军刚刚坐下，还没来得及喝口茶，会议室的门就被推开了。一个身穿T恤、脸色黑里透红、满脸堆笑、腰围有自己两个粗的中年人走了进来。良军赶紧放下茶杯，站起身来，先送上问候："早上好！"

对方热情地招呼道："请坐请坐。"一边说着一边把手伸过来，双方握手之后，良军待来人先坐在自己对面，然后才坐了下来。

中年男人说："成林是这个交易室的老大，我是二老板，我姓丁，大家叫我老丁！"

老丁胖乎乎的脸上堆满笑容。

"丁总好！"良军注视着眼前的新对手，心里迅速地盘算着："根据自己的经验，这种貌似豪爽的老江湖往往暗藏心机，如果自己以为对方长相憨厚而放松戒备，言语稍有失误便会着了对方的道，而被对方置于死地。"想到这里，他一边满脸堆笑，一边在心里说道："你既然姓丁，那当年行走江湖的丁春秋老怪一定是你大哥了。你哥叫丁春秋，那我就叫你丁冬夏吧。我得防着你用化骨绵掌袭击我，无论你用什么招数，我都将用北大、裕京银行和沃顿三位一体的神功护体，最终打败你，就像虚竹大哥当年打败你哥丁春秋一样。"

良军还在胡思乱想的当口，丁冬夏第一轮化骨绵掌的阴风已经扑面袭来："小李啊！沃顿商学院的学习压力之大、竞争之残酷可以说是名扬四海，作为一个非英语母语的留学生，你竟然能够获得优秀毕业生称号，能告诉我你是如何做到这一点的吗？"

良军心里一激灵："这种貌似简单的问题暗藏陷阱。我得注意这个问题的回答方法，如果我只是回答说自己刻苦学习，那丁冬夏会认为我只是一个书呆子，很可能不适合外汇销售的工作；当然，我也不能只说我会玩，否则丁冬夏会怀疑我在沃顿的好成绩是靠作弊得来的。我得用虚竹大哥的九冥神功进行反击！"

想到这里，良军说道："丁总，您的这个问题问得简单，恐怕我的答案要长一些。"

"没问题，愿闻其详。"老丁一脸厚道的表情。

"首先我感谢北大，当年我以数学 120 分满分的高考成绩考入北大之后，虽然是文科院系，我们系主任非常重视数学，专门聘请北大数学系的教授给我们讲授微积分、差分方程等课程，第一年数学课结业考试时我获得了 100 分的满分成绩，但是由于执教我们高等数学课的范教授有条个人的规矩：绝不允许她的课上出现 100 分，恰巧我在试卷上有多处涂抹的痕迹，范老师扣了我 1 分卷面整洁分，但我仍然以 99 分的成绩名列年级第一。后来，北大又送我去中国人民大学经济学培训中心学习了一年，我的宏观经济学和微观经济学等课程基本都是以 A 或者 A^+ 的成绩结业，一年的培训经历进一步夯实了我的经济学理论知识。我在裕京银行工作的四年期间，接触并熟悉了各种基本的金融产品和金融衍生产品。您很清楚，在《商业周刊》上连续多年排名全美第一的沃顿商学院尤其以金融专业见长，我在北大所受到的严格的数学和金融专业课训练加上在裕京银行工作期间所得到的宝贵的实战经验，使我能够在沃顿严酷的竞争环境下生存下来，并且在毕业时获得了优秀毕业生的荣誉称号。当然，这一切的荣誉跟我自己在沃顿期间魔鬼般的学习和努力也是密不可分的。"

良军有意停顿了一下，看丁冬夏没有打断自己，继续说道："我还想多说几句，尽管我学习非常努力刻苦，但我并不是一个不懂生活的书虫。其实，我的业余爱好非常丰富。例如，我的高尔夫球水平可能不如您，但是我的乒乓球和网球水平一定在您之上，而且我还有一项绝活：我的轻武器射击水平相当高，估计您也不是我的对手。"说到这里，良军故意停了下来，等待丁冬夏发起新一轮的化骨绵掌攻势。

果然，丁冬夏好奇地问道："你怎么就敢断定我打高尔夫球？而且球技在你之上呢？你又如何断定你的乒乓球、网球和射击水平一定在我之上呢？"

良军心里得意地笑道："老丁啊，我正等着你的化骨绵掌呢，这一次我要一举击溃你！"于是侃侃说道："丁总，您进入会议室后，我就注意到您的脸色是非常健康的那种黑里透红。您的左手手背发白，而您的右手背却是被太阳长期暴晒之后留下的均匀分布的黑色，显然是常戴高尔夫球手套且在太阳底下打球所留下来的，这说明您是个高尔夫球爱好者，而且是长期不懈坚持打球的人，我在沃顿留学期间只有一次去普林斯顿打球的经历。您应该知道，两年多几乎不打高尔夫球的业余爱好者无论如何是很难打赢一个不停练习高尔夫球的人的。"

丁冬夏耸了耸肩，两手一摊，没有表示赞成，也没有表示反对。良军继续说道："我曾经获得过北大经济学院男子乒乓球单打冠军的头衔，并在比赛当晚以1∶3的成绩光荣地输给了一位八一队的队员。想必您一定知道，八一队可是中国的顶级强队，您肯定听说过世界冠军王涛、刘国梁吧,他们都是八一队出来的!我观察了您的身材,非常适合打高尔夫球,但是从乒乓球的专业角度讲,我的乒乓球打法估计您受不了:我会用削球抑制对手,用抽球干掉对方,我估计我的快节奏打法您肯定适应不了。至于网球,我擅长底线抽杀,网前截击,估计您会因为年龄的原因无法适应我的打法。至于射击嘛,我曾经在北京的北方射击场以业余持枪的姿势射击随机发射的飞碟并获得了80%的命中率,射击场的工作人员告诉我,一般的业余选手根本不是我的对手。我因此大胆推测我的射击水平在您之上。不知道对不对?"

丁冬夏哈哈大笑起来:"小李,你非常有趣!你说的全对!我在香港有一支枪,但是射击水平远远不如你。"

良军对枪支格外敏感,立即问道:"香港法律禁止民间持枪,您怎么会有枪呢?"

"我是射击俱乐部成员,根据香港法律,我可以持枪但是枪必须保管在射击俱乐部,绝对不可以拿出来。"丁冬夏的回答滴水不漏。

良军微微一笑,说道:"哦,我今天也长知识了,多谢!不过,丁总,您放心,咱俩不会在战场上遇见的。万一遇见的话,那我可要提前跟您说声对不起了!"

丁冬夏又哈哈大笑起来。这一瞬间良军仿佛又听到了1999年大年初三的夜晚通过电话接受沃顿招生官面试,以及纽曼银行的高管们面试他时爆发出的哈哈大笑声,这熟悉的笑声告诉良军:丁冬夏这关已经顺利通过了!

良军说得口干舌燥,于是伸出左手拿起茶杯喝了一口茶。忽然,良军瞥见丁冬夏的眼神变得有些怪异,正在纳闷,丁冬夏有点阴阳怪气地说道:"小李,你还有别的兴趣啊?!"

别的兴趣?他指什么?难道是暗示我有什么奇特的癖好,比如性怪癖或者易装癖吧?面对丁冬夏突如其来的第三招化骨绵掌,良军确实有些发蒙，不知道丁老怪所指为何，自然也不好回答。顺着丁老怪的眼神，良军瞬间明白了他在问什么，是自己抹了紫药水的左手引起老丁的联想。

良军笑了笑，把左手伸到他面前："丁总，我前天在新泽西家里的时候，左手因为切菜时不小心，被刀划伤了，我懒得去医院，自己抹了点从大陆带过来的紫药水，纯粹是为了疗伤，我本人没有任何奇特的癖好，请您放心。"

丁冬夏呵呵两下，算是给自己找了一个台阶下。他随即又问："你会自己做菜？你擅长做什么菜？"一说到做菜，良军可以滔滔不绝地把自己多年积累的做菜经说个没完没了，不过，他意识到这是面试，对方未必真的想听那些婆婆妈妈的做菜经验，而是在借做菜来引导他的回答，等着他露出破绽，于是点到即止地说："我倒是不会做什么粤菜、苏浙菜、鲁菜，多年在外读书，只会做些自创的中西合璧混合菜。"

丁冬夏的表情显示出他对这个话题有浓厚的兴趣。他问道："什么是中西合璧的混合菜？""哦，这是我在费城留学期间自创的独门秘籍：我每周末会去超市买回牛排或者猪蹄，放上从中国城买来的花椒、桂皮、八角等调料，再加上葱、姜、蒜，用火慢慢地把肉炖烂之后，放进冰箱冷冻起来。平时下课回到房间后，直接拿出一些肉放进微波炉里一转，便可以拿出来吃了，这样既能保证营养，又可以节约时间，至于味道嘛，能够让我自己满意就可以了。您有兴趣的话，我将来可以向您展示一下我的手艺。"

丁冬夏闻言，大笑不止。他看看手表，面试时间早已经超过了，于是说道："谢谢你。咱们的时间超过了，你还得应付下一个面试官。"

良军站起身和丁冬夏握手，目送他离开会议室。透过会议室的落地玻璃，良军看见丁冬夏直接走向站在麦克斯交易台旁边的成林，三个人笑眯眯地说着什么。"应该搞定他和麦克斯了！"良军心里念道："多谢虚竹大侠的不世神功，助我战胜了丁冬夏。"

面试一轮轮地进行着，良军沉着应战，兵来将挡，水来土掩，闪转腾挪躲避明枪暗箭，并不时瞅准机会主动出击，给面试官一个出其不意。

终于熬到午饭时间了。成林走了进来，他一脸诚恳地说道："小李，今天上午辛苦了！下午还有一些同事要对你进行面试，中午我请你吃个午饭。"

良军一面起身应付着，一面心想："幸好今天早饭吃得够饱，一会儿可以装个文明点的吃相给成林看看。"二人坐电梯来到楼下，良军跟着成林走进位于交易广场一座西边不远处的一栋高楼，坐电梯来到5楼的"洞庭楼"，看名字应该是湘菜，"不管你请我吃辣椒还是吃清淡的菜，尽管放马过来！"良军在心里默念着。

餐厅的服务员把二人领到一个靠窗的桌子前。二人落座之后，成林拿起菜单点了一些菜和主食，随即和良军聊了起来："小李，你之前在裕京银行工作，从简历上看，你应该发展得很好，为什么要辞职去留学呢？跟领导有矛盾吗？"

良军心想，我才不往你的坑里跳呢。他说："我跟领导没有任何矛盾，留学这事很大程度上与我的个性有关。我是一个绝不轻易放弃自己目标的人，其实我在1990—1991年就曾经尝试过出国留学，希望能够开阔自己的视野，多增长一些见识，多积累一些经验，可惜由于没钱，当时被迫放弃了出国留学的计划，但是我从来没有放弃过自己的梦想：希望能够看看同一个蓝天下其他人是怎样生活的，同时多学习积累知识和经验，为自己将来更大的发展打好更坚实的基础。所以我最后还是放弃了职位和房子，出国留学一圆自己多年前的梦想。"

成林果然是醉翁之意不在酒。他继续追问道："你觉得跟房子、职位比起来，你的梦想更重要？"

这还用问吗?！成林分明是在等良军给他一个有血有肉的答案。

"其实也很难这样说，我只是觉得必须趁着年轻多积累和储蓄些精神财富，当然啦也有物质财富。有一天老了的时候，除了银行账户里的货币财富，我还可以消费年轻时的精神储蓄。我相信自己有真本事的话，任何时候通过努力和奋斗，我早晚都会拥有属于自己的房子和职位的。但是如果我放弃了这次读书机会，年纪大了的话就很难再留学读书了。简而言之，二者不可逆：有了职位和房子，不一定能有留学的经历；有了留学以及在大机构的工作经历，早晚我会拥有房子和职位，而且将来老了的时候，我还会有独特的精神财富储蓄可供消费。所以，我坚信我之前的决定是完全正确的，至少我不会后悔的。"

"你挺有个性的啊！"成林夸奖了良军一句。

"多谢您的夸奖！有个性的人做的事情也是有个性的。"

"对对对！来来来，快吃点菜。"成林热情地招呼着良军。

有了丰厚的早饭垫底，良军假装斯文地慢慢吃着，心思却全在捕捉成林的每一句问话上。他滴水不漏地回答着成林的各种问题。终于熬到午饭结束了，良军暗自舒了一口气，跟着成林回到楼上的会议室。这时时差反应开始越来越强烈，再加上刚吃过饭，良军觉得昏昏欲睡。从来不喝咖啡的他立刻要了一杯咖啡。他在心里盘算道："一会儿面试官进来之后，我得主动出击，告诉对方我的时差反应很重，万一我有任何意外的失误，至少可以争取对方的谅解。"

下午的面试漫长而又折磨人，良军强打精神，一轮一轮地应付着不同的面试官。不知道什么时候开始，天空变得乌黑，外面下起了滂沱大雨。终于最后一个面试官告诉良军："今天的面试结束了，成林一会儿会过来再跟你说几句话。"良军只是木然地点了点头，几乎要瘫倒在椅子上。

成林旋即走了进来，满脸笑容地说道："小李，今天辛苦了！我会了解一下今天17个面试官的反馈意见并尽快地给你一个最后的反馈。你今晚有什么安排吗？我请你一起吃晚饭吧。"

良军一听差点儿要给他跪下，连忙说道："我今天耽误您一天的时间了，晚饭千万别再安排了，我一会儿就回酒店，今晚见见我师姐，明天一大早我就返回纽约。"

"也好。今天够辛苦你的。咱们后会有期。"成林也看出良军已经疲惫不堪，没有多加挽留。

良军离开了罗森银行的交易室，如得大赦一般，直奔文华东方酒店。这时天色已黑，雨势比下午小了不少，但仍然淅淅沥沥地下个不停。良军事先跟师姐雪莉约好了一起吃晚餐。

香港的街道两旁基本是房子紧挨着房子。良军没带雨伞，在屋檐下疾行，倒也没怎么淋雨。他轻车熟路，从文华东方酒店的北门进入大堂，往左一拐，一眼便看见提前到达的师姐。寒暄之后，良军感谢师姐向成林推荐了自己，从而使自己获得了这样一个有可能改变自己人生和事业方向的机会。两人随后来到餐厅。点完菜后，良军把自己过去两年在沃顿学习的情况，还有今天在罗森银行面试的情况，都跟师姐讲了讲。听说良军今天一共见了17个面试官，师姐不禁感叹："他们真是拿着放大镜挑人啊。"

菜很快上来了。良军这时觉得胃又空空荡荡的了，于是大口夹菜，一碗米饭三口两口就见了底。师姐扑哧笑出声来："这简直就是被罗森银行榨干了嘛。"

看到良军有了一点食物垫底，师姐才接着问："我感觉罗森银行应该看好你了，估计你很快就要在纽约和香港之间做选择了，你会怎么想呢？"

就在师姐问话的当儿，良军连连扒了两大口米饭，囫囵下肚后才接话说道："此刻只想吃饭，等拿到他们给的录用函之后，我再考虑下一步该如何行动。无论如何，这次非常感谢您帮我获得了这个机会！"

师姐以茶代酒，向良军祝贺道："祝贺你，这是你为自己争取到的一个机会。不用谢我，实在要谢的话，还是像当年你出国前我说的那样：像我帮你这样去帮助其他需要你帮助的人吧。"

师姐知道良军面试了一整天，已经很累了。她吃完饭，略略坐了一下就告辞了。良军也没有多留师姐，因为他已经累得话都不想多讲一句了。

第二天一大早，良军乘坐国泰航空的航班飞往纽约。他看着越来越小的大屿山，心里默念："再见，香港，我一定会回来的！"

罗森银行的办事效率很高。良军回到新泽西的第二天，就接到甘总的电话，告知他已经顺利地通过了香港方面的面试，正式的聘用函以及奖励签约的奖金支票已经用特快专递发出，希望良军收到后能尽快签字。

两天后，来自香港的特快专递到了。拿着罗森银行的聘用函，良军陷入了两难境地：是留在纽约还是回香港发展呢？美国的经济发展势头不错，加入纽曼银行的话，股票业务应该前途可观，工作几年之后再回亚洲发展应该不成问题，但如果留在美国，没有自己的文化和客户，能够发展到什么程度并未可知。如果加入罗森银行亚太分行的话，外汇业务显然没有纽曼银行的股票业务那样高大上，但是在中国市场上，自己肯定如鱼得水。到底该如何选择呢？

从这天起，良军陷入一个怪圈当中：早上起来的时候，他决定去纽曼银行，毕竟这是自己最初心仪的投行，而且离秀明很近；到了晚上睡觉前，他又百般考虑，觉得应该加入罗森银行，特别是想到成林如此器重自己，从香港把手伸到纽约来挖墙脚，自己又经历了那样一场超强度的面试，不去的话很可惜，而且毕竟自己在国内有着一定的人脉积累，可是，那样的话就要离开纽约，这个自己曾经最为向往的世界金融中心，而且离秀明就太远了……他左思右想，举棋不定，以至于每天早晨起来后，都要先摸摸自己的额头，确认自己有没有发烧。

良军找到陈卫东，向他咨询问计。陈卫东向良军推荐了一位精通易经的高人，此人姓王，住在河北定县农村，一辈子没出过国。良军把电话打到王师傅家，把自己的境况告诉了王师傅，听完良军的讲述后，王师傅不紧不慢地说道："我不知道什么纽啊曼啊，更不知道罗什么森，你今年9月份要注意安全，职业生涯的方向上切记要从低往高处做，你将来会一直做下去；如果现在从高处开始的话，你的职业生涯很快就会结束。切记切记！"听了王师傅的话，良军百思不得其解：什么是高？什么是低？9月份有什么安全问题吗？我住的地方和工作的地方都很安全啊。

成林紧抓住良军不放。寄出聘用函的第三天，他又打来电话，迂回问到良军有没有在聘用函上签字。良军略一迟疑，成林就听出了他的犹豫。他似乎对此早有准备，开导说："我们撇开别的一切不谈，商业的本质是文化。你我的文化根基都不在美国。在那个处处都有'玻璃天花板'的地方，你即使再聪明、勤奋，也不会有太大前途的。我当年就是因为这一点，很快选择离开纽约的，不仅如此，我拿到香港身份后，立刻把美国绿卡退了回去。我今天能够在亚太区身居高位，跟我当年从纽约回到亚洲的决定是密不可分的。"成林拿自己做例子来说服良军。

良军仔细惦量着成林的建议，觉得颇有道理，结合着王师傅的话，良军想到："纽约是世人心目中金融领域里的'高'，而香港则相对要'低'，可能这是暗示我应该马上回到香港，而不要在纽约呆下去吧！"反复思量并且跟秀明商量之后，他最终选择了罗森银行。在罗森银行的聘用函上签字后，立刻出门前往邮局，把刚刚签好的聘用函寄往香港。走出邮局的时候，他觉得心里一阵轻松。站在邮局门口的人行道上，良军马上给纽曼银行的乔伊打电话。不出所料，听到良军要来辞职，乔伊非常惊讶，他在电话上告诉良军到他办公室来聊一聊。

良军有点忐忑不安。当初为了进纽曼银行，自己拼了老命，在费城与纽约之间辗转奔波多次，才最终拿到录用函。现在还没开始工作，就辞了职，虽然法理上没有任何问题，可心理上多少有点愧疚。

很快他就从新泽西赶到了纽曼银行。

"喂，老弟！发生什么了？你怎么改变主意了？还记得我是如何把你从沃顿招来的吗？"乔伊一见面就问。

"乔伊，实在对不起。感谢你之前为我所做的一切。我只是希望尽快回到亚洲发展业务。"良军像一个做错了事的小学生，面带惭愧。

"告诉我是哪家银行在挖你。"

良军没有隐瞒，他觉得此消彼长，这种情况在华尔街上应该司空见惯，于是说道："罗森银行。"

"哦，当然了，罗森银行确实是值得尊重的。"乔伊双臂抱在胸前，沉吟了几秒，马上提出："我可以匹配罗森银行向你提供的所有条件。想回亚洲？没问题！我可以安排你去我们的香港分行或者，你愿意的话，去曼谷分行、新加坡分行都行。"

良军瞬间明白，果然像成林之前说的那样，投行之间互相挖人是太正常不过的事了，没什么好抱歉的。不过，对于乔伊从一开始在沃顿时相中自己，他还是心存感激的。于是说道："乔伊，非常感谢您对我的信任！我已经觉得很对不起您了，因此，我实在不能再出尔反尔，又得罪罗森银行一次。"

乔伊沉吟片刻，终于松口说道："好吧，我尊重你自己的选择，祝你好运！"他向良军伸出了手。

良军离开乔伊的办公室后，到人事部找到了凯瑟琳。他当场填写了一张3万美元的支票交给她，全数奉还纽曼银行给他的签约奖金。凯瑟琳拿着那张支票，脸上那种惋惜的表情，好像失去了一张百万美元支票一样。良军内心有些不忍，暗自催促自己"赶快走人"。

良军怎么也没想到，那是他最后一次见到乔伊和凯瑟琳。

从纽曼银行出来后，良军觉得一身轻松。现在，他再也不用纠结了，他谁也不欠了！万事俱备，只等着8月初到罗森银行正式报到，开始投行工作了。

罗森银行很快就为良军提供了一处位于纽约上东区一大道跟90街交汇处的公寓。按照安排，良军8月7日向人事部报到，参加为期一个月的新员工培训，9月10日进入交易室，开始为期一年的在岗培训。

这处公寓离中央公园只隔着几条街道。

"因为这座公园，我几乎喜欢上纽约了，却不料，我对纽约刚刚培养起来的好感就被打断了。"良军说道。

"您遇上了9·11……"小马丁接过了良军的话头。良军点点头，他怕小马丁又想起失踪多年的父亲，心里难过，于是不再讲下去。两人下线后，良军的思绪久久不能平复。

时光回到了2001年9月……

第二章　亲历 9·11

第一节　2001年9月11日

良军这一辈子都不会忘记2001年9月11日那天早上，他是如何去到罗森银行的交易室，又如何离开的。

9月10日是星期一，早上天气很好，好得可以说是晴空万里，天空碧蓝碧蓝的，没有一丝云彩，更没有一丁点儿大难来袭的迹象。傍晚时分，秀明还在新泽西，良军不想太早回宿舍，其他同事离开交易室之后，良军给秀明发了条短信，告诉她自己在办公室加班，回家之后晚点再给她打电话。收起电话之后，良军下楼，在附近的餐厅吃了晚餐。回到交易室后，良军完成了马丁布置的模拟交易任务，晚上十点多钟才离开办公室。打车驶过时代广场的时候，不夜城纽约刚刚才显露风情，马路两边的霓虹灯绚烂地闪烁着，时代广场上依然人来人往。没有人会想到，一场震惊世界的大事件几个小时后将向纽约铺天盖地袭来……

9月11日早晨，良军和之前一样，很早就到了罗森银行。他在大楼门口的餐车上买了一份早餐，卖货的黑人小哥麻利地给他的早餐袋里装了两个面包、几个水果和一瓶酸奶。良军坐电梯到了八楼交易室。他坐在办公桌前，边吃早餐边盯着屏幕观察全球市场的行情。时间一到，良军便和同事们走进会议室，听取伦敦同事电话介绍伦敦金融市场的最新情况。

那天的金融市场很平静，例会也很简短。晨会结束后，大家便回到各自的座位上。良军继续浏览全球金融市场的实时行情。不知过了多久，突然听到身后传来同事们的惊呼声，声音中充满了恐惧。

良军抬起头来，发现很多同事正跑向一个大屏幕电视。

"发生什么了?"他也起身走过去。

挤进人群后,他立刻被屏幕上的画面惊呆了:世贸中心双子大楼的北楼正在燃烧!重播的画面上显示一架飞机超低空朝着世贸中心北楼直冲进去,巨大的爆炸火焰瞬间从大楼内喷射而出!现场直播的记者有的说是飞行交通事故,有的说是好莱坞在拍摄大片。可是,良军的直觉告诉他:应该不是交通事故或者拍电影,但是他一时还不能确定,周围的同事虽然有惊慌的反应,但大家也没有离开办公室。他脑子里猛然想起一个人,脸色大变,心想:"王师傅所指的事难道在今天应验?!"

他打了一个激灵,觉得头皮发麻。就在一个多月前,由于罗森银行半途挖角,良军为到底是选择纽曼银行还是罗森银行纠结不已。好友陈卫东给他推荐了一位高人王师傅。王师傅不是算命先生,但精通易经。良军把国际长途打到了河北定县王师傅的家,听完良军的讲述后,王师傅操着他那浓重的河北腔缓缓地说道:"我不懂你说的什么纽啊曼啊,罗啊森的,我只有几句话告诉你:你要就低不就高,现在从低处做起,将来会走上升路;现在从高处做起的话,将来会走下降路。而且你今年9月份一定要注意安全,切记要注意安全!"

良军朝自己的座位走去,回想着王师傅的告诫。他看看周围的同事,一个个都脸色苍白、一言不发。没人能继续集中精力工作。良军担心万一自己误判,会引起恐慌,于是没作声。他重新坐在电脑前,定定神,准备开始工作。但是不久,一阵更大的惊呼与尖叫从身后传来。他立即又跑到大屏幕前。一系列更恐怖的场面让他目瞪口呆:大约9:03,又一架飞机超低空朝着世贸中心南楼直直地撞进去,南楼爆发出巨大的火球!这时北楼仍在燃烧。电视画面中不断出现人们纷纷逃离世贸中心地带的镜头。即使身在装有双层防噪玻璃的交易室里,他也能听到街上消防车、警车和救护车呼啸而过的鸣笛警报。

出大事了!

良军再次想起了远在河北的王师傅之前给自己的那句忠告："今年9月份一定要注意安全。"他顿觉后背一阵发冷！本能告诉他应该马上撤离大楼。他开始收拾桌上的书和笔记本，这时，从交易室大厅顶部的扩音器传出公司CEO的声音："各位同事，纽约世贸中心正在遭受恐怖袭击，为了安全，现在要求全体员工立即从紧急通道撤离本大楼，立即撤离！"

办公室的气氛立刻变得紧张起来。同事们纷纷走向紧急出口，脚步杂沓，很多人来不及收拾桌上的文件，甚至来不及关电脑。

良军想起了马丁。他说过今天早上要去世贸中心开会！良军把书和笔记本扫进自己的抽屉，然后抓起电话，狂拨马丁的手机。一连几次，都是嘀嘀的忙音。他的心像一块巨石沉进水里。扩音器里一遍遍播放着疏散通知。交易室里的同事们一边往外走，一边喊他："良军，快，快点离开！"

良军不得不放下电话，以最快的速度锁上抽屉，抓起桌上的电脑包，快步走向紧急通道。

通道里全是人。虽说发生了紧急情况，但大家都保持着安静，沉默着，排着队，有序而缓慢地向下移动着。好在交易室在八楼，走下楼花费的时间不长。走出公司大门，良军发现大街上乱成一团，警笛鸣叫，警车、救护车、消防车一辆接一辆往南，也就是世贸中心的方向开去，而所有的民用车辆则都是满载着乘客向北奔去。不少惊慌失措的人们从南向北急速跑来。

良军在马路边站了仅仅几秒钟，便决定去世贸中心找马丁！

刚走几步。迎面碰上了周末刚刚一起吃午饭、当年北大本科时的同班同学、现在富亚银行纽约分行工作的陈卫东。陈卫东是安徽人，身高1.65米左右，留着寸头，单眼皮，戴着深度眼镜，为人实诚，从1986年起就是良军的好朋友。他紧盯着良军，问道："你要去哪儿?!"

良军说道："我要去世贸中心，找我师傅马丁。"

陈卫东大声说道："你个傻冒！全纽约现在乱成一团，世贸中心那一带最危险！你逞什么能?!"

良军已经迈开腿向南走。他边走边高声回应道："我的师傅在那儿！如果有机会救人的话，我上！"

平日对良军言听计从的陈卫东这时候像是变了一个人，语言粗暴："你他×真是一根筋！别人逃命都来不及，你还要往那儿冲！"陈卫东朝良军吼着："赶紧跟我走！去我家！一秒都不许耽误！"

没等陈卫东说完，良军已经向世贸中心的方向疾走。可是还没走出一个街区，警察就已经封路了，禁止行人往南去。良军连试了两个路口，都有警察把守。

良军站在街头，正想着能够找哪一条小路可以越过警察的封锁线，到达世贸中心。突然，他从街上巨大的电视屏幕上看到世贸中心南楼像烧毁的积木一样往下垮塌，扬起漫天的粉尘，街上的人群发出一阵阵惊呼！

良军正在疑惑该不该继续往前走，忽然一只手从身后搭在他的肩膀上，一直跟随着他的陈卫东以近乎哀求的口气说："哥们，行行好，先到我家吧，之后我们一起想办法。"

良军看看实在没办法穿过封锁线，只好转头跟着陈卫东朝他的公寓楼快步走去。

进了公寓，陈卫东打开了电视，良军则一屁股坐在沙发上，电视上又出现了惊人的一幕：世贸中心南楼倒塌大约半小时后，北楼也轰然倒塌！时间大约在10∶28。南北楼倒塌的时间前后仅相差半小时，这半小时正是良军准备到世贸中心，然后不得不折返到陈卫东公寓的半小时！

两个人盯着电视，谁也没说话。仿佛世界末日一般！滚动新闻播报说，被劫持的飞机不止两架，而是四架！

良军和陈卫东两人谁也没作声，只盯着电视。

电视上一遍一遍播放着世贸双子大楼从被撞到倒塌的画面。滚滚升腾的黑烟之中，有人从楼上跳下……

良军点了一支烟，夹在手里却顾不上抽。他在窗边来回踱步，像一头困兽。街上不断传来救护车凄厉的呼啸声。他看着窗外混乱的街道，自言自语地说："我必须到现场去。"

陈卫东瞪了他一眼："你还在发疯！"

"我师傅在那儿。我得去找他。"

"那么高的楼塌了，不知道有多少人被埋在里面，你上哪儿找他？当心把你自己搭进去！"

良军紧盯着电视屏幕，对陈卫东说："快，帮我找本地图。"

陈卫东迟疑了一下，还是从书架上抽出一本纽约市区地图。良军估计了一下，从陈卫东所在的公寓一直向南走，大约走三四英里，就到世贸中心。正常情况下，以他的速度，大约要走60分钟。此时尽管纽约警察已经开始封路，但由于事发突然，警察未必来得及把所有的路口都封锁住，自己如果不停地绕道走，估计走到现场需要2—3个小时的时间。

陈卫东知道，良军的倔脾气一上来，九头牛也拉不回来，他此刻脑子里一定在设计如何绕过封锁线前往世贸中心的线路，于是说道："怎么说你也不听！你先吃点东西再去吧！万一有什么事，你也能撑一下。"

陈卫东进厨房给他煮了一碗水饺。良军也没客气，三下五除二就吃完了。

他把自己的公文包交给陈卫东："我这个包，你先替我保管着，明天我来拿。"

陈卫东接过包，放在自己的书架上，又扔给他一个背包："接着！

里面有瓶矿泉水!"

陈卫东把良军送到楼下。分别的时候,两个曾经的北大同窗拥抱了一下。转身离开的时候,两人心里都有一点沉重。自从进北大第一天起,两人已经相识了15年,这下子从同窗成了患难之交。

"保重,兄弟。"陈卫东说着,拍了拍他的肩。

良军也拍了拍陈卫东的肩:"你也是。"然后头也不回地跨出公寓大门。

大批的人潮从世贸中心方向逃来,良军逆向而行。这时他才想起,应该给远在中国的妈妈和在新泽西的秀明打个电话报平安。可是手机无论如何都拨不通母亲和秀明的电话。此时的良军并不知道,纽约的很多移动通信设备恰巧设在世贸中心的塔顶上。双子大楼倒塌后,纽约全城的移动通信很多都中断了。

他走着走着,忽然看到马路边有个电话亭,于是三步并作两步就冲了进去。

试着拨了好几次之后,他竟然拨通了妈妈的电话。显然,妈妈没有看电视,根本不知道纽约正在发生什么大事。良军似有千言万语,刚要张口,突然想到国内此时正是晚上,妈妈可能刚睡不久,于是把想说的话咽回肚里一大半,他尽量用平静的口气说:"妈妈,我还活着。"刚从睡眠中被吵醒的妈妈没明白儿子在说什么,只是迷迷糊糊地对着电话说道:"军儿啊!你还好吗?我刚休息了,你别工作得太累了,要多注意身体哦!"

"妈妈,您千万要保重自己啊。我还好。"更多的话,此时此刻,他也说不出来了。他挂了电话,心里一阵难过。自己多年在外,没有好好陪伴过母亲,没有给母亲尽过一天孝道!他又拨通了哥哥的电话,心里默念:"希望哥还没睡。"

电话响了几声后,他听到了哥哥的声音。武汉还是秋老虎天气,李良彬热得还没睡，电视上关于纽约世贸中心受到袭击的新闻把他看得目瞪口呆。良军的电话让他如梦方醒。

"哎呀，兄弟，你没事吧？没事吧？"哥哥一听是良军的声音，连连问道。

良军没等哥哥继续发问，直接说上了："哥，你听我讲，纽约的情况很紧急。但是我还好，很安全。我刚给妈打过电话，她可能啥都不知道。如果明天她问起来，你一定多解释两句，免得她着急。"

李良彬连连说："好，你千万千万注意安全。不行就回国来，听到没有？"李良彬比良军大两岁。他画得一手好画，在一所大学教美术。他跟良军的性格完全相反，不爱多说话，但也绝不惹是生非。

良军叹了一口气："好的。我知道。"

再拨秀明的电话时，听筒里传来的都是忙音。良军不停地重拨着，仿佛得到了某种庇佑，良军终于拨通了！听到了良军的声音，秀明在电话里大哭道："良军你还活着啊？为什么不早点给我打电话？我不停地拨你的手机，永远是忙音！""丫头，我还活着，我的手机完全打不出任何电话，也接不通任何电话了！丫头你别着急。""你现在哪里？怎么用这么个电话号码？"秀明疑惑地问道。"我从办公楼里跟同事们一起疏散出来了，此刻在九大道50街一个路边公用电话亭里，准备前往世贸中心现场找我师傅。""良军，我理解你的心情和想法。但你得记住，从我把自己交给你的那天起，你的任何决定和行动不再简单地是你个人的行为，你明白吗？""丫头放心，我一定会活着回来，还要尽快见到你呢！""那好，我此刻在新泽西离林肯隧道不远的地方等候着，现在出入纽约的所有海、陆、空交通全部被封锁了，我没法进入纽约。一旦隧道恢复通行，我马上就到你那里，你必须尽早地、平安地回去等我！""你千万不要着急，我一定会平安地回家等你的！"

出了电话亭，良军看到路边居然有一家小超市还开着门，于是他走了进去，想看看能买点什么扛饿的东西。超市里人还不少，人们面露惶恐但秩序井然，安静地在收银台前面排着长队。货架上的各种食物和瓶装水已经被抢购一空。货架上只剩下最后一棵球形生菜，良军拿在手里，排队结了账。他想，万一自己在路上被困住，这棵大约两磅重的生菜还能帮自己坚持一阵。

从超市出来，已是中午12点了。两架美军F16战斗机低低地从头顶上飞过，低得快能看见飞行员！巨大的噪音把良军震得发蒙。等美军战斗机飞远后，他不管不顾，继续向南走，脑海里全是马丁——他双脚跷在办公桌上的样子，他拍自己肩膀的样子，他拿着儿子的照片大讲育儿经的样子……

纽约警察已经从突发的混乱中回过神来，在一些主要马路上设置了路障，荷枪实弹的警察阻止人们往南去。凭借自己对纽约的熟悉，良军专挑小路，迂回向南。

大约下午3点左右，他来到一个Y形的三岔路口。这里是通往世贸中心的最后一个交通枢纽，平常车水马龙，现在却四周无人。纽约警察局世贸中心巡逻站就设在路边。良军看到，一辆警车停在路口，车顶和引擎盖上铺了厚厚一层灰白色的土，有好几寸厚！路过警车时，他抓了一把车盖上的土。想到这厚厚的尘土可能就是世贸中心倒塌后飘过来的，里面不仅有世贸的钢筋水泥粉末，还有无数人，甚至可能包括马丁在内的人们的血肉，他心里一阵恐惧，赶紧松了手，一把尘土立刻随风飘散。

过了这个街口就是世贸中心。他正要继续往前走，突然听到警告："No Trespassing！（不能通行）No Trespassing！"只见一位警察手持扩音器，不停地劝告人们尽快离开。

良军停下了脚步。

忙乱的纽约警察在通往世贸中心最近的路口设置了严密的封锁线。十几辆消防车、警车闪着灯，守在路口。警察戴着口罩，满身尘土。

隔着不到一个街区，他清楚地看到昔日熟悉的世贸中心双子大楼像被击中的两只巨兽，交错倒伏在纽约最繁华的地方。周围几栋建筑也连带垮塌。从废墟上升腾的巨大火光和黑烟，遮住了蓝天。望着阵阵巨大的、浓墨般的黑烟，良军手脚冰凉，感到一阵阵末日来临式的恐惧。

紧邻世贸双子大楼的世贸中心7号楼只有双子大楼的一半高，但此刻这栋红色外墙的摩天大楼也是千疮百孔了。纽曼银行的总部就在世贸中心7号楼。他如何不熟悉！那是他迈入华尔街的第一处战场。就在2000年的冬天，他往返于费城与纽约之间，参加一个又一个投行面试。最终有幸杀入纽曼银行的复试，在那里经历了一场车轮战，并成功拿到录取聘用函。如果不是罗森银行挖角，他应该就是在这里工作的数千人中的一员。那个胖胖的老板乔伊，人事部的美女经理凯瑟琳，他们会不会被埋在废墟之下？

良军不寒而栗。

师傅，师傅，你在哪里？！

他想大喊，却觉得嗓子仿佛被一只巨大的手紧紧捏住了，连呼吸都困难。

巨大的压抑将他紧紧裹住，就像让人窒息的烟尘，从天而降。他不甘心，试着跟最近的一位警察沟通，表示自己愿意到现场参与救人，警察很同情地拍拍他的肩膀，但是坚定地说道："你不是专业救援人士，不能通过！"

良军颓然地站在路边，呆呆地望着眼前这条通往世贸废墟的路。世贸废墟离他还不到200米，这是他离世贸中心现场最近的距离，也是他和师傅的生死距离。

他一路逆行，良军总算来到了世贸中心北边的那个Y形路口。警察设立了封锁线，只允许人们从世贸现场往外走，不允许往里进。良军的眼睛紧紧盯着从那里偶尔走出来的人，目光扫过那一张张惊恐或麻木的脸，很多人脸上、身上被尘土包裹着，像是刚从战场上下来一样。

良军睁大眼睛，生怕错过马丁。警察一直在催促人们离开封锁线。约半小时后，警察封锁线内已经看不到任何人了！他不得不转身北返。昔日繁华的Soho区如同空城，除了自己，街上看不到第二个人，所有的商店都关了门。秋日的阳光照在无人的街道上，四周显得更加空旷，救护车和消防车的鸣笛声呼啸而来，又呼啸而去。良军像个幽灵似的在街头独行着，头脑里一片空白，不知道还会发生什么。看到不远处有一张长椅，良军便走过去，一屁股坐下，此时他感到又饿又渴。所有的店铺门窗紧闭，大街上空无他人，附近早已没有任何地方可以买到食物和水。他突然想起背包里有中午在超市买的一棵生菜，于是摸出来，大口大口地吃起来。

两磅生菜被风卷残云一样吃下肚，良军恢复了些精神，站起身来继续北行。经过一条小巷子口时，良军意外地发现巷子里竟然有一辆亮着顶灯的出租车！他赶紧上前去找到拉美裔的司机，主动提出加钱，希望他把自己送到位于一大道90街的住处，但司机说什么也不干。无奈之下，良军只好继续往北行，终于走到34街的中央车站！地铁一号线虽然停了，但其他几条线路还在运行，于是他跳上了一辆往北的地铁。但他很快意识到自己高兴得太早了：这趟本该北行的地铁竟然临时改道，中途向南开去，之后再往北开！

良军也顾不得许多，心想只要能在靠北边的某个站下车就行，然后自己再走回去。地铁一路走走停停，平时只需30分钟的车程实际走了约一个半小时才到了莱克辛顿站。终于离家不远了！良军松了一口气。七拐八绕地到达一大道90街的十字路口时，天已昏暗下来，阵阵阴冷的秋风在耳旁呼呼地吹着，平时拥堵的马路上此刻见不到一辆车，人行道上没有了往日熙熙攘攘的行人，倒是突然出现不少手持 M16 步枪、头戴钢盔、身穿军服的美国大兵！红绿灯仍然在忠实地变换着，疲惫不堪的良军已经顾不了那么多。在全副武装大兵们的注视下，他不管不顾红绿灯，在马路上向着公寓楼疾行，心中热切地期待着尽快见到秀明。

保安惊讶地看着良军从满是大兵的街上走进楼内的大堂，他们互相问好。良军坐电梯上楼，掏出钥匙打开门，一股熟悉的饭菜香迎面扑来，良军意识到秀明已经先于他到家了！听见家门的动静，秀明手里握着锅铲冲出了厨房，看到良军满面尘灰的样子，秀明手里的锅铲掉到了地上，她一下子就扑到良军的怀里，"呜呜"地大哭起来，边哭边捶良军："你终于回来了！你终于回来了！你害得我一天都没法安生啊！呜呜呜……"良军紧紧地拥抱着秀明，不停地安慰着她："秀明，别哭了啊。你看，我这不是好好的吗？除了身上多了点灰之外，仍然全乎人一个！今天都怪我回家太迟，让你担心了。"好不容易秀明平静下来，良军终于从秀明的叙述中复原了今天她的遭遇。

早上世贸中心出事之后，秀明也收到所在医药公司的紧急通知：所有员工立刻回家！秀明拿起崭新的挎包，出了办公楼，小跑到停车场，发动汽车。路上全是急急忙忙返家的人们，尽管距离纽约不远，由于公路早已被堵得水泄不通，秀明始终没能接近林肯隧道。在车海里的秀明终于从车载收音机里听到最不愿意听到的消息：纽约市政府紧急封锁了所有进出纽约的陆海空通道。她无法进入纽约了！秀明懊恼地把车停在离林肯隧道不远处的一个停车场，她决定等！坐在车里一直等到封锁被取消的时候，她一定要尽快冲进纽约去寻找良军，无论面对什么样的灾难，她必须和良军在一起！历经了十几年的苦苦等待、期盼和寻觅，去年她意外地与良军重逢了，今天和将来她都必须跟良军永远地在一起！她一遍遍地满怀希望地拨打良军的手机，又一遍遍失望地听到手机里传来的忙音，直到一个陌生的纽约座机号码打通了她的手机，看着这个陌生的座机电话号码,她的心立刻悬到了嗓子眼:"这是罗森银行还是纽约警察局打来的电话?千万别是什么报告噩耗的电话啊!"当听筒里传来良军声音的时候,秀明开心激动地大哭起来,自己心爱的人还活着!当听到良军想去世贸中心现场,她急得直劝良军别去,其实她心里知道良军一旦决定了什么,十头牛都拉不回他的。最后她只能告诉良军注意安全,早点回家里等自己。挂了电话,秀明的情绪才慢慢平静下来。隔着哈得逊河,秀明远远地望着从世贸中心所在地升起的巨大黑烟,发了好一会儿呆,秀明才收回视线,目光最后落在身边的那个挎包上,它是几天前良军刚给她买的。

良军讲到这里,停顿了一下,他喝了两口茶,看了看眼前的小马丁。是的,当年师傅桌上照片里的小孩,现在就坐在面前,目不转睛地听自己讲述他父亲的最后时刻。

小马丁静静地听良军回忆在9·11现场的经历。20年来,小马丁一直努力将父亲生命中的最后一天还原成一个拼图,但这个拼图缺失了一大块。对他来说,即使能补上一小块也是一大进步。何况,找到良军也是他多年来的心愿。

眼看小马丁将一听冰镇可乐喝完,良军又请服务员拿来一听,并给自己续了一杯茶。他接着说:"9·11发生几天以后,我又去了世贸中心。"

小马丁瞪大了眼睛,那专注的样子仿佛要把良军说的每一个字都记在脑海里。

第二节　9·11之后

9·11发生后的第二天，早上六点不到，良军就醒了。起床后，他又处理了一大批新涌进来的邮件。几封邮件都不约而同地提到妈妈得知自己一切平安的消息后，已经完全放心，良军心里也平静了一点。

他没有其他去处，除了办公室。

清早6点多钟，纽约还笼罩在夜色之中。他吻别了秀明，出了门。路上没有行人也没有车，良军一直走到中央公园东门附近，才拦到一辆出租车。

到了银行大厦，除了门卫外，看不到其他任何人。进了交易室后，良军再次感到了挥之不去的凄凉：平日里可以坐好几百人的交易室此刻只有20人左右。美国股市关了门，欧洲与亚洲的股市虽然没有关门，但是行情一落千丈。菲利普仍然准时主持了晨会，但是大家情绪非常低落。从各方面传来的消息说，罗森银行共有25人失踪，其中包括马丁。

良军好一会儿都没回过神来。菲利普走到他身边，跟他拥抱了一下，安慰道："我们会尽全力找到马丁的。"

良军什么也说不出来。马丁的座位上空空的。他妻儿的照片还摆在电脑旁边。已经有同事在他的电脑前摆上了卡片，在心形的玫瑰上写着一行字：

马丁，你什么时候回来？我们去喝一杯。

一个同事来拉良军去买早餐。良军木然地跟着他下了楼，原来每天准时停在大楼门口的餐车无影无踪，只有两人一组、全副武装、手持冲锋枪的警察牵着警犬围绕着罗森银行的大楼不停地巡逻。

马路上看不到一辆车,除了他们两人再也没有其他任何行人,两人索性自由地在马路上横冲直撞,终于在几条街外的地方找到了一家仍然开门营业的面包店!两人买了两大袋面包与奶酪,回到办公室……

那天下班后,他去陈卫东家里取回了自己的电脑包。幸好有秀明相伴,良军度过了恍恍惚惚的三天。其间,良军接到了林俊宏的一个电话,说自己刚刚恢复上班就被银行裁员了!

星期天晚餐后,良军决定再到世贸中心现场去看看。这次他想骑车去。晚饭后他送别了秀明,转身回屋带够水,推着自行车,在门卫疑惑的注视下出了公寓大楼。路上的车仍然不多,良军索性在汽车道上向南疾行。

虽然9·11已经过去了好几天,但是越接近世贸中心灾难现场,气氛越是凝重。路边的围栏成了人们追悼遇难者的临时纪念墙。交错的铁丝网上满是盛开或凋零的花,以及用胶带粘贴着的寻人启事,冷风吹过,海报沙沙作响。

天色已黑,路边仍有人举着寻找亲人的牌子,向来往的行人注目询问。有人点亮了蜡烛,仿佛要照亮亲人归来的路。

这是9·11发生后的第五天,警察的封锁线已经撤了。良军很快便来到了世贸中心现场,这时天色已经完全黑下来了。站在废墟旁,可以看到浓烟还在升腾。消防员带着警犬还在废墟中搜寻着残存的生命迹象。良军呆看了一阵之后,在心里默念着师傅的名字:"嗨,师傅。你给我指定的书我看完了,交易流程我已经熟悉了,但是交易清淡,我没什么事可做。你什么时候能回来看看?"

他在巨大的废墟前静默了好一阵子才转身离去,黯然回家。晚上回家后,电视上的一则新闻引起了良军的不安:纽约警方从拦截的一辆卡车上搜出了大量的炸药!唉,纽约,一个乱接着另一个乱!

接下来的日子,良军还像以前一样去公司上班,整个纽约市仍然笼罩在一片愁云惨雾之中,路上的人和车屈指可数。秋日的阳光洒在人行道上，平添了一份凄清的气氛。良军迎着秋风向着公司大楼疾行。他想，为什么这个时候不提出回亚洲的工作想法呢？

一进交易室，他就以生命安全为由向交易室主管菲利普申请提前回香港。菲利普表示理解，但是从办事程序上，他需要和亚洲分行先沟通一下。第二天一大早，菲利普就把良军叫进了办公室，告诉他："良军，昨天我和成林进行了电话沟通，成林非常欢迎你。他正好需要人帮他开拓中国大陆市场机构客户的外汇业务。你马上安排一下，尽快回亚洲吧。"

菲利普又补充说，根据香港入境处方面的规定，入境香港的人必须在过去两年里在内地、香港和台湾以外的地方连续停留两年，律师建议良军先去新加坡分行工作一段时间，然后再转往香港。听到菲利普的悉心安排，良军心中连日来的忧虑一扫而空。他离开菲利普的办公室，直接找到秘书，请她帮助预订2001年10月5日从肯尼迪机场前往新加坡的航班。他在日历上画了一个圈，那是他告别纽约的日子。

10月4日晚上，搬家公司搬走了所有的行李，良军只给自己和秀明留了一条床单和薄被。他们在这间空荡荡的公寓里停留最后一晚，比起10年前的大冬天在北京睡在办公室桌上和水泥地面上，他觉得强太多了，尤其有了秀明相伴以及在新加坡团聚的期待。

他曾经所有的努力似乎都是为了能在纽约这个世界金融中心求得自己的一席之地，而现在，他决定放弃纽约，尽快回到亚洲。

2001年10月5日，星期五。这也是他在罗森银行总部的最后一个工作日。良军只上了半天班，完成了所有的交接后，下午他将飞往新加坡。

这天上午，秀明开车把他送到罗森银行的总部大楼。良军接受安检之后进入大楼。他上午把手头最后一点工作完成，跟同事道了别，然后走进老板菲利普的办公室辞行。

菲利普握着他的手说:"良军,你回亚洲见到成林之后,一定代我向他问好。"

"我一定!"

"你干得不错,好好努力。"菲利普鼓励着眼前这个共事刚刚一个月的中国小伙子。

良军和菲利普握了握手,然后回到自己的办公桌前。他写了一张小卡片:

亲爱的马丁:

我即将回到亚洲工作。将来无论你到新加坡还是香港,请一定提前告诉我,我将带你吃遍各种美食。

良军
2001年10月5日

他把小小的卡片放在马丁的电话旁边。那部电话自从9·11以后,再也没有人接听。良军心里祈祷:"亲爱的马丁,真希望你能够重新回到这里。"尽管他知道希望很渺茫,9·11发生一个月后,失踪人数还难以精确统计。良军最后看了一眼他和马丁那两个并排在一起的座位,向交易室的几位同事道别,然后下楼,上了秀明的车,直奔肯尼迪机场而去。

经过中央公园的时候,他看到有三四成的树叶已经变成金黄色了,阳光洒在金黄的树叶上,呈现出一幅令人迷幻的景象。车往前行,他却向后看,心里不免伤感。每当他奔赴下一段人生旅途时,这种熟悉的伤感就像一个悄无声息的影子一样,将他从头包围到脚。这是当年他第一次出国时到过的国际大都市的第一站,一度也曾是他漂洋过海梦想开始地方。但是现在他选择了离开，他不由得在心里告别这座城市："再见了，中央公园；再见了，纽约，希望我们下次见面的时间不会太远！"

20多个小时（含在法兰克福经停的时间）后，新加坡航空公司的一架航班把良军带到了新加坡。他在亚洲的投行生涯正式开始了。

这次在香港跟良军的意外见面对小马丁而言也不啻一个惊喜。赴香港之前，他通过在纽约的父亲生前的朋友辗转打听到良军在9·11之后去了亚洲发展，但具体在哪家投行甚至还在不在投行，他并不知情。小马丁报名参加美国名校毕业生赴港考察团的时候，是抱着很大希望能找到良军的，或者至少能打听到一点他的去向。可是几家投行都拜访过了，还是没有良军的消息。斯曼银行是此次香港之行的最后一站，没想到，他在这里遇到了良军。

那次见面之后，小马丁和良军时不时地会通一个电话。在耶鲁大学学习历史的小马丁随着对父亲生前职业经历了解的增多，开始向往通过招聘进入罗森银行，从一个实习生做起，一步步体验父亲当年的投行生活。良军想，自己说什么都得帮这个年轻人成全他的心愿，就算是对失踪20年的师傅马丁的一种报答吧。

"李总，您看我下一步要做什么准备？"网络那头，小马丁讲完了他的"一面"经过，期待良军给予进一步的指导。

"我觉得你应对得很好，通过第一轮面试大概率是没有问题的，你接下来准备工作的重点应该是宏观金融专业知识。这是你相对的弱项，毕竟你学的不是金融专业，所以需要从宏观经济状况、全球主要经济体的财政货币政策、罗森银行的文化等多个方面着手准备，回头我列一个问题清单发给你，之后我再给你安排一下模拟面试。"良军将自己的想法和盘托出。

"好的，我这个周末就开始行动。"

第三章 创业之初

2007年9月底，离开六年之后，良军又回到了纽约，这是他身在投行的第六年。经过六年打拼，他已经是罗森银行亚洲分行的业务骨干，而且刚刚完成了具有里程碑意义的一个日元债务保值项目。老板成林告诉他年底肯定能得到进一步的提拔。想到又一个阶段性目标即将实现，良军心里的喜悦自不待言。

西岩项目前后谈了一年多，他先后50多次往返于香港与西岩市之间。终于帮助西岩市基础设施投资公司完成了交易总金额为750亿日元的一笔外债保值业务，它是西岩市企业外汇交易史上最大数额的单笔交易，也是良军进入投行以来最为成功的一单交易。刘东升市长主管西岩市财政金融工作，是个颇有改革激情的领导。在西岩项目的庆功宴上，成林代表罗森银行，与斯曼银行中国区董事长赵明权一起，邀请刘市长利用国庆节长假访问罗森银行和斯曼银行纽约总部，这样既不占用上班时间，又能在美国的工作日近距离考察华尔街的日常运作。几方一商量，决定请良军作为刘市长访问的全程总协调人。

良军和斯曼银行的相关人员一起，共同为刘市长安排了三天的访问行程，包括对罗森银行、斯曼银行总部、纽约证券交易所、纽约联储等的参观访问，其间刘市长将发表两场公开演讲，行程十分紧凑，良军和同僚们必须提前把每一步都考虑周全。良军在刘市长访美前提前一天到了纽约踩点。

秘书小姐为良军预订了位于纽约中城公园大道上的华道夫酒店。7年前他从费城来纽约面试时，就曾经住过这个酒店。收到人生第一个华尔街投行录取通知的那天，也是在这家酒店。

"我又回来了。"一进房间，良军抑制不住心里的激动，在宽大松软的床上翻了一个跟头，就像7年前那次来"赶考"一样……

他脑海里闪过那个上午，纽曼银行派来的印裔面试官脸上那副不屑一顾的表情……良军想着想着，竟然不知不觉睡着了。醒来的时候，已经是下午了。他决定去世贸中心遗址看看。

第一节 马丁，我回来了！

周日下午的Soho区人流熙熙攘攘，来自世界各地的文青们忙碌着。回想自己在9·11那天下午经过Soho时，街上空无一人、关门闭户的景象，良军内心感慨万千："不知道眼前忙碌的人群中，还有多少人记得9·11那天的一切啊？"

从酒店出发，步行约一个小时后，他来到了世贸中心遗址。这里被称为"零度地带"。六年过去了，世贸中心的废墟早已经被清理干净，这里准备建成一个纪念公园。巨大的工地被围了起来。良军只能透过围栏，向工地上张望。由于是星期天，看不到什么工人，只见几辆吊车停在一道长长的斜坡上。

良军站在9·11遗址前，一句话在心头滚动良久，才低声出口："师傅，我是良军。我回来了。"他觉得喉头哽咽，继续说道："师傅，如果你还活在这个世界上，哪怕是某个不为人知的角落，你的灵魂一定会知道，我来过这里。真的很想念你。"

只有风声回应他。六年过去了，师傅马丁一直没有下落。

良军看到，附近一段围栏已经被辟成一处特别的纪念墙。人们在冰冷的铁丝上贴上了和平鸽的剪影、镶着家庭照片的自制卡片、寻人启事、心形图案……当年自己在纽曼银行进行第一场面试的经历又历历在目。到沃顿面试自己的乔伊和索菲亚还在人世吗？那个面试自己时把脚跷在桌上的基米不知是否安然无恙？还有人事部的美女凯瑟琳，她是否平安？他还记得2001年的7月，一天班都没上的他去纽曼银行辞职，写好一张支票，把纽曼银行的签约奖金如数奉还时，凯瑟琳那一脸遗憾的表情宛如在眼前。

夕阳开始西沉了。秋风四起，良军来回踱着步，也挡不住阵阵凉意。周围不时有人走近围栏，看一看，又离开。不知是谁，在冰冷的围栏洞上插上了一枝鲜艳的玫瑰，像是刚从枝头剪下的。良军看着凉凉的晚风轻拂那朵玫瑰，他在心里默想："师傅，乔伊，基米，凯瑟琳，真心地希望9·11没有带走你们。我回来了，你们在哪里啊？"

良军在晚风中默默地伫立了一会儿，然后转身朝北走去。这是他曾经熟悉的路，路上的景观似乎没有太多变化，只是行人匆匆。

走着走着，他惊喜地闻到了空气中飘荡的麻辣味。放眼一望，发现竟然已经走到了九大道与24街交汇处，街角的那家"大四川"居然还在！良军推门进去，发现原来餐厅墙上大幅的老板与布什总统的合影照片已经不见了，猜想餐厅可能已经换了主人。服务生把他引到临窗的一个座位，随即拿来菜单。良军一问，果然服务生对他提到的原来餐厅老板的名字闻所未闻。良军说："没关系，川菜一样就行。"于是菜单都没看，把当年自己最喜欢的麻婆豆腐和水煮牛肉各点了一份，另外要了一瓶56°的红星二锅头。

开胃小菜和酒很快送了上来。良军自斟自饮起来。

餐厅老板虽然换了，但川菜做得还是很地道。良军想，这里的饭菜应该对刘市长的口味，可以作为接待刘市长的"定点餐厅"。

半瓶酒下肚之后，良军有些恍惚，但是却很享受这种状态：往事像放电影一样在自己眼前浮现出来，过往的经历竟然还是那么鲜活！恍惚之间，他突然有了一个念头：等刘市长完成访美计划后，何不去一趟费城，回沃顿看一看！

这趟计划外的旅行令他兴奋不已。他一口喝完了杯中酒，买过单后走回酒店。

他在纽约中、下城步行了大半天，实在有点累了，一觉睡到周一早上七点钟才醒。他来美国之前已经跟罗森银行纽约总部约好，会在周二上午陪同刘市长造访总部。为了稳妥起见，良军今天要去罗森银行总部，把刘市长访问总部的活动路线和安排的细节再落实一下。

良军来到餐厅，准备从容地吃个早餐之后再去罗森银行。他看看时间，刘市长一行此刻应该正在飞往纽约的航班上。忽然听到有人用中文问了一句："请问我可以坐在这里吗？"良军抬头一看，原来是斯曼银行中国区董事长赵明权！良军赶紧招呼他坐下。赵明权比良军稍矮一点，酷爱运动，虽然两鬓已有白发，但始终精神饱满，两眼放光。

"赵总，早上好！昨晚休息得好吗？"良军一边问，一边给赵总倒了一杯红茶。

赵总摇摇头："哎，时差反应强烈，凌晨两点就醒了，之后再也睡不着了！你呢？"

"我昨天故地重游，走了一天的路，累坏了，所以睡得很实诚。"良军说着，又起了鸡蛋往嘴里送。

赵明权呷了一口茶，问道："怎么没看到你们甘总啊？"

"甘总在香港忙一些别的事，这次我一个人来的。"良军答道。

赵明权停下举到嘴边的茶杯，欲言又止。良军说道："赵总，有话不妨直说。"

"小李，这次西岩项目让我看到你的才能。我就缺一个像你这样的人独挑大梁啊！西岩市那边跟我说过不少你的事情。我很佩服。什么时候你愿意到我这里来，条件好说。"

良军没料到才第二次见面，赵总就已经把话明说到这个程度。不久前在西岩市成功完成日元交易的庆功酒会上他才第一次见到赵明权。赵总这番话表明他是真心相邀，可是自己暂时还不想跳槽，于是连忙道谢："多谢赵总的信任。我目前跟着甘总干得挺开心的，暂时没有挪窝的打算。不过世事难料，哪天山不转水转，说不定我真求到您门下，您到时可得收留我啊。"良军说着，以茶代酒，向赵明权敬了一杯。赵明权也以茶回敬说：

"小李你太谦虚了。不是我专门来挖甘总的墙脚，而是我在这条道上可能比你多摔打了一些年头，经历过一些起起伏伏。我把话先说到这儿，你以后如果有需要，随时来找我吧！"

良军连连道谢。他没想到，四年后，他真求到了赵总门下。

良军跟赵总约定，周一下午六点钟一起去刘市长下榻的酒店迎接他们。在这之前，良军要去罗森银行见一见他的老同事们。为此他先回房间冲了个澡，换上西服之后，步行来到罗森银行。

看到良军走进罗森银行总部交易室，头上多了许多灰白头发的菲利普从宽大的老板桌后面迅速站起身来，走上前来和良军紧紧握手："看看，这是谁回来了啊！"

六年前告别菲利普和罗森银行纽约的同事们，回到亚洲的情景立即在眼前重现。良军有点激动地说："菲利普，我回来了！过去这些年里，多谢你对我的支持！"

菲利普拍着良军的肩膀说："成林经常给我讲起你在香港的情况。干得不错！你这次是专门为了一家中国公司的业务来纽约的吧？"

"是的。"良军点点头，简单地向菲利普介绍了一下刚刚完成的西岩项目，"我们刚和中国西岩市的一家企业客户完成了西岩市历史上单笔最大的美元/日元长期债务保值交易，它不仅开启了西岩市与国际金融市场接轨的历程，也放大了西岩市对外开放、吸引更多外商投资的品牌效应。"

菲利普听良军这么一介绍，很开心地称赞道："良军，这几年你在亚洲干得相当不错，我真为你高兴，记得你2001年离开纽约时还是个新手呢！找个时间，讲讲回亚洲这几年你怎么开展业务的吧。"

"好啊！"良军一想，虽然在香港的大老板成林会不定期地向包括菲利普在内的总部高管们汇报自己的表现，但菲利普对自己从零开始开拓中国市场的详细经过未必知道多少，这次来纽约正是一个大好的交流机会。他说："明天上午刘市长在我们总部做完演讲后，斯曼银行会接走刘市长。明天下午我有时间。"

菲利普一听，马上说："好啊，你到时候直接来吧。"

良军点点头，随即问道："我想先去看看我的同事们，之后到公关部再确定一下刘市长来访的行程安排细节。可以吗？"

菲利普的笑容突然变得黯淡了。他说："好的，去看看吧。9·11以后我们裁掉了不少人，近来也补充了一些新人。可惜的是马丁一直没有任何消息。"

"马丁没有任何消息"正是良军最怕听到的消息。良军的心往下一沉。

良军别过菲利普，轻车熟路来到交易室。他远远地看到自己和马丁当年的座位上坐着两个年轻人，在紧张地做着交易。他不便过去打扰，只是朝那里望了几眼，心里无限伤感。他仿佛看到当年初来乍到的自己每天坐在电脑前忙着学习业务操作技巧和与师傅马丁的谈笑。

他在心里默念："师傅，我回来了。你在哪儿？"

当年的同事们大多已经不在了。投行的人员流动素来迅速。有人说，婚姻的七年之痒源于人体内的细胞大约每3个月更新一次，7年时间里全部细胞可以完成一次更新，而员工和投行的关系还不到7年，平均只有6.25年，也就是说，比七年之痒还不可靠。他加入投行正好6年整。

良军在一排排的面孔中仔细辨认着，终于看到还有两三个熟悉的面孔。他走过去，一一跟他们拥抱、问候。看看跟公关部约定的时间快到了，于是告别各位同事，去了公关部，把刘市长第二天的日程安排又一起推敲了一遍，确定没有任何疏漏，他才回到华道夫酒店。

按照此前他跟刘市长、西岩市和罗森银行总部的多次磋商，刘市长访问的重头戏将是第二天上午在总部给几十位全球业务高管做一场演讲，由良军担任现场翻译。

这天下午六点钟左右，刘市长一行出现在下榻酒店的大堂。良军和赵明权在酒店大堂与刘市长相见。虽然经过了十几个小时的长途飞行，六旬开外、精神矍铄、戴着眼镜的刘市长并没有一点疲惫的样子。他还兴致勃勃地跟良军开玩笑："小李，我第一次到纽约，准备请我吃点啥好吃的呢？"良军一听，马上建议说："刘市长，离酒店几个街区远的地方有一家四川风味的餐厅，麻辣菜做得非常地道，而且价格也不贵，您看是不是考虑在那里吃晚餐？"

"不错啊，想不到你对纽约还挺门清的啊！"刘市长点头赞许。

"哪里哪里，我毕业后曾经在纽约工作过一段时间，周末的时候喜欢骑着自行车满纽约城乱转，加上我特别喜欢麻辣的风味，对纽约的一些地道的川菜馆略知一二。"良军遂拨通了餐厅的电话，预订了座位。

餐厅离酒店只有几个街区。晚上七点，良军陪着刘市长一行步行来到餐厅。他点了四川泡菜、夫妻肺片、鱼香肉丝、麻婆豆腐、水煮牛肉、清炒生菜等家常菜，吃得大家直呼过瘾。良军趁刘市长换碟子的时候，小声说道："刘市长，明天早上八点半我到您下榻的酒店接您，步行前往我们银行总部，大约九点到达。我先陪同您参观我行的交易室，之后拜会我行的领导。董事长正在拉美几国访问，来不及赶回来，副董事长将出面欢迎您的到访。之后您给我们几十位全球业务高管做一场演讲，这是最具挑战性的一段日程。"

刘市长开了个玩笑："怎么？想上来就给我个下马威啊？"

良军嘿嘿一笑："哪里哪里！主要是您的行程安排得太紧了，明天上午我行的活动结束后，赵总将在我行的大堂接您和随行人员前往斯曼银行，下午在他们银行参观访问，届时也将有一场演讲。那一段我不便陪同。但是星期三我将全程陪同，周三上午咱们前往纽约证券交易所参观，下午将到纽约美联储参观访问，晚上您和随员自行安排活动，周四上午坐航班返回北京。行程相当紧张。不知道这样连轴转，您身体是否吃得消？"

刘市长摆摆手说："没问题。我们都是皮实的人，听你安排就是了。"

"刘市长，我唯一担心的就是时差反应会影响您今晚的睡眠……"良军正要继续讲他的担心，刘市长打断了他的话，说道："我还没老呢！下了飞机后吃到地道的川菜，晚上再好好睡一觉，明天绝对没问题！"

晚饭后，刘市长提议："咱们走回酒店吧？这样既可以减肥，又可以增加疲劳，有效对抗时差。"众人纷纷响应。

从"大四川"出来，夜幕已经降临，清凉的秋风扑面而来。一行人步行回酒店。赵明权陪着刘市长边走边聊，良军则有意走在队伍的最后面，以确保没有人被落下。送刘市长一行回到酒店后，良军又专门和刘市长一起梳理了一遍第二天演讲的要点。良军做好笔记，然后告辞。

第二天一大早，良军陪同刘市长一行从酒店步行来到罗森银行总部大楼。就在他们随着人流排队等候电梯的时候。突然，一部到达的电梯里走出来几个人，领头的中年女士被几个随从紧跟着。一行人从良军身边走过时，良军认出这位女士正是希拉里·克林顿！良军好奇地注视着希拉里和她的随从们离开，然后转过头问公关部的同事："她这么早到咱们银行来干什么？"同事笑了笑，作了一个捻钱的动作，解释说，代表纽约州的参议员希拉里正在与奥巴马等人角逐2008年美国总统。不待翻译，刘市长大概也明白了："她是来为总统大位筹钱的！"几个人会心地笑了起来。

良军带领刘市长一行来到自己当年刚入职时工作过的交易室，边走边详细地向刘市长介绍交易室的功能区划分、相关人员的配备、招聘的标准等，刘市长听得很仔细，还不时提问。

按计划，刘市长参观完交易室后，将乘电梯到罗森银行总部大楼顶层的大会议厅进行演讲。良军事先跟总行客户公关部商定路线的时候，特意争取到10分钟，可以让自己顺路把刘市长带到菲利普的办公室先见个面。果然刘市长和菲利普都对这个安排很感兴趣。两人握手寒暄一番后，互相交换名片，简短地交谈了一会儿。良军随后陪同刘市长一行上了电梯，直达第108层。

步出电梯，就来到观景平台。从360°环形开放式的落地窗望去，往东可以俯瞰整个时代广场，往西则可以清楚地看到哈得逊河以及新泽西的新港区和霍博肯区。观景之后，一行人踏着厚厚的地毯，来到一间装饰精美的会议室。罗森银行的副董事长霍夫曼闻声而出，与刘市长相见。一行人落座后，服务生特地给刘市长一行端上绿茶。

到罗森银行六年来，这还是良军第一次见到副董事长。良军担任着双方的翻译。

霍夫曼握着刘市长的手说道："市长先生，很遗憾，我们的董事长在拉美出访，无法接待您的来访，我受他的委托，热烈地欢迎您和您的团队光临。我们非常看好中国的经济发展，希望在未来西岩市的发展中，我们能尽到更多的力。"

良军也把刘市长的话逐一翻译给霍夫曼听："罗森银行的团队为中国西岩市的发展作了很多卓有成效的工作，也赢得了我们市政府和企业的信任，我们希望能够开展更多的合作，也热忱欢迎贵行以及贵行在全球的合作伙伴能到我们西岩市去投资。"

霍夫曼满脸笑容地回答："谢谢！我和董事长期待着对贵市的访问！过一会儿，我们银行各业务部门的全球主管将听取市长先生的演讲，他们非常希望利用这个机会更多地了解中国经济的发展。据我所知，刘先生昨晚才到纽约，此刻可能还在受时差的影响，那就辛苦刘先生了。"

"没问题！"刘市长精神饱满，完全没有疲劳的样子。

十点还差五分的时候，良军带领刘市长一行来到了大会议室。这里已经坐了四五十人。看见刘市长一行进来，会场立刻安静下来。刘市长和良军走上主席台落座。

良军首先向在场的各位介绍了刘市长一行。按照会议的日程，首先请刘市长发表演讲，良军担任翻译。

"女士们、先生们，早上好！今天跟各位幸会，我是我所在城市的CEO……"

底气中足、声音洪亮的刘市长刚一开口，良军就留意到副董事长霍夫曼以及与会的各位高管发出了会心的微笑，他心里想：看来，刘市长要即兴发挥了！

刘市长侃侃而谈，开始介绍起西岩市的人文历史和发展构想："跟在座各位完全不同的是，我这个CEO管的不是像罗森银行这样世界级的金融机构，而是山区。那里交通不便，人均收入低，我们西岩市的人口比纽约市多二三百万，但是有五个国家级贫困县。说到贫困，让我给各位一个概念，在中国，一般一个人年均收入在2300元人民币以下的县被定义为贫困县。换句话说，在我们西岩这样人多耕地少的地方，至少有两百万人一年的生活开支可能只是各位在这样的大厦里工作几个小时的收入。在西岩工作生活的人们如何创造他们的未来？"

刘市长说到这儿，短暂地停顿了一下，他用视线扫过观众席。良军从现场的鸦雀无声以及听众们聚焦在刘市长身上的目光判断出，刘市长已经牢牢抓住了听众的兴趣，但良军心里有点叫苦——刘市长完全在脱稿演讲了。

良军全神贯注地捕捉着刘市长的每一句话，然后迅速准确地翻译成英文。有那么一瞬间，他觉得刘市长仿佛不是在讲西岩市的市情，而是在回顾他自己在西岩的奋斗。是的，西岩市是刘市长工作了大半辈子的地方，每一段历史他都如数家珍。而良军一年多以前第一次遇到刘市长的时候，就是在一个类似的场合，只不过，那天良军是台上演讲的人，刘市长则悄然坐到了听众中间……

刘市长的"市情报告"把良军拉回到罗森银行纽约总部的大会议室里。刘市长接着介绍了西岩市的人文历史、自然环境以及经济发展现状。当他提到在过去几年的时间里，当地政府通过一系列发展经济的措施，成倍地提高了当地民众的人均收入时，听众们不住地点头。

良军紧张地记录着刘市长的发言要点，往往在刘市长一句话语音刚落的时候，良军的译文就已经出口成章。良军一边翻译，一边暗自佩服刘市长的思维敏捷。他似乎把所有的数据都装在脑子里了。他不仅信手拈来，还很擅长将抽象的数字形象化。刘市长手上没有任何材料，也没有任何人提示，却能如数家珍，把各种数字以形象的方式告诉给听众。刘市长精神抖擞、滔滔不绝地演讲了大约一个小时，又留出半小时接受观众提问。演讲结束后，听众们对刘市长的精彩演讲以及整个过程中所表现出的专业水准报以长久的掌声。

良军以为刘市长的演讲结束了，可是刘市长等观众的掌声平静下来后，并没有离开讲台的意思。他接着向在场的听众们说："我今天要特别感谢一个人。这个年轻人在一年多的时间里曾经前往我们西岩市几十次，甚至连中国最重要的传统节日——春节都是在西岩市跟我们的企业一起度过的！他靠他的诚实和才华赢得西岩市上上下下的信任。所以我们把西岩市历史上单笔金额最大的企业外债保值业务放心地交给他去完成。他就是我旁边这位——良军先生。"

良军听到刘市长这么夸奖自己，正在犹豫要不要如实翻译，刘市长朝他点点头，示意他逐句翻译。良军只好从命。他的话音刚落，全场爆发出热烈的掌声。菲利普带头站了起来，向良军鼓掌，许多不认识的高管们也相继站起来，朝良军鼓掌。进入罗森银行六年来，良军还是第一次受到如此高规格的礼遇。如潮的掌声驱散了良军因倒时差而产生的疲倦感，让他精神为之一振。

上午的活动结束后，良军把刘市长一行送到楼下大堂，斯曼银行的赵总正在大堂等候，他将把刘市长一行人带往几个街区之隔的斯曼银行。按照惯例，同行之间要互相回避。良军送走刘市长后，回到交易室。他一进菲利普的办公室，就听到菲利普对刘市长大加赞扬："良军，这位刘市长是我见过的世界各国政府官员里少有的一位金融领导。他不仅精力充沛，而且很善于用金融的手段来解决问题，他绝对是一位非常高明的金融专家。良军，你很幸运遇到了这样一位当地政府领导。将来有机会我一定去拜会刘市长。"

"好啊！我一定把您的想法转告刘市长。"良军说道。

菲利普接着问道："良军，我很好奇，你是怎么做成西岩这笔交易的？"

良军看着菲利普好奇的样子，微微一笑，说道："如果你有时间，我就完整地讲给你听。"

良军忽然卖了一个关子，说道："可是，在我讲西岩项目之前，需要先回溯一下往事。"

"快讲讲吧，我等不及了。"菲利普示意良军坐下来讲。

良军看看手表，刘市长在斯曼银行下午的活动要到五点才结束，自己将有足够的时间可以跟菲利普好好聊一聊这几年的经历。他环顾了一下菲利普的办公室，注意到有几幅菲利普收藏的油画一直没有换，于是说道："菲利普，我还记得上一次我来你办公室的时候，还是9·11刚刚发生后……"

菲利普想了想，点点头："没错。那时你主动要求提前回亚洲，成林也急着要你去开拓中国市场。如果我没记错的话，我们当时给你设计了一个迂回返港路线,让你先在新加坡过渡一段时间……"

良军笑了笑,继续说:"是的,说来说去,过去六年里,我所有故事的起点都在你这个办公室。"

菲利普的好奇心被吊得高高的……

第二节　绝招只有一个——死磕

2001年10月5日是星期五。这是良军在罗森银行总部的最后一个工作日。他上午跟交易室的几个同事以及菲利普道别之后,出了罗森银行大楼,上了秀明的车去肯尼迪机场。他要坐下午五点的航班飞往新加坡,正式开启回归亚洲的行程。在此之前,总部的律师给了他一个法律方面的建议。按照当时的规定,到香港工作的内地籍员工必须在此前两年里在内地、香港、台湾以外的地方连续停留两年,罗森银行按照公司规定特别安排良军先去新加坡分行工作一段时间,然后再转往香港。

就要离开纽约了,良军心里有些流连和伤感。每当他奔赴下一段人生旅途时,这种伤感的情绪总会悄然将他缠绕。所幸的是,现在秀明可以分担他的伤感。

那天前往肯尼迪机场的路出奇地顺畅。事实上,几乎没什么车往机场去。良军和秀明看时间还早,于是在机场附近找了一间餐厅吃午饭。在餐桌上两人都没有说话,只是默默地看着对方,静静地吃着。结账之后,两人重新上车,很快便到了机场的停车场。良军往投币机里投了一些硬币之后,推出一辆行李车,把行李装在行李车上,往航站楼走。秀明默默地伴随在身边,两人一路无语。一进机场两人就愣住了:平时可以容纳成千上万旅客的肯尼迪机场大厅，连他们在内，只有寥寥十几个旅客！

由于时间仍早，办票柜台还没开。两人找了一张长椅，坐了下来。秀明泪流满面，靠在良军怀里，一言不发，良军轻轻抚摸着秀明的长发，不断地安慰她："丫头，别太难过。我们很快就会团聚的。""我一天也不想跟你分离！呜呜呜""丫头，别这样！咱俩互相等待、寻觅了对方十几年，最终得以重逢，你不妨把这次短暂的离别当作我们俩重逢的日子被推迟了一段时间，而且我先去新加坡还得找房子、打扫好房子，再等我的美新娘到来，否则如果你现在就跟我一起去的话，会被这些体力活累个半死的。""我不怕体力活，我就要跟你在一起！""傻丫头，你想把自己搞得满脸都是土和灰，提前把自己变成黄脸婆啊？即使你真想干，我也是绝对不允许的哦！"听了良军的调侃，秀明才止住哭泣，但是仍然在良军的胸口捶了几下。两人在那里耳鬓厮磨，说了不知道多少悄悄话。离别的时刻终于到了，良军托运了大件行李，拿到了机票后，秀明和他一起走向出境大厅。秀明不能再进去了，两人紧紧地拥抱了许久，秀明的泪水打湿了良军胸前的衣服……

良军过了海关，刚穿过安检门，迎头便撞见几个身材高大的美军军官和美军士兵，他们警惕地注视着刚跨过安检门的良军。军官腰挎左轮手枪、头戴船形帽，士兵们手持M16步枪，那架式犹如他是一个要混上飞机的坏人似的。良军心想：自己这架势大概和杨子荣独闯威虎山有得一比吧！登机之后，良军更是无语：整个747飞机的商务舱里只有他一个乘客！

波音747起飞了，它从纽约上空经过。良军看着窗外，原来需要仰视的自由女神已变得越来越小。宽阔的哈德逊河口也渐渐远去。"再见，我心爱的秀明！我们很快会再见！"……

大约20个小时（含在法兰克福经停的时间）以后，航班在新加坡当地凌晨时分降落在新加坡樟宜机场。

降落后,良军马上给秀明发出一条短信:"丫头,我平安到达新加坡了。"出了机场,良军直奔罗森银行为他预订的酒店式公寓。由于时差的缘故,良军凌晨三点多就醒了。他打开电视,不禁倒吸一口凉气:美军刚刚发动对阿富汗的巡航导弹攻击!而自己的航班几个小时前刚刚经过了波斯湾上空的战区!

他又眯了一会儿。再次醒来的时候还不到早上六点。肚子开始叫唤了。他索性爬起来,想找点吃的。拉开冰箱一看,不禁心花怒放,冰箱里已经分门别类放好了各种新鲜水果、鸡蛋牛奶,应有尽有。厨房的设施也一应俱全。他煎了一个鸡蛋,烤了两片面包,吃完了来新加坡后的第一顿早餐。

虽说新加坡只是他回到香港之前的过渡,但他还是急切地想到新加坡分行报到,马上开展业务。

星期一早上六点半,简单的早饭后,他拿起书包直奔地铁站而去。新加坡的地铁系统非常高效,很快他就到了资本广场。

良军来到罗森银行新加坡分行交易室的门口,拿起门口的电话拨通了外汇交易台的内线电话,通报自己的身份。不一会儿,交易室的门打开了,一个中等身材,年龄比自己稍大,但身材比自己要胖不少的男子出现在门口,面带微笑:"我叫林荣豪,欢迎你,李先生!请进。"

荣豪是罗森银行给他安排的在新加坡的师傅。良军一边跟着荣豪往交易室走,一边心里嘀咕:"俗话说,聪明的脑袋不长毛,看来这个师傅跟纽约的马丁一样,也是绝顶聪明啊。"

荣豪把他带到交易室,指着身边的一个空座位说:"未来几个月里,你就坐在这里吧。"良军把自己带来的几样办公用品放进抽屉。看他收拾停当,荣豪告诉他:"你尽快到香港去一趟,成林要跟你具体聊聊下一步的工作安排。"

两天后，良军就飞到香港，见大老板成林。

成林看见良军到来，非常高兴。说起来，这还是他们第二次见面。第一次是几个月前的面试。

成林没有过多客套，把良军引进办公室后，开门见山就说："你的第一个任务是尽快拿到中国宏业集团的外汇业务。它们的外汇业务量非常大，我们的同事之前尝试过，但一直没有任何进展。以后就由你负责开发这个客户。"

宏业集团总部设在北京，在中国各主要的省会城市都设有分公司。第二天一大清早，成林就带着良军飞到北京，马不停蹄地分别拜访了包括宏业集团在内的几家重要的机构客户。当天傍晚，良军和成林在首都机场道别。成林飞回了香港，良军则连夜飞回了新加坡。

良军来新加坡后的第一个周末是在忙乱中度过的。他连找房带搬家，还不到三天。综合了价格、交通、小区环境、生活设施等诸多因素之后，良军最后在离总统府后院不到800米远的一个掩映在绿树之间的小区里租了一套公寓房。安顿下来之后，良军做的第一件事情就是联系秀明，把情况详细地告诉了秀明："丫头，我这边准备好了，你赶快来吧，我在这里等你！"电话那边传来秀明欢快的声音："太好了！我星期一就去公司辞职，先把家具办理托运，之后我马上飞到新加坡找你！"

周一早上刚上班，成林就来电询问他跟宏业集团的财务总监王涛之间联络的情况："中国宏业集团的财务总监王涛我不是介绍给你认识了吗？你联系过他吗？"

良军心里诧异：这不我们上个星期五才在北京见过他吗？刚过一个周末，我刚在新加坡找到一个窝……何况宏业集团快两年没跟罗森银行做成一单外汇业务，怎么成林现在如此急迫？

不容他多想，成林加重了语气说："我们等不起啊。一个合格的销售人员就是要行动快，要快……"

虽然成林没有批评良军的意思，但响鼓不用重槌，良军听出了话中有话。

成林挂了电话后，良军赶紧找到师傅荣豪，他们从交易资讯里查到，原来宏业集团刚刚完成一笔数额达10亿美元的外汇业务，罗森银行却连一单业务的影子都没有看见！良军恍然大悟，难怪成林追问他跟王涛的联络有没有进展。

良军不敢怠慢，马上给宏业集团的首席财务官王涛发了短信，约他周三在北京一起吃午饭，顺便沟通一下双方的合作事宜。王涛很快答应下来。

宏业集团是自己开始投行生涯以来的第一个客户。虽说万事开头难，他对拿下第一笔业务的艰难程度早有心理准备，可还是没想到，成林给的这根罗森银行多年没有啃下来的骨头这么硬。

约好财务总监王涛后，良军选择了凌晨1：15飞往北京的航班，在周三清晨7：15就到达了首都机场。良军出了机场后便直奔位于西三环的香格里拉酒店。匆匆洗完澡，换上西服，打好领带，接着打车赶到宏业集团时，时间已是11点了。为了不显得唐突，他在大厅里坐了20分钟，然后才按了电梯。见到王涛的时候，不早不晚，刚好11：30。

两人寒暄了几句。满脸横肉，不到35岁便已有双下巴的王涛一直漫不经心地刷着手机，良军心里有点不痛快，但他没表露出来。这时，正好王涛的手机响了，良军连忙客气地说："王总，您先忙会儿，我先去餐厅，您忙完之后咱们再边吃边聊。"

王涛朝他翻了翻一双肿胀的鲸鱼眼睛，像全然没有这回事一样，说："咱们约过吗？"还不等良军答话，他就傲慢地说："我已经和另外一家银行约好了午餐。你我下次再约吧。"

良军瞬间有一种被戏弄的感觉：为了请你吃一顿饭，我光在空中就飞了6个小时，还不算往返机场折腾的那些时间！冲动之下，他真想掏出手机先给他看看是不是他自己发的短信明白无误地确认过这顿午餐，然后把手机砸在他那张脸色发白但多横肉、双眼凸起的脸上！但他转念一想："我初到罗森银行，一年的业绩还取决于眼前这个王八蛋。我一旦冲动的话，自己的投行生涯还没开始就报销了，犯不着拿自己的前程为代价。"

想到这里，良军强压心中的火气，脸上马上堆起微笑，自己找了一个台阶下："哦，可能是我自己记错了，不好意思打扰了，您先忙，咱们下次再约吧。"说完，良军转身走出办公室。王涛只是点个头，连屁股都没有抬一下，更没有一句客气话，而是转头接了电话，跟电话那头的人聊得眉开眼笑，仿佛良军根本不存在一样。

良军进了电梯。里面只有他一人。他"咣"的一拳头砸在锃亮的金属面上，骂了一句粗话。这是他第一次单独见王涛。尽管在凌晨飞往北京的航班上，他把各种沟通细节反复推演过，却没想到会碰这样一个硬钉子。几天前成林带他来拜码头的时候，他就隐约感到王涛对他很不友善。王涛都没有正眼看过良军一眼，连跟他握手都是蜻蜓点水式的。良军从王涛握手时的漫不经心与抽回手的迅速程度，隐约感到了他对自己的轻慢，王涛闪烁不定的眼神进一步告诉他，和这个人打交道恐怕不会顺利。

他站在长安街边上，立刻给成林打了一个电话，简单讲了一下自己的首战失利。成林安慰他："哎呀，这不算什么。我们做投行的根本没有人们想的那么高大上，我们所做的事无非就是用我们的面子换里子而已。无论遇到怎么刁钻的客户，都必须忍！"

良军苦笑了一下。忍就是心上插一把刀啊。

贼不走空路。被王涛放了鸽子，良军转头一想，不如去拜访一下裕京银行的老领导林总。自己回到中国市场开拓业务，还得靠裕京银行的老领导、老同事们帮忙，才能打开局面。于是，他上了一辆出租车。

出租车在长安街上宏大气派的裕京银行门口停下。良军给门卫验过证件后，走进了曾经熟悉的大院。

站在深秋的阳光下，良军不免感慨。自己才走了两年，这个大院就已经变了样。当年停满自行车的院子已经看不到一辆自行车了，而是停满了各种小轿车。院子显然也改造、扩建了不少，有了一个大停车场。

"各处室快到院子里分鱼分肉啊！"良军仿佛听到自己当年中气十足、激情饱满的声音在院子里回荡，洋溢着如同打土豪分田地似的豪情。每当满载的大卡车在这个大院里卸下成堆的鱼或猪肉、牛肉、鸡蛋、饮料甚至大葱，他就要从繁忙的外汇交易员立刻变身为工会主席，忙里忙外张罗着如何把这些堆成山的福利物资尽快化整为零，公平、周全地分到各个处室，减少在院子里挤占公共空间的时间。谁叫他是资金部里最年轻的工会主席呢。

没想到从裕京银行辞职而去两年多后，他又回到了这里。门房值班室的年轻保安当然不知道这位访客曾经是多年前资金部前途无量的工会主席。

还是那间办公室。还是那道熟悉的门。良军轻轻敲了两下，随即听到林总洪亮的声音："请进。"

看到良军推门进来，林总立刻从办公桌后面的座椅上站起来，趋步向前，向良军伸出了双手："小李啊，很高兴又见到你！"

一瞬间，良军感动得几乎落泪。这跟他在宏业集团公司里遭遇王涛那张冷脸的经历相比，实在是天上地下。

几年不见，林总的头发已经全白了。

自从几天前得知良军要来北京的消息，林总一直很期待再次见到当年从他手上招来又辞职走掉的这个年轻人。当年良军辞职之后，高层对林总这么轻易地放人颇有微词。可是他一点也不后悔。时间证明自己果然没看错人。这不，良军学成归来了！

第三章 创业之初

林总热情地招呼良军坐在沙发上，又拿出龙井茶，亲自给良军泡上一杯。

"良军啊，我就知道你会回来的！"

"林总，您说得没错，中国才是我的根嘛。"

林总把一杯热茶递给良军，关切地问："9·11的时候你在纽约？没事吧？"

"老天保佑，我一切都好。"

"大难不死，必有后福啊！"林总还是那么热情。

当了两年多的"美漂"，良军仍然像过去汇报工作一样，把自己在沃顿的学习、加入罗森银行的前前后后向林总简短地讲述了一遍。林总饶有兴致地听着，频频点头。良军说到自己以优秀毕业生的身份从沃顿毕业并加入世界著名投行罗森银行时，林总朗声大笑："我就说我当初没看错人嘛！是金子在哪里都会发光的。小李啊，你是我们的骄傲啊！"

良军谦虚地说："林总，您现在夸我还太早啊。我刚从沃顿毕业不久，正面临事业的再次起步，还没有头绪，需要您支持啊。"

林总频频点头："一定一定，你当年的同事有一些还在资金部，我们完全支持你。"

听到林总这一说，良军心里有了底儿。他忽然茅塞顿开：对呀，像裕京银行这样的外汇大户，自己从领导到普通的员工都很熟悉，完全可以尽快建立合作并开展外汇业务，这样，自己初到华尔街的基本生存问题就解决了，之后再去啃宏业集团这样的"硬骨头"。

良军从林总那里知道，李处长还在原位。自己走后，当年自己的师傅程彤被提升为副处长，工会主席的重任也转到了他身上。

林总一点没见外，还拿良军当是自己的员工一样，谆谆教导了他一番："小李啊，作为你的老领导，我想送给你几句话：第一，华尔街不同于沃顿商学院，在学校你只要玩命努力学习就可能成为优秀学生。在华尔街，你将面临着残酷无情的生存竞争和压力，你个人的努力当然非常重要，但最终只有你背后的国家强大了，你才可能在华尔街真正地混出个样子；第二，你是我们裕京银行的前优秀员工，希望你加入罗森银行之后，在国际资本市场上，也力所能及地为裕京银行和中资企业提供业务支持；第三，将来合适的时候，欢迎你回归到中资机构！"

良军点头称是。

告辞的时候，林总握着良军的手，很关切地说："小李，我是了解你的。我们行会大力地支持你开展相关的外汇业务。"

握着林总厚实的大手，良军又一次感动得差点儿掉下眼泪来，感慨自己在裕京银行工作的四年真是没有白过。

从林总办公室出来后，良军赶到首都机场，当晚悻悻又坐6个小时的航班，在凌晨时分回到新加坡。生意不顺，但仿佛是老天要给良军一个巨大的补偿：秀明已经买好了机票，这个周末就要到达新加坡了！

那个幸福的日子终于到来了！星期五下班后，良军买好了海鲜、肉蛋、热带地区的蔬菜和水果，把之前空荡荡的冰箱全部塞满了！第二天良军早早地就到了樟宜机场一层的到达大厅，不错眼珠地盯着到达航班显示屏，期待着秀明的航班顺利到达。秀明降落后立刻给良军发了一条手机短信："我到了！飞机正在滑行，一会儿见！"良军高兴得差点蹦了起来。之后眼睛直勾勾地盯着每一个从出口出来的旅客，直到那个令自己魂牵梦萦身影的出现：秀明穿着良军在纽约给她买的那条白色连衣裙走了出来。良军几步冲上前去，一顿热烈拥抱之后，接过秀明的行李，然后带着秀明上了出租车，直奔自己租住的小区而去……

秀明的时差很快倒过来了。这天午饭的时候，良军在莱福士广场附近的一个小吃摊吃了午饭，之后信步到广场去散步，看到广场边的那家新加坡发展银行的大楼，忽然想起一件事，于是拿出手机打给了秀明："丫头，今天下午三点钟，带上你的护照到莱福士广场来一趟。我在新

第三章 创业之初

加坡发展银行的门口等你。""干什么?""电话上先不说了,见面再告诉你。别紧张,不是急茬。"下午良军在办公室请了个短假,三点钟的时候,秀明出现在莱福士广场新加坡发展银行的大门口,"良军,什么事情啊?搞得这么神秘?""一点小家务事而已。""什么家务事?还要用护照?"秀明好奇地问。"跟我走吧,一会儿你就知道了。"两人进了银行大厅,良军跟值班经理说明了来意,对方立刻打了一个内线电话,之后带良军和秀明走进一间会议室。不一会儿,一个戴着眼镜的中年女经理走了进来。打过招呼之后,中年女士问道:"我可以给两位帮点什么吗?"良军说道:"麻烦把我在贵行的银行账户改为联名账户。""好的,麻烦李太太出示一下护照。"秀明仍然没有反应过来,良军笑着对秀明说道:"秀明,把你的护照拿出来给经理用一下。"秀明懵懵懂懂地把护照交给了经理,之后跟良军一起签署了一堆表格。经理说道:"两位稍等一下,我复印一下李太太的护照。"所有的手续办好了,良军和秀明离开了银行。"良军,我还是不明白刚才的事,你在搞什么啊?""傻丫头,你不懂联名账户是什么意思啊?""我当然知道啊,可是?""可是我们还没有领结婚证,怎么就把你放进联名账户?"秀明点点头。"傻丫头,这很简单。我的工作就是到处跑,万一将来在路上发生了任何的事情,我希望我的这个小安排能稍稍慰藉一下丫头你!当然我还有一个要求:万一我将来出了什么事情,例如赶上9·11那样的事情,丫头一定要帮我照顾一下我妈。"良军的话音未落,秀明的粉拳已经捶在良军的胸口,"你再敢胡说,我捶你!"秀明哭道,"我要的是你,要钱有什么用?以后你要再敢咒自己的话,我就不理你了!"良军赶紧哄秀明:"哎呀,我的工作就是帮企业做风险管控,今天只是服务一下我们自己,做一下个人的安排嘛,你就当我犯了职业病啊。放心,不会真有什么事情的。我保证以后绝对不乱说了!丫头听话,不哭了,否则在马路上让警察看见,还以为我欺负你,到时我被藤条打屁股的话,你就高兴了?""你真讨厌！"秀明又捶了良军一下，破涕为笑。

也许是秀明的到来给良军带来了好运。几天之后，虽然王涛那边没有丝毫动静，裕京银行的5亿美元外汇交易却来了！看着路透交易机上裕京银行呼叫自己提供外汇报价，良军百感交集：林总果然一诺千金！

这是良军入职以来做成的第一单业务，而且金额较大。成林当天就在银行内部的电邮里通报表扬了良军。师傅荣豪也走过来向良军表示祝贺。

这趟北京之行让良军明确了自己在华尔街第一年的生存策略：一方面需要尽快开拓像宏业集团这样的外汇业务大户，这是一项战略性的、长期的发展布局；另一方面也需要尽快跟国内各商业银行建立起业务关系，以便尽快产生业务现金流。裕京银行是自己的前东家，从领导到普通的员工都很熟悉自己，这样的外汇大户可以支持自己在华尔街初期的生存。但从长远来看，仍然必须开发新的大客户才能支撑自己在华尔街上站稳脚跟。对宏业集团的王涛，他必须死磕！

两个多月过去了，良军在师傅荣豪的指导下，逐渐熟悉了亚太区的业务流程，但唯独没能撬动宏业集团。

这天吃过晚饭后，秀明跟院子里新结识的几个太太们一起到坡底的那间超市去买东西，良军独自坐在阳台上。夕阳慢慢西沉，满院子花团锦簇，游泳池里传来阵阵嬉闹声。可这一切都让他无动于衷。这个小区虽说离新加坡总统府近在咫尺，可他一直没有时间，更没有心情去参观这处著名的古迹。初入投行的他频繁地奔波于新加坡与中国内地和香港之间，他计划等宏业集团的外汇生意落地之后再找时间一起去参观游览。

他从头到尾地梳理了与王涛的交往经过，心想："我和王涛以前素不相识，更是无冤无仇，他为什么这样戏弄我呢？莫非我的前任得罪过这个家伙？"想来想去，良军确定了自己的应对策略："无论如何，我都必须无条件地完成这个任务。我辛辛苦苦地从家乡武汉走到了北大,从北大一路走到裕京银行、沃顿,又从纽曼银行跳到了罗森银行,从纽约来到了新加坡,我将来还要走向更广阔的明天,绝不能因为今天这个混蛋的阻挡就止步不前。我必须坚持,一次不行就两次,两次不行就三次。"

一转眼,2002年的春节快到了。良军觉得这是一个和王涛拉近关系的好时机。他在新加坡给王涛准备了一份新年礼物。都说伸手不打笑脸人,这回我专程来送礼,你王涛总不会不给面子吧?

王涛还像第一次一样,很爽快地跟他约好了见面时间。

这天下午一点钟,良军准时出现在位于国贸大厦附近宏业集团的大堂。良军通过前台给王涛打了个电话,结果被告知王涛已经外出了。良军又试着打他的手机,始终没人接。良军心里火焰升腾,不服输的倔劲又蹿上心头:"今天我还非要守株待你这只兔!就不信你一下午不回办公室。"

宏业集团的大堂南北门通透。正值隆冬,大堂里没有暖气,每个通过转门进出的人都带进一股劲的北风。良军下车时匆忙,把大衣忘在了车上,此时上身只穿了一件西服,冻得够呛。可他怕万一自己去拿大衣的间隙,王涛突然出现,那就错失良机,于是决定就在电梯口附近一直等!

良军在电梯口来回地踱步以维持体温,眼睛死死盯着来往进出的人流,到下午四点,电梯至少开合了几百次,他仍然没看到王涛的影子。良军给成林打了个电话,请他帮忙找王涛的老板问问。过了不久,王涛终于打来了电话,却是一副颐指气使的口气:"良军,我刚刚在外面开完会,现在在西单的一家银行办事,你来接我一下吧。"

要是放在平时一个陌生人用命令式的口气跟他说话,他一巴掌扇死他的心都有。但是现在,他苦等几个小时后,好歹王涛终于有下落了!

手脚冻得冰凉的良军赶紧冲出大楼，跳上车，然后直奔王涛所在的招行而去。良军进入招行的营业大厅，一眼就看到王涛！他正在柜台前办理业务。良军知趣地没有打扰他，而是坐在靠近大门的沙发上等着。王涛办完事之后，他过去打了一个招呼。王涛还是不理不睬、一副理所当然的屌样子，良军请他上车，随后把他送回公司。下车时，良军把一个装饰精美的礼品袋交给了王涛。王涛也没客气，接过袋子后淡淡地说了一声"谢了"，便头也不回地走进了大楼，至于良军等了多久，他一个字都没问！

都说事不过三。但是王涛好像涮人上了瘾。如此反反复复，涮了良军整整七次！每次都是先爽快答应见面，待良军每次都满怀希望，从新加坡飞到北京后，他总是找理由搪塞不见！

诸葛亮擒孟获也不过七擒七纵吧！王涛这样整人算哪门子事啊！良军实在忍不住了，于是给成林打了一通电话："老板，这家伙简直油盐不进。你可不可以稍微向我透露一点，我的前任是害死了他爹妈，还是抢了他老婆。他怎么对我、对我们行这么不当回事呢?!"

成林接到良军的电话，也是气得七窍生烟："×他妈的，宏业集团的业务我们不做了！老子丢不起这个人！"

"叭"的一声，成林气得把桌子上的茶杯摔了。一看成林如此暴怒，良军反而迅速冷静了下来。他对成林说："老板，别生气。我和王涛之前素不相识，且无冤无仇，他这样对我一定有什么原因。我再试试，如果还不行，咱们再想别的办法吧。"良军从来就是一个不信邪、更不轻易服输的人。他想，王涛如此刁难他，必定有隐情，搞不好，自己可能是替别人背了黑锅。可是，这个客户要是不攻下来，他在老板成林那里不好交差，他不能接受自己加入投行第一年就这么业绩平庸。

"要不要我给王涛的老板打个电话，把情况跟他说一下？"成林主动问道。

良军沉吟一下，说道："算了，还是不要吧！我们不清楚王涛和他老板之间是什么关系。如果王涛是他老板的人，我们很可能把王的老板也得罪了；如果王的老板不喜欢王，你打过电话之后，他如果借机把王换掉，他们公司其他人极有可能把矛头对准我们，即使有新人接替王涛，我们未来的生意也一定难做。目前唯一的办法就是死磕王涛，只要他还活着，我一定把他死磕下来！"

一转眼，2002年的"五一"长假快来了，这是他加入罗森银行以来遇到的国内又一个长假。良军旁敲侧击地打听到王涛假期将外出旅行，并于5月6日回京，于是决定再试一次自己的运气。这一次，他决定"突然袭击"。他事先没有约王涛，而是先去上海看望了客户后再来到北京。等到5月6日的下午，估摸着王涛回到家后，良军才给王涛打电话。

王涛接了电话后，良军故意轻描淡写地说："我刚休完假，路过北京，后天回新加坡。您明天方便的话，咱们一起吃个饭，聚一聚如何？"

出人意外的是，电话那头传来了王涛少见的轻松语气："好啊，我家就在颐和园边上，很方便的。"

良军一听，心中暗喜，马上回应说："好的，我马上订座。"放下电话便预订了颐和园周围最气派的一家餐厅，然后把餐厅信息发给了王涛。

良军第二天下午提前15分钟来到餐厅。他先看了一下环境，挑了一间布置非常雅致的包间。之后开始研究菜单，琢磨着王涛的口味，心里还是做好了再被王涛放鸽子的准备。不一会儿，王涛竟然带着老婆、孩子和保姆浩浩荡荡来到餐厅。来宾落座之后，良军开始点菜，连王涛的保姆爱吃什么都一一问到，然后下了单。他还没开口，王涛便用西湖龙井润了润嗓子，对良军说道："李总啊，以前多次得罪啊！希望您不要介意。"

王涛竟然用了"您"字来称呼良军。良军一听这口气，心里不免暗自一喜："大半年过去了，你都纹丝不动。难道今天太阳真的从西边出来啦？"

菜还没有上。保姆在一旁用糖果哄着孩子。王涛把玩着在灯光下晶莹剔透的茶杯，继续说："你们银行的人之前到我这里来过，仗着是世界级投行，说话牛逼哄哄，做事毛毛糙糙，老子真瞧不上。请我吃饭？不瞒您说，我挨个去吃，一两个月都不重样的。谁爱吃吃去！所以呢，换了你之后，我决定先看看你的为人再说。"说到这里，王涛放下茶杯，举起了酒杯，起身要敬酒道歉，良军连忙举起酒杯，放低姿态碰了个杯，笑着回应道："没事，没事。我虽然都没见过以前的同事，也不知道是谁，但肯定是他做事欠考虑，多有得罪，我呢，在这里代他向您道个歉。至于我嘛，初来乍到，一定会尽力的，还希望王总多多支持。"

为了显示互相的诚意，两人把酒杯一个放得比一个低，推辞了几个来回，最后都一口干完了杯中酒。

随着菜品一道道摆上，两人推杯换盏，很快干掉了两瓶酒。王涛的酒量真不含糊，良军勉强奉陪到最后一杯，头已经有点晕。他告诉自己必须撑到客人告辞为止。

那顿晚饭一直吃到九点多钟才结束。回到酒店房间之后，良军在心里感慨："希望今晚的酒没白喝啊。"他醉态朦胧地打车回到酒店，把自己放倒在床上，一觉睡到天亮。

一个星期以后，宏业集团向罗森银行发出指令，要卖出3亿欧元的外汇！一接到这个消息，罗森银行新加坡分行交易室简直像炸了锅一样。良军刚好去茶水间泡了一杯绿茶。他一回到座位上，同事们就纷纷围过来向他表示祝贺。几分钟后，成林的祝贺电话就从香港打到了新加坡。

等众人都走了以后，良军打开了自己桌上的路透交易机，静静地查

第三章 创业之初

看了刚才的记录：宏业集团询问了 3 亿欧元的外汇双边价之后，卖出了 3 亿欧元。这是自己进入投行以来拿到的第一笔宏业集团的外汇交易！他的眼睛有些湿润，不由得感慨："半年多来不放弃，终于有了回报！"

师傅荣豪走过来拍拍他的肩膀说："不错啊，年轻人，水滴石穿啊。对了，这周末总统府将有一次公众开放日活动，届时公众可以进入总统府参观。我记得你住在总统府旁边，周末有空的话，正好可以去逛逛。"

星期六早饭后，良军和秀明走出小区大门，向左拐，窄窄的小马路上没有任何车和其他人，掩映在绿树和鲜花丛的路两边静悄悄的，秀明仰着鲜花般的笑脸跟良军不时说笑着，两人很快便走到了狮城大厦旁边的一部直达电梯处，乘电梯直达地面，往右一拐便到了总统府门口，由于时间尚早，总统府还没开放，两人继续往前走，前方几百米远处便是著名的乌节路。两人漫无目的地在乌节路上闲逛，开心地聊着下一步的安排：等良军在新加坡的过渡期一过，两人立刻前往香港，考虑到收入有限，先在香港租房子，等将来收入上去之后再考虑买房子。不知不觉中两人已经走到了高岛屋商场的门口。估计总统府开门的时间差不多快到了，两人于是立刻掉头返回，一起走进有两个持枪卫兵站岗的总统府大门口。府内同样是绿树如茵，尤其吸引良军目光的是那一片小湖面，一些良军说不上名字的鸟在湖面上盘旋，给清澈的湖面上增添了一丝静谧的动感。两人随着指引在总统府内悠闲地走着，偶尔两人的目光也会碰在一起，秀明的眼里满满地写着幸福！两人走进了一个露天音乐演奏场地，坐在一起，欣赏军乐队表演的曲子。之后随着人流参观了一些对公众开放的府内的建筑。快到中午的时候，两人结束了参观，走出总统府的大门。

"丫头，走了一上午，你累不累？""我才不累呢！""这样吧，中午别做饭了，我带你去喷水池？""好啊！太好了！"秀明雀跃道。两个人上了出租车。

不久，出租车停在喷水池附近，两人下车后，一起朝喷水池走去。由于时间尚早，还没有到播放音乐的时间，但是依然游人如织。喷水池下面是一个环形的餐厅走廊，走廊两边是各种风味餐厅。良军带着秀明穿行其间，最后走进一家新加坡风味的餐厅，良军点了一份用一种东南亚的绿色蔬菜配红辣椒做成的酸甜口味的热菜和一份海鲜煎饼，两人坐在靠窗的位置，良军边吃边给秀明讲述多年前在裕京银行工作期间出差到新加坡时的各种见闻和趣事，逗得秀明笑个不停。看着秀明被红辣椒辣得满脸通红的样子，良军调侃道："我们就点了两道菜，餐厅怎么给我上了三样呢？""哪里有第三样？"秀明不解地问道。良军指着旁边的反射着秀明的落地玻璃说道："喏，还有一道红苹果呢！餐厅可能忘了收钱，要不我把我的红苹果抵押在这里？""你舍得把我抵押在这里？你这个坏人总是找机会欺负我！回头我要告诉妈你这个土匪的恶行！""哈哈哈！"

听良军讲了在新加坡期间的往事，菲利普忽然笑了："哈哈，你首次做成宏业集团外汇交易的那天，我也给你发过祝贺邮件的，记得吗？"

"哦，当然记得。"良军喝了一口水，说道："你写的每一封邮件我都保留着呢。它们记录了我在华尔街上一步一步走过来的脚印啊。"菲利普一听，哈哈大笑："良军，你果然很特别。六年前我面试你的时候就看出来了啊。"

"可是，菲利普，后来发生在我身上的事让我觉得，王涛为难我七次根本不算什么呀。比这难的还在后面呢。"

菲利普喝了一大口咖啡，示意他接着说下去。

第三节 "非典"袭来

自从罗森银行与宏业集团建立正常的业务关系后，良军跟王涛的关系也走近了一大步。王涛不再像原来那样居高临下，颐指气使。良军也发现，王涛其实也并非一个酒囊饭袋，他出身名校金融专业，也曾经是个很有上进心的青年。之所以变得玩世不恭，完全是环境使然。年纪轻轻，他手中便握有一个集团的财务大权，抱他大腿的人当然趋之若鹜。久而久之，他便优越感爆棚，习惯于斜眼看人。

良军与王涛后来杯酒释前嫌，成为合作伙伴。可惜王涛没两年就查出了癌症，而且已到晚期，不久便撒手西去。良军参加了王涛的葬礼后，拜访了新上任的财务总监陈祥东。良军又得从头跟他打交道。难是难一点儿，但陈祥东毕竟没有像王涛那样七次放他鸽子。

2002年3月，良军转眼在新加坡已工作半年了，业绩可圈可点。成林发话，让他尽快到香港就职。于是良军很快就到达香港。回到香港的当天晚上，成林率固定收益部各团队主管，在中环的"中国会"给良军举办了一个盛大的接风晚宴。

那天晚上，良军尽情地享受着每一道美食，从鱼翅、凉拌象拔蚌到大龙虾，一样不少。在沃顿留学两年，加上在新加坡打拼半年，最亏待的是自己的胃了，装过太多的"冷狗"，也填过太多宾大校园的外卖，那些外卖手艺，说起来都是泪……

那天，成林也喝得微醺。酒过三巡，他侧身小声对良军说道："良军啊，从现在起，你就是团队的一个新成员了。你要记住：作为团队的成员，每个人都必须为团队作出贡献，谁也不是谁的爹妈，每个人必须自己挣出自己的钱，只有这样，你才能得到其他人的承认和尊重。"

良军点点头。虽然舌头有点打转，但在这样的关键时刻，他还是保持着一份清醒。他得给成林表个态。于是说道："老板，你放心。半年来我已经明白投行的游戏规则。我绝对不会给你丢脸的！"

成林满意地拍拍他的肩："很好。你自己的表现将决定你获得提拔的速度。我把你招进罗森银行，当然希望你能尽快被提拔到副总裁以及更高的职位上，因为我看到你有些地方比我强。"

成林给良军定的第一年任务是给公司创收总额达到 500 万美元。良军一边听成林给自己设定目标，一边在脑子里飞快地演算：每 1 亿美元的即期外汇交易，自己最多只能挣 1 万美元的收费，如果要完成 500 万美元的任务，自己一年必须要拿到 500 亿美元的外汇交易量。即使宏业集团和裕京银行全年的外汇交易量超过了 500 亿美元，但是绝对不可能都给自己一个人啊！所以，自己必须坚持之前确定的投行生存法则，也就是说，在做外汇的同时必须大力开拓更多的财源，否则，自己绝无可能完成今年的任务。自己在裕京银行工作期间积累的金融衍生产品的知识和技能将成为自己坚强的后盾。

老上海的留声机播放着上海滩当年的"金嗓子"周璇演唱的《四季歌》，高管们推杯换盏，频频碰杯。良军虽然喝得眼神迷离，心里还是清醒。他暗暗立誓：5 年之内，我一定要像成林那样，做到董事总经理！那是师傅马丁一直想做而没有机会做到的。

接下来的半年里，良军变成了"空中飞人"。他频频到内地出差，建立客户关系。正当他期待这些关系在年底开花结果的时候，一场从未有过的瘟疫袭击了香港和内地的重要城市，"非典"来了。

全世界都视香港来人为"瘟疫"。平常人潮涌动的中环像冰冻一般。商店没有顾客，餐厅没有顾客，港铁上人迹寥寥，偶尔出现在街头的民众无一不戴着口罩，行色匆匆。作为其中一员的良军正焦急地盘算着如何尽快建起自己的小窝，然后把秀明从新加坡接到身边。每天下班后以及每个周末，良军都会四处奔波，寻找性价比高一些的房子。最后良军看中了一套在半山坚道、约700尺（约60平方米）的房子。签约那天，中介带着良军走进那间房子，业主是一位白发苍苍的老太太和她的中年女儿，她对良军说道："李先生，麻烦你把口罩摘一下，我要看看你。"良军不明就里，顺口说道："如果我长相不好的话，你们就不把房子租给我？"老太太严肃地点了点头。"入乡随俗吧。"良军像潜泳那样，先深吸一口气，然后憋住气，摘下口罩，让老太太看了自己的脸，之后迅速地戴上。老太太显然满意良军的长相。签约开始了，当填写"共有几人居住"时，良军写上"2"，见老太太面露疑惑之色，良军继续说道："我太太现在新加坡，请您放心，她长得非常漂亮的。"怕老太太不信，良军打开钱包，把秀明的照片给老太太看了一下，心想："我的秀明比你女儿漂亮太多了！"老太太显然无任何异议。当天晚上，良军拨通了秀明的电话："丫头，香港的落脚点安排好了，你收拾一下行李，赶快来香港吧。但是路上一定要注意做好自我防护哦！"电话那头传来了秀明的欢呼声："哥哥放心，我先把行李、家具安排托运到香港，之后我就动身。"

一周之后，良军像在新加坡樟宜机场迎接秀明从美国归来一样，在香港启德机场（大约20年后，良军迎接秀明的地方全部变成了高大的居民住宅楼）的到达大厅出口处迎来了他心爱的秀明。两人打车回到半山，良军打开了屋门，满怀歉意地对秀明说道："丫头，实在抱歉，这里的房子非常小，只能辛苦你跟我挤一挤了。"参观了蜗居，尤其是那间床垫子四面靠墙的主卧：整个主卧里只能放下一个双人床垫，没有空间放下任何其他的东西，而且为了放下床垫，良军不得不把主卧的门卸下来，否则无法把床垫子塞进主卧。上床的时候，只需在主卧门口坐上床垫即可。整个主卧只有门口一处地方可以脚踩到地。秀明参观完之后，大笑着说道："我今天总算是长见识了！"然后转过身对良军说道："良军，你不必有任何歉意，你刚刚参加工作挣钱，现在这个条件已经很不错了，至少比你当年冬天在没有暖气的房间里睡在水泥地面上强了无数倍！也比你在费城的地铺强多了！再说了，我坚信你的毅力、能力和人品，是金子总会发光的，我相信你早晚一定会开创出一片属于你的事业天地，到那时，我们肯定会住进床垫四面不碰墙的房子的。哈哈哈！"秀明的乐观、豁达和对良军彻底的信任深深地感动着良军。良军只说了一句话："丫头，你等着！"

飞往内地的航班被取消大半，北京也成了疫区。良军仿佛成了"瘟疫"的化身，有的客户甚至直截了当地告诉他："你不用来了。"忙碌的良军突然发现自己无法离开香港半步，刚刚建立起来的客户关系瞬时变得岌岌可危。良军犹如一头被困在笼中的野兽，焦躁不安。这是他来香港的第二年。在连续丢失了东方担保公司的欧元交易和南高的日元债务保值交易两笔大单之后，今年如果再做不出任何成绩，很可能就面临着滚蛋的下场。

罗森银行的交易室可以容纳好几百人。平常每天开市后，交易员、营销人员和产品设计师们人声嘈杂、喧闹的程度绝对不亚于北京阜城门外的天意小商品市场。如今很多人为了安全，选择在家办公或者干脆休假，交易室只剩下几个戴着口罩的交易员，大家之间没有交谈，只有敲击键盘的声音。

一晃一个星期又过去了，星期五到了。戴着口罩的良军来到了不远处的洞庭楼餐厅。平时偌大的餐厅可以容纳二三百位顾客，今天却空无一人。看见良军走了进来，众多的服务员露出惊讶且欣喜的神色。戴着口罩的服务员跟他打招呼："李总，欢迎您光临！"良军被引到一张餐桌旁，脸上永远带着微笑的领班翠西走了过来。良军摘下口罩，二人聊了起来。翠西张口就抱怨说："您是今天我们餐厅的第一个客人，多谢光临!"

良军也深有同感地说:"我和你们差不多,没法出差,没法去做客户工作,看来只能等死了。"

翠西宽慰良军说:"李总,千万别担心,车到山前必有路嘛。我们餐厅也多亏了像您这样的老客户,才能够勉强维持。"

翠西无意中的这句话竟然提醒了良军。"对呀,老客户!眼下没法出差,我应该想办法先去找一些老客户,力争先生存下来嘛,实在太感谢你了!"良军兴奋地差点叫了起来。翠西看着良军兴奋的眼神和表情,大惑不解。良军顾不上多加解释,赶紧点了自己平时最喜欢的虎皮尖椒和麻婆豆腐,大快朵颐之后迅速地回到了办公室。

良军拿出罗森银行过去 10 年在中国市场衍生产品交易的历史卷宗查阅起来。时针指向了晚上八点,本来就很冷清的交易室早已空无一人。突然,几个熟悉的关键字跳入良军的眼睛:裕京银行、韩元掉期!他定睛一看,原来正是 1998 年自己在裕京银行时给辽宁红堡港口做的那笔美元兑韩元的货币掉期啊!和几年前的市场相比,此时的美元兑韩元汇率已经大幅下降到 800—900 的水平,韩元收益曲线大幅度下降,而美元的收益曲线则大幅度上升:市场上罕见地出现汇率、美元利率和韩元利率全部有利于客户的情况!根据经验,良军判断如果现在平仓,客户应该能够赚取丰厚的利润。良军满意地笑道:"想不到'前人栽树,后人乘凉',这个前人、后人都是我一个人啊!老天爷关上了一扇门的时候,真地给我开了一扇窗啊!"

事不宜迟!晚饭后,良军迅速地回到了交易室并立刻给伦敦的交易员发出了电邮,请他尽快对红堡港口的美元兑韩元的交易进行平仓测算,并把测算结果反馈给自己。

良军满怀期待,第二天一早便接到了交易员的报价电邮。和他预期的一致:客户如果采取平仓行动的话,可以收入大约 1000 万美元的平仓利润！欣喜的良军立刻拨通了裕京银行林总的电话，把红堡港口的平仓测算情况向林总作了汇报，并建议林总找到客户，立刻平仓以防市场反转，从而失去有利的市场时机。林总一口答应立即把良军的建议转给资本市场处。

资本市场处正是良军出国前工作过的部门。无巧不成书。良军把电话打过去的时候，接电话的恰是自己辞职前带过的徒弟小张！听到师傅打来的电话，小张很高兴，但是对师傅提到的辽宁红堡港口那笔交易却一头雾水："师傅啊，您1998年做那笔交易的时候，我还在学校里呢！加入裕京银行后，我还从来没有碰过这笔交易。您给我点时间，我去查找一下当年的交易档案。"

"别急，办公室里的交易文件架还在吗？"良军问。

"在。"小张奇怪地问："您怎么知道得这么清楚啊？"良军笑了："当年我加入裕京银行后的第一份工作就是清理那个书架，所有的文件夹都是我编制的。处里所有的代客衍生交易卷宗都存放在架子上的文件夹里。你试着按照年份去找1998年，然后看一下辽宁分行卷，应该就在那里面。"

按照良军的指导，小张很快找到了当年红堡港口的交易记录："师傅，找到了！下面我该做什么？"

良军指导他："你尽快把有关资料先看一下，然后向林总汇报，我刚才已经把平仓的报价直接告诉了林总。当年林总直接主管过这笔交易，有关的背景情况他很清楚。"

就在小张去向林总汇报的时候，良军给自己泡了一杯茶。他一口一口地品着茶，眼睛盯着屏幕上的各种曲线图，回想起了他在裕京银行上班的第一天，还有那个从灰尘堆里扒拉出来的书架……

良军1995年7月14日从北大研究生毕业后，7月17日一大早就到位于建国门立交桥附近的裕京银行报了到。林总似乎对这个仅见过一面的高才生印象极深刻。资本市场处处长也姓李，他不明白为什么刚分来的研究生李良军上班的第一天就当上了资金部的工会主席。这个位置传统上都是由处级干部担任的。资本市场处的办公室设在一间改装后的车库里。进了办公室，李处长向大家介绍良军："各位，小李今天加入到我们处。他是北大的高才生，刚刚林总任命他为咱们资金部的工会主席，这是咱们处的荣誉，大家今后在业务上要多关心和帮助小李。现在让我们用热烈的掌声欢迎他。"

简短的欢迎仪式后，李处长面带愧色地对良军说道："小李，实在抱歉，你也看到办公室的情况了，连你的座位都没有，只能委屈你先在沙发上坐几天，等过几天腾出地方之后就好了。"

"没问题！"良军大大咧咧地往沙发上坐了下去。"咣啷"一声，沙发向右侧歪斜，要不是良军反应快，肯定摔个四仰八叉！原来这是个三条腿的沙发。良军迅速站起来，笑了笑："请问附近有水房吗？"李处长向走廊北边一指。良军转身出去，不一会儿拎回一块砖头，垫在了沙发的缺腿处，然后稳稳地坐在上面。

李处长走了过来："小李，今天给你布置你入行后的第一个任务：麻烦你今天之内把门口的书架整理出来。"顺着李处长的手势，良军看见门背后有个木制书架，上面乱七八糟地堆满了各种杂志和文件，灰尘厚厚的，很难看出摆放了什么东西。良军二话没说，脱下西服、摘掉领带、卷起袖子，先把所有的杂志和文件搬到走廊里，然后把书架搬到离办公室5米远的水房里。在水房里，良军先用扫帚把书架上的土清扫掉，然后找来抹布把书架仔细地擦洗了一遍。之后又把所有的杂志和文件搬到水房里，找来一块干抹布逐一地把所有杂志和文件上的积土抹掉。在瘸腿沙发上小坐一会儿之后，良军先把晾干了的空书架搬回办公室，接着把所有的杂志和文件分类，并且按照杂志和文件名称的首字母排列，分放在不同的木盒子里，最后在每个木盒子的正面贴上标签以方便查询。做完了所有这些，良军才走到李处长身边，汇报了自己的"战果"。李处长走到焕然一新的书架前，非常满意地点点头，说道："小李，你的第一个任务完成得非常好！接下来你花些时间跟你的师傅学习一下咱们处的业务知识。"李处长给良军指定了一位师傅……

他正想着，电话响了，正是裕京银行的小张。他着急地说："师傅，辽宁红堡港口去年已经破产倒闭了！就连原来港口的主管部门在机构改革中也被撤销了。当地政府接手了该企业破产倒闭的善后事宜。"

"太好了！"良军的反应让小张一头雾水。良军解释说："政府出面善后该破产企业，肯定需要对企业剩余的资产进行处理。如果这笔美元兑韩元的货币掉期及时平仓，1000多万美元的平仓利润对当地政府来说肯定是好事！"

小张琢磨出味道来了，连声说好。

良军说："我来给林总打个电话吧。"

林总听了良军的分析和建议，觉得此事不容耽搁。他立刻给裕京银行在当地的分行打电话，请他们出面联络当地政府。当地政府意外得知早已被遗忘的多年前的一个金融交易平仓利润竟然有1000多万美元，这对一个财政困难的四级地市来说如同天上掉馅饼！于是果断地授权裕京银行和罗森银行平仓原交易。

良军得到指令后，不敢稍有延迟，立即给交易员下达交易指令。一番努力没有白费，他从这笔平仓交易中获得了不菲的手续费。红堡港口交易的成功也让良军的思维变得活跃起来："即使'非典'横行，我在香港寸步难行，只要开动脑筋，抓住机会，我生意照做啊！"

4月5日是清明节，香港按例放假，良军没有给自己放假。

清明节头一天美国公布的经济数据异常强劲，市场上美国国债收益率水平以及掉期率水平大幅度上升。根据经验，良军估计一些以前从浮动利率转为固定利率的客户很可能会利用这一市场时机在4月5日当天采取平仓行动，而这一天竞争对手们应该都在休假，那岂不正是自己"捡漏"的大好时机?!

这天吃过早餐，良军戴着口罩，沿着山顶电梯一路下到中环交易广场。因为是香港的假日，平时喧闹的交易室里没有其他人，只有交易桌上的几百台电脑有节奏地发出"嗡嗡"声。良军疾步走到自己的交易桌前，打开电脑。首先看了一下最新的市场行情，然后把保存着以往所有交易记录的文件打开，仔细地把所有存续的美元利率掉期交易看了一遍。随后给在东京的美元利率交易员发了一个电邮，告知对方自己正在香港加班，可能会有客户进场平仓。发完电邮，良军心想："今天如果真有交易进来，我可以挣些钱；万一没有交易，至少我可以向同事展示自己节假日还在加班。即使没有钱场，我也可以捞点人场。"

不出所料，九点刚过，良军面前的电话就响了起来！良军心里一喜："生意来啦！"接通电话后，听筒里传来一个怯生生的声音："早上好！请问李总在吗？""早上好！我就是良军，您是——"

"李总，我是东方担保公司财务部的小罗，我去年才加入。我们公司3年前在市场美元利率水平很低的时候跟贵行做过一个美元浮动利率转固定利率的交易，今天我们考虑把这个交易平仓。"

良军心中暗喜："没问题，麻烦你再多提供一些关于老交易的细节，例如交易的参考号码，我马上找我们在东京的交易员计算平仓价格。"

良军一边跟小罗在电话里聊着，一边迅速把交易的参考号码以及客户的平仓需求电邮给东京的交易员。不多一会儿，他就收到了来自东京交易员的邮件，良军盯着屏幕上的数字，思考了一会儿，把平仓价格报给了小罗。

小罗问道："李总，我对这个价格比较满意，但是想听一下您的意见，我是现在就平仓，还是再等等？"

"小罗，就像昨晚美国就业数据意外地超好导致美元收益曲线大涨一样，万一今天伦敦或者纽约时间出了一个坏消息的话，肯定会导致美元收益率曲线大幅度下滑，到时候恐怕你连200万美元的平仓费都收不到。我个人的经验是落袋为安最稳妥。任何时候千万不要赌市场的走向，那是很危险的。当然，最后你得自己决定。"

电话里小罗沉默了一会儿，之后果断地说道："李总，那我正式委托你现在就按照 x 万美元的价格反向平仓这笔美元利率掉期交易！"

"好！我马上通知交易员，交易完成后我再电话你。"放下电话后，良军马上拨通交易员的电话，指令交易员立刻在市场上完成平仓交易，并支付东方担保公司的平仓费。

看到交易员发来的平仓交易确认信息后，良军立刻又拨通了小罗的电话，告知交易顺利完成。良军心情无比轻松地把交易确认书电邮给小罗之后，往家走去。一到太平山下，他就摘掉口罩，在四周无人的地方畅快地呼吸了几大口，然后戴上口罩和耳机，听着音乐踏上了上山的电梯……

香港在SARS病毒的阴影下整整经历了100多天的煎熬与奋战，世界卫生组织从6月23日起将香港从非典型肺炎疫区名单中除名。欢呼的香港民众以"非常鼓舞"嘉年华相庆。良军终于摘掉口罩，可以自由地出差了！这个时候，良军2003年的任务已经全部完成！

这年年底，成林在"奖金沟通日"郑重地通知良军："从今天起，你被提拔为副总裁了，这意味着你未来的年终奖金里将可以收到公司的股票和股票期权了。恭喜你！"

菲利普听到这里，朝良军点头表示赞许。他又问道："现在你该告诉我，西岩项目是怎么做成的了吧？"

良军沉吟了一下，说道："不瞒您说，这个项目其实是被成林逼出来的一个项目。"菲利普一听，脸上浮现出惊奇的表情。良军直率地说：

"我今天向您汇报做成西岩项目的经历,其间将涉及我的大老板成林,我并没有别的意思,只是出于聊天的需要而提到他,不代表我对他不尊敬。希望您别介意。"

菲利普点点头,含笑不语。良军明白,虽然菲利普作为总部的部门主管,地位在成林之上,但成林是自己的顶头大老板,有些话点到为止就可以了。

"有一天我曾经向成林提出了辞职。您当时为了挽留我,还专门打电话到香港找过我,记得吗?"良军问道。

"是吗?我一般不挽留任何一个想离开罗森银行的人的。"

看着菲利普脸上疑惑的表情,良军想,看来得提醒一下这位老先生。于是说道:"那天一大早,您应成林的要求,给我打过这样一个电话……"

第四节　跳槽未遂

2005年正是良军进入投行的"四年之痒"。他干得很卖力,一年中几乎每周一次地在香港与内地之间奔波。虽然开拓中国金融衍生品市场的时间不长,但他的业绩已经在中国业务板块中遥遥领先于其他人。他憧憬着年底时能得到一笔可观的奖金,并在未来几年里能够尽快晋升为董事总经理。可是事与愿违。

在风风雨雨中,一年飞快地过去了。转眼就到了年终考评的时候。

华尔街的投行一般在财政年度结束前一两个月对每个员工进行360°考评。每家投行有不同的评估体系。在罗森银行,每个员工必须选择几个自己的上级、跟自己平级以及比自己级别低的人,这些人将对自己进行评估。评估情况汇总以后，顶头上司以匿名的方式，把所有同事反馈的意见汇集起来并进行加工，之后当面告知员工。这套所谓的360°的评估系统既有优点也有相当明显的不足。按照公司的要求，每个员工必须选择足够数量的鉴定人，这样无形之中就要求每一个员工在平时的工作中必须尽可能多地跟其他同事合作，而且关键是要尽可能多地做成一些项目，这样当事员工才可能争取到足够的人给自己写高质量的评语。另外，根据系统的设计，甲给乙写评语时，不能只写好话不写缺点，否则，甲给乙写的评语整个作废；反之亦然。当系统把对一个员工的所有评语汇总发给该员工的顶头上司后，该上司如何使用这些评语就变得非常重要，老板既可以选择那些好的评语，给部下争取提拔、发放更多的奖金，也可以借口员工口碑不佳，挤走跟自己心意不合的员工。

良军选择了顶头上司王向明、驻京办主任董汉青以及严淮和徐宏等跟自己合作过好几个项目的人作为自己的鉴定人。良军信心满满，过去这一年虽然经历了南高之战的失利、东方担保公司生意被竞争对手抢走等挫折，良军从跟其他客户的合作中赚的利润仍然不少，仅他一个人创下的业绩就超过了老板王向明直接领导的金融组几个人的业绩总和！此外，他协助的北大、清华两次校园招聘会也取得圆满成功，为行里网罗了一批可选之材。至于严淮、徐宏等同事，他相信自己给过他们那么多帮助，他们一定会如实地对自己的业绩进行评估。

奖金沟通日终于来到了。良军按照预定的时间，走进了会议室。成林、王向明与他相对而坐。按照程序，王向明把汇总的评语给良军念了一遍，然后强调了一下良军的缺点，主要在于"爱抢领导的风头，不太支持其他同事"云云。成林一直不作声。王向明随后递给良军一张单子，上面写着良军今年的奖金数额。良军一眼就看到自己不仅没有得到提拔，而且奖金的数字远远低于自己的预期，心头顿时"腾"地蹿出一股无名火。他立刻明白是谁写的那些负面评语了，于是立刻反击道：

"什么叫'爱抢领导的风头'？难道是指两个月前分别在北大和清华举行的两场校园宣讲会？当时学生们听了董汉青无趣的发言后，全场陷入沉默，我如果再不站出来搞搞气氛救场的话，我们的校园招聘活动肯定就失败了，这怎么能说我抢领导风头呢？"良军说着，看看成林，他玩着手中的笔，似听非听的样子，让良军心里更生气，不由得提高了说话的音量："至于说我不支持其他同事，我觉得简直就是'欲加之罪，何患无辞'！难道要我把自己所有的客户都给严淮吗？直到今天，他的业务能力仍然无法应付现有的客户！我今年极度失望！"说完径直走出会议室。

　　自负的良军哪里知道，自己在过去一年的市场逆境中竟然还能取得骄人的业绩，早已引起了王向明内心的不安：年景如果再顺一点，你良军岂不是要骑到我头上来了？老谋深算的王向明收到了关于良军的评语之后，拨通了董汉青的电话，他听董汉青描述了那次在北大、清华招聘会上良军的目无领导："良军不顾我和其他同事在场，非要抢着在学生们面前表现。如果良军过于生猛的话，他威胁的恐怕不只是我的风头了。呵呵！"放下电话后，王向明把严淮叫进了一间会议室，听他说道："老板，我刚加入的时候，您要良军多分一些账户给我，我的理解是：您不希望资源过于集中在他一个人手上。但至今良军只带我去见了龙泉机械厂，所以我在给他的评语里那样写。"

　　良军没想到，自己在那场校园招聘会上为董汉青"临时救场"，主动冲上台去，调动了参加报告会的几百名大学生的热情，收获了可观的简历，这些行为在直接上司王向明的眼里却是"目无领导"。除了给自己的"差评"之外，良军从无到有，在中国市场上开拓衍生品业务，而且带来了巨大利润的事实，王向明却压根不提。

　　那天讲评会后，良军刚回到办公室就听到金融业务组负责人获得提拔的消息，良军心里更是愤怒："他们几个人的业绩加起来不如我一个人，我却没有得到提拔。王向明拉帮结派也太过分了。好吧，此处不留爷，自有留爷处！"没有丝毫犹豫，他拿出手机，分别给自己熟悉的猎头海伦和约翰打了电话，告诉他们自己希望看看市场上有无合适的跳槽机会。他不想在这个地方再憋屈自己了。

海伦是香港金融界人脉最广的猎头之一，当天傍晚便回了电话："李先生，我已经帮你联系好了欧洲合富银行，他们对你很感兴趣，你什么时候能参加面试，我尽快帮你协调安排一下。"巧的是，约翰很快也打来电话，美国菲斯银行也想见见良军。

良军心急火燎，想一口气尽快完成两家银行的面试。于是马上发出电邮，向公司提出休假一周。

当晚，良军把各种面试的注意事项在脑子里又过了一遍。第二天他抖擞精神，穿好西服，打好领带，直奔位于中环的合富银行大楼而去。走上中环天桥，看着眼前人流如潮、车水马龙的样子，良军感慨万千："又到了要通过面试来改变人生的时候了！安娜还在合富银行吗？已经多年没有联系过她，她一切都还好吗？"

良军准时走进合富银行的会议室。合富银行从亚太区董事长到亚太区的外汇和利率衍生产品组的主管、中国区的业务主管、汇率交易员、利率交易员等二十几位面试官轮番对良军展开了车轮式的面试。最后一场面试结束的时候，已是华灯初上了。

第二天，良军又经过一天的苦战，顺利地完成了菲斯银行的面试。他回到家不久，便接到了海伦的电话，合富银行已经决定录用他，他们不仅愿意把良军的职务提拔为执行董事，还愿意提供 x 万美元的保底奖金（Guarantee）。良军说："谢谢，我相信凭我的能力，应该能为公司挣出值这个价的钱来。"

"太好了！李总，那你看什么时候过来跟合富银行签约呢？"海伦想趁热打铁，敲定这桩跳槽。良军也实话实说："我也不瞒你，我今天刚刚完成了菲斯银行的面试，现在正在等他们的回复，给我一天的时间，好吗？"

海伦表示理解。

很快，猎头约翰的电话就来了："李总，恭喜你！菲斯银行决定聘请你。条件是执行董事职务和 $x+5$ 万美元的保底。"

良军听约翰讲完菲斯银行的条件，表示需要点时间考虑一下，第二天早上给予最后答复，约翰表示理解。

当晚，良军几经斟酌，天快亮的时候，决定选择欧洲合富银行，并把自己的决定通知了合富银行，同时谢绝了菲斯银行。他吃过早餐，刚刚走出小区大门，猛然看到一辆豪华大奔停在小区大门的路边，仿佛电影里的场景一样。昨天刚刚面试过他的欧洲合富银行中国区总裁孙总正在车旁边等候。他一见到良军，就快步迎上来，热情地和他握手，请他上车，直奔中环的合富银行大楼。整个上午，在合富银行的交易室里，不同部门的业务主管轮番过来和良军聊天。临近中午的时候，孙总过来说道："良军，感觉如何？如果没有问题的话，直接签了我们银行的录用函吧。"

心情大好的良军拿出笔，当场签了一式三份的录用函。他对孙总说道："孙总，我的朋友都叫我'面霸'，可是在华尔街以在职员工的身份跳槽，这将是我的第一次，明天我去罗森银行辞职，你有什么建议吗？"

"放心吧，到时候你就给公司发个电邮，告诉他们你要另谋高就了，估计整个过程5—10分钟就够了。你有任何问题的话，可以随时电话我。"

良军与孙总道过别，带着一份签好的录用函，一身轻松地回家了。他想象着王向明看到他的辞职电邮时脸上的表情一定很复杂，良军再也不会给他做出漂亮的年终业绩却得不到一句好话的机会了！

休完一个星期的假后，良军在星期一早晨，早早地进了交易室，把自己的私人物品一股脑装入双肩包，然后起草了一封电邮：

致所有相关人士：

我已在罗森银行工作了几年，非常感谢各位的关照，现决定到另外一家银行寻求新的发展，在此特向各位辞职，再见！

检查了几遍之后，良军把邮件发给了成林，并抄送给王向明以及人事部。他一边继续收拾自己的东西，一边等候着成林的反应。

果然，过了没几分钟，成林的秘书张小姐浅笑盈盈地走了过来："李总，老板请你马上去他办公室一下。"

"得令！"良军毫不迟疑，当即从椅子上弹了起来，随着张秘书来到成林的办公室。他想起了合富银行孙总交代的话：一定要速战速决！于是打定了主意，准备说上两句话后便转身离开。

"怎么，不想在我这里干了？"看见良军进来，成林笑着问道，好像最近根本没有发生良军在考评时负气出走的事一样。

"没什么，就是想出去看看。"良军一张嘴，忽然声音就低了下去，倒像是自己理亏一样。

"说吧，对我这里有哪些不满意的？"成林干脆开门见山。

"没有什么不满意的，就是想去别家看看。"良军觉得自己竟然像一个来认错的小学生。

成林知道良军不喝咖啡，独爱绿茶，起身给良军泡了一杯西湖龙井。他一边给良军端茶，一边看似漫不经心地问道："能告诉我'别家'是哪家吗？"

"这个不方便透露。"良军对成林保持着一份警觉。

成林意味深长地笑了一下，又坐回自己的老板椅，对良军说道："其实，我从市场上已经听到了风声，你是想去合富银行或者菲斯银行，对吧？当年我把你招进罗森银行，今天即使你要离开，说什么走之前也得听我唠叨几句吧。"

良军心里一惊："成林怎么知道得这么清楚？看来他的耳目还挺灵的。"

成林见良军不作声，继续他的攻心战："那两家银行当然是不错的银行，但是你知道吗？他们在金融衍生产品领域的能力远远不如我们，你真加入他们的话，未必能发挥出你的长项。所以我还是希望你再仔细考虑一下你的决定。"

良军心想：我不跟你争论。反正你说什么就是什么吧。就王向明、董汉青那些人，能给你挣出罗森银行的"长项"？

看着良军沉默不语，成林换了一种口气："我知道你对王向明有些意见，但是无论如何，大家毕竟同事一场，你还是去和他聊聊吧。"

"不必了吧。王总那么忙，何必再去打扰他呢。"良军抬头看着成林。良军觉得跟王向明根本无话可说，但是碍于成林的面子，他想，临走前听他讲讲也无妨。正在犹豫之间，成林又示意他去隔壁的会议室，王向明早就在会议室坐着等他呢。

王向明虽然是良军的顶头上司，可是口才远远比不上良军。说了不到三句话，王向明就提出自己想先找成林聊聊，于是把良军一人留在会议室里。看到王向明走出了会议室，良军悄悄地拿出手机一看，果然已经有好几条短信了，都是合富银行孙总发来的，频频催问他"搞定了吗？"孙总还传授他一个办法："发出辞职电邮之后，转身就走，切不可逗留。"良军趁会议室没别人，赶紧回复说："已发出辞职电邮，正在辞。"

正在这时，会议室的门开了，徐宏走了进来！徐宏加入罗森银行之前在纽约雷曼兄弟公司工作了好几年。成林把徐宏放在衍生产品结构组，徐宏的任务是配合良军服务中国的公司客户，设计汇率和利率方面的衍生产品。看来他来者不善，肯定是成林安排的。良军想到自己头一天还主动约徐宏在兰桂坊喝酒，大倒心头苦水，今天他就来做了成林的说客，不禁后背发冷。看来自己平时的一举一动尽在成林的掌控之中！

"你来干什么？"良军是徐宏的团队领导，他对徐宏先发制人。

"嗨，良军哥。这不刚听说你要辞职走人，过来看看你嘛。"徐宏摸了一根烟，递给良军。良军并不接，而是小心地试探着徐宏的口气："你要当说客？"

"唉呀，是成林叫我来跟你说几句，他是我的大老板上司，你是我的顶头上司。我哪有那么大的面子来当说客啊？！"

"坐吧。"良军指指沙发。

"唉！"徐宏先叹了口气，"我从纽约过来，也是冲着老兄你而来，你这一走，我可怎么办？"

良军知道，徐宏打的是感情牌，提醒自己万万不可上当。他平静地说："你高看我了。世界这么大，少了我公司会照样转的，你别太担心。不过，世界也很小，说不定咱哥俩哪天又能碰在一起的。"

"对了，你到底想去哪家银行呢？"徐宏话一出口，"探子"的身份暴露无遗，良军告诫自己要多加小心，不可说漏了嘴。

"一家不错的投资银行。"他没有说出合富银行的名字，以防徐宏转身就告诉成林。

徐宏开始扯纽约，谈伦敦，四处乱找话题。良军左挡右突，滴水不漏。时间转眼过去了快半小时。

两人正在聊着，忽然成林推门进来。徐宏一看成林走进了会议室，赶紧借故离去。傻子都能看出，徐宏只是成林用的缓兵之计，临时拉来抵挡一阵，好给成林腾出时间应对的。

良军看看时间已经过去了差不多一个小时，自己还没走成，于是对成林说道："甘总，如果没有别的事情的话，我马上去人事部办一下手续吧。"

"唉呀,急什么呀?就算你要离开,人事部也要事先准备一下吧。不如我们先多聊一会儿。"说完不请自邀,坐在了徐宏刚才坐过的沙发上。良军见状,只好又陪坐下来。

"同行之间互相挖人,这在华尔街又不是什么丑事,而是合情合理的人才流动。当初我们把你从纽曼银行挖了过来,今天也轮到我被挖了。"成林一上来,先自嘲一番。

良军微微一笑,拱手说道:"谢谢甘总当年的提拔和赏识。"

成林点了一支烟,吐了几个烟圈,聊起了当年从香港把手伸到纽约挖槽良军,在良军到纽曼银行报到之前,把良军挖到罗森银行的那段历史。

良军这时才发现,成林真是太极高手。一来二去,时间不知不觉中已到中午,良军裤兜里调成静音的手机不时发出震动,他知道肯定是猎头和孙总在发短信催促自己。看看时间不早,良军再次起身对成林说道:

"老板,多谢你过去对我的关照,今天谈得也差不多了,我真该走了。"

"唉呀,别着急呀!你的堂师兄正在东京开会,他说一会儿要给你打电话,想告个别。我知道你一直很尊重你堂师兄,你总不会不给他一个面子吧?"成林不等良军反应,已经打电话叫秘书订外卖,然后转问良军:

"你吃完午饭,和堂师兄通完电话之后再走,行吗?"

这位被称作"堂师兄"的也毕业于北大,但因为是来自另外一个系,所以良军总是称他为"堂师兄"。"堂师兄"是罗森银行全球衍生产品交易的联席主管,人在东京,良军闻言,此时离去实在是显得自己很不知趣,于是只好硬着头皮答应:"好吧,那就再麻烦大家一下了。"

"不麻烦的，你稍等一下，我去找一下秘书啊。"说完，成林走出会议室。良军则趁机看了一下手机，果然，手机里已经有十几条来自孙总的短信，无不提醒他"转身就走，千万别恋战！"良军回复了一条短信："明白。"

不一会儿，成林走进会议室。在等外卖的时候，天南海北找话题跟良军继续聊着。

中午时分，外卖送来了，成林和良军就在会议室边吃边聊，一晃就到了下午一点。成林趁机去了趟洗手间。

成林前脚刚走，东京的堂师兄就打来了电话。开口那个热乎劲啊："兄弟，怎么要走啊？我还指着你帮我开发中国市场呢！"

"实在对不起啊，师兄。咱们行里的情况你应该比我更清楚。人往高处走嘛。"良军知道，这位"堂师兄"肯定是成林趁着出去叫外卖的时间找来说服自己的。

"对方给你什么'高'了？说来我听听。"这位堂师兄也毕业于北大，但是跟良军不同系且高好几个年级，所以良军一直叫他"堂师兄"。

沉吟了一下，良军还是没憋住，说漏了嘴："对方给我加一级，另外给 $\chi+5$ 万美元的保底奖金。"

"哦，这样啊！"堂师兄像是对 $\chi+5$ 万美元的数字毫无感觉，接着又滔滔不绝地谈起了他负责的业务情况，以及对下一步业务发展的设想。良军明白，师兄的这些话题纯属牵强附会，显然他是在帮成林拖时间。可是碍于情面，良军实在不想给堂师兄留下无礼的印象，只好听着他漫无边际地闲扯。不知不觉中，时间已是下午 1：45。时间不早了，良军眼看自己还没脱身，心里开始着急起来，于是说道："师兄，谢谢你的指导、信任和帮助，后会有期。"

"好吧，先这样吧。一会儿成林还要再跟你说几句，你先稍坐一会儿。"

人在东京的堂师兄刚挂电话,成林就走进了会议室,看来他把充当说客的人员和时间都掌控得恰到好处。

良军赶紧说道:"老板,要没什么事了,我马上去人事部吧?"

"唉呀,急什么啊?刚才菲利普得知你要辞职,也非常关注,他也要和你说几句。"良军心里一沉,纽约总部的菲利普他也搬动了?这会儿纽约正是深夜呢!

"没问题,那我打给他?"良军问道。他想尽快从这无休无止的车轮战中抽身走掉。

成林又点了一根烟,不慌不忙地说:"纽约现在是凌晨了,他刚刚躺下休息了,纽约时间天亮后他再打给你。"

良军一听就傻眼了:"啊?!等纽约天亮,那香港不就到今天晚上吗!"

"今天晚上怎么了?"成林有点不悦,但是马上又换上一副笑脸,说道:"再怎么说,他也是你刚入华尔街时的老板啊,对你也不错,你就不能等一下跟他说几句?甩手就走似乎也不是咱们北大人的基本待人之道吧?"成林反将一军,显得自己处处占理,反倒显得良军不仁不义!

"好吧,那我就等吧。"良军正想怎么打发从中午到晚上这大半天时间,成林发话了:"良军,我知道你之所以要辞职,是不满意今年的提拔安排吧?这样,我给你开个条件:提拔你为执行董事,另外还给你 $x+10$ 万美元的保底奖金,留下来吧。"

成林这话一出口,良军大吃一惊——看来刚才在电话里跟堂师兄说的话一字不落,全被成林掌握了啊。良军越想越觉得不对劲,脱口而出:"多谢老板,但是我如果这样做的话,在市场上的名声就臭了。"

"哪能啊,在华尔街,跳个槽是很正常的。你不必多想。"成林又点燃了一根烟,悠然地吐出几个烟圈。他看着良军坐立不安的样子,转换了话题:"咱们先不谈这个话题吧。你在罗森银行这几年做得也不错,很多业务部门主管对你印象都很好,他们都舍不得你走,想和你道个别。拜托你千万给大家一个面子。也算是再帮老哥一个忙吧。"

听成林这么一说,良军心里叫苦,知道今天这场车轮战还得继续打下去。但他转念一想:"做人也不能太绝情,市场这么小,谁知道哪天又和这些人碰在一起了呢?那就再待会儿吧。"

很快,不同业务部门的主管分别走进会议室,说长道短,客客气气,不知不觉中就到了晚饭时间!这时良军已经面露倦容。

成林眼看良军已经体力不支,就要兵败如山倒,于是乘胜追击:"良军,再待一会儿哈,纽约的时间才凌晨五点呢,菲利普肯定还没起床呢,他会把电话打过来的。再等等吧。"

无奈之下,良军只好硬着头皮有一搭没一搭地聊着。成林又叫秘书订了外卖。终于熬到了晚上八点多,会议室的电话响了,良军拿起电话,电话那头传来了菲利普的声音:"良军,到底怎么回事啊?你非要用辞职的方式吗?还记得你离开纽约前跟我说的话吗?"

从菲利普面试自己那天起,良军就一直对这位总部的主管尊敬有加。菲利普这么一问,良军像是做了亏心事一样,解释说:"当然记得了,非常抱歉我得跟您说再见了。"两人在电话里聊起了当年良军在纽约时的故事,9·11时的经历,不知不觉时间到了晚上九点多了。

显然,菲利普也跟成林串通好了。他跟良军叙完旧,紧接着说道:"良军,你的事已经在纽约交易室传开了,虽然马丁不在了,但你当年在纽约的其他几位师傅都要和你在电话里道个别,你可要等他们一会儿,别急着跑啊!"

听到了师傅的名字,良军锐气顿消,他苦笑了一下:"我在这儿等着,跑不掉的!"他刚挂了菲利普的电话,手机又震动起来,一看,是到香港来看望自己的妈妈打来的。见儿子一整天没消息,老人家着急了:"儿子,你在忙什么啊?一天都没你消息,都这个时候了,回家吃晚饭吗?"

良军不敢讲自己身陷成林发动的车轮战中,只好编了个谎话:"我还在办公室处理事情,已经吃过晚饭了。您先休息,别等我了。"

刚挂了母亲的电话,又一个电话从纽约打来,罗森银行总部的同事们排着队跟他唠家长里短,良军几次想挂了电话,但是一想到当年纽约的师傅和同事们对自己帮助颇多,只好硬着头皮煲电话粥。不知不觉中已经到了深夜12点了!好不容易挂了电话,良军握电话的手已经酸得抬不起来,嗓子也快哑了,但是成林却丝毫没有罢手的意思。

良军真撑不住了。这么一个辞法,他就是三天三夜都脱不了身。他不得不向成林服软:"老板,咱们打住吧。我得回家去了。"

谁知成林口气反而硬起来:"怎么打住?人事部早就下班了。走,咱们一起下去,到咖啡厅喝一杯去。"

"老板,咱们能不能别去了?"良军觉得自己快倒了。

成林却精神抖擞地说:"唉呀,一天的时间都花了,还在乎去趟咖啡厅?这点面子都不给?"

这一军又将得良军哑口无言。他苦笑一下,跟着成林下了楼。成林叫上了王向明,三人来到兰桂坊,找到那间每周五下班后团队成员常去的"21世纪"酒吧。

"良军,还记得每次完成一大单交易后咱们都到这里喝酒庆祝吗?"成林意气风发,像个刀出鞘、弹上膛的战士,准备乘胜追击。

"当然记得了。"良军不仅累,而且困得眼皮都抬不起来了。

"今天不是庆祝交易,但是也要喝好。来,先喝一个。"觥筹交错之间,一瓶酒很快就见了底,时针也指向了凌晨三点。

良军觉得自己再不走,爬都爬不回家了。他几乎央求着说:"老板,多谢你们了,咱们今天结束吧?"

成林一看良军的样子，知道自己已经胜券在握，于是又加了一把力，说道："良军，我看你还没喝好，没喝好的话就别走，要不我再请纽约总部负责全球事务的二老板亲自跟你通电话？"

良军只好求饶："千万别！我投降行吗？再不投降，估计我没法回家了！"闻听此言，成林和王向明相视一笑，问良军："这么说，我下午提的条件你接受了？"

成林终于谈正题了，良军马上打起精神，说道："我愿意接受职务，但是×+10万美元的保底奖金我放弃。如果我凭空拿个保底奖金的话，其他同事会恨死我的。关键我相信凭自己的能力，我在新的财政年度里能够挣得更多！"

"好样的，成交！"成林伸出手，跟良军击掌为誓，并夸赞道："我当年果然没看错人！"然后又体贴地说："你赶紧回去休息，天亮后再回交易室，继续咱们的合作！"

王向明赶紧一招手，给良军叫了一辆出租车。两人目送良军上了车才转身离开。

爬进出租车后，良军赶紧给合富银行的孙总发了一则短信："孙总，凌晨好！非常非常抱歉，我不能加入合富银行了。"

良军在凌晨三点多钟才疲惫不堪地脱身，一回到家就倒头大睡。他加入华尔街以来的第二次辞职事件以他的落荒而逃、成林的大获全胜而告终。

闹钟仍然在清早七点响起，八点钟不到，他又重新回到了罗森银行的交易室，坐在自己的座位上，开始了新一天的工作。成林过来打了个招呼，像什么都没发生一样，绝口不提良军昨天闹辞职的事，而且还给了良军一道"兵符"——重大项目可以不经过王向明，而是直接向他汇报。

听完良军的这段经历，菲利普哈哈大笑："这个成林啊，从来没有跟我讲过这些细节！不过，我的确是从来不会挽留任何想走的人。你算是个例外吧！"

第五节　策马天山

闹过一场失败的辞职风波后，良军不再想跳槽的事了。重新回到交易室的他默默地盘算着下一步的安排。他想，经过这次的折腾，整个交易室必然会对自己有看法，而且王向明心里的真实想法不得而知，自己不可不防。思前想后，良军决定下一阶段将集中精力多做一些客户工作：一来可以远离交易室；二来万一将来被秋后算账，自己可以带着客户再走人；三来如果一切顺利，自己可以借助这些客户在业务上更上一层楼。他想，不如找个风景好的地方，组织一场业务研讨会，既能继续开拓业务，又可以借机赏景散心，一举两得。

想来想去，偌大的中国从南到北、从东到西，除了新疆和宁夏还没去过，其他省都已经去过了。他灵机一动："眼看夏天就要到了，新疆正是个好去处！关键是从来没有其他投行在新疆组织过研讨会。在新疆举办一次研讨会对客户的吸引力应该很大。"良军还起了一点私心："我中学时地理学得相当好，却从来没有去过新疆，还没吃过吐鲁番的葡萄，没见过达坂城的姑娘，也没有领略过中学课文里描写的天山美景，何不借机前去走一趟?!"

想到这里，良军有些兴奋。他赶紧在计算机上敲了一份报告，建议在新疆举办一场为期三天的中国公司企业外债风险管理研讨会。成林不到十分钟就批准了这个计划。头一天他才用强制手腕生生掐死了良军要辞职的念头，觉得可以放他出去透透风，何况，良军身上那种不管不顾、一直往前的冲劲正是成林欣赏的。

良军是个急性子，说干就干。他马上叫来了成林和自己的秘书，让她们按照自己拟好的名单分头去邀请相关的企业。根据之前跟西海高速公路公司打交道的经验，他知道中国很多省市为了发展经济，纷纷上马各种高速公路、桥梁工程等，借外债的情况相当普遍，所以他列出的参会邀请名单囊括了相关省市的高速公路公司、路桥公司以及一些城市的基础设施建设公司。

良军找到搭档徐宏，叫他立刻着手准备一份金融衍生产品的案例稿。良军则把自己以前推广业务时使用的讲稿也从电脑里调出来，重新加以润色和修改。

一切都在有条不紊地准备着。这天下午良军按照秘书提供的电话号码，跟导游电话商量并确定了在新疆期间的活动行程：第一天讲课，第二天早上从乌鲁木齐出发，直奔天山，下山后先参观坎儿井，之后去高仓古城遗址，中午在吐鲁番吃午饭，下午去火焰山，当晚在葡萄沟吃晚饭，稍事休息后经达坂城返回乌鲁木齐。第三天各自返程。

三天后秘书张小姐拿来了一份经确认的参会名单。良军仔细地看着，忽然名单上的一个名字吸住了他的眼睛——西岩市基础设施投资公司财务部主管罗东宇。"难道是失联已久的他？还是纯属巧合，同名而已？"良军心里有些激动。如果真是当年一起备战考研时在北大47楼相遇过的那个东宇的话，那可就太巧了！虽然失联已久，当年自己跟东宇在北大47楼备考研究生的场景仍然历历在目。此刻看到他的名字，良军很多尘封已久的记忆瞬间被激活了，他期待着能尽快见到这位失联已久的小兄弟。

第一次踏上新疆，干得冒烟的空气和着装奇特的行人，一切都让良军感到好奇。他和徐宏、秘书张小姐来到乌鲁木齐的银都酒店。刚一安顿下来，他就先去会场转了一圈，试用了一下会场的音响设备，然后来到大堂的签到处。忽然，一个似乎遥远但却熟悉的声音从身后传来："良军哥，是良军哥吧？"

良军扭头一看，果然正是当年的东宇！他一把抱住了东宇。十多年不见，东宇除了比1991年底时壮实了不少，其他没有什么变化：1.68米的个子，板寸头，戴着浅度的眼镜，说话时乡音浓重，笑的时候仍是一脸纯朴。

"兄弟，果然是你啊！我之前看到名单上你的名字时，还不敢确认呢！"他乡遇故友，良军说不出的兴奋。

东宇也很激动："是啊，良军哥，没想到咱们十多年没见，竟然在新疆碰到一块儿了！"良军等东宇去房间放了行李后，在大堂吧找了一处安静的角落，两人聊起那年一别之后的经历。

两人都唏嘘感慨。1991年底两人在北大47楼初次相遇，各自为备战研究生考试拼命复习。1992年初考完后，良军给东宇送行，两人一起从北大南门骑到天安门城楼前才分手，一别就是十几年。

东宇第二年又参加了北大的研究生考试，不幸还是出师不利。由于身在西岩的父母年事已高，身为独子的东宇在广州没法照顾他们，所以跳槽回到西岩市。工作几年后，就被提拔为西岩基础设施投资公司的财务部主管。良军把自己在北京大学读研究生，毕业后加入裕京银行，后从裕京银行辞职，去美国读书，在华尔街打拼的经历告诉了东宇，东宇静静地听完，之后说道："良军哥，你永远都是我最佩服的人！我这辈子也不指望干出什么大事，把手上的事情搞好就行了，但是如果良军哥将来你有什么需要，兄弟我一定全力以赴！"

良军说："哎，我这人喜欢乱蹦跶而已，兄弟你也没必要那么高看我。"

十几年过去了，东宇身上还是保留着那股子纯朴，这让在华尔街上天天与精明过头的人打交道的良军觉得心里特别踏实。他说了大实话：

"我真不知道自己的未来在哪里,将要做什么,走一步是一步吧。对我而言,最重要的是把现在的每一天都做好,积累自己的人脉,有了丰富的人脉,将来无论干什么才有可能成功。坦率地讲,这也是我大力推动并举办这次新疆研讨会的一个重要的原因。"

"良军哥,你总是那么谦虚!"听说良军现在在罗森银行负责给中国负有外债的公司企业提供汇率和利率方面的保值服务,东宇马上提供了一条重要的线索:

"我们公司有近1000亿日元的日本黑字环流项下的借款,而且期限相当长。公司领导已经指示我加紧对日元债务的保值工作开展研究,所以我亲自带队来了。"

良军眼前一亮。这可是一个宝藏啊!于是说道:"你放心,我一定会配合你做好这项工作的。这样吧,咱们先在新疆好好地聚一下,活动结束后,我到西岩市去一趟。你看如何?"

"对,越早越好。目前市场上暂时不知道我们公司的保值意向,但过不了太久,一旦市场知道我们的动向之后,大量的投行恐怕会蜂拥到西岩市,对手多了,容易乱。"东宇虽然具体负责这笔日元外债的保值工作,但是国有企业开展这种业务必须经过作为外债担保机构的当地财政局的审批。东宇建议先从西岩市财政局入手:"你给他们讲解清楚具体的业务,先把关系建立起来。最终审批这项业务的是刘东升市长,刘市长是一位工作能力极强的领导,将来你一定会和他打交道的。"

东宇的建议正合良军的意。根据自己以往的经验,地方财政局很少接触过外币债务的保值业务。看来,他必须尽快在西岩市讲一堂课。

第一天的研讨会结束了。第二天一大早,两辆高大的凯斯鲍尔客车载着所有的来宾,直奔天山。

良军和东宇坐在车的最后一排,两人低声地聊着天。东宇把公司的日元债务情况,例如总金额、利率、期限、成本汇率、债务担保人以及公司领导层目前的关注点向良军作了介绍,良军凭着超好的记性,把重要信息默记于心。

旅行车在青山碧水之间穿行着,最后停在一处位于半山腰的停车场里。导游和秘书招呼两辆车上的客人下车集合。良军一下车就看到了不远处有几匹高大飘逸的白马。他来了精神,叫上东宇,走了过去。马的主人是一位维吾尔族大爷,他用汉语热情地招呼起来:"领导,领导,欢迎骑我们的马上天山,包你满意!"

良军看着这几匹高大的骏马,心里甚是喜爱。

维吾尔族大爷一看良军的样子,知道他动心了,连忙说:"我的马训练有素,非常通人性,您绝对可以放心骑。"

"既然如此,我想跟您商量一点事。"良军笑着说,"您放心,我不砍您的价。我想自己骑马上山,不要您牵马,我还是按照原价照付您300元,怎么样?"

维吾尔族大爷有点惊讶,没见过这样砍价的啊。他说:"不要我牵马的话,您的安全我们可负不起责啊!"

"老大爷您放心吧。我自己骑马上山,责任自负,我这些朋友和您的朋友都可以作证。麻烦您先给我详细介绍一下这马的习性吧。"大爷见良军非要自己骑马上山,便不再坚持给良军牵马,转而仔细地介绍了大白马的习性。那边大队人马已经集合完毕,在导游的带领下向山顶进发,良军这边也刚刚准备好。他在马主人的帮助下踩着马镫骑上了大白马,心里默念着刚从老大爷这里学到的诀窍:"双腿夹紧马肚、双脚紧蹬马镫、双手轻拉马缰绳。马奔跑时,骑者的屁股必须离开马背,跟马背之间保持3寸左右的距离。"

良军用左手握住缰绳,用右手轻轻地在马屁股上拍了几下,大白马乖巧地往前加快了步伐,立时就超过了向天山顶徒步行进的大队人马,看着良军骑马前行,人群发出阵阵惊呼,东宇则大声喊道:"良军哥,千万注意安全啊！"

"放心吧，我在山顶等你们！"很快大队人马便从良军的视线里消失了。良军一个人骑马前行，看着周围的千山万壑，以及散布在山间小溪边的星星点点的游牧民族兄弟的白色帐篷，不禁心潮起伏：没有过去20多年里的奋斗和打拼，哪有今天在天山上的信马由缰和抒发情怀，于是随口吟道："天若有情天亦老，人间正道是沧桑啊！"

良军率先到达山顶。等众人都到齐之后，导游招呼大家一起摆姿势合影，山顶上一时间人声鼎沸，好不热闹！大家围着骑在白马上的良军左夸右赞，良军心里美滋滋的。

下山的时候到了，导游建议说："李总，您还是骑马原路返回咱们的出发地吧。我带领大队人马走另一条小路下山，小路上有一道很陡的坡，骑马下山会非常危险的。"

良军的顽性上来了，他问："以前有别人骑马走过吗？"

"没有，骑马的人都是走咱们刚才的来路下去。"

他说："既然这样，那我还偏要和你们走一路，好不容易上一次天山，我得看看那道陡坡有多可怕。"当年红楼大院的"李司令"被激活了，他才不信邪呢，一夹马肚，马儿一阵小跑而去，把导游的一声叮嘱丢在身后："李总你可要小心啊！"

良军骑马走在队伍的最前面。走着走着，终于来到那道陡坡前。看着陡坡，良军开始后悔没听导游的话。只见那道陡坡约40°的坡度，坡道很窄，最窄处不到2米宽，没有栏杆，坡两边是几百丈深的山谷。良军骑在马上踯躅了几秒。可是，他不好意思打马返回原路了，大队人马正在朝这边走来。"刚才已经豪言壮语过了，现在绝不能怂着回去！"良军硬着头皮，小心翼翼地向陡坡走去。当马蹄刚一踏上陡坡时，良军的心也悬了起来，心里不断地默念马主人的交代："任何时候绝对不可以用力拽缰绳，否则马会受惊的。"为了防止自己从马背上滑下去，良军的双脚紧紧地踹在两边的马镫里，把上半身向后仰躺在马背上，同时把左臂伸直，仅用食指轻轻地钩住缰绳，心里不住地念叨："马兄弟啊，咱们虽然初次相识，你驮着我一路上山，也算是有了交情，我对你可是百分之百地信任，你可要对得起我，把我平安地送下山哦！"

走到最陡的地方，良军的身子几乎垂直地站在两个马镫子上面！良军把自己的头和背紧紧地贴着马屁股和马背，根本不敢往两边看，只觉得耳畔呼呼生风。后面的队伍看见良军这个样子，也没有人敢作声，生怕惊了马。

时间仿佛凝固了。好在大白马稳步走下了陡坡，良军终于直起身子，重新坐直在马背上，他发现自己的后背已经全部汗湿了！

回到出发地的时候，大家围了上来。有人赞不绝口："李总，真看不出来你还有骑马的这手绝活呢！"

良军尴尬不已，忙辩解道："各位过奖了！我哪有什么绝活啊，出发前向马主人学了点，刚才只不过是现学现卖而已！平安下山，才是晴天啊！"

东宇钦佩地对良军说道："良军哥，我今天才发现你原来很有江湖豪气啊。如果给你一把马刀，你是不是也敢冲锋陷阵了？"

"那是。人要是不冲锋一次，怎么能知道自己到底有多勇敢呢?!"说罢，二人相视大笑。

下山后一行人参观了坎儿井。之后，车队向吐鲁番盆地前进，车上良军和东宇仍然坐在一起，小声地聊着。"良军哥，你刚才在天山上骑马的样子绝对是潇洒至极啊！""哪里，哪里。也就是趁着年轻挥洒一把而已。哈哈哈！""良军哥，你知道我是你坚定的崇拜者，想听小弟几句有点逆耳的话吗？""咱们是兄弟，无论你说什么，肯定都是为了我好，但讲无妨！""看看大哥你现在生意兴隆、意气风发的样子，作为小弟，我特别替你感到高兴。但是万一哪天市场反转，业务萧条，而你那时候年纪大了,你想过该怎么办吗?换句话说,现在你拥有青春和火爆的市场,万一将来某一天,市场熄了火而你除了拥有一大把年纪外,可能没有别的优势,那个时候你打算如何应对?"良军沉吟了一会儿,缓缓说道:"兄弟,你提的问题非常好!其实我早就在思考这个未来我早晚将会面对的问题,但一直还没有答案。"两人默默地看着窗外,忽然良军一拍大腿:"你刚才说什么来着?我'除了拥有一大把年纪'?对啊,也许我的答案就在你这句话里!"东宇满脸不解地注视着良军,眼神里期待着良军继续说下去,"大家都能理解,青春意味着一个人可以产生出未来的现金流。相较而言,一个上年纪的人所能产生的未来现金流的空间大多非常有限。这的确是常识,但是一个上了年纪的人却拥有着丰富的人生经历以及由此积累的对人生的感悟,这正是上了年纪的人的潜在的财富啊!打个比喻,一件古董之所以值钱恰恰在于它有着丰富且独特的过往!"看着东宇不解的眼神,良军兴奋地继续说道:"用金融的思维和术语表达出来,年轻的价值在于它能产生未来的现金流,而年纪大的价值正好相反,它拥有过往的经历和曾经产生的现金流。所以,问题在于如何把年长者所拥有的长项变现而已。我的想法是,我可以依托自己过往的人生经历写书,对了,写一本书!兄弟你想啊,我上年纪的时候,之前所积累的丰富且独特的人生阅历将支撑我写出一本能够吸引读者眼球的书。万一哪天经济不景气,人们将普遍从对物质财富的追求转向对精神世界的探索和追求。而且从微观层面看,如果在买房子、买车跟买书之间比较的话,应该是买书更容易吧。""大哥你可真是个金融专家啊!你把自己的人生也金融化了!哈哈哈!"两人的开怀大笑把前排座位上打盹的人吵醒了,向那人道歉之后,两人压低声音,继续聊天。像面对所有事情时一样,良军迅速地做出了决定:这次从新疆回家后,立刻开始着手准备写书!想起叠放在储藏室里已经厚达数尺的记事笔记本,良军的脸上露出一丝不易察觉的笑容。

旅行车载着良军一行人来到了位于南疆吐鲁番的高昌古城。如果没有导游的讲解，良军和众人眼前就是一座荒凉的古城，只有黄土漫卷，古道寂寞。导游把一行人带到了城中的讲经堂，传说这是当年唐僧讲经的地方。

听导游讲完这段历史，人们纷纷走到当年玄奘讲经的地方。即使只用普通的音量说话，不借助于麦克风，讲经堂里的人都可以听得清清楚楚！良军环视着黄土夯成的讲堂，心中感慨：自古以来，有志者，事竟成啊！我没有完成自己的目标之前，绝不轻言放弃！

离开讲经堂，一行人直奔火焰山。

火焰山上全是黑色的灰土，被风一吹就四处飞扬，露出坚硬的岩石，这样的环境里难怪无法生长任何植物。良军站在山顶眺望远方，只见黑沉沉的群山绵延不绝，眼力所及之处寸草不生、鸟雀皆无；耳边除了呼呼的风声，再无其他的声响。他不由得感慨，"玄奘凭借着惊人的毅力，穷其毕生之力，完成了西天取经大业，在人类千年的历史长河里留下其足音。我良军即使做不出什么惊世骇俗的伟业，至少也应该在人间留下我的声音啊！"

大美新疆，让良军看清了自己脚下的路。从新疆回到香港后，他将目标牢牢地锁定在西岩市。

第六节　初到西岩

良军讲着自己如何回到香港，如何开拓中国市场业务的经过，菲利普听得兴趣盎然。他从上午刘市长的演讲中得知，西岩是中国内陆一个经济不发达的地区。他很好奇，良军怎么在这个地方做成了西岩市历史上最大一单外汇债务保值交易：总额为 750 亿日元的美元 / 日元货币掉期交易。

良军继续着他的讲述……

在人口约 800 万的西岩市，良军只认得一个人，那就是东宇。为了打开项目的渠道，良军跟东宇商量，决定先从西岩市财政局入手，给有关人员举办一次外债保值方面的讲座。讲课对良军来说，正是自己最擅长、也最有效的同客户沟通的方式。多年来，别具一格的讲课已经成为良军的营销品牌，在业界颇有口碑。他应邀回北大给工商管理硕士学员讲课，到国有企业、民营企业给高管们讲课，可是，怎样给西岩市财政系统的有关人员举办这样一次讲座，来打开通往西岩的道路，良军大费心思。

他一回到香港的办公室就给徐宏打了个电话，让他速来办公室商谈。

自从良军闹过辞职风波后，徐宏一直处于没项目可做的状态。他急得抓耳挠腮，为年底完不成任务发愁，没想到良军不计前嫌，主动召见，于是乐颠乐颠地来到良军的办公室。一进门，他就欢喜地叫了一声："哎呀，良军哥，我就说你不会走嘛！"

良军笑了笑，也不提在兰桂坊吃饭时跟他私下聊的话怎么到了成林耳朵里的事，而是让他坐下，开门见山谈起了西岩项目。他介绍了西岩市基础设施投资公司的日元债务情况、公司领导的风险偏好情况、当地政府的介入情况、当前和未来的竞争态势，以及自己准备实施的营销策略，然后问道："你需要多长时间准备方案？"

徐宏沉思了一下，说道："起码要 4—5 天的时间。"

良军摇头："不行。这事得快！今天周一，给你两天时间，最晚周三下班之前给我中文版的方案，行吗？我周四早上出发，下午赶到西岩市，先拜访一下公司领导，争取周五上午第一次给财政局讲课。咱们必须抢得先机,方案可以进一步根据客户的要求去完善。"

徐宏跟良军搭档了好几年,深知良军的风格,于是点头答应,争取周三下班前拿出方案。良军又根据自己的经验,谈了对西岩市日元外债保值方案的初步构想:公司的债务是日元,但是公司的收入却是与美元挂钩的人民币,因此,需要通过美元/日元的货币掉期交易把公司的日元债务转换成美元债务,如此转换之后至少人民币兑美元的汇率相对稳定,从而可以很大程度上帮助公司规避因日元汇率剧烈波动所造成的冲击。

徐宏问道:"这家公司实际的日元债务剩余期限还有 15 年,你想把货币掉期的期限设置为几年?"良军已经想过这个问题了。他说:"实际操作的时候,我们必须找一家中资银行过桥,而我们对中资银行的最长授信期限是 10 年,因此我建议我们把货币掉期的期限设置为 10 年,期末的本金互换可以省略。对超过十年期的敞口部分,公司可以在交易到期之前找个合适的时机把原交易展期,而且把新的期限仍然控制在 10 年。你觉得这种滚动式的保值策略如何?"

"不错,但是目前市场上的美元利率高于日元利率,如果做 10 年的货币掉期,企业需要支付几个百分点的利差,你觉得企业会接受吗?"徐宏进一步追问道。

"你问得好,我估计这将是未来我们和企业沟通过程中最大的挑战。目前我还没有和企业正面讨论这个问题,所以,我建议我们可以先提出一个普通货币掉期方案,跟企业初步沟通之后,咱们再根据企业的反馈意见做相应的调整和修改。你觉得怎样?"

"好的,就这样办!"徐宏转身而去。良军立刻给东宇打电话,请他尽快安排讲课的事。放下电话后,良军着手准备关于金融衍生产品定价原理的讲稿。东宇很快也安排好了,三天后也就是星期四下午,良军将同西岩市基础设施投资公司的领导会面,周五在西岩市财政局给国际处以及有关的局领导举办一次关于金融衍生产品的讲座。

徐宏加班加点，做出了一个日元债务保值的初步方案以及过往的案例。良军不敢耽搁，星期四一清早，就带着徐宏等人准备好的中文版资料，从深圳宝安机场直飞西岩市。也就是从这天开始，良军成了深圳—西岩航线上的常客，一年多的时间里，至少跑了几十趟，平均每周至少跑一趟。

西岩市三面环山一面临水。西岩江像一条绿色的玉带绕城而过。良军到达西岩的时候，已经过了中午。他入住临江的一家酒店，简单吃过午饭后，便打车直奔西岩市基础设施投资公司而去。

东宇已经在等他了。他把良军介绍给公司的财务总监秦总。良军递上日元债务保值方案作为见面礼。秦总有着西岩人的直率。他迅速看了一遍良军提供的方案，首先肯定方案的思路正确、清晰，但又直言不讳地指出："李总，我们作为国有企业，不可能接受负利差的安排，也就是说，不可能支付高的美元利率来换取低得多的日元利率。"

良军解释说："实不相瞒，我跟团队在设计方案时，已经考虑到了这一点。我这次来，除了讲课之外，就是想听取公司领导的初步反馈，从而找到最符合公司要求的风险参数，为贵公司量身订做一份保值方案。"

秦总的烟瘾颇大，一根接一根地抽烟，整个会议室满是呛人的烟味，良军忍受着他的"熏陶"，不知不觉，一个下午快过去了。他不时给秦总做一些讲解，转眼到了傍晚。秦总看了看手表，对良军说："李总，你晚上如果没有其他安排的话，我们想请你一起吃个晚饭。顺便接着聊一下如何跟我们当地财政局进行对接的事。"良军欣然接受邀请。

东宇订的火锅店一看就辣味十足——"红辣辣"火锅店！刚走到门口，一股诱人的麻辣味就从餐馆里飘出。西岩人对辣椒和花椒的偏爱简直让每一个空气分子都散发着麻辣味！

良军随着秦总走进一个包间。落座之后,秦总笑着说道:"李总,咱们西南地区流行麻辣味,今天请你来尝尝这家风味餐馆。你吃得习惯吗?"

"没问题!"良军暗暗思忖道,"我得展示点额外的实力给这些客户看看,如果吃都吃不到一起去的话,难免让他们见外。他们如果对我见外的话,自然也难以接受我的方案。"想到这里,良军爽快地说:"我从小在宜昌市长阳土家族自治县长大,从小就喜欢吃麻辣的菜。"

开胃菜先端了上来,是一盘泡菜,几颗红红的小辣椒堆在雪白如玉的盘中,看似无奇。秦总夹了一根辣椒放在嘴里,眼睛看着良军。良军会意,也夹了一根辣椒,不动声色地放进嘴里嚼了起来。他的牙齿刚把辣椒咬开,满嘴已经感到火烧一般的灼热,这辣椒比他吃过的任何一种辣椒都辣上一百倍!良军忍着,知道自己绝不能吐出来,就是一团燃烧的汽油,他也得生生吞下而且要面不改色!他的这个举动让秦总和满桌子其他人惊讶。秦总问道:"李总,你还真能吃辣椒?!这可是我们西岩本地最辣的一种辣椒,一般人眼泪都会辣出来的。"

东宇在一旁忙问:"李总,要不要来瓶冰镇啤酒压一压?"

良军摇头:"不。这样更开胃。"他故作轻松地笑着,随即把那口辣椒囫囵吞进肚子里,觉得腹腔立刻燃起一团火!他喝了一大口茶,心想:"从今往后,你们都会记得我这个敢吃辣椒的外来人!"

也许是辣椒的作用,不知不觉中,秦总说话时的语气发生了微妙的变化:下午开会时还是公事公办,略带生硬的口气也变得柔和多了。他准备第二天早上带上业务处室的人去听良军在西岩市财政局举办的首场演讲。

第二天清早起来,良军感到昨天吃下去的辣椒仍然灼烧着胃里的每一个细胞。他没敢多吃早餐,便打车赶往讲课地点——西岩市财政局。

在刘市长的领导下,西岩市的基础设施建设发展迅速。但是在上班高峰期间，道路仍然堵得让人无语。尽管良军早早地从酒店出发，但是在离财政局大楼不到500米的地方，出租车再也无法往前挪动半步了！看着眼前川流不息的摩托车、自行车和来来往往的行人，良军觉得不能再坐在车上等了。他看看手表，离讲课时间只剩15分钟了，于是赶紧付了车钱，迅速跳下车，背着装满了材料的公文包大步流星地向财政局走去……

他在一楼电梯口意外地碰到了东宇和秦总一行。寒暄之后，东宇向他介绍财政局国际处的孟处长，良军连忙与孟处长握手问好。

一行人来到位于15层的大会议室，秦总和公司人员纷纷落座，孟处长则不停地来回张罗会场。不一会儿，进来了一位神采奕奕、身着西服套裙、戴着黑边眼镜的中年女士。"这位是财政局的孙丽敏副局长。"旁边有人悄悄地告诉良军。

看看来宾基本到齐，孟处长宣布讲课正式开始。

为了准备这次演讲，良军对西岩市的财政状况和经济发展情况专门做过大量研究。此刻他站上讲台，一不看讲稿，二不用投影，完全信手拈来，头头是道。他很清楚：在西岩市的第一场演讲其实更像是一场客户对他的面试，自己展现的专业素养和反应能力将在很大程度上决定着西岩市财政局以及公司客户对自己是否信任和接纳。他的演讲在无形之中将提高未来竞争对手进入西岩市场的门槛，因此良军格外用心和卖力，从简单的公式中推导出贴现利率和远期利率等陌生的衍生概念，深入浅出，让听众听得明白。

西岩市财政局的孙丽敏副局长带领着国际处等好几个业务处室的处长，坐在听众席第一排，认真地做着笔记。

良军结束演讲后，特地留出了20分钟的提问时间。几个听众提完问题后，一位精神矍铄、头发花白、个子中等、腰背笔直的长者举起了手。他大约60岁开外，气度不凡。

良军注意到，这位长者一发言，全场的眼光都聚向他，挤得满满的大会议室里甚至有点小小的骚动。

他说道："李先生，看得出你对西岩市有比较深入的了解，对企业的外债风险分析也很到位。罗森银行在企业外币债务保值领域里的实力如何？或者说，我们的公司为什么要选择罗森银行呢？"

良军没多想，先介绍几个罗森银行在中国市场上做过的实际案例，之后介绍了罗森银行的历史和全方位的业务优势，相当于做了一次全面的形象广告。

演讲一结束，孙丽敏副局长就快步走到那位提问的长者跟前，热情地握住他的手："刘市长，您来了怎么也不提前跟我们说一声啊？"

刘市长摆摆手说："我来听个讲座也需要麻烦你们吗？我是想来听听李先生的高见的。"

良军这才知道刚才提问的这位正是久仰的刘东升市长。他一个工作人员都没有带，悄悄地赶到会场，捡了一个不起眼的位子坐下，听完了良军两个小时的演讲。

真是"踏破铁鞋无觅处，得来全不费工夫！"良军此前跟西岩市财政局的孙局长提过多次，希望能尽早见到直接主管金融工作的刘市长，怎奈刘市长一直工作繁忙。这下他竟然主动来听自己的讲座！有这样懂行且敬业的市长领导西岩市的外债保值工作，良军感觉这个项目大有希望，不由得信心倍增。

良军在西岩市的第一次演讲大获成功，孙局长在财政局的食堂订了一桌便饭。刘市长破例留下来和良军一起到了餐厅。他意犹未尽，要良军坐到他旁边，趁服务员上菜的空档继续具体介绍罗森银行的金融产品。良军滔滔不绝地说起了外汇即期、远期和期权交易，之后转入外汇掉期业务等。良军一边讲，一边用眼神扫过在座的每一张脸，看着大家有些迷茫的样子，意识到饭桌上不能讲得太深、太多，于是便收住了话题。刘市长却听得津津有味，他对一众局长和处长们说："你们听懂了吗？趁李总在这里，大家赶快请教啊。"

可能是因为跟市长同桌，大家都不好意思，全桌竟然没有一个人发声，饭桌上出现了短暂的沉寂，场面有些尴尬。刘市长见状，说道："你们没有问题，那我谈一下我的理解吧。"接着刘市长滔滔不绝地把自己对良军刚刚介绍的各种金融产品的理解阐述了一遍。

刘市长理解之精准令良军赞叹不已，他夸张地拿起筷子，对刘市长说道："刘市长，您完全理解并且把所有的内容替我讲完了，我可以先开吃了！"周围人听罢哈哈大笑。

"来，大家想必都饿了，快吃吧。"刘市长招呼大家赶快动筷子。

觥筹交错之间，良军一直留心刘市长的发言。只听他说道："关于西岩基础设施投资公司日元债务保值的事，我谈几点自己的想法：第一，这个项目是为了有效地管理企业债务的汇率风险，应该以企业为主操作，作为担保人的财政局更熟悉国际金融市场的情况，应当全力参与并帮助公司做好这个项目；第二，找哪家银行来做，应该由公司自行决定，公司方面应当确定几个标准，哪家银行方案的成本更低、风险控制得更好，而且对公司的服务更加到位，就应该优先被考虑入围做这个项目。已经有好几家银行找过我，想要我指定他们来运作这个项目，我一个都没有答应。"在座者纷纷点头。

刘市长一边吃一边继续跟良军聊着："小李啊，你上过很好的大学，勤学肯干，思维敏捷，前途无量啊！"

良军一听，连忙说："刘市长，您过奖了。您这好学不倦的精神，正是我们年轻人学习的榜样啊。"

良军当天晚上返回了香港。周一一大早，他就立刻赶往中环的办公室，之后把徐宏、刘鸣杨等人召来，把自己在西岩市跟客户交流的情况告诉大家。他说："按照客户的要求，必须进一步降低初稿方案中企业应付的美元与企业应收的日元之间的利差。"他给两位助手做了分工：徐宏建模测算风险指数，刘鸣杨负责进一步收集关于西岩市基础设施投资公司的财务数据和基本情况并进行分析研究。任务刚布置完毕，良军就收到东宇发来的一条短信："良军哥，有紧急情况，速回电话！"

良军立刻用自己的手机拨通了东宇的手机。听得出东宇有点着急："良军哥，你那天下午一离开，就有好几家银行打着各种旗号来找我们，希望能参与我们公司的日元债务保值业务。"

良军猜想，他的演讲固然取得了效果，但也可能走漏了风声，导致各大银行纷至沓来，于是问道："都有哪几家？"

"个个来头都不小啊，有莱斯银行、斯曼银行、雷曼兄弟、法国巴黎国民银行、高盛、摩根士丹利、摩根大通、巴克莱、汇丰、花旗银行等，都是通过一些我们公司得罪不起的关系介绍过来的。看来大家都想从中分一杯羹啊！"

"多谢兄弟的提醒，我一定加快进度，争取保持对竞争对手的先发优势。"放下电话后，良军沉吟着："我是第一个接近西岩市基础设施投资公司和财政局并为他们提供专业讲座的银行，至少有时间上的优势。眼下必须加快方案的修改进度，争取更多的竞争优势。"

三天之后，良军又从东宇的口中得知，莱斯银行、斯曼银行与雷曼兄弟公司等各家外资银行都各自通过一些强硬的关系，追得很紧。而且，莱斯银行已经邀请西岩市基础设施投资公司和西岩市财政局派人到他们香港交易室去学习。

一听到莱斯银行，良军的脑海里就浮现出一个打扮入时、说话嗲声嗲气的女人——杨柳。她是莱斯银行中国区的董事总经理。多年来，他没少跟杨柳过招。"这可是一个相当有心计和手段的女人，我得提防着一点。"良军暗中提醒自己。

"良军哥，别被他们抢了生意哦。"东宇也替他担着心呢。

"有你帮我，我一点儿不担心。我们会以最快的速度修改方案，之后再去西岩向你们公司领导、财政局领导反馈，并向刘市长作个汇报。"

"好啊。我很期待。我一直想跟你做成一点事呢。"东宇语气诚恳。毕竟是跟自己一起吃过考研那份苦的兄弟，良军心里一阵感动。

良军万万没想到，就在自己全力以赴开拓西岩市场的时候，自己的后院起火了。

第七节　林莉跳槽

罗森银行的中国区业务在良军加入后得到了长足的发展，成为亚太分行新的业务增长点。成林深感人手紧缺，决定在北大、清华举行一次校园招聘会。由良军和北京代表处的董汉青共同主持招聘会。那次招聘会之后，罗森银行筛选了40位学生参加第一轮面试。

面试那天，北京遇到入冬以来最冷的一次寒潮，风雪漫天。一位男生从进门起就显得非常紧张。良军刚问一个问题，小伙子已经脸色发白，嘴角出现轻微的抽搐，而且双手下意识地不停抖动。良军见状，便不再提问，而是安慰小伙子："同学，千万别紧张，你很年轻，将来会有广阔的人生路，罗森银行只是其中一个选择而已，今天咱们就是聊聊天而已。"他这么一说，小伙子脸色稍微恢复了点血色，良军和他天南海北地聊了起来。

上午的面试结束了，中午外卖公司送来了盒饭，良军和同事边吃边聊上午面试的一些情况。突然，一个女孩出现在办公室门口。她的帽子上、大衣上全是雪花。看得出是匆匆赶来的。她脱去厚重的大衣，露出黑色的西服裙，配上及膝的黑色长靴，显得非常职业、干练。

"请问哪位是良军先生?"声音不高不低,非常好听。良军抬眼一看,一个眉清目秀、眼神晶亮的女孩子站在面前。他应声道:"我就是良军,请问你是哪一位?"

女孩子很大方地走到良军跟前,介绍自己:"我叫林莉,今年研究生毕业。我不久前参加过您主持的校园宣讲会,非常想加入你们投行。怪我自己太大意,刚才一看到你们寄给我的面试通知函,就匆匆赶来了。我知道自己已经迟到了,但仍希望您能重新安排一下,给我一个面试的机会,让我能展示一下我自己。如果我不合格,您把我踢掉,我也没有任何抱怨。"

女孩子口齿伶俐,一番话说得良军心头一动,其他工作人员也停下了筷子。林莉见机行事,迅速把打印好的简历分发给众人。良军扫了一眼,第一印象不错,每年的 GPA 都是 4!但是毕竟面试已经开始,而且下午的面试日程已经全部排满了。良军想起自己当年面试的不容易,于是对她说:"这样吧,你先出去坐一会儿,我和同事们商量一下。"

看着林莉出了办公室,良军对其他同事说道:"这个女生的简历看起来确实不错,虽然她错过了上午的面试时间,但咱们是否还是给她一个面试机会?比如说咱们赶紧结束午饭,然后 2—3 人一组对她进行集体面试,这样咱们可以在下午第一场面试开始之前就结束对她的面试,你们看如何?"

大家纷纷表示赞同。于是三口两口扒完了饭,3 人一组,对她进行面试。

林莉果然表现不俗,没有丝毫慌乱和紧张。最后由良军和罗森银行北京代表处首代董汉青提问。良军问道:"假如我是一个没受过任何正规教育的人,现在想从信用社借款 5 年,假设你是信贷员,麻烦你用我能听懂的语言告诉我,这笔贷款的久期(Duration)是什么意思?"

林莉马上回答道:"是未来五年里所有现金流用时间作为权重的加

权平均数。"良军知道，这是书上的答案，但不是他想听到的。

"对不起，我是一个不懂数学的人，请你用我听得懂的语言再给我解释一下。"良军说完，注视着林莉的眼睛，他在观察林莉的反应。

林莉的眼里没有任何慌乱，沉吟了几秒钟，平静地回答道："实在对不起，我到目前为止只学习过理论知识，确实不知道如何用非专业的语言回答这个问题。"她紧接着又为自己打了一个圆场："但是，这恰恰是我希望能有机会投身到实际工作中去的重要原因。如果您能给我一个实践的机会，我一定能给您一个满意答复。"

虽然没有听到想要的答案，但是良军心里对林莉的冷静和机智感到非常满意。林莉的应变能力和表达能力远在其他几个候选人之上。这个女孩子很懂得如何把不利因素转化为对自己的有利因素，这正是一个销售人员难得的优点。良军有点动心。

面试结束后，大家碰头商量。良军也把自己考察林莉的情况向大家作了一个说明。他点评说："林莉的心理素质极好，从她今天的表现看，她确实是个敢闯的人，而这是我这个业务组最需要的素质之一，所以，我还是倾向于录用她。"

回到香港之后，经过面试官集体投票，大家决定录用林莉。几个月后，林莉从学校毕业，正式入职罗森银行亚太分行，成林把林莉分配到良军的中国区衍生产品业务组。良军觉得这个女孩子可以造就，也对她悉心栽培。林莉很聪明，也非常用心，很快就能上手一些业务了。

当时，宏业集团下属的东海建宏高速公路项目久攻不下。良军从各种渠道辗转了解到，从中作梗的是双荣银行。双荣银行的信贷部总经理赵文革已经从暗示到明示，甚至亲自用毛笔写信要求建宏公司把这单业务给美国斯塔那银行的刘晓梦来做。掌握着建宏公司信贷审批权的赵文革与美国斯塔那银行的销售人员刘晓梦关系很不一般。

这天中午，良军刚从西岩市出差回到香港。鸣杨和林莉向他报告了东海项目陷入僵局的状况。良军一边听着，一边想着应对策略。令他不解的是，自己的方案比莱斯银行和斯塔那银行的更好，给建宏公司的让利也更多，建宏公司没有理由不采纳这个方案啊。那么症结会在哪里呢？

就在良军百思不得其解的时候，林莉趁着午休的时间，请示良军，说想到楼下的商场去买点东西，良军批准了。可是，他哪里知道，林莉下楼后直奔中环太子大厦。莱斯银行中国区主管杨柳在咖啡厅里与林莉一人一杯咖啡，相对而坐，谈着条件。

两个女人都想从对方那里要一个保证。

几个月后，良军根据从不同渠道所获得的信息，才有机会复盘这出交易的内幕。

莱斯银行的杨柳精心策划了这起"反水事件"。她约了林莉。两人问过好，一落座，杨柳就先开口："林小姐，我还有几个问题还想和你确认一下。"

林莉在良军手下受训了两个多月，已经很知道什么叫以守为攻、待价而沽了。

"我听说罗森银行几个月前才破格录取了你，你这么快就离开他们，是否会有不安，或者说如果他们挽留你的话，你怎么办？"杨柳的话里充满试探的意味。为了打击西岩项目中的对手良军，杨柳辗转打听到林莉的情况。她通过猎头公司，向林莉开出条件：一是如果带着项目跳槽成功，她将被破格提拔为副总裁；二是年底保底奖金至少100万美元。这个身价跟良军在罗森银行的身份相当。

林莉淡淡一笑："杨总，您多虑了。项目是跟着人走的。我如果铁了心要走，他们是留不住的。剩下的事情就是看杨总您怎么接纳我……"

杨柳精心描过的秀眉挑了一下，又问道："目前罗森银行和斯塔那银行在东海建宏基础设施投资公司的项目中处于僵持状态，那你加入我行之后，如何确保能尽快地把交易给我行做呢？"

林莉对这个问题早就成竹在胸："杨总，告诉您吧。其实我父亲的关系比双荣银行任何人都要硬，之所以目前交易的双方处于僵持之中，那是因为我让父亲告诉建宏高速公路暂时不要做，他们在等我的进展。"林莉这两句话出口，脸不红心不跳，让久经阵仗的杨柳也不禁对她刮目相看。

"难道罗森银行对你没有知遇之恩吗？"杨柳一边说着，一边暗中观察林莉的反应，但见她不疾不徐地说："杨总，您这么想的话，我能理解。我需要在投行开创属于我的一片天地。我想，杨总您这么多年也是从血雨腥风里厮杀过来的吧？"

杨柳点点头，心想：这女孩真有心计，敢拿大主意！于是继续说道："OK！我没有其他问题了，回去之后我会在内部尽快沟通一下并给你一个答复。"

两人起身往电梯口走去。分手的时候，林莉主动向杨柳伸出手，补充了一句："杨总，那单交易可不等人哦。"

杨柳对她笑了笑，挥手而去。没多久，市场上传开了林莉从罗森银行跳槽的消息，很快杨柳便从多家银行的鹬蚌相争中，抢走了这桩生意，妥妥地装入自己的囊中。

出道多年的良军竟然被自己亲自调教的、才工作了几个月的见习经理拐走了大单业务，他觉得自己简直是天下第一傻。他也第一次领教了"螳螂捕蝉，黄雀在后"的滋味，也正因为如此，他更加紧了对西岩项目的跟进。

除了良军被莱斯银行"暗度陈仓"之外，感觉被开涮的还有斯塔那银行的刘晓梦。眼看着要到手的大单飞了，刘晓梦也是对林莉恨得牙根痒痒，尤其是听说抢走这单生意的竟然是半路杀出的一个黄毛丫头，刘晓梦更是愤愤不平。双荣银行的赵文革对于没能把这个大单给自己的情人刘晓梦来做，也是耿耿于怀。为了打探更多的内情，他约了杨柳在一家咖啡厅里见面。

一连拿下几个大单的杨柳心情很好，谈兴也高。赵文革恭维了一番之后，把话题转到了林莉身上："杨总，现在市场都传开了关于你们招林莉换交易的事，你知道吗？"

杨柳的嘴角一撇："江湖传闻，真真假假。哪里可信呢？"说着，她意味深长地看了赵文革一眼。赵文革接着说："杨总，无风不起浪啊。她一个初出茅庐的新人，突然做到了莱斯银行中国区副总裁，这种火箭式的破格提拔在如今的市场上不多见啊！"

杨柳精心描过的眉毛向上挑了挑，轻轻地"哼"了一声，似笑非笑。赵文革见状，又试探性地问道："杨总对她尽心栽培，您就不担心有一天被她……"

杨柳抿了一口咖啡，放下杯子，轻轻一笑："担心什么？被她取代？"

赵文革会心一笑。杨柳说道："赵总，谢谢你替我着想。林莉这种人，我怎么会看不透？她今天为了几个钱就背叛她的老板，将来一定会为了利益而出卖我，这样的人，我会不防吗？"

赵文革连连点头称赞："杨总果然高明！"

杨柳又露出轻蔑的一笑："欲戴王冠，必承其重。一个刚出校园的学生，什么也不会，除了家庭的社会关系，什么也没有！那么重要的位置，我倒要看看她怎么担得起。"

赵文革给杨柳边续咖啡边说："那是。她哪里能跟你这样出身名校又在投行打拼多年的老总相提并论。"

杨柳继续说："既然她愿意用家庭的社会关系换钱，那我干吗不顺水推舟，成全人家呢？给她些小钱，换她手上的大单，这桩买卖我们不

157

吃亏啊。她既然要求破格提拔，那我就要求她给我破格挣钱。投行都是靠业绩说话的，她家这回能替她拿下东海的项目，最好明年能帮她拿下南海、北海、西海，否则到时候呵呵呵……"

赵文革不失时机地接了一句："说得有理。有一天如果她挣不出钱的时候就叫她走人，呵呵呵。"

第八节　调虎离山

为了抓住中国市场大好的发展机遇，成林决定扩充罗森银行中国区的产品研发团队。从计算机专业毕业的徐宏，跳槽到罗森银行之前已经在纽约雷曼兄弟公司工作了好几年，他一直希望能够找机会回到亚洲，所以欣然接受了罗森银行提供的工作机会，到了香港。成林把徐宏放在衍生产品结构组，工作重点是设计汇率和利率方面的衍生产品，配合良军服务中国的公司客户。

最近每到星期一，徐宏就坐立不安。自从良军开始出击西岩市基础设施投资公司的日元债务保值项目以来，他每周必须向良军汇报方案的进展情况。初稿已经改过五六次，离公开招标的日期越来越近了，可是客户还是不太满意，要求必须进一步压低保值的成本且不接受负利差，究竟应该引入什么样的风险因子才能把美元与日元的利率差降下来呢？他反复测试过多种思路，结果仍不理想。

又一个周一的早上，徐宏跟良军再一次磋商对策："李总，你上周去西岩市出差期间，我尝试过不同的办法。例如，目前市场上美元兑日元的汇率在125左右，企业的成本汇率是119左右，我试着把本金互换汇率调降到119的水平，尝试用汇率补贴来降低负利差，但是效果仍然不理想。你觉得我们如果引入其他风险因子，例如欧元兑美元的汇率或者石油的价格等，可行吗？"

良军想了想说："我的直觉是企业难以接受，他们从事城市基础设施建设，不太熟悉欧元兑美元的汇率或者石油的价格，而且害怕欧元和油价剧烈的市场波动性。他们希望锁定美元/日元的汇率风险，如果为了降低保值成本，还要被迫引入新的、波动性太大而且是企业不熟悉的风险的话，企业肯定不愿意。从我们的角度来看，必须新引入一些风险因子，但是这种新的风险因子自身的波动性不能太大，而且必须让企业容易观察和理解。你回去再想一想，一旦有了新的想法，我们马上再沟通。"

徐宏走后，良军为西岩市基础设施投资公司的日元债务保值方案伤神许久。突然，他的眼光落在办公桌上的一张交易确认书上，这是昨天刚刚跟上海一家企业做的美元利率掉期的交易确认书，与普通利率掉期不同的是，在这个交易里，固定利率端跟30年期美元掉期利率与2年期美元掉期利率之间的利差挂钩。这个交易结构是竞争对手发给上海的客户，客户为了货比三家，昨天找到良军来比价，良军拼命压价才从竞争对手那里抢来了这单交易。看着这份交易确认书，良军忽然计上心来：为什么不借用竞争对手的思路，也使用美元固定期限掉期协议（CMS，Constant Maturity Swap）利差的思路呢？至少客户很容易理解期限越长、利率越高的朴素道理。而且既然有客户在利率掉期中使用过这个指数，那么在货币掉期中使用这个指数的话，在市场里应该也不违和。

想到这里，良军拿起电话，拨通了徐宏的座机："老徐，马上到我这里来一趟！"

不多一会儿，徐宏急匆匆地跑了过来。良军迫不及待地说："我刚才忽然得到一丝灵感，在西岩项目里，如果我们引入某些利差风险因子，例如美元长、短期掉期利率的利差，是不是能够符合企业的要求呢？相比汇率和石油价格，所有的客户都很容易理解期限越长、利率水平越高的道理。"

"良军哥，你太棒了！我回头去测试一下有关的模型。"

"好！赶紧！"看着徐宏离去，良军又把鸣杨叫来："鸣杨，你从系统里下载从1990年开始至今所有工作日的美元30年期、10年期和2年期掉期利率的所有历史数据，然后分别计算出所有日期的30年期掉期利率—2年期掉期利率、10年期掉期利率—2年期掉期利率，以及30年期掉期利率—10年期掉期利率的结果，尽快告诉我和徐宏！"

"好的，我马上去办。"鸣杨记下了，转身而去。

徐宏分别做了模型测试，发现用30年期掉期利率—2年期掉期利率作为风险指数似乎能更好地符合客户的要求。实际上，在过去十几年里，30年期掉期利率小于2年期掉期利率的情形只出现过十几天，总体来说比较安全。而且客户很容易理解长期利率一般都会高于短期利率的现象。他把这一结论第一时间反馈给了良军。良军很兴奋，一个长时间以来困扰客户的问题迎刃而解。

一切准备就绪后，良军把自己的新方案分别电邮发送给了公司和财政局，两天后便带着新的保值方案飞到了西岩市。

在西岩市财政局的会议室里，孙丽敏局长召集三方会议，商讨良军带来的方案。良军把方案向与会者作了详细的讲解和分析，然后说道："各位领导，看看大家对我们的方案有什么问题，欢迎提出来。"

公司财务总监秦总首先问道："李总，如果我们公司做了这个交易并且效果良好的话，是否意味着你们罗森银行会亏钱？假如我们今天做了这个交易，未来30年期掉期利率—2年期掉期利率是否小于0，或者用您的术语说，是否出现利率曲线倒挂，将取决于未来整个经济以及金融市场的走势，那么您对未来的美国经济以及美元利率曲线的走势的看法是什么呢?"

这个问题表明秦总确实内行。"问得好!"良军不由赞叹道。他不慌不忙地先喝了口茶,然后把秦总的问题全面且深入地回答了一遍,看着秦总和其他人认真做笔记的样子,良军感到了一阵欣慰,但心里也闪过一丝警觉:"咦,秦总的问题提得如此专业,难道是已经有别的银行抢在我前面报过类似的方案了?"

良军不动声色地与财政局以及西岩市基础设施投资公司的各个领导互动着。不知不觉中,一天的时间快过去了,孙局长看看大家没有新的问题了,说道:"今天的讨论我们先到这里,麻烦李总回去以后根据我们的反馈进一步优化方案,我们计划一个月后开始正式招标,您是知道的,刘市长上次已经明确指示过,我们必须从各家银行中选择最优的方案。"

孙局长安排晚饭还是去吃麻辣火锅。趁着东宇起身去洗手间的机会,良军跟了出来。他看看周围没别人,小声地问道:"兄弟,难道有别的银行已经提出过类似方案?"

东宇点点头。

良军心中的疑惑得到了证实,他心里一沉,又问道:"难道又是莱斯银行?他们又抢在我的前面了?!"

东宇又点点头,低声说道:"对,他们的风险阈值比你们的好,你们的方案给我们公司提供的利差阈值是 0,而他们的则是负 15 个基点。如果不改进,我觉得你们恐怕会被淘汰出局。"

良军犹如被打了一记重拳。为了这个项目,他来西岩少说也几十次了。他以为经过这么多次反复的磋商与修改,方案的通过已经指日可待。看来,莱斯银行的杨柳并不只是一个好看的"花瓶",她下的功夫不比自己少。

"良军哥,我希望你能入围,你一定要尽快优化一下你们的方案。"

东宇又提醒道,"另外还有件事,你有没有注意到,财政局的王亮似乎和莱斯银行的关系很特殊。"

良军眉头一皱。这个王亮一直一言不发,良军几乎忽略了还有他在场!良军非常清楚,杨柳最擅长在人身边埋眼线的!此刻王亮就坐在孙局长身边,而且之前自己的方案正是电邮给了王亮!这么说,自己的方案和行动很可能早就被杨柳掌握得一清二楚……

"好的。我们回去吧。"良军说着,与东宇分开而行,不动声色地回到会议室。

晚饭虽然吃得很热闹,宾主尽欢,但良军完全没有尝出火锅的特别之处来。他一面应酬着,一面在心里不停地思考下一步的行动计划。晚饭后良军回到酒店,坐在落地窗前的沙发上。他知道,要战胜竞争对手,首要的是必须做出独特而且价格上有竞争力的方案来。但是这还不够。必须想办法把王亮这个对手所培养的眼线支开,否则自己所提出的任何方案都将输给竞争对手。该如何行动呢?很少抽烟的良军点燃了一根烟,凝视着窗外,陷入了沉思中。

莱斯银行的中国区主管杨柳不是第一次与良军交锋了。她知道这位出身沃顿商学院的尖子生才思过人,体力也超好,天天出差也拖不垮他。可是,杨柳会四两拨千斤呐,她知道如何把身边的男人笼络得团团转。第一次宴请王亮时,她就知道这个人她吃定了。虽说莱斯银行进入西岩市比罗森银行要晚,可是,有钱能使鬼推磨。那天,杨柳除了宴请之外,还给王亮准备了一份红包,鼓鼓的,掂上去就知道分量不轻。比起西岩市基础设施投资公司名下约1000亿日元债务保值交易可以赚到的丰厚利润来,这些小钱何足挂齿!如果做下西岩市基础设施投资公司这一单,她就可以几年无忧了。

忽然,良军灵机一动,计上心来。他拿起手机,拨通了鸣杨的手机:"鸣杨,你马上到办公室去,以我的名义起草一份债务风险管理业务培训邀请函，尽快开始，培训的时间安排为两个星期，地点就在香港。内容以技术性为主，例如如何建立计价模型，把目标学员定位于工作人员，而不是他们的领导。明白吗？"

"明白！"虽然鸣杨并不明白良军为什么突然要组织这样一场培训，但他执行力超强。

"现在马上把张秘书给我接上线。"

鸣杨下了线，立刻去了交易室。张秘书很快上线，给良军订了一张第二天早上从西岩到北京的机票。良军挂了电话，重新拿起半天没抽的雪茄，雪茄还在燃烧，烟灰老长却没有断。"质量不错！师傅当年教导得对。"良军在心里把雪茄表扬了一句，把烟灰弹掉，接着抽了一口，然后吐出一个白色的烟圈。

看着白色烟圈缓缓地飘散，良军心里念叨："明天就是清明节了，希望父亲在天之灵能保佑我一切顺利啊！"想到第二天自己将在外奔波一天，没有时间祭奠父亲，他下楼买了一包烟和一盒火柴，又请服务员送来一个白色的餐盘。他点上一支烟，把它放在盘子边沿。他想，父亲在天之灵应该能体谅自己在外打拼的苦衷，就让这一缕烟雾成全自己无处可寄的孝心吧。

桌上的黑莓手机突然发出"叮咚"一声，良军打开一看，只见机票已经订好，是第二天早上7：30飞往北京的航班。良军满意地给秘书回复了一个简短的邮件，然后坐在沙发上继续思考。

客户要解决日元债务掉期中出现的负利差问题，自己现在与竞争对手处于同样的赛道里，既然竞争对手在压价竞争而自己又不想打价格战，如何让自己区别于对手同时也能赚到钱呢？

良军一声不吭地凝望着窗外的夜色，忽然计上心来："既然市场上大家都在使用30年期掉期利率—2年期掉期利率，那我为什么不尝试一下新的思路呢？"他掏出手机，拨通了徐宏的电话："老徐啊，关于给客户的掉期方案，我刚刚有了一个新的想法。"

徐宏调侃道："你肚子里又有什么坏水了？"

良军嘿嘿笑了一下，说道："咱们已经在西岩市基础设施投资公司那里尝试了各种传统的方案，但是始终没有找到最合适的方案，而且竞争对手们直接不计成本压价抢生意。我刚刚有了一个新的想法，咱俩商讨一下。我的基本思路是：放弃目前市场上常见的风险指数，例如10年期掉期利率—2年期掉期利率，或者30年期掉期利率—2年期掉期利率，而改用市场上至今从来没有见过的25年期掉期利率—2年期掉期利率，以此来压降掉期方案中企业所面临的负利差，同时解决新的风险可能过大的问题。你觉得怎么样？"

这种换汤不换药但确实从来没见过的思路让徐宏惊讶得半天合不拢嘴。他半晌才说出一句话："你今天没有发烧吧？"

良军笑道："你看我像发烧的样子吗？"

"既然你没有发烧，为什么要推荐这样的方案给客户呢？"

良军缓缓地说道："老徐啊，既然无法用传统方案把我们同竞争对手区别开来，难道我们就此打住吗？生意做不下来，你吃什么？"停顿了一下，良军又继续说道："你的意思我明白，我当然会给客户尽量讲明白这其中的风险，如果客户知道情况之后不接受这个思路，那我们再去寻找新的思路。最重要的是，客户能够接受10年期掉期利率—2年期掉期利率和30年期掉期利率—2年期掉期利率，而30年期掉期利率—2年期掉期利率和10年期掉期利率—2年期掉期利率跟25年期掉期利率—2年期掉期利率是没有本质区别的，对吧？"

听了良军的话，徐宏沉默了一会儿，然后说道："好吧，我这就去建模测算一下。"

很快徐宏把测算的结果电邮给了良军，说道："老李，根据你的思路，我做了一套新方案。在保证客户利益的前提下，我们银行仍然能挣到足够的钱！因为市场上还没有人使用过这个风险指数，这种情况确实使该指数的抗倒挂性更强。客户应该对这个结果更加满意。"

"不错，至少我很满意，听起来还真有点帕累托最优的味道哦。我们这次要赢得理直气壮，不给竞争对手留一点还手的余地。"

徐宏问："需要我现在把新方案发给客户吗？"

"先不忙。"

听良军这么一说，徐宏很惊讶："老李，你不是说很紧急吗？怎么现在又一点不急了？"

"呵呵。我得先除掉一个眼线才行！否则竞争对手明天就会提出一份比我们好一个基点的方案。"

"啊？！我怎么听不懂你的话啊？谁是眼线？"

良军打着哈哈："你没必要懂，这是我的事。好了，你先休息，有事我会随时找你。辛苦了！"

不久鸣杨把拟好的邀请函发了过来，良军修改、签名之后，从酒店的商务中心传真给了财政局的孙局长。忙完这一切，已经凌晨两点了，他和衣而眠。三个小时后，闹钟响了，他洗把脸后，下楼结账，然后跳上一辆出租车，直奔机场，赶赴北京。

第九节　智斗莱斯银行

良军从侧面了解到，一共有上十家投行准备投标西岩市基础设施投资公司项目，其中，莱斯银行找了双荣银行作为合作银行。他也得找一个可靠的中资银行作为合作伙伴，为此，他立刻飞往北京。

城镇银行总行资金部的龙总这天下午推掉了一切会见，在办公室专等良军的到来。良军此前给他发了条短信，说"有一个非常大的项目"想联手来做，他不知道这个"非常大"的项目到底是多大。

良军在大堂前台办好了访问登记手续后，疾步上楼来到龙总的办公室。他开门见山，把关于西岩市基础设施投资公司的日元债务汇率保值的需求以及目前的竞争态势向龙总作了介绍，接着说道："今天想和你商量一下具体的行动方案和步骤。"

虽然城镇银行西岩分行给西岩市基础设施投资公司发放的贷款最多，但是从来没有在西岩市开展过这类外债保值业务，何况针对总额约1000亿日元的债务保值业务，在城镇银行的历史上从来没有过。

龙总开门见山地问："你说吧，需要我们做什么？"

"几周后就要开始正式招标，时间已经很紧了。既然咱们两家联手，你我尽快到西岩市去一趟，把你们当地分行动员起来，共同推进客户。"龙总表示最快也要几天后才可以成行，良军觉得也不错，他继续说道："我刚刚安排了一个初级人员债务风险管理业务知识培训班。"

龙总一听，也很感兴趣："好啊！给我两个名额，我派两个年轻人去。"

良军放低声音说："实话跟您说，这个培训真正的目的是调虎离山。"

"调虎离山？一个培训，你要调什么虎？你又不是开马戏班的。"看着龙总疑惑的表情，良军把自己打算利用培训支开王亮的想法和盘托出，龙总笑道："你小子一肚子坏水啊！"

良军感慨道："唉，人在江湖，各为其主啊！我必须防着他和莱斯银行串通一气，坏了我的大事。"

"对，莱斯银行花招太多，必须防范！这样吧，我还是派两个年轻人参加你的培训，我的人可以学一些干货，同时也可以帮你把场面烘托得更加真实些，你举办的这一次香港培训岂不效果更好些？"

良军一想，对呀。于是说道："好的，恭敬不如从命。多谢龙总！"

龙总哈哈一笑："那我今天不留你了，咱们下周一在西岩再见！"

不出良军所料，鉴于这次香港培训的内容"过于偏技术性"，财政局决定派王亮赴港参加培训。良军心中暗喜，放下电话后，他立刻叫来了徐宏和鸣杨，叮嘱他们要好好地招待王亮："千万记住，给王亮培训时，就用我们之前的 30 年期掉期利率—2 年期掉期利率的老方案作为教材，你们一定要耐心细致地把老方案的所有细节给王亮讲解清楚。至于生活方面的安排，每天安排他去不同的餐厅吃饭，各国风味不限，但是，务必记住：晚饭后马上跟他说再见，不许陪他。这一点尤其要记牢！"

徐宏惊讶地看着良军："老李，不对啊！你平时不是老说要注重给客户服务的每一个细节吗？现在客人要来了，你却要我们晚饭后不管他们？"

良军意味深长地说："没错。我们只要服务好了客人的白天就行了，至于晚上嘛，就要给客人相当程度的自由。"

徐宏还是有点晕菜，又问："你之前提到，王亮跟莱斯银行的关系很好，万一他向莱斯银行泄密怎么办？"

"凉拌啊！"良军意味深长地嘿嘿了两声："老徐啊，看来你过去在国外呆久了，不熟悉《三国演义》啊，回去好好看看蒋干盗书吧！记住，务必按照我今天交代给你们的去做。"

徐宏将信将疑，但还是按照良军交代的事项一一照办。

良军和城镇银行的龙总一个星期后到了西岩市。两人与城镇银行西岩分行举行了长时间的会谈。第二天，分行行长指示信贷部门分别约请西岩市基础设施投资公司和财政局，尽快举行银、企、财政三方联合工作会议。会后，各方商定：一旦竞标成功，城镇银行西岩分行将立刻在内部着手开始准备交易授信的工作，总行则开始准备交易所需要的各种辅助文件，例如《银企债务保值交易协定》等，罗森银行则负责提供交易范本。良军立即给成林等人打电话，商请法律部提前准备相关的交易文书。

良军和城镇银行总行的龙总一起去拜访了西岩市财政局与西岩市基础设施投资公司，取得了很好的效果。会谈时，良军注意到西岩市基础设施投资公司的秦总和财政局副局长孙丽敏之间交换了一个微笑的表情。

"好兆头！看来我找对了搭档。"良军在心里默默地说道。

"你们今天和城镇银行一起来，效果非常好。他们是我们公司最重要的贷款合作银行。此行给你们加了不少的分！"东宇在会间休息时悄悄对良军说了一句，也印证了良军的判断。

"良军哥，听说王亮被你们邀请到香港接受培训了？"

良军意味深长地笑了一下："他可是我们尊贵的客人啊！"

就在良军与西岩市方面反复商谈的时候，一场金融衍生产品培训班在香港如期开班。按照良军的要求，刘鸣杨和徐宏给培训班学员针对之前的老方案仔仔细细地讲解了各种技术细节，西岩市财政局的王亮听得无比仔细，还做了厚厚的一本笔记。刘鸣杨和徐宏轮番上阵，带领学员们吃遍港岛大街小巷的美食，傍晚的时候把他们送回酒店，之后就绝不再过问他们的活动。

时间过得飞快，一晃便到了正式招标的日子。西岩市财政局和西岩市基础设施投资公司邀请了当地大学金融系的教授、国内证券公司高管，连同财政局和公司的有关领导，联合组成了招标评审委员会，按照保值成本、风险、过往的服务、搭档的中资银行等指标逐项进行评分。良军带着徐宏飞到西岩，向评委会作了陈述，并现场回答了评委会的各种问题。莱斯银行出场的是杨柳和林莉。

良军与杨柳在招标会开始前礼节性地握了一下手。杨柳一身得体的西装显出特有的干练，怎奈精致的化妆品掩饰不住深陷的眼眶与突出的颧骨。一年多以来，她也是够勤奋够拼的。

林莉并没有主动向他伸手。这还是良军自从林莉跳槽以来第一次见到她。林莉浑身上下被名牌包了个严严实实，妆容也格外精致。然而，当林莉与良军握手的瞬间，她那张胶原蛋白饱满的脸瞬间红了。良军刚说出"你好"两个字，就感觉到林莉的手像一条小鱼从自己的手心里滑过，而且她已经转身准备落座了。

良军不动声色地抽回了有那么两三秒被晾在空中的手，走向自己的座位。坐下的时候，他感觉到有一股余光从右后方射过来，混合着某种高级香水的味道。不用回头看他都知道，那是林莉的老板杨柳。良军心想："别急，这一单不到最后成交就算不上成功。咱们还是接着比耐力吧。"

西岩市财政局的副局长孙丽敏主持当天的项目招标会。参加投标的外资银行大约有10家，加上各自的搭档，将近20家中外银行的金融衍生交易部门负责人汇聚一堂，有的还跟良军合作过。以他对各家银行做事风格和水平的了解，良军觉得自家设计的外债保值方案赢面应该最大：它具备了比其他方案更多的优点。一年来，他已经几十次为这个项目来到西岩，方案中的每一个参数都反复测算、修改过，整个方案改过多少次，他已经不记得了。

评审结果当天下午就出来了。罗森银行的保值方案以绝对的高分居榜首，莱斯银行的方案仅仅优于罗森银行之前提出的老方案，但是在风险指数的设计上远远不如罗森银行的最新方案，因此得分落后于罗森银行，不过仍把其他对手甩在后面，居第二位。西岩市基础设施投资公司决策层和西岩市财政局考虑到交易金额太大，希望适当分散交易风险，决定把交易金额的75%分配给罗森银行，剩余的25%交给莱斯银行。与良军一起参加投标会的徐宏听到这个结果，兴奋不已，良军对这一结果表示完全接受。这么一大单总不能自己独吞吧。莱斯银行的杨柳倍感失望，但也只能接受这个结果。那天的晚宴上，她和林莉借口回去准备材料，提前离了席。

成功拿下西岩项目的消息传回香港，成林大喜，准备在香港为良军摆一回庆功宴。但是良军推辞说还不到时候，他觉得只有亲眼看到最后成交，这笔交易才算真正的完成。这是2007年夏天，一些美国媒体已经有了关于美国房贷泡沫的报道，凭直觉，良军嗅到了"山雨欲来风满楼"的气息。他亲自和团队一起，加班加点地准备交易所需要的各种文件。

文件准备齐全后，他连夜给东宇打电话，叮嘱他务必尽快请西岩市财政局主管领导和刘东升市长签字。东宇第二天清早专门从西岩市区跑到郊区一处宾馆。西岩市2007年度财政金融工作大会在那里举行。需要签字的一众领导都在会场。东宇苦等三个小时，会议一结束，就拿着厚厚的一摞文件，找到几位领导在交易授权书上逐个签字。

授权书在2007年9月初的一天傍晚传真到了罗森银行亚洲分行香港总部。一看到这份一字万金的文件送到，良军立刻放下刚刚拿到手的外卖盒饭，把委托书发给了自己在纽约的同事。香港跟纽约之间有12个小时的时差。在纽约证券交易所早上开市之前，良军已经把交易文件传到了罗森银行总行交易室。他一直等着成交的消息。终于在香港的次日凌晨时分，从纽约传来消息：客户委托的交易已经顺利入市，执行完毕！良军抑制不住内心的激动，立即给西岩市的秦总和孙局长分别打电话。两人相继在凌晨两点左右被良军的电话吵醒，急忙赶到办公室，接收良军发来的交易确认书传真，真真切切地看到了这笔由罗森银行操刀的750亿日元债务保值交易成功入市。

良军长出一口气。在奔波忙碌一年多后，终于将这笔西岩市外汇交易史上单笔最大的一单纳入囊中。他忽然想起书架上那瓶红酒。那是他一年以前专门给自己留的。当时他就想，西岩项目如果做成，自己就打开这瓶酒。现在正是时候。于是他打开酒瓶，给自己斟上一杯，走到窗前。子夜的海港仍然灯火阑珊。自从搬进这个办公室以来,他还没有好好欣赏过香港的夜景呢。

"这一杯先敬父母和哥哥。我干了。"

"第二杯敬秀明,你是我强大的后盾和心爱的人!"

"第三杯敬林总和当年所有的师傅们,感谢你们曾经给我的指导和帮助!"

"第四杯敬良军,你够皮实,能折腾!"

良军就这么自斟自饮,一瓶红酒就着几袋薯片和窗外的无边夜色,喝了个底儿朝天。他也不知道自己什么时候睡着的,醒来的时候,窗外已是清晨。

两周之后,西岩市基础设施投资公司举办了一场高规格的新闻发布会。良军陪同成林飞到西岩,出席新闻发布会。主办方把罗森银行、莱斯银行、城镇银行和双荣银行的代表席位安排在主席台第二排。可是整个新闻发布会上,双荣银行的代表座席始终空着。莱斯银行的杨柳和林莉也不见踪影。良军心下疑惑,觉得这个处处竞争中都有身影的杨柳此时庆功会上却不见踪影,必有内幕。他问东宇,东宇说不知道为什么莱斯银行与双荣银行负责的那25%的保值业务一直没有入市成交。闻听此言,良军只是平淡地"哦"了一声,以他对金融市场走势的判断,那25%恐怕再也难成交了。

西岩市财政局的孙丽敏副局长主持了新闻发布会。她为了这天的庆功会特意买了一套西服套裙,在干练中又多了几分女性的柔美气质,与她平时风风火火的干练形象完全不同。这是她上任以来参与的西岩市历史上最大一宗外债保值业务,意义非同凡响。

一个中国的经济不发达地区第一次按照国际市场惯例,运用金融工具,成功锁定将近千亿日元债务的汇率风险。在西岩市历史上是首例,具有里程碑式的意义:像西岩这样的城市也可以写出这样的"大文章",

对其他众多二三线城市而言，也是一个相当成功的、可供借鉴的案例，因此众多媒体闻讯而至。刘东升市长作为当天的重量级嘉宾，对西岩市这次与国际金融市场接轨的探索给予好评。不过，刘市长在政界一直以直率出名。他在祝贺西岩市基础设施投资公司的同时，也当着众多媒体的面，严厉批评了双荣银行"办事拖拉"，要全市企业和金融机构引以为戒。良军这时才恍然大悟。原来，莱斯银行的合作方双荣银行，特别是负责西岩项目的信贷部总经理赵文革并没有像城镇银行的龙总那样，日夜赶写文件、加快进度。而国际金融市场的行情却像婴儿的脸，说变就变。就在良军完成交易后的24小时，国际金融市场风向大变。等到莱斯银行资料准备齐全时，市场已经完全没有交易机会，莱斯银行手里25%的交易份额，总金额达250亿的日元债务保值业务，彻底砸在了双荣银行手上。莱斯银行和双荣银行只能望洋兴叹！秦总气得大骂两家银行效率低下。

新闻发布会上，大大小小共几十家媒体记者们的长枪短炮对准了刘市长，刘市长却指向良军说："你们不要光向我提问，良军先生才是这笔业务的具体操盘人。"记者们随后包围了良军。等他回答完记者们的提问，已经是口干舌燥。新闻发布会结束后，紧接着就是庆功酒会。成林对良军做成的这笔"西岩第一单"非常满意。他举着酒杯跟良军相碰，说道："我做得最正确的一件事就是多年前那临门一脚，把你从纽曼银行拉进了罗森银行，是吧？"

良军也跟成林幽默了一把："是的，老板。要是没有您那一脚，我这球还不知道往哪儿滚呢。"

成林跟良军碰了一下酒杯，继续说："我做的第二件正确的事就是一年多以前，把要跳槽的你摁在了罗森银行。你不会记恨我吧？"

良军微微一笑："老板，我不仅不记恨您，我还要感谢您呢。如果不是你安排了十几个小时的车轮战，让我落荒而逃，我哪里有今天！"

两人棋逢对手，半斤八两，不禁哈哈大笑，将杯中酒一饮而尽。

成林又满上一杯酒，走到斯曼银行中国区董事长赵明权跟前。两人碰了杯，一饮而尽之后，成林提议说："赵总，恭喜你们银行在西岩市也拿下了一个大单的美元利率掉期交易！可否咱们两家联手邀请刘市长访问我们两家银行的总部呢？"赵明权一听，不禁叫好。于是两人一起去给刘市长敬酒，顺便就敲定了刘市长利用当年十一长假出访美国的事，并交给良军全权办理……

"精彩，无比精彩！"菲利普听良军讲完做成西岩项目的详细经过后，连连称赞。他说："良军，你在华尔街上闯出了自己的天地，我很为你骄傲！"

良军微微一笑，说道："谢谢！时间不早了，我该下楼去迎候从斯曼银行返回的刘市长了。"于是跟菲利普握手告辞。

这一走，不知道下一次见面又在何时。良军紧紧地握着菲利普的手说道："非常感谢你当年给我的支持，还有今天的鼓励。"

"好好干，年轻人。"菲利普握着良军的手说道，目送他走出交易室。

第十节　神秘的纽约地下金库

良军在罗森银行的大堂里等到了从斯曼银行参观回来的刘市长一行。赵明权连声称赞刘市长精气神过人一筹。他下午为刘市长的演讲担任现场翻译的时候，由于时差的原因，好几次几乎要闭上眼睛睡过去，他不得不靠浓咖啡提神，刘市长却从演讲到参观，全程精神抖擞，赵明权直说"佩服"。

按照刘市长的行程安排，第二天要参观纽约证券交易所和美联储。

当天晚上，赵明权却因有急事，不得不立即赶回香港。他跟刘市长一再道歉，请求包涵，又委托良军务必要当好第二天的"地陪"。良军很理解赵明权这种忽来忽去，因为说不定什么时候自己也会遇到这种情况。他让赵明权放心，自己一定会全程陪同，直到刘市长登上回国的航班。

第二天一大早，赵明权匆匆告辞，乘坐第二天最早的航班飞回香港。良军则早早起来到刘市长所在的酒店，陪同刘市长一起吃过早餐后，良军带着大家先到著名的华尔街铜牛前合影留念。随后又领着一行人步行到纽约证券交易所。罗森银行是纽约证券交易所的创始会员之一。应罗森银行的要求，纽交所特别选派了一位华裔讲解员格蕾丝接待刘市长一行。

"纽约证券交易所是世界上历史最早、交易量最大的证券交易所，目前上市公司2800多家，交易量达到约23兆美元……"一身黑色职业套裙装的格蕾丝开始向大家介绍纽约证券交易所的历史。格蕾丝带领大家首先来到了纽交所二楼的监控室。透过巨大的落地玻璃，参观者可以清楚地看见室内的大型计算机上各种颜色的灯不停地在闪烁。刘市长提了一个问题："面对天量的交易，你们怎么监控内幕交易的发生呢？"

格蕾丝解释说："我们会根据所有的市场交易数据，历史的和即时的，监控和分析所有市场参与者的交易方式和特征，从中发现可能的内幕交易的线索。具体做法是：如果某个股票价格大涨，计算机会针对所有参与这个股票买卖的人的交易记录进行分析，如果发现某人在股价大涨之前大量买入，股价大涨之后开始卖出，计算机系统将提示我们对具有这种交易特征的人进行专门的调查。我们过往查处的内幕交易案例都是使用的这种方法。"刘市长频频点头："没错，交易数据是会说话的。而且说的是实话。"

看到一行人的视线都移向交易大厅，格蕾丝说道："我知道大家都期待着很快进入到楼下的交易池里去，现在请大家跟随我一起下楼。"

格蕾丝带着一行人来到一楼交易大厅的入口处。她把胸牌一一发给众人，等众人戴好以后，格蕾丝领着刘市长一行进入了一楼交易大厅。

虽说在华尔街上闯荡了六年，但这还是良军第一次走进纽交所的交易大厅。之前在电视上看过纽交所繁忙的交易场景，但百闻不如一见，参观者们仍然被眼前的场面所震撼：喧闹、拥挤、忙碌。满地扔的都是用过的交易单。良军陪同刘市长来到罗森银行的交易台位前，一个叫布莱恩的罗森银行的交易代表向刘市长和良军简单地介绍了一下交易大厅的交易规则。刘市长指着屏幕上显示的一个股票打趣道："布莱恩先生，可否给我填写一张你交易的这个股票的模拟交易单？我想拿回去做个纪念。"

"我非常乐意！"布莱恩拿出一张空白的交易单，飞快地填写好之后递给了刘市长，刘市长连声道谢。刘市长端详着那张模拟交易单，对良军说："希望有一天，西岩市的企业能在纽交所上市。到时候，一定请你来做见证。"

一番话说得良军热血沸腾。他回应说："刘市长，我相信会有这么一天的！期待那一天能够早日到来！"

这次访问纽约的最后一项内容是参观纽约美联储的地下金库。这也是良军在华尔街打拼多年来，唯一一次走进神秘的美联储地下金库。

一位个子不高、年龄约50岁左右的引导员鲍勃把刘市长一行迎进了纽约美联储大楼。他一边走一边给大家讲解美联储的历史和现状，良军则为刘市长做翻译。

走过几道长廊，坐电梯到深深的地下，又经过几重钢铁大门后，大家停在了一座巨大的钢门前。一阵吱吱嘎嘎之后，巨大的钢门向两边分开，大家跟随鲍勃鱼贯进入仓库，立刻被眼前的景象惊呆了：从地板到天花板，金块码成了金山，而且是高纯度、真正的金块！每个金块长约50厘米、宽约20厘米、高约10厘米。一辈子第一次见此场景，所有人都目瞪口呆。

良军开玩笑地问鲍勃："你就不怕我搬走一块吗？"

鲍勃做了一个"请"的手势，打趣道："李先生，你能搬动哪个金块，那个金块你就可以带走。"

"真的吗？他们……"良军用眼神示意门口有配枪的警卫。

"放心吧，他们不会干预的。"鲍勃轻松地说。

"那我可就不客气了！"说着，良军立刻走上前，弯下腰，使出吃奶的力气试图搬起一块金砖，不承想那块金砖纹丝不动！看着因为使劲而把脸憋得通红的良军，鲍勃笑道："李先生，别费劲了，你根本搬不动的！"鲍勃指着附近的一些铲车，说道："我们都是用这些铲车来进行操作的。例如，中国需要从某国接收黄金以完成国际清算的话，我们会根据指令用铲车把相应的黄金从支付国的黄金堆里拿出来，移到中国这堆黄金里即可。"

良军和大伙恍然大悟。突然，良军注意到了不远处角落里有一双奇怪的鞋子：整个鞋子用钢板做成，走近一看，鞋面的钢板厚约2厘米！

鲍勃笑了笑："工人实施任何操作，都必须穿这样的钢鞋，否则，一旦黄金滑落到人的脚上，一定会把工人的脚砸成肉饼的。"

"哦，今天真是长见识了！但是我肯定不喜欢干这种工作。"良军自嘲着。

鲍勃和刘市长都大笑不止。

结束对美联储的参观后，一行人在美联储大楼的门口跟鲍勃道了别。刘市长一行当晚要参加一个西岩企业的招商活动，良军不必继续陪同。次日清早，他赶到刘市长下榻的酒店，给刘市长一行送行。

"小李，保持联系啊。"刘市长又一次紧握良军的手。

"刘市长，一路平安，后会有期！"良军目送小车消失在车流中，直到看不见为止。

良军已经等不及要回费城了。

第四章 留学时光

第一节 重游费城

刘市长一行离开纽约后，良军立刻赶到中国城，登上了一辆开往费城的灰狗巴士。两个多小时后巴士到达了终点站：费城的中国城。

时隔6年，他又站在了那道熟悉的中国城牌坊下。

"嗨，费利，我回来了。"良军心里不禁有点激动。

费城人把费城叫"费利"，这是美国最古老的城市，街道狭窄，建筑古老而单调，似乎两百多年来都没变过。虽然自己离开已经6年，可这里似乎一切照旧，时光在匆忙地改变每一个城市的时候，独独忘记了这里。

良军曾经在这里度过了孤独而疯狂的两年求学时光，最终以优异的成绩毕业而且还意外地闭环了爱情！毕业那年他急于投入梦寐以求的华尔街，根本没有时间重新回到费城。这次，他想重新温习一遍当年自己曾经走过的地方。

高大的牌坊下，中国城一如既往地热闹。沿街的店铺人来人往。临近中午，面包坊飘出的奶油甜香和中餐馆煎炒烹炸的气味相混合，满街飘香，撩人食欲。良军沿着主街来回走了几个街区，就是没有看到原来经常光顾的那家中餐馆"川菜香"。当年在沃顿读书的时候，那家中餐馆没少去。老板娘曾是有名的"川剧一枝花"，嫁到费城后开了这家餐馆。这里离沃顿近，成了中国学生聚餐的一个据点。老板娘颇有心计，对沃顿的学生一律打八折。忽然有一天，良军收到一张喜宴请柬，打开一看，竟然是同届一位同学与"川菜香"老板娘的女儿喜结良缘！婚礼上的玩笑与打闹让良军这帮学得昏天黑地的中国学生有一种久离尘世的恍惚。他们跟新郎官开玩笑:"你丈母娘才是 MBA 中的 MBA 啊! 我们在这里吃的每一口菜,喝的每一杯茶,都被你丈母娘实现利益最大化了,而且还收了你这么一个金龟婿!"

那些打闹与玩笑仿佛又在耳边响起。哎,那家餐馆搬去哪里了? 那个老板娘去哪儿了? 那桌喝喜酒的年轻人都去哪儿了? 良军站在描龙绣凤的中国城牌坊下,有点失落。他肚子饿了,于是随便找了一家餐馆,一看菜单上有扬州小笼包,遂点了一笼,外加一瓶青岛啤酒和一碟酸黄瓜。

酒足饭饱的良军在餐盘下压了一笔丰厚的小费。离开餐厅后,他继续沿着中国城里的小马路走向市中心。经过当年参加交规笔试的警察局时,良军嘴角露出一丝微笑。当年心血来潮报了个班学开车,可自从拿到驾照后一天车都没开过! 驾照也被自己当作留学期间的文物收藏了起来。

不知不觉中来到了市中心。他惊喜地看到,当年那家蒂芙尼(Tiffany)店仍在营业,自己当年做西服的那间裁缝店居然也还在,橱窗里陈列着手工制作的西服,有型有款的,只是门上挂了一个小牌,说店家休息两天。那年去纽曼银行参加面试之前,师兄介绍了这家服装店。他记得,店主是一个精瘦的、头发胡子花白的老先生。老人给他仔细量好了尺寸,并帮助他选好了衣料。良军就是穿着老人为他一针一线手工缝制的一套深灰色西服,参加了车轮战一般的面试,最终杀进华尔街。虽然搬家多次,自己也有些发福,那套西服穿在身上有些紧,可他没舍得扔,一直挂在衣橱里。

"老先生您还好吗?"良军在心里问道,并拿出手机拍了几张店面和橱窗的照片。

良军在裁缝店门口徘徊了好一会儿,才继续向西走。不久便来到斯库尔基尔河边。斯库尔基尔河把费城分为东西两部分,河上有一座大铁桥。同学毅华当年所住的公寓楼依然矗立在河东边。良军在楼前的草坪上小坐了一会儿，自己到费城的第一天，就是在毅华家度过的……

1999年8月，良军在裕京银行办理完辞职手续，开始了留学生活。在他从北京出发之前，通过沃顿的内部网络联系上了已到费城的同学毅华。毅华很热情地邀请良军到费城后先去他家落脚。从费城国际机场出来后，良军上了一辆机场小巴。小巴恰巧停在毅华宿舍楼附近，良军下车后，拖着行李走到毅华所在的公寓楼。可是他在大堂里等了三个多小时，毅华家的对讲系统键被按了无数次，就是没人接！

他实在太饿了，决定先解决肚子问题。于是先把行李委托给黑人门卫照看，按照门卫所指的方向，奔向最近的一家麦当劳。那家麦当劳在河对岸。良军从公寓出来，走过斯库尔基尔河上的大桥。往北一拐，很快便到了30街的费城火车站，大厅里面果真有一家麦当劳！当他点完餐时，胖胖的收银员大妈问他"For here or to go？"良军当即傻眼：这是什么英语？无论是在中学还是在北大，从来没有学过这种说法啊！幸好他反应过来，明白了大妈是在问他打包带走还是现场吃，于是顺口说道"For here."售货员大妈麻利地把他点的汉堡和薯条放在托盘里。学霸良军突然怎么也想不起"番茄酱"这个词，不停地解释加上比画，总算从大妈那里多要了两包番茄酱，然后就坐在麦当劳的椅子上大吃起来。吃饱喝足之后，他终于有了力气，又走回到河东岸的公寓大楼。这次真不错，毅华终于接了对讲电话！原来下午他家的对讲系统出了故障，在家里根本听不见任何声音。

两人通上话后，毅华很快下楼，把良军接到家里。听完毅华对学校的介绍之后，良军立刻感受到巨大的压力：注册、宿舍、社会保险卡、计算机、课本、银行账户、选课、买生活用品等等，都必须尽快安排好，学期一开始，自己的生活很快就将像一列全速前行的列车，没有中途下车的可能，除非自动被淘汰！

第四章 留学时光

第二天在毅华家吃过早饭后，良军马上赶往学校。他走过斯库尔基尔河大桥，先来到位于 37 街的沃顿商学院办公楼，办理好了入学手续。之后到学校的宿舍管理办公室拿到了位于 37 街宿舍楼西楼的宿舍钥匙。可是他一进门，发现隔壁（每个人有单独的房间，但是两人共用洗手间）的室友竟然是一位白人女生！良军以为自己进错了房间，赶紧说了好几声"对不起"。女生嫣然一笑，回答他："You are welcome!（欢迎你）"良军哭笑不得，当即赶回学校宿舍管理办公室，要求更换宿舍。舍监给了他位于宿舍楼西楼 1426 号房间的钥匙，这次的同屋是一位敦厚的黑人丹尼斯。良军赶回毅华家，在毅华的帮助下把行李搬到了宿舍。

费城国民银行在 1999 年推出了一项信贷服务：凡是被沃顿商学院录取的学生，不管是美国本国学生还是没有任何信用记录的国际学生，都可以得到费城国民银行的足额贷款，以支付在沃顿的学习和生活费用。但是，如果没有银行账户，贷款将无法到账。良军不敢有片刻耽误，一进宿舍放好行李，便马上带齐护照等文件重新下楼，步行到离宿舍最近的一家费城国民银行的分行，很快开好了银行账户。这下他心里才踏实一点。动身来沃顿之前，他已经申请了 8 万美元的助学贷款，有了银行账户后，这笔钱会很快打到他的账上，这样，他在紧张的学习之余，不用再为生活琐事操心了。

宿舍一楼电梯旁边有一处公告牌，良军在上面发现了好几张转让二手用品的广告。他很快就从一位学长那里一站式购物，一手交钱一手交货，买了一个二手的小冰箱、微波炉和吸尘器，扛回自己的房间，一个小窝很快就建成了！

傍晚时分，他到楼下的便利店去，想买点面包、牛奶。就在那家小店里，售货员大妈给良军上了一课：良军双手拿着各种商品，实在腾不出手来结账，便把几张钞票放在柜台上，没想到柜台里的售货员大妈气宇轩昂，一声不吭，纹丝不动，冷眼看着他，那目光比刀子还锋利，在他脸上切来砍去。良军抱着一满怀东西，愣了七八秒，忽然意识到自己把钱放在柜台上的动作可能冒犯了售货员大妈，于是索性把手中的商品先放到地上，然后从柜台上拿起钞票放到大妈的手中。不出所料，售货员大妈这次冷着脸给良军结了账，却问也不问他需不需要袋子。良军只好抱着牛奶、面包、西红柿、橙汁等一堆战利品，跌跌撞撞地回到宿舍，把冰箱塞满。当天刚吃过晚饭，他的眼皮就重得撑不住了，很快便在极度疲劳中沉沉睡去，仿佛没有一点时差的影响。

往事历历在目！想到自己初来乍到，饿得四处找吃的，以及先后被两名售货员大妈现场教育的情景，良军不禁哑然失笑，用手机对着宋清的公寓楼和大铁桥拍了好几张照片。

河对岸就是宾大校园了。他走在铁桥上的脚步却不由得放慢了。朝思暮想的校园已经在眼前，自己却不忍心一下子踏进去。一幕幕场景在他脑海里浮现。他边走边想，跨过了斯库尔基尔河大桥，走进了校园。

那年，初到费城的他忙得像一只蜜蜂，到处买买买！

因为时差的影响，良军到费城后的第二天很早就醒了。早餐之后，他走到教学楼，在位于地下室的资料室里买了一堆厚如砖头的教材和堆成小山一样高的学习资料。扛着几十斤重的教材回到宿舍，良军把它们按照不同的科目分成几堆，堆放在地上，一转身，又重新下楼奔西而去，这次的目标是位于47街的超市。他手里拿着校园地图，走在陌生的街道上，心里感觉空荡荡的。马路两边的曼莎梧桐叶在微风中"沙沙"作响，枝叶繁茂的大树挡住了阳光，太阳很大，但照在身上却不灼热。街道显得冷清破旧，放眼望去，目力所及之处，行人寥寥无几！人行道上的地砖高低不平，街道两边是清一色深色且老式的独栋建筑，宾大的一些学生就租住在这些老式建筑里，一些建筑的大门或墙面上有各种奇怪的旌旗和符号，后来才知道是"兄弟会"或"姐妹会"的标志。

从宿舍到47街的超市有1英里多的路程，这对在国内习惯了"11"

路的良军而言没有任何挑战性，很快就走到了。进了超市，良军立刻照单采购：一辆折叠式的手推车是必需的，用来购物很方便。他把各种日常生活用品、水果、肉肠和蔬菜填满了购物车。付账的时候，他汲取了昨天的教训，把钱放在售货员大妈的手上，然后把购物车拖回宿舍。看着堆积如山的课本和资料、日益齐备的生活用品，良军长呼一口气：在费城终于有个落脚点了！

再往前走就是沃顿商学院了。良军向西沿着小路来到沃顿商学院教学楼北门，拾级而上，推开楼门。一个黑人保安闻声过来，要求良军出示证件。良军把自己的护照递给他，并解释说自己多年前曾在这里读过书，今天只是来看看母校和自己曾经自习过的教室。黑人保安微笑着把护照还给良军，挥挥手让良军进入大楼。

良军熟练地往右拐，沿着楼梯直接下到地下一层，推开大阶梯教室的门，在最后一排的座位上坐了下来。空荡荡的教室里没有其他人，良军静静地坐在椅子上，眼前浮现出当年在这间教室里上会计课、固定收益课、证券分析课和国际金融课，以及参加各种公司招聘会的场景。在沃顿的每一个周末和其他节假日，不管雨打风吹还是落雪天晴，他都像当年在中学时那样早早地来到教室做作业，一直到凌晨时分才回到宿舍。

突然间，一个久久徘徊于良军脑海的问题又浮现出来："我的青春是什么？"来自于良军心底的一个声音马上回答道："你的青春不就是这些空旷的教室、图书馆、这所大学以及过往几十年的奋斗吗？"

"这些奋斗值得吗？"

那个声音继续回答道："如果当年不奋斗，你的青春可能平淡如水，你的此生可能碌碌无为。"

"我为什么要奋斗？"

"不为了别的，就为了将来有一天你能自豪地对自己说：'我拥有过无悔的青春！'用你所学过的金融术语：你投资了你的青春，你将收获一生的精神财富！"不知道什么时候开始，泪水已经模糊了良军的双眼。

"是啊，我的青春已经永远地回不来了，我唯一能做的就是奋斗下去，继续书写自己无悔的人生！"

良军静静地离开了教学大楼，又走进院办公楼，把当年自习时常去的计算机房、教室以及每周四晚上同学聚会的大活动室都逛了一遍。越往校园深处走，良军的惆怅越浓。毕业6年了，校园里的一切似乎都不曾变过。良军来到了宾大酒店的北门。此刻不是找工作的季节，酒店非常安静，良军没有停留，直接右拐从书店的北门进了书店。书店和当年比没有太大的变化。良军在书架之间转了转，在纪念品专柜处买了几件T恤和两个咖啡杯，他准备把杯子带回香港。他在一楼的柜台付过账后，从书店南门走出去，过了马路，往左一拐，来到宾大图书馆。这也是他当年每天光顾的地方。锻炼的人从眼前经过。看着那些年轻的面孔，以及不远处图书馆落地窗后面专心读书的学生们，良军眼前浮现出当年自己从早到晚在图书馆里学习的情景。图书馆的东边不远处有一幢古色古香的大楼，1999年12月22日上午10：30，良军在大楼的一楼阶梯教室里参加了艾特勒教授会计课的期末考试。良军清楚地记得自己直接提着行李箱去参加考试的。第一个交卷之后，归心似箭的他就拎着行李箱直奔费城机场，搭乘回国的航班。

第二节　十三妹之天涯咫尺

良军离开了图书馆，调头朝西，直奔著名的富兰克林坐像而去。富兰克林是宾大的创始人。这尊铜塑像面容很生动，仿佛刚刚散完步之后，坐下来稍事休息的样子，他的右手还拄着拐杖，左手拿着刚刚出版的一份《费城公报》。每年一到毕业季，得到荣誉学位的毕业生们会来这里跟富兰克林说"Hello"，然后轮流坐在他身边合影。这是宾大的传统。良军自己当年参加完毕业班典礼后，也在那里跟富兰克林先生合了一张影。今天一定要去看看这位200多岁的老先生。

走到富兰克林的铜像边，良军首先用手机拍了一张坐像的照片，用微信把照片发给远在香港家里的太太，很快良军就收到了太太发回来的几张表示爱情甜蜜的心形图画。看着这几个心形图画，良军甜甜地笑了。

2000年暑期，在香港完成了实习之后，良军买了一大堆粤式点心，直接飞回武汉看望母亲。看到儿子平安归来，母亲高兴坏了：每天变着花样给良军做不同的菜。晚饭后，良军都要陪母亲在小区散步，周末则会陪母亲一起去明诚中学的校园或者家附近的东湖公园走走，详细地告诉母亲自己当年在明诚中学的故事以及自己在沃顿期间的学习和生活。母亲则时常提醒良军要抓紧时间找个女孩成家，每次良军都会呵呵一笑，却不说任何话，良军知道：如果自己敢申辩一句的话，母亲肯定有至少十句话在等着他。一个月的时间很快就过去了，又该回学校了！为了省钱，良军特意订了从北京起飞，但是需要在孟菲斯中转经停的联程航班，而且在孟菲斯的中转时间是当地的凌晨两点钟。告别的时刻又到了，像过去一样，母亲把良军送到了武汉天河机场，良军告别母亲，登上了飞往北京的航班。

吸取了一年级留学的经验和教训，为了改善伙食，同时控制开支，良军特意在武汉买了炖肉用的锅、漏勺以及其他厨房用具和各种调料，比如八角、桂皮、花椒，以及台灯、运动鞋、毛巾、水杯等各种生活用品，这些东西几乎装满了两个行李箱，而两个行李箱是经济舱乘客托运行李的最高限，为了带上三伯亲手给自己缝制的呢子大衣和其他季节的衣服，良军买了一个特别的衣服袋：这个袋子彻底展开时，长约2米，宽约1.5米；从中间折叠后，就变成一个长约1.5米，宽为1米的双层袋，在双层袋中间折叠线的两端各有一个金属环，借助这两个金属环，可以扣上一根宽约1寸的尼龙带，从而确保良军能够把这个双层衣袋挎在肩上。良军把大衣、毛衣等无法装箱的衣服都放进了这个双层衣袋里，加上衣袋的自重，这个庞然大衣袋的总重量将近50多斤！

辗转到了北京国际机场航站楼，看看时间还早，良军在机场大厅找了一张长椅，坐下休息。坐等了四五个小时之后，良军所乘坐航班的执机时间终于到了，良军把两个行李箱和那个巨型衣包放在一辆机场的行李车上，肩上挎着随身的书包，走向执机柜台。

在执机柜台，工作人员检查了良军的机票、护照和签证后，麻利地帮良军办好了两个行李箱的托运手续，之后交给良军两张登机卡，一张是从北京起飞前往孟菲斯的登机卡，另一张则是从孟菲斯飞往费城的登机卡。第一次乘坐联程航班，良军好奇地、仔细地看了一下第二张登机卡，只见上面印着"登机口：1号"。良军笑道："连转个航班都是1号！可能暗示我在新学年里再拿第一名！此为吉兆啊！"良军把从孟菲斯飞往费城的登机卡小心地放在自己书包的内夹层里，以确保万无一失。但是智者千虑，必有一失。之前从来没有乘坐过联程航班的良军因为一系列的失误再次体验了1986年前往北大路上的磨难，但完全不同的是：这次所经历的磨难帮助良军得到了一次改变自己人生的契机，彻底填满了良军在过去14年里内心最隐秘的缺憾。

飞机起飞了，在摇摇晃晃之间，良军沉沉地睡去。不知道过了多久，良军被机舱里的广播吵醒了，稍微清醒一下之后，良军把手伸进书包里，摸了摸护照和第二张登机卡，确保一切正常之后，一边吃饭，一边开始了新的思考："我成功地熬过了一年级炼狱般的学习生活，二年级要一边学习、一边找全职工作，时间肯定相当紧，所以这次一到学校，必须趁着还没有正式开学马上提前安排好选课，开学后可以集中精力找正式的工作。"吃完饭后，良军在昏昏沉沉之间又睡了过去。

终于，广播里传来了机长的广播："各位乘客，现在是孟菲斯当地时间凌晨2：30，非常抱歉由于流量管控，本次航班晚点了。本次航班很快将降落在孟菲斯机场并改停靠在第50号廊桥，请大家做好降落前的准备。祝大家旅途愉快，下次再见！"良军顿时精神抖擞，把手边的钢笔放回到书包里，再次检查了一下护照、刚刚填好的各种入境表格、随身携带的美元现金以及在孟菲斯机场转机用的登机卡，并再次盯着登机卡以确认将在1号登机口转机去费城。

机舱门打开后，良军挎着书包和巨型衣包，随着人流摇摇晃晃地走下了飞机，办好入境手续，重新进入到大厅后，根本没有去看一眼机场里到处都悬挂着的航班信息显示屏，而是拔腿就往1号登机口狂奔！在奔跑的过程中，良军清楚地听到机场大厅里正在不停地广播："前往费城的Liang June Lai先生，请你立刻前往49号登机口，你乘坐的航班即将起飞前往费城了！"尽管在狂奔，但良军听得很清楚，一边跑一边想："真有趣啊！这个名字的发音跟我有点相似的Liang June Lai先生竟然也要去费城，而且跟我是几乎相同的时间起飞，看来孟菲斯机场应该是个繁忙的机场啊！都凌晨时分了，竟然还有如此频密的航班飞往费城！我买的廉价联程机票之所以便宜，就是因为航空公司给我安排在不舒服的时间和不繁忙的机场转飞，看来他们只是给我安排了不舒服的时间，但仍然给我安排了一个繁忙的机场转飞，这个Liang June Lai先生比我幸运，他可以直接在49号口登机，不需要像我这样还要从50号登机口跑到机场另一端的1号口去登机！"经历了从武汉飞往北京，在机场等候几个小时之后，再飞行十几个小时从北京到达孟菲斯机场的良军此时已是筋疲力尽，50多斤重的巨型衣包不断地撞击着良军的大腿和屁股，弄得良军一路跌跌撞撞，好几次差点摔在地上，狼狈不堪。不仅如此，由于是夏天，良军上身只穿了一件T恤，尼龙衣包带像锉子一样来回刮着良军肩膀上的皮肤。"14年前上北大时这样折腾过一次，今天就再折腾一次吧！"胡思乱想之间，已经累得两腿发软的良军终于看到1号登机口了，但是一股不祥的预感也立刻涌上心头：1号登机口那里竟然没有一个乘客和工作人员！良军的脑子里迅速闪过了一幅图画：飞机已经飞走，自己将要花费几百美元去住宿和改机票，对于借钱读书的自己而言，几百美元绝对是割自己的肉啊！良军拖着软得像棉花一样的双腿，找到了一个在附近其他登机口的工作人员打听，对方告诉良军，由于前次航班晚点到达，转乘航班原定的1号登机口已经改为49号登机口了！如遭五雷轰顶的良军道过谢之后，立刻转身朝着来路开始回挪！良军的衣服早已汗湿了，衣包带早已磨破了肩膀上的皮肤，火辣辣地生疼，他实在跑不动了，只能一步一步像14年前进入北大西校门后那样，咬牙坚持着往前挪。终于到了49号登机口前，竟然还有一位工作人员站在柜台后！欣喜若狂的良军挪到跟前，把登机卡递给对方，对方看了看登机卡，然后不解地看着良军："对不起，我们实在无法等待你了，我们把你的托运行李从航班上拿了下来，飞机刚刚离开了廊桥。"顺着他的目光，良军先看到了静静躺在工作台旁边地毯上的自己的托运行李，再从落地窗看出去：只见飞机闪着灯，向跑道缓缓地滑去。良军傻傻地瞪着飞机离去，好半天才回过神来。这时，柜台后的工作人员对良军说道："Lai先生，我们刚才一直通过扩音器找你，你怎么现在才出现啊？""找我？我没有听见啊！""Lai先生，我们的广播在机场的任何角落都应该能听见的，怎么你就没有听见呢？"良军听着对方称呼自己为"Lai先生"，心念一动，问道："你说你之前多次通过扩音器找谁？""找Liang June Lai先生啊！"良军完全明白了，马上说道："我确实听到了扩音器里找Liang June Lai先生，但我不是Liang June Lai！"看着对方疑惑的眼神，良军继续说道："我理解作为长元音的i在英语里经常发音为

(ai)，但不幸的是，我的名字发音是良（Liang）军（Jun）李（Li），而不是 Liang June Lai，扩音器里找 Liang June Lai 先生，我以为是在找另外一个人，所以我还是跑到了登机卡上写明的 1 号登机口并因此误了航班，当然要怪我在机场里没有看一眼显示航班信息的大屏幕，否则我应该知道我的后序航班出发口已经改在第 49 号登机口了。"工作人员愣了一会儿，终于回过味来刚刚发生了什么，于是说道："Li 先生，请稍等一下，我打电话请示一下该怎么办。""谢谢！"良军听着工作人员在电话上跟他的上级解释刚才的误会，过了一会儿，工作人员放下电话，对良军说道："Li 先生，按照机场的规定，我们可以免费为你提供今晚的住宿，另外帮你免费改签到今天清早 6∶30 起飞去费城的航班，你看如何？""多谢你们！"不多一会儿，一辆机场高尔夫球车开到 49 号登机口前，工作人员把良军的两个箱子装上车并招呼良军也上车，良军把那个死沉的大衣包放在车后座上，终于可以松口气了！

夜已深，四周万籁俱寂，良军被安置在一间离机场不远的小酒店。歇息了 1 个多小时以后，良军重新赶到机场，这次良军把航班的每个细节都看上 3 遍，对照登机口上方的显示屏确认无误之后，小心谨慎地登上了飞往费城的航班。

当天下午，良军终于回到了费城！累得浑身酸疼的良军马上洗了个澡，把脏衣服扔在浴室的墙角，等待下一拨脏衣服到来之后再拿到地下室洗衣房里的洗衣机去洗，如此操作可以省一些钱呢！良军换上干净的衣服后，把冰箱的电源打开，但冰箱里空空如也，连一滴水都没有。良军累得没心思去超市采购，倒在床垫子上就睡着了。醒来的时候，天色已经漆黑了，良军在水龙头里接了一碗凉水，几大口就咕嘟喝了下去，先给母亲发了一封报平安的电邮。受时差的影响，凌晨两三点的时候良军醒来，他顺手打开靠在枕头旁边，但却是放在地毯上的台灯。良军躺在床垫上看了一会儿学习大纲，凌晨四点左右终于重新入睡了。

早上醒来后，良军冲了个澡，精神为之一振。他把昨晚买的、已经变凉的凉狗放在微波炉里加热，再给自己满上一杯果汁，三下五除二解决了早餐，之后从墙角的杂物堆里翻出两个大且结实的尼龙袋，带上支票本，锁好了门，然后沿着楼梯从三楼走下去，来到切斯特纳特大街上。横穿马路之后，继续向南行，从健身房旁边经过，由于还没有开学，健身房没有什么人出入。想起自己一年级时为了调节心情和锻炼身体，每天晚上光顾健身房的情景，良军不禁微笑了一下。向南又过了一条马路，便来到了富兰克林先生的铜像边，像过去一样，良军对着铜像说了一声"早上好"后继续前行。两分钟后便进入了教学楼的地下层。在教材资料部的营业窗口跟工作人员沟通之后，两个工作人员搬出来一大堆的课本和更大一堆的案例研究材料，良军填写了一张两千多美元的支票，交给窗口里面的工作人员，之后把500多页厚、两个砖头大小的会计课本和其他厚砖头一样的各科的课本以及案例研究材料装满了两个大袋子。虽然休息了一个晚上，良军的四肢仍然酸痛，尤其肩膀的皮肤仍然生疼。顾不得那么多了，下午还要去超市买肉、蔬菜、面包、果汁、卫生纸、一管新牙膏，以及其他的生活用品呢！"我得赶紧回宿舍，先把购物车修理一下，午饭后就出发！"想到做到，良军把那个大袋子直接扛到左肩上，然后用右手抓起那个稍小的袋子，一步三晃地往回走。

走到富兰克林铜像边的时候，良军感到左肩皮肤像被针刺一样疼，同时还有些湿漉漉的感觉。他把两个袋子放在铜像边的地上，然后一屁股坐在铜像边，准备喘口气之后再继续返程。在坐下的一瞬间，良军看到健身房门口有一袭飘逸的雪白色，在清晨的阳光下格外地显眼。坐下之后，良军下意识地又往白色的方向多看了一眼。那是一个身材高挑、黑色披肩发、背着双肩包、身着白色连衣裙的女孩子，她似乎正在健身房门口的人行道上朝铜像这边张望。一瞬间，良军隐隐地感到这个白色的影子似乎在哪里见过，但很快自嘲道："我肯定是累坏了，加上时差反应，竟然在大白天产生幻觉！我怎么可能在异国他乡见过这个女孩子呢？她应该又是一个到校园来观光或者联系入学或转学的学生吧，像所有来访者一样，估计过一会儿她也会到铜像边来拍照的。"良军很快就停止胡思乱想，从裤兜里掏出凌晨没来得及细看的本学期的教学大纲仔细研究起来。这时候，肩上的衣服粘连到皮肤上了，良军往下拉了一下衣服，然后继续聚精会神地继续研究大纲，"一年级的选课策略看来完全正确，我这学期只要选修四门课就可以交账了！西格尔教授的证券分析课和麦克·吉本斯教授的固定收益课需要投入大量的精力和时间，我可以选两门其他课业量较小的课程，节省出来的时间可以用来找全职的工作。"良军边研究大纲，边琢磨新学期的选课策略。不知道什么时候起，眼角的余光里出现了一袭白裙的裙摆。从初三起养成的良好学习习惯确保良军能够在任何环境里心无旁骛地学习而不被外界环境所打扰，此刻也是如此。"你看你的铜像，我看我的大纲，等我休息好了再离开，反正我坐在这里也不会影响你。咱们各自安好，互不打扰吧。"良军脑海里迅速闪过这个念头，头也不抬，继续仔细地研究着大纲。过了几分钟，奇怪的事情发生了：白裙女孩子不仅没有离开，反而又向良军走近了半步。良军心想："看来这个可能学历史专业的女孩子对铜像的兴趣很浓啊！她该不会用放大镜去研究铜像吧？她真要这么做的话，那也随她的便，反正我离铜像至少有半米的距离。"心里想着，良军的身体纹丝不动，继续低着头琢磨大纲。就这样又过了几分钟，更奇妙的事情发生了！这一次女孩子竟然用普通话直接向良军柔声问道："这位同学，请问国际学生办公室（相当于中国大学里的留学生办公室）怎么走？"良军依然没抬眼皮，抬起右手往北指了一下："沿着这条小路向北走约20米，到达马路边之后，转向右行，过3个十字路口就到了，在马路的东南角。"心里想："果然又是一个想来申请留学的学生，奇怪的是你竟然用普通话向我问路，一点不认生啊！我指给你的行进方向绝对清晰，而且大白天经过的街区是宾大的校园，会很安全的，白衣女孩你该离开，别打扰我看材料了吧？"没想到怪事继续上演着：白衣女孩不仅没有离开，反而又向前挪了小半步，现在离良军只有不到50厘米的距离了！更奇特的是，白衣女孩竟然继续用普通话问道："这位同学，可否麻烦你把我带到国际学生办公室？"良军终于把眼睛从大纲上移开，缓缓地抬起头来，这一看不打紧，看到女孩脸蛋的一瞬间，良军的脑子里瞬间响起了炸雷，整个人彻底地蒙了，身体僵在那里，只顾傻呆呆地死盯着眼前的白裙女孩，根本不知道什么时候从长椅上站立了起来，也不知道手里的大纲什么时候滑落到了地上。十多年后，良军和秀明在家看电视连续剧《亮剑》，看到赵刚在李云龙家里初次见到冯楠，赵、冯两人深情对望的镜头时，秀明都会调侃良军："你看人家赵刚，也是燕大毕业的，多文雅啊！我们重逢的那天，你就像一只恶狼，在铜像边死死盯着我，根本没有一点北大学子的风范！"每次听到秀明的调侃，在一旁的两个孩子都会起哄，要爸爸老实交代当年怎么回事。

那天早上，阳光正好迎面照在白裙女孩身上，皮肤白皙、面如桃花、齿白唇红、身材高挑的女孩子在朝阳迎面的映照下显得格外地清纯、明艳、动人。女孩也异常惊喜地、灿烂微笑着紧盯着呆若木鸡、不知所措、头脑彻底发蒙的良军的脸，之后首先打破了沉默："请问你是毕业于武汉明诚中学的李良军师兄吗？"良军的脑子里一阵晕眩："是她！就是她！十几年前在夕阳映照下首次拨动了自己心弦的她！那个在校史纪念馆对面的栏杆边跟自己对望过无数次，课间操前后在楼梯上跟自己对望过成百上千次，那个在胭脂路馄饨摊脉脉对望之后便消失了14年的她！她怎么会在这里出现？她有男朋友了吗？她结婚了吗？"稍微镇定了一下过于激动的内心，良军用略带颤抖的声音说道："我就是啊！你、你、你是十……三……妹？"话音刚落，良军便迅速地捕捉到女孩子眼神的变化：听到"我就是"的时候，她的眼睛里满是惊喜；但听到"十……三……妹"时，她的眼睛里迅速闪过了疑惑。良军立刻意识到自己的失态，马上说道："不好意思，我昨天才从武汉回到费城，时差影响太大，一晚上没有休息好，说话有些口齿不清，我刚才在问：'你是师妹？'"白裙女孩激动地连连点头："我是，我是啊！"突然意识到了什么，赶紧说道："我是武汉明诚中学 87 级的徐秀明啊！"惊喜交集的良军激动得不知道该干什么才好，只是抓住秀明的双手拼命地摇晃，狂喜地傻笑着。秀明突然"哎哟！"一声把良军拉回到现实中来，"师兄，你把我的手快握断了！"良军赶紧松了松手，但仍然紧抓着秀明的手不放开。"秀明，刚才你说要去国际学生办公室，你要去那里做什么？""那只是个借口而已，今天我休假。从新泽西开车过来的。本来约了几个想到沃顿进修深造的朋友一起聚一下，但是我到的时间太早，所以想先过来参观一下富兰克林的铜像。我刚从健身房门口经过时，远远地发现你的身影特别熟悉，特别像我寻找了十几年的良军师兄，所以就过来，假借问路以确认是否真的是你，没想到你还是跟当年在中学那样，竟然还是对美女不闻不问，所以我只好死缠烂打了！师兄你没生气吧？""我高兴得快疯了，怎么会生气？对了，你下面的时间如何安排的？""我很渴，你带我去你宿舍喝点水吧。""没问题，过了马路就有一间咖啡店，我去给你买点饮料，你喜欢喝什么？""我不喜欢饮料，只想到你宿舍去喝点水。""我昨天才回到费城，屋里空空如也，只有昨晚买的一点果汁，我计划今天下午去超市买东西。""没关系，果汁也可以的。""好吧，我住的地方离这里很近，走吧。"良军弯下腰，把大口袋扛上肩，秀明突然惊呼道："师兄，你的肩膀怎么了？好像流血了！把你肩头的衣服都染红了！""没事的，昨天一路奇遇，路上受了点皮外伤，刚才又被磨破了点皮，没事的。"之后良军又笑着补了一句："幸亏昨天回来的路上受了伤。"闻听此言，秀明睁大了杏眼盯着良军，不明所以。良军笑着说道：

"如果有机会，我以后解释给你听。"秀明坚持要帮良军拿小一些的袋子，良军坚决不许，因为小袋同样死沉，可能会累着秀明，于是说道："这样吧，你帮我一起抬小袋吧。"

心中充满狂喜的良军和秀明一起把两袋书搬进了房间。秀明走进屋里后，迅速地扫视了一下房间，诧异道："这就是你住的地方？这么简陋？"良军笑着答道："是的，我是借钱来读书的，现在还欠着一屁股债呢，哪里敢乱花钱。这里安静、宽敞，而且离我们学院很近，非常方便、安全。斯是陋室，惟吾德馨嘛。哈哈哈。"秀明走进客厅，盯着良军沿着客厅墙边堆放在地毯上的各种课本、带有沃顿标志的辅助材料以及笔记本，惊喜地问道："师兄，原来你就在宾大沃顿商学院留学啊！刚才在路上你怎么不说啊？""嗨，这只不过是我又一个学习的站点而已，就像当年咱们中学一样，没什么大惊小怪的。听起来，你很熟悉沃顿商学院啊？"秀明说道："我订阅了《商业周刊》杂志，从杂志里面我知道沃顿商学院是排名第一的商学院哦！我身边有好几个朋友，他们都尝试过考沃顿商学院，但是至今没有一个人成功过。今天我约的朋友里也有人想申请沃顿商学院呢！我们约好了先游览费城，然后参观沃顿，没想到竟然在这里跟你以这种方式重逢了！"停顿了一下，秀明笑着继续说道："这次重逢实在是太出乎我的意料了！但是想一想，这一切的背后也有其必然：你一直那么优秀，而且永远不停地追求自我超越，咱俩的重逢似乎也是必然的！无论如何，我实在是太高兴了！""秀明，刚才我装书的袋子在学院和铜像旁边的地上堆放过，你的手估计也被弄脏了。洗手间在客厅旁，你先去洗洗手，洗完后就用我的洗脸毛巾擦手吧。""哪条毛巾是你的？""洗手间里总共只有一条洗脸毛巾，都是我的。"闻听此言，秀明的眼睛里闪过一丝不易察觉的喜悦，怀着同样心思的良军迅速地捕捉到了这个细节，"什么时候别再称呼我为师兄啊？"良军内心琢磨着。不出所料，秀明从洗手间里出来的时候，满脸笑意盈盈，但良军明显感觉到这时候秀明笑容里多了喜悦和温柔。"良军，你的洗手间真是简陋啊！浴巾一条，洗脸毛巾一条，牙刷是一把！瘪牙膏皮一个！你可真是个苦行僧啊！""秀明，你的话真是搞怪：我一个人生活，要两条浴巾干什么？要两条毛巾干什么？要两把牙刷干什么？没这么摆阔的吧？更何况我现在还是个负翁，哈哈哈。"见自己的心思被良军识破，但得到了自己期待的答案，秀明欣喜得满脸通红，站在那里不知道该做什么，过了半天才喏嚅道："我口渴！"良军赶紧打开冰箱："秀明，我冰箱里只有昨晚在楼下买的果汁，你凑合着先解渴吧。"良军自己还是从水龙头里接了一杯水，一饮而尽。秀明疑惑地注视着良军，问道："你为什么喝自来水？这不还有果汁吗？"良军笑着说道："不干不净，喝了没病！而且我不喜欢上午喝果汁，太甜了。"看着秀明喝完了果汁，良军心想："我该进攻了！"于是问道："你跟朋友约着几点集合？你男朋友也会参加你们的活动吗？""我男朋友肯定不会参加这个活动的！而且他不参加的话，我肯定也不去了！"听到了自己最害怕的答案，良军心里猛地一沉，声音里有些酸涩地问道："我无权干涉你的私生活，只是好奇为什么你的男朋友肯定不会参加你的活动呢？""因为我才告诉了他我的活动计划，还没来得及问他的想法啊。""既然你还没问过他，怎么这么肯定他肯定不会参加你的活动呢？""因为我知道他会紧紧地抱着我，根本不会让我从他眼前消失哪怕一秒钟啊！""你跟男朋友这么如胶似漆，听起来好像是刚认识不久吧？""既是也不是，我们认识17年了，但却是刚刚才走到了一起。"闻听此言，良军心念一动，继续问道："你男朋友该不会也是武汉明诚中学毕业的吧？""哎呀，你太神了！连这也知道，真不愧是当年的状元啊！""他是哪级的？""跟你同一届，也是86级的。""啊！？这么说，我也认识他了，可以问问他的名字吗？""我不告诉你！"秀明坏笑着盯着良军，良军瞬间仿佛掉进了一个冰窟窿："我见过他吗？""不仅见过，你们还天天见面呢！喏，就是那个人！"秀明笑着俏皮地指着映照着良军身影的窗户玻璃说道，良军瞬间爆发了："好啊！你敢戏弄我！我要让你付出代价！"话音未落，秀明已经被良军紧紧地抱在怀里，刚刚来得及"啊"了一声，秀明就被良军深深地吻得出不了声音。过了许久，秀明呻吟道："良军，快松一下手。我的骨头快被你抱碎了！"良军赶紧松了一下胳膊，让秀明深深地喘口气，之后不管不顾地把秀明又搂在怀里不停地亲吻……

不知道过了多久，秀明的手机响了。秀明赶紧接通了手机，听筒里传出一个急促且不满的女声："秀明，你怎么搞的？我们在宾大书店门口等你，你说你早上就到了宾大，怎么到现在还不见你的影子？""实在不好意思，我今天早上刚到沃顿就意外地碰到了之前我跟你说过的那个师兄了！我要跟他在一起，今天就不跟你们去游览了。""什么？你碰到他了？你现在他那里？"秀明红着脸微笑着看了一眼站在旁边的良军，对着听筒说道："是的。""好吧，回头好好跟我们交代！我们不等你了，好好地把握你的幸福吧，祝福你！""我会的！"

"秀明，你先坐，我去烧开水，给你泡茶。""别张罗了，你也坐下，咱们说会儿话吧。""不好意思啊，我这里连把像样的桌子和椅子都没有，只好麻烦你将就一下了！"良军泡好了茶，回到客厅，跟秀明对坐在桌前。"良军，你1986年上北大之后，我就彻底地没有了你的消息。你这些年都去哪里了？""一言难尽，我慢慢给你道来。"良军把过去十几年的经历讲述了一遍，秀明静静地倾听着，"良军，没想到你的经历这么曲折！""秀明，这些年你都去哪里了？""相比你的经历，我的就太简单了：我出国留学，读了生化专业，毕业后先加入到 Eli Lilly 公司，前年跳槽到新泽西的一家医药公司，现在住在新泽西。"

这时，西边不远处教堂的钟声响了，良军对秀明说道："12点了，你也该饿了，我们一起去吃午饭吧？""好啊，我确实有些饿了。"良军放开秀明，秀明通红着脸，到洗手间里补妆。两个人收拾停当之后，良军带着秀明一起下楼，沿着早上的路线朝院办公楼走去。经过院办公楼，过了马路，两个人走进良军之前常光顾的中餐馆。老板是东北人，看见秀明跟良军走进来，立刻大声招呼道："李先生你好，第一次把太太带来了?！欢迎，欢迎！"之后把两人安排在靠窗的座位上。老板一边给两人上茶，一边说道："李先生，你真有福气，有这么漂亮的太太！难怪以前从没有看见你带女生来吃过饭。太太是刚到学校吧？"秀明刚刚恢复白皙的脸蛋瞬间又红成了一个熟透的苹果，脸上露出了欣喜之色。良军大大咧咧地回答道："是的，她今天上午才到的。"秀明抬起头，用娇嗔的眼神怼了良军一眼，良军开心地笑了。

良军点了这家餐馆拿手的木须肉、麻婆豆腐和一个蔬菜、两碗米饭。两人吃完饭，良军特意多给老板留了些小费。出了餐馆，两个人紧紧地靠在一起，良军一手紧握着秀明的手，另一只手拉着购物车，两人不紧不慢地向47街走去。"良军，你一直是当年咱们中学闻名遐迩的学霸，即使你毕业离开了学校，所有的老师们仍把你当成他们的宝贝，不许任何人，尤其是女生去触碰，更何况是一个低年级的女生。我不敢找你当年的任课老师去打听你的下落，只好默默地、傻傻地等待，我时常一个人在校园里去你过去常去学习的地方，希望能找到你的影子，更在内心里期待着你哪天能突然出现在我眼前！你当年在北大读的什么专业啊？我只知道你在北大读的是文科专业，但始终不知道具体是哪个专业。所以很多次提笔想往北大写信，但是始终不确切地知道你当时就读的专业，最后只好作罢。""哦，我当年读的是北大经济学院的国际经济系，对了，85年的时候还叫世界经济系，后来又经历过很多次的院系改革，即使是北大的学生，也未必弄得清楚。"秀明闻言脸色微微一变，"秀明，你怎么了？""我有一个远房表哥，在安徽。多年前有一次我听我妈说这个远房表哥的同学好像也上了北大的一个经济类院系，但不知道具体是什么专业。对了，当年咱们学校里有那么多漂亮的女生，你什么时候开始注意我的?""1983年初夏,学校举办的那次篝火晚会上,你是你们年级舞蹈队的领舞,我就是那天傍晚注意到你的!""啊!你那么早就开始分心,竟然没有影响你的学习?""谁说喜欢你就一定会分心呢?我当时为了赢得你的芳心,更加拼命地去学习,拼命地参加各种竞赛,这样我就有更多的机会吸引你的目光。顺便告诉你一个小秘密:去年我被几个商学院同时录取,最后选择了沃顿商学院,重要的原因之一就是我潜意识里隐隐地感觉到有一天我可能会在这里遇见你。没想到老天爷今天终于开眼了!"秀明没有回应,停下了脚步,站在人行道上,深情地看着良军,眼睛里多了些亮晶晶的东西。良军赶紧拽了拽秀明:"咱们继续前进吧,还要买东西呢。"

和煦的阳光洒在这条走过了无数次的路上,但今天良军的心情却是与过去完全不一样:他期待、守候和寻觅了十几年,没想到幸福竟然以这种意想不到的方式降临!一年前的这个时候,良军也走在这条路上,前往同样的超市,当时萦绕心头的是强烈的惆怅:自己经历了过去十几年的辉煌,来到沃顿之后,突然发现自己变得微不足道、前途不明朗,而自己身边无人了解自己,更没有人能够分享自己的孤独、寂寞和彷徨。秀明的出现彻底解开了潜藏在良军内心十几年的心结。过去那种刻骨铭心的惆怅感瞬间彻底消失了!此刻良军的心里被装得满满的、甜甜的:苦苦相思了十几年的心上人突然来到自己身边!良军内心充满了难以言状的狂喜,他要抓住这意外的幸福,他要继续拼命努力,去夯实这份来之不易的幸福!

超市到了。两人走了进去,秀明顺手拉上一辆超市的购物车,把购买的物品不断装进车里:牙膏、牙刷、毛巾、饮料、土豆片、鸡蛋、肉、蔬菜、生姜、牛奶、面包等。秀明特意买了一条活鱼,说晚饭时要给良军做一顿红烧鱼!购物车里的货品堆成了小山,看看良军还在买这买那,秀明问道:"你干吗买这么多东西?用得了吗?""你没听见餐馆老板说'良军的太太来了!'我能不多买点东西吗?"秀明的脸立刻通红,"大白天你就开始欺负我了!"话到拳到,秀明的粉拳轻轻地捶在良军的肩膀上。良军夸张地"哎哟"一声。忽然听到身后传来普通话:"请问是西费警察局吗?47街的超市有人行凶,打人者是一位漂亮女生,被打者是一位优秀男生。"秀明被吓了一跳,良军则听出来是林俊宏的声音,于是转过身来,说道:"是你小子在背后扇阴风、点鬼火啊!""良军哥,今天跟我说话最好客气点哦。这么漂亮的嫂子终于来了,当心我把你的老底全部揭穿给嫂子听哦。"没等良军说话,俊宏继续对秀明说道:"嫂子,我要向你检举良军哥:他老爱撒谎!"秀明脸上立刻现出不安的神色,良军心想:"你要是敢胡说,坏了我的好事的话,今天恐怕你得爬回宿舍!""嫂子,刚才看见你,我才明白为什么良军哥过去老爱对我们撒谎。一年级的时候,每个周末的晚上我都拉他去各种夜总会,他从来不去,而且每次都告诉我是因为要抓紧时间学习,今天我才明白他一直在撒谎!其实是因为有了你这么漂亮的嫂子,他根本没兴趣跟我去夜总会,但是他一直对我隐瞒了这个真实的原因。良军哥的成绩确实非常优秀,但是没必要把嫂子藏这么深吧?还老是以学习为名不参加我们的活动,嫂子你说,良军哥是不是很不地道?"听了这段明贬实褒的话,良军心想:"看来去年没有白帮你啊!"秀明则笑靥如花:"他从中学起就一直是状元,而且特别执着!我当年就是因为这一点喜欢上他的,他一直都知道我喜欢他,他也一直喜欢我,但是直到他中学毕业离开学校,他无数次跟我擦肩而过却从来没主动跟我说一句话!他就是这样一个轴人,你就别怪他了。"闻听此言,俊宏又起哄道:"良军哥,我今天终于明白你为什么那么拼命地学习了,原来表面是爱学习,但其实更爱美人吧!哈哈哈!"停顿了一下,俊宏继续说道:"嫂子终于现身了,我们安排个接风宴会,到时候良军哥必须好好向大家交代你们的爱情故事哦。老规矩,明天周六下午七点钟中国城的"川菜香"吧?!""听你的！""一言为定！到时候还是叫上宋清和其他几个同学，我马上订餐厅并通知同学们，他们肯定都想看看嫂子呢。""没问题，明天见！"

俊宏买的东西不多，结完账就先走了。良军和秀明慢慢往宿舍走去。一路上两人互相倾诉着过去14年里的思念。良军分明在秀明的眼神里看到了心疼、欣喜和从中学时就一直看到的崇拜，以及浓浓的爱恋。

回到房间后，良军开始收拾房间，而秀明则在厨房忙着准备晚饭。良军首先把堆放在地毯上的一年级的书本收拾到客厅的角落，然后把今天早上买回来的新书和材料分门别类地沿着墙角摆放在地毯上。之后用吸尘器把地毯清洁了一遍，再用抹布把屋里不多的家具飞快地擦了一遍，最后拿出一条刚从武汉带来的新的单人床单铺在垫子上那条旧床单的旁边，把枕头挪到新床单上，然后拿出几件厚衣服，折叠在一起，放在旧枕头原来的位置上。看看秀明在厨房忙碌，良军走进了厨房。秀明正在熟练地剔鱼，见良军走了过来便说道："状元，我考考你？""好啊！""你知道怎么做鱼才能保证消除鱼的腥味吗？""哎呀，我从来只知道吃鱼，可真不知道如何消除鱼的腥味哦。""哈哈哈，术业有专攻哦。一会儿，我会先干烧铁锅，待锅底热了之后，我会用生姜在锅底抹一遍，之后再把鱼放进热锅里，这样做出来的鱼就不会有腥味，而且可以防止鱼皮粘在锅底上。"听着秀明唠叨这些家常，良军在秀明身上发现了另一种可爱，忍不住在秀明脸上亲了一下。秀明红着脸骂道："你这个捣蛋鬼！鱼被烧糊了的话，我就找你算账！""好啊！我可等着呢。"良军笑道。

良军把书桌上的学习用品挪到电脑台上，摆放好了碗筷。秀明把鱼、蔬菜和西红柿鸡蛋汤端到了桌上，两人开始了晚餐。看着坐在桌子对面细嚼慢咽的秀明，14年前在胭脂路馄饨摊的一幕又浮现在眼前，良军问道："秀明，还记得1986年年初首届湖北省英语大奖赛结束不久,那天广播操结束后,我上领奖台,从廖校长手里领取奖状和奖品吗?""当然记得,我在台下的人群中注视着你,你的胆子可真够大的,站在领奖台上,面对全校上千师生的时候,你竟然还敢盯着人群中的我看!""那是!谁叫你那么美呢?"秀明的脸刷地一下变得通红:"你是个坏……坏……坏……坏良军!你老欺负我!""坏良军夸你美就是欺负你?说你丑就没有欺负你了?"良军坏笑道。正在这时,窗外响起了"轰隆隆"的雷声,良军立刻说道:"你听,你听这雷声,六月飞雪、傍晚响雷,说明有天大的冤情,这都是你这傻丫头冤枉我是坏人所引发的,哈哈哈!"秀明被良军怼得无言以对,但很快就转嗔为喜:"良军,你知道吗?你1983年以第一名的成绩考入高中时,我从学校的广播里记住了你的名字,但不知道你长什么样。1983年你第一次登上学校操场的平台领奖时,我就开始注意你了。你隔三差五地上台领奖,在校史展览馆里独自一人学习,所有这些引起了一个少女的极大的好奇心。更有趣的是,教我们班的各科老师,不管是文科还是理科科目,不管之前是否教过你,不约而同地都在各种场合下夸赞你,你那时就是我们所有人心目中'高年级的男生'!我们班和隔壁班的女生们在一起的时候经常议论你,我发现周围好多女生都暗暗地喜欢你。你彻底地搅乱了我的心,我无可救药地喜欢上你。刚开始我注意到你在下午课后总是在教学楼三楼实验室门口的栏杆边学习,后来我发现你转移到校史纪念馆二楼的平台上学习,而且很有规律,你总是在下午课后到那里,而且似乎为了躲避来自教学楼的干扰,故意躲在水泥柱子后面学习,我当时觉得你太可爱了;一个优秀、神秘而有趣的人!有一天我发现平台上出现了很多别的同学,而你却从平台上消失之后,我断定你一定躲在学校的另一个安静的地方学习,所以我四处寻觅,但始终没有找到你。有一天我决定下午下课后跟踪你,才发现你原来躲在传达室的房顶上学习!在每天上、下课间操的时候,我都会在楼梯的拐弯处守候,就是为了能够多看你一眼，多陪伴你一分钟，当然也为了让你多看我一眼。1985年底第一届湖北省英语大奖赛开始后，我默默地看着你在学校选拔赛、武昌区选拔赛、武汉市选拔赛中一路过关斩将，最终在湖北省决赛中获奖的同时，又荣获了武汉市高考预考文科状元，那天广播操之后，校长把你叫到领奖台上，之后叫全校师生为你鼓掌，感谢你为学校赢得了学校历史上首次的双重荣誉！你意气风发的样子把我的心搅得乱七八糟。那天我决定午饭时等你，期待着咱俩能有机会说上一两句话，至少让你知道我的名字。那天上午下课后，我马上到楼道拐弯处，待你先下楼后，我就一直跟在你后面，看到你进了粮道街跟胭脂路十字路口边的那家馄饨铺子后，我就跟了进去并坐在你的对面，期待着你跟我哪怕说一句话。可恨的是，你像个傻子一样只会偷看我，却一言不发，如果那天你对我哪怕只说一句话，我也不会苦苦地等待和寻觅你14年啊！"你真是个没良心的傻丫头！"良军反击道："学校里每个老师和学生都知道我是谁，那天餐馆里、你的邻座都是明诚中学的学生，我要是跟你这么漂亮的低年级的女生说哪怕一个字的话，估计当天下午就会成为全校的新闻。其实那天我一直在等待你找借口跟我说句话呢！直到今天我才知道你的名字，而当时你完全知道我的名字啊！""哦，你自己胆小，就指望我出头啊！我可是女生啊！哪有你的胆子大，你这个没良心的家伙！""什么？我没在餐馆里搭讪你就成了没良心的家伙了？""那当然，那天之后我都是远远地等待和看着你，因为高考临近了，我也不敢分你的心，怕影响你。当你的名字和'北京大学'第一个出现在学校门口黑板的左上角时，我知道自己可能将永远失去你了。"秀明眼中闪烁着晶莹的泪光，嗓音有些沙哑地说道："9月初开学的当天，我决定豁出去！于是抱着最后一线希望专门去找廖校长，想通过他联系你，请你给我们班分享高考的学习经验，到时候我就可以找机会拿到你的联系方式，未曾想校长告诉我你已经提前离开武汉去了北京。我当时就蒙了，从校长办公室出来

第四章　留学时光

后，我看着你曾经潜伏读书的学校传达室的屋顶，大哭了好几天。随后那段日子，我都不知道怎么过来的：你把我的魂带走了！你害我苦苦等待、守候和寻觅了14年！我曾一度彻底相信了'无缘对面手难牵'这句话，直到今天早上我才相信了'有缘千里来相会'！你就是个大坏人，当年你怎么就不知道晚哪怕是晚一天再离开武汉呢?!"秀明忽然双手掩面，大哭起来。良军赶紧站起来，走到秀明身边，把她揽在怀里："秀明，我是大坏蛋！你捶我吧。"说着，抓着秀明的手往自己胸口捶。"秀明，你知道吗？那年9月6号我离开武汉，心里也是空荡荡的，这种空荡的感觉一直伴随了14年，直到今天上午才消失！"听到这里，秀明哭得更厉害了。良军赶紧安慰道："秀明，你看，我们这不是又重逢了吗？过去14年的等待与守候已经够了，上苍既然安排我们俩再次奇遇，从此以后我们永远不再分开！"秀明抬起泪眼，盯着良军看了好一会儿，然后温柔地扑在良军的怀里："良军哥，你是我的！我也是你的！你要一辈子对我好！""我等了你14年，也找了你14年，今天既然等到了你，我绝对不会再让你从我身边消失！"两人紧紧地相拥，久久没有分开。

　　大雨不知道什么时候停了，夜色笼罩着大地。雨水在窗外的那棵法国梧桐树的树叶上形成大水珠后，不断地掉落在下面的树叶上，发出"嘀嘀嗒嗒"的声音。雨后的空气格外清新，一场大雨把白天的闷热一扫而光，渗进房间的清凉空气让人精神一爽。良军叫秀明去洗漱，自己则把餐具和桌子收拾好。终于，秀明从洗手间里姗姗而出，良军眼睛一亮：本就天生丽质的秀明如出水芙蓉，白皙的脸蛋白里透红，稍加打扮之后整个人更加明艳，散发出一种迷人的清香。秀明换上了一件半透明的白纱上衣，丰满的胸部和纤细的腰肢显得比白天更加迷人。良军站在堂屋，呆呆地看着秀明。"哎，发什么呆啊？给我帮个忙。""噢，需要什么？""我要给国内打几个电话，你有电话卡吗？"良军指着电脑桌："有的，座机电话在电脑旁边，电话下面压着几张电话卡，足够打几个小时国际长途的。不着急,你慢慢打电话,我也洗个澡。对了,你把换下来的脏衣服先扔到衣服筐里,我洗完澡之后会把咱俩的脏衣服拿到地下室的洗衣机里洗一下。"

良军洗得很快,他拿着衣服筐从洗手间走出来的时候,看见秀明仍然坐在电脑桌前打电话,但是表情有些怪怪的。良军没有打扰她,出门而去。在地下室里,靠墙排列着好几台洗衣机和干衣机。良军把硬币投进去之后,设置好了洗衣时间,之后走出大楼,到便利店去买一些秀明喜欢的饮料。回到地下室后,衣服已经洗好,良军把洗好的衣服从洗衣机里拿出来,放进干衣机,设置了干衣的时间,之后就站在旁边等候。所有的衣服被烘干后,良军把衣服从干衣机里拿出来,放进筐里,带着刚刚给秀明买的饮料上楼回到屋里。一进门,良军便惊呆了,只见秀明仍坐在电脑桌前,梨花带雨。"怎么了?发生什么事情了?"良军把衣服筐放在客厅的地毯上,走过去搂住秀明的肩膀。"良军,我爱你!"秀明依偎在良军怀里,良军仍是一头雾水。"爱我!怎么会哭成这样?秀明,刚才到底发生什么了?"秀明紧紧抱着良军:"你刚才下去洗衣服的时候,我先给我表哥打了电话,他把他那个上北大的同学的电话号码给了我。我又联系了被外派在纽约工作的后者,这个人恰好当年跟你是北大的同班同学!他知道你当年在校期间的事情,把你当年在北大读书期间的很多故事都告诉我了。""啊?!谁啊?是不是告了我的黑状,所以把你气哭了?""坏良军真会装!我捶你!"话音刚落,秀明从椅子上站了起来,随后粉拳便到了,力度不大,但是恰好砸在良军肩膀的伤口上,良军"哎哟"一声,把秀明吓了一跳,突然意识到良军肩膀上有伤口,于是关切地问道:"你怎么也不处理一下伤口?家里有药吗?""我这次从武汉带了一瓶酒精、紫药水和一袋棉签,我把它们放在洗手间的窗台上了。"秀明二话没说,转身向洗手间走去,出来时手里拿着几根蘸了酒精和紫药水的棉签:"你可真会利用空间啊!洗手间的窗台竟然成了你的药品堆放区！""读个书而已，没必要搞得那么复杂，毕业了就走人，实在没必要花那个冤枉钱。""把你的上衣脱了，我给你抹一些药水。"秀明像个指挥官一样命令道，良军乖乖地脱下上衣，露出了肩膀。秀明心疼地皱了皱眉，轻轻地把酒精抹在伤口处。良军故意夸张地假装疼得直咧嘴，秀明赶紧不停地朝着良军肩上的伤口吹气，以减少良军的疼痛。看着秀明细心处理自己伤口的样子，良军心里一热，双手搂住了秀明的蜂腰，"我给你上药呢，老实点！"良军笑道："我一定老实！刚才你莫名其妙地打我，现在可以告诉我到底谁告了我什么黑状？"秀明抹好了紫药水，良军穿好了T恤。秀明把用过的棉签扔进垃圾桶，之后回到良军身边。良军搂住了秀明："现在可以告诉我了吧？"秀明柔声问道："当年你为什么把保送研究生的名额让给其他同学，自己却在冬天里睡地上，在生日当天躲在厕所里吃一个鸡蛋当午饭？大年初一在宿舍里吃头天剩下的猪肉皮和方便面？你怎么敢在夜晚下到不知深浅的未名湖里帮同学捞手表？……"良军看着秀明的眼睛，微笑道："原来是陈卫东这小子！所有这些其实没什么了不起：为什么把保送研究生的名额让给陈卫东？因为他是我最好的兄弟。我当年要去闯江湖挣钱，不想直接读研究生，所以那个名额自然就顺给他了，根本没有什么高大上的原因！至于下未名湖，是因为我会游泳而陈卫东不会，哈哈哈！"见秀明目光灼灼地盯着自己，良军继续说道："当然了，当年所经历的那些磨难也的确带给了我一种巨大的痛苦！""什么痛苦？""在那些艰难的岁月里，一直没有一个我爱和爱我的人陪伴我，分享我的快乐和痛苦。过去14年里，尤其当我取得成绩的时候，我总是想起你，期盼着你能突然空降到我的身边，在今天之前我的内心始终充满着惆怅。今天上苍把你送到了我的身边，未来不管会发生什么，我都不会离开你，也不要你离开我！""良军哥，我永远不会离开你，也不要你离开我，我爱你！"良军问道："我刚才进门的时候，你为什么哭啊？""我是因为太高兴了！

一个对自己的同学、自己的江湖兄弟都如此重情重义的男人对我绝对不会差的！我刚才流泪是因为我非常高兴：我爱上的是一个等待了我14年的真正男人！我苦等了14年，今天竟然在这里意外地找到了你，我实在太高兴了！"

窗外的夜色早已笼罩大地，一轮明月挂在天上。良军抱起秀明，秀明双手搂着良军的脖子朝卧室走去。

这天晚上的月亮格外地明亮，周围异常安静，偶尔还能听到从屋檐上和树上滴落的水声……

良军醒来的时候，早已日上三竿。雨后的阳光照进了卧室，令室内格外亮堂。良军懒洋洋地睁开了双眼，发现秀明正用双臂支着下巴，俯身在自己身边，一双含情的美目正静静地盯着自己。"你醒了，休息得好吗？""休息得太好了！你自己休息得还好吗？""跟你稍有不同，我休息得不太好！""这是为什么？""昨天晚上你把我疯狂折腾完了之后，我本想跟你多说一会儿话，结果等我洗好了之后回来时，你早已进入了梦乡。""所以气得你没休息好？""我可没那么小气，我理解你过去几天来回奔波，实在太累了。看你熟睡了，我悄悄起来，到电脑桌那里，给我妈打了个电话。""你跟你妈在电话上说什么了，竟然弄得你睡不好觉？""我告诉我妈我意外地找到了你，而且马上就嫁给了你。""然后你妈被吓着了？""才不是呢！我妈早就知道你了。""我连你的名字也是昨天才知道，而且在中学时我们根本就不是同一个年级的，你妈怎么知道我的名字？""你忘了你是我们全校同学的'隔壁年级的男生'，在我们的家长会上，校长和任课老师永远把你作为标杆，所以尽管你不知道我们和我们的家长，但我们都知道你，包括我妈。"顿了一下，秀明接着说道："过去这么多年我妈一直在催我找个合适的人家，尽快嫁出去，但都被我拒绝了。她只知道我一直在等我的意中人，但我从来没有告诉她我的意中人是谁。昨天晚上我在电话里告诉她昨天发生的事情时，我妈也高兴坏了！但是她提出来要我尽快把咱俩的照片寄给她，另外要我尽快见公公婆婆，把咱俩的婚事给办了。电话我妈之后，我一直在考虑我妈的话，所以一直睡不着。""遵照老人家的意思，我们今天就开始行动！这样，今天是星期六，早饭后我带你到校园走走，参观一下我学习和生活过的地方，我给你讲一讲过去一年里我在这里的故事，下午我们从学校去中国城的餐馆，跟同学们聚会。今天我们走一路，拍一路，之后把照片给老人们寄过去，你看怎么样？""太好了！真是我的贴心哥哥！"过了一会儿，秀明又想起一件事，对良军说道："良军，今天早上我联系了昨天我没见成面的朋友们，她们知道我跟你在一起了，也很高兴，她们昨天游览了费城的郊区，住在宾大书店西边不远处的酒店，今天想让你当向导带领她们游览沃顿。你看今天我可以邀请她们一起参加在中国城的晚饭吗？""她们是你的娘家人，当然热烈欢迎啊！我们白天带他们参观沃顿，下午请他们一起参加在中国城的晚饭，一会儿我就把餐厅的地址转给你，你发给她们吧。"

早餐后良军往相机里装好胶卷，拉着秀明的手一起下楼，开始了校园之旅。

昨天的那场雨揭开了秋天的序幕。空气中的闷热明显减少了，尽管太阳高挂在天上，清凉的空气不时地扑面而来。秀明小鸟依人地倚着良军，两人缓缓地走在切斯特纳特大街上，"我先带你去看一下我一年级住过的宿舍吧。""哥哥在我身边我就很开心。你去哪里，我就去哪里！"秀明娇声道。二人向东行约50米，过了马路，便来到了位于37街的宿舍楼西楼的大楼下。良军指着1426房间对秀明说道："我一年级时就在那间房住。"秀明顺着良军的指示抬头张望着。良军继续说道："去年最大的那场大雪天，我在宿舍里一边听陈淑桦唱的《情关》，一边做作业，心里空荡荡的，一直想你而不得啊！那天因为雪太大，整个费城全部停摆！因为没有经验，面对我此生经历过的最大的一场雪，大雪漫天飞舞的时候我才意识到我的冰箱竟然还空着！于是只好下楼，沿着我们此刻站立的位置前往便利店，蹚着齐大腿深的雪去买吃的，好在那天还是买到了面包、牛奶和水果。"秀明瞪大了眼睛，紧盯着良军的脸："那天我在新泽西，我也尝到了暴风雪的滋味，我停在外面的车被大雪掩埋了！哈哈哈！""我再告诉你一件事，你可别责怪我哦！"秀明疑惑地看着良军，示意他继续说下去。"我一年级时市场营销课期中考试不及格！这件事当时对我差点造成了毁灭性的打击。你知道我在中学里的情况，考试95分算及格，100分满分算过得去。我从北大毕业时，我们系一共有两个人得到了优秀毕业生证书，我是其中之一！信心满满的我没想到在这里栽了个大跟斗，自信心面临着崩溃，我面临着进退维谷的局面：一方面，我曾经那么意气风发地辞职，所以绝不可能夹着尾巴逃回裕京银行；另一方面，有一门功课不及格的话，我将来怎么找工作？我的理想和人生追求似乎就要中止于此地！那一天我血压陡升、浑身无力、直冒虚汗，曾经动了念头要逃回家。最后因为想起了我妈，想起了你，想起了我曾经辉煌的过去，我最后彻底打消了当逃兵的念头。我冲下楼，在大街上猛跑，浑身大汗地回到宿舍，最后才逐渐平静下来。"良军注视着1426的窗户，继续说道："也许是老天保佑，很快我收到了金融课和会计课的试卷，两门都是满分！我瞬间意识到我仍是非常优秀的，是完全有能力战胜未来一切困难的！我付出了巨大的努力，市场营销课总评成绩在学期末得了B。"说到这里，良军轻松地笑起来了，回头一看，秀明早已脸色惨白，泪水正无声地从她的脸上流下来："良军，无论发生什么，我不许你再有任何负面的想法！你必须为我，为你妈好好的，听见没有？"良军轻轻地揽过秀明："我向你发誓：未来无论发生什么，我此生永远不会再有那些想法了！"秀明把头埋在良军胸前，说道："我爱你，是因为你非常优秀，但是如果因为你的优秀而使你受到伤害的话，我宁愿不要你的优秀！我是你的女人，你必须用你的安全和你的

第四章　留学时光

优秀对我负责，明白了吗？""我发誓我一定做到！"秀明这才平静下来，紧紧地依偎在良军的怀里。

"走吧。一会儿你的姐妹们就要到院办公楼门口了，你今天可不能再迟到了！"良军轻轻地揽着秀明，继续前行。很快又来到了健身房门口，两人相视而笑。过了马路，来到了富兰克林的铜像边。秀明问道："良军，昨天早上咱俩在这里偶遇时，你好像问过我是不是什么妹，之后你辩解说是师妹，我觉得肯定不是，你似乎在遮掩什么，该不是别的什么妹妹吧？"良军笑道："我确实是在遮掩，但没有别的妹妹，而是在遮掩一段与你有关的故事，你听了之后，不许掐我哦。""跟我有关？我尽量不掐你，你快说是怎么回事？"良军把1983年时在内心给秀明起绰号的往事讲给秀明听了，秀明先是咯咯娇笑，忽然又停止笑声，眼里闪着亮晶晶的泪花，一头扎进良军怀里，柔声道："良军，我不会笑话你，更舍不得掐你，我好爱你！""傻丫头，我知道的。我也好爱你！""良军，为什么昨天我俩刚见面时，你说幸亏你回来的路上受了伤呢？"良军呵呵笑道："如果前天凌晨我没有在孟菲斯机场误了航班，我前天早上就会到达费城，按照我的习惯，我肯定前天上午就会到学院里把二年级的课本和辅助教材买好。如果我没有在机场受伤，我昨天很可能直接就背着两个装书的大口袋直接回了宿舍，而不会在铜像边停留休息，如此的话，我可能会因为几分钟之差跟你在平行时空里完成一次近距离的交错，也因此可能终生不会相见！你说，我能不感谢我误了航班以及我所受的伤吗？"秀明没有说话，但良军明显地感觉到秀明的手加大了力度，死死地抓着自己，仿佛害怕良军会从眼前消失一样。"我不要失去你！你也不许离开我！听见了吗？""我发誓！"

周一就要开学了，校园里的学生多了起来。在院办公楼门口的草坪上，一年级学习小组成员们安娜一行四人结伴正从院办公楼里走出来，看到良军和秀明后，四人迎上前，热情地打招呼："良军，你可真行！

209

把这么漂亮的太太藏着，今天终于露面啊！还不赶紧介绍一下？"秀明大方地跟四个同学打招呼。安娜提醒良军道："良军，咱们一年级的成绩单以及上学期的期末考试卷子已经下发到每个人的邮件夹子里，一会儿记得到地下室取哦。""谢谢！明天见。"四个同学以院办公楼为背景，给良军和秀明拍了合影之后，四人离去。

正在这时，从铜像那边走过来三个女生，看见良军和秀明后，直接把秀明围了起来，一番哄笑把秀明闹了个大红脸。良军赶紧解围道："各位，咱们抓紧时间，我有沃顿学生卡，可以带大家进 Vance Hall，在内部参观一下沃顿，好吗？""好啦，好啦，咱们先放过秀明，跟着她先生参观沃顿吧。"

五人首先经过院办公室向西，良军把自己曾经上过课、听过讲座和自习过的教室、计算机房都一一介绍给大家，秀明静静地听着、四处张望着，仿佛要看清楚良军学习过的每一个地方。她明亮的大眼睛里满是温柔、自豪和幸福。一行人在大楼的西端沿着楼梯下到地下一层，缓缓地转向东行，来到了信箱跟前。内心满是期盼的良军迫不及待地冲了过去，按照姓名的字母顺序，良军找到了自己的信箱，里面塞得满满的，全是各种试卷，另外还有一封信。良军迅速地拿出那封信，信很短，只有寥寥几行字："亲爱的良军先生，由于你不懈的努力，你在1999—2000学年里获得了优异的成绩，名列全年级前1%，为了表彰你所取得的优异成绩，学院决定授予你"Director List"的荣誉称号。祝你在未来的学习中取得更好的成绩。"读完之后，良军脸上露出了欣慰的笑容，秀明见状，一把抢了过去，看完之后，骄傲地对她的姐妹们说道："一切正像我之前所说的吧，他完全配得上这份荣誉！"周围的姐妹们也纷纷地表示赞叹和祝贺。

不远处教堂的钟声响了，中午12点了！良军对大家说道："咱们走吧。各位要不先体验一下我们的校园午饭，今天晚饭时再在中国城的餐厅喝我跟秀明的喜酒?""啊,那太好了!"

良军陪大家沿着早上的原路返回到健身房,在健身房西边的空地上,熟悉的那辆餐车还在那里,两个师傅正在忙活着一成不变的"中餐"。因为还没有正式开学,餐车边的学生不多,良军带着大家走到餐车边,老板一眼看见了良军,从车窗里面朝良军大喊:"李先生,你好啊!哎哟,今天带新同学一起来了?欢迎欢迎。"良军笑答道:"不是新同学,是太太和她的朋友们。今天带大家来体验一下我一年级时的生活,来5份牛肉菜花吧。""好嘞!稍等。"很快老板就把5份饭菜准备好了,良军付了钱之后,和其他人到附近的草坪上坐了下来,5人在和煦的阳光下边吃边聊。"李先生,今天上午我们非常开心!谢谢你!咱们下午怎么安排?""午饭后我先带你们去学院办公楼,之后去教学楼,结束参观沃顿。下午大家可以先去市内逛逛,我带秀明经过图书馆前往大运动场,今天下午七点咱们在中国城的'川菜香'见。""好!我们得多留点时间给你们小两口。哈哈哈。"秀明又通红了脸。

午餐后,良军把空饭盒收集起来,带到马路边,扔进了垃圾箱。之后带着大家来到了教学楼。临近开学了,不少学生正在出入大楼,一行人从北门走进大厅,向右一拐,墙上挂着不少人的照片。良军介绍道:"这些都是沃顿历史上的杰出校友。对了,如果我能够在每个学年名列前1%的话,毕业后我将获得一种荣誉:我的名字将被永久地收录在学院的校友系统内!"大家饶有兴致地听良军介绍。参观结束了,三个女生先行告别而去。良军带着秀明继续在走廊里漫步。良军忽然发现秀明没有跟上自己,于是回头招呼秀明,秀明还是不挪步,只是不停地说道:"你过来!"良军以为秀明走累了,于是回身走到秀明身边,关切地问道:"你走累了?要不我们休息一下?"没想到秀明回应道:"我要你亲亲我!"良军赶紧说道:"丫头,我们现在在教学楼里,你看四周全是来自世界各地的同学,多不好意思,等今天回家后我再好好地亲你?""回家后做回家后的事，现在我就是要你亲我！"秀明撒娇道："我不管那么多，反正我们又不会影响别人。你不亲我的话，我就不挪步。"良军拗不过秀明，环顾了一下四周，看看没有熟人，赶紧飞快地在秀明脸蛋上亲了一口，没想到秀明顺势扑进良军的怀里。看着痴情的秀明，良军笑了笑，决定采用新的打法："秀明，要不要看看我最常去自习的教室，坐着聊？""好啊！咱们走！"

两人沿着楼梯走到地下一层，良军推开一间无人的阶梯教室的门，带着秀明坐在最后一排的座位上。"丫头，这间教室是我在沃顿一年级期间自习最多的地方，就像当年在中学里那样，所有的节假日、无数个考试前的日日夜夜，我都是在这里一个人度过的。每次学累了，我会到大厅里散步，心里总是不停地想起你来：在中学的时候至少有你隔空陪伴着我，而在这里我只能通过自我的心灵对话和我记忆中你的笑容来陪伴自己，在那些日日夜夜里，我真希望你能陪着我一起学习，一起度过这段孤独寂寞的时光啊！现在好了，我的丫头终于来到我身边了！"走出教学楼大楼，两人继续东行，很快就来到了图书馆门口的草坪前。秀明没有学生证件，无法进入图书馆。二人在草坪上找了个安静的地方坐了下来。下午的阳光洒在草坪上，二人浑身暖洋洋的，良军坐在草坪上，上半身斜靠着背后的纪念碑的石壁，而秀明索性依偎在良军的怀里睡着了。"丫头确实走得有些累了，让她先休息一会儿吧。"良军环顾着四周来来往往的学生，他清晰地看到一年前自己刚到沃顿时的情景……

第三节　初到沃顿

院办公楼的地下一层有几个很大的阶梯教室。沃顿商学院1999级一共有12个班，各班级的迎新会分别在那些阶梯教室里举行。来自世界各地的50多名跟良军同班的同学不断走进阶梯教室。放眼望去，从金发碧眼的白人青年到身穿白袍、头戴格子头巾的阿拉伯人，以及身披袈裟的东南亚的和尚，来自世界各地、各种肤色的同学已经济济一堂。

良军找了一个空位。刚一坐下，旁边一位长相清秀、戴着黑框眼镜的白人男生就向他伸出手来打招呼："嗨，我是斯宾塞，来自加州。"

良军也赶紧作了自我介绍。斯宾塞问："你喜欢这里吗？"

良军点点头。

斯宾塞看起来没精打采，他直言对沃顿的失望："我以为费城是个大都市呢，没想到街道又窄又小，跟我家乡的城市差不多，但是这里的女孩没我家乡的女孩漂亮！"

良军打趣道："你是想家了吧？"

"也许吧。"斯宾塞说。来沃顿的第一天，他骑着自行车周游了一趟费城，越往西走街道越破败、越肮脏，一些地方甚至散发着恶臭。想到自己未来两年要在这样一个城市生活，他为自己的选择叹气。

"兄弟，别这么不开心。一旦上起课来，你根本没时间逛街，哪还在乎街道臭不臭、女孩子漂不漂亮啊！"良军安慰起这位刚刚结识的同学。

由于是第一学期，学院根据新生的背景已经分好了各个学习小组，从第二学期开始学生们可以自由组合。巧的是，斯宾塞正好跟良军分在一个学习小组，组员还有看上去深沉稳重的本纳德，他进入沃顿之前曾在华尔街工作过；新加坡籍印度裔的女生阿里安娜已怀有几个月身孕，在"四大"之一的咨询公司工作过的约瑟夫以及先后在美国三大媒体公司CNN、ABC和NBC做过主持人的安娜。一看到小组里有这么一位经常在电视上出现的美女主持人安娜，斯宾塞的情绪顿时高涨起来。

本纳德是带着老婆孩子来上学的，外表憨厚，遇事沉稳，于是大家给他起了个外号叫"大老爹"，他也被推举为小组长。本纳德也不推辞，马上就开始履行他的权力。班级迎新会结束后，本纳德把几个组员召集到教室一角，开了一个小组会。他说："我跟高年级的学友们沟通过，根据他们的经验，要想有效应付一年级的巨大压力并且取得好的成绩，必须对小组成员的职责和分工进行有效的安排，以便更好地进行协作。我提议咱们就借今天的机会讨论一下。"

小组成员于是交换了各自通过不同渠道了解到的信息。大家把信息汇总后发现，沃顿的规矩之多，令人咋舌，比如，任何一门课，排名在全班末尾5%的学生没有学分；累计三门课没有学分者就自动退学。主要的基础课和专业课，例如会计、金融、统计等，采用小组制：即4—5个同学一组，每一次小组提交的作业成绩将成为该组所有同学当次作业的成绩。

大家都是经过多轮筛选才得以进入沃顿的。谁都不想在新学期一开始就掉链子，于是商量出了一套小组学习管理规章：

1.在每一门课上，每个组员必须按照顺序，轮流负责完成当期的作业，其他同学尽力予以辅助；

2.每个同学必须尽全力保证自己所负责作业的质量，因为这关系到全组每个同学在这次作业上的成绩；

3.对不遵守组规的同学，小组将采取措施予以制裁，包括开除。

一切商量妥当之后，大家走出院办公楼。太阳已经西沉。受到大西洋洋流的影响，八月的费城一点也不燥热，走在校园的林荫道上，还能感到丝丝凉风扑面。良军抬头看着天边尚未消退的晚霞，心里隐隐地觉得担忧：我能在这个号称"魔鬼训练营"的环境里生存、发展下去吗？将来能找到好工作并还清贷款吗？

在切斯特纳特路边、健身房的西边，一到中午就停着一辆流动餐车。司机、掌勺兼老板只有一个华裔中年人和他的帮工。在餐车这里，良军第一次见识到了美式茄子烧牛肉的奇葩做法：老板先把茄子和牛肉都提前煮好。一旦有客人点菜，老板便把茄子和牛肉放在一个漏勺里，在一个烧滚的油锅里"滋滋"一分钟后，先把糙米饭舀出来盛在快餐盒里，再浇上炸过的茄子和牛肉，就成了所谓的"茄子烧牛肉"。其他的菜基本照此办理，3美元一份，倒也不贵。老板从收钱到打包，前后不过三五分钟。虽然糙米饭蒸得半生不熟，茄子和牛肉也没什么味道，但良军嘿嘿一声全部笑纳，三下五除二就填饱了肚子，随后便一头扎进学院通宵开放的计算机房自习。

沃顿选课的方式很特别。学院预先给每个学生的账户上分配了等额的虚拟货币，学生可以根据自己的爱好在学院的系统里选课，但采用的是市场化的竞价办法：一个人如果对某门课出的"价格"比别人高，他就可以优先购得这门课。

良军想选国际金融这门课，但是发现这门课很受欢迎，由于选课的学生太多，课程的价格已经被抬得很高。良军如果倾尽他手上的"虚拟货币"选了这门课，那么其他的热门课可能因为"没钱"而无法选修，自己就只能选择那些免费而且冷门的课程。

相对于热门课的市场价格而言，良军手上的选课货币不多，只能另寻他法。他很快发现，一些学生利用网上竞价，通过炒作热门课程，靠赚取选课货币发点财。有了大把的选课货币后，他们就可以选择任何自己喜欢的课程。良军决定采用同样的策略。

好在良军在裕京银行工作的几年里积累了比较丰富的投资经验，经过几番竞价炒作后，他手里也掌握了相当可观的一笔选课货币，从而能够花"重金"竞买到好几门心仪的课程，例如路易斯教授主讲的《国际金融》。

在机房里完成了网上选课，回到宿舍的时候，已是半夜。他想，这样不行，必须尽快拥有一台自己的电脑。

第二天，良军用学院计算机房的电脑上网，订了一台最新款的戴尔台式电脑。那时还是戴尔的黄金年代，总部坐落在得克萨斯的电脑公司高居全球个人电脑的王座。它未来最大的对手苹果公司正在加州一个名不见经传的小城库比蒂诺（Cupertino）重整旗鼓，公司新推出的个人电脑 iMac 3 开始畅销，这种个人电脑一台重达 40 磅（约 18 公斤），并不比掌控市场的戴尔电脑轻多少。那时的戴尔广告只有三个字"Easy as Dell"（像戴尔一样简单）。可是为了把这号称"简单"的电脑弄回自己宿舍，良军用上了"洪荒之力"。

几个星期后的一天，良军接到通知：可以取电脑了。取电脑的地点就在宾大的露天运动场。良军研究了一下校园地图，觉得不算远，大约三四英里的样子，觉得自己完全可以来回步行。但是怎么把电脑运回宿舍是个问题。

初到美国，良军没买车，又不愿麻烦同学，于是到一楼找到黑人门卫汤姆，想找他借辆手推车。高大的汤姆很爽快，把良军带到后院洗衣房外，顺手一指说，那儿有一辆。良军一看，愣住了。那是清洁工收集公寓的脏床单用的。不要说装几个纸箱子，就是三五个成年人蹲在车里，几步之外也根本看不出车里有人。除此之外，再没有什么可以借的推车了。良军决定将就着用这个推车去运动场把计算机拖回来。

良军把车推出宿舍大门，自己都觉得不好意思。沉重的车轮碾过水泥地面，发出轰隆隆的巨响，像坦克开过，仿佛整个学校的噪音全部来自于良军的这辆推车。良军只好低着头，厚着脸皮，向运动场进发。推行了大约两英里之后，良军终于来到了运动场边，但立刻发现了一个棘手的问题：学院通知上指示的是开车路线，学生可以把车开进运动场，轻松取到电脑。可是这条开车线路并不适合良军，他如果继续沿着车行路走下去，那意味着他得再多走一两英里才能进入运动场。时间就是一切，他有太多的事情要做！良军当即决定从最近的一个门直接进入下沉式运动场，但为了到达运动场中心，良军得把好几十公斤重的推车扛着走下几十级的台阶！

仗着自己年轻，良军一使劲便把拖车的沿抓住，用腰顶着车，一步一步、小心翼翼地从楼梯上蹭下去。时间一秒一秒地过去，良军抬着这个庞然大物缓缓地往下挪，没几分钟便满头大汗。瞬间良军觉得自己和建筑工地出苦力的民工没什么两样！站在运动场中心的计算机发放人员显然也注意到这奇怪的一幕。有几个人干脆停了手里的活儿，直直地瞪着这个从运动场观众楼梯上缓慢挪下来的怪物。

终于踏在运动场的地面了！良军觉得如果再不放下沉重的推车，自己的小腰会嘎崩一声折断的！他长舒了一口气，把推车放在地上。衣服已经全湿透了，黏糊糊地贴在后背上。他抹了一把汗，迎着众人诧异的目光，把车推到运动场中心。装有新电脑的纸箱码成了一座小山，不时有学生把车开进运动场，运走自己的电脑。当良军把这个庞然大物式的推车推到电脑发放人员跟前时，一个白人志愿者跟他开玩笑说："兄弟，你准备把所有电脑都运走吗？"良军笑笑，解释说还没买车，只能借到这种推车。办好手续之后，几个人帮忙把装着计算机主机与配件的纸箱码到良军的推车里。他顾不上抹汗，推着沉重的车一步一步地往宿舍前进。

最笨的办法才是最可靠的办法。良军觉得不亏，有了电脑不就可以大大节约自己的时间吗？绕了一个大弯之后，良军终于到了宿舍楼下，意外地碰到了同学宋清！宋清不由分说，赶紧帮良军把几个纸箱子弄到房间，又熟练地帮良军把计算机安装好。宋清走了之后，良军在电脑上给远在武汉的母亲发去了第一封报告平安的电邮：

妈：我已经平安抵达费城，在沃顿完成了注册，而且已经搬进校园里的宿舍，今天拿到了新电脑。一切均好，保重勿念。

"良军，现在几点钟了？我睡了多久？你没休息一下啊？""傻丫头，我要睡着了的话，万一你被行人捡走了，我怎么办？"良军赶紧说道："丫头，咱们继续前行吧。"良军带着秀明沿着去年自己推车取计算机的路线向东前进。宾大校园离费城的中国城不远，两人很快到了市中心，看看时间还富裕，于是良军带着秀明先到附近逛逛街。良军指着离车站不远的一栋方块楼对秀明说道："这里是费城警察局，我去年在这里通过了交规考试，之后参加路考并拿到了驾照。""好啊！我这次是开车来的费城，把车停在离你宿舍不远的一个停车场了。要不明天你开车带我到附近转转？""我开车？哈哈哈！我可以坐在驾驶座上摆拍几张照片，至于开车嘛，我已经忘了如何发动汽车了，丫头即使敢坐，我还不敢开呢！"秀明也呵呵笑起来。说着话的工夫，两人正好经过一家蒂芙尼首饰店，良军拉着秀明往里走，秀明意识到了什么，说道："良军，咱们进这里干什么？我对这些东西没什么兴趣。""既来之，则安之。"良军把秀明拉进店里，一个衣着考究的大堂经理迎上前来，热情地问道："两位要看点什么？"良军答道："我们想看看戒指。"经理带着二人直奔戒指柜台，柜台后面的一个金发碧眼的女售货员见状，热情地招呼道："欢迎两位光临！是要给这位美丽的女士买戒指吧？""是的，这是我的新婚妻子。"秀明的脸刷地一下又通红了。经理和售货员继续热情地招呼道："你们可以看看这些款式的戒指，它们都是最新款！配你美丽的太太非常合适。""谢谢，我们先看一下。"良军仔细地比较着不同的款式和价格，他知道自己兜里的支付能力。最后他看中了一款做工精美、款式别致的戒指。站在一旁的经理见状，立刻夸赞道："先生眼力真好！这款戒指的寓意是优雅美丽、爱情永恒。正好配你美丽的妻子！"良军听得心花怒放，秀明在一边用中文小声地说道："良军，我已经成了你的女人，对我而言，有没有新婚礼物、有什么新婚礼物一点都不重要，因为我已经得到了最重要的东西了！而且你借钱读书，花这么多钱给我买礼物更没必要。"良军闻言，对秀明柔声说道："丫头，我完全明白你对我的理解、支持和一片心意，但是今天我想对你说几句话。"良军又看了一眼那枚戒指，继续说道："第一，下午我们在教学楼大楼里，在金融系门口挂着的照片中，我指给你看的金融系的路易斯教授特别欣赏我，因为我一年级上学期在她的课上得了全班最高的 A^+ 的成绩，所以一年级下学期她聘用我在她的国际金融课上当助教，我因此也挣了些钱，今天我是100%用我亲手挣来的钱给你买戒指，你放心，我决不会用学生贷款来干这事，原因很简单：是我娶了你，又不是贷款银行娶你。第二，今天的这枚戒指是我们爱情的一个见证，必须买！当然它只是一道餐前的泡菜，刚才在大运动场我说过我一定会用我的智慧和勤劳创造出属于我们自己的一切，我一定要给你一个女人应有的一切，原因也很简单：把幸福带给你本来就是我事业的一个重要部分！简单点说，丫头你可以不要，但我不可以不奋斗，不可以不想着自己的女人！你收下它，对我而言，意味着承认我奋斗的结果，所以你现在和将来都必须收下！"秀明眼里闪现着亮晶晶的泪花，用力地点点头。在一旁的经理和售货员不懂中文，但从良军和秀明两人的互动中感觉到良军似乎已经说服了秀明，当看到良军掏出钱包，往外拿钞票的时候，两人脸上都现出笑容。女售货员把戒指仔细地包好后，递给了良军。良军和秀明向经理和售货员道谢之后，一起走出商店，朝着"川菜香"走过去。

俊宏、宋清等几个同学以及秀明的三个朋友已经在餐桌前就座，看见良军和秀明进来，估计俊宏已经告诉大家昨天在超市里看到的秀明手揖良军的事，大家一起起哄："热烈欢迎女侠！"联想到良军给自己起的"十三妹"的绰号，秀明一张白皙的脸蛋羞得通红，二人落座后俊宏招呼老板娘过来点菜。老板娘拿着点菜单走了过来，俊宏说道："今天良军的太太到了，我们给他们夫妻俩举办一个接风晚宴。""哎哟哟！李先生的太太这么漂亮啊！欢迎欢迎！"良军呵呵地笑着，秀明红着脸微低着头，笑而不语。良军跟几个男生热烈地聊起了各自假期的见闻，秀明以及她的三个朋友已经跟良军的女同学们热络起来，正在热烈地讨论着秀明手指上的戒指。

餐厅伙计先后上了凉菜、热菜和一瓶长城干红，看看都上齐了，俊宏说道："过去一年里，我一直觉得良军怪怪的，无论是平时的周末，还是重大的节假日，他从不去酒吧和夜总会，而是永远都在教室里或者图书馆里学习，身边从来没有出现过任何女生。我一度怀疑过他是不是有什么生理和心理上的毛病，昨天我才彻底明白他貌似怪异举动背后的真正原因：他身后藏着一个美丽的太太！但我感觉他们应该还有更多的故事，按照规矩，我们要他俩交代一下他们的爱情经历，大家觉得如何？""对！良军和太太必须交代一下他们的爱情故事！否则今天不让他俩过关。"全桌同学应和着俊宏，齐声起哄。这时秀明的一个朋友说道："作为秀明的娘家人，我先说几句吧。"饭桌上顿时安静了下来，"我们跟秀明是留学期间的大学同班同学，我们非常了解她。过去这么多年里，很多高学历的男生，有华人也有外国人，不停地追求秀明，可是秀明从来不为所动，我们知道她一直在遥遥无期且无望地等待着甚至不知道她名字的师兄，其间我们多次劝他找个优秀的男生，她都置若罔闻，非要痴痴地等待和守候。现在好了，他俩在茫茫人海中，历经14年竟然能在这里意外地重逢，我们三个姐妹实在替她高兴，祝福他们！下面还是请这对新人向大家介绍一下自己的爱情经历吧！"秀明红着脸不吱声，笑看着良军，良军喝了一口酒，说道："今天豁出去了！我来讲吧。"餐桌瞬间安静下来，大家都停住手中的杯筷，静静地等待着良军。良军一边喝着酒，一边娓娓道来：从1983年在中学的夏日篝火晚会上第一次看到秀明领舞并被她打动，在中学校园里无数次含情脉脉地互相注视和期待，毕业后失散了14年，彼此杳无音信但默默地等待和寻觅对方，昨天在铜像前意外地相遇，直到今天走进餐厅之前的故事全部讲了一遍。讲完之后，良军又喝了一口酒，餐桌上所有人都沉默了，突然爆发出热烈的掌声，把周围桌用餐的人吓了一跳。俊宏站起来，示意大家安静，之后感叹道："完全想不到良军哥竟然还有这样一段奇特的爱情故事！今天大家成了你俩爱情的见证人，你是否应该拥抱一下新娘子，然后再来一个交杯酒仪式啊？"其他同学们齐声应和道："必须的，否则对不起新娘子！我们也不会答应的。"良军用眼神示意秀明，秀明红着脸点了点头，良军就势把秀明从座位上扶起来，在她两边通红的脸颊上各轻吻了一下，然后跟秀明喝了交杯酒，之后在大家的祝福声中重新落座。晚宴在继续进行，忽然坐在秀明身边的一个良军的女同学幽幽地说道："我怎么就没有这么好的命呢？"然后转头对秀明说道："妹子，假如昨天你跟你良军哥又错过了话，我可要倒追你良军哥的哦！"秀明微笑道："谢谢姐！谢谢你对我良军哥的信任，但是我坚信他还是会一直等我的！""假如万一昨天你们俩真的又错过对方，未来没有再见面了呢？""我已经等待和寻觅了我良军哥十几年了，继续等待和寻觅又何妨？过去这么多年里，有不少比他富有的人、比他有权的人追过我，我一个也没看上眼，因为我期待的是那种纯粹的爱情，那种刻骨铭心、生死相依的爱情！万一昨天我们俩真的又错过对方，甚至此生无缘再见的话，至少我知道这世间有一个我深爱的男人像我思念他一样思念着我，事实上这张桌子上除了我和我的姐妹们以外，其他所有人都见证过我良军哥过去是如何在沃顿商学院的教室里边孤独地学习边等待我的。我之前也曾经想过，万一此生真的无缘跟我哥重逢，至少我经历过一种与绝大多数人不一样的、独特的爱情：我心爱的、如此优秀的男人甚至都不知道我的名字，我俩之前没有说过一句话，但是我们彼此又期待和寻觅着对方。即使无缘牵手，我的一生仍然值了！至少我不会抱怨什么的。当然，上苍待我太好了，竟然让我和我哥以这种奇特的方式走在了一起！大概奇特的爱情连相爱的方式都奇特吧。"秀明脸上满是幸福的微笑，见大家都注视着自己，秀明沉默了几秒钟，接着说道："李白在《长干行二首》里的那两句'常存抱柱信，岂上望夫台'应该就是对我最好的写照吧！"全桌都安静了，过了十秒钟，宋清带头鼓起掌来。秀明身边的女生哽咽道："妹子，别再说了，姐在流泪了。我衷心地祝福你！"转过头来对着良军说道："良军，你可要好好待我妹哦！你敢欺负她的话，我们可不答应的。"热烈而温馨的晚饭结束了。良军和秀明跟大家就着餐馆的背景拍了不少的照片，之后在大家的祝福声中，良军和秀明跟大家道别，走出餐馆。

"轰隆隆"，雷阵雨又要来了！看看时间已经是中午，良军决定去院办公楼马路南边那家餐厅吃个午饭。良军走进那间餐厅，老板还是过去的那位，只是他的头发几乎全白了！餐馆里客人不多，看见良军走进来，老板注视了良军一阵子，终于认出了刚进来的客人是谁，于是热情地招呼道："是李先生啊？！稀客稀客！好久没见了，你都好吗？""你好！多年不见了，我在香港工作和生活，这次是出差过来，顺路看看学校。你还好吗？""一切照旧，除了我的白发越来越多。哎，你的太太没有跟你一起来？""没有，她在香港家里照顾两个孩子呢。"良军点了一份菜花炒肉，一份西红柿鸡蛋汤，一碗米饭，边吃边跟老板聊天。吃完了午饭，外面的阵雨已经停歇，良军告别了老板，沿着湿漉漉的人行道向北先到了切斯特纳特大街，之后向东而行，他要去大运动场看看。雨后的大街上看不到其他人，良军独自缓缓地向前，不时地环顾马路两边，试图找到当年自己在艳阳下挥汗如雨，像骆驼祥子那样推车前行的印记，物仍是，人已非！马路两边的建筑几乎没有什么变化，路上没有了良军当年拼命前推的那辆沉重的轱辘车。雨后的空气让人感到丝丝凉爽。良军很快就来到了大运动场的门口，在1999年那个炎热的夏日，良军把死沉的轱辘车从这个门推进运动场，为了节省时间，又从运动场的平台上把车硬扛到下沉式运动场的地面；2000年几乎同一时刻，良军带着秀明从同一个门走进运动场，收获了自己的爱情。今天良军又从同一个门走进几乎没有任何变化的运动场，回望自己的人生路，自我充电之后将继续奋勇前行。

良军独自坐在多年前和秀明曾经坐过的位置上，从上往下看着空荡荡的运动场，耳边回响着风声，眼前仿佛又看见毕业典礼那天人声鼎沸的场景。

沃顿商学院2001年的毕业典礼在宾夕法尼亚大学的露天运动场举行。

院长首先公布了排名前1%的优秀毕业生名单。当听到自己的名字时，良军热泪盈眶。身边的同学都有亲人、朋友来庆贺毕业典礼，而他身边坐着专程从新泽西赶过来的秀明。他抬头看看蓝天，过往两年的艰辛在脑海里不断闪过。两年前，他从运动场一步步地把计算机推了回去。两年来，多少个被案例分析和考试折磨得不休不眠的夜晚，多少次穿梭于各大投行各种奇葩面试官之间，还有多少次，怀疑自己走到了人生绝路……好在这一切都过去了。

那天，他从院长手上接过三份毕业证，分别是宾夕法尼亚大学毕业证、沃顿商学院毕业证、优秀MBA证书。从主席台上下来后，良军回到观众席上秀明的身边，秀明急切地把三份崭新的毕业证书拿在手里，自豪且欣喜地看了一遍又一遍，回家之后立刻把三份新的毕业证书仔细地放进良军那个酱色的大公文包里。多年来，这个又老又旧、早已被磨得发白的公文包他一直带在身边，没舍得换，里面装着他从1975年起读小学时每个学期获得的奖状，在中学、北大、中国人民大学经济学培训中心和沃顿获得的各种获奖证书和毕业证，以及裕京银行颁发的各种荣誉证书。秀明多次戏称良军的这个公文包里装着的都是迎娶自己的"聘礼"！

良军已经拿到了世界排名前十之内的纽曼银行的录用函。学习小组的其他同学也都找到了称心的工作："大老爹"本纳德将加入高盛纽约总部，口才甚佳的约瑟夫将加入"四大"之一的咨询公司，美女安娜将加入一家媒体公司。斯宾塞虽然没有追到美女安娜，却有了新的女友，他准备跟女友一起驾车横穿美国，双双去加州。阿里安娜拿到了一家新加坡银行的录用函，将带着她在沃顿读书期间出生的女儿，举家迁往新加坡。

……

太阳逐渐偏西了，青春已不再，老友们也早已消散在江湖，自己的人生还将继续精彩！是时候返程了！

良军在费城的中国城，上了一辆灰狗大巴，当天晚上回到了纽约。第二天上午，良军赶到酒店附近的一些商店，给秀明买了一些衣服、挎包和香水。采购结束后，良军回到酒店，把行李收拾好，之后直奔肯尼迪机场而去。

第五章 金融海啸

俗话说"好事成双"。除了西岩项目，2007年还有九个不同类型的大项目先后成功落地，良军的团队也因此业绩爆棚，超额300%完成了年初预定的任务！2007年年底，良军结束了陪同刘市长访美的行程，从纽约回到香港不久，就收到了行里为他准备的一份大礼——一封由罗森银行集团董事长亲自发来的电邮，以表彰良军在过去一个财政年度里为公司所作出的杰出贡献。在华尔街上拼命干了6年，年年都超额完成业绩指标的良军还是第一次收到集团董事长亲自发来的电邮，他也成了罗森银行亚洲分行第一个得到来自总部最高层奖励的员工。十个重量级项目的成功不仅给罗森银行带来了丰厚的利润，还让罗森银行在亚洲的金融衍生品市场上傲视群雄。

对于良军的出色业绩，成林也很开心："祝贺你啊。这是你应该得到的。"

来自总部最高层的鼓励当然让良军很开心，但他还期待一项更有意义的认可。在初入投行的时候，他就给自己定下了尽快当上董事总经理的目标，这个董事总经理不是行政职务，而更像是投行内部的一个"技术职称"，就像高级记者、高级工程师、高级教师一样。他想，自己一个人的业绩超过了如今金融组5个人给公司创收的总和，今年底应该会得到很好的回报。何况，老板成林已经一再给他暗示，说他是第一号有希望晋升的人。

成林仿佛看懂了他的心思，拍拍他的肩说："别急，一步步来。该来的总会来的。"说着，他拿出一份材料，良军看见抬头上写着《罗森银行亚太区金融衍生产品经验交流会》，时间安排在这年的7月底，夏天往往是金融市场比较安静的时候。成林将作为主持人，而良军则是交流会上的主角。他注意到，会议日程的最后一项是"团队合作精神拓展训练"。成林微微一笑："为了感谢你的辛苦付出，交流会后我们安排到新界的靶场来一次彩弹射击对抗赛，怎么样？"

良军一听，两眼放光，当即说："老板，真是知我莫若你啊！"

成林呵呵一笑，说道："老听你说起小时候在红楼大院当'李司令'如何如何，我就想，不如给你一次机会，重温昨日，也算是我给你的一份特殊的祝贺。"

良军的确喜上眉梢。多年前那个红楼大院里喜欢舞枪弄棒的"李司令"在沉睡多年后，很快就要重出江湖啦。

第一节　靶场游戏

那次交流会名义上是经验交流，实际上是给良军搭台唱戏，让他在亚太区的营销精英们面前露一个大脸。良军也不含糊，根据成林的要求，把自己如何从最初的外汇销售人员自我转型到金融衍生产品销售人员，如何开创罗森银行中国区的衍生业务，并取得优异成绩的全过程，一一与来宾分享。

可是对良军来说，最刺激的事还是那场射击游戏。在中环午餐后，所有与会者登上了一辆豪华大巴，巴士把大家拉到位于新界的一个射击俱乐部。7月的香港酷热难当。从离开餐厅到登上巴士这短短的50米距离已经弄得大家后背湿透了！良军找了个靠窗的座位，看着窗外被太阳晒得明晃晃的马路，在晃荡的车上，他的思绪回到了20年前河北隆化的群山里……

1987年7月1日，作为第一批进入野战军军营接受军训的大学生，良军跟同学们一起来到了北方的一个小山村，参加为期一个月的严格军训。7月北方的山里，白天酷热，良军和其他同学一起在炎炎烈日下苦练队列，也是在这里第一次领略到了严格的军纪。在40℃以上的高温下踢正步时，良军和同学们必须紧扣军装上的风纪扣，汗水沿着鼻尖不断地往下滴，良军也顾不得去擦一下，后背被汗水湿透之后，很快就被烈日烤干，烤干之后重被汗湿！幸好良军来自于火炉武汉，从小就经历过类似的考验，此刻展现出顽强的抗热能力，良军身边不断有同学因为中暑而被抬进医务所，良军始终坚持着。每天训练下来，良军和其他同学的后背便成了盐碱滩：绿军装的后背处全是汗水凝结成的白色盐粒！

单调的队列训练终于结束了，期待已久的发枪时刻来到了！良军领到了一支带有三棱刺刀的冲锋枪，从那天起，营房周围的枯树桩、稻草堆，甚至一些土堆都倒了大霉。每次正式训练结束后，良军都会打开刺刀，对着枯树桩和稻草堆一顿猛刺，如果枯树桩和草堆附近有人的话，良军就会把目标临时换成一些土堆，一顿猛刺之后再把刺刀擦干净！当然，自我加班训练刺杀技术的同时，良军也没有忘了拆装枪支的训练：先把冲锋枪拆成零件，之后把这些零件重新组装回冲锋枪。在连队举行的拆卸冲锋枪、重装枪支的比赛中，良军以 47 秒的成绩夺得冠军的头衔！

比起射击训练，之前的队列训练可谓幸福。每天午饭后，连长会在一天中最热的时候集合全连，把队伍带出营区，进入附近的野山里，在烈日暴晒的树林里随机选择一个地方，命令全连学生战士们就地卧倒，开始射击瞄准训练。所谓射击瞄准训练，实际上是半实战状态下的瞄准训练：所有的战士按照命令就地卧倒在野草丛里，模拟前方有敌情的情况下，用手里的空枪对着假想的目标进行瞄准，军官们则用一种折射镜的装置挨个检查战士们是否瞄准了假想的目标。连长和指导员要求大家向邱少云学习，在烈日下做到长时间一动不动。因为酷热，野树林里连鸟叫声都没有，倒是野草丛里的虫子时常来捣乱。射击训练过程中对良军最大的考验是口渴！长时间卧倒在野草丛里，整个人就像被放进笼屉里一样，蒸腾的热气把良军蒸烤得眼冒金花，但是军纪严格，良军只能忍着一动不动地坚持。汗水模糊了眼睛，沿着鼻尖和下巴滴在被晒得发烫的枪身上，他也只是任由汗水流淌。偶尔良军也会偷偷地犯点军纪：有几次他卧倒的地方正好是农民的菜地！从小在南方长大的他第一次看见长得像小足球一样的球形茄子！好奇加干渴难耐的他趁军官转身的工夫，以闪电般的速度摘下茄子，然后像河马吃草一样，几口就把一个球形的茄子吞进肚子，这情景让不远处的陈卫东目瞪口呆，多年后陈卫东每次和良军一起吃饭时都会调侃良军吃茄子时像头河马！严格的训练确保了良军在最后的实弹考核时以5发子弹打出45环的优秀成绩顺利地通过了实弹射击考核！

不知道过了多久，大巴车猛地停了下来，一直在打盹的良军的脑袋差点撞到前排的椅背上。一位身穿迷彩服的射击俱乐部的工作人员迎了上来，自我介绍说是今天下午活动的负责人，大家可以叫他"金指导"。听他介绍，下午即将举办的是对抗性游戏，建议有心肺不适、患有感冒或有其他病症的人，以及女士不宜参加。非参赛人员可以在会所的大堂休息，隔着落地玻璃观看射击游戏。

根据金指导的安排，参赛人员首先分为两组。老搭档徐宏摩拳擦掌，凑到良军身边，说："良军哥，算我一个。"良军点点头。"还有人愿意加入我们这一组吗？"良军喊了一嗓子。有几个人应声而动，良军一看，自己的团队里全是来自亚洲各分行的同事，共有7个人，而且除了在香港交易室工作的巴西人朱里奥长得高大、壮实以外，大多个头都比较矮小。第二组的成员不仅比自己这边多一个人，而且大多人高马大，其中有身高过了一米九的美国人约翰和澳大利亚同事托马斯。

金指导宣布了"战场"规则：每人配发两个弹盒，任何人只要被彩弹击中，必须立刻退场；战斗期间不补充子弹，如果双方子弹打光，却没有把对方消灭的话，这场战斗就是平局。每场战斗时间为25分钟，时间一到，如果没有任何一方被消灭，该局也自动计为平局。

为了安全起见，所有参战人员必须佩戴钢化玻璃面罩的头盔，也绝对禁止在 3 米之内对着参战者的身体进行射击。交代完注意事项后，金指导给每组 10 分钟的时间商量各自的战术与布防。

良军正往自己身上套迷彩服、戴头盔的时候，听到队友朱里奥大声在问："Anyone in the army？"（有人在军队干过吗？）良军举起手，说道："我虽然没有在正规的军队里服役，但是我当年在北大读二年级时在中国军队参加过一个月的军训，枪法很好，而且熟悉一些基本的战术。"

"只接受过一个月的训练？"朱里奥好像有点失望，苦笑地摇摇头。

良军心想："待会儿你就知道我的厉害了。"但是他嘴上说道："是的。你呢？"

"我毕业于巴西 ×× 军校，曾经担任过巴西陆军上尉，参加过战争。战争结束后，我进大学读了研究生。毕业后加入了罗森银行。"朱里奥骄傲地说道。其他几个队友一听朱里奥有如此光彩的"战斗履历"，爆发出小小的一阵欢呼，似乎已经胜利在望的样子。

朱里奥并不征求良军的意见，直接说道："我来当队长吧。我们分成三个战斗小组，我带领一个人负责防守左翼，良军，你带领一个人负责防守右翼，剩余的三个人负责防守中路。良军，你觉得如何？"

"非常好。我感觉对手应该会采取和我们一样的战斗部署。"良军正说着，"金指导"带着助手走了过来。他发给每人一把彩弹枪和两盒子弹，然后领大家来到离会所不远处的"战场"。所谓战场，不过是一块长约 120 米、宽约 50 米的场地，颇像中学的小操场。场地上堆砌着废弃的汽车、汽油桶、轮胎和一些生锈的大型机械等。"敌我"双方阵地相距大约 15 米。

分配完每个人的战斗任务之后，大家又约定了几个战场上将会用到的手语。朱里奥带着队员们进入阵地。良军一声不吭，带着徐宏来到阵地的右边。他熟练地匍匐在一个汽油桶旁边,扭头一看,不知道是因为怕脏,还是怕地上的乱草和石头扎人,除了朱里奥之外,其他队友们竟然都是蹲在各自的掩体后面。良军见徐宏也是如此,警告说:"你要是不想战斗一开始就被干掉,就赶紧趴下来!"

"好吧。"徐宏的话中带着几分勉强,趴下来的时候,他咧着嘴还咕哝了一句:"妈呀,这石子儿也太咯人了吧!"

良军压低声音说:"石子儿只是咯人。枪子儿可是要人命的。趴好!"

良军没有再说话,而是开始观察对方阵地的一举一动,那架势像是真的战斗即将打响。

忽然,金指导连吹三声口哨,战斗开始了!双方一阵隔空胡乱对射,只听得子弹打在汽油桶上发出沉闷的"乒乒乓乓"的声音。良军匍匐在一个汽油桶后面,一枪不发,把脸侧贴在地面上,偶尔探出头观察一下对手,对方果然也采用了左、中、右三段防御策略,而且从对方一上场就开始疯狂连续射击的阵势可以判断出对方应该没人受过正规军事训练。

良军悄悄地把枪伸出去,瞄准斜前方一个蹲在汽油桶后面但是把后背和屁股暴露出来的对手,两个短促的点射先把他打下场。之后把枪口对准另外一个汽油桶,恰好一个对手从汽油桶的侧面探出头来,还来不及反应,良军一梭子弹已经把他的面罩打成五颜六色!连续干掉了两个对手之后,良军为了不暴露自己的火力点,迅速躲回汽油桶后面。他往左一看,不禁大吃一惊:就在自己干掉两个"敌人"的时候,自己的战友也已经"阵亡"大半,阵地上只剩下朱里奥、自己和身边的徐宏。根据对方射击的密集程度,良军判断对方剩余人员肯定多过己方,心想:"这样拼人力和火力,我们肯定大概率地会输给对方。不行,我们得进攻,只有打他们一个出其不意,才有可能取胜。"想到这里,良军匍匐爬行，来到朱里奥身边。他拉起面罩，把自己"正面佯攻、侧面包抄"的想法给朱里奥说了一下。汗流满面的朱里奥冲他竖起了大拇指。"良军，我们分一下工吧。我带人冲锋，你掩护。"朱里奥说道。

"不，你是队长，得留在最后，坚守我方阵地。我带人冲锋，你掩护！"朱里奥闻言，注视着良军的眼睛，之后缓缓地抬起右手，向良军行了一个巴军军礼，而良军则还了一个解放军军礼，之后匍匐着回到自己的阵位，低声告诉徐宏："一会儿朱里奥将发起掩护性射击，你看我的手势，跟在我后面向对方发起冲锋。冲锋时你跟在我身后，万一我被对方击中，还可以替你挡几颗对方的子弹，你必须义无反顾地继续往前冲，别害怕。这是我们唯一取胜的机会。明白吗？"徐宏使劲地点点头，说道："放心吧，良军哥。这一仗我们必须得打出中国男人的威风来！"

"好！有你这句话，这一仗咱们已经赢了一半。"良军和徐宏拉下面罩，把备用弹盒装上。良军向朱里奥打了一个手势，然后静静地蹲在汽油桶后，等待出击的时机。对方一阵乱射之后，朱里奥突然从藏身的汽油桶后面站了起来，用枪横扫对方阵地。子弹打在汽油桶上，"乒乒乓乓"四处飞溅，煞有气势。"敌人"此时正在躲避朱里奥的子弹，而且像前几轮那样都躲到汽油桶后面，竟然没有设一个观察哨！良军觉得时机已到，于是朝徐宏打了一个手势，端起枪猛地冲了出去。徐宏紧跟在后。两人像是在真的战场上一样把自己暴露在"敌人"的阵地前，无所顾忌地朝着"敌方"阵地猛打猛冲。在短短15米的冲锋路上，良军感受到了一种排山倒海的气势。这种打法真奇特！一直在会所高大的落地玻璃后面观战的成林和其他同事看得目瞪口呆，不由自主地挤到落地窗前，替良军和徐宏捏了一把汗！

良军不管不顾。几秒钟就冲进对方阵地。朱里奥也不顾事先与良军的约定，竟然也大步地冲出阵地，从左翼向对方阵地发起了冲锋！

良军一眼看到离他最近的汽油桶后面蹲着约翰尼，立刻用几颗子弹把约翰尼的面罩打成了五颜六色,然后迅速地把枪口对准其他的"敌人"猛扫,跟在良军身后的徐宏此时也不知从哪里来的勇气,一扫冲锋前的犹豫,朝着对手一阵猛射。良军和徐宏不仅越战越勇,还完全吸引了"敌人"的全部火力,这给朱里奥创造了一个绝好的包抄机会。他身手矫捷,三下两下就摸到了对手身后,打了他们一个出其不意。不过,在双方的短兵相接中,良军也被击中了。虽然他心中有一万个不甘心,但是按规则他必须"阵亡",不得还击。他退到射击场外,看着朱里奥和徐宏联手消灭了最后的两个对手,第一组终于以少胜多,取得胜利。

对手不服气,要求再战一轮。朱里奥和良军交换了一下眼神,欣然接受挑战。双方各自补充子弹,交换了阵地,然后开始新的部署。朱里奥和良军改变了战法:这次又打了对手一个措手不及,与第一次战斗不同的是这次全队人马一次性从左路出击,完全不按套路出牌的打法再一次引起敌方的混乱。良军和队友们一阵猛扫之后,把对方消灭得干干净净。这场战斗不到10分钟就结束了!

"好小子!真能打啊!"在会所落地玻璃后面观战的成林把良军的一举一动都看在眼里。他和几个同事点评着。有人甚至激动得手舞足蹈,不断朝良军挥手。

连赢两场,良军的衣服已经湿透了,准备去好好洗个澡。不料高大的约翰和托马斯走了过来,要跟良军和徐宏单挑。

"好啊!我应战。正好大家累了,让他们先休息一下。"良军转过身问徐宏,"怎么样,想不想再干一场?"

"没问题,我愿意跟着良军哥干!"徐宏早已斗志昂扬。金指导把观战人群带到了旁边的小山头上。大家在树荫下纳着凉,静等好戏登场。

良军对徐宏说道:"这一轮是2∶2,双方人数对等,而且都不多。我还是那个原则——出奇制胜!一会儿战斗打响之后,咱俩首先在中路向对方射击,故意给对方造成错觉,让他们相信我们采用的是最原始的阵地战。这时，咱们迅速换上第二盒子弹，我从右路包抄过去，你继续在正面拖住敌人。"

"你一个人冲锋？"徐宏有些担心。

良军抹了一把脸上的汗水，说道："没事。对方肯定会防着我们采用前两次同样的战法，所以我这次准备采用解放军的迂回包抄战术，打他们一个措手不及。"他已经看好了周围的地形，指着右边的草丛说："你看，那里的一大片野草丛是绝佳的掩护，他们肯定想不到我会真从野草丛里穿过去。开战后我从野草丛中爬到敌人阵地侧面，之后从敌人后方发动进攻时，你就开始冲锋。即使我阵亡了，我'牺牲'之前至少能干掉一个对手。你必须趁敌人全力对付我的时候，冲到他们的身后，趁乱把敌人干掉，明白了吗？"此时的良军完全把自己当成了解放军的一个班长。徐宏点点头。

战斗开始了，从对方的枪声中，良军判断对方果然采用的是左右分布阵型。按照计划，良军和徐宏先不动声色地开始向对方阵地射击，故意给对方造成己方准备打阵地战的错觉。他打完第一盒子弹后，换上了备用子弹，在徐宏的射击掩护下，利用对方射击的间隙，一下子冲进己方阵地右边的那堆野草丛。观察了片刻，确认对方没有发现自己，良军不顾荆棘和碎石扎得自己生疼，迅速地在那片深草区匍匐前行。终于，他冲出了这片深草地，悄然摸到敌人后方。他向对面的徐宏发出信号之后，静悄悄地冲到离约翰身后几米远的地方。眼看"敌人"就在眼前，良军也顾不上战场规则，直接对准约翰的后背就扣动了扳机，约翰的惨叫声还没结束，良军和已经冲到阵前的徐宏一起，对准托马斯又是一阵"双打"，打得托马斯哭爹叫娘，抗议二人对自己身体开枪。

又胜利了！山头上观战的队友们冲到良军身边，大家抱在一起欢呼胜利。

战斗游戏结束了。两组人马都回到了俱乐部。洗澡的时候，良军才发现手臂上、腿上全是被石头和荆棘划出的血痕。沐浴更衣之后，大家聚在了俱乐部的咖啡厅里。金指导在点评时说：

"今天我看到了极少数让我心服口服的战斗，各位下午辛苦了！下面我来讲评一下今天的战斗：想必各位都已经清楚地看见了，今天在战场上表现最佳的是李良军先生：他有勇有谋，敢打狠仗，却又会打巧仗。尤其令我印象深刻的是：李先生非常注重团队的合作，在人数上处于劣势的情况下，多次转危为安，击败对手，今天的对阵绝对堪称高水平！我代表俱乐部向他和各位表示祝贺！"在大家的掌声中，金指导问良军："李先生，我看你今天的表现，似乎之前在军队里干过，或者受过专门的训练，对吗？"

良军很自豪地回答："我1987年在北大读二年级时，曾经参加过一个月的军训。这就是我接受过的全部军事训练。"

"真是难以置信啊！您只是接受过军训就如此生猛！"

良军补充了一句："对了，小时候我在见证过辛亥革命的红楼大院当过孩子司令，那是我的最高职务。"大家一听，哈哈大笑。朱里奥、托马斯、约翰纷纷过来和良军握手，向他表示祝贺。

当天晚上，所有参会人员乘船来到南丫岛的海鲜档，大吃海鲜。在大家推杯换盏之际，良军心里一直隐隐地有些不安：从自己全力投入西岩项目以来，自己的顶头上司王向明一直不见踪影！今天的活动整个部门的人都来了，唯独他缺席。成林也似乎心神不宁。难道成林的心不在焉与王向明有关？良军心里充满了疑惑。很快所发生的事证实了良军的预感。

第二节 顶头上司"人间蒸发"

世上没有不透风的墙。良军的猜测很快就得到了证实。

那次射击游戏之后不久,良军应北大邀请,前去讲学。途中,他收到助理刘鸣杨发来的短信:"李总,您听说了吗?王向明今天早上被发现自杀身亡了!在新界的山脚下。警方正在调查。"良军大吃一惊,他不明白自己的顶头上司王向明为什么要自杀。他在电话里向鸣杨反复询问,鸣杨也说不出详细内情。他又问成林,成林倒是不再躲闪,但也没有更多的详情透露。而是说:"关于王向明,我知道的并不比你多。"

虽然成林没有透露更多的详情,但证实了良军之前的预感:王向明已经出事了。他从各个渠道得来的消息都明白无误地指向王向明。据说他是在北京海关过关时携带大量未申报的现金被查获。

以良军对自己这位前上司的了解,他觉得王向明迟早会出事。只是没想到事情来得这么快!

良军出差回到香港后,香港的各家媒体都在拿王向明自杀这件事大赚眼球,良军回绝了几家媒体辗转托人表达的采访请求。他的回复很简单:斯人已逝,请勿打扰。可是,他自己心中的层层疑云也挥之不去。在和成林的交谈中,两人又谈到王向明。良军说出了心中的疑惑:"很奇怪,王向明带钱入境这种事不止干过一回两回。怎么最后这一次就被海关查获了呢?"

成林这时不再回避谈王向明了。他不紧不慢地说:"这就叫'聪明反被聪明误'。你知道他最后一次带了多少钱?"

良军把食指一竖,表示 100 万。成林嘴角浮出一丝苦笑:"你还是不了解你的老板啊。不是1，而是'几'啊！"

几百万？良军简直无语。王向明确实精明过人，他早在内地房价大幅度上涨之前，就在北京和国内其他一线城市开始多地买房。他一出手就是成百上千万元，需要从香港往内地调动大笔现金。跟买房的投资相比，汇款的汇费如同九牛一毛，可是他偏偏舍不得这点小钱，而是宁可用人肉的方式，让每一个去内地出差的手下，帮他"蚂蚁搬家"来支付房款，连女同事都不例外。携带的数额少的几万，多则几十万。西岩项目期间，良军几乎每个星期要在香港与内地之间往返一趟。王向明不止一次找他帮忙"捎点钱"。每次他过海关时难免提心吊胆。投行人没有不爱钱的，但像王向明那样爱钱爱到疯狂地步的，也的确少见！

良军从成林办公室出来，正好经过王向明的办公室，看到原来门上的鎏金铭牌已经被拿掉了。房门紧锁，不禁心生感慨。不知下一个坐在这个办公室里的人会是谁。

他在办公室的落地玻璃窗前呆呆地站了一会儿。他无论如何也没想到，自己的直接上司会是这样的结局。

按道理说，王向明在投行的资历还是相当丰富的。他从英国一所名校毕业后就进入了华尔街投行。良军还在中国裕京银行当职员的时候，王向明已经在伦敦的一家大投行担任副总裁了。良军想起他和王向明的初次合作，就不那么"对眼"。2002年为了抓住中国市场大好的发展机遇，成林决定进一步扩大罗森银行中国业务的相关团队。新来的中国业务主管叫王向明。成林把王向明挖过来的目的是让他来负责中国公司企业的金融衍生品业务和金融机构业务两大板块。王向明来之前一直做美国国债的买卖业务，对良军直接负责的公司金融衍生业务并不熟悉。但是以良军对华尔街基本游戏规则的明了，他很清楚，自己必须首先帮助老板成事，老板才能反过来帮助自己成功。所以，良军凡事都拉上不熟悉公司衍生业务的王向明，并期待有一天老板功成之后多多关照自己。

新官上任三把火，王向明上任后第一把火就让良军觉得有欠公平。王向明熟悉传统的金融机构业务，他把这一块划归自己直接负责，公司衍生业务则由良军直接负责。为了进一步做大业务，他又从市场上新招了几名新员工。他给自己直接负责的金融业务团队增加了好几个中级员工，开展同各大银行以及非银行金融机构的债券业务，但只给良军的公司企业衍生业务团队增加了一名初级员工，负责跟中国市场的各种公司企业打交道。明眼人都知道，传统业务利润薄，但是业务流量稳定，数额巨大，容易达成年度业绩指标，但是公司企业外债保值业务却是全新的，虽然利润丰厚，但是业务量小、频率低，而且交易的不确定性也远远高于传统金融业务，要达到年度业务指标有相当的难度。

如果说分工按专长来考虑，这样的安排也还算是人尽其用，无可厚非。但是，在分配团队任务时，王向明的偏心再一次显露无遗：他给金融机构业务团队和良军的小团队定下的年度业绩指标都是同样的五千万美元。良军有些不快：自己加上新来的初级员工一共两人，业务量竟然和金融机构组四个人的任务一样重！而且金融机构组四个人里即使级别最低的也和自己的级别相同。这样分配任务不是鞭打快牛嘛！但他转念一想，也许是新老板欣赏自己的能力，年底可能提拔得更快一些吧。想到这里，他暗自告诉自己，无论如何，先干了再说。

分给良军的新成员叫严淮。严淮到香港办公室报到之后，良军便主动把自己一直跟进的兰州龙泉机械厂的 8 亿欧元外债保值项目交给他。为了让他早日上手，良军专门带他飞往兰州，把他介绍给龙泉机械厂的领导们，以便严淮能跟进相关的业务。

良军尽自己所能，向严淮传授经验并告诉他，这家企业地处内陆，企业领导非常缺乏金融衍生产品的基本知识，需要加大培训力度，要多与他们沟通。根据经验，为了节约整个项目的时间，还必须尽早引入一家中资银行，共同参与讨论。

第五章　金融海啸

接下来的几个月里，良军带着严淮多次飞往兰州和北京，跟龙泉机械厂及其股东单位反复沟通，一遍又一遍修改保值方案，并向他们宣讲其他企业的成功案例。经过多轮沟通，对方终于同意了良军提出的欧元债务保值方案。

这个项目进展得很顺利，但还有最后一个问题：选择谁来做整个交易的中介银行呢？龙泉机械厂提议选择双荣银行，良军一想起双荣银行在西岩项目中大失水准的行为，当即坚决指出双荣银行不具备充当本次交易中介的资格，建议公司考虑其他业务来往密切的银行。龙泉机械厂考虑之后，又提出由储贷银行来担任这笔交易的中介银行。良军此前从来没有跟储贷银行打过交道，于是抱着"只要不是双荣银行就行的想法"，欣然接受了企业的提议。但是他没想到，这单生意让他遭遇了进入投行以来的第一次职业生涯危机，而王向明和严淮的表现让他觉得心灰意冷。

几经磋商之后，龙泉机械厂的欧元债务保值方案终于上了公司董事会，并被审议通过，进入操作阶段。良军对这桩交易的成功充满期待。入市的时刻终于来了。这天晚上，良军和严淮在交易室盯盘，交易对手是储贷银行总行资金部，执行人是操盘手吴亮。按照双方的协商，交易完成后，罗森银行将一次性付给储贷银行总行10万美元，这10万美元是付给储贷银行总行及其相关分行的手续费。

接到来自客户的正式委托书时，已是晚上九点多了。出于职业习惯，良军把事先准备好的英文交易单和中文委托书仔细地又看了几遍，确认无误之后，拨通了吴亮的电话。此时，时钟指向晚上10：20。严淮已经呵欠连天了。

按照惯例，良军在电话上把所有的交易条款逐字逐句地给吴亮念了一遍，并让吴亮逐一确认。为了万无一失，良军把所有的条款跟吴亮在电话里再次确认了一遍："……我方将在本交易完成之后的第二个工作日向贵方总共支付10万美元，这10万美元是储贷银行总行和××分行合计的手续费，从中具体支付给储贷银行××分行的手续费将由贵方内部自行协商并完成，与我罗森银行无关。"

"全部确认，没有任何问题。"电话那端传来了吴亮的声音。良军随即给自己在伦敦的交易员下达了执行交易的指令。他习惯性地抬头看了看墙上的挂钟，时间是22:52。

过了不久，从伦敦传来了消息：交易顺利地执行了！良军立刻拨通了吴亮的交易室电话，通知他交易已经成功完成，两个工作日后将按照约定把10万美元准时付到储贷银行总行的账上，之后把交易确认书发给吴亮，得到吴亮的确认后，良军又给成林、王向明发送了电邮，告知他们这个好消息。做完这一切后，良军才和严淮一起下楼，各自打车回家。

没想到，就在交易完成后的第三天中午，良军乘坐的航班刚刚降落在北京机场。他一打开手机，就接到老板王向明的电话。王向明的口气听上去异常严厉："良军，今天上午储贷银行总行资金部打来电话，说在龙泉机械厂的欧元交易里我行应付给储贷银行分行的手续费至今未付，因此要求我行立即支付！这是怎么回事？！"

良军一听，惊出一身冷汗："不对啊！昨天我行已经把10万美元如期支付给储贷银行了。为什么他们要找我们索取额外的手续费呢？"

王向明很不客气地说："吴亮坚持说你没有跟他具体约定好，因此储贷银行认为这10万美元只是付给储贷银行总行的手续费，要求我行另支付一笔费用作为其分行的手续费。良军，你好好地回忆一下那天做交易的经过，如果真是由于你的过失导致出现交易事故的话，你马上卷铺盖走人！"

王向明的话里没有半点商量的余地。

良军最后一个走下飞机，王向明这句话犹如给他当头一棒。他机械地说道:"好的,我好好想想。"他一边落寞地走向机场出口,一边暗问自己:"难道我的职业生涯刚刚开始就要被迫收场了吗?不对啊,交易那天我明明反复向吴亮强调过有关手续费的事嘛,为什么他会这样耍赖呢?不行,我绝对不能背这个黑锅!"

他记得清清楚楚,那天晚上明明严淮也在交易室,全程坐在自己旁边啊。他立即给王向明打电话。王向明听上去冷冷的,只是回答了一句:"严淮说他不记得当时你跟吴亮怎么谈的。"

良军听王向明这么说,反而头脑清醒了许多。当晚他给吴亮打电话时,严淮明明就在旁边。看来,这个新人严淮确实是投在了王向明门下。良军心想:"好吧,这分明是要让我自证清白。我就证明给你们看看。"

他仔仔细细回想了一下当天交易的全过程,确定自己不止一次在电话中跟吴亮确认过有关手续费的事。而且,他想起了墙上的那个钟,他记得交易开始和结束的时间!最最关键的是,交易室座机里所有的通话都会被自动录音!想到这里,良军心情稍微平静了一点。他想,正好我到了北京,不如直接杀到储贷银行找吴亮先对质,再让香港那边查当晚的电话录音,于是对来接他的司机说道:"不忙去酒店,马上去储贷银行总部大楼。"

良军在储贷银行总行资金交易室找到了吴亮。吴亮根本没有料到良军的突然出现,他匆忙把良军拉出交易室,带到二楼营业大厅角落的一处沙发上坐下。吴亮一口咬定良军在交易时没有明确提及10万美元的划分及支付问题,因此,储贷银行坚持罗森银行必须额外支付一笔手续费给储贷银行的分行。看着吴亮那双可能因为纵欲过度而更显浮肿的眼泡和说话时左躲右闪的眼神,良军真想冲上去把这个无赖胖揍一顿。但是理智让良军克制住了自己。多年前成林对他的那句告诫又在耳边响起:"我们做投行的,就是拿自己的面子去换人家的里子。"理智让良军克制住了自己，他心想现在发火毫无用处，尽快查清事实真相才是硬道理。

良军没跟吴亮纠缠。他从储贷银行出来，站在马路边，当即就给罗森银行合规部写了一封邮件，并抄送成林、王向明等人，郑重要求："请尽快启动内部调查程序，调查大前天晚上我跟储贷银行做交易的全部电话录音，如果确系我的失误，我愿承担一切后果。另外，供内部调查参考之用，我跟储贷银行的交易大约在北京时间大前天晚上 22 点 20 分左右开始，22 点 52 分左右结束。"

当天晚上，良军的手机响了，是王向明从香港打来的。他的口气已经缓和下来："良军，算你小子走运，我们刚刚调取了大前天你跟储贷银行做交易的全程录音。你说的没错。那天晚上你多次明确地提到，我行支付的 10 万美元中包含了储贷银行总行和分行的手续费，他们总、分行从中自行划分，与我行无关。吴亮在电话里也多次予以确认过。我们已经把有关的录音发送给储贷银行资金部领导，你没事了。"

良军终于长长地舒了一口气，说道："多谢公司还了我一个清白！储贷银行自己也有交易录音，一听就知道真相，为什么不先自查一下，而是上来就张口乱咬呢？"

王向明感受到了良军的愤怒，反而罕见地安慰道："算了，他们是客户，咱们得罪不起。为了咱们自己多挣里子，就装装糊涂、多忍忍吧。"

良军内心愤怒难平。万一那天晚上自己一时大意，没有跟吴亮在电话里确认手续费，或者万一那天晚上公司电话系统因为失灵而没有录音的话，这 10 万美元的事不就说不清楚，会在瞬间就把自己的职业生涯毁了吗？龙泉机械厂的这笔欧元交易成为良军职业生涯里跟储贷银行之间的最后一单交易。"即使它再有钱，我以后都要远离它！"良军心想。

正是那一次 10 万美元的手续费插曲之后，良军明白无误地看清了严淮的无为与无能，他更像是王向明安排在自己身边的一个眼线。当年师傅马丁说得没错，华尔街上总有一些混日子的人，这些人没有专业能力，只有牢牢地依附于老板，始终充当老板的马前卒和搅屎棍，他们最擅长的就是在内部挑拨离间、搬弄是非。当然良军也彻底看清了储贷银行的不负责任，他们自己明明也有交易录音，但不知道什么原因，宁可无端地诬陷良军，也不动动手指头查一下手边的录音！至少这是一家行事很不专业的银行，这意味着跟这家银行打交道的过程中随时可能给自己带来个人的风险，所以良军决定从今往后只跟别的银行打交道。

在这年年底考评的时候，良军一个人的业绩比王向明带领的三个人的金融机构业务小组的业绩还要高出一大截，可当自己满以为这位直接上司会为自己的年终考评"美言"两句的时候，却没有想到，他跟北京代表处首席代表董汉青联手，找到一条打击自己的理由。原来，夏初在北京进行校招时，董汉青上台打完官腔后，学生席上鸦雀无声，没有任何反应，眼看活动出现了冷场，良军紧急"救场"，站出来对学生说了几段话，效果奇好，学生们掌声雷动，各种提问纷至沓来，吸引学生们踊跃参与校招宣讲会并投递简历的目的至此才完全达成！但董汉青觉得学生们围着良军热烈地讨论，而把自己冷落在一边是良军的错，"良军错在爱出风头！"于是他和王向明一唱一和，给良军打了一个差评，评语是"目无领导"。而严淮也递了一个小报告，称良军只教给他做兰州龙泉机械厂这一单业务云云。王向明的一名手下，业绩虽然比良军差一大截，却因为王向明和董汉青给的评语优于良军，无争议地当选当年分行内仅有的两名"最佳员工"之一。心意难平的良军愤而跳槽，后来被成林以种种手段拖延、拦阻而作罢。那次跳槽事件平息以后，良军向成林表示，坚决不要严淮。成林依了良军，把严淮调到了别的业务组，后来因为人品和专业水平太差，严淮一事无成，不知何时无声地消失在江湖里。公司给良军重新招募了一名助手刘鸣杨。刘鸣杨是哥伦比亚大学经济系的研究生，学历够高，但经验不足。良军一番考察后，觉得他为人正直，是个可造之才，自己的核心业务队伍也的确需要有新鲜血液。于是下力气开始栽培刘鸣杨。

王向明的事情很快被香港媒体获悉。一个多月后，良军从香港的媒体报道中陆续读到关于王向明被海关扣下的那一幕，一切都像电影一样。将王向明事件的前前后后复盘以后，良军惊出一身冷汗。

正如良军猜测的那样，就在自己满世界奔忙业务的时候，王向明买房投资的想法已经覆水难收。即使在京沪广深已经坐拥多套房产的情况下，王向明又看中了北京一套 5000 万的豪宅，由于付款时间紧迫，数额巨大，王向明决定亲自出马，携巨款进京。仗着自己以前多次携带现金入关都没有被查，他决定再大赌一把。

一架从香港飞往北京的航班准时降落在北京国际机场。西服革履的王向明下了飞机后，准备从贵宾通道出海关。他拖着品牌行李箱往海关疾步走去。要是往常，没有人会怀疑这个一身名牌包装、乘坐商务舱的商务人士会携带大笔现金入关。意外的是，一位海关官员看完他的证件之后，没有像往常那样放行，而是问他："王先生，您有托运行李吗？"

王向明答道："没有。我只有随身行李。"这位海关官员保持着脸上的微笑，却不动声色地按下了桌子上的一个键。不一会儿走过来另外两名海关工作人员。他们以非常礼貌但是却公事公办的口吻说："王先生，麻烦您带好行李跟我们走一趟。"

王向明心里开始慌乱，但表情上仍然故作镇定："有什么事吗？为什么拦我？"海关官员不作任何回答，而是把他带到海关闸口旁边的办公室。海关人员要求王向明打开行李箱，里面赫然装着几百万元人民币的现金！

海关官员问道："王先生，你如何解释这些未经申报的巨额现金？"

王向明为自己辩解说："看中了一套房子，需要马上付首付，所以……"

为什么王向明出入北京海关几十次都平安无事，却在那一天被精准地抓住了呢？这事无论怎么讲，都透着诡异。良军心里还有一层怀疑，话到嘴边，却不便对成林讲。媒体的报道中说，北京海关此前接到举报电话。看来这个打举报电话的人一定知道王向明那次从香港进京的详情。如果不是内部人举报的，会有谁知道得这么清楚呢？良军越想越觉得脊背发冷。举报？他仔细梳理过王向明在行里的人脉，似乎找不到哪个人可能跟王有直接的利害冲突。媒体报道里也没有披露王向明究竟因为什么原因走上绝路，只是分析了他的房地产投资链后，得出一个结论：可能他的投资过多，资金链拉得过长，加上大陆各个城市相继出手，整顿房地产市场，导致他的资金链断裂，沉重的经济压力成为压垮他的最后一根稻草……

但这只是媒体的推测，真实情况已经永远无从知晓了。想到王向明的种种作为，良军觉得他步步都走得凶险无比，不如像自己这样靠实力行走在华尔街的风口浪尖上来得安稳。

王向明去世后，良军没有了直接上司，成林几次征求良军的意见，问北京代表处首席代表董汉青是否能够胜任，良军坚决不同意。他不能容忍一个心胸狭窄、不懂业务却专门喜欢惹是生非的人在自己头上指手画脚。成林了解良军的心思，一直没有给董汉青上位的机会。

由于王向明出事，中国业务组群龙无首。这年年底，良军所在的中国业务团队没有任何一人被提拔为董事总经理。在进入投行第五年后，尽管业绩加身，良军当初给自己设计的"迅速得到提拔"的目标未能实现。而且，此时的良军还无法预见到一场即将到来的金融市场大风暴将把他实现目标的日期又往后推迟了若干年。至于那个躲藏在暗处举报王向明的人，也一直没有浮出水面。

第三节　金融海啸袭来

西岩项目成功以后，良军在金融市场上名声大振。2007年秋天，他完成陪同刘市长访问纽约的任务后，良军又一次应北大经济学院之邀，回母校讲课。他准备的题目是《2008年全球金融市场行情预测及投资策略》。

10月20日开讲那天，北大西门后湖边那间能容纳300多人的小礼堂座无虚席，很多学员甚至坐在过道上。那时，从998点起跳的中国股市在2007年10月16日这天站上了6124点，EMBA班的学员个个像打了鸡血似的，因为大大小小的专家都在预言A股万点不是梦。偏偏良军给学员们泼了一瓢冷水："可能不远的将来，全球金融市场将出现巨大的问题。我隐隐地感到一场大的经济危机正在逼近。我坚信美联储的极度不负责任操纵美元货币政策的行为正在成功酝酿出一场新的更大的危机，我唯一不确定的下一场危机具体在什么时候以什么形式爆发而已。""李老师，那您自己是如何投资的呢？"一个40多岁的老板学员问道，良军笑了笑，说道："我的投资策略跟所有的专家们推荐的完全相反，我一分钱股票也没碰，而是把自己的现金全部投入到10年期美国国债里了！"闻听此言，学员们顿时议论纷纷。良军知道大家的想法，于是笑道："投资跟做任何事情一样，每个人必须对自己的投资结果负责，为此你必须认真地思考和研究。这里我只想说一下我个人的习惯：我通常会看看各家大机构经济研究报告里所引用的数据，然后结合我自己在实际工作中从微观层面上所观察到的现象进行综合分析判断，并最终得出自己的结论。例如，就在最近，我发现已经有几家美国的大公司出现违约事件了，虽然总金额才几百亿美元，在整个金融市场里只是一颗水滴，但足以让我警觉：这种现象已经多年没有出现，这个时候同时发生一定会有某些含义和后果的。具体来说，美联储疯狂操纵全球金融市场，不断制造一个又一个泡沫，用新的泡沫去掩盖旧的泡沫，现在泡沫开始漏气了，由于连锁反应，这种漏气可能会不断加速，最终爆破。当然我不是神仙，没法预测到什么时候泡沫会爆炸。加之作为在职的投行工作人员，合规部禁止我们在市场上做空股票，所以我只能保守地通过购买国债的方式进行风险防范。"教室里出现了长时间的沉默，良军见状，笑道："人各有志，大家按照自己的原则去投资吧，当然每个人都将自行承担决策的后果，我也一样。"

良军没想到自己竟然一语成谶。仅仅几个月之后，美国次贷危机从华尔街首先引爆，一步步酝酿成一场席卷全球的金融风暴……

按中国农历历法，2008年是鼠年。鼠是十二生肖之首，中国民间认为鼠性通灵，能预知吉凶祸福。但不知道有多少人真正嗅到了一场暴风雨即将到来的气息。

2008年3月16日这天，华尔街投行贝尔斯登宣告破产。贝尔斯登的倒闭引发了市场的恐慌。人们纷纷开始猜测：谁会是下一个倒下的？早在2007年9月，金融市场已有传闻，说雷曼将会倒闭。然而，雷曼新上任的财务总监公布的2008年首季财报相当华丽，这份财报显示，在花旗银行蒙受51亿美元、美林遭受11亿美元损失的同时，雷曼已经连续第55个季度实现盈利，利润达到4.8亿多美元。贝尔斯登倒闭6个月后，雷曼兄弟也倒闭了，风光一世的华尔街仿佛被一股无形的力量推入马里亚纳海沟……

2008年9月15日是中秋节。这天晚上良军难得有空，他和秀明以及菲佣带着嘉华和嘉明两个孩子，到香港太平山顶赏月。童心未泯的他买了几个灯笼，一家人兴高采烈地打着灯笼，沿着山顶的环形步道步行来到山顶的北边，眺望灯火璀璨的中环与港岛夜景。

皓月当空，月华如银。港岛的繁华化作人间的点点繁星。秀明打开一盒精致的月饼，细细地切成小块，分给大家。一年到头奔波在外的良军难得有这么一个与家人相聚的时光。

忽然，他裤兜里的黑莓手机"叮咚"一响，良军把灯笼递给秀明，掏出手机一看，不禁倒吸一口凉气，只见公司内部发来的一个邮件里只有一句话："雷曼倒闭了！"良军不敢相信自己的眼睛，赶紧又打开其他几个来自不同渠道的邮件，结果看到的都是同样的内容。

他早有预感，觉得这一天迟早会来，只是没想到，它来得这么猝不及防！

"不好，出大事了，赶紧下山！"他转身对秀明说，"我得尽快去办公室。"

"怎么啦？"秀明诧异，"刚带孩子们上到山顶，还没歇口气，又要下去？"

"雷曼倒闭了！"良军一边说着，一边已经开始收拾东西，完全没有赏月的心思了。

"什么？你没开玩笑吧？"秀明耳濡目染，当然知道雷曼在华尔街上的分量。

"你看我像在开玩笑吗？快走！快走！"菲佣南希不发一言，迅速收拢刚打开的野餐垫和食物。

秀明赶紧招呼保姆带好孩子，一家人叫了一辆出租车，直奔山下。出租车先把良军送到中环的交易广场一座，接着把家人安全送回家。良军一刻也不敢耽搁，下车后就向交易室飞奔。

进了办公室，他一一打开彭博和路透信息终端机，从各种外部渠道和公司内部邮件中确认了雷曼破产这个噩耗！这个华尔街上的巨人公司已经资不抵债！

自从在北大的那次演讲之后，良军就开始面对一个日益严峻的现实——他越来越难找到业务做了。华尔街上早就是山雨欲来风满楼，现在，风暴终于来了！

良军跌坐在椅子上——又要面对危局了。他脑海里开始浮现华尔街上哀鸿遍野的景象。雷曼倒了，谁将是下一个？是摩根士丹利还是美林？罗森银行能不能撑下去？自己还能不能在华尔街上干下去？七八年前自己转战在华尔街上各家投行面试的场景逐一浮现在脑海里。

"我是不是又得准备靠面试来改变人生了？"

看着窗外的万家灯火和夜空高悬的一轮明月，良军觉得心里空空荡荡的。

2008年9月，纽约华尔街上的剧烈动荡让全球金融市场瞬间冰冻三尺。恒生指数像得了伤寒症一般打着摆子。雷曼的破产像一股阴风刮向香港乃至亚洲，9月12日，恒生指数还在19300点徘徊，仅仅一周后，就跌到了16300点。

转眼到了10月，虽然各国政府相继出手救市，但市场的恐慌情绪仍在蔓延，多国股市直接封在跌停板上，罗森银行的股价已经从2007年的高点100美元跌落到此刻约6美元左右！

在挺过了9月份的风雨飘摇之后，罗森银行也岌岌可危。如果救助资金不能到位，罗森银行也必然倒闭。

良军的生活彻底被打乱了。没有生意可做，没有差可出。他虽然每天都去中环的办公室，但觉得那里暮气沉沉；待在家里无所事事又让他心神不宁。10月的第一个周末，良军手握电视遥控器，无力地窝在家里客厅的大沙发上，时睡时醒。每当在沙发上醒来的时候，他就打开电视，关注一下电视新闻里有没有罗森银行破产的消息。还好，没有。

周一早上，失魂落魄的良军早早地进了交易室，无心他顾，眼睛木然地盯着屏幕上滚动的财经新闻。下午一点半，交易室里忽然欢声雷动,他听到同事们惊喜的叫喊声:"援助金到了!"良军闻讯精神一振,迅速地找到了相关的财经新闻,"救市铁三角"终于成功说服美国国会,救市方案获批,美国政府得到7000亿美元的资金撒向华尔街,其中有几百亿美元的援助金落到罗森银行头上!"这下安全了!"良军心里默默地说道,跟成林打了声招呼之后便回家补觉去了,反正公司里也没有任何事情可做。

　　罗森银行虽然躲过了倒闭破产的命运,但是市场上令人不安的消息还是纷至沓来。由于过去多年人为制造的长期的低利率环境,很多个人和机构在金融海啸之前做了大量的结构性金融交易以获得高于市场的收益,雷曼倒闭引发的市场流动性缺失以及交易对手的倒闭直接导致了市场上后续的连环违约。终于,有关部门联合发文禁止国企做金融衍生交易。这意味着良军没有业务可做了。

　　华尔街不是养老院,做不出业绩就意味着滚蛋。良军还年轻,还有很多目标没有实现,可不想现在就退出这个行业。良军再次想到了像当年非典时那样通过寻找存量交易的重组来赚些钱,无奈的是,各家企业一听到"衍生产品"这几个字眼,便立刻避之如虎。良军感到前所未有的郁闷:"我去年这个时候还是意气风发,仿佛在云中漫步。现如今已是明日黄花,随时被雨打风吹去。人生真是无常啊!"

　　日子一天天过去,市场情况没有丝毫好转。极度郁闷的良军发展出一项全新的爱好:在电视屏幕上打电子游戏!大儿子不知道从什么地方带回来一张打坦克的游戏光盘,良军随手一试,竟然很快就一发不可收拾:周末早饭后,良军就开始玩游戏,直到晚上睡觉才放下游戏机。辛勤的汗水为良军赢得了一项特殊的"荣誉":他能一次就打通关!而儿子和他的同学们无人能够打通关。看着那些孩子们钦佩的眼神,良军竟然也感到了一丝久违的欣慰。

　　眼看就快到2009年了,良军内心沉甸甸的。金融海啸爆发之后,已经连续好几个月没有做成一单生意了！这一切都被秀明看在眼里，但她一直不动声色，直到春节前的一天，秀明坐在良军身边，等他又打通关之后，平静地说道："良军，你打了半天游戏，休息一下眼睛，好吗？""好的。"良军把眼睛从电视屏幕上移开。秀明继续说道："良军，我知道你心里苦，而且现在金融市场的情况很糟糕，所以我最近一直没有劝阻你玩游戏，但是你想一直就这样打游戏吗？"看良军没有应声，秀明继续说道："你最近打游戏的时候，我也做了一项家庭作业，要不你过来看看？"好奇心顿起的良军从沙发上站起身，跟着秀明走进卧室。书桌上秀明的笔记本电脑开着，屏幕上显示着一个 Excel 文件。"你坐吧，"秀明说道，"这是我刚刚做完的表格，你先看看吧。"良军好奇地看着屏幕上的各种数字，不解地问道："你这是？""哦，我把家里目前的各种存款、所投资的资产进行了一个登记。这个数是咱们家目前的总资产额。"见良军在沉默，秀明继续说道："我知道你心里苦，更知道你是因为目前金融市场萧条，你担心这个家庭的前途而苦恼，所以我不想用大话来安慰你，更不会指责你。还记得当年你给我的承诺吗？我从不苛求你，而且完全理解你：目前的状况是雷曼倒闭引起的，这次的金融海啸把你之前多年努力经营的事业冲垮了，这不是你的错，更不是你无能和懒惰所致。我都明白，你一直担心我和两个孩子的未来，面对现实你感到无助，但是整天打游戏能有任何的帮助吗？你整天打游戏的话，除了自废武功，绝对不会有任何未来的。如此的话，你怎么告慰你的父亲，怎么向你的母亲交代？怎么向我和两个孩子交代？又怎么对得起你的过去？你说是吗？"良军呆呆地看着秀明平静的脸，好半晌说了一句："你放心，我完全明白了！"良军站起身来，走到堂屋，关了电视，把游戏机的电线拔了下来，之后装进一个大袋子，连同游戏光盘一起扔进了垃圾桶。一个念头涌进良军的脑海：也许我又到了跳槽的时候！可是他又有些于心不忍，成林在金融危机之后日子也很不好过。

没想到，一个偶然事件的发生很快再次改变了良军的职业生涯轨迹。

第四节　成林辞职

罗森银行2008年的业绩惨淡收场。谁应当对公司的现状负责：董事长还是总裁？一时间公司上下议论纷纷。为了缓和中国机构投资者对罗森银行的疑虑，2009年春节刚一过完，罗森银行董事长立刻来到中国，马不停蹄地分别拜访各家主要的机构投资者。作为亚洲区固定收益部的主管，成林全程陪同，良军又去了西岩市。却没想到，这次他只在西岩睡了几个小时，便打"飞的"赶回了香港。

自从2007年9月初完成西岩市基础设施投资公司750亿日元的外债保值业务后，良军时不时会去一趟西岩，这是他售后服务的工作。不过这一次，实在是因为新的生意难找，良军计划跟西岩市基础设施投资公司的老客户们交流一下市场的最新行情，跟对方探讨一下公司是否有调整头寸的需要。从秦总那里良军意外地得知：王亮因为犯事被判刑，进了监狱！

他喜欢西岩市临江的那家西岩江酒店。前台服务的小妹仍然记得这位常客。良军打算住两天。

良军进入房间后，立刻打开笔记本电脑，把第二天要向西岩市基础设施投资公司建议的方案又过了一遍。不知不觉中，时针指向了夜里12点。看看一切都准备妥当，良军关上电脑，准备睡觉。

刚刚躺下，突然手机响了，他拿起来一听，原来是刘鸣杨打来的。他的声音很急促，还有点儿紧张："良军哥，你看到公司内部电邮了吗？

成林刚刚辞职了!"

良军以为自己听错了,提高了音量:"什么?刚刚?!晚上12点辞职?你要是乱说,当心我揍你!"

"唉呀,良军哥,这种事情我哪里敢乱说啊,你赶紧看一下几分钟前的电邮吧。"良军放下手机,打开黑莓电邮,果然,成林几分钟前发了一则内部电邮,他写道:"因为个人原因,本人决定辞职,此决定立刻生效……"

良军的脑子里一片空白。他追问刘鸣杨:"你听到行里有什么风声了吗?"

刘鸣杨嗫嗫地说:"没有啊。我要是听到什么,会马上向您报告的。"

良军几乎脱口而出:"我明天一大早就赶回香港。你留心行里的动静。"

"那您明天不跟客户谈生意了?"

"老板都没了,还谈个屁的生意!"

放下黑莓手机,良军心里再难平静。

"到底发生什么了?昨天早上自己还在香港办公室向成林辞行,他看起来好好的,怎么会十几个小时后就辞职了呢?而且还是凌晨,看得出来他是一分钟都不想多待。不管怎样,我必须立刻赶回香港,弄清楚究竟。"想到这里,良军立刻拨通了罗森银行内部的紧急订票热线电话,定好了第二天早上8:30从西岩市起飞去深圳的国航机票,然后给秘书发了一个电邮:"我已经定好了早上8:30从西岩市到深圳的机票,麻烦你帮我安排一辆车,明天上午11:30准时到深圳宝安机场接我回香港。"随后,良军又给西岩市基础设施投资公司的财务总监秦总发了一个手机短信:"秦总,我傍晚刚到西岩市。实在对不起,我们银行内部刚刚出现了紧急情况,我天一亮必须马上赶回香港,只好跟您取消原定今天早上的会谈。我下一次再找机会拜访您。再一次抱歉。良军。"

忙完这一通之后,良军坐在沙发上想了半天,也没有任何头绪,看看时间已是凌晨一点多了,良军上好了手机的闹钟时间后,上床休息。

可是他睡不着。翻来覆去,满脑子都是成林。成林是他的主管,也是他投行生涯的领路人,七年来,两人既惺惺相惜,又有过针锋相对。良军第一次知道成林的"传奇",还是他刚入职罗森银行的时候,在纽约总部听师傅马丁讲起的。

清早六点还不到,良军就办了离店手续。在前台服务员惊愕的目光中离开了酒店。下午两点多,良军已经坐在自己的办公桌前了。他问了一下秘书,知道成林今天还没有来办公室。他平静了一下,喝着茶,等待着。

他想起了七年前成林把自己从纽曼银行挖到罗森银行的那一幕,又想起了几年前自己从罗森银行试图跳槽的情景,成林最终把自己留在了罗森银行。那一次,他领教了老江湖成林使出的各种老辣手段——成林说服行里上上下下、远远近近的各方人员来对他软磨硬泡,把他"软禁"了十几个小时,逼得自己最后投降,那一次跳槽以自己的服输而收场。自那以后,几年来,也多亏有成林的支持,自己在投行界做得风生水起,现在,成林要走了,自己还有必要待在罗森银行吗?

良军正想着往事,忽然听到成林跟秘书小姐说话的声音传来。不一会,成林出现在交易室,今天他没有像平时那样穿西服打领带,而是罕见地只穿了一身休闲装,像度假似的,拎着一个大帆布包。一看就知道他是来收拾个人物品的。

良军透过落地窗,看见成林基本收拾好了,才敲门走进他的办公室。

"这就要走?"

"是啊,该离开了。对了,你昨天不是去西岩市了吗?"成林抬头问道。

"哦，今天凌晨看到你辞职的消息，我就取消了跟客户的会谈，赶了回来。总得给你送个行吧。"

"谢谢了。坐吧。"成林指了一下沙发。良军颓丧地坐下来，感觉像自己要辞职一样。几年前自己辞职那一幕又在脑海中回放，命运真会捉弄人，仅仅几年之后，轮到了他来为老板送行。

"哎，虽然我也知道在投行里来来往往是常态，但是看到你马上要离开，还是感觉不太好啊。"

成林反倒没有什么伤感的情绪。他一边收拾着桌上的办公用品，一边说着："谢谢你专门赶回来给我送行！你这几年做得很好，可惜王向明出事后，公司对我们中国组另眼相看，我这一走，估计会对你和其他人未来的发展有不小的影响，很抱歉我不能再关照兄弟们了，你们一定要保护好自己。"

"理解，你也多保重自己，世界很小，香港更小，不知道什么时候，咱们随时又会碰到一起呢。"良军竟然有一种无可言说的伤感。

看到成林把帆布包口的拉链拉上，良军说道："我送你下去吧。"他接过成林手里的帆布包，在交易室其他人不解的目光中，良军陪着成林向交易室门口走去。

在等电梯的时候，良军说："有空一起吃个饭吧。"

"好啊。后天晚上怎么样？反正刚闲下来，还没什么事做。"

"好的，老地方，晚上六点。"良军跟成林握了握手。

叮咚一声，电梯到了。门开了，成林进了电梯，向良军挥挥手。

电梯的门缓缓地合上了。

良军给成林饯行的地点选在中环的中国会，这里正是他从新加坡回到香港之初，成林给他办接风宴的地方。这天，已经卸去罗森银行所有职位的他看上去气色不错。轻车熟路，也不看菜单，从上海熏鱼到红烧狮子头、腌笃鲜等点了个遍，还要了一瓶茅台。

菜品很快上了桌。两人酒过三巡，话开始多了起来。良军问道："公司上下盛传你辞职是因为和董事长不和，能说说到底怎么回事吗？"

成林并不隐瞒他辞职的内幕。罗森银行 2008 年的业绩惨淡收场。谁应当对公司的现状负责：董事长还是总裁？一时间公司上下议论纷纷。在陪同董事长前往中国出差的途中，他顶撞了罗森银行董事长，认为董事长必须负责，并因此惹怒了大老板，于是被迫辞职。他先夹了一个红烧狮子头放进嘴里，吃完后擦擦嘴，才跟良军解释："你说，金融海啸把整个华尔街冲得七歪八斜，罗森银行没倒，那是万幸，不是他们高层有多么高明，而是美国政府怕这些大投行倒掉，印钞保了华尔街。海啸之后，罗森银行股价一度跌到历史最低点——6 美元，从来没有过的纪录！2008 年的公司业绩只能用惨淡两个字形容。谁该负责？不是董事长还能是谁？可他跑到亚洲市场来指手画脚，我看不下去，于是在北京跟他翻脸了。"成林说完，猛干了一口茅台。

"你那脾气上来了，跟华尔街上那只铜牛差不多。"相处多年，良军摸透了成林的脾气。

成林苦笑了一下，继续说："我们当时在北京的国际俱乐部酒店的大堂吧吵翻了，我一来气，抬手砸了我手里的手机。"成林一筷子又夹起一个红烧狮子头塞进嘴里。

良军能想象到暴怒之下的成林如何把一个手机摔到董事长面前的场景。

"你几十年前摔座机，现在摔手机，风格不变啊！你买新手机了吗？"

"我想买最新款的，但被商店告知暂时缺货，我不想等，所以只好买了一个商店备有现货的老款手机！"

良军刚干了一口茅台，差点儿没笑喷。

良军还从来没有这样跟老板成林推心置腹地谈过金融海啸发生后投行业所面临的危机。成林很平静地继续说道:"华尔街投行能赚钱靠的是谁?是我们这些人拼老命干,他们才有今天。就像戏词里唱的,眼看他起朱楼,眼看他宴宾客,眼看他楼塌了。我们要不拼死卖命,他们算个啥?"

良军点点头,说道:"当年我被王涛莫名其妙反复修理的时候,你对我说,我们是拿自己的面子换人家的里子。这几年下来,我的面子可是全丢在华尔街上了。"

两人不知不觉喝完了一瓶茅台。分手的时候,成林已经满脸红光了。良军给他叫了一辆出租车。成林一只脚已经上了车,又丢给良军一句忠告:"良军,老哥给你一句话:华尔街最多只是个趁着年轻挣点快钱的地方,绝对不值得我们把一生都搭上。早晚还是要考虑做一些有意义的事情。顺便告诉你一下:我已经联系好了一家中资买方机构,准备彻底改换平台,到买方机构开始全新的发展。在华尔街上伺候别人几十年,现在是时候主宰一下自己的生活了!"

看着成林消失在中环的灯火深处,良军心里就开始了盘算:"由于政策性的禁止,我过去赖以成名的金融衍生品业务估计未来多少年里都很难回来。成林离开后,公司必将空降新的老板,新老板一定会视我为成林的人,如此一来,我在罗森银行的前途堪忧。与其等着公司炒我,不如我自己先炒了公司,三十六计走为上策!"

主意一定,良军拿出手机给几个猎头发出短信:"我已决定寻找新的发展机会。如果你有任何信息,望告知我。谢谢!"

接下来的几周里,他像蚂蚁搬家似的,把自己办公室里的私人物品、茶杯、西服等,一点一点拿回家。他不知道解雇和面试哪一个先到,但是得提前做好清仓准备,至少在得知被解雇的时候,他可以挥一挥手,一片纸都不带走,之后平静地离开。收拾办公室物品的同时,良军把 2007 年买的国债全部卖光，看着账上的盈利，良军露出了金融海啸以来已经久违的微笑。

通过面试来改变人生的时刻又快到了。

第五节　第 5.5 次跳槽

没几天，良军就收到了猎头海伦的回复："李先生，我这里有一家投行对你很有兴趣，方便的时候咱们先聊聊？"

良军爽快地答应了，与海伦约好第二天在中环的文华东方酒店大堂吧见面。一听说她找的是斯曼银行，良军不禁笑了起来。斯曼银行中国区的董事长是赵明权，两人早就认识。虽然各为其主，你死我活地竞争，但私下里还是保持着交情。海伦格外兴奋，很快就为良军安排好了两天后在斯曼银行的面试。

斯曼银行在环球贸易广场大楼里，从良军在交易广场一座的办公室望出去，能看到斯曼银行所在的写字楼。眼看离面试时间还有 1 小时，良军把领带放在西服口袋里，悄悄离开了交易室。坐地铁过海，在九龙站下车，之后来到了斯曼银行所在的写字楼大堂。他提前上楼，进了洗手间，对着镜子打好领带，整理好了西服，然后来到会议室，等待面试。和他预计的一样，每半小时进来一位斯曼银行高管，车轮式的面试持续了 3 个小时，最后进来的是赵明权。他跟良军打过招呼之后，坐在他对面。

赵明权说："我今天就过来和你简单聊聊，我太了解你了，用不着面试你。"

两人早在 2007 年的西岩项目中就认识了。后来又一起安排刘市长访问罗森银行与斯曼银行纽约总部。赵明权知道良军是成林的得力干将,当时不便挖他,但是他给良军留过一句话:"哪天你觉得想换一个地方了,就来找我。"

两人开始聊了半个小时的家常,从华尔街金融危机后的种种人事变动到市场的突变。明权随后小结说:"今天先这样吧,我回去之后会跟其他人沟通一下,我非常希望你能加入我们银行,大家一同做一些事情。"

一周后,猎头海伦传来消息,斯曼银行决定聘请良军加入他们银行,希望他办好从罗森银行辞职的手续后,尽快到斯曼银行的人事部办理入职手续。

"好的,谢谢!"良军心里一阵轻松。不过他提醒自己,这次辞职可千万不能像几年前那样拖泥带水。

良军看了看日历,5月28日是个有趣的日子,这天恰好是10年前自己从裕京银行辞职的日子,当天上午他将要去香港移民局领取香港永久居民身份证和护照,之后马上就去罗森银行辞职。主意一定,良军立刻给海伦发了一则短信,告诉她自己决定5月28日下午先去罗森银行辞职,之后坐轮渡从中环到斯曼银行人事部报到。

成林辞职后,罗森银行从纽约总部派来了一位新总裁约瑟夫。良军在会议室里口头向约瑟夫表示自己的辞职意向,双方简短地交谈了几句。约瑟夫随即给人力资源部打了一个电话,然后告诉良军可以去办手续了,前后不到5分钟。

他出了罗森银行的大厦,径直来到斯曼银行的人力资源部。人事部经理早已经将聘用函准备妥当。良军逐一审读条款,确认基本收入以及第一年的保底奖金数额无误之后,在一式三份的聘用函上签上了自己的名字。

从斯曼银行出来,走在熙熙攘攘的中环,良军不禁眼睛有些发酸:

十年前自己从裕京银行辞职，十年后的今天自己又将开始一段新的人生旅程。他告诉自己：且行且珍惜，好好地往前走下去吧！

然而，事与愿违。

虽然离开了罗森银行，摆脱了被新老板打压的可能。但是坐在斯曼银行的办公室里，良军没有感到一丝的轻松。雷曼破产倒闭后，一晃大半年过去了，市场的行情仍然不见好转，一些在金融海啸里损失惨重的散户投资者在中环的几家大银行门口披麻戴孝、敲锣打鼓，要求银行赔偿自己的损失。

媒体上时常曝光一些投资者在危机中的巨额损失。一位香港餐饮界的大佬，挺过了1998年亚洲金融风暴，却倒在2008年的金融危机之中。他的投资亏损达千万元之巨，某一天，他从中环的一处写字楼顶一跃而下，其决绝与惨烈，震惊港人。

在金融海啸发生之前，良军每天忙得无法着家。海啸发生之后，他却连出差的理由都没有了。良军过去多年赖以成名的金融衍生业务奄奄一息，客户一听说金融衍生产品，犹如大白天碰到鬼，避之唯恐不及。良军除了偶尔到北京见一见老客户外，其余时间基本上都待在交易室，实在无聊的时候，良军就登录进入公司内部的培训网页，做起了各种公司内部的网上培训题，从 IT、会计、反洗钱等等，就像他当年为备考 TOEFL 和 GMAT 拼命刷题一样，用这种别人没法挑刺的方式打发着在办公室里的时间。下班后，他也没有心思做任何其他的事情，常常是饭后往沙发里一躺，茶几上摆好可乐和土豆片，把多年前在出差路上从街边小贩手上买来的各种光盘一一看个遍：《英雄儿女》《渡江侦察记》《难忘的战斗》《五朵金花》《红孩子》《枫树湾的战斗》《青松岭》《金光大道》《乱世佳人》《红菱艳》《瓦尔特保卫萨拉热窝》《夜袭机场》《67天》《桥》《毕业生》《大话西游》等等。

2011年春节是良军进入华尔街十年以来，过得最窝囊的一个春节。

秀明带着孩子回武汉看望孩子的奶奶，再回北京看望孩子的姥爷和姥姥，家里的菲佣已回老家休假，自己当上了"家庭煮夫"，每天清晨到港岛的海边批发集市上买菜，黄昏到海边散散步，晚上窝在家里刷手机或者追剧。他在2010年整个财政年度颗粒无收。如果不是靠着一年前从罗森银行跳槽到斯曼银行时签约的保底奖金，这年他肯定一分钱都拿不到。

就在春节前，印裔老板帕尔默把良军叫进办公室，劈头盖脸地说："良军，你所剩的时间已经不多了，如果在下一次业绩考评时还是做不出任何业绩，我只能请你走人了。"

进入华尔街多年来，这是良军第一次听到老板对自己如此毫不掩饰地下达"驱逐令"。他木然地回到了自己的座位上，心里翻腾着："目前市场情况仍然不好，未来若干年只怕也难以好转，我目前唯一的出路看来只能是换到一个客户愿意做生意的领域去。"想来想去，他想去试试赵明权直接主管的投行部，哪怕这是一个跟他征战了大约20年的固定收益业务完全不同的领域。

想到这里，良军立刻给赵明权发了一条手机短信，约他第二天下午两点，在中环文华东方酒店大堂吧见个面。

赵明权是个明白人，一坐下就开门见山地问："良军，你约我在这里见面，有什么在公司内部不方便说的事吗？"

良军知道无须绕弯，于是直奔主题，说道："是的，我希望能有机会到您直接主管的投行部去工作。请相信我，我的能力绝不差，但无奈市场情况确实太不好，没有客户愿意再做金融衍生产品了，他们连看一看、谈一谈的兴趣都没有。您看能不能给我一个机会？"

赵明权沉吟片刻，缓缓地说道："你的情况我早就清楚。目前你最擅长的金融衍生产品业务面临着市场消失的困境，这不是你的个人能力有问题。我个人很欢迎你加入投行部，只是目前投行部的经营状况也不好，刚刚完成了第一轮裁员，估计第二轮裁员很快会到了。给我一点时间，你回去后也更新一下你的简历。我安排你先去见一下投行部的主管，之后我跟他商定一下。"

回到家里，良军立刻把自己的简历作了更新，用自己的私人邮箱发给明权。随后的一段时间里，良军每天都过得惶惶不安，为了以防随时可能降临到自己头上的裁员，他又开始蚂蚁搬家，每天下班的时候悄悄地把自己的私人物品，例如西服和茶杯，陆续拿回家。他在等着，不知是投行部的机会还是顶头上司的裁员令哪一个先来。

终于在如坐针毡地等候了漫长的几天后，良军等到了跟投行部主管的会面安排。他带上自己的简历，准时敲响了投行部主管布莱恩先生的办公室。

布莱恩开门见山地说："良军，你是赵明权董事长亲自推荐给我的，我完全相信他的判断，所以今天我没有必要对你进行正式的面试。只想提醒你一下：目前投行部正在进行今年的第二轮裁员，其中包括很有经验的投行部资深人士，你过去一直从事金融衍生产品领域的工作，来到投行部之后，我们将对你一视同仁。"

良军明白布莱恩的一番话所暗含的意思：游戏规则对大家都是一样的，即使你是赵董事长推荐的人，也不会对你网开一面。

他良军从来都不在乎从头再来，于是自信地说道："理解。我相信只要有市场，我一定能做得很好，决不会让您和赵总失望的。"

"那好，我和赵董事长商谈过后再给你通知。"

两人交谈不到 10 分钟，良军就离开了布莱恩的办公室。

布莱恩果然是个雷厉风行的主管。第二天，良军就收到他发来的通知，要他在两周后的星期一到投行部正式报到。

良军向印裔老板帕尔默辞职的时候，帕尔默那副错愕的表情让良军心里有一种痛快感："呵呵，我才不要等着你赏饭吃呢。"他办完了固定收益部的业务交接之后，又把原来从固定收益部办公室里拿回家的茶杯和西服等个人物品陆续搬到了投行部的办公室。去了没几天，他把刘鸣杨也带到了投行部，印裔老板本来打算炒掉跟良军一起的这个年轻人。现在正好卸了包袱。

良军很清楚：如果再做不出业绩来，不仅让赵明权难堪，自己在投行部也将待不下去。好在学习从来都是他最拿手的事。他从来都不惧一切从零开始……

第六章　转战华尔街

第一节　智斗奥伯曼

在外人看来，良军从斯曼银行内部的固定收益部换到投行部，似乎只是一个内部换岗，但对投行人而言，这远不是换一个部门那么简单，这根本就是改换了一条截然不同的职业赛道。对良军来说，一切都是从零开始。他必须尽快成为内行，站稳脚跟。

上班的第一天，良军就约了并购部的奥伯曼见面。本来他对这位新同事充满期待的，可是没多久，他就发现这人简直是斯曼银行的奇葩。

按照约定的时间，奥伯曼出现在良军的办公室门口。他负责斯曼银行在欧洲的跨境并购业务，良军如果想帮助中国企业在欧洲市场上完成并购，需要得到奥伯曼的协作。

奥伯曼是典型的日耳曼人，个子高大魁梧，五官挺拔。他一开口把良军吓了一跳——他竟然说得一口标准的京片子："你好，我的中文名字叫奥伯曼。"细聊一下才知道，原来奥伯曼曾经在北京一所著名的大学学习多年，回国的时候还娶走了校花。看来校花对这位夫君的中文训练得非常有成果。几句中文常常帮他一下子拉近了与中国客户的距离。

送走了奥伯曼，良军回到座位上沉思起来："我初来乍到，业务都不熟悉，我应该从关系最好的客户入手，争取尽快开张，迅速站稳脚跟，渡过目前的生存危机。最有效的方法就是利用自己以往积累的人脉资源，尽快找到最有可能马上落地的项目。"

"我该从哪家公司入手呢？"良军头脑里闪现着不同公司的名字，最后宏业集团和明生集团的名字定格在良军的脑海里。他想，宏业集团和明生集团都是自己多年来合作得不错的客户。刚刚听说宏业集团准备马上启动一个德国的并购项目。那年跟俊宏在京都和东京非交易路演之后,明生公司一直在关注荷兰和巴西的并购标的,不仅如此,明生公司有海外的红筹架构,将来如果要做股权类金融衍生产品的话,会比 H 股公司容易得多。而且奥伯曼今天也表达了跟自己合作的兴趣。既然有现成的客户需求和银行内部的资源,那就首先从这两家公司入手!

本来,初来乍到的良军对奥伯曼保持着尊敬,可是奥伯曼的作为却让良军大跌眼镜。

在得知宏业集团有意在德国并购一家企业后,因为自己暂时还不熟悉斯曼银行内部的跨国沟通渠道与并购操作程序,因此良军希望奥伯曼能够帮助自己开展内部沟通和协调。于是良军当即邀请奥伯曼与自己共同赴京,并把他毫无保留地介绍给了宏业集团的高管们。良军想,两人以团队搭档的形式出现在宏业集团,可以向客户传递一个明确无误的信号——斯曼银行作为一家全球性的投资银行,在欧洲有很强的实力,能够拿出最优化的业务方案。谁知道奥伯曼这个白皮黑心的家伙竟然唱了一出"明修栈道,暗度陈仓"。

自从跟奥伯曼在北京分开之后,良军忙着四处拜访新老客户,一直没有收到奥伯曼答应过的任何与德国收购项目有关的资料。良军内心隐隐感到一丝不安:第一次跟这个老外合作,他会不会故意绕开自己,以便他自己在斯曼银行内部邀功呢?良军尽管心存疑惑,但很快还是压下了这个念头:一是自己刚到投行部不久,没有任何业绩,不便树敌;二是自己并没有有力的证据证明奥伯曼想故意绕开自己。

良军回到香港后,很快便收到了宏业集团发来的关于收购德国目标公司的竞标邀请函。良军一看不能再等,于是立刻约见奥伯曼,要求他尽快和欧洲团队沟通,并按照客户的要求完成竞标方案。奥伯曼托词自己不在香港,避而不见。良军只好跟他举行电话会议。良军在电话里追问:"上次我带你在北京跟客户会谈之后,你和欧洲团队沟通过吗?"

"哦，一直在沟通。"听奥伯曼的口气，一切都似乎进展顺利。

"为什么没有把电邮抄送给我呢？"良军大为不解。

"这个嘛，来来往往电邮太多，不想打扰你。"奥伯曼说得很轻松，良军心里的火苗"腾"地蹿了起来。他压着心头的怒火，继续说道："作为宏业集团这个公司账户的负责人，我必须随时了解所有相关的信息。这是我的工作，我根本不怕被打扰！否则一旦出了什么事，你我都负不起责。你说对吗？"

"完全正确！"奥伯曼听良军讲完项目最新情况，满口答应尽快拿出竞标方案。为了督促奥伯曼尽快拿出方案，良军特地嘱咐跟着自己来到投行部的助手刘鸣杨多跑跑奥伯曼那里，盯紧着一点儿。

一个星期后，竞标方案终于准备好了，良军立刻发给了宏业集团。这天中午，良军在北京刚刚和客人结束了午饭，突然接到了宏业集团财务总监陈祥东的电话："李总，一会儿你会过来吗？"良军有些丈二和尚摸不着头脑："陈总，您要我去哪里？"

"你不是一会儿要到我们公司来吗？"陈总也颇觉诧异。

"我现在是在北京，但是这次没有计划去你们公司啊！怎么回事？"良军突然想到了奥伯曼。果然，陈总解释说："你不知道吗？奥伯曼之前联系我说，他和你将带领你们银行欧洲团队今天下午来拜访我们公司，争取参与我们的德国并购项目。所以我以为你会来呢。"

良军忙对陈祥东说："陈总，不好意思，我们内部沟通出了点问题。我马上赶过来！您稍等我一下。"他如此这般，跟陈总交流了一番。之后跳上车，要司机以最快速度赶往宏业集团。一路上他心想：奥伯曼你这个白皮黑心的家伙，真会过河拆桥啊！好，我让你慢慢演，看好戏怎么收场！

这天下午1：50，奥伯曼带着三个专程从欧洲飞来的同事，来到了宏业集团。

财务总监陈祥东热情地把他们让到会议室。待宾主坐定，陈总故意问道："怎么不见良军先生？"

奥伯曼眼都不眨地撒了个谎："哦，他有别的事需要忙。我们开始吧。"

陈总打开茶杯盖子，轻轻吹开上面的浮沫，喝了一口茶，不紧不慢地说："据我所知，李总是你们行里直接负责我们公司账户的人，而且是他把你介绍给我们的，如果他不出席的话，我不确定我们方总是否会选择你们银行来做我们的并购顾问。"

陈总说完，又喝起茶来。

奥伯曼根本没想到会是这样。他的脸色有些发白。几位欧洲同事也大惑不解地看着他。

奥伯曼犹豫着掏出了手机，拨通了良军的号码："良军，你在北京吗？"

良军故意等电话响了好几声后才按下接听键，用一副公事公办的口吻问道："我正在跟客户开会，你有什么事情吗？"

奥伯曼压低了声音说："有点急事。你能马上到宏业集团来吗？"

良军心里暗暗冷笑，嘴上却故意问道："为什么这么急？我今天下午没有计划要跟宏业集团的人见面啊！"

陈总品着茶，拿起手机看，装作没有看到奥伯曼的囧态。奥伯曼既碍于陈总的面子不好当面跟良军说透，又担心三名欧洲专程赶来的同事扑空，回去不好交差。他几乎是用恳求的语气说："良军，非常抱歉，回头再跟你解释吧。现在请你马上过来好吗？"

听他这么一说，良军借势下了一个台阶，说道："算你走运。我正好就在附近，但是我必须先取消跟眼下这个客户的会谈。如果因此出现任何问题，责任可都是你的哦！"

其实，良军接到奥伯曼电话的时候，人已经到了宏业集团楼下。他坐电梯上楼之后，没有马上进会议室，而是打电话把奥伯曼叫了出来。良军没有放过这个当面教训奥伯曼的机会。

站在走廊尽头，他压低声音对奥伯曼说："你知道你在干什么吗？我是这个项目的负责人，你今天却瞒着我擅自联系客户！幸好我在北京，大老远地从亚运村赶了过来。如果耽误了这个项目，说轻一点，这几位欧洲同事将白跑一趟北京；说重一点，在董事长那里，你负得起这个责吗？"

三个欧洲来的同事也觉得不对劲，出了会议室，正好听到良军的这番话。"老天啊，奥伯曼，你到底在搞什么？你差点毁了这桩生意，你知道吗？"其中一位资深的欧洲同事对奥伯曼吼道，另两位连连摇头。奥伯曼脸上红一阵白一阵的。

良军等自己和众人稍微平息了情绪，才走进会议室。奥伯曼灰溜溜地跟在他身后，一言不发坐回自己的座位。

"陈总，不好意思，我来晚了。我们团队现在到齐了。咱们开始谈谈欧洲并购的项目吧。"良军说着，拿出了笔记本。

陈总微微一笑，收起了报纸，打开了文件夹……

一个多小时以后，陈总看谈得差不多了，遂请出了集团的董事长方青峰来跟良军一行见面。寒暄落座之后，方总说道："欢迎各位参与我们公司的德国并购项目竞标。目前已经有好几家银行都在竞聘我们公司的并购顾问。实话实说，各家银行提交的材料都写得很好，而且你们几家银行提出的方案有不少地方惊人地相似，甚至相同！例如，你们的收费水平竟然一模一样！我们难以做出最后的选择，所以今天请你们和其他银行到我公司来，我们分别跟每家银行交流一下，以此帮助我们选择最合适的合作伙伴。"原来，为了多了解竞标的这些银行，宏业集团在这天邀请了各家银行的代表分别来参加项目交流会。良军意味深长地扫了奥伯曼一眼，几位欧洲同事暗自吸了一口凉气，庆幸没有被奥伯曼耽误大事，而奥伯曼脸色苍白，显得十分尴尬。

方总的一番话在良军心里激起波澜。他庆幸自己及时赶到宏业集团并"拨乱反正"，排除了奥伯曼的干扰。可是，他又想："如果各家银行的条件太过相似，如何让自己脱颖而出呢？"

走进会议室后，良军的欧洲同事首先作陈述，良军静静地注视着办公桌对面的客户团队，尤其是董事长方总身上。

忽然，良军注意到一个细节：方总在说"什么"的时候，总是在末尾带一个"儿"，说成"什么儿"。这不是自己老家长阳人的发音方法吗？长阳是位于清江边的一个土家族自治县，难道眼前的方总也是土家人？良军立刻想到姥姥在世的时候曾经讲过，覃、田、刘、方、彭等都是土家族的大姓。为了稳妥起见，良军不动声色地继续观察方总，发现他的后脑、脑门的形状确实跟很多长阳人相同：脑门方正、后脑略显夸张地有点向后凸，这些都是典型的湖北长阳人的外部特征啊！但是在今天这样的严肃场合，良军不敢冒昧，决定留到最后，摸摸方总的底儿。

方总大约讲了10分钟。良军左看右看，最后完全确认方总就是长阳土家族人！90分钟的会议结束了，方总起身送客。良军故意走在最后，等其他人走在前面的时候，他才走到方总跟前，小声问道："方总，可否冒昧地问您一个私人的问题？"

方总随口道："没事，请随便问。"

"方总，您是湖北宜昌地区长阳人吗？"良军特地把音量放小，以确保其他人听不到两人的对话。

"什么？你怎么知道？"方总惊讶地几乎跳了起来！

"你怎么晓得的？来来来，先别走，咱们坐下说。"方总显然有点激动。方总的手下也很少知道他的家底。

良军顺势坐在方总身边，呵呵一笑，随即把标准的普通话换成了长阳话："方总，我是在长阳清江边上长大的。刚才您在说'什么'的时候，带了一个'儿'字的尾音，'什么儿'正是最典型的长阳土家人的发音方式啊。后来我又观察您的发音，发现您其实讲的是长阳普通话嘛！因此我大胆地推测您很可能就是长阳人！"良军说完，又用英文给欧洲来的三位同事解释了一遍。他的视线从奥伯曼的脸上扫过，却没有片刻停留。三位欧洲同事都露出惊讶的神情。

"李总，你太神了！你刚才说你在清江边度过童年，你现在还有亲戚在长阳吗？"方总他乡遇故知，几乎忘了这是在公司会议室里，而且还有几位副总在场。

良军继续跟方总套瓷："当年我住在姥姥家，就在长阳城关镇沿江大道上。我小姨、舅舅、几个表弟，不少亲戚此刻还在长阳呢。"

"唉呀，世界太小了！"方总感慨，"李总，我在外工作几十年，你是我碰到过的唯一一个长阳人呢！你是我们长阳人的骄傲啊！"

良军谦虚了一下："哪里，哪里。今天真是幸会！"

俗话说"老乡见老乡，两眼泪汪汪"。良军和方总两个长阳人一见如故，竟然旁若无人地聊起了天。从县交通大队的大院到70年代时红花套渡口的渡船，巴掌大的长阳县城被他们翻出好几个熟人。

不知道是不是血液中的长阳人因子起了作用，第一次见面的方总当即选择了良军。他握着良军的手，一路把他送到电梯口，说出了良军最想听到的一句话："李总，你是我们土家人的骄傲！我相信你！我们的欧洲并购项目一定会考虑请你做我们公司的财务顾问，希望我们合作成功！"

良军马上把方总刚才的几句话翻译给三位欧洲同事。他们发出一阵欢呼，奥伯曼则站在一边尴尬地赔着笑。

良军面带笑容地说："方总，期待咱们能够尽快启动欧洲之行！"

良军和同事离开了宏业集团，在公司大楼外握手道别。同事汉克斯说道："良军，今天实在太精彩了！在我几十年的职业生涯里，还从来没有见过这样的事。我们马上赶回欧洲,做好各种准备,期待着你们和客户尽快到欧洲展开尽职调查。"

良军一一跟同事握手道别:"辛苦你们大老远过来,我会跟进客户,期待尽快在欧洲再见!祝一路顺风!"良军撇下奥伯曼,正眼也没瞧他一下,上了出租车,直奔首都机场。

良军当天傍晚回到了香港。第二天一大早便到了办公室,向董事长赵明权汇报了宏业集团并购项目的最新进展。汇报到最后,他提到了奥伯曼的过河拆桥,明权十分惊讶,表示奥伯曼做得太过分。良军嘿嘿一笑,说道:"他以为我初来乍到,不懂并购里面的这些道道。就算我不懂,我还可以向其他人学习,无论如何,我的团队不需要奥伯曼这个人。"明权没有异议。

两天后,宏业集团正式通知良军,鉴于德国并购项目涉及 30 亿欧元,并购交易金额较大,公司决定聘请各有所长的斯曼银行和哈特银行作为联席买方顾问。经过一番折腾,最后成功拿下了联席买方顾问这个角色,良军自然欣喜,但又觉得有点好笑——又要跟老对手哈特银行打交道了。这些年来他跟哈特银行的明争暗斗一直没断过。

良军叫刘鸣杨马上拟定了一份斯曼银行的工作小组成员名单,分别与宏业集团的项目工作组和哈特银行对接,同时,尽快安排一场斯曼银行、哈特银行和宏业集团工作团队之间的电话会议,为提交第一轮报价做好准备。

刘鸣杨问道:"那还要把奥伯曼列入名单吗?"

良军一听,气不打一处来,敲打起刘鸣杨来:"你呀!我说了那么多次,你还没明白,他来了只会坏事。"

刘鸣杨很委屈地说:"您出差的时候,他来找我好几次,说如果没有他的协助的话,跨国并购就做不成。"

良军"哼"了一声,说道:"他除了吹牛皮,就会阴坏。他如果再来找麻烦，你就告诉他，一切都由我负责。做不做得成我的项目跟他有个毛线的关系！没有他，我可以找别的同事帮忙。他可以辜负我对他的信任，但只有一次机会，我永远不会给他第二次机会的。"

德国并购项目的准备工作有条不紊地进行着。很快便传来了好消息，卖方团队经过评标，邀请宏业集团进入第二轮竞价阶段。作为第二轮竞价的一个必要的环节，卖方公司邀请宏业集团在指定的日期前往德国对目标公司进行参观访问，并完成尽职调查工作。良军得知宏业集团接受了邀请，方总将亲自带队赴德国实地考察，于是跟主管布莱恩、董事长赵明权商量后，决定亲自陪同方总赴德国考察和谈判，留下刘鸣杨在香港提供技术支持。

第二节　黑森林的遐想

"江山易改，本性难移。"良军觉得用这句话来形容对手哈特银行，简直太贴切了。

这天晚上，良军拨通了刘鸣杨的电话。果然，鸣杨还在修改项目的相关材料。良军问道："去德国考察的日期越来越近了，哈特银行还没有发来行程安排吗？"刘鸣杨抱怨说："我已经给他们的联络人小丁打过好几次电话，但是小丁每次都顾左右而言他，不置可否。李总，您说哈特银行那帮人到底想干什么？"

良军"哼"了一声："哈特银行的人就是心理变态。他们故意拖着，迟迟不把客人的行程告诉我们，就是想找机会把我们同客人隔开，好让自己尽情表演，将来多收一些顾问费。我来问问客户吧。"

良军看看时间还不算太晚，于是给宏业集团的财务总监陈祥东打了一个电话，没聊两句便得知了客户去德国的行程安排。他"顺便"向陈总抱怨："您看，这么简单的事，我们已经催过好多次，哈特银行的人就是迟迟不把你们的行程告诉我们，真不知道他们为什么一直这么做。"

听了良军的抱怨，陈总说了几句和稀泥的话："李总啊，我知道你们两家是竞争对手，不过在我们并购德国企业这桩业务上，希望你们两家能够精诚合作。我们对你们也绝对一视同仁。"良军明白，宏业集团在选择买方顾问时选择了斯曼银行和哈特银行两家，是希望在发挥两家银行各自长项的同时，也利用两家银行之间的竞争与制衡，从而实现公司的风险最低且效益最大的目标。看来德国之行又有一出好戏可唱了。

"非常感谢陈总多年来的信任和支持，我就不多打扰您了。"良军挂了跟陈总的电话，旋即又给刘鸣杨打电话，密授机宜："赶紧根据客户的行程，去帮我订一张从香港经停北京，之后飞往法兰克福的机票，不论是否需要中转、需要中转几次、票价多贵，只要比客户从北京到法兰克福的航班稍晚从北京机场起飞、但稍早到达目的地就行。"

刘鸣杨得令，刚要挂电话，良军忽然计上心来，说道："等等，你再去给我办一件事。我一定要让哈特银行的心机全部落入茅坑！"

刘鸣杨一听，笑上眉梢："什么妙招？"

"你帮我去买拖鞋，按照客人加上小丁所得总人数的两倍去买。"

刘鸣杨还以为良军要出什么大招呢，一听原来是拿拖鞋来笼络客户，不禁有点犹豫："李总，就这种小事能感动客户吗？"

良军笑了笑："当然仅仅这一点小事是不够打动客户的。剩下的事我自然有办法。你只管去买。对了，一定要买橡胶底的拖鞋！泡沫底的拖鞋沾水之后容易滑倒，咱们可不能因为拖鞋给客人造成任何麻烦和伤害。"

刘鸣杨点点头："明白了，您放心吧，我这就去办！"良军抬眼看看钟，已经过了11点了。他叮嘱了一句："鸣杨，你先订票，拖鞋的事明天记着去办就行了。早点睡吧。"

刘鸣杨挠了挠头，说道："好的，李总。我差不多每天要忙到凌晨两点才完呢。您先休息吧。"自从接手了宏业集团的德国并购项目后，由于时间紧迫，刘鸣杨已经连续加班三个多星期了。他在梦里梦到的都是 PPT 文件和 Excel 表格！良军有点于心不忍，仿佛从他身上看到了十多年前自己刚入投行时的样子。可是他又深知投行的文化，没业绩谈何地位，于是鼓励道："鸣杨，你应该听说过我们的一句行话吧？要在投行混，就得准备好做一个聪明而又不知疲倦的苦孩子。等你升到了执行董事或者更高的职位，加班的时间就会少一些了。"

刘鸣杨年轻，领悟力也强。他接着良军的话说："李总，您说的我懂。比起很多同事来，我有班可加已经相当不错了，说明生意好啊。我有在其他机构任职的朋友早上兴冲冲地准备上班，门还没出，就接到人力资源部的电话，说'你今天不用来了'，连个人物品都不用去拿，直接给他们寄回去。"

良军说："希望我们都不要沦落到那个地步。"挂断电话后，良军顺手拿起了桌上那本《欧洲简史》。

哈特银行的"幺蛾子"果然不少。两天之后，联络人小丁才把行程表发给刘鸣杨，还遗憾地说："北京去法兰克福的机票早就订完了，麻烦李总自己订票吧。"

"一群小人！跟我玩阴的！"良军听刘鸣杨转述电话内容后，发出一声冷笑。刘鸣杨两天前已经给良军订了从香港飞法兰克福的航班，中间在北京转机。良军在北京机场将比客户的航班要晚起飞 10 分钟但是将提前到达法兰克福，不过票价比客户的机票贵一倍。

当哈特银行的小丁兴致勃勃地带着宏业集团的考察团来到首都机场的候机厅时，良军已经不慌不忙地等候方总一行了。他从自己的行李箱里拿出事先准备好的一大袋子拖鞋，发给每个客人，还嘱咐说："北京飞到法兰克福要 10 个半小时呢。大家在飞机上可以换上拖鞋，舒服舒服。"众人拿着崭新的拖鞋，连声夸奖良军想得周到。良军也给小丁备了一双拖鞋，看他欲接还拒、左右尴尬的神情，心里觉得好笑。良军心想："让你陪着客户坐飞机到法兰克福吧，但是一路上客户都会念着我的好。"

良军乘坐的汉莎航空公司航班在当地时间早上 5∶30 降落在法兰克福机场。他先给秀明发了条短信报平安，飞机停稳后，便拿着空姐发的头等舱快速出关卡，很快出了海关。他比宏业集团团队乘坐的航班早到机场。他走出航站楼，跳上一辆出租车，直奔预订的万豪酒店。良军进房间后，刚洗完一个热水澡，就听到手机"叮咚"一响。果然，方总发来短信，约他 8∶30 在酒店商务中心见。

良军迅速换好衣服，又从旅行箱里拿出一袋拖鞋，步履舒缓地来到酒店大堂。不一会儿，方总一行走进了酒店。良军迎上去打招呼。每个客人都拿到房卡后，良军又给每个人发了一双新拖鞋。

"李总，您真是体贴到家啦！"客人都纷纷表示感谢。良军连连谦虚："小事小事，不值得一提。德国的酒店不提供拖鞋，大家长途旅行，想让大家的脚舒服一点。"

看着小丁落寞的背影，良军心里在笑。

良军回到了自己的房间，看着发黑的地毯和略显陈旧的房间，心里有些失望：这酒店比起国内同等或者类似的酒店来，硬件水平至少低一个等级，但自己这次是肩负使命而来，也就不必计较这些外在的东西了。他靠在沙发上，打开电脑。发现在飞行期间一共收到了上百个电邮。他越看心里越沉重。来自各方面的消息很不好：公司正在计划 2011 年的又一轮裁员。良军心里明白：自己正在做这个项目，应该能够躲过这轮裁员，但是成功率极低的并购业务最后能否支撑自己活过下一轮裁员依然是未知数。明权在邮件中说得很清楚："并购交易的成功率非常低，100个项目信息交流中，有10个客户有兴趣就不错了，这10个里面能真正做成一个的就算是奇迹了。"

放下黑莓手机，良军琢磨着："从明权的电邮看，这轮裁员显然不会落在我的头上，但是我还是必须抓紧。每次的裁员一般都会是下一轮裁员的预演而已。我必须赶在下一轮裁员之前完成一些有分量的业务，否则我的前途也难说啊！"

早餐后方总带领团队拜访了当地分公司。傍晚，一行人在酒店吃过晚餐后上了一辆商务车出城。此时已是初冬，天黑得早。北风呼呼地吹着，空中飘起了雪花。雪天路滑，法兰克福出城的路非常堵，走走停停40多分钟左右，商务车才上了一条高速公路。大约晚上十点，商务车终于停在了一座小巧别致的酒店门前。酒店一共只有三层楼高，前台的德国女孩在值班，看到良军一行人进来，热情地招呼大家。办好入住手续后，在电梯里，方总说道："明天早上哪位要是因为倒时差醒得早的话，我们可以6：30在大堂碰头，之后一起到这个山区小镇去溜溜弯。"

没有人接方总的话茬，只有一两个人虚应了几声，哈特银行的小丁只是陪了陪笑容。经过10多个小时的长途旅行后，他已经累得像狗了，哪还有劲在第二天清晨陪方总散步啊。良军却接了招："方总，没问题，我明天早上陪您去走一走。"方总连声说"好"。

在良军看来，这是得天独厚与方总单独相处的好机会，他得抓住。为了以防万一自己因为时差没被闹钟闹醒，他在自己的三个手机上分别上了闹钟，每个相隔1分钟。第二天清早，当第一声闹钟在清晨6：15响起的时候，他觉得眼皮还沉重如铅，第二声闹钟响起的时候，他摸起手机，给方总发了一条短信："方总，早上好！我已经醒了，6：30咱们在楼下大堂见！"

良军刚开始刷牙，便收到了方总的回信："好，一会儿见。"他一边漱口一边想，难怪方总能做宏业集团这样大型公司的老总，他的精力和体力一般人哪里跟得上!

良军来到大堂的时候,方总已经在等他了。两人相互寒暄之后便出了酒店。

清晨的寒气扑面而来,空中飘着小雪。街上一个行人也没有。两人走在小镇的街上,借着路灯清冷的光,刚好能看见马路两边一栋栋的房子和每栋房子周围院落的围栏。

"看来这个小镇的人口不多啊。"方总感叹了一句。

"方总,这座小镇不同寻常呢。可以说是一座千年古城。它是德国历史上的诸侯割据时代一个王侯的都城,咱们下榻的酒店几百年前是这个王侯的宫殿呢!"良军说道。

"哦?您连这段历史也这么清楚?"方总不由得称赞道。

"嗨,哪里。不过是在来的车上听您在本地分公司的同事介绍了一下,当时大家都在打瞌睡。"良军谦虚着。其实,在来德国之前,他已经连夜啃了一本《欧洲简史》垫底,因为他知道方总对历史也颇感兴趣。

借着清晨的微光,两人看到酒店紧邻一段城墙,长约20米、高十几米,用大砖石砌成,城墙上已经长满野草。洁白的雪花无声地飘落在古老的城墙上。

"李总,您可知道历史上,德国曾经做过别国的附属国?"方总一边快步疾行,一边饶有兴致地谈起了历史。

"方总,您讲讲看,也让我长长知识。"方总丝毫没有受7个小时时差的影响,给良军讲起德国的那段历史。良军专心致志地听着。

5世纪的时候,罗马帝国的版图延伸到了莱茵河以东,今天的德国很大一部分版图当时只是罗马的一个省——日耳曼省,人们奉行罗马的法律,并向罗马交税。在日耳曼人眼里,只有奴隶才交税。不甘受辱的日耳曼人频频起事,总督瓦卢斯都用无情的铁拳予以镇压。终于有一天,日耳曼人出了一位民族英雄,叫阿尔米尼乌斯。

"这个阿尔米尼乌斯很有意思,他是一个部落酋长的儿子,从小就被父亲送到罗马。他实际上是作为一名人质,留在罗马的。"

"听起来,跟中国历史上越王勾践被吴王夫差打败后,被夫差扣为人质有几分类似呢。"良军接了一句。

"有点相似。不过,勾践虽然战败了,但好歹还是'越王'。这个阿尔米尼乌斯当时的身份是奴隶,跟勾践没得比,可是他心里怀着复国志向,也干过'卧薪尝胆'的事。"方总越讲越起劲。

阿尔米尼乌斯长大后,成为罗马公民,还被封为罗马帝国日耳曼骑兵队队长,成为总督瓦卢斯手下大将,可谓衣锦还乡,风光无限。没想到,罗马帝国的荣华富贵并没有泡软这位骑士的骨头。他表面上对总督言听计从,暗中却说服条顿各部落联手,反抗罗马。

"我们这个城堡酒店就坐落在著名的黑森林地区。阿尔米尼乌斯就是在这处黑森林里,诱使总督瓦卢斯的三个军团深入密林,把他们全部歼灭。阿尔米尼乌斯还割下总督的头颅,送给罗马奥古斯都大帝……"

"那奥古斯都大帝肯定被气得发狂。"良军接过方总的话。

方总哈哈大笑,接着说:"没错!罗马帝国的骄傲被这个年轻人一夜之间摧毁得一干二净。奥古斯都大帝发誓要剿灭他亲手培养的敌人。"

良军心中暗喜:幸亏自己来德国之前也恶补了一下历史,要不然,哪能和方总针对这段历史话题深聊。他接着方总的话说:"这场战役之后,罗马帝国元气大伤,不敢再向日耳曼人的地区扩张,只好以莱茵河为界,井水不犯河水。"

良军对这场战事的概括让方总颇为惊奇:"李总,想不到您对历史也这么有研究啊。难得!难得!"

良军笑笑,谦虚地说:"我也是来之前临时抱佛脚,脑补了一下欧洲的历史,才知道这点儿皮毛。"良军猛然想起了几十年前高中历史课上把世界历史讲得趣味横生的李老师,暗自感叹:幸亏没有把知识都还给李老师啊!

方总朗声大笑:"看来我们是补到一起去了啊。"

两人迎风踏雪,把小镇来回走了两遍,直到周身发热才回到酒店餐厅,时间刚好是早上 7∶30,考察团成员开始陆续下楼吃早餐。

卖方公司的首席执行官莱因哈特是一个高大的德国人。他有着时钟一样精准的时间观念。早上 9 点他率领公司的管理团队准时进入会议室,跟提前到达会议室的良军和方总及其团队开始谈判。方总和团队为这桩跨国收购提前做了大量的研究,他们提出的问题从卖方公司的股权结构、经营状况到技术专利状况、财务状况,非常具体。汉斯和他的团队也做了精心的准备,每个领域都有一名专业人士随时负责解答疑问。良军专注地听着,并做着笔记。在考察团随队的翻译被某个专业术语卡住的时候,良军总能及时补漏。这一点深得方总赞许。哈特银行的小丁每逢这种时候便无从插话,只好待在一旁作壁上观。

拉锯式的谈判进行了整整一天,从清早到傍晚天色昏黑才算收兵。方总最大的心愿是通过收购对方公司,获得对方的先进技术。为此,他在谈判中反复跟对方管理层进行沟通,承诺一旦收购完成,宏业集团愿意保留对方的管理和技术团队,并通过股权激励的方式,给予相关团队人员以适当的物质激励,莱因哈特也对能跟宏业集团达成初步共识表示非常满意。

第二天,莱因哈特带领方总一行考察工厂。方总走南闯北,参观过多家企业,唯独对这家工厂赞不绝口。德国人做事的严谨细致也给良军留下了深刻的印象。整个生产区域,从原料进货口、加工区到成品堆放仓库,一律整整齐齐、一尘不染。一天的参观考察结束后,一行人回到了古堡酒店。方总在晚饭桌上把整个活动的情况进行了总结,最后对良军说道:"李总,此行辛苦了!我代表公司感谢你!具体到这个项目,我回北京之后将向董事会作陈述,最后的决定将由董事会作出。"

良军马上倒了一满杯德国黑啤，敬了方总和考察团全体成员："非常感谢方总和团队的大力支持！希望在不远的将来，这笔并购交易能顺利签约！""我也期待着！对了，你直接回香港吗？""不，我会从德国飞往荷兰的阿姆斯特丹，我们在那里有另外一个并购项目正在进行中，我顺道过去，省得下一次专门再从香港飞一趟。""那咱们就互道一切顺利吧！"

大雪已经停了，天仍然阴沉沉的，大地笼罩着一层薄雾。从古堡酒店前往法兰克福机场的路上没有来时那么堵车。载着方总和良军一行人的两辆车上了高速公路，朝着机场飞驰。高速公路两边广阔的农田展露出轮廓，偶尔也有农人在地里劳作。良军终于看清了大前天晚上隐没在夜幕里的群山和丘陵，还有寂静无声的、绵延不绝的黑森林，良军想起了当年罗马军团在黑森林遭遇伏击、全军覆没的事情，不禁暗自感慨：无论 1900 多年前这里发生过多么惊天动地的故事，今天一切都已归于平静。英雄易老，时光不朽啊！

第三节　阿姆斯特丹之行

那年良军和俊宏在京都和东京结束了非交易路演之后，中国明生集团战略规划部的祁总就向良军表达过对荷兰迪亚斯公司旗下的一家垃圾发电厂的收购兴趣。其后经过多轮正式和非正式的沟通，迪亚斯公司正式决定出售旗下垃圾发电厂并对外公布了招标的日期。良军的荷兰同事马克获悉这一信息后，立刻联系了良军，请他尽快联系明生公司并争取拿到买方顾问的角色。

看到这则信息，良军喜出望外：明生集团是自己多年来的大客户，自己跟明生公司之间的融资业务一直做得不错，但并购业务却还没有"开糊"。良军一直在寻找跨国并购的机会，现在机会终于来了，这种事怎么能错过呢！良军从祁总那里了解到了上位买方顾问的标准一是跟卖方关系强者胜；二是价格有竞争力者胜。

据此要求，良军很快便组建了他的"空中跨国团队"。欧洲同事对良军的做事风格十分熟悉。北京、香港与阿姆斯特丹之间有6个小时时差，无论荷兰团队什么时候需要找他，他都随时上线，哪怕是半夜。一番努力之后，斯曼银行成功地被聘为明生集团的独家买方顾问，并且协助后者杀出重围，顺利通过了第一轮竞标。可是，由于竞标的买家太多，迪亚斯公司决定在第一轮和最后一轮竞标之外，临时增加一轮竞价的环节！良军把这称为第1.5轮报价。为此他又跑了好几趟北京，与明生集团的高层一起，反复商议，最后敲定了第1.5轮的报价策略。经过焦急的等待之后，良军的荷兰同事马克终于从阿姆斯特丹传来好消息：明生集团再次闯关成功，进入最后一轮竞标。迪亚斯公司随即向明生集团发出邀请，在进行最后一轮报价之前，请明生集团的团队访问迪亚斯公司，除了双方高层会谈，商定买卖细节之外，还将安排明生公司现场参观考察待售企业。

这天下午四点，良军准时出现在明生集团北京总部的会议室里。他和明生集团的高管以及自己的团队成员举行了视频电话会议，逐一敲定了赴阿姆斯特丹进行尽职调查的日程以及跟卖方公司之间的谈判策略。幸运的是，荷兰项目的考察时间恰好被安排在德国项目考察结束后几天！良军计划完成德国之行后，直接从德国飞到荷兰，如此安排可以节省不少时间和钱！

明生集团决定派副总裁孙光明和战略规划部总监祁明亮带队赴荷兰考察。良军比客户提前两天从德国飞到了阿姆斯特丹，一是为了跟自己的荷兰团队提前进行沟通，二是自己之前从来没有去过阿姆斯特丹，正好可以借此机会四处走走。航班顺利地降落在阿姆斯特丹的西弗国际机场。良军选择的酒店就坐落在著名的水坝广场西边。

良军把行李放进房间后,急切地想看一看这个陌生的国家,于是马上走出酒店,来到运河边,在一条长椅上坐了下来。运河边停靠着几艘游船,阳光洒在水面上,河水熠熠发光。冬天的海风带着特有的咸腥气息,扑面而来。良军的思绪一瞬间又回到了在沃顿商学院办公楼门前的那张长椅上。那时的他常常下课后在路边的餐车上买一份盒饭,也是坐在这样一张长椅上,也是在瑟瑟寒风中,看着西下的夕阳,担忧着自己的未来,思念着十三妹,内心满是惆怅。而此刻,他却是坐在大西洋另一边的一条长椅上,回顾着自己的过去。"真是人生如梦啊!"良军感慨着。

按照事先的约定,良军下午要跟荷兰团队的同事具体沟通一下第二天客户与迪亚斯公司高管团队见面与商谈的细节,以及随后进行项目实地考察的各项准备工作。他回到酒店换上正装,在酒店门口打了个出租车,直奔中央商务区而去。

出租车停在了中央商务区最高的一栋建筑伦勃朗大厦前。良军第一次来到斯曼银行荷兰分行。看见良军到来,荷兰团队的负责人马克非常高兴,把良军迎进了会议室,又请团队成员出来跟良军见面。随后,马克跟良军在办公室就收购事项密谈了两个小时。两人把各种情况都推演了一遍,确保第二天的会谈万无一失。看得出,马克对这个项目的成功抱着很大期望。

第二天早上四点,闹钟把良军从睡梦中惊醒。他迅速地洗漱之后,拿上公文包冲到楼下,跳上一辆出租车直奔西弗国际机场,去迎接即将到达的明生集团考察团一行。天空还笼罩在将明未明的光线中,呼啸的寒风让良军感到浑身发冷。良军在心里盘算着见到客户之后的各种活动细节。

出租车在夜幕中前行着,良军仔细地研究着一些重要的电邮,无意中瞥见司机通过反光镜观察着自己,于是笑了笑,说道:"其实我和你一样。"

"但你看起来不像是开出租车的人。"司机如实说出自己的感觉。

良军说:"我确实不开出租车,但是我也只是一个打工者而已,这就是为什么我能在此时坐在你车上的原因。"

司机哈哈大笑地说:"先生,你真幽默!你说得对,我们都是打工者。"

清早,通向西弗国际机场的高速公路路况很好。不到40分钟,出租车便来到了灯火通明的机场。显示屏上显示,客户乘坐的航班刚刚准点降落。良军径直到星巴克咖啡厅,为每个客户买了一杯咖啡。回到行李区的出口处后,他把刚买的咖啡放在机场行李手推车上,然后给带队的孙光明副总及其同行者分别发了手机短信,以确保航班降落后至少有一个客户能看到自己的短信。大约过了30分钟,良军看到孙总、祁总等人推着行李车,从行李区出来。他迎了上去,一一握手表示欢迎,又给每人递上一杯热咖啡。孙总赞道:"李总的服务是五星级的啊。这杯热咖啡正是我们需要的!"

看看人都到齐了,良军招呼大家走出机场,上车之后直奔酒店而去。一路上,良军向大家简单介绍了一下阿姆斯特丹城市的概况,当天上午会议的安排,以及下午去荷兰南部参观卖方公司项目现场的行程。很快一行人来到了酒店。

等大家办完入住手续后,良军告诉团队,回房间放好行李,简单洗漱后,到酒店隔壁的餐厅吃早餐,他将在那里等候大家。

"10个座位?"餐厅经理显然有点不习惯这么多客户一下涌来用早餐。良军请他拼两张桌子。经理很快指挥员工把两张桌子拼在一起。10人份的餐具刚刚摆好,孙总等人就陆续进了餐厅。良军招呼众人自助取餐，见孙总和一行人对餐厅的服务和食物赞不绝口，良军给服务员付了一笔丰厚的小费，并把第二天的早餐也定在这里。

早餐后，良军带领一行人上了早已等候在餐厅外的小巴，一路疾行，很快便来到了伦勃朗大厦。众人来到楼上的会议室，马克和他的工作团队早已在等候了。双方寒暄之后，马克便直奔主题，对孙总说了当天的安排："孙先生，待会儿迪亚斯公司的大股东以及整个高管团队将过来跟您和团队会晤，今天我们特意做了这样的安排：对方的介绍发言结束之后由您和卖方的董事会主席罗斯先生在一个小会议室里单独会谈，双方公司高管和工作团队在大会议室继续进行技术性交流。这样行吗？"

孙总点头表示同意："到什么山头唱什么歌，我完全听从你们的安排。"马克又转向良军："良军，你方便在孙先生和罗斯先生会谈时担任翻译吗？"

良军答道："作为买方顾问，我义不容辞！"

马克继续说："上午 11 点钟的时候，我会提议休息一下，咱们利用那个时间碰头，把有关情况交流更新一下之后，再继续进行会议。"

孙总和良军都说"好"。九点一到，迪亚斯公司的罗斯董事长率领卖方团队进入会议室。双方成员握手致意之后，马克作了一个简短的开场白。随后，迪亚斯公司的首席执行官开始具体介绍公司的运营情况，首席财务官介绍公司的财务状况，良军给双方担任翻译。孙总及其随员仔细地做着笔记，并不时地向对方提出各种问题。一切都在有条不紊地进行着。到了十点钟，罗斯先生、孙总在马克和良军的陪同下，进入一间小会议室进行高层对话。

良军一边翻译，一边留心两位老总谈话的语气与表情。他听出来卖方关注的焦点问题在于：一是标的资产的估值；二是明生公司针对该并购项目的融资以及整个交易在中国国内审批流程的确定性；三是并购交易完成之后，现有公司高管团队的安置方案等。孙总的态度很明确，中国人相信"百闻不如一见"，无论上午谈得多么顺利，下午的现场参观考察才是准确评估目标资产的关键性因素。孙总还特别表示，如果最后能够顺利达成交易，明生集团愿意接收迪亚斯公司现有的所有高管团队成员。孙总此话一出，罗斯先生脸上立刻笑意荡漾。

迪亚斯公司为考察团准备了简单但却丰盛的自助午餐，各色奶酪、水果、饮料五颜六色摆了一长桌子，公司提供的三明治还分出了素食与非素食两种。午饭结束后，罗斯先生亲自驾车，带考察团去项目所在地实地考察。

冬天的寒风在欧洲大陆上肆虐，高速公路两旁闪过大片被白雪覆盖的牧场，广阔的平原上见不到人烟和奶牛。只有风车不断跳进视野，而远处的山丘起起伏伏，在雪雾下只能隐隐可见。

经过两个小时的奔驰，一行人来到了位于荷兰南部的待售工厂。从外面看上去，整个厂区显得非常安详和宁静，高大的烟囱里冒着经过净化处理后的白烟。厂区内部的自动化程度很高，整个车间几乎看不到什么工人，罗斯先生和车间主任陪同考察团在厂区内穿行，不停地介绍。大家对这家公司的外观印象看来不错。孙总和祁总都面露欣喜。然而，进入车间以后，良军忽然闻到有一股强烈的、酸臭的垃圾味道，不论走到哪个角落，这种气味都挥之不去。他注意到孙总时不时皱起眉头。良军越来越担心孙总的买家意愿可能会被这些气味一点点吞没。

孙总没有说什么，一行人按照原定的参观线路，参观完了所有预定的区域，然后跟罗斯先生和车间主任等人告辞。良军和孙总等人乘车返回阿姆斯特丹。良军注意到，路上孙总没有说话。但是自己和大伙儿衣服上不断散发出的酸臭味让良军坐立不安。一回到酒店后，良军立刻冲进浴室，把自己狠狠地洗了一遍，然后填好洗衣单，请酒店清洗羽绒服。

那天的晚餐吃得很尴尬。饭桌上，孙总终于开了口，说道："说实话，今天参观工厂让我再次相信咱们中国人的那句老话，'百闻不如一见'啊。来之前听说了太多这家企业怎么怎么先进之类的话，今天现场走了一遭，不知道你们感觉怎么样。反正，我的感觉是对方的技术和设备跟我们中国的同类企业相比，实在落后一大截。你们也都亲身体验到了吧，他们竟然连基本的气味封闭都处理不好，我们每个人都像从垃圾堆里爬出来似的。"祁明亮在一旁点头表示赞同。

听到孙总这番话，良军的心猛然沉了下去：孙总的意思已经很明显，这桩跨国并购肯定搞不成了。虽然自己和团队前后努力了好几个月，方案前后修改了多次，竞标都进行了1.5轮，但是总不能强迫客户购买他们不喜欢的东西啊！良军没有接孙总的话，尽管饭到嘴里味同嚼蜡，但他还是努力像刚来时一样做着东道主，尽力照顾大家的需要。

孙总一行人第二天乘坐航班飞往北京。良军赶到长途汽车站，登上了一辆旅行大巴，他准备用一天的时间游览一下位于Keukenhof的著名室内花市。北风凛冽，蓝天无云，公路两边在冬天的笼罩下显得寂寥落寞。经过一个多小时的奔波，大巴车停在一片郊野里，不远处是一大片低矮的、连成一片的房子，应该就是花市所在地。有趣的是，花市不远处的空旷地里有几架全木制的风车模型，但没有一个在呼啸的北风中能转动的！良军随着车上不多的乘客下了车，朝着那片房子走去。旷野的北风似乎格外地猛，呼呼地吹在良军的脸上像刀子在割一样，良军被吹得实在受不了，也顾不上再讲究什么体面了，于是把围脖从脖子上取下来，把自己的脑袋包起来，像《智取威虎山》里的槐花大婶一样，一步三晃地迎着刺骨的寒风走到花市门口。

跨入室内，良军瞬间进入到一个完全不同的季节：室外天寒地冻，室内温暖如春！良军赶紧把包头的围脖摘了下来，敞开羽绒服的扣子以免被热得出汗。向前望去，满眼都是花的海洋，良军不懂花，但知道荷兰是郁金香的国度，而且从花盆边摆放的文字标注看，应该是不同品种的郁金香，有深红色、黄色、白色、紫色、橙色、橘红色、蓝色、水粉色、杂色，让人煞是喜爱。虽然并购项目的结局未明朗，流连在郁金香海洋里的良军仍是心情大好。良军走走停停、停停看看，不停地用相机拍照。不知不觉中，中午到了，良军在一个热狗摊前买了两个热狗和一瓶水，坐在餐饮区的长条凳上解决了午饭。饭后，良军离开花市，跳上一辆回程的大巴，迎着北风回到酒店。

第二天一早，良军叫了辆出租车前往西弗国际机场。飞机在香港降落不久，他一开机，便收到了明生集团战略规划部祁总发来的短信："李总，你好！我们已经回到北京了。非常遗憾，经过公司内部的研究，我们决定放弃这个项目，主要的原因是通过这次现场考察，我们发现目标资产的技术装备水平远远低于我方的预期，性价比太低了。我们非常感谢贵行的大力协助和支持，希望我们能在下一个项目中合作成功。"

看着短信，良军愣了一会儿，但很快便恢复了平静。商海之中，有起有伏，有得有失，对他来说，无非是又多了一次实战经验，至少还有德国项目仍在运行中，自己还没有落到满盘皆输的局面……

第四节　结构性并购

失之东隅，收之桑榆！不久后的一天，正在办公室忙碌的良军突然接到了明生集团祁总的一个电话："李总，我刚到了香港，现在在机场快线上。希望马上到中环跟您见面沟通一个新的项目。""热烈欢迎！我在我们公司恭候您！"大约40分钟后，良军把祁总迎进了公司的会议室，寒暄之后，祁总直奔主题："李总，我们公司几年前就盯上了在伦敦上市的斯波特公司，经过几年的跟踪和研究，我们认为目前的市场时机成熟了，希望能尽快采取行动，对目标公司实施收购，但是面临着不少问题需要解决，我这次来香港就是来向您寻求支援来了！""您太客气了！要不您先详细介绍一下贵司的具体想法和需求？"说着话，良军打开了笔记本。

"斯波特公司是一家在伦敦上市的公司。我们的目标是首先参股该公司，之后逐步控股该公司。我这次来香港之前已经跟国家有关部门初步沟通过，并得到了他们一致的大力支持！虽然上次阿姆斯特丹的并购项目未能成功落地，我们看到了贵行的实力。作为民营企业，我们在这个项目具体实施过程中面临着很多困难，希望能够得到贵行的大力支持和帮助，这是我专程来港的原因。"

"您过奖了！我们一定全力以赴！麻烦您详细介绍一下目标公司的基本情况以及贵公司具体的需求，之后我们初步商议一下对策？"

"好的。斯波特公司的市值目前约为150亿英镑，约合200亿美元，在过去三个月里，该公司股票平均每天的成交量6亿—8亿英镑。这是一家质量非常好的上市公司，我们公司跟斯波特公司有着长期的业务合作关系，我们老板跟对方董事会接触过多次，对方非常愿意接纳我们。我们面临的第一个问题就是如果我们采用传统方式上门去收购对方的话，由于斯波特公司是一家非常优质的上市公司，我们可能得支付高达50%—70%的溢价。您知道的，我们老板无论如何是不愿意支付这么高溢价的。我们公司有15亿美元的现金在手上，但是要收购目标公司是远远不够的，因此必须解决融资问题；第二个大问题是虽然我们的收购举动完全符合国家'走出去'的战略并且得到了有关国家部门的支持，但是在融资问题上，我们已经跟好几家商业银行分别进行了谈判，最后全部失败了。关键一点在于我们老板绝对不愿意拿他的房产、工厂和其他个人资产作抵押，没有足够抵押品的话，银行从商业的角度也绝对不会给我们提供贷款的。一句话，我们需要您帮我们公司找到足够的钱，不能用我们老板个人的资产抵押且融资成本必须很低！"

说到这里，祁总停顿了下来，看着良军，他的眼神似乎在问："我们的要求是不是特别过分？你们银行能做到吗？"良军在笔记本上飞快地记录下祁总的要求，抬起头来，微笑了一下："祁总，贵公司的要求确实很独特，尽管此刻我确实没法回答您，但我喜欢这种挑战！您先继续说。"

"我们对斯波特公司进行了细致的研究，发现该公司的股权特别分散，如果我们能够持有该公司15%的股份，我们就能够成为该公司的单一第一大股东！所以，我们的第一步目标是争取拿到该公司15%的股权！"祁总忽然停了下来，说道："李总，我发现您的字写得飞快啊！""嗨，都是当年读书时练出来的！代价是至今我的字写得像鸡爪子刨过了一样。""哈哈哈！您太谦虚了！对了，我们公司这次属于战略性的收购，我们不急，或者说，我们不会因为急着去收购而支付高成本，在整个未来的操作过程中，我们希望严格保密，您自己是专家，深知一旦消息走漏，目标公司的股价可能一飞冲天，那将导致我们的行动失败。""您放心，我明白。"

祁总停止了发言，良军准确地记录了祁总说过的每一个字，之后盯着自己的笔记本仔细地看了一遍，终于良军抬起头："祁总，我完全理解了您的想法和需求。这次您在香港停留几天？""不瞒您说，这次我还要再接洽几家投行，三天后请您和其他家投行拿出各自的方案到我们香港分公司进行介绍说明，我们公司将进行比选，最后由我们老板在北京做出最后的决策。""明白了，我就不陪您了。我马上在内部召集有关的同事进行商讨，三天后我们在贵公司的香港办公室见！"

祁总离开之后，良军立刻召集了来自不同部门的几个同事，在会议室进行商量。最大的挑战在于：公司老板不愿意提供任何传统的抵押品，但又要大金额且低成本的融资！如何绕过这个坎呢？大家在会议室七嘴八舌，议论纷纷。眼看到了下午七点钟，还没有个头绪，良军对大家说道："今天不想出解决方案，谁也不许离开！我已经请秘书给大家订了盒饭，大家就安心在这里商量讨论吧。"

良军把祁总列明的各个要素写在会议室的白板上，大家边吃晚饭边盯着白板，就像大学里的学习小组那样，提议、讨论、否决，再提议、再讨论、再否决。时针渐渐地指向了晚上九点多，忽然，一位股票交易员嘟囔了一句："为什么我们不换一个思路，不要总是从客户端来思考如何融资，转而试试从目标公司端来解决这个问题呢？"大家闻言，顿时沉默了，很快一位产品架构师惊喜地叫了起来："有了！有了！"他激动地放下手中的饭盒，冲到了白板前，因为激动而发抖的右手抓起水笔，边说边在白板上写起来："斯波特公司市值约150亿英镑，平均每天的成交量为6亿—10亿英镑，这是一支流动性非常好的股票，尤其适合用来融资！明生公司手中现有15亿美元，正好可以用作启动资金啊！"其他人紧盯着他，很快另一个同事说道："你的思路很好！但是如果采用普通的质押融资的话，明生公司仍然难以获得足够的资金来增持到15%啊。"会议室的气氛热烈起来，大家你一言我一语，最后设计出了一套完整的方案。

明生公司利用手中自有的15亿美元通过斯曼银行在伦敦股票交易所逐步购入斯波特公司的股票，购入的股票将进入明生公司事先在斯曼银行开设的股票质押账户里，为了提高股票质押率等融资技术指标，明生公司从斯曼银行买入一个斯波特公司股票的卖权期权，同时为了降低购买该卖权期权（put）的成本，明生公司向斯曼银行卖出一个执行价格更高的买权期权（call），在该期权组合的加持下，明生公司可以达到如下效果。

1.股票的质押率可以高达85%。

2.融资期限可以达到3—5年。

3.利率可以低至2%左右；斯波特公司的股息率基本稳定在5%，这意味着利用该公司股票进行质押融资时，每年扣除融资成本2%之后，明生公司将获得3%的正收益！

4.上述结构性融资属于无追索权融资，亦即，万一明生公司将来出现任何意外而导致还款项下出现违约的话，斯曼银行将无权追索公司老板的个人财产。

5.上述结构循环使用：明生公司委托斯曼银行在伦敦股票交易所的二级市场里购入斯波特公司的股票，之后将所购得的股票用于上述结构性融资；新融出的资金又可以用于购买下一轮斯波特公司的更多的股票。如此循环往复直到达到明生预设的持股比例。

6.由于上述结构是基于明生公司委托斯曼银行入市操作，所以斯曼银行将在伦敦股票交易所举牌，而明生公司将始终隐身在斯曼银行后面，以此可以避免因公司直接举牌而让整个市场知道真正的买家是明生公司，从而避免斯波特公司股价的大幅度上涨。同时，这样的安排也将确保整个的收购过程符合伦敦股票交易所的相关管理规定！

7.挑战是：由于每天斯曼银行最多只会按照当日市场里8%—16%的交易量进行收购，所以，整个的收购过程将持续较长的时间。所幸的是，根据祁总的说法，明生公司恰好不介意多花些时间！

8.该交易的风险是：因为明生公司卖出了一个斯波特公司的买权期权，万一斯波特公司的股价大幅度上升，那么明生公司将面临巨大的财务风险。但明生公司认为未来多年里全球经济可能会下滑，斯波特公司股价大幅度上升的可能性微乎其微。

整个团队进入到亢奋状态，到凌晨时分，团队已经准备好了全套的方案！

三天后的下午，良军带着团队如约走进明生公司的香港办公室，公司的集团管理层通过视频在北京参加会议，没有任何意外，公司当场选中了良军团队的方案！跟祁总道别时，祁总激动地握着良军的手不停地表示感谢："李总，您的团队是在为国、为民、为我们公司作出巨大的贡献啊！"良军不失时机地幽默道："也是为了我们自己哦！""那当然，只要帮我们把事情做好，您挣该挣的钱，我们没有意见！哈哈哈！"

这年结束的时候，明生公司实际收购了斯波特公司15.6%的股份，成为公司单一第一大股东，且成功地派了非执行董事进入了公司董事会！好事成双！宏业集团的德国并购业务也成功落地！良军收到了斯曼银行提拔他为董事总经理的通知。老板赵明权在中环老中国银行大楼顶层的中国会所预订了座位，让大家周五下午下班后去喝一杯，好好庆祝一下。

良军谢过老板，心里却有点苦涩——一直业绩平平的奥伯曼竟然和自己同样获得了提拔！这个整天在公司内部胡混的家伙竟然也会得到提拔，只能说明公司在管理上存在很大问题。这是自己多年来希望奋斗的地方吗?!

能在投行干上十年的人很少，能当上董事总经理的人则少之又少。良军没想到，自己奋斗了十多年，熬过了9·11，熬过了非典，熬过了雷曼兄弟公司破产引发的金融海啸，当坐上这个曾经无比向往的职位时，自己的心情竟然有些懊恼！

良军走进会所的时候，不少同事对他鼓掌，有的走上来握手、拥抱，祝贺他荣升董事总经理。赵明权在一片掌声中走到讲台前，他对良军和奥伯曼对斯曼银行所作的贡献给予了很高的评价，提议来宾们为两人的升迁举杯。轮到良军发言的时候，他走上讲台，一一致谢，从CEO到办公室秘书，无一遗漏。如果从自己第一天到罗森银行纽约总部报到那天算起，他已经在华尔街上打拼了十几年。董事总经理，这是多少人一辈子都梦寐以求而求之不得的地位，自己却兴奋不起来。

会所里飘荡着轻快的爵士乐，飘着香槟的气息，云鬟鬓影，锦衣丽裳。

奥伯曼倒是兴致很高，跟每一位来宾碰杯、合影，接受人们的祝贺。良军举着一杯酒，跟人碰杯，也被别人碰，却心在别处。

他心里还有一份感谢的名单。第一个当然是裕京银行时的老领导们，是他们培养了自己；第二个是自己初入投行时的师傅马丁，还有已经成为了"前老板"的成林……很多当年一起打拼的人都没有看到今天自己的成功。当然，他也感谢自己的那些对手们，比如莱斯银行与哈特银行的老对手们……如果没有他们像鲶鱼一样在后面追咬着自己，自己也可能随时会松懈。

等这些推杯换盏的周旋稍停，良军踱步到露台上。夜幕下中环璀璨的灯火让他想起自己进入华尔街十几年来的酸甜苦辣，也越发显得他心里无比寥落："当年跟我一起打拼的兄弟们，你们现在都在哪里啊？"

晚会结束后，良军回到家里，习惯性地把当天的经历写在笔记本里。

第七章 从北大到沃顿

第一节　北大录取通知书

"醒醒，良军醒醒，我们刚过宜昌长江大桥，快进长阳了！"董汉军把半梦半醒中的良军叫醒，良军赶紧给母亲发了一条短信："妈，我们刚过了宜昌长江大桥，很快可以到家了！"不多一会儿良军收到了母亲的回复："路上慢点，我和你小姨在小区门口等你们。"董汉军递给良军一根烟，良军没有客气，找董汉军借个火，抽了起来。"良军，刚才你打盹的时候，我把你的微信推给了叶强，告诉他咱们今晚跟他微信视频沟通。""没问题！"

小卡车经过了白氏坪，很快便来到了观音岩，这里地势险要，道路较窄，卡车放慢了速度，几分钟后便进入龙舟坪镇，沿着廪君大道西行，路况很好，不到10分钟便看到了站在清江山水园小区门口翘首以待的母亲和小姨。卡车停在了路边，母亲、小姨和两个表弟热情地迎了上来，招呼良军、刘汉军和董汉军进了小区。寒暄之后，众人齐动手，两个来回就把车上装载的旧家具全部搬到楼上屋里。看看已是下午一点了，母亲和小姨招呼大家前往小区旁边的一家长阳土家菜馆吃午饭。看着热气腾腾的土家风味菜：腊肉、熏香肠、辣椒洋芋丝、魔芋豆腐、红辣椒杂、黄豆磨成的懒豆腐、南瓜、红苕等，大家胃口洞开，吃得满头大汗。母亲笑眯眯地看着良军狼吞虎咽的样子，开心地笑着说："秀明早上给我来电话聊天，说我的两个孙子都好，我就不问你了，你就安心吃饭吧。"小姨接过话茬："姐姐，你真幸福，有一个这么好的儿媳妇，隔三差五地电话不断。"母亲笑道："我当然幸福了！儿子努力上进，媳妇温柔娴淑，说起来，他俩的爱情故事那才叫有趣呢！"刘汉军听了，立刻说道："阿姨，良军的太太叫秀明？她是不是当年我们中学的校花啊？""应该是吧，秀明可漂亮了！你们也认识秀明啊？""原来如此！状元娶了校花，天经地义啊！他们当年有什么精彩的爱情故事啊？"良军赶紧把满嘴的菜咽下肚，制止道："妈，您刚才说多了，千万别再说了，他们听了之后会演绎成今古传奇的！""我什么说多了？"母亲不解地问道。"阿姨，您说的都是我们一直期待的实话！良军总是瞒着不告诉我们。""傻儿子，这有什么好瞒的。秀明和你们本来就是校友嘛。"大家都笑了起来。

  良军回到房间里，熟练地用抹布把所有的旧家具擦拭一遍。之后陪着母亲和小姨聊天，把跳槽的经历以及下一步的考虑和打算告诉了母亲。像过往一样，母亲缓缓地说道："儿啊，妈妈完全信任你，你就按照自己的想法去做吧。千万要注意身体，好好地照顾好秀明和两个孩子。有空的时候多回来看看妈妈。你已经在外漂泊大半辈子了，哪天累了的话，就回家！""我记住了！您自己也要多保重身体。"

  晚饭后，良军陪着母亲、小姨以及刘汉军和董汉军两个老同学在清江边散步，母亲和小姨累了，良军先把母亲和小姨送回家里休息，之后跟着两个老同学到他们下榻的位于清江大桥边的清江画廊酒店。按照约定的时间，董汉军拨通了叶强的视频。"老同学好，还记得我吗？"看着叶强略显沧桑但仍熟悉的面孔，良军招呼道："老同学好，我当然记得你啊！我高三时是2班的，你当年是1班的嘛。""学霸好记性！今晚找你帮帮我亲戚的孩子小明，他现在武汉明诚中学高二年级读书，明年将参加高考。这孩子很聪明，但是动力不足，目标不清晰，学校老师和我们经常把你当年的故事讲给他听，他很崇拜你，特别期待能得到你的指导。""都是老同学了，我一定尽力，希望能帮到孩子。他能上线吗？""他就在我旁边。"说着，叶强把小明拉到镜头前。

  视频中的小明看上去瘦弱而文静，戴着一副眼镜，跟粗粗大大的叶强完全不是一种类型。一开始，三个人的通话有点冷场。良军故意找了一个话题："小明，想不到你我还是校友啊。不过，我有些年头没回过武汉明诚中学了。不晓得学校正门的传达室还在不在那里？"

小明回答说："学校去年进行了扩建，您说的正门传达室早已被重新改建了。"

"哎，可惜没能在那个传达室被改建之前去拍照留念！"

小明也很是疑惑，不解地问："李叔叔，听得出您对那个传达室很有感情，可以问问为什么吗？"

良军笑道："正门的传达室见证了我人生最重要的一个转折点。"

良军从1986年的夏天讲起当年的自己……

1986年7月，高考刚刚结束的第二天，良军右耳朵上的瘘管发炎化脓了，一夜之间，他的整个右脸肿得像馒头一样。良军坚信自己会被北京大学录取，他可不希望捂着个馒头脸去他心仪多年的大学。医生告诉良军有两个选择：要么吃消炎药，慢慢地消肿，但是可能要很长的时间，这意味着良军可能要以一个肿脸蛋的形象出现在大学；要么动一个小手术排脓、上药，手术中和手术后可能会有些难受，但这是最有效且最快的治疗方法。没有任何犹豫，良军当即选择了手术治疗的方案，因为他必须以最好的状态和形象出现在自己心仪的大学！尽管他此刻还没有收到任何大学的录取通知书。

手术那天下午的气温达到38℃。当时他不会骑自行车，那个年代还没有出租车，他从家里步行约8公里，途经明诚中学的传达室，很快便到了省人民医院。按照医生的吩咐，他坐在一个木凳子上，左胳膊靠着一个木桌子，头和背紧靠着墙。消毒之后，手术开始了。护士把装有麻药的注射器对准良军右脸的大肿块扎了进去，良军感到凉飕飕的针头刺进了皮肤并向深处推进。他感到一阵剧烈的疼痛，本能地呻吟了一下。

很快，良军便感到一股凉凉的液体进入自己的右脸，但奇怪的是，没过多久一股液体从右耳朵瘘管处流了出来，顺着右脸往下流到他的衣服上。他没有太在意，护士也没有察觉，拔出针头后，让良军休息一会儿，等麻药发挥作用。大约五分钟后，护士和医生走过来，手术正式开始了。

医生用手术刀切入良军右脸上的肿块，良军感到一阵钻心的剧痛。他能感到一股液体顺着脸流了下来。他心里疑惑：这麻药怎么没有起一点作用啊！虽然他浑身疼得直哆嗦，但是他在心里告诉自己："我绝不能喊，无论如何一定要把我的病尽快治好，绝对不能耽误了上大学，再疼我也认了。"他紧咬牙关，把两个拳头紧攥着、哆嗦着，期望能减轻一点疼痛。

医生切开了脓肿的皮肤，用镊子把脓一点一点往外挤，良军疼得心都在颤抖，但是始终没哼一声。他心里很清楚：今天的痛苦能换来未来驰骋人生的自由和快乐，再疼也必须忍住！鲜血滴到了他的白色短裤上，浸开如朵朵桃花。

一阵阵冷汗把良军的衬衫后背湿透了。30多分钟后，医生开始缝合伤口。他能感觉到一针一线在皮肤上的穿行与移动，心里竟有了一丝痛苦的得意："原来缝合皮肤是这样的感觉啊！今天我可是知道了。"当医生在他的伤口上抹完药膏贴完纱布，良军才长长地舒了一口气。

看着良军惨白的脸，医生关切地问道："小李，你还好吗？身体有没有什么不舒服？"

良军像个硬汉一样地说道："我一切都好！就是有一个问题想问一下：您下刀之前，我感觉到右耳朵瘘管里好像有流出的液体？凉凉的，是麻药吗？因为整个手术过程中，我能完全清晰地感受到您的每一刀！""啊！？"手术医生大惊失色，赶紧查看良军的耳朵和右边的脸，然后告诉良军："苕伢，你怎么不早说呢？你喊声疼我们就晓得了嘛。护士之前给你注射的麻药直接从瘘管流了出去,所以你是在没有麻醉的情况下完成了手术!"旁边的护士吓得脸色惨白,知道自己出事故了。"没事没事,我不想因为一点疼痛影响手术。"良军忍着痛气喘吁吁地说,临走时还不忘开了一句玩笑:"大夫,您看我有资格成为江姐的同事吗?"

医生听罢笑道:"完全有资格,你虽然不是江姐,但非常坚强,绝对是江小哥!好好努力,你将来一定大有前途。"

此后一个多月里,良军每天上、下午各一次,在炎炎烈日下单程步行8公里来往于家里和医院之间打针,每次注射完120万单位的青霉素之后,良军都会走到学校的传达室休息一下,顺便等待高考的录取通知书。传达室的邓师傅心疼这个痛得直咧嘴的孩子,往往会给良军搬把椅子,让他在门口的树荫下歇一会儿。

"为了打针,每天徒步32公里,四次路过那个传达室,每一次路过时,我心里面都在期待能第一时间收到北大的录取通知书。"良军说。小明静静地听着,不时抬起头,看看良军,脸上没有什么特别的反应。

良军继续讲着那年的高考。是的,高考是他为人生下的第一次赌注。几个月前,他取得了全武汉市预考文科第一名的成绩,引来了北大、武大和其他一些大学的青睐。武汉大学专门派人来到学校,找到廖校长、班主任和良军,表示愿意接受他免试保送,而且所有的文科专业由良军任选。北大没有给出武大这么优厚的条件,只是保证良军进入北大,但是仍然要求良军必须正式参加高考,并且只有高考分数达到有关标准后才能保证他进入心仪的国际经济专业,因为该专业在湖北省一共只有两个招生名额。倔强的良军早就心仪北大,所以决定放弃被保送的机会,转而参加高考一搏高下。这是一着险棋,父母和几乎所有的任课老师都表示反对。良军仍然决定按照自己的想法闯过高考这一关,于是在高考志愿表上只填了北京大学和武汉大学,其他一律空白,这意味着一旦他的高考成绩不理想，北大没有录取他的话，武大也不可能录取他，他将无大学可上！

　　终于，八月上旬，那个注定改变良军一生的时刻来到了。那天，良军打完针从医院出来，在学校传达室休息时，门口传来了邮递员熟悉的声音："邓师傅，有北京大学的挂号信！"良军不顾脸上的刀伤和屁股上的数十个针眼，从凳子上蹦了起来，一把从邮递员手上抢过那封北京大学的挂号信。看清了信上面写着的"李良军"的名字和"录取"的字样后，本来已经精疲力尽、早就走不动路的良军一阵风一样冲向百米外教师宿舍楼西门一楼班主任潘老师的家。师生两人激动得热泪盈眶！

　　良军又问小明："我记得原来一出校门口就有一条小巷子，叫'朱家巷'，不知道还在不在？"

　　小明回答说："那条小巷子倒还在，不过听说也要拆了。"

　　良军感叹道："当年搬家之前，我每天上学的路线是穿过古楼洞，经过那家银行学校后，拐进朱家巷，走出巷子就到学校大门了。我还记得，1986年的大年初一，我家周围到处都在放鞭炮，我决定去学校学习。校园里和街上空无一人。那天中午我饿得心发慌，四处搜寻，最后才在朱家巷口找到一家位于公共厕所对面的小卖铺，老板把自己家留着吃的两块冷发面饼卖给了我，我那天才没有饿肚子。"

　　良军一边说，一边观察着小明的反应。他瘦削的脸上还是看不出什么特别的表情。良军想着继续往下引导的话题，叶强催促说："小明呐，李总从中学起就是有名的学霸，你有什么问题赶紧向他请教哟。"

　　"我……没什么问题。"小明说完就低头不语。叶强被噎得一句话都说不出来。良军见状，主动打破了沉默："小明啊，我虽然年龄算得上是你师叔，但当年的起点却比你差远了啊。我根本没有你舅舅介绍的那么好。多年以前，我可是标准的学渣一个。"良军这话一出，小明有了一点反应，抬起头来，惊讶地问："真的？"

"千真万确!"良军说得相当肯定。

叶强表示不相信:"老李,你真会开玩笑哦。谁都知道你是武汉明诚中学历史上第一个考上北大的文科生啊。"

良军注意到小伙子笑得很勉强,而且在自己面前还有些腼腆,于是说道:"小明,你舅舅这话倒是没错。但是你舅舅的话不能全听。他把我说得像花儿一样,因为他只知道我在学校后半段的历史,但是他并不知道我前半段的老底。我来自黑一下吧。"

小明又呵呵一笑。良军觉得这是一个好征兆,至少表明他对自己不再那么抵触了。

"我当年在初中的时候,是地地道道的学渣一个。我知道你不信,但是如果我告诉你,初二学年结束时,我的数学总评成绩是 58 分,上了初三以后,第一次数学考试才 47 分。你看,我是不是标准的学渣?"良军说完,微笑地看着小明。

看着小明将信将疑的神情,良军知道这个孩子的防线开始动摇了,于是继续说道:"我知道你还是很难相信,但我当时确实就是那样,我一直在全班包揽倒数前五名,成绩相当稳定。当年你舅舅在首义门扒砖头找蛐蛐的时候,我也没有闲着。如果说蛇山上每一寸土都被我和我的虾兵蟹将们踏平了,还真不是夸张。对了,我想问问你,你小时候跟别人打过架吗?"

小明说:"我从来不跟别人打架。"

"你是个好孩子!我可比你调皮多了,我上初一和初二时曾经把两个男同学先后打伤,导致他们被送进了医院。"闻听此言,小明瞪大了双眼,紧盯着良军,仿佛要确认一下良军所说的黑历史。

良军一边讲着自己小时候的事,一边暗中观察小明的反应,见他已经听得目不转睛,知道自己已经成功突破了他的第一道防线,继续说道:"后来我贪玩的心收敛了一点,不过还是玩性十足。我记不清楚到底挨过多少次父亲的揍，没挨打的日子反而记得更清楚一点。好在我到初三学期末就一跃成为全年级第一名了！"

小明眼里满是惊奇和疑惑，问道："您那么快就从学渣变成学霸，这变化也太大了！李叔叔，您是怎么做到的？"

良军一看，"苦情计"的开头效果不错，于是接着说："我上初三的时候，在班主任的办公室里看到了《关于积极试行劳动合同制的通知》，我当即开始担心自己的未来并且从那天开始发奋学习了。为了准备第二天的化学单元测验，我一直拼命学习，晚上我妈关了电灯后，我打着手电在被窝里继续学习！那次考试我考得不错，鬼使神差，居然考了全年级最高分。不仅让化学老师惊掉了下巴，连班主任都课间跑来看我是不是搭错了哪根筋。也是从那一次开始，我发现我只要稍微努把力，把老师讲的弄懂，就可以考得不错。这样就越考越有信心。这方面的体会想必你比我更深刻。你的起点比我高太多了。"

"没有没有，李叔叔，您的经历让我太受启发了！"小明此刻已经完全被良军的讲述吸引，期待着他继续往下讲。

"从那次全年级化学单元测验以后，只要有考试，我的首要任务一定是备考，天大的事都大不过考试。校报和广播站接连好多天报道我这个后进变先进的学生，听得我简直恨不得找个地缝钻进去……"

听到这时，小明开始主动提问："李叔叔，您的经历肯定很不一般。但是我们有我们面临的困难和挑战，我不知道是不是该像一些同学说的那样去躺平？"

听小明这么一句，心里暗喜，说明这孩子随着自己的引导开始进行思考了，而小明提出的问题正是良军想跟他探讨的。看来，真正碰撞的时候到了。

良军喝了一口茶，继续说道："小明，我经历过1998年的广国投倒闭、2001年的9·11、2003年的非典、2008年的全球金融海啸，我所经历的困难也许和你的不一样，不过，那些困难和挑战对你我而言，其实本质上一样，它们就是横在我们面前的土坎，你强它就弱，你弱它就强。这个道理是我从一次又一次经历中悟出来的。如果你感兴趣，我可以从头到尾给你讲一讲我经历过的那些沟沟坎坎……"

小明脱口而出："李叔叔，我很有兴趣听您讲讲您的经历。特别是您遇到那些沟坎的时候，都是怎样跨过去的。"

叶强此时插话说道："今天确实机会难得，不如李总你就给我们从头讲一讲你求学的经历吧。我没读过多少书，对你这样的从学霸做到华尔街金领的人充满敬佩，你的经历肯定对小明和我都有启发的。"

良军也没有推辞，于是对小明说道："我可以讲一下我自己亲身经历的故事，让你真切地看到我的经历和我走过的路，之后你自己来分析和评判，这样也许对你做出选择有所帮助，你看这样好吗？"

小明点点头。于是良军从他一不留神从北大一毕业就沦为"北漂"开始，讲起了自己的早期职场经历。

第二节 北太平庄的夜晚

1990年夏末，良军赶回武汉，和母亲一起料理了父亲的丧事，然后赶回北京。

在那晚的暮色中，火车徐徐驶出武昌南站。站台上的母亲不住地对良军挥手，良军也一直望着一夜苍老的母亲，直到看不见为止。火车驶过蜿蜒的蛇山，一路向北，又跨过浩瀚的长江，把湖泊纵横的江汉平原甩在其后。

虽说列车经过古楼洞时就那么一晃而过，良军还是目不转睛地望着熟悉的民主路和不远处的胭脂路，尤其是胭脂路上那家跟十三妹默默对望过的馄饨铺子。大学四年，这条铁路线他走过多次，可没有哪一次像1990年那个夏末一样，让他那么心意决绝。他要离开这个伤心的城市，不闯出一番事业绝不回来。那年离开武汉的他下了"不破楼兰终不还"的决心。可是，现实比想象残酷得多。他刚刚回到北京，就发现自己已经被中庆公司扫地出门了。

他赶到中庆公司位于北京南三环边的办公楼时，门卫大叔挡住了他，说什么也不让他进，只是告诉他，这里没有什么蒋总蒋拥军，他们搬走了。可是良军明明看到赵总端着茶杯从旁边经过。他喊了一声"赵总"，赵总却像从来不认识他似的，扬长而过。他左等右等，终于看到一个同事。那同事见到他，神色极不自在。他悄悄把良军拉到一旁，告诉他中庆公司的蒋总和赵总彻底闹掰了，几天前刚刚分家。听说蒋总成立了一个新公司，叫什么"中洋公司"。同事给了良军一个地址，在北太平庄。他接过写有地址的纸条，转身直奔公交站。转了几道公汽，他总算赶到了新公司。原来，就在良军离开北京回武汉处理父亲丧事的一个星期内，中庆公司的两位老总已经分道扬镳。原来的总经理蒋拥军拉走了一帮人马另立门户，在北太平庄租下几个房间，挂起了中洋贸易公司的招牌。赵总则把所有蒋总招来的人都扫地出门，良军这个北大高才生也不例外。

蒋总看到良军如期归来，鼓励了他一番。然后双手一摊说："小李，你也看到了，公司刚刚草创，一穷二白的，没有宿舍给你。你能不能先在办公室将就一段时间？"

良军没有犹豫，睡办公室总比流落大街强吧。再说，按照他的留学申请计划，应该在年底前收到几所外国大学的录取通知书，所以中庆公司也好，中洋公司也好，对他而言都不过是暂时落脚之处，绝不会长久。他二话没说，折回北大，从陈卫东宿舍取回自己的铺盖卷。陈卫东看他神情严肃，以为他还在为父亲的去世难过，良军甚至不想对陈卫东解释中庆公司怎么突然变成了"中洋公司"。

其实，早在中庆公司成立之初，董事长赵总和总经理蒋总之间就为争夺公司的控制权开始了明争暗斗。这在公司内部早就是公开的秘密。蒋总利用自己的社会关系，帮公司做成了几笔生意，从而希望掌握更多的话语权，但赵总认为自己出资建立了这家公司，是公司当然的老大，公司的一切都应该听自己的。对蒋总的某些"夺权"行为，赵总开始的时候还能睁只眼闭只眼，但两人的关系很快就变得水火不容。一天下午，冲突终于彻底爆发。

那天下午，赵总派一个手下去拿财务章，但被蒋总的手下拒绝，双方在财务部直接发生了肢体冲突，赵总的那位手下被打得头破血流。有人报了警。很快，警车开到公司楼下。警察把被打的和打人的带上了警车，呼啸而去。良军和梁功成一起，默默把财务办公室一地的碎玻璃、茶杯和零乱的报纸、文件清理干净。良军一边用拖把拖着地上一摊血迹，一边心想，得加快申请美国大学，尽早离开这个地方。

世上没有后悔药。良军明白，中庆公司这个坑是自己要跳进来的，自己也得想办法跳出去。这年春天的时候，中庆公司的总经理蒋拥军来北大招人时，他描述的公司前景让良军听得热血沸腾：这是当时中国861家"国"字头公司里唯一的一家民办公司；公司创始人白手起家，成立了这家公司；公司急需国际化的人才以开发国际市场……

对于还没走出校园的良军来说，能遇到中庆公司这样的机构，他觉得自己找到了用武之地，肯定可以在这家公司大有作为。他看到蒋总把自己的简历放进公文包的时候，仿佛看到自己已经奔波在北京和世界各大城市之间，驰骋国际市场，收获财富和荣耀。当系主任专门把他找去，告诉他系里经过慎重研究，决定保送他上本系的研究生时，良军觉得保研、去国字号单位工作都不如这家中庆公司前景远大。他思考了一个晚上之后，告知系里自己放弃保送上研究生的资格以及去其他公司的工作机会，决定立刻到中庆公司报到，系主任很失望。保送研究生的名额后来落在哥们儿的陈卫东身上。良军并不在意。那时的他仿佛已经看到自己即将叱咤风云、搏击商海的样子。

良军一毕业，就满腔热情地到中庆公司报了到。

那年初夏，中庆公司一共招了20个新人。大家头一回见面，是在楼下食堂，呼啦啦一下子坐满了两张大圆桌。良军记得，那些跟他一样对新生活充满期待的年轻人来自北京的各个高校，北京大学、人民大学、对外经贸大学等等，他第一个认识并记住的是梁功成，来自北大物理系。由于聪明过人，当年高考前，还不满18岁的他就被北大提前录取了。

跟一般人印象中的理科生不一样，瘦瘦高高的梁功成特别健谈，在公司担任总裁秘书。良军和梁功成被分在同一间宿舍。二人很快成了无话不谈的朋友。梁功成烟瘾不小。两人侃大山的时候，良军陪他一起抽。一包烟很快就没了。初出校园的日子充满了激情与幻想。平时两人各忙各的，一到周末，两人骑自行车去逛逛西单和王府井的书店。

初到中庆公司，一切看似正常。良军对这份工作倾注了全部的热情。他希望自己能迅速做出让公司高层刮目相看的成绩来，也让父母为他感到骄傲。他还是像在学校时一样，每天早早闹钟一响就起床，丝毫不留恋暖暖的被窝。洗漱之后，他去附近的公园早锻炼，顺便也熟悉一下公司周遭的地形。等他吃过早饭，回到宿舍的时候，梁功成往往刚起床。

第一个月很快过去。良军拿到了第一个月的工资235元。那天中午，他骑车去附近的邮局，给母亲汇了100元，一心想让老人开心。

虽然再不必像当年读书时那样凌晨三点从温暖的被窝里爬起来去图

书馆抢占座位，良军每天总是第一个在办公室开始一天的工作。他每天做的第一件事是打开水，然后拖地、擦办公桌，外带分发报纸和信件。等老总们上班的时候，水瓶总有泡茶温度正好的开水，桌上总有摆放整齐的当天的报纸和信件。良军从来不觉得自己做这些小事吃亏。相反，他知道，能把小事做好的人才能做大事。

可是他期待的"大事"一直没有发生。几个月工作下来，良军总是感觉公司有什么地方不对劲。他没有看到公司有任何正规的战略和规划。至于公司的经营范围，良军在留心了好几周之后，才追踪到从雅宝路、秀水街到黑龙江中俄边境，有一条若隐若现的贸易链。

良军很快就发现，中庆公司不过就是人们说的"皮包公司"。他意识到自己选择中庆公司这一步走错了，但是那年北大保送读研的机会已经错过。原来想招人的国企职位也早已被他的同学们填满。他除了出国留学之外，似乎再没有别的途径可以改变自己的命运。他开始悄悄准备考托福和GRE。他想，只要大学通知书一来，就可以转身离开这个皮包公司。那是一个没有手机、没有PC的时代，与家人的交流更多的是靠书信。对于千里之外的父母，良军一直编着"中庆神话"。这个"神话"慢慢变成了现实版的"笑话"。

一天晚饭后，两个人在宿舍里抽烟聊天。烟雾缭绕中的梁功成像一个老到的江湖人，眉头紧锁，思考着对策，也在向良军探询。

"公司现在这么乱，你对自己的下一步有什么计划和打算吗？"

良军也深深地吸了一口烟，缓缓道出了自己的想法："我错过了保送读研究生的机会，也错过了找工作的时机，现在能够做的就是看能不能申请到奖学金去国外读书。"

梁功成当即赞同："出国读书倒是一条不错的路。你肯定行！"

良军又接着说："我希望能申请到奖学金，争取在明年春季入学。否则单靠我的那点工资，连飞机票都买不起。"

看到梁功成对留学很感兴趣，良军以为找到了留学的同路人，于是又说道："我可以把考托的书借给你去复印。但是麻烦你千万不要对公司的其他人提起。"

"请放心，我肯定不会对其他任何人提起你申请出国读书这件事的。"夜深了，两人抽完烟，各自睡去。

没想到过了两天，良军被叫进蒋总的办公室。还没等他开口，蒋总已经发问了："小李，怎么啦？想离开公司了？"

良军心念一动："糟糕，我被卖了！"

但事已至此，良军也无法否认，只是支吾着。蒋总接着说："你是我从北大招来的，我很看重你。不要多想，跟着我好好干，会有你的远大前途的。"良军点点头，尴尬地离开了。从蒋总办公室出来的时候，正好与梁功成碰上，良军意味深长地看了对方一眼，一言不发地走进了自己的办公室。从此，良军除了礼节性地打个招呼以外，再也不对梁功成多说一字半句。他看得再清楚不过了：自己再也没有退路了，唯有拼命地往前，闯出一条自己的路来！

在那之后不久，梁功成在某个夜晚不辞而别，拎走了自己的铺盖卷。良军自此再也没见过他。

良军在中洋公司的处境变得十分艰难。

中洋公司租下了几间办公室，它们位于北太平庄远望楼东边那栋六层大灰楼的第五层。第一天上班的时候，良军把大楼的第五层走了一遍，一共有60间办公室。蒋总把最西端的一个小办公室分给良军，他和三个同事一起共用这间办公室。到了晚上，等到同事都走了以后，他才能把办公室里的折叠行军床打开，从靠墙的柜子里拿出枕头和被褥，给自己铺一个睡觉的地方。第二天清早，良军必须早早起来，把自己的铺盖卷卷好，放在靠墙的柜子里，并在同事上班之前把办公室打扫干净。

此时，蒋总几个月前从北京各个高校招来的大学生们已经走得差不多了。良军是仅剩的两三个人之一。白天他跟着蒋总出去跑业务，一到晚上，他就待在办公室兼宿舍的房间里，拼命复习英语。

业主为了省电，整栋大楼的走廊和其他的办公室晚上十点后全部熄灯。刚开始良军很不适应这种黑乎乎的环境。在武昌蛇山脚下首义大院里长大的良军，从小就天不怕地不怕，也因此被一群男孩子拥戴为"司令"，但在北太平庄这个偌大而漆黑的楼里，他时时感到后背发凉。

他想念北大28楼的灯光。在那里，他跟同宿舍的5个同学经常夜聊到凌晨。而现在，自己孤身一人困守在这黑乎乎的大楼里。周围是如此寂静，以至于良军在办公室里翻书的声音都能在长长的走廊里传出回响，让他头皮发麻。他想起之前看过的各种破案的书籍和惊悚电影，更觉得不可不防。于是他周末专门从集贸市场上买了把一尺长的尖刀放在抽屉里，又从外面找来了一根粗粗的短棒放在了办公室的门后。每天凌晨学习完之后，良军到隔壁水房洗漱，哗哗的水声在黑乎乎的走廊里传出回响，他不时被自己弄出的声音吓一大跳。

在睡觉之前，他除了检查办公室的门是否锁好，还要检查一遍自己的应急装备。他把短棒放在自己床头，把短刀放在枕边，以便遇到紧急情况时一伸手就能摸到短棒和那把刀。

周末，良军骑着自行车从北太平庄赶到位于中关村的考试培训中心，参加考前培训班。良军把能省下来的钱都交了报名费。在那里，良军遇到了一群和自己一样憧憬留学的青年。在一次又一次模拟考试中，良军总是名列前茅。在众人钦佩的目光里，良军才能找回学霸时的那份自信。

周末没有培训课的时候，良军把自己关在办公室里，拼命地刷题，平均一天可以做1000多道。良军的生活简单到只有黑夜与白天，除了做题，还是做题。

自尊心极强的良军既不向母亲透露半个字，也不跟陈卫东这样的铁哥们透露自己的真实处境。好在他身边还有一把心爱的红棉吉他。有时候，他觉得太安静了，于是主动制造一些声音，比如大声歌唱，用歌声和音乐把漆黑空洞的走廊填满。他把会弹的几首曲子，从《雨滴》《小罗曼斯》到《爱的罗曼斯》，挨个儿弹遍，每每这个时候在内心深处他时常想起十三妹，可是自己目前这种状况让他也只是想想而已，十三妹若真出现在眼前的话，自尊心极强的良军也不敢同她相认的。他只能寄希望于音乐驱走孤寂与恐惧。从1990年的秋天到1991年的冬天，如果有人在夜晚走过北太平庄这栋漆黑一片的灰楼，如果隐约听到有时沙哑有时高亢，有时狂野有时忧伤的歌声和伴奏的吉他声，一定会觉得毛骨悚然。但那是暗夜里一个无所畏惧的良军对另一个怀疑、担忧甚至害怕孤独与黑暗的良军的安慰。他以这种方式告诉另外一个自己：明天的太阳将照常升起，坚持下去，今天所经历的一切都将过去！

受宏观经济形势的影响，中洋公司的业绩一直没有改观。而且连续三个月发不出基本工资了。跟良军同时进公司的大学生全部走光了，就剩下良军还在坚持着。他很清楚，公司已经到了难以为继的程度，轮到自己被遣散的时候不远了。但是，他的留学申请还没有完成，他还需要挺过最后几个月。

良军终于考完了GRE，成绩出来之后，良军选择了包括耶鲁、康奈尔大学在内的几所中意的学校，并且开始着手准备投寄申请材料。除了不菲的报名费之外，填好的申请表到几经修改的自传，每寄出一份申请，还要花费不少国际邮费。平均一封普通的申请信件需要15元到20元左右，而邮寄一套完整的申请材料到美国，一般需要40元到50元左右，良军可怜的一点儿工资很快就入不敷出了。每月拿235元工资的他，存折里的余额从来没有超过100元。自从父亲去世后，他不想再让妈妈为自己担心，每月按时给妈妈寄去100元。等到他给所有目标学校寄出申请材料后，他的存折因为存款余额不足而被注销了。良军很清楚，自己和家里无论如何是拿不出钱供自己出国读书。他必须要申请到一个能提供奖学金的学校。他的托福和GRE成绩的高低决定着他能否拿到奖学金。每多考一分，他就多一分把握。

1991年的冬天格外冷，北京时常下雪。良军焦急地期待着申请的结果。在大洋彼岸，布什总统虽然赢得了海湾战争，却因经济衰退和萧条而黯然下台。在北京，中洋公司的经营状况继续恶化，由于经常拖欠房租，公司已经开始被业主制裁，停水停电成了家常便饭。

良军焦虑地期待着录取通知书和奖学金的到来，他连五毛钱一坨的叉烧肉和两毛五一袋的海淀西苑同庆方便面厂生产的方便面都快吃不起了。美国大学的录取通知书终于陆续寄到，令良军开心的是，包括耶鲁大学在内的好几所常春藤大学都录取了自己，但是无一例外，所有的学校都表示无法向他提供奖学金，而且说辞惊人地一致："由于经济不景气，我校经费不足。非常遗憾地通知你，我校无法向你提供奖学金。"

良军的心一次又一次地往下沉。1991年11月19日晚，良军收到了最后一所学校康奈尔大学的录取通知书，里面夹了一封无法提供奖学金的通知函。

如果没有奖学金，凭他一个月两百多块钱的工资，无论如何是无力留学的。在为留学梦努力了一年多以后，他知道自己该彻底死心了。

他默默地流着眼泪，把所有的录取通知书和过去一年多来辛辛苦苦准备的所有申请材料全部撕掉，然后找来一个铁桶，把所有的碎纸片丢在铁桶里，用打火机点着火。他看着几所大学的录取通知书瞬间化为黑色的灰烬，大颗大颗的眼泪掉了下来。

他问自己："我迄今所做的一切有意义吗？我是不是一个彻头彻尾的失败者？"

呛人的烟味弥漫着小小的房间，他打开窗户，呼啸的北风猛地扑进来，打一个旋，把呛人的烟味卷走了一些。北京的冬夜已经如墨如铅。

他关上了窗户。床上只剩下一叠书信。他抽出父亲生前给他写的最后一封信。信只有一页纸，父亲的笔迹透着力道，信的结尾照例是一句鼓励的话——"好好学习，天天向上"。父亲没有机会上大学，这8个字饱含着他的人生信条和对儿子全部的期望。

良军一边木然地注视着铁桶里的火苗，一边慢慢地把父亲的信撕成碎片，丢在铁桶里。

明天是他23岁的生日。他把目光从铁桶里的灰烬缓缓地移向窗外，呆呆地凝望着黑漆漆的夜。

"事业的第一步就迈错了，留学申请又一败涂地，现在我一贫如洗，没有北京户口、没有钱、没有粮票，我还有什么未来?!""我要不回到武汉，在爸爸的单位里谋个职位？反正我的档案和户口都已经落回到爸爸的单位了。"恍惚之间，良军拿出了装着自己所有行李的淡黄色旅行包，把自己不多的衣服开始往包里塞。突然，他的手碰到了放在旅行包底的过去十几年里收获的各种证书，他的手停在了包里。

"如果我今天逃回去，我将如何面对妈妈？如何履行这次离开武汉时在武昌南站的站台上给妈妈的承诺'我要努力挣到钱，将来好好孝敬您'？如何面对不知身在何处的十三妹？如何面对过去的自己？"

他把旅行包放在桌上，重新站在了窗户前。思前想后，当即决定停止出国留学，立刻着手报考北大的研究生，原因很简单：在国内读研究生是免费的！良军的计划是：争取先考上北大，稳住自己人生的基本盘，之后再图发展。作为当年的学霸，他有很大的信心考取原专业的研究生。

良军盯着日历，一天一天计算着时间。1992年度的研究生入学考试将在1992年2月春节过后举行，他只剩下不到3个月的时间去准备，对一般人来说，在这么短的时间内考研，基本是不可能的。但是良军再一次把自己逼到了背水一战的地步。他决定第二天就开始准备。

良军曾经是学院准备保送研究生的优秀本科毕业生,他对自己考研的实力深信不疑。他决定天一亮就向公司请假,先去北大研究生院查询有关1992年度研究生招考的具体细则,然后到北京图书馆去查阅并准备考研所需要的资料。

良军在衣服口袋里摸索了一番,一共只找到了几分钱。不甘心的他又打开自己的抽屉,把抽屉的每个角落仔细地检查了一遍,终于又找到了几个硬币!数了数,一共有两毛两分钱!至少明天的早饭可以对付过去了。良军对自己说:"天无绝人之路,既然没有退路,那我就跟前路死磕到底吧。"

由于公司欠费已久,业主早就停止了供暖,房间里冷得像冰窖。他的折叠行军床也垮了。无奈之下,良军只好把被褥铺在办公桌上,可是办公桌太短,他就蜷缩起身子,无奈一双脚仍然悬在桌沿外边。折腾了半天,良军索性决定穿着羽绒服睡觉。他先把垫子铺在水泥地上,然后穿着羽绒服躺在上面。屋外北风呼呼,他也渐渐睡着了。

第二天,良军把一分钱掰成两半花。他到楼下的食堂,花一毛两分钱吃了早饭,又花八分钱买了一个茶叶蛋作为中午的口粮,然后揣着剩下的两分钱,穿上1986年考取北大时三伯亲手给自己做的大衣,骑上借来的自行车,直奔北大而去。

冬天的未名湖非常冷清。大清早的,湖边和冰面上没有一个人,只有北风在耳边呼啸。来到位于未名湖北岸边的研究生办公楼门口,良军拿出笔和本子,不顾寒冷的北风,蹲在地上用快冻僵的手哆哆嗦嗦地仔细地抄录着门口公告栏里的招考信息。随后跨上自行车直奔北京图书馆而去。良军到达北图南门的时候,图书馆还没开门。良军竖起大衣领,站在寒风中,把刚刚在北大抄写下来的世界经济专业研究生的招考要求又仔细地研究了一遍,脑子里默默地思考着今天在北图需要查阅的资料内容。

　　太阳慢慢露了头，北风仍在呼啸。良军走进冬日的阳光里，让阳光温暖一下自己消瘦的身体。与此同时，良军的脑子里仍在不停地思考着今天进馆之后的工作程序。终于到了图书馆开门的时间，良军第一个从南门进入图书馆后，直奔公共阅览室而去。

　　身上只有两分钱的良军实在无力去复印资料，他飞快地用笔逐字逐句地把资料抄写在笔记本上。好在自己当年在北大时练就了快速记笔记的功夫，自创了一套只有自己才认识的符号。

　　中午一转眼就到了。良军感觉到肚子饿得咕咕叫了。可是自己身上只有两分钱，连一杯热果珍都买不起，更别谈去买食物了。他把手伸进大衣口袋里，手指在茶叶蛋上摸了又摸，舍不得一下子就吃掉。何况，阅览室里不允许吃东西。怎么办？良军忽然灵光一现：对了，去一个被人发现不了的地方把鸡蛋干掉！

　　肚子实在是太饿了。良军出了阅览室，顺着指示牌走到位于二楼楼梯口西边的男厕所。他环顾了一下四周，发现没有别人，于是迅速走进最靠里面的那个档位，把门反锁上，然后小心翼翼地掏出鸡蛋，迅速剥下蛋壳，把光滑的鸡蛋塞进嘴里，把鸡蛋壳扔进垃圾桶后，心里默默地念叨："打扫卫生的师傅，当你看到厕所垃圾桶里的鸡蛋壳时，请千万别惊讶，有个要考研的人没钱买吃的，只能在此解决白天的口粮问题！请您务必谅解！"良军离开这个档位，走到厕所门口，看看四周没人，打开厕所门边的水龙头猛喝了一通凉水，反正厕所水龙头里的水是不收费的。肚子里总算填了一点东西。他又回到阅览室，埋头继续抄写，希望在闭馆之前多抄写些资料。

　　时间过得飞快，一晃就到了傍晚，图书馆要闭馆了。良军是最后一个离开图书馆的读者。从温暖的馆内走到严寒的户外，加之肚子里缺食，他不禁打个激灵，大脑一阵晕眩，趔趄了几步，差点栽倒在地，幸亏一位下班的工作人员正好从良军身边经过,伸手拉住了他,要不然,他准得顺着台阶滚下去。

"小伙子,你没事吧?"工作人员关心地问道。

"没事,没事,我就是坐久了。"良军随便扯了一个理由。

早上还是阳光灿烂的天此刻竟阴沉得像要塌下来一样,空中开始飘起了雪花。良军骑上自行车,直奔北大而去。今天是他的生日,几天前他就约了10个本科的同学今晚在北大聚会。良军早已饿得前心贴后背,但是仍在风雪中缓缓地向着北大骑行。来到学四食堂,同学们也刚刚到齐了。此刻兜里比脸还干净的良军悄悄地找陈卫东借了10元钱,然后点了涮羊肉、二锅头和酒。

这是一种久违的欢乐。在同学的祝福和起哄声中,良军一口气把三瓶二两装的二锅头喝了下去,然后风卷残云般吃下两斤羊肉,才觉得浑身有了些力气,苍白的脸上终于有了点儿血色。在同学的鼓动下,良军开始迎接同学们的啤酒车轮战:跟每位男生至少喝两杯啤酒,跟每位女生喝一杯啤酒,杯子则是当时北大学四食堂标准的20厘米高的塑料杯。喝到后来,良军觉得自己快撑不住了。他依稀还认得,最后一位来碰杯的是陈卫东。跟他喝完第二杯之后,心中苦涩的良军终于坚持不住了,说了声:"陈卫东,我不行了!"之后便一头倒在陈卫东的怀里。23岁的良军终于在自己生日这天遭遇到自己人生中的第一次醉酒!

陈卫东把良军抱着,免得他倒下去。良军的意识完全清醒着,只是觉得两个眼皮似有千斤重,无法睁开眼睛。他嘴里还嚷嚷着:"叫服务员来买单。"伸手去摸口袋里那张借来的10元钞票。早有同学抢先买了单。他听着陈卫东对另外几个男生说:"搭把手,把他弄到我宿舍去。"

几个男生围上来,抓住良军的手脚,像抬猪一样把他从学四食堂的东门堂而皇之地抬了出去。迷迷糊糊之间,良军依稀听到陈卫东说道:"唉呀,这小子看着那么瘦,身体怎么那么沉啊?!"另一个姓陈的同学搭腔道:"没看见他的身体已经失去自我协调的能力了吗!"

被寒风一激,酒劲上了头,良军感到一阵抑制不住的恶心,赶紧蹬脚,让同学把自己放在地上。他的身体刚一沾到雪地,便侧了个身,脸对着雪地狂吐起来。陈卫东和其他同学赶紧给良军捶背,好让他舒服点。等他觉得把胃里都倒空了,几个人又把良军抬到自行车的后座上,陈卫东推着车,向47楼走去。良军双手抱着车座,脸贴在车座上,被驮到47楼楼下。

良军完全不记得自己是怎么上到二楼陈卫东的宿舍的。他睡到第二天中午才醒。醒来时头痛欲裂。他猛然想到还要到北图去查抄资料,于是赶紧起床。他一边迅速往身上套衣服,一边环顾这间研究生宿舍,忽然心念一动:离考研没有多少时间了,索性我就辞职,借个研究生宿舍的床位,全力以赴地准备考研!反正公司已经半死不活,自己没有必要和它一起沉下去。

主意一定,良军起身下床,到楼下找到自己的自行车,直奔北太平庄而去。到了公司,他径直去了人事部,要了一封空白辞职信,迅速填好后,签上名,直接走进总经理办公室,提出辞职。蒋总脸上没有太多的表情,只是平静地说道:"好吧,我这里庙太小,你是一个能干的年轻人,应该去闯出一片属于你自己的天地。"

按照公司的规定,员工主动辞职得不到任何经济补偿。蒋总还不错,叫会计给良军发了400元钱。良军向剩下的几位同事一一道别,然后拿上自己的一包证书和衣物、被褥,绑定在自行车后座上,迎着寒风径直向北大骑去。

1992年的春节,良军没有回家。他继续给母亲编织着"中洋神话",说公司去年效益非常好,老总发的红包很丰厚,他想跟同学陈卫东去一趟他的老家合肥。母亲信以为真,又过了一个孤单的新年。

其实良军半步都没离开北大校园。从辞职那天算起,离研究生考试不到三个月，他恨不得把每一分钟都用来做题、背书。春节是最后的冲刺阶段。良军觉得时光就像那呼啸的北风一样，转眼即逝。

办理好辞职手续，回到北大的那天，陈卫东已经帮他在研究生47楼找到一个空床位，临走之前还帮他弄到两张食堂会餐券和一叠洗澡票。这时的陈卫东已经读研二了，他以过来人的身份给良军传授了一条经验："考研难就难在政治考试，考及格都很难，人民大学的考前政治辅导班非常不错，建议你尽快去报个名。"

陈卫东把良军安顿在宿舍之后便回合肥去了。良军打开自己的行李包，拿出自己的被褥和换洗衣服，利落地铺好床后，迅速冲下楼，骑上车朝人大飞奔。幸好考研政治课辅导班还没有报满。他二话不说，写下自己名字，交了200元报名费。随后又赶到东门外的人大出版社书店，买了十几本考研辅导材料。早上刚刚领到的400块钱所剩无几。回到北大后，良军直接去了图书馆。用陈卫东的借书证混进图书馆后，他径直来到熟悉的101自习室。从书包里拿出钢笔和本子。安静下来的他并没有急着去看书，而是决定先写两封信。良军心里很清楚，现在离考研还有将近三个月的时间，自己身上只剩下从陈卫东那里借的10元钱，无论如何，这点钱是无法支撑自己未来将近三个月的生活费的。

他提笔给远在湖北宜昌长阳的小姨和在湖北沙市的三伯求援。他说，自己已经辞职，想考北大的研究生，经济上非常紧张，希望他们能帮自己渡过这个难关，但是千万要对自己的母亲保密，以免母亲为自己担心。

良军一直学习到深夜才离开图书馆。骑行在熟悉的校园小路上，自行车轮把地上的积雪轧出嘎吱嘎吱的声音，在良军听来无比动听。他在心里说："燕园，我一定要回到你的怀抱！"

一个多星期以后，小姨和三伯的汇款分别寄到。良军从位于29楼路东的北大邮局里取出了钱。看着手中的几百块钱，从小泪腺就不发达的良军眼泪簌簌地往下掉。他知道大山里的小姨和在沙市工作的三伯经济状况都不好，这几百块钱包含着他们对自己无限的关爱和期待。"我必须努力地奋斗，绝不让所有爱我的亲人们失望。"良军在心中默念着。

良军开始了疯狂的冲刺。每天天不亮，他就一头扎进图书馆复习。除了一日三餐外，良军白天所有的时间都在图书馆里度过，一直到图书馆熄灯关门，他才顶着凛冽刺骨的寒风离开，然后又转战到通宵教室继续挑灯夜战。良军周末所有的时间全部用在人大的考研政治辅导班。他再一次发挥出自己的笔功，几乎一字不落地记下台上老师讲授的内容。

一天中午，良军从宿舍出来准备去买午饭，突然对面宿舍的门开了，一个陌生的小伙子走了出来。他不到1.7米的身高，戴着眼镜，留着寸头，人长得十分精神。看着良军疑惑的眼神，小伙子走过来主动伸出手打招呼："你是良军哥吧？我叫罗东宇，是陈卫东哥的合肥老乡，准备今年考研，也是卫东哥帮忙给安排的宿舍。昨晚刚到北大，就住在你对面的宿舍，请多关照！"

寒假里，47号楼二单元的二层楼只有良军和罗东宇两个人。东宇在大北窑的一家工厂工作，跟良军一样，也希望借考研来改变自己的境况。为了增加几分把握，他专门从单位请了假，住到北大来复习。两人并不经常碰面。

春节转眼就到了。2月3日那天是除夕。午饭的时候，北大食堂给所有留校的学生提供了会餐。拿着陈卫东离开学校之前给他找来的会餐券，良军在食堂里终于吃了一顿久违的饱饭。饭后，他连一点骨头、肥肉和肉皮都舍不得扔掉，而是把它们装在饭盒里拿回了宿舍，放在窗台上。室外零下二十几度的气温很快就把这些剩肉、剩皮和肉骨头冻成一坨。隔着玻璃窗看着自己的杰作，良军满意地笑了。大年初一早上，他可以用这些肉皮、肥肉和骨头连同方便面给自己做一顿美味的新年首顿大餐。

由于是除夕，东宇也离开了校园，此时整个楼层只有良军一个人留守学习。窗外阳光灿烂，头天下过大雪，地面白皑皑一片，八九级的大北风呼啸着，把楼下的自行车吹得东倒西歪满地都是。

忽然走廊上传来敲门的声音，而且敲门声离自己的宿舍越来越近。良军很惊讶："马上就要到除夕之夜了，谁会在这个时候来呢？"他离开书桌，正想开门看一看，却听到来人正在敲自己宿舍的门。打开门一看，原来是国际经济系党支部书记柴老师！

柴老师一见了良军，如释重负："哎呀，良军，原来你在这里啊！我找你半天了。"身穿厚羽绒服、头戴防风头巾的柴老师脱口而出，柴老师之前教过良军国别经济类的课程，是良军最喜爱的老师之一。良军大惑不解，问道："柴老师，您这个时候找我有什么事吗？"

"当然有啦。"柴老师一边拍着身上的雪，一边说："我和你谷老师从其他同学那里得知你准备今年考研，不回家过年，想接你去我们家吃年夜饭。"看着良军略显尴尬的表情，柴老师继续说道："即使你从北大毕业了，你永远都是我和谷老师的学生。"闻听此言，良军只觉得鼻子发酸，他也不知道客气，紧握着柴老师的手说道："谢谢您和谷老师的邀请。我今晚一定到您家来打扰您和谷老师。"

"好啊，谷老师和我就喜欢你来打扰。一定来啊。"

北方的冬天天黑得很早。良军完成了这天预定的学习任务之后，骑上自行车一路来到位于燕东园柴老师和谷老师的家。他们的子女都不在身边。两位老师之前都教过良军，他们很欣赏好学勤奋的良军。谷老师的厨艺特别好，会做各种菜，柴老师给谷老师打下手，夫妻二人很快做出一桌丰盛的年夜饭：有鱼、猪肘子、鸡、牛肉，以及各种蔬菜，谷老师和柴老师热情地招呼良军上桌子。良军发挥出他强大的战斗力，风卷残云一般扫光了桌上所有的菜肴。看着良军近乎疯狂的吃相，谷老师和柴老师露出了欣慰的笑容。良军还陪两位老师喝了一些红酒，酒足饭饱之后，良军向两位老师道别。回到宿舍后，继续挑灯夜战。

大年初一的早上，北风呼啸，最低气温达到 –21℃。良军早早地起床，洗漱之后，用电热杯把昨天在食堂会餐时剩下的肥肉、肉皮和骨头连同方便面一起，煮成一杯大杂烩，连汤带水吃个精光，然后开始刷题。

那一年的研究生考试定在 2 月 14—16 日。由于之前时间太紧，复习材料太多，到了 2 月 13 日晚上，有关的政治辅导书良军甚至没有时间翻开第一页！作为应对之策，良军利用春节假期把人大政治辅导课的笔记背了三遍。这时只是随意地翻看着尚未看完的政治辅导书，时钟指向夜里 12∶00，良军的眼皮开始沉重如铅，游离的目光停留在一段陈独秀所说的一段白话文上。看看后面还有两百多页。他想："我已经尽了全力，明天的一切就听天由命吧！"之后倒头便睡。

2 月 14 日上午第一场考试就是政治。第一道题是个 2 分的选择题，题目是：第一个把《天演论》翻译成中文的是哪一位？凭借着自己中学的功底，良军不假思索便选择了"严复"作为答案。当良军翻到第二页试卷，看到左上角那道 10 分判断对错的论述题时，激动得差点用手捶桌子，因为那一段话正好是昨晚良军最后看到的陈独秀所说的那段话！兴奋得两眼发光的良军迫不及待地写下"这段话错！"然后根据小时候看过的电影《枫树湾的战斗》以及中学历史课本上学到的知识，列出了七八条理由，边写边想："无论如何，我这道题至少应该得八九分吧！"

一个月后，考研成绩公布，很多同学政治课考试不及格，而良军得了超高的 76 分！

2 月 16 日从最后一科的考场出来后，良军邀请东宇到学四食堂一起吃晚饭。两人点了木须肉、酱猪肘、辣炒红肠，还花 1 元钱开了一瓶二锅头。东宇情绪不高，他觉得自己没考好，可能希望不大。

"良军哥，我感觉不是很好，有些题我一点把握都没有。"东宇闷闷不乐地说，然后猛喝了一口。

"兄弟，咱们已经尽人事了，后面的就听天命吧。再说了，考研未必就是人生唯一的路。"

为了安慰东宇，他先干为敬，一杯酒下肚。

备考的日子太辛苦，两人借着这个机会好好地犒劳着自己。几盘菜和一瓶酒很快就见了底儿。良军说："兄弟，明天早上我送你一程吧。"

东宇点点头，眼睛里已经泪光闪动。

第二天早饭后，良军帮助东宇把行李搬到自行车上，然后二人慢慢地向长安街骑去。这天阳光耀眼，北风刺骨。二人一路上话语不多，骑了30公里，终于到了天安门城楼前，东宇停了下来，用腿支撑着自行车，双手一抱拳："良军哥，送君60里，终须一别。咱哥俩就此别过吧。"

"好吧，那我就返回北大了。世界很大，很多时候也会很小，说不定哪天咱哥俩就又相聚了，你多保重！"看着东宇朝大北窑方向骑去，良军心潮起伏：这个纯朴的安徽小伙子也许没有那么幸运，但知道一直努力向上。苦心人天不负，希望上天不要亏待他！看着东宇的身影在呼啸的北风中渐行渐远，良军才调转车头向北大骑去。这时的他还无法预知，15年后东宇将帮助他完成自己职业生涯中最大的一单生意。

考研结束后，良军用剩下的钱买了一张火车票，在二月底回到了母亲身边。那一年，武汉的冬天也特别冷。不知是因为身体太虚弱，还是因为天气太冷，良军回家的第二天，从早到晚腹泻了30多次。母亲吓得赶紧把他送进医院。在打了3天的吊瓶之后，良军才脸色苍白地回到家中。身高1.73米的他此时体重只剩下不到100斤了。

苍天不负有心人！北京大学研究生录取通知书终于寄到良军家中。良军看着通知书上那鲜红的"北京大学研究生院"的公章，禁不住放声大哭。过去整整两年里，承受着巨大心理压力的良军几乎没有睡过一个囫囵觉，直到这时良军才敢对母亲如实讲述了自己过去两年的人生经历。母亲听到他在北太平庄度过了那么不堪的一年多时，不禁落泪。良军还告诉母亲，沙市的三伯和长阳的小姨如何在经济上支持自己，所以想立刻动身去沙市和长阳分别看望他们，母亲连说"应该应该"。

这时的母亲已经被提拔为业务处长，正要带领部门的年轻人下乡开展一个大型城乡调查。临走前，她给良军留了一些钱，冰箱里塞满了各种菜，要他好好在家休养几天再动身。

1992年的春天姗姗来迟。良军到汉阳的蔡甸去给父亲扫墓。在父亲的墓前，他把北大研究生录取通知书给父亲读了一遍。他希望父亲在天之灵知道，当年没听他的劝告，走错的那一步，自己用两年的时间走回来了。他即将在这年秋天重新回到燕园……

良军把自己从"北漂"到背水一战，通过考研来改变自己命运的经历，毫无保留地给叶强和小明讲述了一遍。小明听得目不转睛，叶强则频频竖起大拇指。

良军看看时间不早了，于是说道："那年我第一次申请出国留学失败，而且我的工作单位也垮掉了，如果我就此打住，回到家乡武汉，在父亲的原单位里谋个位置混下去，也不是不行，但是我想，人来到这个世界上一趟，如果不去闯一闯就退缩的话，我将来老了的时候，拿什么去回忆呢？所以当我意识到自己无力对抗当时全球的经济形势时，当晚就决定通过考研究生，考回北大，以此给自己的人生争取一个回旋的机会。事实证明我当时的选择是完全正确的。我没有空耗自己的时间，而且考回北大也确实给自己争取到了一个重新出发的高起点。可以说，没有北大的研究生经历，我很难得到加入裕京银行的机会，而如果没有裕京银行的工作背景，我能否被沃顿录取恐怕就要另说了。"

一席话，说得叶强和小明都连连点头。良军却言犹未尽，继续说道："所以啊，我的经验就是：奋斗才能改变人生！尽管我不敢保证奋斗之后我能实现什么样的人生，但是不奋斗的话我肯定终将一无所成，而且我敢肯定的是奋斗之后的我将会获得对人生的一种独特的体验，将来有一天离开这个世界之前，我可以对自己说：'我在这个世界上曾经实实在在地走过一遭，此生无悔！'小明，你说呢？"

小明沉默了一下，抬头说道："李叔叔，今天我太受教益了！我要好好思考一下自己未来的路该怎么走。您方便的话，可以再给我讲一讲您当年出国留学的经历吗？"

良军说："这样吧，今天一下子说不完。不如我们再约个时间，慢慢聊，好吗？"

几天后的晚上，良军准时上线，跟小明和叶强再次聊天，他把自己如何两次考上北大，从千军万马中胜出，进入裕京银行，又如何在四年后辞职，前往宾夕法尼亚大学沃顿商学院留学的经历，给小明和叶强讲述了一遍。

第三节　回到北大

一周后，良军来到了长阳。长阳土家族自治县是中国湖北省宜昌市所辖的一个自治县，位于鄂西南山区、清江中下游。作为开发长江水利资源的一个重要的步骤，国家决定在清江上游兴建隔河岩水电站，为此投入巨资在长阳清江大桥的南岸劈山开路，修起了一条从清江大桥直达隔河岩水电站工地的道路，并命名为"电厂路"。很快寂静多年的长阳热闹起来，从宜昌和全国各地蜂拥而来的各种施工队云集在隔河岩水电站。过去那片地方一直荒无人烟，猛然间涌入这么多年轻工人，如何安排这些工人的业余文化生活顿时成了一个难题。为人豪爽、颇具生意头脑的小姨立刻嗅到了其中的商机，并迅速地采取了行动：首先在电厂路边自家的宅基地上盖起了一栋小楼，并把一层楼改造成小商铺，向过路的货车司机售卖烟、矿泉水等小商品，然后在距离自家小楼约6公里远的工人宿舍区开设了一间游戏室。不出所料，每天三班倒的青工们把游戏室挤得水泄不通，小姨很快把游戏机的数量从五六台迅速增加到二十几台，而且每天忙到凌晨时分才关门。早上很早就有顾客来打游戏，小姨跟小姨父一商量，索性就在游戏室置办了煤油炉、锅碗瓢盆、两张折叠式的行军床等生活用品，每天凌晨关门后就在游戏室过夜，不回自家的小楼。小姨忙得昏天黑地，于是去车站接良军的任务就落在了表弟身上。

兄弟俩见面之后，表弟招呼良军坐在摩托车的后座上，然后发动了摩托车，不到15分钟，摩托车便停在了小姨的新楼前。良军放好行李之后，表弟骑着摩托，把良军带到了游戏室。看到良军走进了游戏室，正忙着招呼顾客的小姨立刻大声对姨父叫道："军儿来了！快上菜！"平时少言寡语的姨父笑眯眯地拿出几个凳子，放在马路边的树荫下，然后拿出四个小矮凳，之后从游戏室后面的厨房端出早已准备好的午饭，放在外面的凳子上：南瓜丝、丝瓜鸡蛋、清江鱼炖豆腐、鲊辣椒、魔芋豆腐！每样都是良军从小就爱吃的东西。良军咽了一下口水，冲到游戏室外的水龙头边，迅速洗了手，之后拿起勺子，捞起一勺魔芋豆腐倒在饭碗里，自顾自地大快朵颐。过了一会儿，良军才意识到小姨还没过来，便问姨父："我小姨怎么不来吃午饭？"姨父调侃道："你小姨在吃游戏机呢！"说罢哈哈大笑。良军扭头一看，只见小姨正在从一个顾客手里收钱，然后把游戏币放在顾客手里。见良军正看着自己，小姨大声说道："军儿你先吃，小姨不饿！你吃完了过来帮我，我再去吃饭。"

小姨和母亲长得非常像！从2岁起，良军就被母亲送到长阳，小姨每天用背篓背着良军干农活，一直到良军 6 岁时才把他送回武汉上小学。良军跟小姨的感情非常深，每次看到小姨就像看到母亲一样。好久没有吃到小姨亲手做的美味的土家菜了，良军不顾小姨还没有上桌，毫不顾忌吃相，狼吞虎咽，坐在游戏室收银台后面的小姨微笑着看着良军的吃相，不停地提醒良军不要噎着了。

魔芋豆腐被一扫而光的时候，良军才终于放下了筷子，走进游戏室。小姨给良军交代了几句之后，走出游戏室，良军则坐在刚才小姨的位置上，有模有样地招待起顾客来。良军环视着游戏室内部，游戏室约 50 平方米，沿着墙壁摆放着二十几台半人高的游戏机，顾客从投币孔把游戏币投入游戏机后，便可以上机进行操作了。二十几台游戏机的屏幕闪烁着各种各样的彩色动画，有飞机、有坦克、有武林高手……机器里传出各种各样的乐曲：有命运交响曲、有星球大战、有魔幻的太空音乐……之前从来没有进过游戏室的良军看着跟自己年龄相仿的年轻人聚精会神地紧盯着游戏机屏幕，近乎半疯狂地操纵着游戏杆，忘我地操纵着游戏机里的"自己"同虚拟对手打坦克、打飞机，甚至用各种武术套路对打。令良军忍俊不禁的是，当顾客所操纵的游戏机里的"自己"被击毙的时候，这些年轻人往往会大声发出惨叫声，伴以摇头晃脑、捶胸顿足，甚至有些人的上半身会向后仰以模拟阵亡的动作，仿佛他们本人被真的子弹或者炮弹击中了一样。看着这些同龄人，天性好动的良军内心里忽然萌生了一个念头："自己还从来没有打过游戏机，何不近水楼台先得月，借这个假期好好玩一玩游戏机？"

小姨收拾好碗筷之后，走了过来。下午的时间是一天中生意最清淡的时候，小姨正好有时间跟良军聊起了天。听完了良军过去两年的经历，小姨心疼地说道："军儿，你这两年过得真不容易。不过这段经历对你未来的人生而言也许是好事，至少通过这段经历，你会更加明了世事，而且变得更加坚强，尤其是你正年轻，经历这些挫折之后，人生还有翻盘的机会。无论如何，小姨祝贺你走过了这两年艰苦的岁月，重新考回了北大。这次你可要好好休息，调养一下身体哦。明天让弟弟开着摩托车，带你四处去兜风？店里的生意有我和你姨父照看。""小姨，别人不知道，您还不知道我啊？我从小长到这么大，长阳的山山水水早就印在我脑海里了，我可不想到处再跑去观光了。""那你想干点什么？""哦，很简单。我就想每天到您的游戏室来帮忙。""啊？你要喜欢的话，那就这么办吧。对了，游戏室客户不多的时候，你想玩的话，自己也上机玩玩吧。"此话正中良军的下怀，于是忙不迭地说道："小姨，您放心，我会很开心的！"

日子就这样一天天地过去了，虽然每天早出晚归，忙得不亦乐乎，但由于身心得到彻底放松，加之长阳的好山、好水、纯天然的食物，以及小姨、姨父和弟弟们所营造的温馨的亲情，良军气色红润，体重也迅速地上升了十几斤！但是看着四周的绵绵青山和不远处碧绿的清江，良军心底里时常会涌上浓浓的惆怅："十三妹你在哪里啊？你去年就应该大学本科毕业了，你有男朋友了吗？"群山无声，回应良军的只有饱含绿叶味的山风。

这天傍晚，良军正忙着招呼刚下班的工人们，忽然从门口走进来两个陌生的年轻人，两人都没有穿工作服，为首的那个约30岁，年轻点的20多岁，他肩上挎着一个细长的布口袋，不知道里面装的是什么东西，特别显眼的是他的头发才1厘米长，而且头上有一条10厘米长的刀疤。良军正在思忖："这两人是谁啊？我之前从来没有见过他们呢。"这时，坐在身边的小姨大声地打起了招呼："老三、小九，你们什么时候回来的？"年长一点的年轻人立刻对着小姨恭敬地说道："姨妈好！我们今天下午刚刚从宜昌休假回来，明天上工。您的生意还好吗？""托大家的福，一切都好！"小姨一边回应着，一边把满满一个纸杯的游戏币递给两人，热情地招呼说："你们回来了就好！看看想玩什么游戏，自己照顾自己，在姨妈这里就不要客气啊！"那个人从小姨手中接过纸杯，笑着回应道："姨妈，您总是这么客气，我们可就不客气了。多谢您了！"说着两人走到一个空着的游戏机前，熟练地操作起来。

小姨回到收银台，看着良军不解的目光，小姨小声说道："他们是兄弟俩，大的排行老三，小的排行老九。两人之前因为打架斗殴伤人，进了监狱，刚刚出来。"看着良军越发疑惑的目光，小姨笑了笑，继续说道："我知道你在想什么。其实他们兄弟俩有着大家一般不熟悉的另一面：他们有着非常强的江湖道义感，你如果给足了他们尊重，他们会非常卖力地维护你。你知道这些顾客都是来自各地的青年工人，其中很多都是临时工，来无影、去无踪，很容易闹事。之前多亏这兄弟俩帮我们镇场子，我们的游戏室得以一直安宁地做生意。所以每次他们来，我都不收他们的钱。"听了小姨的话，看着那两人热火朝天打游戏的背影，良军若有所思地点了点头。

良军注意到这兄弟俩大概是游戏业务荒疏的原因，他们在游戏里的"自己"阵亡的速度很快，于是不停地往游戏机里投币。估摸着兄弟俩快要用完第一杯游戏币了，良军跟小姨耳语了一下，之后又装满了一纸杯游戏币，走向正在游戏机前生死鏖战的兄弟俩。看到良军递过来满满一纸杯游戏币，兄弟俩眼中露出了疑惑的眼神，这时小姨也走过来，大声说道："这位是我的侄儿子，今年刚刚考上了北京大学研究生，这次是来长阳过暑假，顺便到游戏室给我帮帮忙的。""哦，原来是姨妈的侄儿，那也就是我们的兄弟了！"很快良军跟兄弟俩排了顺序：良军的年龄介于兄弟俩之间，所以称老三为"三哥"，称小九为"小九"。兄弟俩从来没有跟研究生接触过，更没有跟北京大学的研究生在一起相处过，见良军如此真诚热情地对待他们，两人很快就跟良军成了无话不谈的好朋友。游戏室不忙的时候，小姨常叫兄弟俩带良军到附近的山上逛一逛，远眺一下工地。路上两兄弟把自己在监狱里的经历讲给良军听，对从小只读圣贤书的良军而言，从兄弟俩那里听到的故事仿佛来自另外一个星球，头皮发麻的良军在心里思忖道："根据辩证唯物主义哲学的理论，我有了这种间接经验即可，这辈子千万不要有他们那种直接经验啊！"看着良军脸上阴晴不定的表情，兄弟两人猜不透良军的心思，继续滔滔不绝地讲述着自己当年的奇特经历，良军时不时地点头表示理解。从兄弟俩的眼神中，良军明显地感觉到他们对自己态度的变化：从刚见面时的疑惑、戒备到现在无话不谈，形同兄弟。反过来，跟兄弟俩的交往也让良军看到了之前从来没有接触过的一个群体的人生，而这些则是自己在书本和教室里永远学不到的。

轻松惬意的日子永远是短暂的。一天上午，良军正在游戏室帮小姨招呼顾客们，忽然门外传来了一阵急促的摩托车声音。不一会儿表弟出现在游戏室的门口，人还没进门就大喊："哥，有你的加急电报！""加急电报?!"良军有点丈二和尚摸不着头脑。接过电报一看，只见上面寥寥数语："速回北大，参加考试。"发报人是北京大学经济学院的贺老师。良军熟知这位贺老师，她一直在北京大学经济学院负责教务工作，贺老师为人热情，对学生非常好。良军过去在北大读本科时就得到过贺老师的多方关怀和指导，这次被北大研究生院录取之后，良军曾专门给贺老师打电话表示感谢，并把自己来长阳休假的事情也告诉了贺老师。但此时看到贺老师的电报，良军还是一头雾水："我刚刚被北大研究生院录取，还没有报到，现在是暑假期间，为什么叫我到北大参加考试？到底要参加什么考试呢？"良军简短地跟小姨说明了一下自己的疑惑，然后对表弟说道："赶紧送我到龙舟坪镇的邮局，我去给老师打电话问一下究竟，以便我做些备考的准备。"表弟重新发动摩托车，良军坐在后座上，沿着没有任何红绿灯的电厂路，不一会儿便到了镇上的邮局。因为是暑假期间，良军把电话打到贺老师家里，贺老师接通电话后，良军迫不及待地问道："贺老师，根据录取通知书，我今年9月15日到学校报到，但怎么您的加急电报要我8月份在京参加考试？到底是什么考试啊？"贺老师笑道："良军别着急，因为加急电报按照字数收费，如果要在电报里把考试的事情说清楚的话，那可就太贵了。现在我在电话上给你说一下。国家教委给二十几家高校发了通知，计划举办一个学制为1年的经济学培训项目，考试将在8月初举行。鉴于你在北大本科期间以及这次考研时成绩优异，所以学院决定推荐你去参加8月初的筛选考试，我已经给你办好了准考证。我们收到国家教委的通知时已经是7月中旬了，我只好给你发加急电报。""贺老师，我完全明白了！我马上终止休假，现在就去买火车票，争取赶上今天晚上的火车从宜昌进京，明天到北京后，我后天早上到您的办公室去取一下准考证？对了，麻烦您方便的时候转告一下陈卫东，我将在他的宿舍借住一段时间。""没问题，后天北大见！""后天北大见！"

挂了贺老师的电话后，良军马上拨通了母亲的电话，把情况向母亲说明之后，良军说道："妈，我没法按照原计划先回武汉再去北京了，我一会儿去买从宜昌出发的火车票，今晚就出发。只能等寒假再回武汉去陪您了。""军儿，按照你的想法去做吧，妈妈完全理解和支持你。对了，你身上的钱够吗？""足够！这次离开武汉时，您给我的钱还有富余，我在沙市和长阳的时候，三伯和小姨为了祝贺我考上研究生分别又硬塞给我了几百元钱。加起来足够我一年的花销了。而且我在北大读研究生，每月将有150元的工资，加上北大方正公司给每位北大研究生每月补助100元，我每个月共有250元的工资收入，您就放心吧！"又跟母亲絮叨了一会儿，良军才挂了电话。之后走到邮局隔壁的一家火车票预订点，由于是暑假期间，买火车票的人不多。良军顺利地买到了一张当天傍晚从宜昌站出发前往北京的硬座火车票。乘坐绿皮火车经验丰富的良军没有马上回小姨家收拾行李，而是走进不远处的一家超市，买了足够路上吃的方便面、榨菜、面包和橙子。之后才坐上表弟的摩托车，回到了新楼。良军赶紧收拾好自己的衣服行李,这时候表弟过来说道:"哥,我爸妈在游戏室安排午饭给你饯行,你准备好了,我们就出发吧。""好的,走吧。"回到游戏室之后,良军坚持站好最后一班岗,帮小姨招呼好顾客们。小姨和姨父则忙着准备午饭,而且还特意叫表弟把三哥和小九两兄弟请来一起给良军送行。手脚麻利的小姨准备了十几道良军爱吃的菜,把游戏室几乎所有的凳子都用来作"餐桌",几个人在马路边的"餐桌"旁热闹地吃了起来。三哥举起酒杯对良军说道:"兄弟,虽然我比你大,你却是我最佩服的人。你有知识,有文化,但最让我钦佩的是你身上的豪侠之气,你一直真心地待我们,从来没有因为我们的过去而有丝毫地瞧不起我们。这也是我们兄弟俩特别喜欢你的地方,来,我敬你一杯,祝兄弟你前程似锦,将来有机会再回长阳过寒暑假时,一定告诉我们,我们兄弟几个好好地聚一聚!""三哥你过奖了,既然大家都在江湖行走,意气相投,那就是朋友;既然是朋友,就应该真心相待。我不在长阳期间,还要多麻烦三哥和小九多帮我小姨照看一下游戏室,这里我先谢过三哥和小九了,来,咱们干了!"说完把杯中的酒一饮而尽。

乘坐绿皮火车已经颇有心得的良军选择了头朝过道而卧,以此来减少火车转弯时所形成的离心力的影响,从而大幅度减少晕车的可能。良军早已习惯了在火车轮的"叮咣"声中入睡,只有当火车进站停车的时候,他才醒来,迷迷糊糊地向车窗外张望,由于是第一次走这条线,当然也看不出所以然来。火车出站,"叮咣"声重新响起的时候良军很快便又进入梦乡。

天光大亮的时候,良军坐了起来,先到车厢连接处,用手掌接水龙头里的凉水洗了脸,之后从水龙头旁边的开水炉里打来开水泡了两包方便面,就着榨菜和面包,良军美美地吃了顿丰盛的早饭,之后拿出经济学课本复习起来。终于列车播音员清脆悦耳的声音从广播里响了起来:

"各位乘客，你们辛苦了！前方将要到达我们伟大的首都北京……请大家提前收拾好行李，做好下车的准备。再见！"良军赶紧冲到水龙头那里，又洗了一下脸，然后返回座位，从行李架上取下自己的行李包，上次离开北京之前，良军把冬天的衣物存放在老同学陈卫东那里，今天的行李包里只有一些内衣和夏天用的衣物，所以非常轻。良军把餐桌上自己的物品装入行李包中，东西不多，良军很快就收拾停当，坐在车窗边，默默地、平静地看着不断掠过的窗外景物，心想："北京你好，游子又回来了！祝福我吧！"

看着车窗外熟悉的景物，听着车厢里熟悉的迎宾曲，良军依稀又看到了六年前的那一幕幕……

1986年9月6日，星期六。武汉晴空万里。兴奋得几天几夜没有好好休息的良军吃过早饭后，正在加紧跟父母一起准备行李。几天前碰到了一个刚刚从北京回到武汉的同学，他说他在北京火车站的广场上亲眼看到了北京大学的迎新接待站！良军10多年后才知道，由于那个同学的吹牛，致使他跟十三妹擦肩而过！两人再次见面的时间将是14年以后！

得知此消息后，良军不管录取通知书写明的北京大学接待新生的日期是从9月9日开始，回家便告诉父母自己想尽快去北大，理由是想提前适应北京的气候和北大的环境。早被来自各方面的祝贺声弄得分不清东南西北的父母当即答应了良军的要求，作为对他的奖励，父母给他买了一张9月6日从武汉前往北京的38次特快列车的卧铺票！早饭后，良军对照着之前拟定好的行李清单再次核对起来。考虑到北大已经设立了新生接待站，而且托运行李的到达日期很难说，为了不影响自己初到北大时的学习生活，良军决定随身尽可能多带些行李。各季的衣服塞满了整整一个行李箱，从军队转业到地方的父亲发挥了他年轻时的专长，把一床褥子和被子打成了军队的标准背包，之后父亲把良军常用的一对重约40斤的哑铃也塞到背包里，"反正北大有接待站接待你，你到学校后马上可以住宿和锻炼！"对此，良军欣然同意并直夸父亲的主意高明。此外，父母又给良军准备了一个那个年代常用的网兜，里面装着洗脸盆、牙刷、牙膏、搪瓷饭碗、闹钟、针线包等生活日用品，良军随身的挎包里则装着北大的录取通知书、北大的介绍材料、北京市交通图、新生入学的各种说明材料、数学和英语参考书等。由于这将是良军第一次出门远行，父母提前给他准备好了充足的钱和全国粮票。母亲特意提前在良军坐火车时要穿的内裤上缝了一个小布兜，往里面塞了120元钱和全国粮票。担心良军在路上吃不惯，母亲特意为他烙了一叠他最爱吃的鸡蛋饼、煮了几个荷包蛋，所有这些都被放进了那个网兜里。那个年代没有被罩，于是细心的母亲专门教良军如何拆洗被子并用针线把洗过的被单、被面重新缝好。一切准备就绪，出发的时间也到了！父母和哥哥为了节省良军的体力，分头拿着行李，叫良军空着双手跟着他们下楼。很快一家人到了武昌南站。父母和哥哥一直把良军送进了列车车厢，对他千叮咛万嘱咐，直到开车的铃声响过之后，他们才下车离去。目送着家人离开了站台，良军心里忽然涌上了一阵深深的惆怅，他不知道这次离家之后，未来何时才能再回家乡陪伴父母。

奇怪的是，左等右等，过了好久，列车仍然没有开车！正在疑惑之时，列车广播里传出了列车长的通知：前方铁轨发现了裂缝，有关部门正在加紧抢修。这一突如其来的变故在冥冥之中给良军的第一次赴京之旅蒙上了一层阴影，似乎预示着他的此次北京之行将不太顺利。但是一直沉浸在无比兴奋和喜悦中的良军毫不介意，他半躺在自己的铺上，脑子里憧憬着即将到来的大学生活。

忽然，坐在对铺的那位年轻的军官主动跟良军打起了招呼："同学，你这是要去北京读书吗？"

"是的!"出于礼貌,良军从铺上坐了起来,跟军官面对面地聊了起来。

"你家里有人在军队工作吧?"军官问道。

"我父亲是从军队转业到地方工作的,你怎么看出来的?"良军有些好奇。

"你的背包打得非常专业,一看就是标准的军人背包!"军官微笑道。

"你太厉害了!"良军赞道。

"你到北京读哪所大学?"

"北京大学!"良军自豪地答道。

"你真棒!难怪刚才看见你父母送你时,全程满脸都是喜悦和自豪!祝贺你啊!"

"那你去北京干吗?"良军好奇地问道。

"哦,我休个短假,回北京看望父母。"军官笑答道。

两人很快成了好朋友,天南海北地神吹海聊。终于前方铁轨更换完毕,列车马上就要出发了!良军看看手表,列车比预定的出发时间晚了四个多小时,但这丝毫不影响良军的情绪,跟军官互道晚安之后,良军带着喜悦和憧憬进入了梦乡。

天光大亮的时候,良军在方便面的香味中醒了过来。睁眼一看,对铺的军官刚刚吃完方便面,见良军睁开了眼,军官招呼道:"快起床吃早饭吧,咱们已经过了郑州站了!"良军赶紧从铺上爬了起来,洗漱之后回到铺位,但只是坐在铺上,不停地往窗外张望,却没有任何进餐的准备。

军官好奇地问道:"你怎么不吃早饭?没带吃的还是……"

"哦,我妈给我准备了充足的食物,我身上也带了足够的钱和粮票,只是我太兴奋了,实在没有胃口吃任何东西。"

"这样不行啊!你到北京之后,还得且折腾呢!北京站离北大远着呢！你还是多少吃点吧。"

"没事的。"良军笑答道。

列车继续向前。良军坐在卧铺走廊的椅子上贪婪地欣赏着窗外的一切，脑子里不时响起地理王老师在课堂上讲授的关于华北平原的基本参数：华北平原属于冲积平原，位于秦岭、淮河以北，年平均降雨量小于800毫米……过了石家庄站，列车离北京越来越近了，良军兴奋得呼吸都变得急促起来。他不错眼珠地紧盯着车窗外的一切，仿佛要把它们一起带进北京似的，脑子里更是热烈地想象着马上就要开始的大学生活：见到新生接待站的工作人员时应该如何打招呼、见到其他入学的新生时应该如何打招呼。

列车终于缓缓地停在了北京站的站台边，军官自己的行李不多，他背起良军的背包的瞬间，不禁"咦"了一声："你的背包怎么这么沉啊？看你这背包的架势，你将来肯定是个做大学问的人啊！哈哈哈！"

"我的朋友说他在北京站的广场上看见了北京大学的接新站，我想索性就随身多带些东西，今晚在北大就可以用上了。所以我出发前，把一对哑铃塞到背包里了。"

"哈哈哈！你这个小伙子真有个性啊！"军官笑着，用右手拎起了良军的大行李箱。良军不住地向军官道谢，提着满满的网兜，挎着书包，随着军官出了车厢，向出口走去。

终于从北京站的出口出来了！跟闷热的家乡比，此时的北京秋高气爽、万里无云，清凉的微风吹在脸上，把他旅途的疲劳一扫而光。北京站的广场上确实有不少学校的新生接待站，但是军官带着良军几番搜寻下来，两人看到的全是"北京××大学"字样的条幅，根本没有看到北京大学的接待站！军官说道："你的同学是不是把'北京××大学'说成是'北京大学'了？"事已至此，良军知道骂同学也没有用，除了手中的录取通知书以及上面指示的行车路线外，他别无他法。看着良军无助的眼神，军官说道："你别着急，我送你去北大！"千恩万谢的良军随着军官朝着位于车站广场西边的103车站而去。

一辆103路电车正在上客，正在中门售票台的售票员发现了军官和良军这对组合，于是大声招呼道："军人同志，请直接过来！"军官带着良军走到售票员的窗口下。"军人同志，麻烦把你的行李从窗户口递给我。"女售票员热情地招呼道。军官把良军的背包、网兜、大行李箱从窗口递了进去，售票员把这些行李放在她的专用过道上。军官带着良军轻松地上了车，对着售票员不住地道谢，之后笑着说道："这些行李全是这个外地来京读书的同学的。谢谢你啊！"售票员看了看良军，突然转头对周围的乘客们大声说道："各位乘客，麻烦哪位给让个座？这个同学刚坐火车从外地来京。"一个小伙子闻言，"腾"地一下站了起来，让良军坐了下去。第一次有如此经历的良军被感动得无言以对，只是不住地说着"谢谢！"已经十几个小时粒米未进的良军此刻已经饿得前胸贴后背，他现在开始后悔在火车上的时候，没有听从军官的劝告，现在也只能忍着。好在车窗外的一切都是那么新奇，不断变换的景物冲淡了良军的饥饿感。

两人在动物园站下车后，军官带着良军朝着332路总站而去。路上良军好奇地问道："什么是小巴啊？录取通知书上说我也可以坐小巴到北京大学，但是我长这么大，还从来没有见过小巴呢！"正在这时，一辆332路小巴正好进站上客，军官笑着对良军说道："刚进站的那个就是小巴，我们过去吧。"两人上车后，售票员问良军："你要在哪站下？"良军在脑子里赶紧合计开来："中关村站？名字是带'村'，这一定是个荒郊野外之地，肯定只是北大的某个偏门。北京大学站一定是个金碧辉煌之地。"良军清晰地吐出几个字："我在北京大学站下车。"看着车上十几个乘客盯着自己的眼神，良军的内心得到一次巨大的满足。一旁的军官也打了张到北京大学站的票。小巴开出站了，车窗外的一切新奇事物使良军暂时忘了更加强烈的饥饿和干渴：雄伟壮丽的北京图书馆、天蓝色的奥林匹克饭店……332 路小巴在路上飞快地前行，终于售票员招呼道："北京大学站到了，请带好行李下车。"军官帮良军把行李搬下车后，一直把他送到北京大学西门口，两人才挥手道别。

站在古色古香的北京大学西门口，看着矗立在大门两旁的石狮子，良军在心里大声喊道："北京大学，我来了！"

此刻的良军距离北大只有十几米远，这短短十几米的距离是他过去四年里用无数心血凝结而成的十几米！他背着特殊的背包，提着大皮箱和网兜，迈着神圣但摇晃的步子走向西门。

两个门卫早就注意到了良军，看他走到西门口，其中一个年轻的门卫说道："同学，请出示一下你的证件。"良军把录取通知书和武汉身份证递给了他，他仔细地看了一下，说道："今天是星期六，北大还没有开始迎新，你怎么这么早就来了？""我家在南方，想早点到学校适应一下新的环境。""可是此刻北大还没有开始迎新，宿舍楼也没开，你住哪里啊？"闻听此言，良军的脑子"嗡"了一下，人瞬间蒙了，真想冲回武汉，把忽悠自己的那个同学揍一顿。但很快良军冷静了下来。他这次向廖校长辞行的时候，廖校长提到 1984 年曾经有一个师兄考入北大地理系，并且叮嘱他万一有急事的话，可以找这个师兄商量。良军灵机一动，说道："我有一个 84 级的师兄在北大地理系就读，我打算找他先猫几天。"门卫又仔细地看了看他的武汉身份证和北大录取通知书，然后挥了挥手，放行让良军进入校园。看着他大包小包的行李，门卫加了一句："这位同学，你干吗在这里下车？这里是办公区，离学生宿舍区还远着呢！你悠着点，慢慢走过去吧。"闻听此言，良军尴尬不已，看来马上要为刚才在车上得到满足的虚荣心付出代价了。既来之，则安之，继续前进，寻找之前从未打过交道的那位师兄去吧！

这时已经是下午六点多钟，距离上一顿饭已经过了整整 24 个小时！

339

早已饿得前心贴后背的他往勺园方向走了不到30米，感觉背包不再是60多斤，而是200斤重！右手也实在提不起箱子了，看看四周人不多，他索性把箱子放在地上，抬脚踹它，带着小轮子的箱子往前滚动1—2米，良军就跟上，之后再踹箱子一脚，如此反复。大约200米的距离，他折腾了将近半小时，终于来到了位于勺园西边连接两个荷花池的一座小石桥上。背包带勒着他的肩头，良军疼得实在受不了，而且背个几十斤重的背包不方便在陌生的校园里去寻找师兄，他决定把哑铃藏在桥下，找到师兄后再回来取。观察了一下四周的地形之后，在小桥边停了下来，把背包放在地上，解开背包带，把一对哑铃取了出来，看看四周无人，立刻把它们塞到石桥下的草丛里。之后他把背包按照父亲教他的方法重新打好。下午6：30勺园大楼东边的马路上响起了"嘎吱嘎吱"轮子在地上滚动的声音。他边走边问路，终于可以远远地看到学生宿舍楼了！良军把箱子踹到二体西边篮球场的时候，累得实在走不动路了！关键他还不知道该到哪里去找84级地理系男生的宿舍，因为当年北大的学生宿舍楼按照系别划分，而不是像后来按照年级划分。恰在这时，又一个雷锋出现了！

一个推着自行车的矮个子男生跟一个高个子男生正朝这边走过来，待他们经过时，良军赶紧上前打听84级地理系男生的宿舍楼。矮个子男生打量了他一下，问道："你是新生吧？"良军忙不迭地点头。那个矮个子男生转头对他的朋友说道："这位小师弟需要帮忙，你自己走吧，我就不送了。"高个子男生同他挥手道别之后。他把自行车推到良军跟前，说道："来，把你的行李放在我的车后座上！我带你去找你师兄。"说完，他把良军的箱子搬到自行车后座上，招呼他把背包和网兜放在箱子上，然后推着自行车向学生宿舍区走去。良军紧随着他，边走边聊。他是北大中文系85级的学生，也不知道地理系的男生住在哪里，于是他逢人便打听，终于找到了答案：北大小南门边的41号楼的三层！来到41号楼楼下，他把自行车锁好，把良军的背包背在自己背上，把箱子从车后座上拎起来，然后招呼良军跟着他一起上楼。几经打听，他敲响了一间宿舍的门，一个脑袋从门里探出来，打量了两人一下，问道："你们找谁？"良军赶紧报上84级师兄的名字，那个男生转头向屋里大声说道："老张，门口有人找你。"张师兄看到良军一身的狼狈相，立刻猜出是什么情况。他热情地招呼良军进门，良军把刚认识的中文系师兄介绍了一下，张师兄立刻对他表示感谢。中文系的师兄没有多停留，对良军叮嘱了几句之后便转身离去。良军把他送到楼梯口，再三道谢，他说了几句："咱们是师兄弟，就别客气了。如果真想谢我，那就像我帮你一样去帮助其他需要你帮助的人吧！"说完，他挥挥手，转身下楼而去。良军回到张师兄的宿舍，看着他的狼狈相，张师兄调侃了一句："不知道的人肯定以为你是从哪个战场上逃跑的溃兵呢。"闻听此言，在场的所有人都大笑起来。张师兄招呼道："走，我带你先去洗个澡，之后吃饭。"良军乖乖地跟着张师兄，把一路如何提前到北大，如何找到他的经过说了一遍。在更衣室里，他脱掉衬衣的时候，张师兄惊呼道："你的肩膀怎么都是血印？"良军笑了笑，说道："师兄，晚饭后还得麻烦你带上你的自行车，我需要你的帮助。"接着把哑铃的故事告诉了他，张师兄笑道："当年在学校时真没有看出你这么有个性啊！"

洗完澡后，张师兄把良军带到食堂，买了三人份的晚饭，良军风卷残云地把两人份的饭菜一扫而光。师兄在一旁看着他疯狂的吃相，一直笑个不停。饭后，他们一起回到勺园的小桥边，良军从桥下的草丛里取出哑铃，放到师兄的自行车后座上，跟着他回到宿舍。放下哑铃后，师兄又把良军带到图书馆前的草坪上，那里很多的学生扎堆坐在草坪上，他们随机加入一圈学生，听他们弹吉他，唱中、英文歌。傍晚的秋风微微拂过每个人的脸庞，很快良军就忘记了从武汉一路折腾到北大的艰辛，忘情地加入到周围的同学，大声歌唱了起来……

"各位乘客，下一站是北京大学站，请握好扶稳，提前准备下车。"

良军在北京大学站下了车，之后背着轻巧的行李包，脚步轻快地走到西门口，向门卫出示了研究生录取通知书和身份证后，走进了西门，然后沿着6年前曾经一无所知、让自己筋疲力尽的那条路向47楼疾步而去。

老兄弟相见，分外亲热。良军和陈卫东一见面，立刻就来了一个熊报！"兄弟，你可算是熬出来了！""是啊！我总算熬过来了，但是新的故事又将开始了！""我今天在系里碰到了贺老师，她说你今天回到北大，要在我这里住些日子，你们九月上旬才报到，你干吗现在就跑到北大了？追女孩子啊？""既是，也不是。""你小子白天就喝多了？说什么胡话呢？什么叫既是也不是？""我确实想追一个心仪多年的女孩子，但是我不知道她在哪里，甚至都不知道她的名字，但是也正因为这样，我要玩命地学习，当有一天我像天上的星星闪耀时，她也许就能看到我，我俩就能重逢！""想不到过了几天的暑假，你小子就变得这么浪漫了！你这次回武汉期间该不是吃错了什么药吧？""不跟你说这些你也帮不上忙的事了。还是老规矩，你帮我搞个宿舍床位、一些饭票和澡票，把你的借书证给我，我得马上混进图书馆准备考试！"良军在陈卫东对面的床沿上坐了下来后，详细地把所有的情况都告诉了他。听完之后，陈卫东说道："唉，你就是个操劳的命！还是老规矩，你就在我这里歇脚吧。我也要准备参加一些单位的招聘考试，咱俩正好一起学习吧。""对了，你那个兄弟罗东宇有消息吗？好像他没考上北大，也不知道他现在去哪里了。""考研失败后，他家搬到了西岩市，他自己好像去了广州工作。我最近也没有关于他的更多的消息了。对了，这些是食堂的饭菜票，还有澡堂的澡票，你先用着。考完试之后，咱俩好好撮一顿，再找地方好好玩一玩。""好嘞！对了，这是去年我生日醉酒那天找你借的10元钱，那天多谢兄弟你啊！""唉呀，你真麻烦！不用还我，下次你请客就行了。"

校园的学习生活又开始了。陈卫东喜欢在宿舍里看书学习，暂时还没有拿到学生证件的良军还是喜欢去图书馆学习，于是借了陈卫东的图书借阅证用作图书馆出入的证件。每次从图书馆南门进入图书馆时，良军总是主动地拿出贴着陈卫东照片的借阅证，朝着门口的保安晃一晃，这种主动出击的结果是：整个暑假期间，图书馆门口的保安从来都没有检查良军手中的证件是否是他本人的！跟过去在北大读本科时一样，良军每天早上背着书包和饭碗离开宿舍，混进图书馆后在101、103、105或者201等公共阅览室学习，午饭时就近到学四食堂吃饭，饭后又回到图书馆继续学习。休息的时候就到图书馆外面散散步。冲着自己最喜欢的学四食堂的辣椒红肠，良军晚饭仍去学四食堂，晚自习到闭馆后才回宿舍。中间休息的时候，良军时常坐在图书馆前的草坪上，呆呆地看着蔚蓝的天空，问着那些得不到答案的问题："十三妹，你在哪里？在忙什么呢？有男朋友了吗？我又回北大了，你知道吗？"

考试的时间到了，良军带着从贺老师那里取回来的准考证准时来到中国人民大学，考场在主办公楼里一楼的大阶梯教室，教室里坐着约100人。看着这些来自不同高校的竞争对手，良军镇定地找到自己的座位坐了下来。像过去无数次参加考试那样，沉着地在试卷上疾书。

毫无悬念，一周后贺老师通知良军到经济学院办公室去一趟。良军准时到达贺老师的办公室，贺老师递给良军一张录取通知书。良军微微一笑："看来我很快又会有一段独特的人生经历了！"贺老师脱口而出："这是你应得的人生礼物啊！"稍停顿了一下，贺老师继续说道："你在本科期间就以学习刻苦、成绩优异而在院系闻名，而这正是这次学院推荐你去参考这个培训项目的原因。好好享受你自己的劳动成果吧，今后你的人生路还很长，希望你能继续保持下去，我和其他老师们都看好你！""谢谢贺老师，我会努力的。"

第四节　在裕京银行的岁月

坐落在建国门立交桥附近的裕京银行曾经是良军梦寐以求的地方。它在中国银行界数一数二的地位、可以解决北京户口的承诺以及在当时算得上标准颇高的薪酬都是吸引无数名校毕业生的金字招牌。可是，这家老牌国有银行也遭遇到发展上的挑战。进入 90 年代以后，各路竞争对手做得风生水起，相比之下，裕京银行的发展速度大大落后。1995 年裕京银行的本科及以上学历毕业生的招新名额仅有 30 个，是历史上新招员工最少的一年。经过初选，最后有资格参加笔试的人数还有 1000 多人。

良军在笔试中从上千考生中脱颖而出。这年春节前，他接到了参加裕京银行春节后举行的面试通知。良军告诉自己必须一战成功，以告慰父亲的在天之灵和日益衰老的母亲。为了备战这场面试，这年的春节良军又没有回武汉陪母亲，而是又留在北大 47 楼的研究生宿舍里，为即将到来的面试做准备。为了确保面试的成功，良军计划在关键的时候甩出自己的一件"秘密武器"。

1995 年 2 月 16 日一大早，良军和其他几个参加面试的同学一起，骑上自行车，一路说笑，往裕京银行总部而去。扑面而来的寒风像刀子一样割得脸生疼生疼的。他仍然穿着三伯当年亲手做的那件大衣，逆风而行。

这是他第一次走进裕京银行。候考的会议室在二楼。良军发现，参加最后一轮面试的大概有 20 多人，都是来自北大、清华以及在京其他高校的研究生。

墙上的挂钟指向 8∶50 的时候，会议室的门开了，三个中年人走进来，会议室顿时鸦雀无声。走在前面的一位中年男士用中气十足的声音作了一番介绍："各位同学，早上好！欢迎你们参加裕京银行 1995 年度的应届毕业生招聘。我姓孔，是裕京银行人事处处长，这两位是我的同事，我们三人负责今天的面试工作。一会儿，请各位同学过来抽签，并按照抽到的号码准时到隔壁办公室参加面试。祝大家好运！"

良军抽取了自己的面试号码，时间是上午十一点。当他来到指定的办公室外，恰好是十一点整！良军轻轻地敲了敲门，里面传来一声："请进！"良军挺了挺胸，轻轻地推开门，夹着自己的公文包走了进去。他知道三位考官的视线一直盯着自己夹在腋下的公文包。按照规定，考生不允许携带任何与面试无关的东西进考场。他神态自若地走向 5 米外给面试者预备的那把椅子。椅子摆在三位考官的正前方，当时的场面跟警察审问嫌疑犯的场景差不多。

"小李，请坐。"孔处长一等良军坐定，第一个问题就甩了过来："小李，能不能谈谈你为什么要加入裕京银行？"

良军脱口而出："我曾做过两年北漂，当年决定报考北大研究生的时候，几乎身无分文。经历过苦难的人特别珍惜每一个希望，哪怕这个希望只是一道小小的光线。如今裕京银行对我来说就是穿过艰难岁月射来的希望之光。"

话一出口，良军自己都惊讶，怎么这句完全没有练习过的回答会自然而然地从自己口中说出，而且像诗一样。

他看到孔处长嘴角浮现了一丝笑意。接下来，孔处长和他的两位同事轮流问了良军很多的问题。在他镇静的回答过程中，良军注意到孔处长和他左右两边的同事不时地交换着眼神。根据经验，良军感觉到三位考官对自己的回答应该是很满意的。

30 分钟的面试时间快要到了，孔处长的目光突然变得很凌厉、冷峻。他直视着良军说："小李，你很聪明，但是你犯了一个错误。面试之前我们已经宣布过纪律，任何人不得携带与面试无关的东西进入考场。"

良军心里一喜："我的'秘密武器'要奏效了。"但是脸上仍然保持着平静。他打开公文包，拿出一大叠东西放在三位考官的面前，说道："各位考官，我带来的是与本次面试高度相关的东西，它们是我从小学一年级到北大读研究生期间，每年所获得的各类奖状和证书。它们是我过往二十年人生路的一个又一个的见证。我之前估计到面试的时间非常有限，不可能把我的过去向各位主考官进行详细汇报，所以把这些材料带进了考场，请各位考官很快过目一下，我想这些材料应该成为面试必要的一部分，因为它们至少有助于各位领导在很短的时间里了解我的过去。"

看着桌上一尺多高的证书和奖状，孔处长的眼神不再冷峻，他拿起最上面的一张，竟然是1975年良军小学一年级时的三好生奖状。他不由得微微一笑，把奖状递给另两位副考官。良军注意到三位考官交换了一下眼神，然后把奖状放回原处。良军平静地说道："三位领导，我没有别的内容要补充了，最后只想再说一句，我希望有机会能加入裕京银行，并且和各位领导一起在裕京银行合作，共同开创未来！"良军随即站起身，和三位面试官一一握手，然后把奖状和证书收好，走出面试会议室。

对良军带了一公文包奖状和证书来参加面试的情况，裕京银行外汇资金部总经理林峰了如指掌。孔处长向他汇报的时候，他就觉得汝子可用，于是在他的名字后面打了勾。两周之后，良军接到了孔处长的电话。他被裕京银行正式录取并被分配到总行外汇资金交易室。

终于找准自己的人生发展方向了！良军可以不用在大冬天里穿着羽绒服睡在水泥地上或者木头桌子上，终于可以不必整天倒腾皮包生意了！知道如今的一切来之不易，获得事业新生的良军再次像1983那样迸发出火山一样的热情。

无论冬夏，每天早上6:30，良军准时从位于东四环的裕京银行职工宿舍出发，跨上那辆陪伴自己走过北大和人大岁月的自行车，沐浴着清晨的阳光骑进裕京银行的大院，把自行车放在车棚里之后，沿着倾斜的过道第一个走进办公室，放下书包后，良军熟练地操起一本旧杂志追歼桌子上的蟑螂，之后用一张废纸收拾好蟑螂们的尸体，连同旧杂志一起扔掉。晨光照进办公室的时候，良军已经用抹布把办公室里所有的办公桌都擦拭了一遍，正在用湿拖布打扫地面。待第一个同事走进办公室的时候，良军已经把所有办公桌上的暖壶灌满了开水，正坐在德利财经和路透的信息屏幕前观察当天的市场最新行情了！

良军跟所有的人相处得都很融洽，大家也很喜欢这个新来的年轻人，毫无保留地把各种知识传授给良军。跟着林总、李处长和师傅程彤，良军接待了来自世界各地的、以前只在书本上见过的著名机构的投资银行家们：摩根士丹利、高盛、汉华银行、贝尔斯登、雷曼兄弟、所罗门、通用再保险、瑞士信贷第一波士顿、瑞银华宝、德意志银行、法国巴黎国民银行、法国农业银行、法国兴业银行、巴克莱银行、日本三一证券、野村证券等。从来访者那里，良军接触到了各种各样的关于全球金融市场的知识，很快一个问题摆在了良军的面前：自己之前在学校里学到的是各种系统化的理论知识，而此刻接触到的是高度碎片化的、完全是实战性的知识，或者说是各种金融市场的操作惯例。一时间，良军感到了手足无措，不知道如何有效地在短期内掌握这些实战性的知识。尤其是如何尽快地把这些碎片化的信息在自己的脑海里织成一张网络。有一天，良军的脑海里闪过一道亮光，计上心来：既然知识呈现出高度的碎片化，自己何不以"碎片化"的方式先收集知识，之后再自行整合呢？良军把废弃的A4纸用订书机钉在一起，做成一个"笔记本",在"笔记本"的第一页上记录一个专门的目录,写明这个"笔记本"里每一页所记载的具体内容,例如收益曲线、买权期权、卖权期权、掉期、远期外汇买卖等。无论在哪里、从谁那里听到了跟某个概念相关的信息,良军都会立刻在与该概念相关的纸页上记录下来所听到的内容。很快,在"收益曲线"页上,除了刚开始的标题之外,逐步加入了国债收益率曲线、掉期曲线、贴现曲线、远期曲线。一页纸不够了,他就再加一页纸。"应用范围"也从初始的"债券计价"扩展到了"交叉货币掉期的计价""债券价格的计算","笔记本"的厚度涨到了一寸、两寸……一尺、两尺、三尺!

持之以恒的积累给良军赢得了在金融生涯里的第一次重大的机遇,这次机遇甚至影响到了二十几年后良军职业生涯道路的再选择!由于来自同业的激烈竞争,裕京银行的传统外汇贷款业务盈利受到很大的影响,如何突破业务瓶颈,在激烈竞争的市场环境里脱颖而出,资金部的林总左思右想,最后决定利用裕京银行在金融机构同业外汇衍生业务领域里的优势地位,向公司企业提供外汇衍生产品服务!为此,林总决定起草一份将在全辖推行的相关业务管理规定,叫谁来执笔起草这个在裕京银行资金业务历史上具有划时代意义的业务文件呢?左思右想之后,林总决定让入行才半年多的良军来担纲此重任!尽管这个年轻人工作时间很短,但是他的一言一行、一举一动都让林总倍感欣慰:每个月综合处提交的员工考勤报告上,良军永远是每天第一个到达公司的人;仅仅经过半年,良军的业务水平已经是突飞猛进,令所有人都瞠目结舌;上次一家外资银行的销售人员把相当于良军一年多收入的现金装在信封里以评剧戏票的名义塞给他,良军一转身就把所有的现金交给部门工会充作会费!在日常工作中,良军对那家外资银行秉公办事,但也从来没有披露那家外资银行的名字;作为资金部历史上最年轻的工会主席,良军把工会工作搞得有声有色:利用午休时间,在部门里组织了拱猪比赛、拖拉机比赛，利用周末在京郊搞植树造林活动；为了送别资金部前任领导前往外管局赴任，良军成功地组织了一场部门文艺汇演，在晚会上，良军除了担任主持人外，还亲自下场，凭借演唱《跑马溜溜的山上》和《敖包相会》震惊全场。不仅如此，良军在晚会上的交谊舞步也是让人眼前一亮！上次林总带着李处长、程彤和良军到京广中心出席日本三一证券举办的一个新年酒会，席间对方仗着人多，7个人叫板4个人，良军一个人迎战对方3个人，最后把对方3个人喝趴下，而良军自己却面不改色，言谈举止没有任何失当之处！当然，林总心里对破格任用良军仍然存在一些顾虑：自己看过良军的档案，里面明确写着他未婚，自己也曾和其他部门领导给良军介绍过一些来自不同部委领导们的女儿，但是从来执行工作命令不打任何折扣的良军似乎在这个问题上总是躲躲闪闪，从来不去见任何女孩子，难道他有什么生理或者心理上的毛病？看这小子能工作、能吃能喝、能唱能跳、什么都能玩的样子，应该不像是有什么生理或者心理毛病啊！难道他真像一些小说里的主人公那样在等待什么人？无论如何，他的个人隐私不影响我对他的工作安排。最后林总大笔一挥，任命良军为新业务管理规定起草团队的执笔人。

  这一任命公布后，在资金部内部引起了不小的轰动：按照传统的思路，这种具有战略意义的工作起码应该由工作过至少七八年的老同志来担纲！至今尚未转正的良军竟然担任了执笔人的角色，这实在出乎包括良军自己在内所有人的意外："既来之，则安之！既然天降大任于我，我就尽全力做好，上对得起天地，下对得起领导和自己！"良军以近乎疯狂的状态投入到这项工作中：良军遍访了财务部、信贷部、风控部、营业部等几乎所有的业务部门，进行业务协调和探讨。像贾岛为了确认"推"和"敲"字一样，为了一个字的措辞，良军会找十几个人反复磋商。经过几十版的修改，1996年5月26日，裕京银行在全行范围内下发了红头文件，正式在全辖推出了针对公司企业的金融衍生品服务！

新业务的管理规定下发了，接下来需要在全国范围内推行这项全新的业务。作为该管理规定的执笔人，良军也当仁不让地成了最合适的业务推广员，为此，他也开始了自己有生以来在中国大地上的第一次商务之旅！在接下来的半年时间里，良军跑遍了除了宁夏之外的其他所有的省会城市，给分行、给企业做了几百场次的业务演讲。辛勤的汗水换来了丰收的硕果，第一年结束的时候，这项新业务的收入就已经突破上亿元！而且由于新业务的推行，也给各分行带来了关联业务的迅猛增长。来自各分行和大企业的表扬纷至沓来，林总的脸上露出了欣慰的笑容。

好事成双！1996年5月，一份来自欧洲合富银行大中华区业务主管马先生的传真被送到了林总的案头。随着裕京银行所推行的公司企业金融衍生业务的迅猛发展，越来越多的国际投行纷纷把目光投向了中国市场。为了强化业务关系以争取更多的业务份额，欧洲合富银行决定邀请裕京银行派两个经验丰富的员工参加其在纽约举行的内部员工业务培训。经过仔细考虑，林总直接指派程彤和良军参加，尽管按照常规，这种培训机会必须给入行工作了至少两年的员工。临出国前，林总把程彤和良军叫到自己的办公室，谆谆叮嘱道："合富银行这次举办的培训班很有意思，学员除了他们银行自己的员工外，合富银行还邀请了他们在全球各地的重要客户，例如不同国家的中央银行、商业银行、养老金、政策性银行等，包括美国、欧洲、日本、韩国、东南亚、中东、澳大利亚等国家和地区的著名金融机构。你们此次出去参加培训，不仅仅代表了你们自己，你们所有的言行和学习成果代表了裕京银行，更代表了中国！你们必须尽全力好好学习，为国、为裕京银行争光！""保证完成任务！"程彤和良军坚定地回答道。

从来没有出过国的良军内心充满了兴奋和喜悦，他抓紧时间做出国前的准备工作：办理因公护照、买一些新衣服、找出多年没用的汉英字典、准备多功能的计算器等，一切都在有条不紊地进行着，但是一个意外的失误差点彻底毁了这次出国培训的机会。一天下午五点多，汉华银行的两个销售人员打来了电话，临时邀请李处长、程彤和良军于当天下午七点到西苑饭店附楼顶层的开放式球场打网球。对各类运动从来都满怀巨大热情的良军当即用开水泡了两袋方便面，吃完之后跟着其他人一起离开办公室，直奔球场而去。作为主力的良军在场上左冲右突、网前截杀、底线抽击，好不热闹。但是晚上回家后，腹部开始隐隐作痛。心知不妙的良军第二天一大早就跑到医院，医生告知他昨天饭后的剧烈运动诱发了阑尾炎！摆在良军面前的有两个方案：方案一马上手术，但良军肯定来不及出国参加培训；方案二打针治疗，勉强出国，但是万一在外病情复发，尤其在万米高空发作的话，可能会有生命危险。思量再三，良军决定采用方案二，毕竟学习机会难得，如果放弃这次机会的话，下一次机会不知道何时到来，而且人生的节奏就是这样：一步错过，很可能后面将步步错过！跟医生商量之后，良军决定采用大剂量的青霉素，每天两针，争取在出国前把炎症压下去。所幸的是，在登机前，良军的炎症真就被压了下去，代价是他的两边屁股都被针打肿了！走路也一瘸一拐的。在飞机上，良军小心翼翼地一路闭眼休息。为了防止炎症复发，他不吃任何肉，不喝凉水，只吃蔬菜、水果和面包，只喝热茶。终于熬到航班顺利地降落在纽约肯尼迪机场，一番折腾之后，良军和程彤住进了合富银行事先安排好的酒店。

  第二天早上，良军第一个来到了位于纽约中城麦迪逊大街的欧洲合富银行培训中心的教室。找到自己的座位后，良军拿出工作笔记本以及合富银行事先发放的讲课材料，先在本子上记下头一天从北京到纽约的航班信息以及下榻酒店的信息，之后开始预习讲课材料。"早上好！"一声清脆的女声把良军的视线从材料里拉了出来。一个金发碧眼、凹凸有致的美女站在良军的座位前，"我是安娜，在合富银行伦敦从事外汇交易工作，上周到的纽约，我坐在你后排，咱们将是未来几周的邻居！""早上好！我是良军，我在中国裕京银行工作，昨天晚上刚到纽约。幸会！""你怎么这么早就到教室了？""哦，因为之前我从来没有出过国，虽然在学校里学习过英语，但毕竟不熟悉外面的环境，所以早点到教室，提前开始热身。""你真勤奋！"两人说话间，其他学员陆陆续续走进了教室。早上九点整，合富银行纽约总部人事部主任伊琳·施耐德女士宣布培训班正式开课，伊琳女士把约瑟夫教授介绍给全体同学，宣布了培训班的纪律，当她宣布未来每周将有两次考试时，教室里立刻传来了起哄的声音，良军笑了笑，没有吭声。伊琳女士结束了开场白之后便离开了教室，约瑟夫先生走上讲台，培训班正式开课了！

约瑟夫教授年轻时当过商品期货交易员，因为上厕所的时候恰好赶上市场剧烈波动，等他回到座位时，发现自己破产了！他借住在朋友家，彻底放弃了交易员的职业，从头开始从事金融培训工作，终于一点一点地重回自己事业的快车道。大概是年轻时的经历彻底影响了他的性格，约瑟夫讲课就像一台开足了马力的压路机，呼啸而过，绝不拖沓停留，同时约瑟夫对细节的注重几乎到了变态的程度。学员们直呼受不了约瑟夫的"变态"，并给约瑟夫起了一个外号"变态教授"。从来就自诩心思比针尖还细的良军却如鱼得水，尽管还是有太多的不适应：时差反应、学习环境、身体不舒服等，良军还是很快就找到了学习的节奏，学得风生水起。约瑟夫经常提一些刁钻古怪的问题，凭借着自己丰富的积累，良军频频举手，在异国他乡的班上出了不少风头，也因此引起了安娜的注意。很快就到了星期三下午一点钟的考试时间，"变态教授"宣布第一次考试只有一道考题，全班顿时欢声雷动，不少学员热烈地鼓掌，但是拿到试卷以后，几乎所有人的脸都绿了！"变态教授"给定了几个假设的参数，要求学员们用笔和纸分别计算出1年、2年、3年、4年直到5年期的掉期率、贴现利率和远期利率，从头到尾不许用编程计算器！要命的是：如果前面任何一个环节计算错误，后面的结果可能全部错误，换言之，考试得 0 分的概率极高！教室里立刻响起了抗议声，"为什么考这些机械的计算？为什么不许用编程计算器？""变态教授"微微一笑："我这是为你们好！帮助你们彻底熟悉每一个环节，每一个步骤，确保你们中没有人像我当年那样瞬间破产！请记住，纸上得 0 分比你在生活中破产要好！"抗议声终于平息下去，学员们哭丧着脸开始做题了，之前在裕京银行时早就自行演算过相关内容的良军露出一个不易察觉的微笑，一声不吭地奋笔疾书起来。下午 2∶30，考试时间刚过半，良军已经把早已完成的试卷检查了几遍，腹部的疼痛迫使他得赶紧出去，弄一杯热茶来缓解一下身体的不适，于是良军站了起来，在全班学员惊愕的目光中，缓缓走向讲台，把卷子交给约瑟夫教授，然后走出教室。临出教室门口的时候，良军回头望了一眼自己的桌面，以确认自己的东西已经收拾好，没想到却迎来了安娜注视着自己的目光，看看自己的桌面上没有任何东西，良军推开教室门走了出去。

走到咖啡间，良军泡了一杯红茶，他端着茶杯，用另一只手顶着腹部，走到落地窗前，俯瞰着钢筋水泥的森林、远眺世贸中心的两栋大厦，除了偶尔传来的警笛声外，面对着骄阳下静谧的大都市，良军内心又一次涌上了无限的惆怅："十三妹，你在哪里？咱们相识了 13 年，其间无声地对望了 3 年，我隔空思念了你 10 年，你还好吗？你在武汉，还是在北京工作？会在这里留学吗？你结婚了吗？"

不知过了多久，茶水间忽然热闹起来，学员们都来到咖啡间，看来考试结束了。"良军，你怎么在这里发呆？""啊？""我告诉你一个好消息。"安娜端着一杯咖啡站在良军身边，一双蓝色的大眼睛盯着良军的眼睛，微笑着对良军说道："考试结束前，伊琳女士和此次培训项目的协调人马先生到教室里了。我交卷的时候，正好听到'变态教授'跟他们提到有一个学生考了满分，那个人应该是你！"良军笑道："谢谢！借你吉言了，但是咱们班有几十个来自全球各大机构的学员呢，你怎么肯定那个得满分的学员是我呢?""因为我是全班第二个交卷的,在我之前'变态教授'批阅的试卷只有你一个人的,因此得满分的只可能是你!你觉得还有可能是别人吗?这样吧,如果真是你得了满分的话,你请我喝咖啡?""没问题,一言为定!"

"各位同学,请立刻回到教室,约瑟夫教授马上要讲评考卷了。"不知道什么时候,伊琳女士站在咖啡厅门口大声招呼道。良军和安娜端着各自的杯子,随着其他学员回到教室。"大家静一静,我先宣布一个事情:我跟银行领导商量了一下,决定在教室旁边临时设立一个国际长途电话亭,大家课休的时候可以免费给自己的家人、恋人打电话哦。另外,今天晚饭全班同学聚餐,也算是咱们这个班的第一次聚会吧。"闻此佳讯,教室里掌声一片!伊琳女士接着话锋一转,说道:"下面请约瑟夫教授给大家讲评刚刚结束的第一次考试,请大家安静。"教室里瞬间安静了下来,约瑟夫教授走上讲台,挥了挥手中的笔,说道:"我刚才迅速地批阅了大家的考卷,现在趁热打铁把卷子讲评一下。"约瑟夫抬头环视了一眼教室,然后严肃地说道:"这次考试的结果呈现出一种严重的非正态分布状态,有一个同学得了满分,另外有一个同学得了90分,很多同学得了0分!全班90%的同学不及格!"听到这里,站在讲台边的伊琳女士严肃地扫视了一下教室。"下面先把卷子发给大家,之后我来讲评。伊琳女士,麻烦你帮我发一下卷子。""好的。"伊琳女士从约瑟夫教授手里接过全班的考卷,逐个念学员的名字,"Liang June Lai 先生。""啊,对不起,我的名字发音是 Liang Jun Li,不是 Liang June Lai。"全班同学发出一阵哄笑声。"啊,对不起!我念错了你的名字。"伊琳女士抱歉道。"没关系。"良军从伊琳女士手中接过卷子,扫了一眼,满分!走回座位的时候,安娜微笑着冲他挤了挤眼,又用手指了指她手边的咖啡杯。良军微笑着点了点头,坐在自己的座位上。约瑟夫教授在讲台上给大家讲解这道大考题,良军的视线在卷子上,但心思却飞回了中国:"妈妈,我第一次出国,就在异国他乡的培训班上拿了个第一!林总,我答应过您,一定不会让您失望的!我没有给自己的国家和银行丢脸,请您放心。"

培训继续进行,良军又参加了几次考试,无一例外,在每次考试中,良军都是第一,而安娜则每次都是第二。这天课间休息的时候,良军走进临时电话亭,先向母亲汇报了学习和生活的情况,之后拨通了裕京银行资金部综合处的电话,综合处的朱处长一听是良军从纽约打来的电话,立刻大声说道:"李科长,恭喜你啊!""李科长?朱处长,您别拿我开玩笑了,今天正好是我入行一周年的日子,我打电话就是想确认我是否顺利地转正了,您叫我为科长,那至少是六七年以后的事情哦。""李科长,我在跟你谈工作,可不是开玩笑,关于任命你为襄理(科级)的通知此刻在我办公桌上,你告诉我一个传真号码,我马上传真给你!""朱处长,对不起,我真糊涂了,按照规定,我入行刚满一年,也就刚刚符合转正的条件,怎么一下跳了好几级呢?""哈哈,你得问你自己了,你的刻苦努力为咱们国家和银行赢得了巨大的荣誉,也为你自己赢得了这份荣誉,顺便告诉你吧,你在纽约外资银行培训班上的表现全部传回给资金部了,我们都知道你的表现!行里决定破格提拔你为正科!"沉吟了片刻,良军继续说道:"感谢行里和资金部对我莫大的信任和鼓励!""好嘞,你就安心学习吧,回国后到我这里领一下关于对你新任命的通知正本啊。""谢谢朱处长,北京见!"

在纽约培训的最后一个周五的下午,4个小时的结业考试在紧张地进行中,良军腹部的疼痛加剧了,良军赶紧服用了从北京带来的止痛药,用左手按压着自己的腹部,右手飞快地答题。像之前一样,良军提前交卷之后,赶紧到咖啡厅泡了杯热茶,坐下休息。没有任何悬念,良军又得了第一,安娜仍是第二名。安娜离开教室后,找到了良军。"良军,我来向你告别的。我有急事,必须今天晚上赶回伦敦。"看着良军

355

的眼睛，安娜继续说道："非常高兴和你成为同学！我非常钦佩你的聪明、勤奋，希望能和你继续保持联系。将来有机会来伦敦，一定告诉我，我一定陪你游伦敦。""谢谢！也欢迎你将来方便时能到北京去旅游！"道别之后，安娜直接去了肯尼迪机场。

其他学员们都已各自散去逛街，良军不想外出，想再坐一会儿，于是给茶杯续了一杯热水，又坐在下午的那个拐角处的沙发上，看着窗外出神。忽然，咖啡厅门口传来几个人的脚步声，之后是伊琳女士的说话声："马先生，感谢这次你邀请来了这么好的客户学员，培训的结果实在太出乎我的意料了，良军先生竟然得到这次培训考试的全部第一名！我们自己的员工竟然竞争不过我们的客户！我们从纽约和伦敦派来的20多个学员都毕业于世界名校，而且至少都有一两年工作的经验，加上他们进入商学院之前四五年的工作时间，远远超过一起受训的客户们。我看了一下良军先生的履历，他之前从事过两年的贸易工作，在中国裕京银行工作了才一年！而且是带病参加培训。第一次出国有各种障碍：时差、语言、生活习惯等，我们自己的学员没有任何障碍，却没有人拿到第一。想起来真是尴尬：我们的员工将来如何服务比他们更优秀的客户呢？我看你将来是否可以考虑把良军先生雇到我们银行！""人各有志，哪天他真有这个想法的话，我一定想办法把他雇到我们银行。哈哈哈！"

待到伊琳女士和马先生离开后，良军走进教室，把自己的学习用品和培训材料装入书包。忽然，马先生走了过来，"良军，你怎么没出去逛街？""我明天一大早的航班回北京，今天我得抓紧时间收拾行李，赶紧写一个培训汇报，之后马上发给林总。"

马先生笑了笑，"良军，恭喜你获得破格提拔啊！""您怎么这么快就知道了？""我跟你们林总一直保持着沟通，我把你在这里的表现情况告诉了他，林总把关于你的好消息告诉了我。"马总环顾了一下四周，压低了一下声音继续说道:"通过这次培训,我和我的同事看到你是一个很有潜力的人,有没有想过进一步深造发展啊?比如,先读个MBA,之后加入一家华尔街投行?""说实在的,我五六年前曾经尝试过留学,但最后因为没钱而被迫放弃了,但我内心的冲动从来没有消失过,毕竟我这一生如果不尝试一下的话,将来我的心底会留有遗憾的,所以如果有机会的话,我还是想再试一试,原因很简单:我年轻的时候不努力尝试的话,将来我老了的时候恐怕只能空悲切啊!""你还挺有诗人气质的啊!正好,我这里有最新一期的《商业周刊》杂志,里面有最新的全球顶级商学院的排名,例如排名第一的宾夕法尼亚大学的沃顿商学院,我自己曾经就读过的哈佛大学商学院、斯坦福大学的商学院等,我把这本杂志送给你,你有空时看一看。如果你有兴趣的话,可以随时告诉我。我现在就可以给你一个承诺:如果你被全球排名前二十位之内的任何一家商学院录取的话,我个人可以无息借给你8万美元,供你读完MBA,但条件是你从商学院毕业后必须到我们银行工作至少5年。"马先生的话瞬间触到了良军的内心深藏已久的一个梦想,他紧盯着马先生的眼睛,问道:"此话当真?""良军啊,我是言出必行的人,如果你需要,我可以给你提供一份书面的保证。""谢谢您!无论如何,我确实想重新考虑一下压在我心底多年的那个梦想,如果真有了想法,我一定会告诉您的。至少您今天的提议给了我一个保底啊!哈哈哈!""那咱们一言为定!"良军回到房间把刚才马先生给自己的《商业周刊》杂志里那篇关于世界顶级商学院排名的文章仔细看了一遍。像过去一样,良军看完之后,便当即做出一个重大的决定:这次回国以后,马上开始准备考试和申请,目标确定为三家商学院:排名第一的沃顿商学院是首选目标,排名稍靠后但仍在前二十位之内的耶鲁大学和康奈尔大学的商学院作为备份。5年前因为没钱,自己被迫放弃过梦想,今天马先生既然做出那个承诺,那自己就该再次去尝试一次。除了其他各种考虑,例如,毕业后的起薪、就业率等因素外，良军的心里还有额外一层的考虑：尽管至今仍不知道十三妹姓甚名谁，但良军非常清楚：与其在茫茫人海中毫无线索地期盼和胡乱寻找她，还不如就地起灶：再创事业的新高峰，用自己的优秀从茫茫人海中再次吸引十三妹的目光，就像13年前在中学的篝火晚会上做出的决定一样！万一自己此生真的无缘碰到十三妹，那再彻底把自己交给老天爷吧：先尽人事，后听天命！

想到这里，良军顿觉轻松了好多，加之阑尾炎的症状已经基本消失，心情大好的良军立刻拿起电话，拨通了马先生的房间。"马先生下午好！您现在方便吗？我有件事想跟您当面谈一谈。""方便，咱们现在到大堂吧见面吧。""好的，一会儿见！"

5分钟后，两人在酒店大堂吧的沙发上坐了下来。大堂吧的落地玻璃外，景色一览无遗。"良军，什么事情这么急啊？""马先生，我刚刚考虑好了，决定这次回国后，立刻动手申请沃顿商学院以及耶鲁大学和康奈尔大学的商学院。""良军啊，我非常欣赏你做事坚决果断的风格，但我还是要提醒你一下：做出这种决定一定要慎重，因为它将决定和影响你未来人生路的！""谢谢您的提醒，我也坦白地告诉您：其实五六年前我就尝试过了，只是因为当年没钱而被迫暂时放弃，今天您的话重新激活了我内心沉睡已久的梦想而已。""我明白了，既然如此，我给你的承诺也立即生效！如果你需要，我现在就可以出具一份书面的保证给你。""那倒不必，先让我去试吧。常言道：鲜花盛开，蝴蝶自来！我若优秀，机会也会来！""哈哈哈！对了，你明天打算怎么安排？""我明天一早的航班回北京。再次感谢您给我提供了培训机会。""你的身体没事了吧？""腹部的疼痛感已经基本消失了，当然我还是会注意的。您放心。"

跟马先生的沟通毫无障碍地取得了共识，心情极佳的良军回到房间，坐在沙发上又仔细考虑了一下具体的行动步骤：回国后，立刻到新东方报名参加 TOEFL 和 GMAT 的考前培训班，同时着手准备申请商学院所需的各种资料。此刻是 8 月初，现在动手准备考试虽然时间有点紧，但毕竟自己的功底在那里，通过各种考试应该没有什么问题。此次纽约之行权且当作下一轮拼搏前的小憩吧。

第五节　中国的阿甘

良军进入裕京银行后如鱼得水。在纽约的培训结束两年后，他又被破格提拔为副处长。如果他安安心心在裕京银行做下去，当上资金部的处长指日可待。然而，他觉得这种一眼可以望到头的人生并不是他想要的。

从纽约回到北京的第二天，良军就向留学发起了第二次冲刺。他每个周末都会到清华大学南门外新东方的培训点上课。那时的新东方还处于创业阶段，讲课的教室很多是租用的。良军上课的这个地方非常简陋，类似工棚，一个大教室里挤着几百号学员，在寒冷的冬天里，倒也提高了室内的温度。一到中午，良军就在楼下买份盒饭对付一下，即便如此，仍然比当年住在北太平庄时只能一星期吃一次五毛钱的叉烧肉要好太多了。他对自己说："我多年前失败过一次，这次一定要再试一回，至少不会再饿肚子了。如果我年轻时不折腾，将来老了拿什么来回忆？"

良军抓紧时间，准备好了申请材料并分别寄送给自己心仪的包括宾夕法尼亚大学沃顿商学院在内的五所商学院。考试的时间终于来了，良军分别在 TOEFL 和 GMAT 的考卷上填上了以上五所商学院的名字和代码。

考试结束了。像八年前一样，良军每天都在期盼着好消息的到来。

1999年春节前,良军终于收到了耶鲁大学和康奈尔大学的录取通知书,但是却被排名第一的沃顿商学院放在了等候名单上。

直觉告诉他,问题肯定出在自己对面试选择了"不"。在填写沃顿商学院的申请表时,有一个"你是否想要参加面试"的问题,良军当时很犹豫:不接受面试吧,可能会因此缺少竞争优势;但如果接受面试的话,自己根本没有时间,更不能为此事辞职专门去沃顿商学院参加面试。而且,来往的国际机票会用掉自己一年的工资收入,成本太高。考虑再三,良军选择了"不"。

时间一点点地过去了,良军始终没有收到来自沃顿商学院的进一步消息。时间不多了,良军决定背水一战,于是尝试向沃顿商学院申请电话面试的机会。经过多次沟通,沃顿商学院最终同意了良军提出的电话面试的请求,并通知良军一个星期后MBA招生办公室主任罗伯特先生将对良军进行电话面试。

兴奋劲还没过去,很快一个新的问题立刻摆在了良军的面前:由于是电话面试,面试官无法像在传统面试时那样看见良军的表情和手势,从而将使良军失去一个可能打动面试官的重要机会。更关键的是:英语并非自己的母语,如何用非母语的英语在时间有限的电话面试过程中,深深打动并征服面试官呢?不难想象,沃顿的面试官肯定面试过来自世界各国的学霸,如果自己只是简单地告诉对方自己是个武汉市的学霸,估计给对方留下深刻印象的概率只有万分之一!因为自己离中国的学霸还有十万八千里的距离。应该如何出奇兵,让对方形象化地、清晰地了解自己呢?良军陷入到深深的沉思里,直到有一天他的眼光落在电视机旁边一张VCD光盘上!看着光盘封套上汤姆·汉克斯扮演的阿甘憨厚的笑容,良军眼前一亮!

一个星期后,按照约定的时间,电话面试准时开始。罗伯特从费城把电话打到良军家的座机上。互相问候之后,罗伯特直奔主题,先问了两个普通的问题："你为什么申请沃顿商学院？最令你自豪的职场经历是什么？"良军也给了不太出彩的答案。罗伯特平静地问出第三个问题："良军，假如我是你的好朋友，你觉得我会如何评价你？"良军心中大喜："对方终于进入我的预设伏击圈了！"随即脱口而出："你肯定会说良军是中国的阿甘！"电话里罗伯特沉默了几秒钟，随后大声地问道："什么？你说什么？""你会说我是中国的阿甘！"良军有意放慢语速，同时提高音量回复道。

"你能详细告诉我为什么吗？"眼看罗伯特开始跟着自己预设的节奏往前走，良军心里顿时彻底放松下来，于是对着电话听筒开始娓娓道来："我很执着……我很勤奋……我很坚强……"他边说边在心里暗喜："如果没有前面的那顶帽子，所有这些答案全都将是平淡无奇的，因此很大可能会导致面试的失败。"良军徐徐道出了七条理由，听着罗伯特在电话里的略带欣喜的语气，良军心里更加安定了，但是为了进一步增强效果，良军停顿了片刻后接着说道："罗伯特先生，请您放心，将来我一定会以优异的学习成绩从沃顿商学院毕业，而不会凭借打球或者跑步从学校毕业的。"闻听此言，罗伯特在电话里"哈哈哈"地狂笑起来，良军在心里说道："今天的面试成功了！"

面试结束了，良军放下了电话，马上给远在湖北长阳的母亲打了个电话，母亲焦急地问："你觉得今天的电话面试怎么样？"

"95%的可能会成功拿下！"良军很自信地说。

大约两周后的一天，良军上午在中关村办完公务后，下午乘坐379路小巴前往东三环的幸福大厦去参加一个由路透社举办的金融从业人员市场信息软件技术培训。两点钟小巴到了北太平庄附近，经过自己几年前北漂期间住过的大楼时，他腰间的BP机"嘟嘟嘟"急促地响了起来，良军以闪电般的速度掏出BP机一看，屏幕上显示着师姐雪莉按照事先约定发过来的"8"！良军下意识兴奋地大叫一声"好！"这突如其来的一声大喊吓得全车人都齐刷刷盯着他，女售票员以北京式的幽默语气问道："小伙子，大下午的你没事吧？"良军赶紧对大家说道："对不起！打扰大家了。"

汽车到站后，良军顾不得形象，飞快地跳下车，朝路南的幸福大厦飞奔而去。冲进位于大厦顶层的路透社办公室后，良军迫不及待地拨通了师姐家里的电话。

"恭喜你！我在沃顿网站上看到你的名字，你被沃顿录取了！正式的通知书很快将从学校寄出来，你注意收一下。"师姐说道。

"太谢谢你了！师姐下次什么时候到北京？我要当面感谢你。"

"不客气，世界很小，咱们随时都会再见面的。如果你非要谢我，那就像我帮你那样去帮那些需要你帮助的人吧。"

不到十天，良军终于收到了宾夕法尼亚大学沃顿商学院的录取通知书。到底该选哪个学校呢？良军马不停蹄地找到包括师姐、马先生在内各方面的资深人士进行咨询，大家共同的意见是：良军既然将来想追求一个金融人生，而沃顿除了整体排名很高以外，它的最强专业恰恰是金融，而且在金融领域的校友网络非常广，因此大家一致建议良军选择沃顿。良军很快做出了选择，并且分别向耶鲁和康奈尔大学发去了谢绝信。

这天，良军接到了马先生从香港打来的电话："小李，恭喜你啊！那年你在纽约的培训期间，我就看出你志向不小，恭喜你终于如愿以偿了！对了，我可没有忘记咱们的约定哦，你已经被排名第一的商学院录取了，我非常愿意随时践约，你怎么考虑的？"

良军知道，马先生在问他要不要资助。之前他已经了解到，从1999年起，只要是被沃顿录取的MBA学生，无论是美国人还是外国人，无论之前有无信用记录，美国的费城国民银行愿意无担保地向被沃顿录取的本国及外国学生提供全额助学贷款。

良军决定从费城国民银行借钱读书。出于礼貌和感谢，良军说："马先生，我衷心地感谢您当时给我的指导和激励，没有您的鼓励，我可能不会迈出第一步。经过再三考虑，我决定利用沃顿提供的助学贷款攻读MBA，非常感谢您当初的鼓励和支持。"

良军还有一个重要但不便说出口的理由：他坚信自己对未来人生道路的选择权所包含的价值远远大于马先生提供的资助。

接下来，他开始考虑如何从裕京银行辞职。1999年5月28日下午5：05，来自沃顿商学院的I—20表格寄到了。良军知道，跟裕京银行说再见的时候到了。

第六节　一声再见难出口

良军一直在等待那一刻。当收到来自沃顿商学院的I—20表格，他知道不能再等了。他拨通了资金部总经理林峰的电话。话筒里随即传来林总那熟悉而略带威严的声音："是小李啊。找我有什么事情吗？"

"我想跟您当面说个事，您现在方便吗？"良军觉得这句话一出口，心里压了几个月的那座大山开始动摇。

"上来吧。"林总大概以为良军又有什么业务上的新想法要向他汇报。

放下电话，良军心情忐忑地走出交易室，坐电梯上楼。四年前，刚研究生毕业的他为了进裕京银行，下了好大一番苦功，一路过关斩将，终于在上千名竞聘者中成为幸运的30人之一，进入这个他梦寐以求的地方。现在，他却选择离开。

林总似乎已经感觉到良军这次来有点不同寻常。他问道："怎么了？"

"林总，我实在对不起您和各位部领导，我想出国留学。"为了这一句话，良军已经私下里练习过多次。

林总显然很吃惊。他点了一根烟，猛吸了两口。林总沉吟了片刻，问道："为什么要去留学呢？"

良军给出了一个老老实实的回答："一直以来我有一个梦想，那就是想到外面去学习一下，体验一种不一样的人生。"

林总一直盯着良军，那目光似乎要在他说的每一个字后面挖出一个隐藏的真意来。林总一口接一口地抽着烟。那静默的几十秒有点让良军心里发慌——万一林总不同意，自己又该如何呢？

林总手上那支烟快烧尽了，他才摁熄在烟缸里，开口说话："小李，如果我没记错的话，四年前为了考进裕京银行，你没少下功夫。面试时你违规带了一皮包获奖证书，打动了主考官。录取后，你拿到北大硕士研究生毕业证书的当天，马上就来行里报了到。可见当初你是何等希望能进行里工作。这些年，我们待你不薄啊……"

对林总来说，时间证明自己并没看错人。从最年轻的工会主席到最勤奋的业务骨干，无论是加班到深夜还是紧急支援××破产案的清算，良军从来没让自己失望过。关键是，这孩子还很正直。有一天，良军把鼓鼓的一个信封放在他的办公桌上，那是某外资银行给他的"戏票"，其实里面装的钱比他一年的工资还多，这小子也就说了简单几句："我凭自己的本事，将来肯定能挣出比这多很多的钱，犯不上为了这种事耽误自己的未来。"他批准良军把那笔数额不菲的贿款充作资金部的工会会费，后来，那笔钱支撑了资金部整整一年的工会活动，从拱猪比赛到开展郊游，单位的年轻人玩得不亦乐乎！从那时候起，他就觉得这小子确实有脑子。但是，今天，他想走得更远……

良军有点心虚，话也说得没那么有底气："是的，您和处里的领导都非常信任和关心我，不仅破格提拔我，还破格让我参加出国培训⋯⋯"

林总又点了一支烟,字斟句酌地说:"年轻人有梦想很好,我支持你。这也是为什么你一到行里来我就看好你的原因。纽约、伦敦你都去过了,你们处里比你资格老的同志都没有享受这个机会呢。你还觉得不够?"

良军脸红了一下,像是做了一件亏心事。他明白,林总指的是那次行里破例,派入行不到一年的良军参加欧洲合富银行举办的全球金融培训班的事。当时自己人还在纽约,部里已经决定破格提拔自己为科长了。

他清了清嗓子,说道:"林总,我非常感谢您对我的栽培。那一次出国培训的确让我开了眼界,学习了不少新鲜理念,也学到了不少实战经验。可是,一次培训毕竟不能代替留学。希望您能理解。"

林总叹了一口气,从抽屉里拿出一份红头文件:"你看看这个。"

良军接过来一看,这是一份行内待发的红头文件,抬头是《关于任命李良军同志为资金部客户处副处长的通知》。时间是几天之后,也就是下个星期一。他迅速地看了一遍文件,然后递给林总,一脸歉意:"很抱歉林总,我辜负了您的栽培。"

林总的目光穿过缭绕的烟雾,投在良军身上,似乎要把他看个仔细。他是个爱才的领导,希望这份任命书能让良军回心转意,停顿了几秒钟之后,林总继续缓缓地说道:"这是昨天行里领导们开会才定下来的。文件准备下周一就下发各处室。怎么样,是不是可以重新考虑一下你的决定?甚至,你可以把出国推迟一年半载的嘛。行里很需要你啊。"

良军找不出话应对了,只好在脸上保持着笑容。副处长,这是很多人梦寐以求的职位呢,资金部的老牛干了十多年还没升到科长的职位。如果这个任命生效的话,应该是他进入裕京银行三年来第四次升职了。可是,北太平庄那漆黑如墨的夜晚,那些曾经一封封化成青烟的大学录取通知书……不，他不能再放弃第二次留学的机会了。虽然不知道自己职业生涯的下一个落脚点在哪里，但他清楚，裕京银行肯定不是自己的终点。

他去意已决。

他掏出了随身带的两把钥匙，放在林总桌上："林总，这是刚分给我的那套房子的钥匙，我还给行里吧。"

那是一套位于东四环边的一居室。裕京银行在那里为员工新近购买了一批住房。为了分房，行里开过无数的大会小会，争来吵去。良军刚拿到这套一居室的钥匙没几天。

林总看了一眼那串钥匙，深吸了一口烟。他知道这只雄鹰迟早是要高飞的，于是松了口："好吧。你志向高远，我不勉强你。希望你在沃顿和未来其他的地方，继续用实力证明你自己，也给咱们行争光！"

良军知道，林总同意放他了。他站起身来，向林总伸出手："林总，感谢您对我的支持。以后有机会，我一定会回报您和母行的。"

林总使劲握了握这个年轻人的手。然后指着那串住房钥匙说："这个麻烦你连同辞职报告一起，交给人事处。"

两周后，良军办妥了所有的辞职手续。在众人的错愕中走出裕京银行大楼……

第七节　魔鬼训练营

从沃伦·巴菲特到埃隆·马斯克，宾夕法尼亚大学沃顿商学院被视为美国的"亿万富豪制造工厂"，也是最接近华尔街的训练营。对每个进入沃顿的人来说，当年，在进入金光闪闪的华尔街之前，先得在地狱一样的"魔鬼训练营"沃顿活下来。

　　第一个学期才过了一半，良军就觉得自己没变成魔鬼，而是变成了野人。每天学习到凌晨三四点钟是常事，早上八点多就要赶去上课或者参加小组的学习活动。由于学习时间实在太紧，他周末不去参加任何课外活动，把所有省下来的时间都用来做功课。像当年在中学一样，每个周末或者节假日的早饭后，他都会背着厚重的书包，独自一个人走到教学楼，找间教室或者到学校图书馆的阅览室，然后一直学到第二天的凌晨才回宿舍，午饭和晚饭则照例到马路边的餐车去解决。一辈子都吃不惯西餐的他对那家味道不咋样的餐车充满感激，无论雨雪风霜，一到时间，那辆餐车总会停在那里。

　　除了紧张的学习之外，让良军感到苦不堪言的还是从到达沃顿商学院的第一天开始，就必须全力以赴寻找第一学期末的暑期实习工作。正如8月份学院在新生入学启动会上所告诫的那样，暑期实习工作将是每个人新的职业生涯的起点。学院也将给予新生尽可能的支持。根据学院的安排，每个一年级的学生都有一名二年级同学专门辅导。他跟自己的这位辅导员迈克素不相识，但是迈克的严格完全不亚于教授。出乎良军意外的是，自己反复检查很多遍的简历仍然被迈克挑出了不少毛病。经过十几遍的修改之后，良军终于把自己的简历定稿并开始向不同的投行和一些大公司的财务部寄送，然后就是等待各家机构的面试邀请。在良军等待面试期间，迈克还专门给他进行了三次模拟面试，从仪态、问候用语到回答技巧，把自己的经验毫无保留地传授给他。良军回到宿舍后，先认真整理笔记，之后对着镜子反复练习。

　　校园招聘会终于开始了。以前在媒体上耳熟能详的那些世界级的大企业、投行和咨询公司纷纷来到沃顿，在教室里、宾大书店旁边的酒店里摆好摊位，利用各种视听设备、印刷精美的小册子向沃顿的学生们介绍各自的公司。多的时候，从午饭时间开始一直到晚上，有多达十场这样的活动，良军转场于不同的公司之间，听取公司介绍、跟公司人员交谈。有时候一个晚上要参加两三家公司的宣讲会，往往结束的时候已是晚上十点多。回到宿舍后，还得马上整理一下刚刚参加的宣讲会的会议材料，然后赶紧完成繁重的案例作业，三天加起来睡眠时间不到十个小时。迷迷糊糊之间，良军只恨自己没有两个脑袋和四条胳膊。

期中考试来了。良军很快遭到了来沃顿以后的第一次沉重打击——市场营销课考试的卷子发下来，他只得了C，相当于不及格！良军的心情坏到极点。

夕阳渐渐落山，身心俱疲的他坐在院办公楼正门入口东北边的长椅上，看着秋风四起，落叶飞卷。既没心思去赶大公司的招聘会，也没心思吃晚饭。他把手里的试卷看了好几遍，终于还是确认了自己正是这张试卷的主人。在那一瞬间，从中学到大学、研究生，十几年来习惯了当学霸的他心头升起巨大的幻灭感。他第一次对自己的能力和智商产生了怀疑：我能在这个高手如林的魔鬼训练营呆下来吗？我能进得了华尔街吗？

忽然，一个熟悉的声音在叫他，扭头一看，原来是宋清！他背着书包正朝良军的方向走来。

宋清比良军小两岁。两人第一次见面，是在出国前的一个聚会上。那是1999年7月底的一个晚上，沃顿的校友们在北京建国门外中信大厦的顶层餐厅为即将赴美留学的新同学举办了一个欢送酒会。在这次酒会上，良军遇到了宋清。宋清在清华大学读完电子信息工程专业的本科，研究生期间读了商科。毕业后他进入一家全球著名的会计师事务所，工作几年后，又考取了沃顿商学院。

宋清一看良军脸色不对，关切地问道："怎么这么没精打采啊？跟霜打的茄子似的。"

宋清也是良军到沃顿商学院后深交的第一个朋友。宋清的宿舍就在良军楼下。两人之间无话不谈。

良军实话实说:"我这次市场营销课期中考试栽了!我带着这样的成绩,哪家投行会要我啊?唉。"

宋清把他的肩膀一拍:"嗨,就这点事啊。我还以为天要塌下来了呢!你最近整天忙着赶场,哪有时间好好复习?再说了,一次期中考试也就只占期末总评分的 30%,你还有足够的机会翻盘。你的目标是进华尔街投行,又不是去大企业做市场营销,何必太介意一次期中考试成绩。"宋清分析得很清晰。

"不管怎么说,毕竟我这次考试不及格,你说我是不是不适合在沃顿读书啊?"良军第一次对自己的能力表示怀疑。

宋清坐到良军身边,继续开导他:"我不这样认为,你想一想,咱们在各方面,例如,语言、生活习俗乃至教育理念都不适应的情况下,在这里和来自全世界优秀的年轻人竞争,这本身已经是很了不起的事情了。你能想象这帮外国同学用中文在北大、清华跟咱们竞争吗?咱们能来到沃顿学习,这本身已经说明咱们是非常优秀的,因此你根本没必要对你自己产生任何的怀疑。具体到营销课,咱们对那些美国公司的前世今生根本不熟悉,有些公司的名字之前甚至都没有听说过!考砸一次根本说明不了任何问题。"

这番话让良军茅塞顿开:"对啊!无论如何,我没必要怀疑自己的智商啊!今天我不想去赶招聘会了,我回去休息一下,放松一下自己,希望能有所帮助。"

"就是嘛。你先好好休息一下,我马上要去上金融课了,再见。"宋清向良军招招手,背着书包朝教室走去。

看着宋清的背影消失在暮色中,良军也站了起来,朝自己的宿舍走去。暮色已经笼罩大地,街灯下各种肤色的学生背着书包急匆匆地赶路。看着眼前的一切,良军突然感到了一种发自心底的深深的寂寞、孤独和无助:"大家都在四处奔忙,而我却被迫回房间休息,至少今天晚上的两场招聘会赶不上了,唉。"刚刚舒缓了一点的心情又被一股沉重的、现实的挫败感压得沉甸甸的。拖着沉重的脚步,良军回到1426房间,顺手把书包扔在地毯上,然后直接倒在平放在地毯上的单人床垫上。他试图入睡,但是不知道怎么回事,自己越想入睡,就越睡不着。更糟糕的是,不知道从什么时候起,良军出现了胸闷气短、血压急剧升高的状况。躺在床垫上,他只觉得胸中血气翻涌,太阳穴里的血液好像SG-43型郭留诺夫重机枪连续射击一样,"突、突、突"不停地冲击着太阳穴,良军浑身燥热,直冒虚汗。刚开始他以为是室内温度太高所致,于是昏头昏脑、头重脚轻地从床垫子上爬起来,走到窗户边,推开两扇木框的窗户,深秋清凉的空气瞬间涌入房间,良军深吸一口气,感觉稍微好点。他转身重新回到床垫上,再次尝试入睡,没想到更糟的情况出现了,各种疑问像出膛的重机枪子弹一样不受任何控制地密集地射在良军的脑子里:"我的市场营销课期中考试不及格,会引起连锁反应,从而导致其他课也不及格吗?""带着这样的成绩,我还能找到工作吗?""找不到工作的话,我如何偿还那笔巨额的学生贷款呢?""要不我明天办理退学,重新回到裕京银行?""但是我以这种逃兵的方式回去,裕京银行会要我吗?我怎么有脸去见林总和老同事们呢?""我这样逃回去的话,怎么去见妈妈呢?""如果我当了逃兵的话,将来就算能跟十三妹重逢,她还会像当年在中学里那样用她那如水的眼神看我吗?"良军只觉得心里异常烦闷,头脑沉重,呼吸憋闷,后背直冒虚汗,很快就把床垫汗湿透了!就像一个不识水性的落水者试图寻找救生圈一样,良军从床垫子上缓缓爬起来,下意识地拿出装有自己所有获奖证书的旅行包,机械地把所有的证书、奖状等从旅行包里掏出来,摊放在桌子上,慢慢地翻看着,1975年、1976年、1977年……1999年。看着不断翻篇的证书,忽然良军仿佛听见了发自心底的一个似曾相识的声音,就像

1991年11月19日晚上在北太平庄那间用作宿舍的办公室里一样："如果你当了逃兵，明天你就会成为同学们口中的八卦题材，成为学院关于退学人数的一个冷冰冰的统计数字而已。但是你妈妈怎么办？你连十三妹的名字还不知道呢，你打算这样去见她吗？如果你今天当了逃兵，将来你在另一个世界里，如何见你的父亲？你曾经辛辛苦苦打拼出来的人生辉煌难道就将以这种方式永远黯淡下去吗？"良军呆呆地注视着满桌的证书，内心翻江倒海良久，只听那个声音继续说道："无论如何，这些证书至少证明你是一个优秀的人，眼下你只是遇到了巨大的困难而已，但这不应该成为你放弃追求自己未来人生的理由。1991年时你曾经一度走到了绝境，不也熬过来了吗？今天又遇到了巨大的困难，你应该继续熬下去，而不是放弃！你一定能战胜这些困难的！"

平静下来的良军用水洗了一下脸，然后换上运动衣裤、穿上运动鞋，下楼来到宿舍楼外。

夜已深。宿舍楼外秋风习习，路上没什么人。良军沿着切斯特纳特大街向东跑去。一边跑一边在心里调侃自己："罗伯特你好，我在面试时曾答应过你，我不会凭借跑步从沃顿商学院毕业的。此刻我跑步只是为了减轻压力，所以应该没有违背我对你的承诺哦。"想到这里，良军微微一笑，继续往前猛跑。经过运动场的北门后，继续向东前行，一直跑到斯库尔基尔河边，才掉转头加速往回跑。回到宿舍时，良军浑身已经汗湿透了，换下衣服、洗澡之后，心情完全平静下来的良军终于进入了梦乡。

几天后金融课和成本会计课的考试卷也发下来了，看着每张试卷上红色的100分，深藏在良军内心的压力瞬间烟消云散！良军感慨道："看来我的确不笨，也能在沃顿的多个赛道上名列前茅啊！"良军赶紧把好消息告诉宋清。两人照例到中国城的"川菜香"餐馆庆祝了一下。

随着好成绩的不断到来，暑期实习的面试也终于来了。尽管他被纽曼银行打了回票，但他却收到了另外几家投资银行的面试邀请，还有著名的礼来医药公司（Eli Lilly）以及能源巨头安然公司（Enron）财务部的面试邀请。礼来公司总部在明尼苏达州，良军飞去参加了两天的参观和面试。良军权衡再三，最后决定接受欧洲合富银行香港分行的实习工作。这时的他已经进一步明确了自己的职业方向，希望毕业后去华尔街发展。在投行的实习经历是拿到华尔街正式工作的一个必要条件。而且，通过这次在香港的实习，良军越来越强烈地感受到：个人的成长和发展需要一个合适的文化环境，亚洲应该更适合自己未来在金融领域的成长和发展。

忙着忙着，冬天到了。呼啸的北风吹在脸上如同刀割，费城的冬天比北京更冷。

离第一学期的期末考试还有两个礼拜的时间。这天费城发布了暴雪警报，预计未来24小时内有大到暴雪，届时费城所有的高速公路都将关闭，政府要求学校停止上课，所有居民尽可能留在室内不要外出。

第二天早上，天色黑得就像傍晚一样。鹅毛大雪便铺天盖地而来，肉眼基本上看不清10米以外的景物。良军一辈子从没有见过这么大的雪。他从教室自习出来的时候，大地已是白茫茫的一片。良军踏着厚厚的积雪，回到宿舍，吃了一碗面条后，良军坐在桌前，快速地敲着计算机键盘，做着作业。他完全忘记了时间。偶尔抬头望向窗外时，心里不时出现十三妹的面容："十三妹，你在哪里呢？"

他又学到第二天凌晨三点才休息。早上起来，打开冰箱一看，冰箱里只剩下小半瓶牛肉罐头和几片面包。良军立刻意识到自己犯了一个错误。虽然费城市气象局提前发布了暴雪警报，缺少在当地生活经验的他却忘了补充食物，现在，他必须去采购补充一下食物。步行范围内只有学校的一家便利店可能还开着。他踏着没大腿深的积雪，艰难地前行，同时也感到一丝兴奋：这雪真厚实啊！四周一片寂静，眼力所及之处，见不到第二个人。

他经过富兰克林先生的塑像时,看到那条长椅上也落满了雪,老先生的身上自然也有一层积雪,不知道是谁给老先生系上了一条格子围巾。良军冲着老先生打了个招呼:"早上好,富兰克林先生。我碰巧路过此地,您继续读您的报纸吧。"

便利店没有太多的东西可选。良军买了两条面包、一袋香肠和几个苹果。这总比饿肚子强。回到宿舍后,他填了填肚子,之后坐在电脑前学习。一个周末,整整三天三夜,他除了下楼去便利店那次,就再没出过门,也没有跟任何人说过一句话。

功夫不负有心人。良军第一学期末的成绩单让他自己也感到欣慰:第一学期的所有课程里,除了市场营销课总分得了B之外,其他的课程都是A或者A$^+$。良军决定二年级时搬到外面去住,于是在离学校健身房不远处的一栋小楼里租了一间一室一厅的公寓,他要在二年级的时候全力以赴,大干一场,争取找到心仪的全职工作。

第八节 宋清失踪

良军和宋清在那次出国前沃顿新生饯行酒会上一见如故。宋清比良军高半个头,一口标准的普通话,脸上永远带着自信的微笑,酒会结束后,两人一起走出中信大厦。一路上交谈着对未来的规划。经过建国门立交桥时,两人在桥北边的栏杆中央处停了下来,眺望北京的夜景。北京夜色如水,长安街上车水马龙。宋清说想挑战一下自己,沃顿毕业后进军华尔街。那时的良军对自己未来的人生线路也有了初步规划:从沃顿毕业后,先在华尔街实践一段时间,积累一定经验后回国发展。宋清当时说了一句话，让良军铭记在心："理想终会引导我们到达想去的地方。"

宋清比良军早一个月到费城。他是和妻子一起去的。他的妻子被里海大学录取，宋清把她送到那里后，自己回到费城，在沃顿安顿下来。从选课的技巧到中国城哪家餐馆做菜地道，他都已经摸得一清二楚，给初来乍到的良军不少好建议。两人住得很近，宋清的宿舍房间就在良军楼下。

这天吃过晚饭，良军刚刚安顿下来，就下楼来到宋清的宿舍串门。看见宋清的房间整洁得一尘不染，油盐酱醋样样俱全，甚至还有一瓶下饭的辣椒酱，良军不禁赞叹道："你真是个会生活的人。"

宋清摆摆手说："出门在外，自己就得照顾好自己。找时间咱哥俩到中国城的中餐馆去撮一顿，那儿有家'川菜香'的川菜做得相当地道。你可以在中国城里买到很多地道的中国菜调料。"

学院很快会举行金融课和会计课的分班考试，良军来沃顿之前在裕京银行外汇资金部工作了好几年，金融底子较厚，对考进金融快班信心满满，但是原来在北大学的那点会计知识早就还给老师了。两人聊起了各自的打算。

"我想同时试一下会计和金融课的快班。"宋清信心满满地说道。

"那你的学习压力会不会太大了？"良军问。

"应该还好。你呢？"

"我打算老老实实地跟着大家一起上普通会计班，只想试一下金融快班。"

"也不错啊。来日方长，一口气吃不成胖子。来，在成为胖子之前，尝尝我自己做的酒鬼花生米。"说着，宋清从小柜子里拿出一碟花生米，顺手又拿出一瓶红酒。

"哎哟喂，你也太能了，居然还会做酒鬼花生米！"良军很少佩服过谁，这下子对宋清从学业到生活，佩服得五体投地。宋清专业能力过硬，工作经验丰富，野人般的学习还没开始，他就具备了天然的抗压能力。

几杯酒下肚，两人的话更多了。连续几天来的辛苦加上几杯红酒下肚，良军回到宿舍倒头便睡着了。

第二天天刚亮，良军就起床，吃过早餐，抓起书包就往楼下冲去。今天有金融班的分班考试，他可不想迟到。良军一进电梯，恰好碰到宋清和几个华人同学。

"来，良军！我来给你介绍一下，这位就是我昨天提到的来自马来西亚的同学林俊宏。"宋清说。

"你好，我是良军。"说着话，良军主动向林俊宏伸出了手。

金融课的分班考试对良军来说简直是小菜一碟。两个小时不到，他已经做完了所有试题。不过，这是他来沃顿后遇到的第一场考试。为慎重起见，他还是像以前在北大上学时那样，仔细把所有的答案检查了好几遍，确信无误后才交卷。两天之后，良军到院办公楼地下一层的学生邮件柜取邮件，发现金融课的试卷已经静静地夹在自己的邮件袋子里。他赫然看到了教授笔走龙蛇写下的 100 分！

良军迅速地把卷子塞进书包，带着欣喜和自豪，直接回宿舍去找宋清，并得知金融快班和会计快班同时把宋清录取了，而且他还是这一届学生中唯一一个同时进入金融快班和会计快班的中国学生。

宋清从书架上拿出一瓶红酒："咱哥俩正好庆祝一下。"

"好啊！"良军答道。他冲到楼下，在路边的餐车买了茄子烧牛肉。回到宋清的宿舍时，宋清已经把书桌清理出来，摆上了红酒和自己做的酒鬼花生，两人开始对饮。

三杯酒下肚，话又多了起来。良军说："二年级的同学都建议第一学期课程千万别选太多，因为还要花大量时间去找实习工作。我这学期选了五门课，共 4.75 个学分。你呢？"

宋清喝了一大口酒，轻描淡写地答道："除了金融和会计快班的课，我还另选了五门课，共 7.25 个学分。"

"宋清，你疯了！你还有时间去找实习工作吗？你不准备休息了？"良军惊讶得差点把一口酒喷到地上。

"时间总是挤出来的嘛。"

两人的酒量都不错。一瓶红酒不多不少，让两人喝得恰到好处，既面带潮红，却又头脑清晰。

良军印象中的宋清永远都是不疾不徐、从容淡定的样子，不像自己，遇事就急躁。他记得太清楚了，最后一次跟宋清一起喝酒是在 1999 年 12 月 21 日的晚上。

时间过得飞快，第二天将是最后一门会计课的期末考试。尽管期中考试得了 100 分，良军仍不敢有丝毫的松懈。时针指向了晚上十一点，良军还在看书。突然电话响了，话筒里传来宋清的声音："老兄，明天的考试都复习好了吗？不急着休息的话，到我这里来喝点酒、听听相声吧。"

看看已经复习完毕，良军便下楼到宋清的宿舍。他桌上的电脑里正在播放姜昆的相声《照相》。宋清照例端出一碟自制的酒鬼花生，两人一边喝着红酒，一边听相声。尽管这段相声已经听到无数遍了，可两人每次听到同样的抖包袱的地方，依然哈哈大笑。良军瞥见宋清桌上放着下午考试的试卷，忙问怎么回事。宋清说，自己忙糊涂了，竟然忘记了下午的考试，晚上发现后赶紧跟教授说明情况，教授很开明地电邮了一份考题给宋清，让他在自己的宿舍完成，条件是不翻书不问别人，而且自己计时，在规定的时间内把完成的试卷发还给教授。

"你可真敢玩心跳啊！"良军感慨着，"我在这里会影响你补考吗？"

"没关系，我早已经提前做完了，正准备给教授发回去。"说罢，宋清把完成的试卷扫描之后,发回给教授。

两人喝完一瓶酒后,时间已快到凌晨,良军向宋清道了晚安,上楼回自己的宿舍去了。

第二天,良军带着行李箱走进了位于学校图书馆附近的大阶梯教室,参加会计课的期末考试。他提前约一小时就完成了所有的试题并仔细地检查了三遍,之后果断地把卷子交给教授,然后提起自己的行李箱直奔费城机场。他清楚地记得,自己离开考场的时候,特意向隔壁教室里张望了一下,看了一眼宋清,而宋清像有心灵感应似的,也正好抬头向门外望了他一眼。两人心照不宣地交换了一个眼神,算是互相告别。马上就是圣诞节了,在沃顿的第一个学期他终于成功地度过了!良军归心似箭。

良军怎么也没想到,他仅仅回国过了两周寒假,回学校后,就再也找不到宋清了!

良军在北京过了 2000 年元旦之后,立刻赶回学校,回到宿舍的当天就马上联系宋清,但奇怪的是,宋清的电话怎么也打不通,电邮也永远没人回复。这太反常了。良军干脆直接下楼去敲门,开门的竟然是个白人学生。他告诉良军,原来的住户早已搬走了。心有不甘的良军跑到学院去打听宋清的下落,结果被告知这事关个人隐私,学院无可奉告。

夜已经深了,良军无法入睡。他想不出任何可以令宋清失踪的理由。他也问过不少中国同学,可是没有人知道他去了哪里,或者他发生了什么事。那天晚上,站在楼前,望着宋清曾经住过的那个房间,良军大喊了几声:"宋清——"

没有人应答,甚至没有人从窗户里探个头出来看一看是哪个精神病在叫喊。人们都在忙着自己的事。那一刻,良军觉得极其孤单,极其无助。看来,剩下来的在魔鬼训练营的日子要靠自己独自闯荡去完成了。

自此以后,再也没有午夜的相声、红酒和花生米了。

直到几十年后，良军仍然不相信自己的好哥们、高才生宋清也会跟自己的第一个师傅马丁一样的失踪结局。他想，以宋清的聪明，如果是他主动玩消失，肯定会留下蛛丝马迹。如果是他被消失，那一定会是什么绑架或者凶杀之类的大案，警方会有记录，媒体也可能有报道。良军试着查阅过费城当地的报纸，但是一无所获。

在接下去的日子里，良军常常在心里念叨："宋清啊，你要是哪天突然出现在我面前，我不踢你一脚才怪，你让我找得好苦啊！"

第九节　我毕业了

良军终于顺利地从沃顿毕业了！按照一年前签订的租住协议，良军必须在约定日期的中午十二点之前把钥匙交还给物业管理办公室，否则就算违约。他把刚刚获得的三张毕业证书仔细地放进那个酱色的大公文包。这个早已老旧的大公文包是他最珍惜的东西了，多年来，他总是随身带着，不管是在北京还是在费城。包里装着他1975年从阅马场小学获得的第一张奖状，在武汉明诚中学、北大本科和研究生、沃顿商学院期间每年所获得的各类竞赛和在校学习的奖状和证书，以及在裕京银行工作期间获得的各种荣誉证书。每一张证书都代表着他的一段人生。

笨重的戴尔电脑拆起来需要格外仔细。这台电脑陪伴了良军两年。电脑的硬盘不仅存储着他设计的各种金融分析模型、各门课程的演示设计、作业，还是他几百个日夜苦读与孤单的无声见证。

他正在拆第一颗螺丝钉的时候，门铃响了。敲门的是一位戴着深度眼镜的中年男人和一个年轻小伙子，他们是搬家公司派来的工人。他们进到良军的房间，熟练地把家具和各种生活用品打包，逐一搬到货车上。偌大的房间立刻显得空空荡荡。

"李先生，我们准备好了。可以出发吗？"年长的搬运工的一句话，把良军的思绪拉回到眼前。他又检查了一遍卧室、客厅、卫生间和厨房，确信没有落下任何东西。按照租房协议，搬进来的时候这里干干净净，搬走的时候也必须片纸不留，否则别指望能拿回押金。

锁上房门的一刹那，良军在心里跟这处蜗居道了别。在沃顿这个号称"魔鬼训练营"的地方，他不仅幸存了下来，还成功地在华尔街一家大投行谋到一份不错的工作。这下真的要走了！良军下楼后，把公寓的钥匙还给管理员约翰。面色黝黑且身形高大的约翰给了他一个大大的拥抱，并祝他好运。

货车从切斯特纳特街转向斯普鲁斯街，把他经常挑灯夜战的院办公楼、教学楼大楼和图书馆甩在车后。他来不及多看一眼校园，货车已经驶上高速公路。新泽西州与宾州仅隔一条德拉维尔河。看着古老的费城在身后渐行渐远，良军心里升起一缕惆怅。他在心里默念："宋清，我走了。如果有一天你回来，记得来找我。但愿你还记得我们在北京时的约定。"

"你毕业了！多好啊！"司机老张跟他搭话。

"是啊。在这里两年了，要换个地方了。"良军从思绪中回过神来。他看老张斑白的鬓角和颇显老态的额头，有点好奇：这个看上去有点学究气的中年人不太像干体力活的啊。

老张似乎看出良军的疑惑，无奈地摇了摇头，讲起了自己的经历。

老张来美国之前在中国一所大学拿到了工科学位，后来在东北的一个水电站从事冻土项目研究，前几年在加拿大出席一个冻土课题研讨会之后只身从加拿大来到美国。语言不通、国内的学位又不被承认，他就在纽约的几个学校之间辗转旁听，但始终拿不到学位。无奈之下，他只好干起了帮人搬家的体力活。

原来是冻土专家啊！良军对这位漂在美国的专家心生一丝敬意。新公寓在新泽西州，与纽约仅隔着一条哈德逊河。拿到钥匙后，良军帮着把行李搬进公寓。

良军把电脑重新组装好，老张他们把床垫子直接放在地毯上，锅碗瓢盆也都归置到位。全部弄妥已是零点了。良军付给老张 60 美元小费，老张接过钞票，连声道谢，并说："再要搬家的话，给我一个电话就行。"良军没想到，老张的话几个月后就应验了。

冲完澡已是凌晨了，良军困得不行，倒头便睡，一觉到天亮……

这已经是小明和叶强第二次跟良军在网上交流了。听着良军回忆自己的求学经历，两人都若有所思。

良军对小明说："我曾经以为纽约是我职业生涯的最高点，后来发现它不是。它只是我人生中的一个驿站。人生就是这样充满了一个又一个难以预料的挑战，我们只有朝前走，才能看到希望。"

小明完全被良军的讲述吸引了。他说："李叔叔，您每次在面临人生节点的时候总能化险为夷，但是在社会上不是人人都能有您那么幸运的。"听小明提出了自己的疑问，良军觉得这孩子上道了，不失时机地端出了他的励志鸡汤："你说得很对！应该说我确实很幸运，但是我的幸运的背后却是很多人都看不到的艰辛和努力。公平地讲，我的幸运很大程度上跟我永不放弃的信念以及持之以恒的努力是密不可分的。试想，没有我高中三年在学校里独自度过的各种节假日，哪里会有被北大录取的幸运？没有在北大本科四年的努力，我哪里能够在摔一大跟头后，用了不到三个月的时间就重新考回北大？没有北大研究生三年的奋斗，我哪里能加入裕京银行？没有在裕京银行的积累，我怎么可能成功进入沃顿？没有沃顿的经历，我进入华尔街的几率谁又知道？到目前为止，我的人生确实经历不少故事，我自己的体会是：如果奋斗了，我的人生不一定有什么结果；但是如果不奋斗，我的人生将注定一无所成！你说对吧？"

小明此时已经对良军佩服得五体投地，鼓起了攀登高峰的斗志。小明模仿着当年的良军，天天玩命地复习功课。良军则成了他的课外线上辅导员，对语、数、外功课的问题有问必答。小明决心要攀上人生的第一个山峰——考上北大！良军跟小明达成了一个君子协定：2022年高考的时候，良军一定回武汉为小明送考！

良军在长阳陪伴了母亲一段时间。每天早餐后，良军陪着母亲到清江平台上散步，顺便买些菜带回家，午饭后，母亲会在家小憩，良军则会利用这段时间看看书和电视新闻。下午陪母亲和小姨打打"斗地主"。晚饭后良军再陪母亲和小姨到清江平台散步。母亲情绪非常好，跟着良军也学了不少微信的操作技巧。

三个月的脱密休假期就要结束了。良军告别了母亲和小姨，按照计划他将先到北京总部报到，之后经上海回到香港正式开始新的职业生涯。

第八章 再出发

第一节　回总部报到

良军告别了母亲和小姨，坐表弟的车来到三峡机场。经过几个小时的飞行，飞机平稳地降落在北京。晨兴证券的总部大楼是一栋在金融街并不特别起眼的浅灰色的几十层高的办公楼，它的两边全是其他各种大机构的办公楼。进入大堂后，良军径直走到接待台，向接待小姐出示了自己的身份证，拿到了北京秘书陈小姐事先存放在接待台的一个信封，打开一看，里面是总部大楼的出入卡。良军拍卡进入了一楼的闸机，之后乘坐电梯上到28层。陈小姐在电梯口等候着，带着良军在人事部办好了相关的手续，之后随着陈秘书走向交易室。行走在走廊里，良军的脑海里有那么一瞬间出现了时空错位的幻觉，仿佛又回到了1995年7月17日随着李处长走进了裕京银行的办公室，2000年底的那个冬日随着凯瑟琳走进纽曼银行的股票交易室，2001年8月7日的早上跟随着阿曼达走进罗森银行的新员工培训中心的教室，2009年5月28日下午自己独自走进斯曼银行人事部……此刻他马上将跟随着陈秘书走进晨兴证券总部的交易室！时光仿佛在倒流，人生新的篇章又将开始了！

陈小姐站在交易室里一间办公室的门口，对着良军说道："李总，请进。"正在恍惚状态中的良军突然被惊醒，回到现实中来。良军快步走进办公室。这是一间号称"办公室"的约5平方米的隔断，从办公桌后面起身的正是最后一场面试时的主考官：杜总。杜总是一个中等身材、戴着眼镜的精明强干的人。他热情地伸出手，说道："李总，欢迎您的到来！"寒暄之后，两人落座在办公桌旁的办公椅上。杜总开门见山道："李总，未来几天我将带您熟悉一下总部各部门的情况并分别见一下各部门的领导和同事，以方便将来开展工作。关于下一阶段的工作安排，针对您在面试时提到的对工作的期望，我们也相应地作了部署。具体是：首先，您和家人都住在香港，而且正好我们希望有人能够帮助公司重点开发大湾区市场，所以我们想把您放在香港办公室，专门负责大湾区的业务，您有什么想法吗？"良军不假思索地回答道："服从组织的安排，没有任何问题。"但在心里却迅速地盘算了一下："这样的安排对我而言是最好的：这样可以随时跟家人在一起，避免了来回搬迁的问题！而且大湾区经济发展的基础深厚，企业面对经济下行压力的抵抗力较强，未来开展业务时相对其他地区会容易一些。当然，收入所得税率较低也是不容忽视的因素哦。"想到这里，良军的脸上露出一丝不易察觉的微笑。"您对未来开展工作有什么具体的要求和想法吗？"杜总关切地问道。"我过去的业务重点地域在京沪和北方地区，不在香港和广东地区。对我而言，开发一个新的区域没有问题，目前我唯一的要求就是最好能够给我配至少一个年轻人，因为很多具体的工作我还需要年轻人的配合。""好的，我会马上跟人事部联系一下。还有其他的吗？""暂时没有了，将来如果有任何问题的话，我会随时跟您沟通的。""好的。现在方便的话，我带您到咱们部门的各个业务组以及其他相关的部门去转转？您也尽快熟悉一下内部的情况。"

良军跟随着杜总在不同楼层的不同业务组之间转来转去，不知不觉中，太阳已经西沉，外面已经天黑，马路上的汽车亮着车灯，缓缓地行驶着。回到杜总的办公室后，良军拿起了自己的电脑包。"您这个周末有什么安排吗？"杜总问道。"哦，我今晚回酒店后准备好好地弹一下吉他。明后天计划在北京约一些朋友见面叙叙旧，其中有不少将是我未来的潜在客户。""辛苦了，还是要多注意休息哦！""多谢！再见。"

从晨兴证券的大楼出来，夜色已经深沉。环顾四周，金融街的办公大楼灯火通明。

第二天早上，良军仍然习惯性地早起。在室内又练习了一阵吉他之后，良军到一楼的自助餐厅吃了早饭。早饭后回到房间，换上运动短裤、T恤和运动鞋，背上一个双肩背包。准备妥当后便出发前往紫竹院公园，他要去见罗东宇！过去十几年里，罗东宇的职业生涯也发生了很大的变化。几年前，东宇的父母过世之后，东宇成功应聘并担任了宏业集团公司的财务总监。这无疑对良军是一个巨大的利好：自己跟东宇知根知底、共同经历过当年一起考研的艰难岁月，尤其经历过西岩"大会战"之后，东宇对自己的专业能力又有了更进一步的了解和认识，所有这些将是自己跟东宇再次合作的坚实基础！

周六的清晨，路上没有什么车辆，突然听到不远处有个声音在叫自己，扭头一看，东宇正在马路边朝自己招手。良军赶紧向前迎了上去，两人的手再次紧紧地握在一起！

进园后，两人右拐向北而行，边走边聊。"良军哥，收到你的微信，得知你加入了晨兴证券公司后，我一点不吃惊，这才是你的本色啊！因为我深知你是一个永远在向前冲锋的人！说说你下一步的想法和打算吧！看看兄弟我能不能帮上什么忙？""和过去一样，大哥我永远感谢兄弟你的支持和帮助！"两人边走边聊，"良军哥，我记得那年在新疆的时候，你说过想写书。一晃多年过去了，方便问一下书的进展情况吗？""当然没问题，那年离开新疆后，我就开始了全面的准备工作。几年前我因病进了医院，出院后我就开始动手写，此刻已经完成了约40万字的初稿。我期待着这次加入晨兴证券公司能给我带来更多的、独特的经历和素材，将来我会边工作边写作，不断地把自己在晨兴证券公司工作期间积累的素材补充到书中去。我已是50多岁的人了，我当年所有的老领导、老兄弟，甚至老竞争对手们早已消失于江湖，将来有一天我自己彻底退出金融行业的时候，将立刻付梓书稿，并按照多年前的规划，以书为基础开始我中年的创业！换言之，我即将追求的是比奖金更

第八章 再出发

值钱的独特的人生经历！""哈哈哈！这就是良军哥你独特的行事风格啊，小弟我佩服！"不久两人来到了紫竹院北院墙边的小河旁，他们有说有笑继续前行了约20米。透过河边低垂的柳枝可以清晰地看见公园墙外的北京图书馆南门！故地重游，感慨万千，良军不禁停住了脚步，紧盯着图书馆的南门。东宇发觉不对劲，也停下了脚步，转身走回到良军身边，问道："良军哥，怎么了？""兄弟，你还记得1992年初咱俩在北大47楼备考研究生吗？""当然了，终生难忘啊！""因为没有学生证，你那时每天都在我对面的宿舍里学习，你可知道我去哪里学习了？""我记得你当时好像找卫东哥借了他的阅览证，经常混进北大图书馆里去学习。"良军笑了笑，说道："是的，但北大图书馆其实只是我的一个去处而已。虽然我用借来的阅览证可以混进阅览室，但是没法用它借书。为了查阅资料，我也经常到北京图书馆来，而且因此还有过一段奇特的经历呢。""良军哥，你该不会在准备考研期间偶遇什么美女吧？"良军闻言哈哈大笑道："哎呀，兄弟你想到哪里去了？！"接着把自己在23岁生日那天怀揣仅剩的2分钱，躲在北京图书馆南门二楼的男厕所里吃掉唯一一个鸡蛋充饥的故事告诉了东宇，良军边说边把当年那个厕所的窗户指给东宇看。听完了良军的故事，东宇的脸色变得凝重起来，他缓缓地对良军说道："良军哥，咱俩非亲非故，你想知道为什么我一直无条件地支持你吗？这么多年来，你一直是我的偶像。你的奋斗同样承载着我的希望，你的成功也一直被我看作是我自己的成功。我为你的成功而骄傲，我经常跟我身边的同事提起你，看着他们羡慕的眼神，我觉得他们羡慕的是我！我坚定地支持和帮助你成功，仿佛就是为我自己的成功而努力！这就是全部的答案。"闻听此言，良军模仿古装电视剧里的侠客那样，向东宇行了一个江湖的谢礼，说道："多谢兄弟，大哥我会继续奋斗的！非常需要兄弟一如既往的支持和帮助，在这里我先提前谢过了！"两人相视大笑！

第二天早上，良军一如昨天，提前到达紫竹院东门外，还是在那块大石头上压腿拉筋，做好长距离徒步的准备工作。

九点钟鸣杨准时到达东门，两人一起走进紫竹院，开始了两人自相识以来时间最长的一次交谈。两人进园后，向右一拐直奔北边院墙而去。不远处的大草坪上，不少人在唱歌、跳舞。两人沿着竹林很快来到了北院墙的小河边，继续西行一会儿，碧波荡漾的湖面便映入眼帘。"良军哥，明天早上九点将开始我的第一场面试，面试官是债务资本市场部的主管，我该注意些什么事情吗？""哦，第一，你必须提前至少45分钟到达金融街，因为星期一早上上班高峰时，进入金融街的马路很堵，而且在大堂里需要排长队等候电梯；第二，我前天刚刚见到债务资本市场部的主管，我对他的印象是：此人非常热情主动，以结果为导向。你在面试时，需要特别注意这一点……"不知不觉中，两人已经绕湖走了两圈。鸣杨突然说道："良军哥，关于明天面试的问题，我全部问完了，多谢！"

……

北京之行圆满地结束了。按照计划，良军接下来将去上海，拜访一下老朋友们，最后回香港。在上海，良军跟俊宏久别重逢，格外亲热。二人找了一间火锅餐馆。落座后良军点了火锅底料、牛肉、羊肉、红苕粉条、海带、冬瓜、牛百叶等，之后二人走到一个餐台边，取了麻酱、大蒜、麻油、醋、葱等调料，回到座位后，二人边涮火锅，边聊了起来。

"老哥，当我得知你离开斯曼银行，加入晨兴证券后，我非常高兴！""为我离开了斯曼银行？""完全正确！上次我们发行日元债的时候，我是看着老哥你的面子邀请斯曼银行入围，但是没想到他们竟然是那副德性！作为行业龙头老大且已经上市十多年的企业，我们老板非常忌讳别人触碰他在海外的投资，其他所有的投行在内部电邮过会即可，唯独斯曼银行无论是品牌，还是实力，我们公司根本没人瞧得上眼，只是老哥你在雷曼破产倒闭后避难去了那里，我们因为你的面子赏给它一些发债生意，没想到它们竟然以为自己是顶级投行！反过来对我们横挑鼻子竖挑眼，我们老板早就对斯曼银行不满了，当我得知你离开那里之后，立刻告诉了我们老板，我们老板当场决定终止跟斯曼银行的一切业务往来！我自然是坚决予以执行啦，哈哈哈！""多谢兄弟！""对了，还有件重要的事：老哥你刚到晨兴证券，肯定需要尽快完成几单业务以立住脚，我今天给你带了一个机会：我们公司很快要发行一笔美元债了，到时候你们银行也来参与一下吧。良军问道："你们这次美元债的发行计划如何安排？""目前市场利率水平低，我们的评级是投资级，而且我们这个行业的龙头企业在过去好几年里没有任何的发行，市场严重缺券，我们计划这次发行5亿美元，选用3家联席全球协调人和五六家联席簿记行。发行时间我们计划安排在半年报公布之后。""明白，我一定要相关的业务团队按照公司的要求完成所有的步骤，多谢兄弟！"

在上海期间，良军还收到了一份意外的惊喜。一天下午良军收到了一条英文短信："良军，你好！我从明权那里得知你也离开了斯曼银行，而且刚刚加入了一家中资券商，你又可以大展身手了，真为你高兴！告诉你一个好消息：我刚刚加入了明权当家的一家基金，具体负责拉美地区的业务。巴西是中国'一带一路'的重点国家之一，我相信我们有机会再度合作。找时间咱们好好电话一叙！"得知老同事桑托斯的最新消息，良军开心极了，马上回复："恭喜老朋友重新出山！我正在外出差，很快将回到香港，之后我电话联系你，期待着咱们之间全新的合作，再见！"

第二节 明权离开斯曼银行

2021年，香港的新冠疫情逐步得到控制，但斯曼银行内部却爆发了彻底失控的"疫情"。

这天早上良军收到了明权的微信："你今天何时方便？咱们通个微信视频。"看到这段简短的文字，良军不禁心念一动："往常有什么事情的话，明权都会直接地电话我，今天怎么突然变得这么客气了？最近公司又莫名其妙地出现了巨额的亏损，难道十几年前成林的故事又要上演了？"胡思乱想之间，良军回复了明权并同他约定了一个时间。

时间一到，良军的微信视频铃声大作，明权的微信头像准时出现在良军的手机屏幕上，点击按键之后，明权熟悉的声音传入良军的耳朵："良军，你好啊！还在香港吗？""老板好！我还在香港，你方便的时候咱们一起聚个餐哦。"明权停顿了几秒钟，然后缓缓地说道："恐怕暂时没有机会一起吃饭了。""怎么了？"一种不好的预感瞬间涌上心头，良军关切地问道。"想必你已经听说了今年公司又出现巨额亏损？""是的，只闻其声，不知其详。公司近几年每年都会在奖金日之前一次不落地准时出现巨额亏损，今年又是什么原因导致的呢？""这正是我用微信电话你的原因。"明权继续说道："我也是才被告知：公司去年违规向一个背景有明显瑕疵的伦敦客户提供了几十亿美元的贷款，这家骗子公司今年被曝光并宣布破产，结果斯曼银行的巨额贷款血本无归！你肯定还记得2008年香港市场上那起轰动一时的股市操纵案，被监管部门严厉处罚且在全球财经媒体上曝过光的案件的主角正是此次丑闻公司的创始人！由于这次损失额巨大，斯曼银行无法全额核销损失，于是找各种借口裁掉一批像我这样的人。公司警告我们不许告诉任何人实情，否则将取消给我们的赔偿金，这也是为什么我用微信电话而绝不用公司电话跟你通话的原因。"闻听此言，良军心里豁然明朗，不禁脱口说道："原来如此！这应该也是桑托斯莫名其妙被裁，之后不敢告诉我任何实情的原因。唉！"停了一下，良军问道："那你下一步打算怎么办？""凉拌吧！"明权未假思索地答道："走一步看一步吧，反正这家机构不值得我再干下去了。对了，你有什么想法？""呵呵！"良军狡黠地笑答道："既然大哥你决定要离开这家银行，我今天也可以说实话了！其实过去几年里我早就动了要离开的念头，一是没有找到特别适合我的新平台，二是一直顾及大哥你。""顾及我？"明权有些不解地问道："为什么会顾及到我？"明权有些不解地问道。"毕竟当年你顶着各种压力把我从固定收益部招进投资银行部的。如果我甩手就走，那将直接打你的脸，会令你在公司内部很难看。所以刚才听说你要离开这家公司，我心里其实非常高兴，而且决定马上离开这家公司！""良军啊，我知道你是个很讲义气的人，但你也千万不可冲动，毕竟换工作平台的事将会牵一发而动全身的！""多谢大哥的提醒，不过你放心，我也是闯荡江湖几十年的人了，早已经过了冲动的年龄。过去几年里经历的那些烂事和破事早已令我对斯曼银行失望透顶。远的就不说了，前年那家跟我们合作了十几年、从来没有任何瑕疵的上市民营企业找我们借1亿美元1个月的过桥贷款，斯曼银行却拒之门外，说是风险太大！但是却大方地把几十亿美元贷给了一家在全球媒体上已经有公开的不良记录、成立时间不长、跟斯曼银行合作时间没几天的莫名其妙的伦敦的公司，结果导致血本无归！去年那家资产万亿的中国央企要把10亿美元的现金交给我们做点保本的理财操作，但是斯曼银行以该公司曾经在伊朗建造过高速公路为名拒绝了该央企，最令人讽刺的是，一家美资银行后来者居上，无视美国的禁令，迅速跟该客户做了交易！你也熟悉的明生公司要发债，斯曼银行伦敦的客户背景调查团队逼着明生公司提供其在海外投资项目中的敏感信息！要不是我跟客户关系好，出奇招搞定了这事，斯曼银行早就被踢出了该项目。形成鲜明对比的是，所有其他的银行根本没有惊动客人，直接在各自银行内部电邮就批准了该交易！就在最近，我们历经千辛万苦拿到了明生公司在巴西并购的单子，但是斯曼银行却精准地在项目开始执行之前就把桑托斯解雇了！所有这些事情，都令我出离地失望！我深深地感到斯曼银行实在不适合在投行领域混。之前有你在公司内部帮我同他们斗争，你这一离开，我将独自面对这些人了。想到这些，我就觉得没劲！我绝对不想把时间浪费在这些不明基本事理的人的身上，我还有重要的事情去做，今天你的离开只是促使我马上离开这个地方的最后一根稻草而已。最后，这次斯曼银行的再一次错误决策所导致的巨额损失注定了在未来几年里，员工们无论怎样努力，公司都不会发钱。既然如此，我更没有必要在这里继续浪费我的时间了！"稍停顿了一下，良军继续说道："当然我不是生活在真空里，幸好在雷曼倒闭之前经历过金融市场的高光时候，给自己打下了点底子，重新跳槽没有什么后顾之忧。我此刻还不清楚下一站去哪里，但是我肯定会追随自己内心的想法继续前行的。"电话里传来了明权的声音："哈哈！我就知道你小子是个老谋深算的家伙，果不其然！无论如何，我都理解你和支持你。我已经跟猎头们在联系了，等我这边有了结果会告诉你的，你将来安顿好了之后也记得告诉我一下哦。""一定！大哥你多保重，咱们下次找机会再见！"

第三节　第 6.5 次跳槽

2020 年的一天，良军在香港家中远程办公，跟客户和同事们保持着频繁的业务联系。这天早上，他在私人邮箱里意外地收到了巴西同事桑托斯的一封邮件。桑托斯在电邮里写道："良军，很遗憾地告诉你，我刚刚被公司解雇！非常抱歉不能再跟你合作了。"

每次收到桑托斯的电邮或者电话，良军都会因为他曾经的一段极其独特的经历而呵呵笑个不停。那是一个星期五的下午，桑托斯结束了在里约热内卢的出差，回到巴西圣保罗。当时是下午六点多钟，正是下班的高峰期，桑托斯要出租车司机把车开往位于市中心的金融街，几乎所有国际性大银行的巴西总部都在那条街上。眼看离几十层高的公司办公楼只有最后的 60 米远了，出租车停在最后一个红灯前。桑托斯掏出钱包，开始准备车钱。突然，一把手枪从前窗伸了进来，随后传来冷冰冰的一句话："把钱交出来！"桑托斯意识到自己遭遇到抢劫了，他顺从地把刚刚掏出来的钱包递给了劫匪的另一只手。"把手表也摘下来！"桑托斯闻言，只能乖乖地照做。前排的出租车司机也掏出钱包，摘下自己的手表，递给劫匪。奇幻的一幕出现了，劫匪仍把枪口对准桑托斯，对司机说道："你也是无产阶级，我不抢你的钱。我只抢资产阶级的钱！"说着又用枪对着桑托斯比画了一下，司机如释重负般地赶紧收回自己的东西。劫匪抢走了桑托斯的钱包和手表之后，把手枪插入腰带，之后扬长而去，桑托斯呆了半晌，直到司机提醒他已经到了办公楼下才醒过神来。

"那次遇劫之后，我马上买了两辆从德国进口的防弹车，一辆自己用，另一辆给太太接送孩子上、下学用。"那年良军和桑托斯在巴西里约热内卢著名的科帕卡巴纳海滩大道边的恺撒酒店大堂里，一边等候卖方代表一边闲聊的时候，桑托斯告诉良军自己曾经的遭遇。

今天看到这个电邮后，良军气得要爆炸了。巴西这家新能源企业的并购业务是他从住院那年起就开始跟进的。收购方是中国明生集团，客户非常感兴趣这家巴西企业准备剥离的太阳能产业的相关资产。当时良军刚出差回到香港，突然生病住院，其后他和鸣杨通过电话和电邮，跟明生公司和巴西的桑托斯一直保持着密切沟通。在过去的几年里，明生公司经过多轮筛选，最后决定聘请斯曼银行作为巴西并购业务的买方顾问。在斯曼银行的协助下，明生公司顺利地通过了第一轮非约束性报价，成功地进入到第二轮。巴西的卖方企业正式向明生公司发出邀请，请他们赴巴西考察，期间买卖双方的管理层团队将当面进行磋商。

良军跟董事长赵明权一起，陪同客户去巴西开展了一场尽职调查。桑托斯为了促成这桩交易，费了不少工夫。眼看收购已经进入到最后的阶段了，纽约总部却以没业绩为理由，解雇了巴西项目的负责人桑托斯。解雇的理由不外乎老一套——没业绩。桑托斯如果这一单跨国并购做成了，他不就有业绩了吗？而且是大业绩！良军心里烦躁，恨不得马上打电话到纽约总部问个究竟。

就在要拨电话的一瞬间，他忽然意识到还是应该先给董事长赵明权说说这事为妥，除了他是自己的上司之外，毕竟他还跟自己一起赴巴西考察过。这个项目要是黄了，明权自己脸上也不好看。于是良军发了一个简短的邮件，希望明权出面与纽约总行周旋，给巴西的桑托斯一个机会，至少也得等到做完明生集团的并购项目再做决定吧。如果能顺利地拿下这家公司的巴西并购项目，对自己和团队的业绩而言，无异于锦上添花。万一没成，自己也不会有丝毫的损失，但是对巴西的桑托斯，那个有着古铜肤色的南美同事来说，他一旦失业，怎么养两个儿子呢！他

第八章 再出发

记得桑托斯说过，他有一个梦想，就是把两个儿子培养成巴西最好的足球运动员，像球王贝利一样！良军很喜欢像桑托斯这样厚道、踏实的人。

良军在家里一边踱着步，一边想着桑托斯那张黝黑脸上灿烂的笑容。他也正是从桑托斯身上，认识到只为快乐而生活的巴西人。

那年桑托斯给他们订的是位于科帕卡巴纳海滩西边尽头的喜来登酒店，酒店的东侧门离大西洋的海水只有约 30 米远。出租车经过长长的沙滩时，良军看到沙滩上全是年轻的男男女女。他们有的在打沙滩排球，更多的人则在踢足球。良军不禁问桑托斯："为什么才下午一两点钟就有那么多年轻人在沙滩上打球、休闲啊？他们为什么不去工作挣钱呢？"

桑托斯爽朗地笑起来："良军，你选择了让你自己失去快乐的行业，这些年轻人尽管远远没有你挣的钱多，但是他们比你快乐。对吗？"

"对，是我自找的。"良军自嘲了一下。

桑托斯继续说："你看到很多年轻人在沙滩上踢球，或是在街边踢球，那是因为足球让他们快乐，让他们找到自己。"

桑托斯又补充了一句："我们的球王贝利小时候家里很穷，他就在小镇街边踢球，还给人擦皮鞋挣钱养家呢。"

桑托斯不仅自己踢足球，他还把两个儿子送进了学校足球队。每到有比赛的时候，桑托斯总是放下一切，去为儿子的球队加油。对比一下桑托斯，良军觉得自己过去这些年来就像一只穿着红舞鞋的陀螺，错过了太多与家人共享的时刻。

时间一点一点地不断流逝，但令良军感到非常奇怪的是赵明权始终没有回复！"这完全不是明权的风格啊。事出反常必有妖，我一定要想办法弄清楚到底怎么回事！"

恰在这时，明生公司的祁总打来了电话："李总，非常遗憾地通知您:我们从巴西完成尽调回来之后,经过我公司内部的研究和讨论,因为各种原因,我们决定放弃巴西项目,麻烦您在你们银行内部解释一下。"

祁明亮以为良军会非常失望,没想到他只是平静地在电话上"哦"了一下。其实,良军内心甚至有点高兴,因为假如明生公司决定继续做这个项目的话,桑托斯的被解雇将导致斯曼银行根本无法完成这个巴西并购项目,那样会使自己更加难堪。客户主动放弃巴西项目至少可以给良军保存一点颜面。

桑托斯是乐观的。他在给良军发来的私人邮件里写道:"良军,请原谅我受多种条件的限制,不方便告诉你发生了什么事情,但是不用为我担心,我会找别的事来做。生活中不缺机会。我会有更多时间陪儿子踢足球,看他们比赛。说不定,有一天他们也会成为球王贝利,或者罗纳尔多。当然了,世界永远在发展,永远会有新的机会,不排除哪一天我重出江湖的可能,果真如此的话,期待着我们能再次合作。欢迎你再来巴西。多保重,咱们下次再见!"

桑托斯的离去让良军心里开始反复思考一个问题:我还有必要在这个机构继续干下去吗?

海伦和良军如约又在中环文华东方酒店大堂咖啡厅见了面。老朋友许久没见了,彼此都有些陌生,相互打量了对方 10 秒钟之后,海伦首先打破了沉默,说道:"李总,一晃十几年没见了,一切都好吗?""一切都好,经历了太多的故事,现在又到了该换地方的时候了!""最近斯曼银行在一个极其愚蠢的交易中出现巨额亏损,此事是你决定跳槽的原因吧?""是的,但那仅仅是促使我下定走人决心的最后一根导火索而已,实际上多年前我对斯曼银行就已经失去了兴趣,我一直在紧盯着市场上的各种机会,但是一直没有碰到合适的。这次斯曼银行因为它的极度愚蠢而亏光了包括我在内所有员工的奖金，我再也不想忍耐了，所以公开出来找下家。"喝了口茶之后，良军继续说道："斯曼银行早已不是我当初加入时的那家银行了，早年的斯曼银行积极进取，保持着朝气。但几年前经历了内部的剧烈'地震'之后，这家银行就像得了什么神秘的病，新上来的这帮人似乎不打算在中国市场好好发展，例如，斯曼银行本来是最早进入中国市场的投行之一，但直到今天却连任何一项人民币的业务牌照都没有拿到！他们拒绝向最优质的中国民企提供小金额、短期限而且有优质抵押品的过桥贷款，却愿意向公开丑闻缠身的、信用记录很烂的那家伦敦公司提供长期限、巨大金额且几乎没有抵押品的贷款，结果导致了这次的巨额损失！之前我有一个非常优质的客户准备做一笔发债业务，其他的欧美银行仅仅在内部用电邮就批准了同该客户开展业务，而斯曼银行却要别出心裁，非要查该客户在海外投资项目中的敏感信息！要不是我同客户的私交极好，斯曼银行早就被踢出该交易了。你想，我怎么可能继续给这么一家银行工作呢？无论未来全球的经济前景如何，可以肯定的是斯曼银行绝对没有任何前途。与其浪费时间，不如尽快斩断它，重新开始我新的事业人生！"听完了良军的讲述，海伦狡黠地笑了笑："我完全理解你刚才的话。"见良军紧盯着自己，海伦说道："你是我过去一个多月里见到的第 25 个决定跳槽的斯曼银行的员工。你刚才讲的话，我已经听了很多遍了！不同的是，你的看法里多了很多中国的元素。这样吧，说说你下一步的想法和要求，看看我能不能帮上忙。"良军直视着海伦的眼睛，娓娓道来："20 多年前我在裕京银行干得顺风顺水，但当时我的内心里始终感到强烈的不满足。""不满足什么呢？"海伦马上追问道。良军笑了笑，继续说道："平心而论，裕京银行对我实在太好了！不到 4 年就破格给我提拔为副处长，而且还给我分配了一套房子，每个月 1000 多元的工资收入比起当时的很多人而言，是很不错的。但是看着围绕在自己身边、在华尔街工作的同龄人每年拿着十几万甚至几十万美元的收入，我的内心又严重失衡了：凭什么他们能够拿那么高的收入，而我却只能每年拿1万多元的收入！作为一个曾经多年的学霸，我的内心升腾起一股强烈的冲动：为什么我不去试一试，证明一下自己是否真不如那些在自己面前牛哄哄的、在华尔街工作的同龄人？"稍顿了一下，良军继续说道："作为一个血气方刚的年轻人，未知世界的诱惑力是巨大的！尤其曾经因为弹尽粮绝，我被迫放弃过留学读书的梦想，当宾夕法尼亚大学沃顿商学院、耶鲁大学商学院和康奈尔大学商学院的录取通知书摆在我面前时，重温旧梦、出国读书的念头就变得无法抑制起来。经过20多年的打拼，现在回头一看，当年强烈驱动自己前行的梦想已经基本实现。""那驱动你继续前行的新的梦想是什么呢？"海伦插话道。良军微微一笑，接着说道："坦率地讲，我此刻也不知道自己终极的梦想是什么，但是经过了20多年的历练，尤其是亲身经历了过去曾经在我眼中所谓高大上的华尔街投行的各种故事之后，我的内心早已没有了年轻时的波澜起伏。在我眼里，最搞笑的就是斯曼银行，面对经营不当、公司员工人心涣散，他们竟然手足无措！看着他们如此清奇的脑回路，就可以明白斯曼银行的业绩在过去十几年里为什么一直能够保持稳定的下滑。顺便说一句，为什么我忍到现在才决定要离开斯曼银行？原因是我早就开始的准备工作，包括房子和家人的各种保险，就在最近刚刚全部准备齐了，所以我决定不再伪装，而是马上开始下一步的行动：追寻自己内心的声音，做些有意义的事情！""那你现在内心的声音又是什么呢？"海伦马上追问道。"20多年前的那个5月28日下午，我在裕京银行向当时的老领导辞职时，我向他承诺过：有一天准备好了的时候，我就会回去报效曾经培养我的地方。"话音未落，海伦就急切地插话道："你想回到裕京银行吗？"良军笑着轻轻地摇了一下头："那倒不是。我当年的徒弟们和同事们现在都是裕京银行的领导了，我真回去的话，恐怕也不太方便。这么说吧，只要是一家希望大力发展国际金融业务的大型金融机构即可。薪酬待遇、工作地点全都无所谓。关键是对方需要我这样背景的人，换一句话说，我感兴趣一段独特的经历。"闻听此言，海伦陷入了短暂的沉思，之后说道："李总，您的想法确实挺另类的！我需要一点时间扫描一下目标公司，之后跟有关公司初步、意向性地对接之后，我再给你一个回复？""好的，多谢！咱们随时联系。"

两人一同从北门离开了文华东方酒店。海伦顺口问道："李总你现在去哪里？"良军作了个鬼脸，笑道："过去几天我已经把我在办公室里的私人物品拿回家了，现在我去办公室把最后一点属于我的私人物品：两个充电器和两根充电线拿回家，之后就办理从斯曼银行的离职手续。""可是我这里还没有准备好啊！你为什么这么着急？难道又像十几年前那样，你已经拿到其他银行的录用函了？"良军闻言大笑："我不是急着加入别的银行，而是急于止损：尽快终止在斯曼银行浪费哪怕是一分钟我的时间！""那在加入新的银行之前，你打算忙什么呢？""哈哈哈！我打算对房子进行装修。这可比把时间花在斯曼银行身上有意义多了！如果你能帮忙找到下家，估计我的房子届时也将装修好了，我将毫无任何后顾之忧地投入到新公司的工作中去！""对了，你这人轻易不爱跳槽。过去十几年里，我只做成过你一次生意，这次如果找到合适的机构，你可一定要帮我做成生意哦！""那是自然，再见！"别过了海伦，良军走进了斯曼银行。由于之前良军已经向公司请了年假，今天来到公司的时候，没有什么人注意到他。他一声不吭地走进自己的办公室，把抽屉、衣服架又检查了一遍，之后像当年一样发出一封极其简短的辞职电邮。一切都办妥了，良军把自己当年从家里带来的手机插头和充电线装入书包里。站在门口环视了一下工作过多年的办公室，良军在心里默默地对自己人生中的这个站点道了声别，把自己的工牌和门卡交给秘书，就像以前一样，一身轻松。之后毫无留恋地转身离去。

良军出了写字楼，前往中环地铁站。走在过街天桥上，他不由得停下脚步。看着桥下的车水马龙，他心里有些不舍，又有点感慨。他在这条路上走了将近20年，说不留恋是假的。

"我留恋什么呢？是昨天那个风尘仆仆的自己，还是20年来一路走过的时光？或许二者都有？"

第四节 再面试

经过半年的努力，房子被装修一新，良军和秀明如期搬进了新家。看着秀明开心的笑容，良军想起了20多年前在纽约中央公园东门时给秀明的承诺，露出了开心的笑容。

20多年前，自己负箧曳屣以负资产的状态出国留学。经过20年的打拼，如今给自己和家人找好了一个安生之地，是时候听从内心的召唤，争取再完成自己在事业上的一个心愿：用自己毕生所学和所练就的技能成就一些金钱以外的内容！这既是对当年老领导林总所作的承诺，也是自己职业生涯的闭环。

这天，良军刚刚回到新家，海伦的电话来了："李总，我今天收到了两家机构的初步反馈，一家是位于上海陆家嘴的股权基金，另一家是总部在北京金融街的金融机构。他们都对你的履历非常感兴趣，我把他们的基本情况跟你介绍一下，看看你对哪家感兴趣……"听完了海伦的介绍，良军沉思了一下，说道："我没听说过第一家机构，但我非常熟悉总部在北京金融街的中国晨兴证券股份有限公司，之前在不同场合下还跟他们竞争过呢！全球经济面临着巨大的下行压力，现在去股权类基金绝对不是好时机。我对中国晨兴证券股份有限公司更感兴趣，随着全球经济的不断下滑，金融市场的波动将更加剧烈，企业对避险的需求必将逆市上升，因此可能有更大的发展前景。虽然我离开这个专业已经有很多年，但毕竟是我起家的拿手技能，而且过去多年里我在股票领域一直在不断地拓展着这项技能，我自信在新的平台上还是能够胜任的，麻烦您帮我跟对方安排一下面试？""没问题，今天确认了你的想法之后，我会马上安排。顺便确认一下：未来一个月内，你能够去北京吗？""疫情当下，我很难挪窝，而且即使去了北京，也没法去面试。""明白了，我跟对方商量一下，尽量安排在线上面试。"

为了备战即将到来的面试，晚上良军在网上搜索了关于中国晨兴证券股份有限公司的相关信息：这是一家总部位于北京金融街的国有全牌照的金融公司。按照公司新近制定的战略，面对波动日趋剧烈的国际金融市场，公司计划大力发展金融衍生业务，以服务中国公司企业不断上升的避险需求。因此，公司急需一批有经验的市场老兵。想到前几年在一个发债项目上自己利用同客户的关系把晨兴证券挤压得够呛，良军不禁暗笑了几声：江湖真的太小了，小到不是冤家不聚头，眼看着自己就要投奔当年的竞争对手了！

看着计算机屏幕上晨兴证券的介绍，良军边看边琢磨，迅速得出结论：这家公司正是自己一直在寻觅的目标公司，当然，自己是否符合这家公司的要求最终还得公司说了算，但根据良军的自我评估，除了自己年龄偏大外，其他的条件应该都没有问题。根据经验，面试官们很有可能会猛攻这一点，想到这里，良军闭目养神，把可能遇到的带有巨大挑战性的问题在脑海里又过了一遍，直到确认所有答案万无一失。

经海伦的协调和安排，面试终于来了。从上午开始，各主要业务部门的负责人分别对良军进行了面试。作为历经过几十、上百次面试的老面霸，良军气定神闲，从容不迫地应付各种各样的提问，不知不觉中，前面12场面试顺利地结束了。下午六点钟，当天最后一轮面试，也是最具挑战性的面试开始了。面试官准时出现在屏幕上，打过招呼之后，面试官自我介绍道："我姓杜，是晨兴证券金融衍生部的总经理，你好！"闻听此言，良军立刻意识到这位便是真正招人的部门领导，在言语之中也多加了些谨慎。

十几个技术性的问题交流下来，良军注意到杜总露出了一丝不易察觉的微笑。"李总，您的专业知识和经验确实让我无话可说，在这个赛道上，您绝对是前辈级别的。"不出所料，杜总话锋立刻一转："基于您的资历，您对这份工作的期望值是？"闻听此言，良军心里一喜："终于问到核心问题了！您从我的简历里可以看到，二十几年前，我从北京大学毕业后加入了裕京银行，仅仅3年后我就被破格提拔为副处长，但是很快我就辞职去读书。我从来就没有兴趣当领导。"停顿了几秒，良军继续说道："在华尔街闯荡了二十几年后，今天的我更没有兴趣当什么领导了！至于薪酬，我也无所谓，换一种说法，我根本就不是冲着薪酬来面试的。""哦，那您是为了什么呢？""为了情怀！""情怀？坦率地讲，这是我职业生涯中第一次听到这样的原因。""大千世界，无奇不有嘛！今天我确实不方便谈论我内心的这个情怀，但是请您相信，我的这个情怀绝对是利国、利民、利公司的。待我将来某一天彻底退出江湖的时候，我一定详细告诉您这个小秘密。""好的，成交！李总您确实是一个非常有个性的人！""有个性的人做有个性的事情嘛！哈哈哈！"面试在两人的大笑声中结束了。听着这既陌生又熟悉的笑声，良军的思绪瞬间被拉回到1999年大年初三夜晚从电话里传出来的罗伯特的笑声；2000年在沃顿面试室里乔伊的大笑声；2000年底在纽曼银行会议室里，那几位大佬的大笑声；2001年7月在香港罗森银行交易室里丁冬夏的大笑声。他知道今天的面试肯定又成功了！

不出所料，大约一周后，良军接到了海伦的电话，两人约好了仍然在中环的文华东方酒店见面。在咖啡厅落座之后，笑意盈盈的海伦迫不及待地说道:"李总,恭喜你啊!晨兴证券已经决定正式录用你了,这是录用函的样稿,你先看一下吧。"良军平静地接过文件,迅速地扫了一遍,然后说道:"多谢!没问题,我接受。"海伦惊讶地问道:"你没有一点意见?"面对着海伦疑惑的眼神,良军笑了笑:"意料之中,何来悲喜?""这次你竟然不还个价?""还价?还什么价?十几年前那次折腾,我确实是为钱又为名,所以我锱铢必较。这次完全不同于过去,我是在找一个平台,找一个可以实现我内心情怀的平台。""杜总也跟我提到您在面试时说到情怀,但不确切地了解,可以告诉我吗?""放心,绝没有任何坏事。将来时候到了,我一定告诉你,你听到之后一定会点赞的。""李总,你下一步如何打算?"看着海伦缺乏安全感的眼神,良军立刻回答道:"放心,十几年前的故事不会再上演的。我马上去晨兴证券香港公司的人事部签好录用函,之后我想利用3个月的脱密假期回一趟老家,陪陪我母亲。之后去北京总部报到,最后回香港正式报到上班。放心,这次我绝不会又把你轮空的。""谢谢啦!咱俩这么多年终于能够合作成功一次啦!"

第二天,良军走进晨兴证券香港分公司位于中环交易广场一座的办公楼,乘坐电梯来到人事部所在的楼层,一式三份签好了所有的文件后,良军带着自己的那一套文件,缓步走出大楼。西装革履的年轻人在他身边川流不息,良军仿佛又看到了多年前的自己。他拿出手机,给母亲发了一则短信:"妈,我很快就回家,可以陪您不慌不忙地吃晚饭了。"

之后良军又给鸣杨发了一条短信,约鸣杨见面聊一下。两人很快在远离中环的一个咖啡厅见了面,良军把自己已经加入晨兴证券公司的事当面告诉了鸣杨,听完之后,鸣杨嘿嘿一笑,说道:"良军哥,其实我早就看出来您有别的想法了,因为过去大半年的时间里,我感觉您根本心不在焉,依照您的性格,肯定不会不做事情,既然无心顾及斯曼银行的事，那一定是在关注别的事。而且斯曼银行过去这几年每况愈下，大家都没有心思干活了。所以我估计您早就在做后手安排了。""好样的！竟然能看穿师傅的心思了，你也该出师了！后面你有什么考虑吗？""您是一直罩着我的人，这次您跳槽了，我可不想在斯曼银行等死，所以决定也要离开斯曼银行。""理解，按照你自己的想法去行动吧！"顿了一下，良军继续说道："你投行业务的专业背景不错，但固定收益业务的经历不够长，很难直接进入固定收益部门，所以，我建议你先把简历投给投资银行部，我在面试时，听一个面试官说他们的债务资本市场部正在招人，根据你的资历，被他们录取的机会很大。""好嘞！我马上准备简历，明天一早就发出。您最近会在香港吗？""不，我准备回家乡，陪陪我母亲，休息一段时间，之后到北京总部报到。""明白了，回头我这里有什么进展的话，也将随时跟您同步保持联系和沟通。""好的，期待你的好消息！我如果有任何动向，也将随时跟你联系。"

仿佛是冥冥之中的天人感应，良军跟鸣杨道别分手后，在回家的路上竟然收到了小马丁的一条短信："李总，您好！我刚刚离开了罗森银行，跳槽到一家对冲基金，公司位于纽约公园大道，我主要负责利率期权交易。顺便向您报告一个喜讯：我刚刚结婚了！太太是比利时人，现在罗森银行总部固定收益部工作。感谢您过去多年来给我的支持、鼓励和指导，期待您方便的时候再次造访纽约，届时欢迎您到我家做客。"看着这条短信，良军的脸上露出了欣慰的笑容："师傅，您在天国还好吗？小马丁已经长大成人，您可以彻底安息了！我将代您把祝福送给小马丁！"良军在人行道上停住了脚步，给小马丁回复道："小马丁，来信收悉！恭喜你、祝福你！祝你工作和生活一切顺利、美满！将来你和太太方便的时候，欢迎来香港玩，我将带你们吃遍香港的美食。"

第五节　发债

良军完成了在总部的报到，经上海回到香港。安顿下来之后，他迫不及待地前往晨兴证券香港分公司，公司的办公室位于中环交易广场。兜兜转转20多年，如今自己又一次站在这座见证和陪伴自己成长的大楼前。大楼保养得不错，从外表上看起来，跟20多年前相比几乎没有任何的变化，但是大楼旁边不远处原来"洞庭楼"餐厅所在的那栋楼早已不见，取而代之的是一栋外形奇特的银行办公大楼。

良军按照指引，来到了晨兴证券所在的楼层，秘书田小姐把他带到交易室的座位。良军熟练地整理好自己的办公桌，从电脑包里拿出自己的笔记本，正在这时，微信电话的铃声响了，接通一听，原来是鸣杨打来的："良军哥，向你报告一个好消息：我已经被晨兴证券的债务资本市场部录取了！""太好了！你打算什么时候报到呢？""尽早吧。因为我的职级低，脱密休假期只有一个月，我刚刚从斯曼银行辞职，一个月后可以到晨兴证券报到！""好啊！这样吧，大哥我准备送你一件贺喜的礼物。"良军故意停顿了几秒钟，然后神秘地说道："你的脱密期结束后，我们再联系。"

很快一个月过去了，这天良军接通了鸣杨打来的微信电话，"鸣杨，听着，明生公司计划最近将发行美元债。""是的，我过了脱密期，刚刚报到便从我的新老板那里听说了，我老板前些天刚刚给明生公司的俊宏总打过电话，希望能够入围，根据公司的要求，所有入围的金融机构都必须在去年和前年参与过公司的发债业务，但是晨兴证券公司已经多年没有能够入围公司的发债业务了，所以我老板现在非常着急。""原来如此！你告诉你的老板，我有办法和渠道帮助他们拿下这笔交易！这样也算是给你的一份入职礼物吧。""多谢良军哥！真希望以后能有机会继续跟着你干！""别急，你先站稳脚跟，之后咱们再找机会。只要金融市场存在波动，将来机会一定会有的。""多谢良军哥的指教，我马上告诉我老板这个好消息。"

大约半小时后，良军的手机响了，接通了电话，听筒里传出了一个雄浑低沉的男声："请问是李总吗？我姓余，晨兴证券债务资本市场部的主管，鸣杨刚刚向我报到，便汇报了您和俊宏总特殊的友好关系，我得知后非常高兴！最近我们在市场上也听到了明生公司计划发行美元债的事情，这家公司是非常好的上市公司，而且它所在的行业好久都没有任何债券发行了，市场投资者们都眼巴巴地期待着。作为行业龙头的明生公司一旦进入市场发行债券，势必会获得巨大的成功和良好的市场反响。鸣杨告诉我说，您最近刚刚在上海跟俊宏总见过面？""啊，是的。"停顿了一下，余总继续说道："8年前，我们银行因为一桩过节，彻底得罪了明生公司，从此两家机构之间没有任何来往。如今我也只能硬着头皮往上冲，死马当作活马医，我明显感觉到俊宏总在电话里对我的冷漠。得知您和他是20多年的老同学、老朋友，我实在太高兴了！明生公司发债的事我们全靠您了。""余总，您可别这么说，咱们一起努力吧。虽然咱们不在同一个部门，但毕竟在同一家公司，我肯定会尽我的全力相助的！""哎呀多谢！我都不知道怎么感谢您才好。""根据我的经验，这种高质量的发行人一露面，无数银行和券商都会蜂拥而上，即使交易落地也很难赚到多少钱，所以我不指望能够从这单交易挣到多少钱，届时您按照常规在咱们公司内部通报这个交易的时候，加上一句'得到了固定收益部的大力支持'即可。""好的，这个事容易办。"

不久，在良军的协调和安排下，余总的团队跟俊宏的团队接上了头，并开始进行一系列的准备工作。一天早上，鸣杨拨通了良军的微信电话，急匆匆地说道："良军哥，早上好！余总和我都在线上。有件事想咨询您一下。""哦，别急，慢慢说。""李总，我们今天刚刚收到了来自明生公司关于发行美元债的项目招标书，其中有一款弄得我非常郁闷。""余总，什么条款？""这个条款规定：竞标者只有去年和前年参与过明生公司的美元债承销团，今年才有资格竞聘联席全球协调人的角色。您知道，因为历史的原因，我们已经多年没有参与过明生公司的发债承销团了。您也清楚，如果仅仅争取到一个联席簿记行的角色，那对我们一点意义也没有。"沉吟了半晌，良军说道："这事先别急，我来想想办法。您先如实地按照公司的要求填写项目招标书，切记一定要准时在后天星期五的中午十二点之前提交完成了的项目招标书，否则我们公司就会失去入围的资格，遑论联席全球协调人的角色了。""放心，我们会准时提交竞标材料的。"挂了同余总的电话后，良军马上打通了俊宏的电话："老弟，我就开门见山，直接向你求援了。""怎么了？""关于这次你们公司发债的项目招标书，其中规定券商必须去年和前年参加过明生公司的发债，今年才有资格竞争联席全球协调人的角色。我们公司过去多年没有参与过你们公司的发债，但上面要求今年一定要争取到联席全球协调人的角色。万般无奈之下，我只好又麻烦兄弟你啦。""老哥啊，你确实又给我找麻烦啊！我得在选聘委员会上替你们公司辩解，说好话。""多谢了！我顺便给你提供一点'弹药'吧。10年前我们公司在资本市场上还没有做大，但是过去5年里，你也看到了，我们公司飞速发展，至少我们在香港市场上承销的中资美元债的数量绝对名列前茅！无论如何，多我们一家金融机构意味着你们公司在资本市场里多一条渠道，至少是没有坏处的，哈哈哈！""好吧，老哥所托，我一定尽力而为！""多谢了！"放下电话后，良军马上又给余总打了个电话，把刚才同俊宏沟通的情况告诉他，余总感激地连说："太感谢您了！下次一定请您的客。"

转眼就到了星期五，良军一大早便往余总、鸣杨等人所在的项目群里发了一条短信，提醒工作组务必在中午十二点之前把填好的竞标材料发给明生公司，否则晨兴证券将被视为弃权。见余总在群里回复了"放心"二字，良军便忙起其他事情来。11:45 的时候，良军接到了来自鸣杨的微信电话，电话里鸣杨有些气急败坏地说道："良军哥，我们遇到大麻烦了！昨天晚上我们给投行部一把手发了电邮，请他批准这个项目，不知道什么原因直到此刻还没有收到他的电邮回复。""你们之前向他汇报过这个项目吗？""余总亲自当面向领导汇报过并且得到了领导的当面批准。""那你为什么还要等他的电邮批准呢？""我此刻在行政办公室，有关人员已经在招标材料上盖好了公章，但是必须要等到部门领导的批准电邮，他们才能把盖好章的招标材料交给我。""现在都 11:45 了，如果错过了 12:00 的招标截止时间，我们公司将被视为自动弃权！""明白，余总已经多次发微信、发电邮、打手机，试图找到领导，但对方始终没有接听电话，也没有回复微信和电邮。""这样吧，我马上给你们领导发个电邮，11:57 时你务必给我来个电话！""好的。"时间一秒一秒地过去了，11:57 都过了，却仍然没有收到那个领导的回复电邮！就在这时，良军的微信电话铃响了。接通一听，鸣杨在电话里上气不接下气地说道："良军哥，我刚刚把盖好章的标书发给客户了！""你收到你老板的批复电邮了？""我一个字也没有收到。""那你怎么拿到盖章的标书的？行政办公室的人对你格外开恩了？""哪里有什么开恩！我看时间快到 11:57 了，再拿不到材料，就肯定误了竞标，所以我趁办公室的人没注意，一把抓起桌子上的材料，然后猛冲出办公室，在走廊里边跑边喊：'你们解雇我吧！'我找到一个地方把盖好章的文件扫描好，之后马上电邮给了明生公司，一看时间，刚好 11:59:50！""好样的！之前你跟了我多年，我竟然没有看出来你竟是一个如此有担当的人，今天的事我全记住了。如果你们部门的人跟你过不去的话，你马上告诉我，索性回来跟着我干吧！"电话那头传来了鸣杨嘿嘿的笑声。

下午三点钟，明生公司的会议室里，端坐着董事长、总裁和十几个来自不同部门的领导，俊宏正在主持关于明生公司发行美元债券承销券商的选聘会议。巨大的会议桌上摆放着来自50多家银行和券商的竞标材料。当财务部经理向与会者汇报了晨兴证券的情况之后，会场里传出一阵嗡嗡议论声，俊宏见状，清了清嗓子，然后说道："各位，由于历史的原因，晨兴证券在过去约10年的时间里跟我们公司没有任何业务来往了，但是过去这几年里，晨兴证券在香港资本市场上取得了令人瞩目的成就。眼下全球经济面临着巨大的挑战，未来资本市场也将充满更大的不确定性，越是在这种情况下，作为民企，我们反而更有必要利用这次机会，跟晨兴证券重新建立起良好的合作关系，从而帮助我们公司多建立一条通向资本市场的渠道，对我们公司而言应该是有利而无害的，大家认为如何？"听了俊宏的发言，与会者纷纷点头表示赞同。

下午五点钟，鸣杨收到了来自明生公司的电邮通知：晨兴证券已经被聘为明生公司这次美元债发行的联席全球协调人了！鸣杨激动地拨通了良军的电话："良军哥，我们成功入围了！多谢您！""呵呵呵，小事一桩，别忘了我中午说过的话哦。""当然忘不了，多谢良军哥。""对了，开始建簿时，各家券商需要多拉一些来自市场的订单，我这里有一个潜在的投资者，他们的香港分公司可能会有兴趣投资中资美元债，回头我去打探一下这家公司的想法。""好啊，您这是全产业链地支持我们啊！""呵呵呵，别忘了我之前也做过这些业务哦。"

很快良军拨通了东宇的电话："东宇，我们很快将以联席全球协调人的身份参与承销一笔投资级的美元债发行，你们香港分公司会有兴趣投资一点吗？""多谢良军哥记挂着我们，我们香港分公司目前账上确实还有些闲置资金，但是由于经济下行的压力逐步加大，作为一家基础设施类的投资公司，我们在使用资金时更加谨慎，这次我们就不参与了。再次感谢，咱们保持联系，下次如果有别的业务机会时，我再找您。""没问题，随时保持联系！"

项目终于启动了。当天上午俊宏通过视频向亚洲的投资者介绍了公司债券发行的安排并回答了投资者的各种问题，下午三点伦敦市场开市之后，俊宏再次通过视频向欧洲的投资者进行了路演。傍晚七点钟，建簿开始了！看着会议室屏幕上不断滚动更新的信息，良军心想："这次发债恐怕会太成功了！5亿美元的发行额度怎么够分配啊？！"

不出所料，初始价格指引公布之后，屏幕上显示的订单总额仍然有70多亿美元，到了晚上八点多，为了争抢有限的债券额度，几家联席主承销商已经开始隔空吵起架了！幸好大家不在同一个会议室，否则肯定会先骂后动手！看到这种场面，良军微微笑了一下："人为财死，鸟为食亡。为了点小钱，这些人连基本的斯文都不要了，何苦呢？"想到这里，良军马上打通了俊宏的电话："俊宏晚上好！项目进展不顺利。市场太火爆，公司一共5亿美元的发债额度根本不够分配，几家主承销商快要动手打起来了！""你说怎么办？""既然市场对你们公司的债券争抢得如此厉害，索性你就临时增加发债的额度。例如，增加几亿美元，一则公司以远低于计划的利率水平完成发债，你可以完美地向董事会复命；二则在发行利率下调的情况下，公司的债券仍然获得十几倍的超额认购，公司为此临时增加发行额度，市场将会正面解读公司的举动，一句话，临时增加发行额度的举动将全方位地利好公司！"俊宏沉吟了片刻，说道："这样吧，董事会给我的授权只有3亿美元，那就把今天发债的总金额增加到8亿美元吧。"这新增的3个亿美元虽然无法从根本上解决问题，但是仍不啻雪中送炭，至少可以不用打架了！作为最大的贡献人，晨兴证券自然地在3亿美元的新增额度中多分得了一些。余总走过来，紧紧地握着良军的手，不住地说："李总，太感谢你了！""不客气，咱们是一家人嘛！"

第二天早上更多的好消息传来了：亚洲市场开市后，明生公司的债券价格从 T+130 个基点缩窄到 T+128 个基点，至此，明生公司的美元债发行获得了圆满的成功！

第六节　挫折

这次帮助明生公司成功发债给良军带来的意外收获是鸣杨又回到了自己的团队！鸣杨抢夺文件的行为确实违规，但是此举也确保了晨兴证券没有因为错过投标截止时间而失去这笔对晨兴证券具有重要意义的业务机会。最后债务资本市场部决定对鸣杨不奖不罚。鸣杨心知肚明自己在资本市场部的前途肯定会受到影响，所以决定趁此机会调离，并申请转到良军的团队。良军马上跟杜总取得了联系，在电话中力荐鸣杨：第一，鸣杨之前跟着自己干过多年的金融衍生业务，非常熟悉金融衍生产品；第二，鸣杨转过来之后不需要任何磨合，马上可以开始工作；第三，从公司内部把鸣杨转过来，也可以省了到市场上通过猎头找人，从而可以给公司节省不少招人的时间和费用；第四，这次鸣杨抢夺文件之事完全出于公心，程序不合规，但是保证了公司的利益。鸣杨是个非常有个性的年轻人，转到良军的团队后，良军将对他的行为负责。听完了良军的陈述，杜总当即表示同意接收鸣杨！

借着给明生公司成功发债所获得的喘息之机，良军迅速地把业务重点转向了金融衍生品，毕竟这才是自己的主业。但是自从 2008 年雷曼兄弟破产倒闭后，自己离开外汇、利率金融衍生品领域已经有十几年了，原来的一切早已变得物是人非。当年的客户早已全部消失了，短期内自己也不可能很快开发出新的客户。所以还是得从老关系入手，以期打开局面。想到这里,良军马上给俊宏打了个电话,向他说明了自己的想法并寻求帮助。沉吟了一会儿,俊宏在电话上说道:"老兄啊,你知道的,我们集团早已不做任何的金融衍生业务了。但是我们的深圳分公司一直在做一些汇率套保业务。这样吧,我把你介绍给他们,你直接跟他们沟通吧。对了,我该怎么向他们介绍你呢?""不用提及我过去的经历,更不要提到咱俩的关系,你就只说是介绍一个晨兴证券固定收益部从事金融衍生品业务的员工就行了,后面的业务我来跟他们具体谈吧。""好的,等我的消息吧。"

当天下午良军接到了俊宏的电话:"大哥,我已经帮你联系好了我们深圳分公司财务部,他们明天下午三点可以跟你在电话上先相互了解一下,然后再看下一步如何合作。""没问题,多谢!"

第二天下午五点良军和鸣杨准时拨号上线。双方互致问候之后,良军马上转入正题,向对方介绍了一下晨兴证券的业务情况并表达了希望能同对方建立起业务联系的意愿。出乎良军意料的是对方的回答:"我们公司每年的外汇套保业务量高达15亿美元呢!连很多外资银行都整天围着我们,你们有什么资格为我们服务呢?"闻听此言,良军的脑海里立刻浮现出当年宏业集团的王涛,一股无名业火直冲到脑门:"没想到竟然又碰到一个客大欺店的主,看来今天下午的时间算是被彻底浪费了!"对方还在不停地絮叨着:"我们这里有一个现金流的情景,麻烦你们看看如何用期权组合帮我们解决相应的问题。"良军皱着眉头,一声不吭。看着良军的样子,不知发生什么事的鸣杨出于职业敏感,迅速地回复了对方。之后双方不咸不淡地应付了几句,挂线而去。

"良军哥,你刚才怎么不吱声啊?你身体没有不舒服吧?"鸣杨关切地问道。"哦,我身体好着呢,但是被电话上的这帮人恶心到了!"看着鸣杨大感不解的表情,良军继续说道:"你听出来了吗?这些人上来就想给我们一顿杀威棒,仗着每年15亿美元的外汇套保业务量,竟然在电话上面试我们，对我们连最起码的尊重都没有。更重要的是，这种盛气凌人、颐指气使的做派决定了即使我们伺候他们，在未来的服务过程中，一旦遇到任何问题，我们是没法跟他们协调和合作的。与其到时候麻烦，不如一开始就止损打住！我之所以不让俊宏事先介绍我之前的业务背景，就是希望同对方能够在完全平等的基础上建立起一种互助互利的业务关系，但是没想到这种人总是自视高人一等，把平台的力量当作自己的实力到处耀武扬威，他们绝对不会真心跟我们合作业务的，既然如此，我们伺候不起，总还躲得起，咱们把资源投在真正值得我们服务的客户身上。我过去的经验告诉我：跟做人同样的道理，一家客户如果人品不行，最终也一定做不好生意的。""良军哥，多谢指点，我完全明白了！"

话音未落，良军的判断便迅速得到了验证！

杜总给良军介绍了一家从事电子产品加工制造的家族企业，该企业也有外汇套保方面的业务需求。在跟良军对话之前的一年，该企业曾经联系过一家银行，据说双方已经进展到要实际开展交易的程度，但不知道什么原因迟迟没有落地，而且一再错过之前的市场时机。无论如何，这家企业既然找到自己，先沟通一下也无妨。双方的第一次电话会在一天上午如期举行。企业非常重视这次的电话交流，公司的董事长、总裁、财务总监等全部上线！

会议一开始，公司财务总监没有向良军介绍任何关于公司自身的情况，便单刀直入："李总，我们该如何操作？"虽然没有见过面，但凭着直觉，良军立刻感到对方不是一个特别靠谱的人："此人不介绍自己公司的情况，也不谈公司的具体需求和想法，我对公司什么都不太了解的情况下直接问我该如何操作，看来此人至少是没有任何经验，我得多加小心。"良军在心里想着，但是嘴上还是迅速地对市场进行了分析并给出了初步的操作建议："全球金融市场进入到一个大的调整阶段，汇率市场将会出现剧烈的震荡，目前美元兑人民币的汇率水平在6.22左右，不排除在各种风险因素的作用下，人民币会先走软，但是之后可能出现大幅度的回升。对企业而言，最重要的是千万不要去追市场，而是立足于自己的财务需要和状况，做好风险对冲工作。具体地，企业应该抓紧时间在内部做好准备，例如走完公司内部以及业务相关的审批程序，按照公司的目标汇率把委托留给我们，一旦时机到来，我们马上替公司抓住稍纵即逝的市场机会。考虑到公司是非金融类的企业，我建议公司使用最简单易行的金融工具，例如远期外汇买卖或者普通期权。"接着良军从不同的角度分析了一下这两种工具的利弊并做出了最后的推荐。听完良军的分析之后，公司领导们一致表示赞同和感谢，并表示将会尽快在内部讨论，之后告知良军下一步的行动计划。几天过去了，看看对方没有一点声音，而金融市场上的杂音越来越大，良军出于职业敏感，预感到市场可能要出什么事并导致人民币走软，于是在一天晚上再次微信给公司的财务总监，提醒他可能的市场风险并询问公司何时能完成决策，对方回复道："我们明后天就决策。"可是左等右等，公司就是没有一点声音，而这时市场行情发生了急剧的变化：受到俄乌战争突然爆发等一系列因素的影响，美元兑人民币的汇率迅速地从6.22骤升到6.8！更有趣的是：后续由于受到上海解除疫情封控等消息的影响，人民币汇率很快又从6.8的水平迅速地回升到了6.66！令良军欣慰的是：市场的走势完全符合自己在之前那次电话会上的预测，但令良军失望的是时间又过去了一个多月，公司仍然没有一点声音！事已至此，良军决定继续采用"等"字诀，而且其间也多次微信客户询问对方的进展，却始终没有得到任何回音。没想到的是，良军等来的是杜总的一个电话："李总，那家电子产品制造加工企业首席财务官反映咱们银行来回变动方案，导致公司无法决策，所以希望另外找其他人协助他们来做外汇套保业务。"良军一听，立刻意识到自己这次又遇到了一个当年的吴亮了！于是不假

第八章 再出发

思索地回复道："杜总，我非常高兴以后不用再伺候这家企业了！但是请听我说明几句。第一，我们至今为止只跟这家公司的领导层进行过一次电话会议，银企两方都有一大堆人在电话上，我说的什么大家都听到了，我们对市场走势的预测可以说是精准的！第二，我们除了那天在电话上推荐的普通远期外汇买卖以及普通期权外，从来没有推荐过任何第三种方案，更没有变更过方案。顺便说一句，至今他们还没有向我们提供针对第一次会议内容的任何反馈，我们连变更方案的依据都没有！我惊诧于这个所谓的首席财务官竟然如此擅长信口雌黄！事实是，这个企业的财务负责人拖拖拉拉，耽误了时间，错过了市场时机，被他的老板痛骂之后无端地嫁祸于我。对我上述的话，那天电话会上无论是客户方还是我方，都有很多的证人，您可以随时查证我的话的真伪。经验告诉我：跟这种公司打交道将来很可能会给我们公司招来巨大的风险，因为对方太不靠谱了！我很高兴可以不再跟这家企业打交道了！通过这次的经历，我能猜到这家公司先前跟另一家银行折腾一年后，突然转向我们的原因了，但愿他们不会再突然转向第三家银行！"杜总闻言，沉吟了一下，说道："既然如此，我就安排其他同事去服务这家客户吧。""没问题，太好了！"

放下了电话，良军对坐在旁边、紧张注视着自己的鸣杨说道："鸣杨，从今天起，咱们永远不再碰那个家族企业，给他们一个面子，暂时不从微信群里退出来，但是永远不在群里发送任何市场信息，不再理会这家企业的任何言论，一句话，永远不跟他们来往！"听完良军转述了杜总的话之后，鸣杨感慨道："您那天对市场走势的预测和推荐的操作计划现在看都是完全正确！那个财务负责人自己失职，错过了所有的市场时机，估计被自己的老板骂了，却不敢承担责任，却把责任推到我们头上！如果您需要，我可以给您作证，证明您是没有任何过失的。""不必了。我见过无数的企业和个人，也曾经遭遇过人品稀烂，特别善于倒打一耙的人！我相信头顶三尺有神灵，人在做，天在看。世界那么大，我们只服务值得我们服务的企业。"鸣杨点了点头。

第七节　转机

接连遭遇了几次挫折后，波澜不惊的良军像过去一样，埋头继续搜寻好客户，转机终于来了！东宇帮忙介绍了一家国企香港分公司的董事长。这位董事长姓庞。按照惯例，良军叫鸣杨到网上去搜索一下庞总以及他所在公司的基本情况。很快，鸣杨向良军作了简短的汇报："庞总，男，1967年出生，大学本科学历，他所在的中国联合矿业公司总资产过万亿元人民币。庞总大学毕业后一直在该公司工作。""太好了！"良军马上接了一句。鸣杨有些丈二和尚摸不着头脑："按照规模，庞总所在的公司绝对是指数级别地碾压我们刚刚接触的那两个公司，您就不担心再走一次麦城？""担心？我的直觉告诉我：咱们这次大概率能够跟这位庞总和他们的公司非常合拍！""为什么？""庞总在这个年龄就当上了这样一个大国企的香港上市公司的董事长，应该是一个资本市场经验非常丰富的人，我的直觉告诉我，庞总一定是一个有真才实学，同时又非常欣赏有真才实学的人，很多像他那样的人根本不需要通过虚张声势来证明自己的价值，也就是人们常说的虚怀若谷，其实像庞总这样的人往往更容易打交道。我不敢妄称自己多有学问和经验，但是我至少接触过几乎各类资产市场，经验还是有一些的，应该能够在庞总面前多过几招。"

6月初的香港天气已经非常闷热，身着正装的良军热得满脸是汗。他提前30分钟到了中国联合矿业公司的办公大楼，在大堂找到洗手间，用凉水洗了脸和手,然后整理一下领带。之后提前 10 分钟进入电梯,来到庞总所在的楼层。前台小姐给良军登记之后,带领良军走进一间会议室。这间会议室不大,估计能容纳 6 个人,窗户朝北,海港的景色一览无余。良军习惯性地把自己的电脑包放在会议桌上,从包里拿出笔记本和钢笔,准备一会儿记录会议的内容。正在这时,一位头发微白、身高 1.7 米左右、双目炯炯有神、气宇轩昂的中年男士大步走进会议室,他的身后跟着两个年轻人。中年男士走到良军身边,握住良军的双手,说道:"李总,欢迎你!东宇之前在电话中向我介绍过你,很高兴今天见面详聊。今天我们不在会议室谈,欢迎到我办公室去。"良军闻言,马上把笔记本和钢笔重新放进电脑包,然后紧随庞总穿过走廊,走进办公室,庞总招呼人上茶之后,直奔主题:"欢迎李总今天到访我司,晨兴证券在资本市场上久负盛名,我们很高兴能够同贵公司建立全方位的业务联系。这样吧,为了方便您了解我公司,我先把我们公司的基本情况和业务需求向您介绍一下吧。""谢谢,我来之前已经在公司网页上初步了解了贵司的情况。麻烦您重点介绍一下贵司开展的金融业务情况及需求?"良军说着话,打开了自己的笔记本,拿出钢笔,仔细地倾听和记录着。"不算外汇、利率套保业务以及我们的外币投资业务,单是我们的商品套保业务最近几年平均每年都在 800 亿美元以上。我们希望李总能够在这些业务领域里多给我们一些指导。"听到 800 亿美元这个数字,良军的脸上立刻浮现出一丝难以察觉的笑容,他的脑海里立刻浮现出明生集团深圳分公司的人。"每年竟然还有 15 亿美元的外汇套保业务量呢!"良军在心里嘲讽道,但是手上丝毫不差地记录着庞总的发言。"李总,现在您来介绍一下贵司的业务情况吧,看看我们双方能否找到一些切实可行的业务合作点。"良军写完了最后一个字,把钢笔收好,抬起头来,开始不急不慢地说了起来。坐在庞总身边的年轻人飞快地记录着,庞总认真地倾听着良军的介绍并不时地点头。良军发言结束后，顺势问道："我注意到最近的财经新闻里曾报道过贵司刚刚完成了一笔子公司的分拆上市操作，您就是真正的操刀人吧？"闻听此言，庞总笑道："正是我的拙作！李总有何点评？"良军心里暗自大喜：考验自己、展示自己的机会来了！我必须像年轻时参加各种面试那样，一举赢得这一场挑战！于是笑道："我先点评一下，然后再给您一些建议？""先点评，后建议？太好了，请！"良军首先分析了全球的经济形势和走势，尤其是美联储下一步可能的货币政策动向、地缘政治形势的影响以及中国的货币政策动向，结束了宏观层面的分析后，良军话锋一转，从估值、行业竞争态势、香港 IPO 市场的现状等方面系统地分析了一番，最后自然得出一个结论："这次的分拆交易非常适时，非常成功！但是这仅仅是万里长征的第一步，后面贵司还应该做好以下后续的各项工作……把握好各种市场机会，规避风险，争取在资本市场上交出一份完整的答卷！"在良军讲述的过程中，良军注意到了庞总眼神的变化，从最开始时的职业性的礼貌，转向惊奇，之后又转变为疑惑，到最后，良军从庞总的眼神里感到庞总似乎有话要说，于是问道："庞总，您有任何问题吗？""有问题，而且不止一个呢！但是还是等您发完言之后我再说。""2008 年雷曼兄弟公司倒闭后，美联储开始了疯狂的印钞救市，制造出人类历史上最大的泡沫。全球市场正面临着剧烈的调整，对贵司而言是一次千载难逢的好机会，届时贵司如果有跨境并购兴趣的话，我们公司自当尽心竭力地辅佐您！""多谢！但是我们公司中意的基本上都是巨无霸型的上市企业，如果我们去收购目标公司，届时我们将不可避免地遇到各种问题，例如，一个非常关键的问题是：全球经济下行的时候，矿业公司估值下降，可能是我们行动的好时机，但是真到那个时候，我们公司所需的巨量并购资金岂不是也很难解决？"良军不假思索，脱口而出："如果贵司的并购目标是巨型且优质的上市公司，那后面的故事相反有可能更容易展开了。"看着庞总疑惑的眼神，良军继续说道：

"为了说明问题的方便,我假定贵司收购的目标公司市值为300亿美元,且日均成交量为10亿—30亿美元。"这时良军注意到庞总听到10亿—30亿美元数字时,眼睛里闪过了一丝不易察觉的惊讶。良军继续说道:"基于前面的假设,我的建议是贵司可以将并购和融资嵌套在一起进行操作,而且采用这种方式收购上市公司时可以很好地解决诸如举牌披露等问题。""您刚才说的结构是领子期权吗?"这次轮到良军惊讶了:"您之前操作过这个结构?""确实有不少专门做投行的业务人员向我提过这种结构,但是从来没有人给我讲解清楚该产品内在的东西,例如为什么在这种结构下企业所获得的贷款价值比可以那么高?为什么投行可以不用像传统商业银行那样,只要求我们提供目标公司的股票做抵押,而不用提供借款企业的房子或者土地等不动产。作为一家国企的领导人,在只知其然而不知其所以然的情况下,我是不会贸然做出任何决定的,因为我必须对国有资产负责。""明白了,那我就先针对您刚才的问题提供一点分析吧。""好啊,请!"良军清了一下嗓子,继续说道:"关键就在领子期权中贵公司所持有的卖权期权,由于贵公司持有卖权期权,您所持有的目标公司的股票价值将得到保护,换言之,即使目标公司的股价跌为1分钱,这个卖权期权的存在确保了您所持有的目标公司的股票价值等于该卖权期权的执行价格水平!从贷款银行的角度看,他们会认为您所持有的目标公司的股票价格最低将是该卖权期权的执行价格,通俗地说,贵公司实际上握有非常安全的抵押品,跟普通抵押贷款不同的是,贵公司的抵押品是一笔无形且具有很好流动性的金融资产!正因为如此,银行向贵公司所提供贷款的贷款价值比可以非常高!当然,这种操作策略不是万能的,目标上市公司股票的流动性是操作的关键前提,这就是我上来先假设10亿—30亿美元日成交量的原因。"不等良军继续往下说,庞总直接说道:"听您刚才对金融市场的分析,绝对是固定收益领域的专家,但是从您对领子期权的分析来看,您的经历中绝对不止于固定收益领域，难道您还干过投资银行部的业务？"闻听此言，良军禁不住笑道："庞总，太感谢您了！""谢我什么？""谁都知道您是资本市场的高手，如果我今天上来直接这么夸您的话，那绝对免不了拍马屁的嫌疑，但现在既然您精准地看出了我的专业背景，这只能说明您本人绝对是专家，而且是个多面手的专家！"顿了一下，良军调侃道："庞总，我此言不算是拍马屁吧？"庞总和其他所有在场的人闻言都大笑起来。"李总，我看出来了，您是个专家，我们公司就需要您这样的真正的专家！"未等良军言谢，庞总对坐在身边的年轻人说道："记下来，把中国晨兴证券公司加入到我们公司的交易对手白名单里。"之后转过脸来对良军说道："我们公司的首席执行官和具体负责融资业务的副总很快将从深圳回到香港办公室，届时我安排您和他们具体对接一下相关业务。""太感谢您的信任和大力支持了！""对了，还有一件事。"庞总转过头对身边的年轻人说道："小廖，把那份文件拿过来。"看着良军不解的眼神，庞总只是笑了笑，并未说什么。不一会儿，小廖拿着一份文件走到庞总身边，庞总打开文件，在上面迅速地签了字，然后顺手递给了良军："李总，这是之前贵公司跟我公司商谈好的关于我公司在贵司开设交易账户的文件资料，我刚刚签完了字，麻烦您顺道带回去交给贵司的相关部门。账户开好了，咱们两家机构之间可以开始正式合作了！我期待着您能多帮助我们公司开展各项业务，对了，具体的业务我方将由小廖同贵司对接。""非常感谢您的信任和支持，请您放心，我一定尽全力辅佐贵公司！"

聊完了业务，爱好历史研究的庞总又跟良军聊起了历史，两人天南海北，原定 1 个小时的见面会开成了 4 个小时！看到庞总的秘书提醒他马上还要出席其他的会议，良军赶紧起身告辞，庞总坚持要把良军送到电梯口，两人在走廊里又迅速地约定将来每个周末都要一起徒步锻炼身体！

回到办公室以后，良军给庞总微信发去了周六集合的时间、地点以及徒步的具体路线安排，按照此路线一趟徒步下来，妥妥的10公里！

周六徒步的路上，良军和庞总继续开怀畅谈，话题无所不包：全球政治、经济、军事，金融市场上的外汇、利率、大宗商品等。对良军而言，徒步的路上也正好把工作中遇到的问题轻松地跟庞总讨论解决方案。几个月下来，两人成了密友，而且顺带着解决了不少工作问题，银企之间的交易准备工作顺利地向前推进着。

第八节　利率锁定和灵活汇率锁定

那天在庞总的办公室跟庞总长聊4个小时后，良军带着庞总签好字的开户文件回到自己公司，并马上把文件交给了客户背景调查团队，然后静等最后的确认信息。第二天，客户背景调查团队打来了电话，良军接起了电话，听完之后不禁苦笑了一下：中国联合矿业公司香港分公司的其中一个授权签字人是香港本地员工，姓"李"，在香港身份证上的拼音是Lee，但是在开户材料上打印的却是Li，不知道为什么之前竟然没有人看出这个问题。既来之，则安之。良军马上跟廖经理电话商量了一下，双方商定良军把材料寄回给廖经理，后者安排那位李先生直接在开户材料上修改并按照香港的习惯，在修改处签了他自己姓名的拼音首字母。一番折腾之后，廖小姐很快寄回了文件，良军把文件转交给客户背景调查团队，并很快收到了通知：中国联合矿业（香港）股份有限公司在中国晨兴证券股份有限公司的交易账户成功开设了！万事俱备，只欠交易了。

说曹操曹操就到了。这天早上，良军在办公室收到了一条来自庞总的微信："李总，您何时方便？麻烦尽快到我公司来谈两笔业务。谢谢。"生意机会来了！良军当即回复："我今天下午两点到您公司。谢谢！"

下午两点，良军准时到了庞总的办公室。庞总开门见山："李总，今天我想跟您谈一下我司的两个业务需求。希望能够得到贵公司的大力支持和协助。"看着良军迅速地拿出笔记本和钢笔，庞总继续说道："我们公司准备在澳洲收购一家矿业公司。"看着良军眼里的熠熠光芒，庞总笑道："李总，我知道您心里想什么！"顿了一下，庞总继续说道："我知道您现在在固定收益部工作，属于墙外人员，恰好我们这个拟议中的收购业务不需要你们投行部的帮忙。"看着良军疑惑的眼神，庞总继续说道："目标公司是一家跟我们合作了十几年的上游矿业公司，我们非常熟悉他们，所以这次我们公司准备自行收购这家公司，而不邀请任何券商的并购团队帮忙了。但是，我们公司面临两个大的挑战：我们需要融资，我们内部的初步考虑是发行美元债，之后通过掉期交易转成澳元并用以支付并购款。我们的顾虑是：第一，目前市场美元利率不断走高，等我们公司走完各种审批手续后，市场利率可能会升到高位，从而加重我们的融资成本；第二，我们特别担心澳元兑美元汇率的剧烈波动所引发的风险，具体地，我们跟卖方签署股权收购协议之后，到我们实际交割时万一出现澳元兑美元汇率的大幅度上升，我们的并购势必会受到很大的影响！对我们公司的这两大顾虑，今天我想先听一下您的初步看法和建议。"良军记下了庞总发言的要点，然后抬起头来，缓缓地说道："庞总，您不必担心，您关注的这两个问题我们都有相应的对策。首先，我们可以通过一种叫作利率锁定的金融工具帮助公司提前锁定发债的成本，从而达到规避市场利率大幅度上升的风险；第二，公司可以通过另一种叫作灵活汇率锁定的汇率套保工具锁定公司签署股权收购协议之后到实际交割时的汇率风险。"看着庞总不解的眼神，良军立刻补充了一句:"哦,我刚才提到的两种金融产品都不是什么新东西,我多年前在外资银行工作时都曾经使用过,所以今天张口就来了。我先初步跟您解释一下这两种产品的工作原理。首先是利率锁定。公司发行的美元债利率由两部分组成:相应期限的美国国债利率加上贵公司的信用利差,由于公司的信用利差水平一般非常稳定,所以,利率锁定实际上是帮助公司锁定其中的美国国债利率水平。具体地,公司在确定了发债的相关参数之后,例如金额、期限、发行日期等,可以选择一个合适的市场时机锁定实际发债的美国国债利率水平,假如公司要发行一笔10年期的美元债,公司的信用利差水平为0.6%。公司可以提前通过利率锁定把10年期美国国债利率水平锁定在了4%的话,实际发债时,如果相应期限的市场利率水平在4.5%,那么公司的名义发债利率水平是4.5%+0.6%=5.1%,由于公司提前锁定了美国国债利率部分,亦即4%,所以,公司在对冲利率锁定之后,将实现4.5%-4%=0.5%的节省,公司的实际融资成本是:5.1%-0.5%=4.6%。至于灵活汇率锁定的工作原理,我先给您定性描述一下:作为买家,您跟卖方签署了股权收购协议之后,转手就可以跟我签署灵活汇率锁定合约。在合约里双方约定一个澳元兑美元的交割汇率,如果并购交易如期落地,那么贵我双方在套保合同到期时将按照事先约定的汇率交割澳元和美元;如果并购交易因为任何原因没有落地,那贵我双方可以零成本各自走人,这是该交易跟普通远期外汇买卖根本不同之处。它受企业欢迎的原因就在于它比普通远期外汇买卖更具灵活性。"庞总闻言,说道:"太好了!您看后续如何具体操作呢?""首先,我们双方之间可以先签署一个保密协议,之后再开展具体工作。您的发债业务具体将由我们公司的债务资本市场部相关团队负责对接,在今天的会谈后我将把他们引见给您,他们将具体给贵公司筹划发债事宜,我的团队将根据您发债的具体的参数,例如、金额、期限、发行日等,设计利率锁定的方案；之后根据贵公司并购项下的具体参数设计出灵活汇率锁定的具体方案。""明白了。您也熟悉我的工作团队的成员，这个项目仍然由廖经理具体负责，我会安排她跟您的团队具体对接。""好的，我们一定全力配合贵公司，争取合作成功！"

回到办公室后，良军马上叫来鸣杨和产品团队的同事，良军把公司的需求和初步想法转告给大家，之后叫鸣杨对接廖经理以争取尽快签署保密协议，之后安排一场跟廖经理的电话会议，以了解和确认有关项目的各项具体信息。一切都在按部就班地顺利向前推进着。很快，利率锁定和灵活汇率锁定的初步方案先后准备好了。之后良军跟庞总直接约了一个会谈的时间。会议当天，良军和鸣杨以及其他同事准时来到公司的会议室。会议开始后，为了锻炼鸣杨，良军开场白之后便把后面的话题交给了他，自己静静地听着鸣杨的发言，偶尔开腔补充几句。

经过全面深入的探讨，公司管理层完全理解了利率锁定和灵活汇率锁定的方案，万事俱备，只欠东风了！

根据双方的约定，鸣杨每周都会把利率锁定的市场更新价格报送给公司，以协助公司密切跟踪市场。针对良军的工作建议，公司方面积极配合，全力推进交易前的各项准备工作。

终于有一天廖经理通知良军：发改委外资司刚刚批准了公司发行美元债的申请！而且公司的各项前期准备工作，例如公司内部的交易审批、银行对公司的交易授信等，也已经全部完成了！在良军团队的有力配合下，公司最终抓住了一个难得的市场时机，顺利入市完成了公司历史上的首单利率锁定交易。

随着美国通货膨胀形势的日益恶化，美联储疯狂地连续加息，美元利率曲线不断地走高。中国联合矿业公司如期顺利地完成了10年期10亿美元债的发行。公司美元债实际发行时，美国国债的利率水平相比之前有了大幅度的上升，但是由于在之前市场利率水平尚低的时候公司做了利率锁定交易，公司提前锁定的利率水平与公司实际发债时对应期限的美元利率相比，形成了每年0.5%的利息节省，核算下来，由于操作利率锁定而帮助公司实现的利息节省总额为5000多万美元！

股权收购协议签署之后，联合矿业公司按照预案同晨兴证券签署了灵活汇率锁定合约并锁定了未来交割的澳元兑美元的汇率水平。并购双方实际交割时，澳元兑美元的市场汇率水平大幅度上升。合约汇率水平同市场汇率水平之间的巨大汇差给联合矿业公司带来了7000多万美元的节省！

第九节　跟东宇的再合作

良军在晨兴证券干得风生水起。

一天深夜，东宇发来了短信："良军哥，我有两件事需要帮忙。你方便的时候随时电话我。"

良军拨通东宇的电话。两人相互寒暄几句之后，东宇直奔主题："我们宏业公司前几年在国内投资过不少基础设施项目，目前面临着巨大融资的压力，想找大哥看看你们能否帮助我们解决这个难题。第二件事是我们公司过去十几年里在全球四大洲、十几个'一带一路'国家投资了四十几个基础设施项目，我们公司计划最近对我们所投资控股的那些海外项目的当地高管人员进行一次系统的培训，内容包括全球宏观经济形势、中国经济发展的现状和趋势、工程项目管理等。我想请你给我们的这些外籍学员们讲一堂关于全球和中国宏观经济形势的课，地点在我们公司的深圳培训中心，不知道你是否方便？""关于融资的事，我先在内部初步对接一下相关的业务团队，之后找时间咱们两家的团队详细交流一下。关于讲课的事,肯定没问题,回头我再跟你确认一下有关的细节。""多谢大哥!我后续再跟你详细对接一下。""好的。"

良军很快在公司内部初步协调好了相关部门并进行了初步的沟通,之后良军跟东宇约好时间,安排双方具体交流。宏业公司的相关负责人首先介绍了项目情况及公司需求,良军立刻回应道:"感谢贵公司对我们的信任!上次跟东宇初步线上沟通之后,我们在内部进行过几次会商,并形成了一套初步的建议和方案,下面我请产品组的同事小陈代表我方向各位领导作个初步汇报。"

"好的。各位领导好!我先向各位领导汇报一下,之后根据领导们的反馈做进一步的调整和修改。首先,国家发改委最近刚刚下发了有关的文件,大力支持发展基础设施融资的市场,贵公司拥有大量优质的基础设施资产,我们根据网上的公开信息进行了初步研判,认为贵公司可以依托这些优质的资产,通过相应的金融工具进行融资。"东宇说道:"谢谢你的介绍!我想了解一下,根据贵公司的建议,我们在哪里发行呢?""我们的初步建议是:贵公司可以考虑在香港发行。"小陈的话音刚落,线上立刻传来了东宇的提问:"在香港发行?请问香港市场的流动性如何?""您问得好!中国政府一直在大力促进人民币国际化的进程,在香港发展更多的以人民币计价的投资产品绝对符合中国政府的战略要求,为此,我们和产品团队的同事曾经专门初步对接了一下交易所有关部门的领导,向他们初步介绍了贵公司的初步想法和需求,他们向我们提供了一个非常重要的信息:交易所正在开设人民币业务柜台,顾名思义,他们正在开发用人民币计价的在香港发行上市的金融产品!届时投资者群体里除了国际投资者之外,还可能包括众多的来自中国大陆的投资者,如此的话,市场的流动性将得到很大的改善。如果贵司愿意到香港上市发行,交易所完全持欢迎态度!""感谢你向我们提供了这样重要的一个信息,我们回去之后将立刻进行研究并把结果尽快反馈给公司最高领导层。如果我们公司最后决定走出这一步，我们后续应该如何具体操作？""贵我双方先签署保密协议，之后贵公司向我司提供相关基础设施资产的详细信息，我们将交给我们投行部的产品执行团队，他们将进行具体地分析、研究并完成估值以及后续的各项工作。"电话会议结束后，坐在旁边的鸣杨悄悄对良军嘀咕道："良军哥，根据刚才罗总的业务需求，我们在公司内部对接的业务执行团队恐怕又是鲁红斌的团队，此人心胸狭窄，爱吃独食，贪占他人之功，在公司内部的口碑极差！上次他把咱们彻底坑了，这次咱们还把这个项目介绍给他吗？到时候鲁红斌又过河拆桥，偷窃咱们的功劳怎么办？""客户最重要！咱们组跟客户聊几句还行，但毕竟不是执行团队，我们只能依靠鲁红斌的团队来完成这个项目。先帮客户完成项目吧，至于之后的业绩和功劳划分，我们只能到时候再说了，不过我们确实得时刻提防此人。"良军冷笑着说道。

良军到总部报到的那一天，杜总把良军介绍给了不同业务部门和团队的负责人，其中就有鲁红斌。根据公司的规定，良军如果把客户引荐给鲁红斌而且具体项目最终落地的话，鲁红斌理应确认良军的功劳，从而实现公司内部资源的有效对接和成果共享。良军刚到新公司，希望尽快出成果，于是按照公司的制度介绍了一个客户给鲁红斌，没想到鲁红斌接触了客户之后，再也没有一个字的更新发给良军了，为了维护公司在客户面前的形象，良军没有去找客户了解项目情况，而是等待着鲁红斌自觉地跟自己联系。几个月过去了，鲁红斌从来没有联系良军，良军以为这个项目没有成功，都已经淡忘了。没曾想在一个内部的业务会议上，良军无意中从别的同事那里听到该项目早已完成！而鲁红斌自始至终没有告诉良军一个字！这意味着鲁红斌独吞了所有的功劳！

尽管深知鲁红斌的为人，自己宁可不接新项目，也不想再便宜了鲁红斌，可是一想到东宇的公司需要资金，良军决定还是以东宇的公司业务需求为大，仍然把该业务介绍给了鲁红斌，但这次良军心里多了个心眼。电话会议结束后，良军建立了一个微信群组，把双方工作团队的成员都拉在群里，鸣杨把晨兴公司的保密协议模板发给了宏业公司。很快宏业公司便签署好了保密协议并发还给了良军。一切都在有条不紊地进行着，按照惯例，良军把这个项目交给了执行团队去执行，自己又开始寻找下一个新的项目。

果然，很快鲁红斌便放出了幺蛾子。这天上午良军收到来自东宇的一个会议日程，之后便接到了东宇的一个电话："良军哥，明天就要在我们香港的办公室举行项目的启动仪式，你明天参加吗？"闻听此言，良军有些丈二和尚摸不着头脑："鲁红斌好久没有联系我了。项目要启动了？我一点都不知道哦，怎么回事？""经过一段时间的推进，我们项目的前期工作已经全部准备完毕，我们公司已经联系好了交易所发行部的有关领导，各方将于明天到我们香港的办公室出席该项目的启动会议，我昨天把我们香港公司的地址以及项目启动会议的日程表发给了项目各方，之后电话鲁红斌，告诉他您是该项目的介绍人，明天必须邀请您参加，他在电话里哼哼唧唧的，我感觉他推三阻四地似乎要阻拦您出席会议，所以我今天直接电话您，邀请您参会。""我确实没有从鲁红斌那里收到任何的会议日程，直到兄弟刚才你给我来电话，否则我根本就不知道这事！"

挂了电话之后，良军沉思了一下："毕竟我明天以墙外人的身份出席会议，而且后续鸣杨也将参与，我必须今天在合规部给我们两人完成跨墙动作，以免留下任何隐患，尤其必须防着鲁红斌出阴招，甚至从背后捅我一刀！当然了，我正好也可以利用这个机会再观摩一下他的丑态。"想到这里，良军拨通了鲁红斌的电话："我刚接到罗总关于明天召开项目启动会的邀请，我还没从你这里听到消息，只好先答应罗总了。但是我想请你帮我在合规部做一下跨墙的动作，以免将来有麻烦。""不好意思，我太忙，忘了邀请您了。这样吧，我马上叫我的手下具体给您完成跨墙吧。""好的，我今天下午都在办公室，如有需要，可以随时联系我。"放下电话后，根本不相信鲁红斌的良军直接给合规部发电邮，针对东宇的项目给自己和鸣杨同时完成跨墙的安排。不到一个小时，合规部便发来电邮，通知良军已经完成了相关的跨墙手续。

不出所料，直到第二天早上良军走入客户香港公司的时候，良军始终没有看到鲁红斌兑现昨天的承诺。当良军在视频上出现时，他注意到鲁红斌脸上极不自然的尴尬表情。对着视频，良军仍然保持着淡淡的微笑，跟东宇以及其他来宾热情地打着招呼。会议开始了，良军忽然收到一条短信，打开一看，原来是鲁红斌发来的："李总，刚才没有把你介绍给与会的其他来宾，主要是因为担心你还没有完成跨墙手续，万一把你介绍给他们的话，可能会对你不利。"良军冷笑了一下，回复道："放心，我没有等到你兑现昨天的承诺，所以已经自行在合规部完成了跨墙手续，你不用挂心，我今天的出现完全合规！另外，我跟来宾们在其他项目上有合作，比你更熟悉他们，用不着你介绍。别忘了是我把你介绍给他们的，当然我不会告诉你我跟他们正在合作什么项目。认真听会议，千万别走神了！"看到屏幕上鲁红斌收到自己的回信后一脸尴尬的表情，良军冷笑了一下，心想："鲁红斌，你真是缺乏基本的智商！东宇把项目给我，我介绍给你，你违反公司的规定，为了多捞钱，竟然还想像上次那样绕开我这个项目介绍人，独吞项目成果！你根本不知道我跟东宇之间有多深的交情，你在背后搞的小动作，东宇都告诉我了。现在我不动声色地看你表演，先稳住你，让你好好干活，至于最后到底是什么结果还得看天意呢！"想到这里，良军脸上不由自主地露出了嘲讽的笑容。

又一个星期三的上午，良军在位于上环的招商码头上了船，大约一小时后，便在蛇口的码头下了船。宏业集团深圳培训中心的汤主任举着写有良军名字的纸牌在海关外迎接他。良军走上前同汤主任寒暄过后，随着汤主任上了车。在车上，汤主任说道："您今天的讲座将在今天下午两点钟开始，地点就在我们办公楼顶层的会议室。之前罗总跟我电话交代过了，公司为了确保此次讲座不出任何意外，还是希望您用中文进行演讲，为此我们给您配好了一个翻译。""多谢您的周到安排！给公司添麻烦了。""没问题！"

下午两点钟，良军扫视了一下会场，台下坐着大约50位各种肤色的学员：黑色、白色、棕色、黄色。良军注意到坐在最后一排的一位50多岁的女士跟其他所有的学员不同，她是一个华人女士，完全不同于坐在前排的其他的学员，一看就是标准的教授的气质。

良军没有多想，演讲正式开始了。开场白刚结束，良军便意识到事情不太妙：良军在谈论经济问题时，翻译根本没有准确地翻译出良军所要表达的意思，甚至还翻错了不少内容！良军立刻意识到了问题所在："翻译不熟悉经济和金融专业和词汇。无论如何，自己好歹也干过几十年金融了，如果今天不大胆去尝试一下的话，不知道什么时候才会再有用英文演讲的机会。对，就在今天，我必须抓住这个机会去试！"想到这里，良军暂停了演讲，转头对翻译说道："后面的内容我还是自己用英文演讲，你先休息一下吧！"在翻译和学员们惊愕的眼神中，良军突然用英文演讲起来。刚开始的时候，良军略显拘谨，很快所有的脑回路被打通了，各种词汇喷涌而出，滔滔不绝！突然一个学员举起手，似乎有问题要问，于是良军便停止了演讲，并示意那位学员发言。"李教授，我是来自伊拉克的哈桑。您刚才介绍了'美元在微笑'的汇率分析框架，我个人深表赞同，您看我这样理解对不对：由于美元在国际金融体系里的霸主地位，当美国经济高歌猛进的时候，全球的资本为了获利就会流向美国，从而推高美元的汇率；而当全球经济、政治出现动荡时，同样由于美元的霸主地位，投资者们出于恐慌和相应避险的需要，很多人仍然会把手中的钱投向美元，投向美国，从而仍然推升美元的汇率。如此的话，至少从逻辑上讲，美国有可能故意通过在全球制造动荡以达到推升美元汇率的目的？"仔细听完了哈桑的发言后，良军说道："哈桑先生，您的理解完全正确！对了，谢谢您对我的谬赞，但我可不是教授哦，我只不过是一个金融民工而已。"闻听此言，会场爆发出哄堂大笑。下午3：30良军宣布课间休息的时候，会议厅竟然响起了热烈的掌声！巴基斯坦、孟加拉国、印度尼西亚、新加坡、希腊、巴西、意大利、挪威等多国的学员纷纷走到前台，跟良军针对一些具体问题展开了讨论，无意间，良军注意到坐在最后一排的那位女士一直静静地注视着自己这边。

时针指向了下午5：30，演讲结束了。学员们纷纷走上讲台，向良军表示感谢并握手道别。各国学员离开之后，之前一直坐在最后一排的那个50多岁的女士向良军走来，"李老师您好！我是海州大学的龚教授，我们学校在大连。我负责明天上午给这些外籍学员讲项目工程管理课。我今天上午到深圳，下午听了您的演讲，觉得您讲得太精彩了！我同时也负责我们学校在深圳的MBA班教学，这个班的学员都在深圳工作。不知道可否邀请您给我们MBA班的学员做一次关于全球金融市场走势分析的演讲？"看到良军脸上惊讶的表情，龚教授赶紧又补充了一些关于MBA项目的说明，听完之后，良军说道："能够为来自各行各业的年轻学员们做点事情是我的荣幸！我非常高兴接受您的邀请！"

周六一大早，良军从家里出发，打车前往深圳湾口岸，顺利过关之后，换乘出租车，很快便来到了深圳虚拟大学城。和平时上班一样，良军第一个走进了教室以熟悉教室的环境，龚教授和学员们随后陆续地走进教室。九点钟到了，龚教授向全班同学介绍了良军之后，宣布讲课正式开始。没有任何语言的障碍，良军发挥得更加淋漓尽致，他引经据典，旁征博引，结合自己几十年的实践经验，深入浅出地娓娓道来：人民币汇率、美元汇率、欧元汇率、日元汇率、英镑汇率、主要国家的利率、黄金、原油……三个小时的演讲结束了，同学们蜂拥到讲台前，扫描良军的微信二维码,在人群外等候多时的龚教授分开学员们,走到讲台前,邀良军共进午餐。在餐桌旁落座之后,龚教授郑重地对良军说道:"李总,刚才我陆续收到了学员们给我发来的微信,大家对您的评价非常高,特别想再次听您的课。希望将来我们能够跟您再次合作!"

一晃几个月过去了。这期间鲁红斌从来没有联系过良军,更没有把项目的任何情况通知作为项目介绍人的良军。终于有一天,东宇打来了电话:"良军哥,非常遗憾咱们那个项目可能要黄了!""怎么了?""我们公司刚刚开始了机构重组,所以,我们公司原计划的那个融资项目将无限期推迟。我上周通知鲁红斌的时候,他在电话上好像失望得都快哭了。大哥,实在抱歉啊!"良军脑海里浮现出鲁红斌满脸失望的表情。"哈哈!"良军愉快的笑声令东宇大惑不解:"良军哥,你没在责怪我吧?"良军意识到自己怪异的笑声引起了东宇的不安,于是马上说道:"我没有怪你!我看到窗外的马路上有一个人一屁股摔在一个水坑里了!所以把我逗笑了。至于那个项目,在目前的市场环境下,确实没有必要赶鸭子上架,我没有一点不开心,你放心吧!"东宇舒了一口气,继续说道:"我们深圳分公司的汤主任给我来过电话,说上次你给他们外籍学员们的演讲非常成功,他要我向你表示感谢。""他们满意就好。对了,我在讲课的时候意外地遇到了一个有趣的人。""啊,什么人?说给我听听。"

"我讲课的那天下午,你们深圳分公司还邀请了一位来自海州大学的龚教授及其同事,她和她的同事全程听了我的两次讲座,最后决定聘请我为他们学校的客座教授!""你接受邀请了吗?""当然,这将是我此生中的一次独特经历,我也希望给年轻人做点事,所以欣然接受了邀请。我得谢谢你带给了我这样一个好机会哦。"

第九章 回家乡

第一节　隔空伴读

2022 年 6 月 7 日和 8 日的天气预报：7 日有雨，气温下降到 24℃；8 日阴天，气温将逐步回升到 29℃。

6 月 6 日晚良军如约跟小明视频，给小明灌了一通高考前的动员鸡汤。良军见小明精神状态不错，叮嘱小明早点休息，之后关闭了视频。良军登录高铁网站，在网上订购了一张 10 日早上从武汉出发前往宜昌东站的动车票。之后拍下车票的照片并微信发给了母亲、小姨和表弟，不到 1 分钟，良军就收到了母亲回复的一个大大的"赞"，母亲在微信里告诉良军自己和小姨将坐良军表弟的车，一起到宜昌东站去接良军。

7 日早上良军习惯性地在五点多就醒了，洗漱之后，良军决定到餐馆解决早餐，之后到武汉明诚中学给小明送考。良军下楼，来到了小区的花园。时间尚早，小区里除了清洁工人和保安，看不见其他人。良军在小区门口上了一辆出租车，直奔民主路上的老新华书店而去。在书店门口下车后，往西走几步便来到了一家老字号餐馆的门口，同样因为时间还早，餐馆几乎没有其他顾客，良军买了一份油饼包烧卖，之后又买了一碗馄饨，大快朵颐之后，走出餐馆，前往明诚中学。看着周围熟悉的一切，良军心潮澎湃，感慨不已，当年的学渣即将以一个老学霸的身份去给一个年轻学子送考了！步入胭脂路，离明诚中学就不远了，10 分钟后，良军就来到了武汉明诚中学的大门口，送考线外已经站着一大群家长们，仿佛谁先到校门口，谁的孩子就能考上好大学似的。"可怜天下父母心啊！"良军微微一笑。正在这时，不远处传来一声呼喊："李总，我们在这里呢！"顺着声音望过去，小明的父母、叶强、董汉军和小明站在对面的人群里，正朝着自己这边挥手。两边会合之后，良军看着小明，关切地问道："昨晚休息好了吗？""李叔叔放心，我昨晚休息得很好！今天爸妈给我准备了丰盛的早餐，我吃得也很好。""那就好。记住，一会儿就像你高中语文课本里一篇课文的标题那样'放下包袱，开动机器'，任何事情都别想，专心地答题，万一遇到难题，如果3分钟之内还没有找到感觉，立刻放弃它，继续做后面的题。千万不要跟一道题死缠，明白了吗？""我记住了，谢谢李叔叔！"时间到了，进入考场的铃声响了起来，良军对小明挥了挥手："放松，去吧！"小明随着人流走向考场。小明的父母和叶强感激地对良军说道："这个孩子根本不听我们的，他只服您一个人。"良军幽默地笑道："这大概是老话里说的一物降一物吧！"几个人相视而笑。考试铃声响了起来，大门外送考的家长们瞬间鸦雀无声，生怕自己发出的任何一点声音会影响到百米外考场里自己的孩子。

良军注视着翻新过的校门，顺手拍了一张以新办公楼和新门房为背景的学校的照片，先把照片微信传给了秀明，之后发了一张电视连续剧《十三妹》的女主角黄杏秀的剧照，最后又发了一张微信图画，画面上是一个女孩手持望远镜向前眺望的图案。很快，良军就收到了秀明的回复，这是一张搞笑的微信图画：一把锤子正锤向一个长着三根头发的脑袋！良军知道这是秀明对自己的反击，他轻轻地笑了笑，看着校门口的传达室、新办公楼，以及远处的操场和教学楼，40年前的一幕幕栩栩如生地浮现在眼前……

在无忧无虑地度过了小学五年之后，1980年夏天，良军迎来了小升初的考试。不幸的是，他以0.5分之差与心仪的中学失之交臂，学籍档案几经辗转落到了武汉明诚中学。即使几十年后，良军仍然清晰地记得自己第一天到明诚中学的情景。那是一个初春的早晨，良军走进学校的大铁门，左手边是一间独立的传达室，与传达室间距约 1 米远的是一座 5 层高的办公楼。进入校门后往右行约 20 米是一堵南北向的矮墙，墙壁上是学校的黑板报以及书写或粘贴在墙上的各种通知。沿着这堵矮墙向南行约 30 米便是学校的操场，令良军感到惊喜的是空气中竟然弥漫着跟自己所在大院里一样清丽的梅花香味！原来学校在办公楼南端的那一块泥地上种了包括梅花在内的木本和草本花！在这初春的早上，校园的操场上弥漫着一股沁人心脾的梅花香。良军穿过操场，走进教室，开始了在明诚中学第一天的学习生活。

完全陌生的环境叠加小升初考试的失利令良军十分沮丧。入学后，他以消极的心态应付学习，把时间花在各种游戏和玩乐上，很快便成为同龄人中的高手。由于洋画赌博技艺高超，加之超高的弹玻璃球的水平，良军的周围很快聚集了 15 个男生。他们整天一起在教室的走廊里赌洋画，在学校的沙坑里、食堂边的泥地上弹玻璃球，玩得不亦乐乎。相应地，良军的各科学习成绩每况愈下，初二数学总评分数为 58 分！上课罚站、课后请家长、回到家里吃"棍子烧肉"，所有这一切成了良军初一和初二生活的主旋律。更令良军郁闷的是：他到了喜欢看漂亮女生的年龄，无奈学渣的身份让他从未接收到任何漂亮女生发来的眼波。给陷入低沉抑郁的良军心灵以巨大慰藉的是校园里的四季鲜花！梅花、木兰花、兰花、桃花、杏花、杜鹃花、玫瑰花、槐花、梨花、桂花……

1978 年底党的十一届三中全会召开后，中国走上了改革开放的振兴之路。各项新政策相继出台，给各行各业带来深刻的变化，神州大地呈现出一派欣欣向荣的景象。

良军进入初三后，在第一次代数课单元测验中，以 47 分的成绩荣获全班倒数第一名！临时代理数学课的教导主任向全班宣布新任的数学老师兼班主任方老师将很快就位。这天下午自习课的时候，良军想："不知道明天将到来的新班主任是否很厉害，不如今天抓紧时间再好好玩一场!"于是,他串联了班上的十几个男生在自习课的时候溜出教室,一堆人在学校的沙坑里玩起了弹玻璃球,没想到被教导主任抓个正着!十几个人被带到教导主任的办公室,沿着墙一字排开被罚站,教导主任严厉地训斥道:"你们胆子也太大了!方老师后天上任,你们今天就抓紧时间严重违反校规,竟然在上自习课的时候溜出教室打玻璃球!简直无法无天!谁是你们领头的?"良军心中一激灵:"今天闯大祸了!无论如何,我不能让兄弟们替我背锅啊!"于是良军举起了手。"好你个李良军,学习成绩不行,胆子却不小!罚你写一份检讨,另外罚你交出十个玻璃球!我要把你们的表现告诉方老师,让她好好收拾你!"

离开教导主任的办公室后,良军迅速地在心里盘算了一下:"我今天先把教导主任应付过去,明天再应付新来的方老师。刚才教导主任只说罚我十颗玻璃球,但没有说是什么样的玻璃球,既然如此,我就牺牲今天的冰棍钱,去买十个最便宜的玻璃球应付他一下。"想到这里,良军在回家的路上,先拐到阅马场菜场东门边,从一个地摊小贩那里花一角钱买了十个最便宜的玻璃球,第二天送到教导主任办公室。完成了一项任务,良军稍感放松,但是一想到马上要见未曾谋面的方老师,心里仍不免有些忐忑:"如果方老师也罚我十个玻璃球的话,我明天的绿豆冰棍可就吃不上了!"

第二天,刚刚上任的班主任方老师把良军叫进了自己的办公室,没有任何呵斥和责备,简单地交谈了几句之后,方老师递给良军一份文件,这是1983年2月劳动人事部门下发的《关于积极试行劳动合同制的通知》,良军漫不经心地看着文件上的字,心里想着下课后还要跟其他兄弟们找个地方赌一把洋画,直到振聋发聩的那几句话传入他的耳中:"良军啊,这个通知的精神概括起来就是,如果你再不好好学习,你就没有本事;如果你没有本事,将来就找不到好的工作,你很可能就没饭吃!你该怎么去做,还要我多说吗?"那一瞬间,良军的心仿佛被一股强电流狠狠地击中了，刚刚还想着赌博的心思顿时僵住了。是啊，自己如果再这么混下去，将来怎么办？能找什么工作？怎么养活自己？一股从未有过的、强烈的生存危机感顿时笼罩在他的心头，他深深地陷入了沉思。

良军刚从方老师的办公室刚回到教室坐下，教化学的潘老师走进教室，通知同学们第二天将举行全年级单元测验。教室里顿时炸开了锅，同学们七嘴八舌地抱怨，刚刚学完就考试，没有足够的时间复习。潘老师微笑着说：“考试的内容都在课本里，你们只要学好了课本，有什么好担心的呢？”闻听此言，良军心里瞬间豁然开朗：“潘老师刚刚其实已经告诉了我们应该如何准备考试，既然考试的内容都在书本里面，而我也不知道任何学习方法，那我把课本背下来不就行了吗？”

那天放学的路上，良军第一次离开了那十几个兄弟，自己独行回家，边走路，边背课文里的分子式、化学方程式等，等他走进家门的时候，已经把有关的内容背得滚瓜烂熟！晚饭后，他把课文后面所有的练习题又做了一遍。时针指向了晚上十点，良军的目光落在课文后面小字体的附加短文上，那是一篇关于提取蒸馏水实验的流程介绍和示意图，良军心想："历来化学考试时，从来不会考附加短文的内容，但是今天潘老师已经说了，所有的考试内容都在书里，他没说只在正文里。既然如此，我就再花些工夫，把附加短文的内容全部掌握住！"良军先把附加短文的内容全部背记下来，之后用笔在草稿纸上把整个蒸馏水的实验图全部默"画"了出来。等到全部熟练掌握时，已经是凌晨三点了，妈妈几次催良军关灯休息，都被良军给挡了回去。早上七点的时候，妈妈再次来到良军的房间，发现屋里台灯亮着，良军头枕在手臂上，伏在桌上睡着了！妈妈心疼地叫醒了良军，之后给良军烙了他最喜欢的糖饼。良军早饭后，充满期待地走向学校。

45分钟的年级单元测验开始了。良军拿到卷子后，快速浏览了一下，所有的题目都"似是故人来"！尤其令他惊喜的是，最后一道20分的题竟然要求学生手绘提取蒸馏水的流程图，并用文字说明整个实验过程中的注意事项！由于出题老师的失误，考题量过大，第一节课的下课铃声响起时，潘老师跟其他班的老师商量后，宣布把该单元测验临时改为课堂作业，全年级同学欢声雷动，良军早已完成了所有的考题，而且此时已经把试卷检查了一遍！细心的潘老师问了一句："有同学完成试卷吗？如有，请举手。"全班瞬间安静了下来，大家都在环顾着，只有良军举起了手。潘老师说道："良军，把你的卷子交上来吧。"良军起立，走到讲台前，把卷子交给了潘老师。潘老师当场批阅了良军的试卷，然后大声宣布："恭喜良军同学，他是全年级唯一一个按时完成试卷的同学，而且分数是98分（满分是100分）！"全班沉寂了10秒钟，然后爆发出热烈的掌声。潘老师微笑着对良军说道："良军，你到我办公室来一趟。"

良军跟在潘老师身后朝办公室走去，心里七上八下："进办公室一般是学渣的专利，我刚考了98分，不属于学渣了！为什么潘老师还要叫我去他的办公室呢？"

进了办公室后，潘老师微笑着招呼良军坐在跟潘老师对桌老师的座椅上，被罚站过无数次，从未得到如此礼遇的良军有些受宠若惊，潘老师说道："最近我跟各科老师聊过你，我们一致认为你是一个非常聪明且有潜力的孩子，如果你能端正学习态度、多花些时间在学习上，肯定能取得非常优异的成绩。你看这次考试，你一用心准备，马上就拿下年级第一！我希望并且也相信你，只要集中精力，付出努力，你的其他各科成绩肯定都能取得进步，而且都能拿到年级第一！相信老师，相信自己，能做到吗？"良军使劲地点了点头。

走出潘老师的办公室，良军觉得外面的天空瞬间明亮了，一直压在心上的石头也被移走了，感觉世界是那么美好！直到这一天，良军才意识到：原来自己竟然是很聪明的！自那天以后，他的中学人生仿佛打过鸡血一样开挂了，数理化基本上保持在"95分算及格，100分算达标（满分为100分）"的状态。当年底，良军的总评成绩便夺得年级第一。中考时，良军以581分（满分600分）的成绩再次荣登榜首。成绩公布后，卢校长专门找他谈了一次话，"警告"他不许报考其他学校的高中。良军回答说："我曾经在这里跌倒过，在老师们的帮助下，又在这里爬了起来，找到了自己的尊严和自信。这所学校有我深深热爱的老师们，我绝不会报考其他任何学校！我要留在这里完成高中学业，实现自己的理想和目标，同时用我的成绩回报学校和老师。"

良军在荣登年级状元的同时，也逐步收获了将伴随他一生的一道目光。

第二节　十三妹之咫尺天涯

1983年初夏的一个傍晚，明诚中学组织了一次全校范围的篝火晚会，各年级都要派代表队在操场上表演节目。对这些活动从来没兴趣的良军照例拿着书本，跟着全班同学在食堂附近的花坛边坐了下来，埋头看书。清新的花香让良军精神为之一振，丝毫没有理会坐在旁边热烈聊着足球的刘汉军和董汉军。夕阳开始西下的时候，晚会正式开始，篝火点了起来，不同年级的代表队轮流走进篝火环绕的操场表演节目。良军根本不抬头，把视线埋在书本里，旁若无人地继续看书。不知道是否因为看书太久，想休息一下眼睛，还是因为刚开始的乐曲非常优美动听，良军抬起头来，把视线投向了操场。操场上十几个女生正在表演集体舞，良军隐约记得刚刚报幕员似乎提到正在场上表演的是低年级的女生

第九章　回家乡

代表队。猛然间，良军的视线被站在第一位的女生牢牢地吸引住了：那个女生是场上个子最高的，所以成了整个队伍的排头兵，她身材修长，全身一袭白色连衣裙，西下的夕阳照在她雪白的脸上，一双美目熠熠发光，整个女生队伍跟着她柔美身姿的变换不断地变化阵形和动作，她就像一个白衣仙子在操场上飘逸着！良军看呆了，心里暗想："学校怎么会有这么漂亮的女生？她是哪个班的？叫什么名字？"良军手拿书本，但是眼睛却傻呆呆地盯着那个白衣女生，这种从未有过的失态举动引起了坐在旁边的死党刘汉军和董汉军的注意："哎，你怎么半天不看书了？怎么死盯着那个女生发呆？"良军意识到了自己的失态，自我解嘲道："光线太暗了，看看白衣女生能让眼睛亮起来。""……我们永远跟着你走！"伴奏歌曲播放完了，女生们的表演也结束了，看着白衣女生带着队伍消失在观众席上，良军的心也乱了："这个漂亮的高个子女生叫什么名字？我怎么找到她？她会注意到我吗？"良军根本没有心思观看下一个年级代表队的表演，满脑子都是这个无名的白衣女生。心乱了好一会儿，忽然良军眼前一亮，计上心来："为什么我要找她呢？为什么不吸引她来找我呢？我只要继续拼命学习，不停地上台领奖，不愁她看不见我，不愁她不知道我是谁！"主意一定，良军不顾天色已暗，更不理会新上场代表队的表演，又把头埋进书本。

自从初三在学习上崛起成为学霸之后，随着自信心不断增强。良军把未来的目标瞄准了北京大学！他很清楚，要想进入梦寐以求的北大，年级第一、本校第一是远远不够的，他必须在全市乃至全省名列前茅。为了实现这一远大目标，他对自己的日常作息安排进行改革，并做出了一系列重大调整，比如下午放学后留在学校继续学习，直到晚自习结束；在学校自习期间，找一个安静的地方看书，尽量不受外界干扰；所有的周末和重大的节假日都到学校里学习。辛勤的汗水很快结出了丰硕果实：良军连续地参加了区、市和省级的各类竞赛，并不停地获奖，成了名副其实的奖状收割机。学校每天上午第二节课后的课间广播体操结束后，都有一个校长给参加外部竞赛并获奖学生的颁奖时间，良军很快就成了被校长当着全校点名，然后上台领奖频率最高的学生。

随着稳稳地占据了全校学霸的地位，良军终于彻底摆脱了初一、初二的窘境：他终于不停地收到来自四面八方火热的眼波了，尤其是那个白衣女生。

从此后，无论在楼梯上、操场上、食堂里、办公楼里，良军跟白衣女孩眼光相遇时，她都会红着脸，赶紧走过去，而良军内心仿佛喝了一杯红葡萄酒之后又被阳光轻拂过一般充满了温暖和从未有过的喜悦和充实感！他无法描述这种感觉，但每次和她对望之后，即使是在阴雨天，良军也会感到内心充满了阳光。如果哪天她没有出现，良军的内心会格外地失落，就算又考了个第一名也高兴不起来。这个女生长得像极了1983年开始流行的电视连续剧《十三妹》里的女主角黄杏秀，良军于是在心里给这个女生起了个名字：十三妹！

对良军而言，每天上午另有一段秘密的、固定的快乐时光：课间广播操！上午第二节课的下课铃声响起之后，良军会和其他同学一起下楼前往操场。每次十三妹一定会在二层楼道的拐角处静静地等候着，无一例外地，等良军在下楼的人群中看到她时，十三妹都会给良军一个轻轻的微笑，而当良军同她的目光相遇时，十三妹总是微红着脸低下头，之后等待着良军经过自己，之后保持着半米的距离随着良军一起下楼去操场，但两人除了眼神之外从来没有过任何其他的交流。课间操结束，每次被校长点名上台领奖时，良军内心的喜悦永远是双份的：一是为自己又获得了学业上的成功而自豪；二是良军清楚地知道自己又会被台下黑压压人群中的那双自己所期待的明亮的眼睛所注视。领奖结束后，良军也会故意在楼道里多停留一会儿，因为很快十三妹一定会出现在良军的身边不远处。良军本能地喜欢她的青春美丽、她的美目、她恬静的气质、她高挑的身材，默默地享受着十三妹带给自己巨大的、隐秘的、青春的快乐，但是另一个声音也不断地提醒着良军："我的优秀帮我赢得了十三妹的微笑和注视，为了永远地得到这份来自她的喜爱，我必须继续努力，用独特的优秀赢得她的青睐，所以我必须考上北大！"倔强的良军爆发出一种更加疯狂的学习热情，一年365天全部在校园里度过！对他而言，没有寒假，没有暑假，没有元旦，也没有春节，只有学习再学习！周末和节假日的校园里空无一人，良军一个人在教室里埋头学习，休息的时候也会到空无他人的走廊里，甚至是十三妹所在的二楼走廊里散步休息，良军的内心里特别期待着十三妹的意外出现，但最终他没有看到自己所期待的人。和其他的同学不一样，良军特别期待着上学，而不喜欢寒、暑假，因为只有在上学期间，才会有各种考试和竞赛，他才会隔三差五地上台领奖，他才会多一次机会看到十三妹，也会被十三妹多注视一次！

之前从未有过任何男女情感经历的良军不懂什么是爱情，更不懂什么是婚姻，但是直觉告诉他要把自己与十三妹之间的这份独特的、隐秘的感情化为巨大的学习动力，更加执着且刻苦地学习。在中学剩余的时光里，良军享受着跟十三妹之间的这份无言的情感，同时在学习上更加疯狂地开挂：1985年底湖北省教育局举办了第一届湖北省英语大奖赛，并为此开始了各级的选拔赛，良军也因此得以大显身手，历经学校选拔赛、武昌区选拔赛、武汉市选拔赛，一路过关斩将，成功杀入湖北省大赛的决赛圈！加上良军在此期间也参加了历史、地理等多学科的竞赛并获奖，良军反复体验着拿奖拿到手软的感觉。当然，每一次在课间操后上台领奖时，良军在内心都充分地享受了被十三妹在人海中所注视的快乐！

1986年的寒假到了。像过去一样，良军计划在学校度过整个寒假。良军的盘算是：寒假后武汉市教育局即将举办每年高考前的预考。如果自己能够在这次预考中取得好成绩,将会大幅度提高被北京大学录取的几率。良军把自己的想法告诉了父母,早已习惯了良军节假日不在家学习的父母这次也没有任何的异议。

眨眼的工夫便到了1986年2月8日,大年三十。像往常一样,良军早上6:30在家吃了妈妈准备的早饭后,背上书包走出大院门,沿着静静的小路西行,经过二十五中的后门,跨过一条铁路线,横过小东门的马路,辗转穿过忠孝门巷子后,往左一拐便来到了明诚中学的大门口。至此,约8公里的徒步行军便告结束。

穿过空无一人的校园操场,良军很快走进教室。教室位于教学楼的西端,终日背阳,此刻时间尚早,空荡荡的教室更阴冷潮湿。良军坐定之后,双手捂着嘴,用嘴不断呼出热气暖一下双手,之后他从胀鼓鼓的书包里拿出语文、数学、英语、政治、地理和历史课本和练习题册,分成6堆,整齐地摆放在桌子上。学习开始了,良军埋着头不停地演算。尽管早已滚瓜烂熟,但是按照计划,良军要把所有课内和课外的习题全部再做一遍,以确保自己在即将到来的正式考试中不出任何差错!按照寒假剩余的天数计算,每天完成1000多道练习题的话,他刚好可以在寒假结束的时候把六门功课的复习工作全部完成。时间一分一秒地过去,良军一边学习,一边不住地轮流把双脚跺在地上以给双脚加点温,空荡荡的教室里有节奏地回响着棉鞋底踏在地面时发出的"嗒、嗒、嗒"的声音。

上午十点钟到了,良军放下钢笔,走出教室,在走廊边的栏杆处站定。看着楼下空无一人的操场,听着院墙外传来的鞭炮声,良军的心里满是惆怅:"十三妹,你在家过年吗?你会像我一样到学校里学习吗?"校园里寂静无声,阵阵冷湿的北风扑打在良军的脸上和没戴棉手套的手上,良军没有什么感觉,只是呆呆地看着办公楼边校门入口处,期待着那个倩影的意外出现。但最终没有任何意外,内心满是期待和失望的良军默默地把视线从办公楼方向收回，转身回到教室的座位上，用沉浸式的学习冲走刚才在栏杆边的惆怅。

午饭的时候，良军到教工食堂买了午饭。饭后继续埋头学习。

不知过了多久，当天预设的学习任务全部完成了。校园外居民区那边传来的鞭炮声一浪高过一浪，年夜饭的时间到了，该回家了！良军收拾好书包，走出了学校。

天色已黑，家家户户燃放的震耳欲聋的鞭炮声以及扑面而来的寒风把良军一天的疲惫一扫而光。他带着完成学习任务后的喜悦，抖擞精神朝家走去。虽然没有电话，更没有手机，良军知道漫天爆响的鞭炮声已经告诉了家中的妈妈，她的儿子正在回家的路上了！

大年初一的清晨，良军早早地被窗外的鞭炮声吵醒，吃过早饭后，良军背起书包就往外走。妈妈叫住了良军，说道："今天是大年初一，我要在家忙家务，没时间给你送午饭，这里是1元钱，你中午在街上买点好吃的。"良军接过钱，跟妈妈道别之后，大步流星地朝学校走去。小马路上没有其他行人，伴随良军的只有小马路两边居民楼上燃放的鞭炮声。良军一边盘算当天的学习任务和安排，一边向前疾行。刚跨过铁路线，良军突然听到从身后传来的沉重的汽车引擎声音，"大卡车来了！"良军赶紧向右边闪避，右脚顺势踏向一座"沙堆"。大卡车呼啸着从良军身边疾驰而过，四周很快又恢复了宁静，但良军却傻眼了！自己右脚刚刚踏入的"沙堆"原来是一座表面覆盖着沙子的石灰堆，薄薄一层沙子下面原来全是稀泥状的石灰！良军的黑色棉布鞋此刻变成了白色，大坨的石灰粘在鞋子和裤脚上。良军赶紧在石灰堆旁边的泥地上拼命跺脚，试图把大坨的石灰从鞋子上抖落。之后良军从地上找到一个瓦片，蹲下身去，用瓦片刮掉仍然粘在鞋子上的稀石灰。一番操作下来，良军还是无法把鞋子变回原来的颜色。"如果此刻回家，收拾好之后重新出发去学校的话，至少会耽误一个小时的黄金学习时间，这个损失太大了。我还是抓紧时间去学校,反正此刻马路上没什么行人,而且我回家的时候天色已黑,也不会被人笑话的。"想到这里,良军果断地迈开大步朝学校走去。走到教学楼门口的时候,良军犹豫了:"如果我就这样走进教学楼的话,很可能会在楼道里和教室里留下石灰印,那将影响教学楼的美观。我还是先冲洗干净后再进楼吧。"良军走到学生宿舍楼边的一个露天水龙头旁边,抬起右脚,用水把鞋上的稀石灰冲掉,在水龙头旁边的泥地上用力跺了几十下脚,之后重新走向教学楼。

在阴冷的教室坐定后,挑战旋即到来:湿乎乎的棉鞋像冰桶一样紧紧箍着良军的右脚,令他难受异常。良军一边张望四周,一边在心里思考对策。当他看见老师讲台上的一摞报纸时,瞬间计上心来:"我索性脱掉湿棉鞋,用几张报纸裹住脚,另外用大摞的报纸垫在脚下隔冷。妈妈从几岁起就在冬天光着脚踩着雨雪去三里店上学。无论如何,至少我的袜子还没湿透,我此刻的境况比几十年前妈妈的境况好百倍!赶紧准备好,抓紧时间学习要紧。"良军冲到讲台前,把所有的报纸搬到自己的桌子下,按照预想的方案用报纸裹住并垫好了右脚,之后立刻埋头学习起来。

午饭时分,良军才发现一个严重的问题:这天是大年初一,教工食堂的师傅全都回家过年了,食堂不开门!既然学校里没吃的,那就出去找食吧,反正兜里有早上妈妈给自己的1元钱!没有任何犹豫,良军走出校门,向右沿着粮道街前行约800米后,来到了粮道街跟胭脂路的交汇处,令他失望的是,所有的商店和摊档全部关门休息了。"万一买不到吃的,我今天就扛一顿午饭,没什么了不起的。妈妈小时候常常饿着肚子学习,最后不也挺过来了嘛!当然在正式扛饿之前,我还可以继续试试运气如何。"良军朝蛇山方向走去,之后左拐经过15路公共汽车站,一路仍然没有开门营业的商店和摊档。良军走进一条小巷子,令他眼前一亮的是前方大约100米远处,公共厕所对面的一座路边民房的门口挂着"欣欣副食"的招牌,这个小副食店似乎开着门!良军加快了脚步,很快便来到"欣欣副食"的门口,这家所谓的副食店其实只是一家临街的居民在自家堂屋里摆了个食品摊而已。走进小屋,迎面是一个高约1.2米,宽约2米的柜台,可能因为过春节,店主打烊休息,柜台里空空如也。看着贸然走进来的良军以及良军盯着柜台的眼神,店主问道:"今天大年初一,你要买什么吗?""我在明诚中学上自习,学校食堂不开伙,我家离学校很远,我想节约学习时间,所以想在街上买点吃的当午饭。""哦,原来是个勤奋好学的伢。但是我店里在春节期间没有进货哦。"心有不甘的良军继续扫视着昏暗的小屋,最后把目光停留在店主人堂屋的桌子上,桌子上放着两块直径约20厘米、厚约3厘米、灰色的圆形发面饼。"跟您商量一下,可不可以把那两块发面饼卖给我啊?"店主人盯着良军看了好一会儿,然后说道:"你真是一个有个性的学生伢哦,我4角钱卖给你?"良军闻言大喜,掏出钱跟店主人结了账。出门之后,边走路边大口吃饼,走到学校操场上的时候,两个饼已经下肚。但一上午没来得及喝水,刚刚疾行了几公里,又生吞两个发面饼的良军此刻已经口渴得快要冒烟了。于是他径直走向早上冲洗棉鞋的水龙头,侧身弯腰,用嘴对准水龙头猛灌了一通冰水,之后上楼回到教室,继续学习。天黑时分,已经完成全天学习任务的良军才带着喜悦回到家中。

很快寒假结束了。学生们返校了,十三妹也终于回到学校了!良军信心满满地走进了考场,参加了连续三天的预考。之后静静地等候考试的结果。

不久之后,激动人心的时刻到了:良军在之前的湖北省第一届英语大奖赛中为明诚中学拿回了学校历史上第一张省大奖赛奖状的同时,又拿下了高考预考武汉市文科状元!这天课间操后,廖校长召集全校同学在操场上按照班级排好队,然后对着麦克风说道:"我马上要宣布两个好消息，先卖个关子，这两项荣誉是由我们学校的某位同学一人创造的。"说到这里，廖校长故意停顿了下来，台下黑压压的人群中传来交头接耳的声音，站在高三（2）班队首的班主任潘老师脸上现出了喜悦的微笑。"大家都猜对了！请李良军同学上台领奖！"听到校长的召唤，潘老师赶紧回头，朝着队列里的良军大声招呼："良军，快上台！"良军迈着轻快的步伐，小跑着出列，然后冲上二楼平台。平台上摆放着一张桌子，桌上放着奖状和一堆奖品，良军在桌子前肃立。廖校长对着麦克风继续说道："良军同学为我们学校拿回了我校历史上第一张湖北省英语大奖赛的奖状，此外，自从我们学校开办文科专业以来，我们学校历史上第一次问鼎了武汉市的文科状元！我代表校领导向为学校赢得巨大荣誉的良军同学表示祝贺和感谢，希望全校同学向他学习！大家鼓掌，向良军同学表示祝贺！"台下掌声雷动，良军赶紧先向台上的校领导们鞠躬致谢，然后对着台下的潘老师鞠躬致谢，潘老师微笑着点头。在向全校同学回礼的时候，良军的眼神越过黑压压的人群，直直地盯向十三妹！满面喜色、正在拼命鼓掌的十三妹意外地被良军的眼波直射，瞬间满脸通红，羞得低下头去！幸好十三妹个子高，站在班级队列的后面，因此她的脸红没有被其他人发觉。领奖仪式结束了，良军抱着奖状和一大堆奖品故意慢慢地朝楼梯走去，他知道很快身边就会出现那双温柔的眼睛！不出所料，十三妹很快和她的同学沿着楼梯走到故意缓慢挪步的良军的身边，因为身边全是注视着自己的各年级的同学，良军假装因为怀抱的东西太多而走路不稳，晃悠身体，借机把眼光迅速投向半米远的十三妹，在周围人的注视下，不动声色地跟十三妹交换了一个只有两人才懂的眼神。在后两节课时，良军仍在回味着刚才在楼梯上十三妹的眼神，心里满是甜蜜和喜悦，根本没听见老师在讲什么。讲台上的潘老师注意到良军的走神，以为良军还沉浸在领奖所带来的喜悦之中，他无论如何想不到良军是因为十三妹在走神。对良军无比信任的潘老师没有打扰良军，继续自己的讲课。

为了犒劳自己双喜临门，良军午饭时没有去食堂，而是拿着妈妈奖励自己的两角钱，在上午第四节课后穿过操场，出了校门，沿着粮道街向右直行，来到粮道街和胭脂路交会处东南角的馄饨摊。他买了两碗馄饨，坐在桌前，吃了两口馄饨后，良军注意到桌子对面有人刚坐了下来，一股雪花膏的清香穿越餐桌飘向良军，他抬起了头，瞬间便呆住了：刚刚落座的竟然是十三妹！良军死死地盯着她，不知道是否因为馄饨太烫，十三妹的脸红红的，眼睛似乎看着馄饨，但良军却能清晰地感到她的眼角余光正盯着自己。良军的内心瞬间闪过上万个念头："我该如何问她姓甚名谁？是哪个班级的？我写个小纸条，然后悄悄扔给她？……"但最后良军除了傻傻盯着她之外，没有任何其他的行动，因为十三妹的左右全是明诚中学的学生，自己的任何动作都会被周围同学发现。所有的馄饨吃完之后，良军站起身，眼睛看着十三妹，在十三妹眼光的注视下，良军心情沮丧且心有不甘地慢慢地离开餐馆。多年以后，每每想起这段经历，良军都对自己恨得牙痒痒，真想拿个锤子把自己的榆木脑袋砸开一个洞！同时也恨十三妹："为什么你就不能想办法扔个写着你名字的字条给我呢？你知道我是谁啊！"多年后的某一天，语文单科成绩始终一般般的良军看到"咫尺天涯"四个字的时候，顿悟！

1986年9月5日，前往北大的行李都准备好了，第二天是自己出发前往北京的日子，也是明诚中学新学期开学的日子。晚饭后，良军告诉父母自己想去告别母校。之后便出了家门，沿着每天上学的路，一路走到学校门口。夕阳落山的时候，良军出现在邓师傅面前。"良军啊，你什么时候去北京？这么晚了来学校有什么事吗？校园里可没有一个人哦。""邓师傅您好，我明天就要坐火车去北京了，今天到学校向母校告别来了。""哦，你进去吧。"良军对邓师傅道谢之后，呼吸着空气中弥漫的夜来香花的香味，沿着路前行到信息栏边，此时上面已经写满了毕业生的名字和他或她所考取的大学名,"李良军"和"北京大学"七个字排在左上角第一位,"十三妹,你一定看到了我的名字吧,但你现在哪里啊?"周围寂静无声。再往前行约20米,走下七八级台阶后良军便踏足在操场上。穿过操场便是四层高的教学楼,右边则是3年前学校篝火晚会时十三妹领舞的地方。整个校园别无他人,静悄悄的,只有微微的夜风在轻轻地吹拂着良军。穿过操场,良军来到二楼的领奖台上,站在之前无数次领奖的地方,注视着台下十三妹曾经站立但此刻空无一人的地方。呆立许久,良军转身走进十三妹班级所在的走廊,从高二年级的教室门口缓缓地走过去,心里期待着十三妹能够奇迹般地出现在自己面前,但除了风声和良军自己的脚步声,整个教学楼没有任何其他的声音!

夜深了,良军下楼走到操场上,向陪伴了自己六年的教学楼道了再见。整个校园里除了暗夜里空气里的花香,四周寂静无声,"十三妹,我明天就要赴京读书去了,我们还能再见面吗?"夜已深,四周已经漆黑一片,良军在心里向十三妹道别之后,穿过操场,走向校门口。

站在黑板边,良军向月光下的校园投去最后一眼。耳边响起了唐朝崔护的那首诗:"去年今日此门中,人面桃花相映红。人面不知何处去,桃花依旧笑春风。""母校,再见了!十三妹,再见了!怪我自己错过了你,我明天就要去北大了,但还不知道你姓甚名谁,也不知道你在哪里,我会一直想念你、等你、找你的!我会继续奋斗,让自己更加优秀,如果此生有一天我们能够意外重逢的话,我一定要让你看到一个更加优秀的我!"

校园里铃声响起,语文考试结束了!良军的思绪重回到现实中,他又看了看秀明发给自己的那个铁锤敲打脑袋的微信图画,开心地笑了笑。之后对小明父母和叶强说道:"一会儿小明出来后,千万记住,绝对不要问孩子关于刚才考试的任何问题,只管让他休息放松一下,保证午饭的营养就好。"几个大人连连点头："一切听您的吩咐！"

不一会儿小明出现在学校大门口，几个大人和小明上了车，一起到离学校较远的一间餐厅。从头到尾，几个大人绝口不提高考的事，小明饱餐一顿之后，在餐厅包房里小憩了片刻，之后被叶强送回武汉明诚中学参加下午的考试。

两天的高考很快结束了。第二天傍晚，良军跟小明、小明父母和叶强话别："小明高考结束了，抓紧时间好好休息一阵。我明天早上回长阳，去看望我母亲。小明如果有任何问题，可以随时微信联系我。再见！"

第三节　永远的长阳

6月10日上午10：30，动车载着良军稳稳地停在了宜昌东站。良军急不可待地从行李架上拿下自己的两个行李箱，挎好双肩背包，随着人流向出站口快步走去。在检票口外的电梯上，良军一眼就看见了站在广场上的母亲和小姨，他们正在用期盼的眼神注视着出站口。良军疾步前行，母亲和小姨看见了他，面露喜色，朝出站口而来。一见面，两位老人赶紧就要良军卸下双肩背包，她们要替良军背包！良军赶紧说道："妈，您有心脏病，医生之前就说过您绝对不可以负重。小姨，您的膝盖半月板磨损严重，也绝对不要负重。今天您二位谁也别跟我争！"正在僵持不下的时候，从停车场走过来的表弟冲过来，一把抢走良军的背包，两位老人这才罢手，笑呵呵地陪着良军往停车场走去。

关上车门后，表弟问道："哥，咱们直接回长阳？""不急，先把车开到江边的喜来登酒店，他们家中餐厅的菜做得很有特色，我先请老人们吃个午饭，之后咱们再回长阳。""好嘞。"不到半小时，表弟就把车停在了酒店的停车场。一行四人坐电梯到酒店的中餐厅。进入包房落座后，领班拿来了菜单，良军给母亲和小姨点了她们爱吃的粤菜，给自己点了从小到大就一直喜欢的长阳特色菜：魔芋豆腐和长阳熏香肠。看见良军点的菜，母亲笑道："这孩子从小就喜欢吃这些菜，都五十几的人啦，还是这么喜欢魔芋豆腐和熏香肠。今年春节前，你么爹家杀了一头猪，把猪肠给了我，我亲自给你做了香肠，已经全部熏好、晾干了，你这次回长阳后，正好全部带回香港。""谢谢老妈！世上只有妈妈好！""少拍你老妈的马屁！""哈哈哈！"

午饭后，良军和表弟陪两位老人过了马路，来到长江边。尽管不是湖北最热的时候，但在直射的阳光下，沿江路上还是炎热难当。一行人走到江边的防洪堤前，母亲和小姨找了一张双人石凳子坐了下来。良军给这亲姐俩拍了好多合影，之后请表弟给自己和两位老人拍了许多的合照。江面上始终是一派繁忙的景象，大小客船和货船来往穿梭，在江面上辟出一道道白练。太阳开始略略偏西了，阳光照在猇亭宜昌长江大桥上，红色的钢缆和桥身在阳光的照射下格外刺眼。看看老人略显疲态，良军招呼大家上车回长阳。表弟的车穿行在山水之间，不到一个小时，表弟的车就停在了廪君大道边清江山水园的小区门口，良军陪着母亲上楼，小姨则坐表弟的车回家，她要准备晚饭，好好地招待良军。

一进家门，刚刚在车上昏昏欲睡的母亲立刻像换了一个人似的，精神抖擞地向良军介绍家里新添置的电器和家具。看着母亲满意开心的神态，良军心里也格外高兴。良军随着母亲来到阳台上，环顾四周，正在继续西下的太阳毫不吝惜地把金色的阳光洒向这座充满立体感的美丽小山城。从西边不远处隔河岩水电站下来的清江水在楼下不远处静静地流淌着，江面上只有几公里外的一叶扁舟缓缓地前行着。江对岸的群山被郁郁葱葱的绿树所覆盖，除了鸟叫蝉鸣声之外，听不到其他任何的声音。顺着清江水向东望去，披着金色阳光的碧绿的清江水静静地消失在远处的两山之间。沿着清江而建的长阳县城此刻正沐浴在夕阳的余晖中，袅袅升起的炊烟赋予了这座静谧小山城以丝丝动感。正看得入迷，忽然听到母亲的声音："军儿，赶紧洗澡、换衣服、收拾一下，咱们到你小姨家去吃晚饭。"良军收回了思绪，答应了一声，赶紧回屋忙起来。下午5：30，太阳已经沉到西边的山顶了。良军和母亲来到楼下，在马路边拦了一辆环城小巴，每人一块钱的固定车费。小巴欢快地迎着夕阳向西而去。良军注视着路两边的一切，40多年前良军记事起，这条窄马路的两边全是土坯房，路上全是牛车或者马车，此刻马路两边全是20层的高楼或者是居民自家的独栋小楼！前行了大约1公里便来到了清江大桥边，由于堵车，小巴折腾了十几分钟才终于经过加油站，绕着环形道爬上了清江大桥。桥对面的尽头是两座小山，小山之间凌空悬挂着一个半圆形的牌匾，上书"清江古城"。过了这道牌匾就进入到山间小路，拐过两道弯之后便到了小姨家。小姨非常高兴地把良军母子迎进了一楼的堂屋，沏了长阳当地产的绿茶，良军把带给小姨的一箱子礼物拿出来，堆在堂屋里。之后大家天南海北地聊了起来。"军儿，明天早饭后，你去给你哥烧些纸，之后去看看你幺爹和幺妈，他们也一直在念叨你呢。"小姨叮嘱道。"好的！"

晚餐小姨给良军做了各种他爱吃的菜，从香喷喷的魔芋豆腐、玉米粥，到南瓜、炒豆角、熏香肠、粉蒸肉。小姨又端出了一碗热气腾腾的懒豆腐。看着自己从小就喜爱的这些菜，良军决定暂时放弃一下减肥的自我要求，同时在心里安慰自己："我如果不吃饱，哪有力气减肥呢？"

他三下两下把每盘菜都吃个精光。母亲和小姨相视而笑。收拾了碗筷后，他陪着母亲和小姨玩"斗地主"的纸牌游戏，每次他都故意输钱给母亲和小姨，看着两位老人像小孩一样悔牌、耍赖、争输赢的样子，良军格外高兴。

时间不早了，小姨说道："军儿，你今天坐高铁奔波了一天，早点回去休息吧。"母亲呼应道："对，我们回去吧。"良军在小姨院子外的马路边拦到了一辆小巴，小心翼翼地扶着母亲上了车，还是每人一元钱的车费，两人很快就在清江山水园门口下了车。走了两步，良军隐约地听见从江边传来的嘈杂的声音，便问道："妈，江边那边怎么了？这个钟点了还这么热闹？""哦，清江平台刚刚建成，很多人在清江平台上运动消暑呢！你想去看看吗？很热闹的。""好啊！反正这个钟点还早，我也睡不着的。"

良军扶着母亲，小心翼翼地穿过两条马路后便来到江边。所谓清江平台，是当地政府在清江岸边修筑的高出清江江面约10米、平均宽约二十几米、长约几公里的一条"悬浮"在清江江面上的平台，市民们在这个清江平台上散步和休闲。良军母子二人拾级而上，平台上熙熙攘攘，有跳广场舞的、有踢毽子的、有练功夫的。母亲微笑地看着周围的一切："长阳变化大吧？"良军点点头，搀扶着母亲继续向前走。忽然，良军看见七八个人围在江边的栏杆处，不知道发生了什么，于是和母亲一起走过去，站在人群边，很快便明白了什么事情：一位30岁左右的女士想找一个保姆的工作，但是周围的人嫌她开价太高，都想砍她的价。良军不动声色地站在那里继续听，这位妇女家住在附近的山上，希望出来打工挣些钱，她拼命地争辩自己很能干而且也肯干，很不满意周围人压她的价。几经争论，围观的人还是嫌她的报价贵，纷纷散去。良军走过去，对这位妇女说道："我有兴趣请保姆，麻烦您过来一下？我跟您谈一下具体的条件。"这位妇女带着疑惑跟着良军走了几步，"我开的价钱你能接受吗？""如果像您自称的那样能干肯干的话，我还愿意给您每月再加200元？""什么？！你还愿意加200元？你家里是不是有特别难伺候的人和事啊？""恰好相反，我家的事情特别简单，我只有一位80岁的老妈需要照顾一下起居饮食，此外没有小孩或者猫狗之类的需要伺候。需要说明的是，我妈的心脏有老毛病，需要静养，不能从事重体力活。""你家住哪里？""哦，就在清江山水园，从这里都可以看见我家的阳台。"说着，良军用手指了指自家的阳台。"放心，我家是两室一厅、100多平方米的建筑面积，两个人住足够宽敞。"看着她的眼神，良军继续说道："我这次是休假回长阳，待几天后就离开长阳。所以平时家里只有老太太一个人。""你家的条件这么好，为什么还愿意每个月加200元呢？""因为我的目标不是把工人的工钱压得多低，而是要求工人的服务要高质量，让我母亲开心。""我明白了，你是个大孝子！你家的活我愿意接！""那谢谢你。我去告诉我妈一下。"说着话，良军指了指站在不远处正在观看广场舞的母亲。听说儿子要给自己请保姆，母亲马上把头摇得像拨浪鼓一样："我身体好着呢，能够照顾好自己，根本不需要保姆。"良军笑了笑："妈，我也不是跟您商量，只是告诉一下您而已，这事就这么定了。我在长阳待几天，正好可以请保姆来家里试一试工，合适的话就留用。将来工人每月的工资秀明用微信转给她，您就不必操心了。"看看母亲还想争论，良军果断地说："如果您想让我和秀明在外面安心工作、照顾好您的两个孙子，您就别争了，听我的，就这样定了！"说完，转身走向那位妇女，互相介绍之后对她说道："小黄，那就麻烦您后天上午十点到我家？"小黄点了点头。良军把自家的地址微信发给她，之后扶着母亲，在小黄的注视下向清江山水园走去。

到家之后，良军给小姨打了个电话，把雇请小黄的事告诉了小姨，顺便请小姨找人了解一下小黄所说的情况是否属实。

第二天早上，良军和母亲到城关老电影院附近的餐馆吃了馄饨、面窝和热干面。之后回到家里，良军把自己的房间收拾出来，准备给保姆住。母亲问道："咱们有必要这样安排吗？""我平时不在您身边，您年纪大了，需要有人陪一下。把您的生活安顿好，实际上也可以让我放心。您明白了吧？"

把房间收拾好了之后,良军对母亲说道:"我先去江边祭奠一下我哥,之后去看望一下幺爹和幺妈,中午在幺爹家吃,您别等我了。我下午回来。"

拎着一袋祭奠用品、背着一包给幺爹的礼物,良军去了清江边。

小时候爬上爬下的那片乱石滩已经不见了,取而代之的是修整一新的临江步道。两岸依然青山如黛,江中依然水色青青。《水经注》中记载这条江:"水色清照十丈,因名清江。"

良军用打火机点着一叠纸钱,心里默念着:"哥,我来看你了。"

他知道,哥哥已经托生在青青江水之中。

望着江水,良军静默了好一阵子,之后起身向西走去。

幺爹应该88岁高寿了。过了清江大桥,良军从小姨家门口经过,之后左拐进入一条田间小土路,直奔幺爹家而去。

小土路两边全是绿色的菜地,不远处有几户住家的独门小院,院子里的公鸡欢快地打着鸣,院子门口的狗则警惕地注视着良军这个不速之客,不断地冲他这个不速之客吼叫着。素不相识的主人应声出门,热情地向良军打着招呼。

不一会儿,良军便来到了土路的尽头,很快就找到了幺爹家的土坯屋。一切跟几十年前没有两样。这栋建于民国初年的房子外墙全部用当地的黏土所夯成,浅黄色墙面坑坑洼洼的,一看便知道房子的年代已经相当久远。场院的西边是一个用砖头垒起的水池,一根胶皮水管不停地往外喷着山泉水,幺爹一辈子只喝从门口流过的山泉,家里连自来水龙头都没有装。场院四周是幺爹种的橘子树、李子树、柿子树,还有玉米地和菜地。小时候良军曾经遍尝过这些树上的果子。

良军刚一走到场院门口,一条大狗就从屋里蹿了出来,冲着良军狂叫。不一会儿,一个须发皆白的老人从屋里走了出来,喝住大狗。老人腰板笔直,身形消瘦,眼睛里闪着精光。

良军高声招呼道:"幺爹,早上好!"

"哦,是小军啊!我说今天早上怎么喜鹊直叫,原来贵客就是你娃儿。"幺爹热情地招呼着,"来,快来屋里坐!"土屋有南北两道门。良军笑着大声问道:"幺爹,我是从北边进还是南边进呐?"

"什么样都行!"幺爹说话嗓门大,中气足。他带着良军从北门走进东屋。屋子里的东西几乎和良军儿时的记忆一模一样:从高约两丈屋顶的横梁上垂下一根长约一丈的粗铁条,铁条的下端挂着一口乌黑的大铁锅,铁锅里正炖着腊肉和熏香肠。铁锅的锅底下方 1 米处是一个 1 米见方的火塘,火塘里几棵粗粗的松木和柏木燃起的火焰舔着铁锅的底部。不断升腾的青烟熏烤着悬挂在铁锅上方不远处新做的香肠。整个东屋飘满了腊肉和香肠的香味,幺爹和良军围坐在火塘边闲话了好半天。幺爹只在小时候上过几天私塾,一辈子没有出过长阳,也不知道什么华尔街、投行。他看人生都是朴素得不能再朴素的道理。可是每次跟幺爹聊过人生之后,跟幺爹围炉的舒适与温暖一样都让良军无法忘怀……良军看到屋里的土墙上挂着一个直径约 1 米的斗笠,惊呼:"幺爹,这个斗笠够大啊。多大的雨都挡得住!"幺爹呵呵一笑。

看着主人对来人如此厚待,本来毛发竖立的那条大狗瞬间也乖了下来,摇着大尾巴在良军脚边嗅了嗅,跟着幺爹。

穿过东屋向西而行,黑乎乎的走道边有一道小门。良军往里一探头,浓浓的旱烟叶味道扑鼻而来!原来是一个储藏室,里面堆满了幺爹自己种的旱烟叶以及镰刀等各种农具。经过中屋的时候,良军一眼看见靠墙的地上放着一个背篓!背篓可是土家人生活里一个重要工具,无论是走平地还是走山路,土家人会把货品甚至小孩放在背篓里,这样可以腾出双手做事或者爬陡崖。良军小时候,母亲和小姨经常用背篓背着良军外出买菜、下地里干活。

良军背起背篓,幺爹禁不住哈哈大笑:"你还是和小时候那样淘气啊！"

两人说着，来到了西屋。良军把背篓放在墙角，拉过一张刷过桐油的、结结实实的木凳子，跟幺爹坐在西屋的火塘边。幺爹顺手拿起一根约半米长的旱烟斗，往烟锅里装的旱烟叶。那个烟斗的年龄比良军大多了。

这时，幺妈端着一杯泡好的浓茶走了进来："军儿，你妈妈的身体好吗？"

"托您的福，她身体还行！"

看着幺爹装好了旱烟叶，良军好奇地问道："幺爹，可以给我抽一口您的旱烟吗？我一辈子还从来没有抽过呢。"

"好啊！"说着话，幺爹把旱烟斗递给了良军。良军从火塘里用火钳夹起了一块燃烧的木炭，点燃了旱烟，之后把木炭块扔回火塘，深吸了一口，感觉和以前抽过的师傅马丁的古巴雪茄味道很像。

"幺爹，这烟叶是您自己种的啊？味道真不错！"

"是啊！"幺爹接过良军递过来的旱烟斗，深吸了一口，烟锅里的火光闪亮了一下。良军跟幺爹又扯起了闲话。幺妈在堂屋烧火做饭，屋里瞬间飘满了良军小时候熟悉的柴火味。

不知不觉，太阳已上三竿，幺妈过来招呼良军和幺爹到中屋去，午饭已经准备好了！良军看着一大桌自己喜爱的长阳美食：葱炒腊肉、熏香肠、懒豆腐、魔芋豆腐、鲊辣椒、藕圆子、红烧清江鱼，也不推辞，大大咧咧地坐到桌边。幺爹又拿出了一瓶长阳本地产的高粱酒，良军陪着幺爹边聊边喝，一瓶酒不觉见了底。良军的胃口也变得奇好，再也不管平日节食减肥的雄心壮志，风卷残云般地大吃起来。

他好久都没有这样畅快地吃喝了。

随后的每一天，良军和母亲保持着同样的节奏：每天上午到访一个亲戚家，午饭后再去另一个亲戚家。每到一个亲戚家，对方都会热情地恭维母亲生养了良军这样一个好儿子，母亲无一例外地都会假客气、真享受，一面在嘴上连说"哪里、哪里"，一面开心得满面红光。看到母亲非常开心，良军照例只是礼节性地微笑。晚饭后，良军陪母亲在清江平台上散步，讲述自己在华尔街的奇闻趣事，时常逗得母亲开怀大笑。小黄已经到家试做了一段时间，颇令母亲满意，小姨也从侧面了解一下小黄的情况，发现她非常诚实可靠，最后母亲也就没有表示任何异议。

离别的时刻快来了，再过两天，良军必须按照规定到北京，前往晨兴证券的总部参加内部的重要会议。出发的头一天晚上，母亲和小姨把事先亲手做的香肠、腊肉、鲊辣椒，以及采购的长阳绿茶塞进良军的行李箱里。像过去一样，良军把两沓现金分别塞进母亲和小姨的衣袋里。

离别的时刻终于到来了！第二天早饭后，表弟开车送良军前往三峡机场，母亲和小姨非要亲自去机场送良军。见劝阻无效，良军只好由着两位老人坐在车后排座上，一同到了三峡机场。一路上母亲和小姨像过去那样不停地叮嘱良军要注意身体，良军则像鸡啄米不停地点头。到了机场大厅外，良军不要老人下车，自己和表弟下车，把放在车后的行李拿出来。之后良军把头伸进车内，向母亲和小姨道别，并再次叮嘱母亲注意心脏，要小姨注意保护自己的膝盖。之后良军转身向大厅走去，没想到这一去竟是和母亲的永别。

2022年12月中旬冬日的凌晨两点，睡梦中的良军被手机的电话铃声吵醒了。直觉告诉迷迷糊糊之中的良军：这个电话带来的一定是个坏消息！原因很简单：客户从来不会在这个钟点给自己打电话，更何况手头也没有任何来自客户的即时交易委托，因此也不可能是同事来通报交易情况。最重要的是，上一次凌晨接到电话时，表弟告诉自己母亲心脏病突发，小姨和表弟正在把母亲送往宜昌人民医院的路上，因为抢救及时，母亲捡回了一条命！良军抓起手机，看着屏幕上来电显示是表弟打来的电话，良军的心瞬间沉了下去。接通电话，听筒里传来表弟急促的声音："哥，姨妈刚刚走了！"被惊醒了的秀明看着良军脸色难看，赶紧接过电话，向表弟打听情况。被这个意外的消息震得发蒙的良军面色苍白，半天没回过神来。"父亲、母亲和哥哥都走了，我是原生家庭里的最后一个人了！以后再也看不到母亲了。"良军悲从中来，放声大哭。哭声惊醒了两个儿子，他们走进卧室，秀明把奶奶刚走的消息告诉了他们，两个儿子懂事地和秀明一起安慰着良军。不知道过了多久，哭得麻木了的良军终于沉沉睡去。又不知道过了多久，良军猛地醒来，秀明在身边焦急地注视着他，良军说道："我马上请假，尽快回长阳送别母亲。"说罢，良军给杜总发了短信，说明了家中的情况并提出了请假的请求，很快便收到了杜总的回复："请假申请批准。节哀、珍重！"秀明没有说话，默默地帮良军在网上订高铁票，之后又开始帮良军收拾行李箱。

天已大亮了，表弟又打来了一个电话："哥，我们在姨妈的桌子抽屉里发现了一封遗书，我马上拍下照片，之后发给你。"很快良军收到了一张表弟发来的母亲遗书的照片，从日期上看，母亲在一个星期前就写下了这封遗书：

军儿、明儿，今天跟你们俩电话聊了半天，得知你们身体健康、工作顺利，我非常非常地开心！你们全都安好便是我全部的心愿。

几年前幸好听从了你们的建议，我得以延续了几年的阳寿，我很满足。上次我的心脏病发作，虽然被抢救了回来，但之后我的身体状况还是每况愈下，最近我时时感到心脏隐隐作痛，体力也大不如从前，也许我的大限将至了。对此，我没有什么惊慌和恐惧的，因为我这一生的使命已经全部完成了，尽管仍有一些遗憾，但我已经很满足了。你们知道，我相信人生是一场轮回，生命是一场路过。我很高兴在此生幸运地成了你们的妈妈，更感谢你们把我和你们父亲的生命传承给了我两个优秀的孙子！

40多年前，看到军儿一夜之间从学渣逆袭为学霸，又一步步不断地开创人生和事业新的高峰，我十分地欣喜，因为你不仅延续了我和你爸的生命，而且发扬光大了我们的精神：坚韧顽强、百折不挠、生命不息、奋斗不止！你的努力给我和你爸的生命和灵魂增添了荣誉和光彩，爸爸妈妈感谢你！明儿多年来照顾和陪伴着军儿，而且给了我两个优秀的孙子，我衷心地感谢明儿！上周嘉华跟我视频，告诉我一年多的社会实践让他深感继续学习的重要性，他告诉了我他打算重新回学校深造，我坚决支持嘉华的想法！也是上周，嘉明把他抓举230斤杠铃的视频发给了我，而且今天从你们这里得知嘉明大学入学预考成绩优秀，将来要考上他理想的大学没有任何问题，我实在太高兴了！他告诉我说他考取大学之后想回来看望我，我非常高兴并勉励他好好准备考试，收到大学的录取通知书之后再回来看我也不迟。

多年来，我知道你们一直因为没有能长时间地陪伴我而感到内疚，我想告诉你们：妈妈不怪你们，而且完全理解你们。多年来你们在国外留学，在香港白手起家，打拼自己的人生，要忙于工作，而且要培养我的两个孙子从幼儿园一直到上大学，你们根本不可能走开。你们给我请了保姆，我也从不缺钱，生活上没有任何问题。老年人需要陪伴的关键原因在于老人害怕寂寞，虽然你们人没有在我身边，但是你们却从来没有让我感到寂寞，不仅如此，每次你们来电话的时候，带给我的总是成功的喜悦：你们事业的成功和家庭的幸福，就是我作为你们的妈妈所期待的全部，你们完美地满足了我的精神需求！每次接了你们的电话，小姨和其他亲戚都会说我神采飞扬，这完全要归功于你们！换言之，假如你们天天在我身边，但是无所事事、混吃等死的话，我肯定会在灵魂深处感到寂寞的。你们知道妈妈是受过高等教育的老大学生，你们非常清楚我最需要什么，你们不仅传承了我和你们爸爸的生命，而且使我们的生命通过你们的努力实现了一次又一次的飞跃！而这些飞跃是我和你们的爸爸无法实现和企及的，我感谢你们！

万一哪天我驾鹤而去，我将去往另一个平行的世界，在那里我将跟你们的爸爸和哥哥相聚，我们将一起静静地注视和保佑着你们。人死如灯灭，你们知道我从来就不畏惧死亡，我留恋生命是因为我希望能够多看一眼你们健康、快乐、幸福地生活。你们把我和你们爸爸的生命传承给了两个孙子，看着你们全家幸福、事业成功，我非常地满足，或者说我的生命已经功德圆满了！当我的大限来临时，我会平静地离去。你们不要难过，想我和你们爸爸的时候，你们就拥抱一下我的两个孙子。看着他们幸福的笑脸时，你们就知道我和你们的爸爸从来没有离开过你们，我们会一直静静地陪伴着你们。将来我和你们的爸爸会回来找你们，到时候我们还要成为一家人，今生我很自豪成了你们的妈妈，来世我还要做你们的妈妈！

你们俩相恋了十几年，从走到一起到现在也有20多年了，看着你们恩爱如初，我非常高兴。你们自己要好好保重身体，好好地培养我的两个孙子，帮助他们开创事业，过健康、幸福的生活。

过去这么多年里，我的退休金足够我用，你们孝敬我的钱我一分都没用，我把那些钱分别存入了几家银行，密码就是今天电话时我告诉你们的那组数字。我走之后，就把我和你们的爸爸葬在一起。将来如果你们不回武汉和长阳居住的话，就把两地的房子卖了或者出租吧，再一次地感谢你们的孝心，再一次地告诉你们，此生和来世我都为你们感到骄傲和自豪！下辈子我们还做母子！

妈妈
执笔于××年×月×日

第九章 回家乡

  良军泪如雨下，秀明拥抱着良军，不停地安慰着他。稍微平静一下之后，良军立刻拨通了小姨、表弟以及在沙市的堂姐的电话，跟他们商量好了母亲后事的安排：小姨、表弟和堂姐请人刻墓碑，安排火化以及追悼会，良军尽快赶回长阳。一切都安排妥当了，良军拥抱了秀明和两个儿子，出门而去。高铁的车厢门轻轻地关上了，列车静静地离开了车站并不断地加速。跟以往完全不同的是：之前每次乘坐高铁，良军要么是拜访客户，要么是回家乡看望母亲，而这一次他将孤独地回家送别母亲！

  良军跪在墓碑前，久久地凝望着刻在墓碑上的父母遗像："爸爸妈妈，儿子来看望和送别你们了。我会好好地去生活，照顾好秀明和你们的两个孙子，待到他们成家立业之后，我一定会回来陪伴你们的！"

  回到清江山水园的家中。良军把屋子收拾了一遍，小姨给良军做了晚饭，饭后小姨回电厂路的家。良军关上家门，走出大楼。冬天天黑得早，此刻天空已经漆黑，冰冷清冽的山风打在良军的脸上，让他不禁打了一个冷战。良军过了窄窄的马路，信步来到了沿江路姥姥和妈妈生前住过的房子前，现在舅舅住在里面。舅舅身体很不好，今天为母亲的葬礼忙了一整天，应该也累了，良军决定不打扰舅舅。他在屋子大门外静静站立着，脑海里浮现出自己儿时在姥姥家跟姥姥和妈妈的快乐时光，姥姥和妈妈都已经离自己而去，良军的心空荡荡的，一股强烈的孤独感萦绕在心头。他在心里大声呼喊着姥姥和妈妈，但周围除了北风声就再也没有任何其他的动静了。不知道过了多久，满脸是泪的良军在昏暗的街灯下沿着青条石路向东而行。走到十字路口时，良军停下了脚步，他清楚地记得自己的右手边 50 年前是一家纺织厂，机器轰鸣声清晰地传到姥姥家。纺织厂马路东边则是一家全木头结构的杂货铺子，铺子里面有一个戴着瓜皮帽的男人。如今纺织厂和那间杂货铺早已没了踪影，取而代之的是两栋二十几层高的居民楼。良军在十字路口向南拐，很快便来到清江平台上。跟刚才舅舅家门口的青条石路完全不同的是，此刻的清江平台上则是热闹得很。因为天冷，所以跳广场舞的人比平时多了不少，而且人们跳得格外起劲。良军无心欣赏那些广场舞，他木然地沿着之前和母亲一起散步的路线往前走着。忽然，耳边传来隐隐的歌声，良军寻声望去，在一个灯柱下站着一个年轻人，他肩挎电吉他，吉他盒子摆在他跟前，敞着盒盖，显然小伙子在唱歌赚钱，但不知道为什么周围没多少听众。良军驻足听了一会儿，心念一动，走到小伙子跟前，先把100元钱放在吉他盒子里，小伙子连声称谢。良军对小伙子说道："小伙子，我跟你商量点事情？"小伙子好奇地看着良军，良军继续说道："我平时弹奏古典吉他，从来没有用过电吉他，可否借你的电吉他一用，我演奏一首曲子，希望能帮你暖一下人场。"小伙子惊讶地看着良军，没有说话，只是默默地把吉他递给良军。良军先试着拨弦，熟悉一下这把吉他，之后对着麦克风大声说道："各位长阳的乡亲，我也是长阳人，今天在此献艺，希望能够帮助这个小伙子捧个场，同时借他的吉他演奏一曲《爱的罗曼斯》献给我的母亲。"看着越来越多围观的人在交头接耳，良军继续说道："1987年我初学吉他时，我的老师告诉我这首曲子最早是献给母亲的曲子，后来因为太优美且流传很广，人们把此曲演绎为献给恋人的曲子。今天我让这首曲子回归一下它的本源：献给母亲！"围观的人群里传来了掌声和叫好声，良军深吸一口气，定了定神，然后开始拨动琴弦，演奏起来。清脆的钢弦声通过音箱穿透黑夜，跨越了被黑夜笼罩的清江，飘到了江对岸母亲小时候上山捡柴的悬崖上，飘回到清江山水园母亲生前居住过的房间……泪水再一次夺眶而出，小伙子显然注意到了良军的异常，目瞪口呆地看着良军。弹完了最后一个三弦泛音之后，观众沉寂了一会儿，然后爆发出热烈的掌声，良军示意大家往吉他盒子里做点贡献,然后把吉他还给仍然目瞪口呆的小伙子,转身消失在黑夜里。

　　第二天早上,良军起得很早。一夜大风过后,天晴了。良军和表弟来到清江大桥的南端,两人祭奠了哥哥之后,沿着石阶从桥头下到清江边,沿着青龙峡栈道向清江下游方向行进。良军见到小姨和她商量:"我后天早上离开长阳,要不明天我安排一个晚宴,宴请并感谢所有帮助过我妈和我哥的亲朋好友们?""好啊!我们马上回家,你直接跟我妈具体商量一下?""好的,走!"

　　良军和表弟乘坐环城小巴回到位于电厂路上的小姨家。刚进门就迫不及待地把自己的想法告诉了小姨,小姨当即赞同:"你做得非常对!你妈和你哥生前确实得到亲戚们的帮助,例如,给你哥买的那座公寓房,由于手续不齐,后来在卖出的时候遇到好多的麻烦,为这事你覃叔叔骑着自行车来回奔波协调,最后才得以成功地卖出了你哥的那套旧房。正好借这个机会感谢一下你覃叔叔和其他亲戚们。这样吧,我先在微信群里召集一下。""那辛苦小姨了!对了,全部由我买单哦!"

　　感谢宴如期举行,亲戚们陆陆续续地来到饭店。由于良军不认识绝大多数亲戚,小姨在一旁不停地给良军介绍来宾。看看50多位来宾们基本到齐了,良军和小姨也走进了餐厅。酒过三巡之后,小姨首先来了一段开场白,之后让良军给大家讲几句。没有一点客气,良军站上自己的座椅,大声地说道:"下午好!欢迎各位亲戚光临!来宾中间有不少是我的长辈,也有平辈和晚辈们。绝大多数人今天是第一次见到我。今天安排这个晚饭的目的是感谢在座的各位。我妈妈和哥哥生命最后的十年都在长阳度过的,其间,在座的各位亲戚给予了他们各方面的帮助,我妈和我哥走的时候,我在千里之外,无法及时赶回来。多亏在座各位的鼎力相助，得以给他们风光地送行。作为儿子和弟弟，在此我想借今天的聚会来完成我妈和我哥生前未了的心愿：向各位表示最衷心的感谢！"

来宾席上传来一片叫好声。和良军同桌的覃叔叔大声说道："小军啊，你太客气了！几十年前，你妈妈以优异的成绩从长阳考上大学，成为我们长阳的骄傲。你妈生前对我们大家都很好，我们为她做点事情是应该的。你常年在外打拼，很不容易，你在外多年拼搏，取得了优异的成绩，我们大家都为你自豪。将来有一天，如果在外面累了的话，欢迎回到长阳，这里永远都是你的家！""覃叔叔，谢谢您的支持和理解！我确实还有一些人生的使命尚未完成，我的两个儿子还需要我去陪伴，等把他们培养成才之后，我一定会和我太太一起回到长阳。我永远都是长阳人，到时候我还想为长阳做点事情，届时还需要得到在座各位亲戚们的大力支持呢！"闻听此言，大家一起鼓起掌来。小姨宣布晚餐正式开始。

良军从椅子上下来之后，和小姨一起轮流给各位来宾敬酒。觥筹交错之间，时间不知不觉过去了。晚上九点多的时候，来宾们陆续离去。良军送走了覃叔叔等人之后，在前台结了账，之后表弟开车到了船码头附近，把晚宴上没有开封的烟和酒退给了铺老板，结完账之后，一行人回到电厂路的小姨家。

良军跟小姨和表弟坐在堂屋外的小院子里，像过去一样，边喝茶边聊天，一直到凌晨时分。

离别的时候又到了。第二天一早表弟开车把良军送到宜昌东站。良军乘坐动车到武汉，再转高铁回到香港。

尾　声

"良军，醒醒！醒醒！"良军从湿漉漉的枕巾上抬起头来，秀明正站在自己身边，关切地问道："你怎么哭了？你又想妈了？""是的，我做了好长一个梦，又梦见我妈了。我好想她！"秀明没有说话，俯下身，轻轻地抱着良军。

良军站起身，去洗手间洗了脸，秀明把单人沙发恢复成正常状态，在沙发上铺好了棉垫，良军走过去坐在沙发上，秀明在外面忙着给良军准备他喜欢的普洱茶。

良军默默地注视着窗外的海港，过往像电影一样随着海对岸璀璨的灯光在眼前闪现着："自己年轻时的理想已经基本实现，但是却从来没有好好陪伴过父母。现在我自己也开始逐渐老去，我的后半生决不能生活在这个令我心痛的遗憾里，今天的长梦也许是上天在提醒我：将来一定要回到故乡，安安静静地陪伴自己的父母和哥哥。当然，在那天到来之前，我还要抓紧时间，继续做一些有意义的事情！"

"良军，你喝口热茶吧。"

"秀明，你坐吧，我想跟你聊一聊。"

秀明看着良军，示意他继续往下说。"秀明，我已经考虑很久了，孩子们现在已经长大，咱俩自己的事也基本安排妥了，我一直想在离开金融江湖后，再尝试一些新的赛道。之后安安静静地回去守护和陪伴父母，同时做一些咱们这个年龄段的事情，例如，种地和养家禽，我想听听你的想法。""我完全理解和支持你内心的想法。你就放手继续去追求你的梦想吧！待你将来有一天想彻底淡出江湖的时候，跟年轻时一样，我一定会陪你去任何地方的！"稍停了一下之后，秀明继续说道："目前你的具体想法是什么？"

"我之前教过的海州大学深圳 MBA 班上有个学员是做文旅生意的，他对我'先写书，后创业'的想法以及我书中的内容非常感兴趣，邀请我这个周末到他的深圳公司去参观，同时跟我探讨一下未来合作的可能性。"

"好啊！你去吧。"

一

那年在新疆的车上跟东宇开始头脑风暴后，经过 10 多年默默的耕耘，书稿已全部完成。

周六早餐后，良军直奔深圳湾口岸而去，过了海关，良军打车直奔南山区新科技大厦而去。良军之前教过的 MBA 学员陈洪亦即公司的老板正在会议室里等候着良军。看见良军从电梯里出来，他热情地招呼道："李老师，早上好！"

寒暄之后，两人分别落座。陈洪首先介绍了一下公司的基本情况："……经过多年的发展，公司目前已经步入了成长期，过去几年里，每年都有稳定的增长。但同时也面临着巨大的同质化竞争，因此我非常希望能够引入新的元素，以此把我们跟竞争对手彻底区分开来，从而确保公司在未来实现可持续的增长。上次在徒步的路上，听了您关于写书的想法之后，我非常感兴趣并一直期待着能够找机会跟您合作。您目前的进展如何？"

"一切进展顺利，估计应该在今年夏天可以出版发行。"

"太好了！在您来之前，我已经准备好了一份合作意向书，您要不先看一下，之后咱们详细商量？"陈洪递给良军一份文件夹，里面有一叠打印的 A4 纸。

"好的，我会今天带回去仔细研究一下，之后尽快再来深圳，咱们好好商谈。"

"好的，李老师。现在我带您参观一下我们公司？"

"谢谢！"

……

午餐后，良军带着文件经深圳湾口岸回到香港家中。回家之后，良军迅速地把材料仔细看了一遍，完全认可所有的条款。之后，他把材料交给秀明，两人迅速地合议了一下，结论是：完全接受文中的条款！

看着良军把材料重新装入文件夹，秀明关切地问道："你下一步准备如何行动？"

"哦，立刻辞掉在晨兴证券的工作，之后开始跟陈洪合作！"良军答道。

"我相信你的判断，也坚决地支持你！无论如何，从 2008 年到现在，经过这么多年的经营，咱们家的 Excel 表更扎实了，你就按照你的想法放开了去干吧！用你自己的话讲，咱们正处于人生二次创业的黄金时期；既然如此，那就像你年轻时那样，向着下一个人生的目标前进吧！"

良军注视着秀明两鬓的白发，缓缓地说了一句："我一定不会让你失望的！"

在一个阳光明媚的初春的早上，良军给人事部发了一封电邮：

敬启者：

我正式决定辞职，烦请告知具体的辞职手续并协助办理为盼。

李良军

又一个周六的早上，良军扛着高尔夫球杆，过了深圳湾口岸，之后来到新科技大厦，在陈洪的公司会议室里签署了一式三份的合作协议。傍晚时分回到家，雨小了很多，但仍在淅淅沥沥下个不停。良军刚刚弹完了吉他，此刻注视着脚下的海湾和远处笼罩在雨云中的狮子山，若有所思。

不知什么时候，2007年良军重回沃顿那间大阶梯教室时曾经出现的内心的那个声音又在耳畔响起："现在你知道青春是什么了吗？"

"我完全知道了，我的青春是梦想，是激情，是面对苦难和挫折永不低头的勇气，是为事业的奋斗，是对爱情的追求，是家庭的建设和一生自己亲手创建的荣誉。"

"作为一个中年人，你满意你的青春吗？"

"我非常满意！因为我完整地追求过我的梦想，所以我懂得了梦想、期待、事业、困难、成功、焦虑、喜悦、朋友、小人、爱情、家庭、信任、责任、健康、病痛的含义。跟年轻时一样，我很难预测这次重新出发的结果是什么，但我深知，我的一切努力和拼搏都至少能够让我拥有一个无悔的中年！"

不知道什么时候秀明已经静悄悄地站在良军的身边。她轻轻说道："晚餐准备好了。明天你还要去接你兄弟东宇呢，我刚刚已经告诉工人明天早上所要采购的肉和菜了，你放心吧。"

二

第二天上午十一点钟，良军在香港大学地铁站出站处迎接刚刚从机场过来的东宇。寒暄之后，良军问道："兄弟啊，这次来香港有什么公干？"

"哪里有什么公干哦，我这次来的目的之一就是告诉大哥我的情况。"

尾 声

"好啊！有好一阵子都没有听到你的声音了，今天你是该好好说说你的情况。"

"我前年生了一场大病，手术休养后基本康复了。生病住院期间，我彻底地反思了自己的一生，最后决定办理病退。我这次来不再以企业领导的身份，而是一个退休人员的身份，哈哈哈！"

见东宇不愿谈他自己的病情，良军也就没继续打听，只是关切地问道："你的身体现在都好了吗？"

"完全好了，没有任何问题，你看我刚刚坐了几个小时的飞机，气色还不错吧？"

良军点点头，继续问道："兄弟你下一步有什么打算吗？"

"我没有任何打算，就是想到处旅游，开心地享受一下人生。但是我此行确实有个事情要找你商量一下。"

闻听此言，良军说道："什么事情？兄弟尽管说。"

东宇看着良军，说道："大哥，我这次退休之前，公司想要我做顾问，但是我的身体不好，不想再折腾了。我想到了你！你跟我们公司合作过多年，公司的老中青领导们都熟悉你，他们一致欢迎你出任我们公司的金融顾问，不知道你意下如何？"

"多谢兄弟和公司领导们的信任，我非常乐意给你们公司做些事。但是有一个条件。"

"什么条件？但说无妨。"东宇说道。

"我从晨兴证券辞职之后，跟一家深圳的文旅公司签了合作协议。多年前，我曾告诉过你，我未来的人生规划是先写书，后创业。现在我马上要玩真的了！我很乐意为你们公司服务，但条件是不能干涉我跟这家文旅公司的合作。"

"这太没有问题了！回头我请公司法律部把跟你的合作条款稍加调整即可。"东宇顿了一下，看良军没有任何反对的表示，便继续说道：

"我回头把合作协议修改之后发给你。如果没有问题的话,那就麻烦老兄签一下。"

"好的,多谢兄弟!走,你嫂子招呼咱们上桌了……"

春运开始前,东宇把宏业集团聘请良军为公司金融顾问的合同寄给了良军,良军签了一式三份之后,先去了北京,跟宏业集团现任的领导们见了面,并给对方举办了一场国际金融市场行情的讲座。之后他买了去武汉的高铁票,把从北京储藏室里取出的自己在明诚中学期间获得的所有的奖状、奖品、证书、成绩单等老物件全部带到武汉。跟已先期到达武汉的秀明会合之后,两人一起前往武汉明诚中学,把良军在中学学习期间的老物件全部捐赠给明诚中学。之后前往沙市和长阳,祭奠了父母和哥哥之后,又回到了武汉的家中。两人把屋子收拾好,买了些菜,准备在武汉的家中生活一段时间,之后再回香港陪陪孩子。

后 记

白驹过隙，草木荣枯。

年轻时，辗转奔波于纽约、新泽西、加州、芝加哥、巴黎、伦敦、里约热内卢、新加坡、曼谷、河内、法兰克福……如今，经历了几十年职场和人生的磨砺，两鬓已然华发丛生。环顾四周，曾经一起怀揣梦想共同打拼和成长的伙伴们、朋友们，甚至是当年你死我活的竞争对手们，早已消失在茫茫人海，从此相忘，寂寥无声。

唯有故乡，一个人出生和年少成长的地方，最初塑造品质的地方，她给予游子一颗勇敢、顽强、坚韧、执着的心，是他长大成人后闯荡社会、不断开创人生最重要的依凭。故乡的山川江河、一草一木都承载着游子的思念。在外闯荡一生的游子，在故乡熟悉的味道里，在故乡温暖的环抱里，疲惫沧桑的心灵被融化了，和父母一样，故乡将永远陪伴和守护着游子的心灵。

向东方，回到我的故乡。

谢谢人生路上的同行者。谢谢为本书出版提供帮助的每一位朋友。

图书在版编目（CIP）数据

投行三十年 / 李辉著. -- 北京：东方出版社，2024.9（2024.11重印）. -- ISBN 978-7-5207-4010-4

I. I247.5

中国国家版本馆CIP数据核字第2024ZP6558号

投行三十年
（TOUHANG SANSHI NIAN）

著　　者	李　辉
责任编辑	龚　勋
责任校对	曲　静
装帧设计	汪　阳
出　　版	東方出版社
发　　行	人民东方出版传媒有限公司
地　　址	北京市东城区朝阳门内大街166号
邮政编码	100010
印　　刷	北京中科印刷有限公司
版　　次	2024年9月第1版
印　　次	2024年11月北京第2次印刷
开　　本	710毫米×1000毫米　1/16
印　　张	30.25
字　　数	416千字
书　　号	ISBN 978-7-5207-4010-4
定　　价	98.00元

发行电话：（010）85924663　85924644　85924641

版权所有，违者必究
如有印装质量问题，我社负责调换，请拨打电话：（010）85924725